LISA JACKSON
Die Lady und der Schuft

Buch

Wales, 1287: Auf der Burg Wybren tötet ein Feuer die Familie von
Lord Carrick und zwingt ihn zur Flucht.
Zwei Jahre später: Jäger bringen einen edlen, aber übel zugerichteten Ritter zu Lady Morwenna in die Burg Calon. Die schöne und temperamentvolle Burgherrin glaubt, in dem Fremden ihre einstige große Liebe, Lord Carrick von Wybren zu erkennen. Sehnsuchtsvolle Erinnerungen an einen Mann, den sie über alles vergötterte und der sie über Nacht verlassen hat, werden wach. Obwohl sie Carrick für seinen Betrug an ihr verabscheut, pflegt sie ihn gesund. Schon bald kann sie sich nicht mehr gegen die Flammen der Leidenschaft wehren, die aufs Neue in ihr auflodern. Doch Morwennas wiedererwachte Liebe ist in Gefahr, denn es häufen sich mysteriöse Zufälle, die auf irgendeine Weise mit der Feuersbrunst auf Burg Wybren zusammenhängen. Jemand trachtet Carrick nach dem Leben und macht vor nichts und niemandem halt ...

Autorin

Lisa Jackson hat schon zahlreiche Liebesromane veröffentlicht, die in mehr als ein Dutzend Sprachen übersetzt wurden. Sie ist allein erziehende Mutter und lebt mit ihren beiden Söhnen in Oregon.

Von Lisa Jackson bereits erschienen:

Im Sturm der Begierde (35529)
Geliebte Diebin (35833)
Der Lord und die Betrügerin (36078)

Lisa Jackson

Die Lady und der Schuft

Roman

Aus dem Amerikanischen
von Uta Hege

blanvalet

Die amerikanische Originalausgabe erschien 2004 unter dem Titel
»Temptress« bei Onyx, an imprint of
New American Library, a division of Penguin Group (USA) Inc.

Umwelthinweis:
Alle bedruckten Materialien dieses Taschenbuches
sind chlorfrei und umweltschonend.

1. Auflage
Deutsche Erstveröffentlichung August 2006
bei Blanvalet, einem Unternehmen der Verlagsgruppe
Random House GmbH, München.
Copyright © Originalausgabe by Susan Lisa Jackson
Copyright © der deutschsprachigen Ausgabe 2006
by Verlagsgruppe Random House GmbH
Published by arrangement with NAL Signet,
a member of Penguin Group (USA) Inc.
Umschlaggestaltung: Design Team München
Umschlagillustration: Agentur Schlück/Minuto
Redaktion: Sigrun Zühlke
ES · Herstellung: Heidrun Nawrot
Satz: DTP Service Apel, Hannover
Druck und Einband: GGP Media GmbH, Pößneck
Printed in Germany
ISBN-10: 3-442-36146-X
ISBN-13: 978-3-442-36146-5

www.blanvalet-verlag.de

Prolog

Wybren Castle, North Wales,
24. Dezember 1287

Der Zeitpunkt ist gekommen.

Die Stimme war leise, aber beharrlich wie ein Flachssamen, der ihm im Kragen steckte – ein winzig kleiner Störenfried, der ihn gnadenlos im Nacken kitzelte und keine Ruhe gab. Sie hallte pausenlos in seinem Kopf und trieb ihn unablässig an, während er durch die Finsternis des Burgverlieses huschte.

Du weißt, dass du nicht länger warten kannst. Die Rache steht unmittelbar bevor. Für dich. Für sie.

Er fuhr sich nervös mit der Zunge über die Lippe und schmeckte das Salz des Schweißes, der ihm trotz der Eiseskälte im Inneren der Burg von der Stirn über die Wangen rann. Sein Atem bildete kleine weiße Wölkchen und mischte sich mit dem Rauch der schwelenden Binsenlichter an den Wänden. Seine Muskeln schmerzten vor Anspannung und Furcht, und er lauschte angestrengt, ob außer ihm noch irgendjemand anderes auf den Beinen war. Es herrschte vollkommene Stille, und trotzdem zögerte er noch.

Du musst es tun. Jetzt. Dies ist deine große Chance. Die Wachen haben zu viel Bier getrunken, und auch die Gäste, mit ihren vollen Bäuchen und vom Wein betäubten Hirnen, schlafen tief und fest. Und die Familie des Herrn ist bereits so gut wie tot, denn in ihren Bechern war das Gift. Ihr wollüstiges Treiben hat ein Ende. Hör das laute Schnarchen, das durch die Türen ihrer Kammern dringt.

Aus der Tiefe der Kapuze seiner Kutte warf er einen Blick über die Schulter, um ein letztes Mal zu kontrollieren, ob er alleine war, und hob dann in der Gewissheit, dass Gott persönlich zu ihm sprach, seine unangezündete Fackel an eine der Kerzen, die den Gang erhellten. Mit einem leisen Zischen fing die ölgetränkte Spitze Feuer und warf flackernde, todbringende Schatten an die Wand. Eilig bückte er sich, hielt die Fackel an das Stück geflochtenen, ölgetränkten Stoffs, das er einen Augenblick zuvor unter die Tür geschoben hatte, und beobachtete fasziniert, wie die kleine Flamme eilig über die Schwelle in Richtung des dicken Strohbelages auf dem Zimmerboden kroch.

Erst der Baron, ging es ihm durch den Kopf, und dann die anderen.

Er arbeitete schnell und stieß, während er die Fackel nacheinander an die Dochte unter den Türen der Gemächer hielt, stumme Stoßgebete aus. Kalter Schweiß rann ihm über den Rücken, und sein Herz hämmerte wild. Sollte er gefangen werden, würde man ihn in den Kerker werfen, wegen Hochverrats verurteilen und hängen, bis er sich in Todeskrämpfen wand. Bevor er jedoch ersticken würde, nähme man ihn wieder ab, um ihn zu strecken und zu vierteilen, damit die Eingeweide aus ihm herausquollen, während er noch lebte. Dann würde man ihn langsam elendiglich verrecken lassen, seinen Kopf auf einen Stock spießen und ihn zur Warnung für alle anderen möglichen Verräter deutlich sichtbar oben auf der breiten Mauer ausstellen.

Hab keine Angst. Du bist der Rächer. Deine Sache ist gerecht.

Rauch quoll unter den Türen hindurch in den nächtlich dunklen Gang.

Er atmete tief durch. Es war vollbracht. Alles Weitere lag jetzt in Gottes oder in des Teufels Hand. Er hatte keine Ahnung, welcher dieser beiden ihn angetrieben hatte, doch das war ihm auch egal. Denn die leise Stimme, von der er aufgewiegelt worden war, entsprach seinem innersten Verlangen und hatte ihn lediglich bestärkt. Trotzdem hörte er sie derart deutlich, als stünde jemand neben ihm und flüstere ihm pausenlos ins Ohr. Er sagte sich, die Stimme sei ein Zeichen dafür, dass Gott auf Rache sann und ihn lediglich als Werkzeug auserkoren hatte ...

... falls der Sprecher wirklich Gott und nicht irgendein Dämon oder Satan höchstpersönlich war.

Keuchend hob er seinen Blick zur Decke, als warte er darauf, dass einer der Engel der Finsternis auf ihn herabgefahren käme, während sich der Rauch in dünnen, bösartigen Fäden um ihn herum erhob.

Doch es gab keine Erscheinung.

Und ob die Stimme, die er hörte, vom Himmel oder aus der Hölle kam, war letztendlich egal. Es gab nur eins, was wichtig war: es war vollbracht. Endlich hatte er Rache genommen und Wiedergutmachung erlangt.

Am Ende des Ganges warf er seine Fackel auf den Boden, huschte die Treppe hinab und schlich lautlos aus der Burg in die mondlos schwarze Nacht.

Bald würde jemand wach.

Bald gäbe es Alarm.

Bald wäre es vorbei.

Und endlich, endlich, wäre der Gerechtigkeit Genüge getan.

1

Castle Calon
12. Januar 1289

Morwenna warf sich auf dem Bett herum.
Ihrem Bett?
Oder vielleicht dem Bett von jemand anderem?
Sie hob den Kopf und sah die rote Glut der Kohlen, die goldene Schatten auf die Burgmauern warf. Die Mauern welcher Burg? Wo war sie? Nirgendwo gab es ein Fenster, und hoch über den Wänden blitzten zwischen den knarrenden Querbalken der fehlenden Zimmerdecke am nächtlichen Himmel Dutzende von Sternen.
Wo war sie?
In einem Gefängnis? In einem alten, verlassenen Verlies, dessen Dach dem Alter zum Opfer gefallen war?
»Morwenna.«
Ihr Name hallte von den dicken Wänden wider und ließ das Blut in ihren Adern gefrieren.
Sie wandte ihren Kopf, starrte in das Dunkel und wisperte mit wild klopfendem Herzen: »Wer ist da?«
»Ich bin es«, flüsterte eine tiefe Männerstimme, die sie kennen sollte, aus einer dunklen Ecke dieses, wie sie meinte, unendlich großen Raums. Ein Schauder rann ihr über den Rücken, sie zog sich mit einer Hand die Decke über ihre Brust und merkte, sie war nackt. Die andere Hand glitt auf

der Suche nach dem Dolch über das Bett, doch genau wie ihre Kleider war er nicht mehr da.

»W-wer?«, fragte sie noch einmal.

»Weißt du das wirklich nicht?«

Machte er sich lustig über sie?

»Nein. Wer seid Ihr?«

Aus der dunklen Ecke hörte sie ein dunkles Lachen.

Oh Gott.

»Carrick?«, wisperte sie, als er endlich in den Schein des Feuers trat. Ein hoch gewachsener Ritter mit breiten Schultern, tief liegenden Augen und einem wie aus Marmor gemeißelten Kinn. Sie konnte ihm nicht trauen. Nicht noch einmal. Gleichzeitig jedoch erwärmte sich ihr Blut, und sinnlich-verführerische Bilder stahlen sich in ihre Gedanken.

Er trat neben ihr Bett, das Pochen ihres Herzens wurde stärker, und sie musste mühsam schlucken, da ihr Mund mit einem Mal absolut trocken war. Gegen ihren Willen erinnerte sie sich an die festen Muskeln, über die sie damals ihre Fingerspitzen hatte gleiten lassen, den salzigen Geschmacks seiner Haut und seinen erregend männlichen Geruch.

»Was macht Ihr hier? Wie seid Ihr hereingekommen?«, fragte sie, und dabei fiel ihr ein, dass sie keine Ahnung hatte, wo sie überhaupt war.

»Ich bin deinetwegen hier«, antwortete er, und obgleich sie innerlich erschauderte, schüttelte sie heftig den Kopf.

»Das glaube ich Euch nicht.«

»Du hast mir nie geglaubt.« Jetzt stand er direkt neben dem Bett, beugte sich nach vorn, und ihr Herz schlug schmerzhaft gegen ihre Rippen, als er sich die Tunika über den Kopf zog und sie das Spiel der straffen Muskeln im Schein des Feuers erblickte. »Kannst du dich noch daran erinnern?«

Oh ja ... oh ja, sie konnte sich erinnern.
Und verfluchte sich dafür.
»Ihr solltet gehen«, sagte sie zu ihm.
»Wohin?«
»Egal, Hauptsache fort.« Sie stieß die Worte mühsam aus.
Sein Lächeln war verführerisch und wissend. Oh, er war ein Teufel. Isa hatte Recht. Morwenna hätte ihn niemals in ihre Nähe lassen dürfen, in diesen zum Himmel geöffneten Raum.
Aber du hast ihn nicht hereingelassen. Du weißt schließlich nicht einmal, wo du bist. Vielleicht bist du seine Gefangene, und dies ist deine Zelle. Wäre es nicht möglich, dass er dich hier als seine Sklavin hält, damit du ihm zu Diensten bist, das Lager mit ihm teilst und ihm uneingeschränkt gehorchst?
»Wenn Ihr nicht geht, dann gehe ich«, erklärte sie und suchte mit den Augen den Boden und die Haken an der Tür nach ihren Kleidern ab.
»Ach ja?«, fragte er spöttisch, setzte sich neben sie aufs Bett und strich mit einem Finger über ihr Gesicht. Ihre Haut fing an zu kribbeln, und ihr Blut schlug kleine Wellen der Lust. »Ich glaube eher, nicht.«
»Schwein.«
Lachend ließ er seinen Finger tiefer gleiten, schob die Bettdecke zur Seite, entblößte ihre Brust und verfolgte mit zufriedener Miene, wie ihre Brustwarze unter seinem Blick hart wurde wie Stein. Obgleich Morwenna wusste, dass sie einen grauenhaften Fehler beging, hob sie ihm ihr Gesicht entgegen, spürte die Wärme seines Atems auf ihrer kühlen Haut und wusste mit Bestimmtheit, dass sie es niemals schaffen würde, ihm zu widerstehen. Eine wunderbare Wärme zog durch die intimsten Regionen ihres Körpers, und unter

der Berührung seiner schwielig harten Finger seufzte sie leise auf.

Er neigte seinen Kopf und drückte einen sanften Kuss auf ihren nackten Bauch.

Sie fing an zu stöhnen, und ihr Blut begann zu kochen, plötzlich jedoch spürte sie, dass sie nicht allein mit Carrick war, dass unsichtbare Augen aufmerksam verfolgten, was sie tat. Die Augen eines Wesens, das ihr nicht wohl gesonnen war.

Doch wo war der Beobachter verborgen? Hinter einem der Deckenbalken, zwischen denen sie die Sterne über den Himmel schießen sah ... oder gar noch näher? Vielleicht ganz in ihrer Nähe, irgendwo in diesem Raum?

»Morwenna!«, wurde sie von jemandem gerufen, aber sie konnte sich nicht stören lassen, nun, da dieser Mann, den sie von ganzem Herzen geliebt hatte, zu ihr zurückgekehrt war. »Morwenna!«

»Morwenna!«

Sie riss die Augen auf.

Der Traum löste sich auf wie ein nächtlicher Geist im ersten Dämmerlicht.

Der Hund zu ihren Füßen stieß ein unwilliges Knurren aus.

»Meine Güte!« Sie richtete sich auf und strich sich die Haare aus den Augen. Es war nur ein Traum gewesen. Alles nur ein vermaledeiter Traum. Schon wieder. Lernte sie es denn nie?

Es war niemand in ihrem Zimmer, kein geheimnisvoller Krieger, der sie verführen wollte, kein ehemaliger Geliebter, der zu ihr zurückgekehrt war. Sie war mutterseelenallein. Aber trotzdem ... irgendetwas fehlte, wie ein Luftzug in einem versiegelten Grab. Da ihr dieser Gedanke eine Gänsehaut einjagte, zog sie sich die Decke bis zum Kinn.

»Was bin ich doch manchmal gedankenlos«, murmelte sie leise und atmete so tief wie möglich ein.

Sie war in *ihrem* Schlafzimmer auf Castle Calon, in *ihrem* eigenen Zimmer auf *ihrer* eigenen Burg, die ihr von ihrem Bruder Kelan überlassen worden war. Sie sah sich in dem großen Raum mit den weiß gekalkten Wänden und den bunten Wandbehängen um. Die hohe Zimmerdecke war vollkommen in Ordnung, im Kamin brannte ein Feuer, und durch die schmalen Ritzen der geschlossenen Fensterläden drangen ein paar graue Fetzen frühmorgendlichen Lichts. Alles war wie immer. Selbst der Hund, ein räudiger, alter Köter, der zusammen mit der Burg an sie gefallen war, lag noch im Tiefschlaf auf dem Bett und blies mit leisem Schnarchen in das Kaninchenfell, das achtlos über dem Fußende lag. Sie hatte sich von den alten Gerüchten Angst einjagen lassen, denen zufolge ein Geist auf Calon sein Unwesen treiben sollte, das war alles.

»Lady Morwenna!«, hallte Isas aufgeregte Stimme durch den Flur.

Morwenna fuhr zusammen. Plötzlich war der Hund hellwach, sprang mit einem Satz vom Bett und fing so wild an zu bellen, als schlüge er trotz seiner Taubheit wegen irgendeines Vorfalls Alarm.

»Ruhe, Mort!«, befahl Morwenna.

Mit einem leisen, unwilligen Knurren senkte das Vieh den getüpfelten Kopf.

Jemand klopfte eindringlich an die Tür. »M'lady!«

»Ich komme!«, brüllte Morwenna leicht verärgert, weil ein solches Drängen in Isas Stimme lag. Ständig war die alte Frau in Sorge um die Zukunft, immer ahnte sie irgendwelche Gefahren und meinte, in allen Ecken dunkle Gestalten lauern zu sehen. Morwenna warf ihre Tunika über und stürzte, als das laute Hämmern wieder anfing, über das frische Stroh in Richtung Tür.

»Was ist los?« Nachdem sie den Riegel zurückgeschoben und die Tür geöffnet hatte, blickte sie in Isas kreidebleiches Gesicht. Neben Isa stand einer der Jäger, Jason, ein großer, schlaksiger Kerl mit schlechter Haut und dazu passenden Zähnen, und drehte seine Kappe nervös zwischen den Händen.

Sie sah die beiden fragend an. »Was ist passiert?«

»Vor den Toren der Burg wurde ein Mann gefunden«, erklärte Isa ihr mit atemloser Stimme. Ein paar Strähnen ihrer früher roten Haare hatten sich unter ihrer Kapuze hervorgeschoben, und ihre eisblauen Augen blinzelten nervös. »Er ist so gut wie tot. Irgendwer hat derart auf ihn eingedroschen, dass es das reinste Wunder ist, dass er überhaupt noch lebt.« Sie runzelte die Stirn und presste ihre schmalen Lippen so fest aufeinander, dass man sie kaum noch sah. »Er wurde derart übel zugerichtet, dass niemand ...« Sie atmete tief ein. »... ihn erkennen würde, nicht einmal sein eigener Vater.« Sie schüttelte so heftig den Kopf, dass ihr die Kapuze der Kutte auf die Schultern fiel. »Ich bezweifle, dass er auch nur bis morgen überleben wird. Sagt es ihr, Jason.«

»Es stimmt«, pflichtete der Jäger Isa bei. »Ich habe ihn gefunden, als ich vor Anbruch der Dämmerung auf der Jagd nach einem Hirsch gewesen bin. Ich bin über einen umgestürzten Baumstamm gestiegen, und da hat er gelegen. Er war über und über mit Blättern und Erde bedeckt und hat kaum noch geatmet.«

»Und wo ist er jetzt?«

»Im Wachzimmer. Sir Alexander denkt, er könnte ein Spion sein.«

»Ein fast toter Spion«, verbesserte Morwenna.

Isa nickte und sah aus, als wollte sie noch etwas sagen, hielt ihre Zunge dann aber im Zaum.

»War der Arzt schon bei ihm?«

»Nein, M'Lady, noch nicht«, antwortete Isa.

»Und warum nicht?«, wollte Morwenna von ihr wissen. »Nygyll muss den Mann sofort untersuchen.«

Isa schwieg. Sie mochte den Arzt nicht.

»Lasst den Verwundeten hierher bringen, wo es warm ist. Vielleicht kann er noch gerettet werden.«

»Das ist ziemlich unwahrscheinlich.«

»Trotzdem werden wir es versuchen.« Morwennas Blick wanderte den Korridor hinunter, bis er auf die Tür eines im Moment unbewohnten Raumes fiel. »Bringt ihn in Tadds Zimmer.«

»Nein, M'lady«, widersprach die alte Frau ihr eilig. »Dort wäre es nicht sicher ... schließlich ist der Raum nur ein paar Türen von Eurem eigenen Schlafgemach entfernt.«

»Habt Ihr nicht gesagt, er wäre so gut wie tot?«

»Ja, aber trotzdem kann man ihm nicht trauen.«

»Dann haltet Ihr ihn also ebenfalls für einen Spion?«

Isa nickte eifrig, und ihr Gesicht wurde dabei noch runzliger als sonst. Sie blickte auf Morwenna, nestelte mit ihren von der Gicht knorrigen Fingern am Ärmel ihres Umhangs und blickte eilig wieder fort.

Morwennas Nackenhaare richteten sich auf. »Irgendetwas habt Ihr mir bisher verschwiegen.« Sie erinnerte sich an den Traum, in dem sie von unsichtbaren Augen beobachtet worden war. »Was ist es, Isa?«

»Ich spüre, dass sich was zusammenbraut, irgendeine Gefahr, auch wenn ich sie noch nicht deutlich erkennen kann.« Plötzlich packte die Alte Morwennas Unterarm, ihre Augen wurden dunkel und die Pupillen weit wie jedes Mal, wenn sie etwas sah. »Bitte, Lady«, wisperte sie tonlos. »Ich fürchte um Eure Sicherheit. Ihr dürft kein Wagnis eingehen.«

Morwenna hätte gerne widersprochen, konnte es jedoch nicht. Allzu häufig hatten sich Isas dunkle Ahnungen und Visionen der Zukunft als wahr erwiesen. Hatte sie nicht erklärt, die Frau des Töpfers würde Drillinge bekommen, alles Jungen, und bei der Geburt des Dritten sterben? Hatte sie nicht vorhergesagt, dass in den Heuschober bei Penbrooke der Blitz einschlagen würde, und war nicht weniger als vierzehn Tage später der Schober vom Blitz getroffen und angezündet worden, wobei Morwennas Bruder Tadd der Feuersbrunst nur knapp entronnen war? Und der mysteriöse Tod der Frau des Kaufmanns. Isa hatte geschworen, die Frau sei vergiftet worden, und am Ende hatte sich herausgestellt, dass ihr Ehemann die Tat begangen und dem armen Weibsbild Schierling verabreicht hatte, weil sie sich mit dem Müller eingelassen hatte. Immer wieder in den siebenundsechzig Jahren ihres Lebens hatte Isa Dinge sehen können, die niemand anderes sah.

»Also gut«, sagte Morwenna. »Dann lasst den Mann in die große Halle bringen, wo es warm ist, und lasst jemanden …, Gladdys …, die Klausurzelle im Nordturm öffnen. Sie ist groß genug für einen Strohsack und hat einen Rost, auf dem man ein kleines Feuer machen kann. Lasst ein Feuer entzünden und das Ungeziefer aus dem Zimmer kehren. Dann sorgt dafür, dass die Wunden des Mannes gereinigt werden und der Arzt ihn untersucht, bevor er in den Turm verfrachtet wird.«

Morwenna tat, als hätte sie den Schatten des Misstrauens, der bei der Erwähnung Nygylls, des Arztes auf Calon, durch Isas blaue Augen huschte, nicht bemerkt. Isa und Nygyll hatten sich noch nie verstanden und duldeten einander kaum. Nygyll, der bereits seit Jahren auf Calon lebte und sich selbst als einen Mann der Vernunft bezeichnete, war in der Tat ein äußerst praktischer, zugleich aber durchaus gottesfürchtiger Mensch, wohingegen Isa, die vor weniger als einem Jahr zusammen mit Morwenna auf der Burg Quartier bezogen hatte, eine Anhängerin des alten Geisterglaubens und des Glaubens an die Große Mutter war.

»Vielleicht ist es zu spät, um den Verwundeten noch zu retten«, erinnerte die Alte ihre Herrin jetzt.

»Dann schickt jemanden nach dem Priester.«

Wieder presste Isa unmerklich die Lippen aufeinander. »Der Priester wird nicht helfen können –«

»Habt Ihr nicht gesagt, der verletzte Mann wäre beinah schon tot?«, erinnerte Morwenna sie. »Vielleicht ist er ja gläubig. Sollte er da nicht den Segen und die Gebete eines Priesters empfangen, wenn er im Sterben liegt?« Ohne eine Antwort abzuwarten, fügte sie hinzu: »Also schickt jemanden los, der Vater Daniel sucht und ihm erklärt, dass wir in der großen Halle auf ihn warten.«

»Wenn Ihr es wünscht …«

»Ich wünsche es!«, fauchte Morwenna die Alte ungehalten an.

Der Jäger machte sich eilig aus dem Staub, und auch Isa wandte sich zum Gehen. Mit wehendem langem Umhang hastete sie zur Treppe, schaute, bevor sie endgültig verschwand, noch einmal über ihre Schulter und bedachte Morwenna mit einem sorgenvollen Blick. Anscheinend hätte sie am liebsten noch etwas gesagt, ehe sie endlich widerstrebend die Treppe hinunterging.

»Bei allen Heiligen«, wisperte Morwenna, als sie wieder alleine war.

Manchmal schien Isa ihr deutlich mehr Ärger zu bereiten,

als sie ihr nützte, überlegte sie. Die aus Sicht der meisten Menschen etwas seltsame Person hatte Morwenna und ihre Geschwister mit erzogen. Sie hatte schon Lenore, ihrer Mutter, über Jahre treu gedient und seit deren Tod Morwenna treu zur Seite gestanden. Inzwischen war sie fast so etwas wie ein Familienmitglied.

»Verdammt und zugenäht«, murmelte Morwenna, als sie wieder in ihr Zimmer ging, sich einen Umhang überwarf und ihre Schuhe anzog. Kaum hatte sie, von Mort gefolgt, den Raum wieder verlassen, als eine Tür geöffnet wurde, in der Bryannas Kopf erschien. Ihre blauen Augen blickten noch verschlafen, ihre dunkelroten Locken lagen wild zerzaust um ihren hübschen Kopf, und mit einem »Was ist los?«, riss sie den Mund zu einem Gähnen auf. Obwohl sie mit inzwischen sechzehn kaum vier Jahre jünger als Morwenna war, wirkte sie oft noch wie ein Kind.

»In der Nähe der Burg ist ein verletzter Mann gefunden worden, das ist alles«, antwortete Morwenna in der Hoffnung, dass sich Bryannas grauenhafte Neugier dadurch stillen ließ. »Leg dich wieder schlafen.«

So leicht aber war Bryanna nicht vom Thema abzubringen. »Und weshalb habt ihr einen solchen Lärm gemacht?«

»Das war Isa. Sie ist der festen Überzeugung, dass der Mann ein Spion ist oder so.« Morwenna rollte mit den Augen. »Du weißt ja, wie sie ist.«

»Allerdings.« Bryanna räkelte sich langsam, hatte aber offensichtlich kein Interesse mehr daran, noch einmal zurück ins Bett zu gehen. »Und was macht ihr jetzt mit ihm?«

»Was glaubst du, was wir tun?«

»Ihn befragen, ihm etwas zu essen geben und ihn vielleicht ein bisschen säubern.«

Morwenna nickte und behielt die Nachricht, dass der

Mann wahrscheinlich sterben würde, vorläufig für sich. Wem wäre schon damit gedient, wenn Bryanna bereits jede Einzelheit erfuhr? Solange sie den Mann nicht selbst gesehen hatte, sagte sie wahrscheinlich besser nichts. Bryanna war nicht gerade für ihre Verschwiegenheit berühmt, und die Neuigkeit von dem Verwundeten spräche sich bestimmt auch so in Windeseile in der Burg herum.

»Was für ein Mann ist er? Ein Jäger? Ein Soldat? Ein Händler, der von Räubern überfallen worden ist?« Wieder einmal ging die Fantasie mit Morwennas kleiner Schwester durch. »Vielleicht hat Isa Recht. Vielleicht ist er ja wirklich ein Spion oder sogar noch Schlimmeres. Vielleicht ist er ja ein Gefolgsmann von –«

»Hör auf!« Morwenna hob mahnend eine Hand. »Ich habe keine Ahnung, wer oder was er ist, wenn ich aber erst mit ihm gesprochen habe, werde ich es wissen.«

»Ich komme mit.«

Morwenna bedachte sie mit einem Blick, der selbst den kühnsten Männern das Blut in den Adern hätte gefrieren lassen. »Später.«

»Aber –«

»Bryanna, erst einmal wird Nygyll sich um den Verletzten kümmern, dann muss er sich ein wenig ausruhen, danach wird der Hauptmann der Wache ihn befragen, um zu schauen, ob er Freund oder Feind ist, und erst nach alledem, wenn er sich erholt hat und wenn ich es für angemessen halte, darfst du zu ihm.«

»Dann hältst du ihn also für gefährlich?«, wollte ihre kleine Schwester mit vor Aufregung blitzenden Augen wissen.

»Ich weiß es nicht«, erwiderte Morwenna und wurde sich erst jetzt der Tatsache bewusst, dass dies genau die falsche Antwort war, denn sie verstärkte Bryannas Abenteuerlust nur noch. Mit angespannter Stimme fügte sie deshalb hinzu: »Wir werden etwas warten. Das ist alles.«

»Aber –«

»Das ist alles, habe ich gesagt!«

»Du hast kein Recht, mir irgendwelche Vorschriften zu machen!«

Wortlos zog Morwenna eine ihrer schwarzen Brauen in die Höhe und forderte die Schwester auf diese Weise stumm heraus, sich dem Befehl zu widersetzen.

»Ich habe keine Zeit für diesen Unsinn!« Damit machte sie auf dem Absatz kehrt, lief eilig den Korridor hinunter und ließ die kleine Schwester schmollend an den Türrahmen gelehnt zurück. Morwenna konnte deutlich spüren, dass Bryanna rebellierte, doch es war ihr gleichgültig. Die neugierige Kleine sollte ruhig ein wenig schmoren. Was machte es schon, wenn sie jetzt wütend auf sie war? Wenn sie sich zur Abwechslung einmal gedulden musste, geriet sie vielleicht nicht so schnell in irgendwelche Schwierigkeiten wie sonst.

Schließlich kennst du das aus eigener Erfahrung, erinnerte ihr Gewissen sie.

»Zum Kuckuck noch mal!«

Sie hörte von unten Stimmen und machte sich eilig auf den Weg. Der Rauch brennender Binsenlichter stieg ihr in die Nase, und der Duft brutzelnden Fleischs und frisch gebackenen Brots wehte aus der Küche durch das Labyrinth der Gänge ihrer Burg. Dienstboten huschten von Raum zu Raum, verteilten frische Wäsche, kehrten die kalte Asche von den Rosten, fegten Korridore und Treppen, tauschten abgebrannte Kerzen gegen neue aus und zündeten sie eilig an, um an diesem kalten Wintermorgen für etwas Licht und Wärme zu sorgen.

Als Morwenna in die große Halle kam, wurde gerade die Haupttür aufgeworfen, und mehrere Soldaten schleppten eine Trage herein mit einem Mann darauf, oder besser gesagt, mit dem, was von ihm noch übrig war. Als Morwenna ihn erblickte, stockte ihr der Atem. Sie hatte sich bereits gedacht, dass der Verletzte keinen allzu schönen Anblick bieten würde, doch ihr war nicht bewusst gewesen, wie brutal der Überfall auf ihn gewesen sein musste. Man hatte sein Gesicht zu Brei geschlagen, und nun war es geschwollen, die tiefen Schnittwunden in seiner Stirn und seinen Wangen waren blutverkrustet, in seinen rabenschwarzen Haaren klebten Schmutz und Blätter, und zwischen den verquollenen, violett bis dunkelgrün schimmernden Lidern konnte sie seine Augen nur als zwei schmale Schlitze erkennen.

Seine Kleider waren ebenfalls mit Dreck und Blut beschmiert, und seine Tunika war in der Mitte aufgerissen, so dass die Reihe tiefer, weit klaffender Risse in seiner nackten Brust deutlich zu sehen war.

Morwenna wurde übel.

»Bei den Göttern«, wisperte eine entsetzte Stimme hinter ihr. »Lebt er überhaupt noch?«

Morwenna rutschte das Herz in Richtung Knie. Sie blickte über ihre Schulter und entdeckte ihre Schwester, die auf der Treppe stand. Zwar hatte Bryanna eine rostfarbene Tunika über ihr Unterhemd gezogen, die Mühe, sich auch noch Schuhe anzuziehen, hatte sie jedoch nicht auf sich genommen. Jetzt stand sie zitternd auf den kalten Steinen, starrte mit weit aufgerissenen Augen auf die Szene in der Halle und hob, als alle Farbe aus ihren Wangen wich, eilig eine Hand an ihren Mund.

»Natürlich lebt er noch!«, entgegnete Morwenna.

»Kaum«, murmelte einer der Soldaten. »Armes Schwein.«

Bryanna verzog angeekelt das Gesicht. »Er sieht entsetzlich aus. Als wäre er schon tot.«

»Habe ich dir nicht gesagt, dass du dich wieder schlafen legen sollst? Verschwinde!«, fuhr Morwenna ihre Schwester unsanft an.

Da sie genug gesehen hatte, um ihre morbide Neugier für den Augenblick zu stillen, schlug Bryanna schnell ein Kreuz und rannte dann auf nackten Füßen zurück in ihr Zimmer, als wäre der Leibhaftige persönlich hinter ihr her.

Gut! Morwenna hatte wahrlich keine Zeit für die Theatralik ihrer Schwester. Schließlich musste sie versuchen, die anderen zu beruhigen, was bestimmt nicht einfach war.

Die Unruhe der Menschen hatte sich inzwischen sogar auf die alte Hündin übertragen, die nachts vor dem Feuer schlief; nachdem sie knurrend aufgesprungen war, hatte Mort die Chance genutzt und es sich auf ihrem angestammten Platz bequem gemacht.

Dienerinnen und Diener kamen mit frischen Tüchern und Töpfen voller dampfend heißen Wassers angelaufen, zündeten Kerzen an und warfen besorgte Blicke auf den verletzten Mann. Ein Laken wurde auf einem Tisch in der Nähe des Feuers ausgebreitet, auf das zwei Jungen eilig frische Scheite warfen, während ein dritter kraftvoll den Blasebalg trat.

Dem Verwundeten entfuhr ein leises Stöhnen, als er auf den Tisch gehoben wurde, seinen Augenlidern aber war nicht einmal jetzt auch nur das kleinste Zucken anzusehen. Wer war er? Weshalb hatte man ihn derart heftig attackiert? Er flüsterte etwas, ein einziges Wort, das jedoch nicht zu verstehen war.

»Was geht hier vor?« Haushofmeister Alfrydd kam hereinmarschiert. Er sah wie eine Vogelscheuche aus, der die viel zu weite Tunika wie ein Sack von den mageren Schultern hing. Wenn er sprach, klang seine Stimme wie ein nasales Quaken, und mit seiner Neigung, sich ständig Sorgen über irgendwas zu machen, stellte er sogar Isa in den Schatten, doch er war ein loyaler, grundehrlicher Mensch, und in seinem skelettartigen Körper schlug ein mutiges Herz. »Oh, M'lady«, fügte er, als er Morwenna sah, eilig hinzu. »Entschuldigt, aber ich habe gehört, dass ein Gefangener statt in den Kerker hierher in die Halle gebracht worden sein soll, und ich bin mir nicht sicher, ob dies ein weiser Entschluss war.«

»Das habe ich entschieden«, erwiderte Morwenna und wies auf den verletzten Mann. »Und er ist kein Gefangener.« Wieder versuchte der Verwundete etwas zu sagen, was man jedoch nicht verstehen konnte.

Alfrydd nickte, konnte sein Entsetzen jedoch nicht verbergen, als sein Blick auf das blutüberströmte, zerschundene Wesen auf der Tischplatte fiel. »Habt Ihr schon den Priester rufen lassen?«

»Ja, und auch den Arzt«, antwortete sie und fragte voller Ungeduld: »Wo zum Teufel treibt sich Nygyll eigentlich so lange herum?«

Wie aufs Stichwort kam er durch die Tür aus Richtung Hof und brachte den Geruch von Regen und einen kalten Windstoß, der baldige Schneefälle verhieß, mit herein. Trotz seiner Größe und seiner arroganten Miene bewegte Nygyll sich geschmeidig, als er entschlossen vor den Tisch mit dem Verletzten trat. Direkt hinter ihm kam Isa, auch wenn sie für jeden seiner Schritte jeweils zwei machen musste. »Isa hat behauptet, es sei eilig«, erklärte er. »Ah ... verstehe. Wer ist dieser Mann?«

Morwenna schüttelte den Kopf. »Wir haben keine Ahnung.«

»Freund oder Feind?« Während er dies fragte, trennte Nygyll bereits die zerfetzte Tunika des Mannes auf, beugte sich dicht über ihn und lauschte auf den rasselnden Atem, der über seine halb offenen Lippen kam.

»Auch das wissen wir nicht.«

»Seine Kleider sind die eines armen Mannes.«

Und trotzdem stand er unter dem Verdacht, ein feindlicher Spion zu sein. Wie seltsam...

»Wo ist das heiße Wasser?«, wollte der Physikus wissen, und zwei Dienerinnen trugen einen Topf mit dampfend heißem Wasser und einen Stapel Tücher zu einem in der Nähe stehenden Tisch. »Ich brauche zerdrückte Schafgarbe, um lindernde Umschläge zu machen.« Mit zusammengekniffenen Augen blickte er auf die erste Dienerin. »Jemand muss zur Apotheke laufen.«

»Ich«, antwortete sie und lief mit wild flatternden Röcken aus dem Raum.

Nygyll begann vorsichtig mit der Reinigung der Wunden und nahm sich dabei zuerst derer an, die am lebensbedrohlichsten wirkten.

Abermals wurde die Tür geöffnet, und dieses Mal kamen zwei Männer, die sich leise miteinander unterhielten, mit einem beißend kalten Windstoß in den Saal. Der Hauptmann der Wache, Alexander, ein muskulöser Kerl mit dunkelbraunen Locken, zobelschwarzen Augen und einem kantigen Gesicht, beugte sich zu Vater Daniel herunter, dem Priester der Burg, der ebenso schwächlich wirkte wie der Hauptmann stark. Selbst im Sommer blieb die Haut des Priesters kreidebleich, und auch seine kalten blauen Augen und das drahtige, karottenrote Haar passten hervorragend zu seiner stets säuerlich verzogenen Miene. Gottes Botschafter zu sein, empfand er offenbar als schwere Bürde.

Sein Blick begegnete dem von Morwenna, wandte sich jedoch gleich wieder ab.

Ehe die Tür wieder zufiel, glitt noch Dwynn, der Narr, herein. Trotz seiner vielleicht zwanzig Jahre war sein Verstand immer noch der eines Kindes. Auch er blickte in Morwennas Richtung und schob sich dann eilig an dem Priester vorbei an eine Stelle, an der sie ihn nicht mehr sehen konnte. Sie hatte keine Ahnung, warum sie ihm solche Angst einflößte. Sie versuchte immer nett zu ihm zu sein, aber trotzdem ging er ihr, wenn möglich, aus dem Weg. Was ihr heute Morgen, da sie sowieso schon schlechte Laune hatte, allerdings nicht gerade ungelegen kam.

Isa, die den Physikus nicht aus den Augen ließ, schob sich neben Morwenna, wies mit ihrem knochigen Kinn in Richtung des Verletzten und erklärte: »Wir können ihn nicht in die Klausurzelle im Nordturm schaffen. Der Boden ist verfault. Und in der Zelle im Südturm wohnt im Moment Bruder Thomas, weshalb nur der Kerker, der Graben oder –«

»Der Graben unter der Zugbrücke oder der Kerker?« Morwenna schüttelte den Kopf. »Isa, nein. Wir werden diesen Mann nicht wie unseren Feind behandeln. Wir bringen ihn im Zimmer meines Bruders unter und stellen, falls Ihr Euch dann besser fühlt, meinetwegen eine Wache vor die Tür. Wir brauchen wohl kaum Angst zu haben, dass dieser ... dieser Mann in seinem Zustand uns auch nur annähernd gefährlich werden könnte.« Sie blickte in die besorgten Augen ihrer alten Amme und merkte, dass Dwynn plötzlich ganz in ihrer Nähe stand. Er spielte mit dem ausgerissenen Saum seines Ärmels, und sie fragte sich, wie viel von dem Gespräch zwischen ihnen beiden der Tölpel wohl verstand. Obwohl alle anderen ihn für einen Idioten hielten, hatte sie sich schon öfters gefragt, ob sein Schwachsinn vielleicht nur eine Maske war. »Kommt, machen wir Nygyll etwas Platz.« Damit zog sie Isa mit sich in eine kleine Kammer, die unter der Treppe lag. »Weshalb denkt Sir Alexander, dieser Mann könnte ein Spion sein?«

»Das weiß ich nicht«, wisperte Isa.

»Aber Ihr glaubt es auch.«

»Es ist nicht nur das, M'lady.« Isa senkte ihre Stimme auf ein noch leiseres Flüstern und wich Morwennas Blicken aus.

»Aber was ... Oh, bei den Göttern, erzählt mir bitte nicht, Ihr hättet schon wieder eine Vision.«

Isa presste die schmalen Lippen aufeinander und sah Morwenna aus zusammengekniffenen Augen an. »Macht Euch nicht über mich lustig, Kind«, verwandelte sich die devote Dienerin in die Amme, die Morwenna aufgezogen hatte. »Was ich bisher gesehen habe, hat sich immer als wahr erwiesen, und das wisst Ihr genauso gut wie ich.«

»Manchmal.«

»Meistens. Ist Euch denn sein Ring nicht aufgefallen?«

»Welcher Ring?«, fragte Morwenna, wobei sich jedoch bereits ihr Herz furchtsam zusammenzog.

»Der goldene Ring, den der Verletzte trägt. Es ist ein Wappen auf dem Ring. Das Wappen von Wybren.«

Morwennas Herzschlag setzte aus, und sie hatte das Gefühl, als kämen die Wände der großen Halle auf sie zu. »Was sagt Ihr da, Isa?«

Die Falten um den Mund der Alten wurden noch ein wenig tiefer, während sie Morwenna aus wachen Augen anschaute. »Dass der Mann, der fast tot in der großen Halle liegt, vielleicht Carrick von Wybren ist, und der Ring verflucht ist, den er trägt.«

»Verflucht? Carrick? Bei den Göttern, Isa, seid Ihr jetzt völlig wahnsinnig geworden?«

Als hätte er sie reden hören, schrie der Mann plötzlich vor Schmerzen auf, ehe ein geflüstertes »Alena« über seine Lippen kam.

Morwenna erstarrte. Nein ..., das war unmöglich. Doch dann drang noch ein raues, verzweifeltes »Alena« an ihr Ohr.

Morwenna hatte das Gefühl, als rutsche ihr das Herz bis in die Knie. Alena hieß die Frau, die sich Carrick hingegeben hatte, obwohl sie mit seinem Bruder verheiratet gewesen war. Alena, die jüngere Schwester von Morwennas jetzigem Verlobten, Ryden von Heath. Oh Gott. Ihr war speiübel, und es kam ihr vor, als hätten sich die Blicke aller von dem Verletzten ab- und ihr zugewandt.

»Ich wusste es«, wisperte Isa, ohne auch nur die geringste Spur eines Triumphs in ihrer Stimme. Wieder presste sie die Lippen aufeinander und blickte zwischen dem Verletzten und Morwenna hin und her. »Ich glaube, dieser Mann ist wirklich Carrick von Wybren«, sagte sie mit leiser Stimme und griff mit ihren alten Fingern nach dem Stein, der an einer Kordel zwischen ihren Brüsten hing. »Und falls er wirklich der verfluchte Mörder, der Verräter ist, dann stehe die Große Mutter uns allen bei.«

2

»Das ist vollkommen unmöglich«, entgegnete Morwenna. Sie fürchtete, ihre Knie könnten ihr den Dienst versagen, und schalt sich innerlich für diese Schwäche, konnte jedoch das Echo des Namens nicht verdrängen, den der verletzte Mann voller Verzweiflung rief. »Carrick ..., Carrick ist tot, genau wie alle anderen.« Plötzlich bekam sie eine Gänsehaut, und sie rieb sich die Arme, während sie wiederholte, was ihrer Überzeugung nach die Wahrheit war. »Er ist zusammen mit der gesamten übrigen Familie in dem Feuer umgekommen.« *Genau wie Alena, die von ihm geliebte Frau.*

Isa schüttelte den Kopf und legte das Gesicht in sorgenvolle Falten. »Es gab Gerüchte, er wäre entkommen. Ein Stalljunge hat damals behauptet, Carrick auf seinem Lieblingshengst fortreiten gesehen zu haben, kurz bevor das Feuer entdeckt wurde.«

»Leeres Gerede«, erwiderte Morwenna, war jedoch schon nicht mehr ganz so überzeugt.

»Das Einzige, was man gefunden hat, waren die verkohlten Überreste irgendwelcher Menschen. Sie wurden einzig durch ein paar Kleiderfetzen und Schmuckstücke, die das Feuer überstanden hatten, identifiziert. Von den Familienmitgliedern war nichts mehr übrig als geschwärzte Körper, an denen außer Knochen kaum noch etwas dran war.«

»Ihr wart nicht dabei.« Bei dem Bild, das Isa zeichnete, drehte sich Morwennas Magen um. Ihr Schädel dröhnte, und sie hörte das Rauschen ihres Bluts in ihren Ohren. *Könnte es tatsächlich wahr sein? Hatte Carrick vielleicht wirklich überlebt und lag jetzt halb tot in ihrer Burg?* Nein, einen solchen Unsinn würde sie niemals glauben. All das war nur die Ausgeburt der Ängste einer alten Frau.

Als spürte sie Morwennas Zweifel, atmete Isa langsam aus. »Seht einfach selber nach, M'lady.«

Und genau das tat sie. Ohne auf ihre alte Dienerin zu warten, eilte sie zurück durch die große Halle, dorthin, wo die Menge um den geschundenen Mann versammelt war. Die Dienerin war mit der Schafgarbe zurück, und Nygyll trug das Heilkraut sorgfältig auf die Wunden des Patienten auf.

Der Priester bewegte langsam seine Hände und murmelte Gebete über dem verletzten Leib des Fremden, der ohne seine schmutz- und blutstarrenden Kleider deutlich sichtbar war. Seine Brust war nackt, und dichte schwarze Locken bildeten auf den flachen, festen Muskeln einen spitz nach unten zulaufenden Pfeil, der unter dem glatten Tuch verschwand, das über dem Unterleib des Mannes lag. Die über dem Torso, den Schultern und den Armen straff gespannte Haut wies unzählige dunkle Flecken, Abschürfungen und hässliche blutige Striemen auf.

»Wird er überleben?«, wollte Morwenna wissen und sah auf eine Hand, deren Knöchel aufgerissen waren und an der zwei Fingernägel fast zur Gänze fehlten.

»Um das zu sagen, ist es noch zu früh.« Stirnrunzelnd strich Nygyll mit seinen erfahrenen Händen über die Gliedmaßen des Fremden. »Sieht aus, als wäre abgesehen von ein paar angeknacksten Rippen nichts gebrochen.« Mit unter den dichten Brauen zusammengekniffenen Augen fügte er hinzu: »Das ist angesichts der Wunden kaum zu glauben, aber auch für eine gründlichere Untersuchung ist es noch zu früh. Falls er wieder zu sich kommt, werden wir ja sehen, ob er seine Arme und Beine noch bewegen kann.«

Nygyll hob eine Hand des Mannes an. Wie Isa behauptet hatte, trug er an einem schmutzstarrenden Finger einen großen Ring. Er blitzte hell im Licht der Kerzen, und Morwenna musste schlucken, als sie das in das Gold gravierte Wappen sah. Sie zuckte innerlich zusammen ... und eine deutliche Erinnerung tauchte vor ihrem geistigen Auge auf.

Vor über drei Jahren im Sommer. Sie waren ausgeritten und hatten neben einem kleinen Bachlauf in den Bergen Halt gemacht. Carrick, damals neunzehn Jahre alt und trotzdem schon ein Schurke, hatte eine wilde Rose von einem Busch gepflückt und sie ihr gereicht. Mit einer ironisch hochgezogenen Braue und einem leichten Lächeln hatte er sich vor ihr verbeugt, und sie hatte gespürt, dass sie, wenn sie die Blume nähme, einen Preis dafür bezahlen würde, hatte das Geschenk mit den blutroten Blütenblättern aber trotzdem akzeptiert und sich dabei an einem Dorn gestochen, der unter einem glatten grünen Blatt versteckt gewesen war.

»Autsch!«

»Ah, M'lady«, hatte Carrick sie verspottet. »Man muss immer auf der Hut sein. Das, was einem am unschuldigsten erscheint, erweist sich häufig als am gefährlichsten.«

»Was wollt Ihr damit sagen?«, hatte sie gefragt, als er ihren Finger an seinen Mund gehoben hatte, um den Blutstropfen zu trinken, der auf ihrer weißen Haut erschienen war. Dabei hatte sie, nicht zum ersten Mal, den breiten goldenen, in der heißen Sommersonne glitzernden Ring gesehen. »Sprecht Ihr vielleicht neuerdings in dummen Rätseln?« Sein Mund war warm gewesen und die Spitze seiner Zunge sanft und feucht, als sie über die winzig kleine Wunde an ihrer Hand geglitten war. Ein leichtes Kribbeln war durch sie hindurch gezogen und hatte sich bis auf die feuchten, intimen Stellen ihres Leibs erstreckt.

»Das ist nicht dumm, sondern die Wahrheit.« Wieder hatte er wissend eine dunkle Braue hochgezogen, während er mit seinen Zähnen über ihre Fingerspitze geglitten war.

Plötzlich war ihr siedend heiß geworden, und aus lauter Angst, ihr Verlangen könnte tatsächlich noch stärker werden, hatte sie ihm ihren Finger entrissen, worauf in seinen leuchtend blauen Augen ein amüsiertes Blitzen und auf seinen Lippen ein gefährliches Lächeln erschienen war.

»Angst?«, hatte er gestichelt.

»Vor Euch?«, hatte sie erwidert und entschlossen einen Schritt nach vorn gemacht. »Nein, Carrick, nur Vorsicht.«

Sein volles, dunkles Lachen war von den Hügeln der Umgebung zurückgeworfen worden, hatte sich in Morwennas Herz gebrannt, und nur wenig später war es um sie geschehen gewesen.

Sie hatte sich bis über beide Ohren in diese blasphemische Bestie verliebt.

»M'lady?«

Morwenna blinzelte, denn plötzlich wurde ihr bewusst, dass Sir Alexander sie angesprochen hatte. Vater Daniel hatte aufgehört, seine Gebete zu wispern, und alle, die bisher auf den geschwächten Mann gesehen hatten, starrten jetzt auf sie.

»Verzeihung«, sagte sie, räusperte sich leise und wurde puterrot. »Was habt Ihr gesagt?«

Der Hauptmann der Wache meinte leise: »Wenn es gestattet ist, würde ich gern kurz unter vier Augen mit Euch sprechen.«

»Ja. Natürlich. Kommt. Gehen wir in die Kemenate«, sagte sie und winkte Richtung Treppe. »Bewegt den Mann nicht eher von der Stelle«, wandte sie sich an den Physikus, »bis ich wieder da bin oder jemanden schicke, der sagt, dass Ihr ihn woanders unterbringen sollt.«

»Wie Ihr wünscht.« Nygyll hob nicht einmal den Kopf, da er gerade mit der Säuberung einer besonders widerlichen Wunde über den geschwollenen Augen des Verwundeten beschäftigt war.

Dicht gefolgt von Alexander hastete sie aus dem Saal und war dankbar, endlich nicht mehr in der Nähe des verletzten Fremden mit seinem geschundenen Körper, seinen zerrissenen Kleidern und dem beunruhigenden Ring zu sein.

Die Kemenate war ein großer Raum, in den man entweder aus Richtung Flur oder durch Morwennas Schlafgemach gelangte, und als sie durch die Tür trat, richtete sich das junge Mädchen, das gerade die kalte Asche vom Rost gefegt und ein neues Feuer angezündet hatte, eilig auf.

»M'lady.« Die Kleine nickte höflich mit dem Kopf. »Kann ich sonst noch irgendetwas für Euch tun?«

»Ja, Fyrnne, bringt uns doch bitte etwas warmen Wein, um die Kälte zu vertreiben.«

Die Dienstbotin verzog den Mund zu einem schiefen Lächeln, das eine breite Zahnlücke erkennen ließ. Trotzdem war sie mit ihren wilden roten Locken und ihren unzähligen Sommersprossen ein wirklich hübsches Ding. »Ich bringe ihn sofort«, erklärte sie, und das auf dem Boden ausgelegte Stroh fing hörbar an zu rascheln, als sie mit wehenden Röcken aus dem Zimmer lief.

»Ihr wolltet mit mir sprechen«, wandte sich Morwenna an den Hauptmann der Wache, der höflich in der Tür stehen geblieben war. »Bitte, setzt Euch.« Sie zeigte auf die beiden Stühle direkt vor dem Kamin und machte es sich auf einem davon bequem. »Sagt mir, was Ihr auf dem Herzen habt.«

»Es geht um den Gefangenen«, erklärte er und nahm, wie es aussah, widerstrebend, ihr gegenüber Platz. Er war ein regelrechter Hüne mit einer gebogenen Nase und dunklen, immer etwas sorgenvollen Augen, und sie hatte ihn wie die meisten anderen Soldaten und Bediensteten zusammen mit der Burg geerbt.

»Was ist mit ihm? Und vergesst nicht, Sir Alexander, solange ich nicht sicher bin, dass er ein Feind ist, betrachte ich ihn als unseren Gast.«

»Das könnte ein Fehler sein, M'lady.« Seine dicken Finger

strichen nervös über den Griff seines Schwerts und folgten den verschlungenen, eingravierten Mustern.

»Warum?«

»Vielleicht sollten wir ihn eher als Feind betrachten, bis das Gegenteil bewiesen ist.«

»Ihr haltet ihn also für gefährlich?«

»Allerdings.«

»Aber er ist fast tot.« Sie trommelte mit einem Finger auf die Armlehne ihres Stuhls und versuchte nicht daran zu denken, dass der Fremde vielleicht Carrick war. Nein, das war unmöglich. »Ich bezweifle, dass er irgendjemandem Schaden zufügen kann.«

»Es ist keine Sünde, vorsichtig zu sein«, entgegnete Alexander, und wieder ging ihr Carricks Warnung, die er an jenem lauen Sommermorgen vor so vielen Jahren ausgesprochen hatte, durch den Sinn. *Man muss immer auf der Hut sein. Das, was einem am unschuldigsten erscheint, erweist sich häufig als am gefährlichsten.*

Alexander blickte sie aus seinen dunklen Augen an, und nicht zum ersten Mal bemerkte sie etwas in seinen braunen Augen, was er eilig vor ihr verbarg, indem er den Blick sofort wieder abwandte.

Die unangenehme Stille, die sich über das Zimmer senkte, wurde durch ein lautes Klopfen unterbrochen.

»Ich bin es, Fyrnne, M'lady«, rief eine sanfte Stimme.

»Kommt bitte herein.«

»Der Koch dachte, Ihr hättet vielleicht gern auch eine Kleinigkeit zu essen.« Beladen mit einem riesigen Tablett kam die junge Dienerin herein und stellte ihre Last auf dem kleinen Tischchen ab, das zwischen den beiden Stühlen stand.

»Ah, danke«, sagte Morwenna und hörte ihren Magen

knurren, als sie den Korb mit warmem Brot und die kleinen Teller mit eingelegten Eiern, gesalzenem Aal und gebackenen Äpfeln sah. »Das ist alles, Fyrnne.«

»Wie Ihr wünscht.«

Sobald Fyrnne den Raum wieder verlassen hatte, bot Morwenna Alexander einen Becher warmen Wein und sah ihn fragend an. »Jetzt sagt mir, Alexander. Ihr haltet den Mann unten für gefährlich. Warum?«

»Er wurde nicht weit von der Burg entfernt inmitten einer Baumgruppe entdeckt, von der aus man die Straße, die zum hinteren Tor führt, hervorragend überblicken kann.«

»Und wurde dort beinahe tot geprügelt. Hatte er irgendwelche Waffen bei sich?«

»Ja, einen Dolch, den er in seinem Stiefel ans Bein gebunden hatte. Und ein Schwert.«

»Steckte es noch in der Scheide?«

»Ja.«

»Weist es Blutspuren auf?«

Alexander schüttelte den Kopf und trank einen Schluck von seinem Wein. »Nein.«

»Dann hat er sich also nicht einmal verteidigt, als er angegriffen wurde?«

»Zumindest nicht mit einer Waffe, die wir gefunden hätten. Der Sheriff und ein paar von seinen Männern suchen gerade die Umgebung der Stelle ab, an der der Mann gefunden wurde.«

»Nach möglichen weiteren Opfern?«

»Um vielleicht herauszufinden, was passiert ist.«

»Wurde er beraubt?«

»Seine Waffen und sein Ring waren noch da, aber er hatte weder ein Pferd noch einen Karren oder einen Geldbeutel bei sich. Es wäre also möglich.«

Sie schob sich eines der eingelegten Eier in den Mund und versuchte nicht darauf zu achten, wie heiß das Blut durch ihre Adern schoss. *Vielleicht war der Verletzte Carrick.* Gab es nicht Gerüchte, dass er dem Feuer, das seine Familie getötet hatte, entkommen war? Gab es nicht Gerüchte, dass ein Stallbursche gesehen hatte, wie er davongeritten war? Wurde nicht behauptet, Carrick hätte möglicherweise selbst das tödliche Feuer gelegt? Aber warum? Aus welchem Grund hätte er seine gesamte Familie ermorden sollen? Sicher nicht, um die Burg zu erben, denn, falls er wirklich noch am Leben war, hatte er schließlich alle in dem Glauben gelassen, auch er selber wäre tot. Seit über einem Jahr, seit der Stallbursche begonnen hatte, das Gerücht von seinem Überleben zu verbreiten, hatte ihn niemand mehr gesehen.

Bis jetzt.

»Mir scheint, wir sollten uns eher vor denen fürchten, die diesen armen Menschen überfallen haben, als vor ihrem Opfer.«

Alexander blickte nachdenklich in seinen Becher, schaute ihr dann aber offen ins Gesicht. »Er trägt den Ring von Wybren.«

Ihr Herzschlag setzte aus. »Das habe ich gesehen, aber die Leute von Wybren sind nicht unsere Feinde.«

»Auf Wybren gehen viele seltsame Dinge vor.«

Darum ging es also. Jeder, der den Ring erblickte, würde sofort an das Feuer denken, das im letzten Jahr am Weihnachtsabend auf Wybren gewütet hatte, und auch an die Anschuldigungen, die gegen Carrick erhoben worden waren und denen Baron Graydynn, der neue Herr der Burg, nicht entgegentrat. »Ihr sprecht von dem Feuer?«

»Mindestens sieben Menschen sind darin umgekommen. Die Flammen haben Baron Dafydd, seine Frau, vier seiner

Kinder und seine Schwiegertochter dahingerafft. Der Einzige, der angeblich entkommen ist, war sein Sohn Carrick. Und es gibt Gerede, dass es Mord gewesen ist.«

Nachdenklich befingerte sie ihren Becher. »Ihr denkt, Carrick hätte das Feuer gelegt, seine Familie umgebracht, sich aus dem Staub gemacht und wäre nach über einem Jahr aus irgendeinem Grund plötzlich wieder aufgetaucht und läge jetzt schwer verletzt unten auf dem Tisch in der großen Halle?«

»Es wäre durchaus möglich.« Alexander hatte seine Hand nach einem Stück Aal ausgestreckt, hielt jetzt aber mitten in der Bewegung inne.

»Aber nicht wahrscheinlich. Weshalb hätte er das tun sollen? Weshalb hätte er seine Familie ermorden und dann verschwinden sollen?«

»Ich habe keine Ahnung. Vielleicht hat er ja irgendeinen Groll gegen sie gehegt.«

»Gegen seine *gesamte* Familie? Es wurden sieben Leichname gefunden. *Sieben*«, erinnerte sie nicht nur Alexander, sondern auch sich selbst. »Sir Carrick ist dem Feuer irgendwie entkommen, so … so sieht es zumindest aus. Aber es gibt keinerlei Beweise dafür, dass er derjenige gewesen ist, der das Feuer gelegt hat. Der Mann unten hat den Ring, den er am Finger trägt, entweder gestohlen oder jemand hat ihn ihm aufgesteckt.« Sie leerte ihren Becher, wischte sich den Mund mit einer Leinenserviette ab und legte das Tuch mit leicht zitternden Händen zurück in ihren Schoß. »Warum bringt Ihr mich nicht an die Stelle, an der man ihn gefunden hat? Und während wir beide unterwegs sind, soll man den Verletzten in Tadds Zimmer bringen.« Normalerweise war Morwenna dankbar dafür, dass ihr Bruder Tadd nur selten zu Besuch kam, heute aber hätte sie seine respektlosen Ratschläge gebraucht. »Ihr könnt eine Wache vor der Tür postieren, aber wir werden ihn wie einen Gast behandeln, solange es keinen Grund zu der Annahme gibt, dass er unser Gegner ist.«

»Aber, M'lady –«

Sie bedachte ihn mit einem strengen Blick und reckte wie immer, wenn es jemand wagte ihr zu widersprechen oder auch nur anzudeuten, dass sie als Frau nicht wirklich ernst zu nehmen war, entschlossen das Kinn.

Alexander blieb die Geste nicht verborgen. »Wie Ihr wünscht.«

»Ich hole meinen Umhang und treffe Euch am Stall. Sagt dem Stallmeister, dass er mein Pferd fertig machen soll.«

Er sah aus, als wollte er dagegen protestieren, dann aber stellte er entschlossen seinen Becher auf den Tisch, nickte ihr wortlos zu und marschierte eilig aus dem Raum.

Morwenna atmete tief durch. Sie wischte sich die Krümel von den Fingern, glitt in ihr Schlafzimmer hinüber, zog die Tür hinter sich zu und versuchte zu verdrängen, dass der verletzte Fremde Carrick sein könnte. Schließlich war der Gedanke, wie sie auch Sir Alexander deutlich gemacht hatte, vollkommen verrückt. Sie blickte auf ihr Bett und dachte an die Hitze und die Lust, das Verlangen und die brennende Begierde, die sie im Traum empfunden hatte, bevor sie mit dem Gefühl die Augen aufgeschlagen hatte, nicht allein im Zimmer zu sein. Auch das war vollkommen verrückt. Sicher, Calon war eine labyrinthische Burg mit unzähligen Treppen, Gängen und versteckten kleinen Räumen, die sie noch nicht alle betreten hatte, aber trotzdem lauerte ganz sicher niemand irgendwo im Dunkeln, beobachtete niemand aus irgendwelchen finsteren Ecken, was sie tat. Ihre Fantasie war wieder einmal mit ihr durchgegangen, das war alles, dachte sie.

Sie legte einen warmen Umgang um, zog sich mit den Zähnen die Handschuhe über die Finger und lief dann die gewundene Treppe hinunter zurück in die große Halle, wo gerade eine Gruppe von Soldaten den Verwundeten auf eine Trage bettete.

Ihm entfuhr ein Stöhnen, und eine Sekunde dachte sie, seine geschwollenen Lider würden sich vielleicht öffnen, doch außer einem neuerlichen Stöhnen gab er kein Lebenszeichen von sich, als man die Trage anhob.

»Wird er überleben?«, fragte sie den Arzt.

Nygyll schüttelte den Kopf und wischte seine blutigen, nassen Hände an einem Handtuch ab. »Ich habe ernste Zweifel. Er ist in einem elendigen Zustand. Hat viel zu viele Wunden. Er macht einen starken Eindruck, aber er wird auch viel Kraft brauchen, um diese Verletzungen zu überstehen. Vor allem muss er überleben wollen, sonst hat er keine Chance.«

»Sein Schicksal liegt jetzt in Gottes Händen«, fügte der Priester salbungsvoll hinzu, bekreuzigte sich und schüttelte beim Anblick der armen Seele auf der Trage wenig hoffnungsvoll den Kopf.

»Dann habe ich wohl wenig zu befürchten, wenn er hier bei uns bleibt«, stellte Morwenna fest.

Als der Priester sich zum Gehen wandte, griff sie nach seinem Arm, bat: »Vater, einen Augenblick noch, bitte«, zog aber, als er sie mit seinen kalten Augen anschaute, eilig ihre Hand zurück.

»Der Mann trägt einen Ring mit dem Wappen von Wybren«, sagte sie und bemerkte ein leichtes Zucken um die Mundwinkel des Priesters. »Das Wappen der Burg Eures Bruders Graydynn. Das Wappen der Burg, auf der die Familie Eures Onkels Dafydd umgekommen ist.«

Der Priester sagte nichts.

»Es gibt ... Einige von uns machen sich Sorgen, der Verwundete könnte Carrick sein. Euer Cousin.«

»Der Verräter.«

»Der angebliche Verräter.«

Vater Daniel blickte den Soldaten, die den Fremden über die Treppe hinauf in sein Zimmer trugen, nach. »Oh, er ist ganz sicher ein Verräter. Er hat seine Familie umgebracht.«

»Habt Ihr ihn erkannt?«

»Nicht mehr als Ihr«, erwiderte der Priester, und sie hielt den Atem an. »Ihr habt Ihn doch gekannt, nicht wahr?«

»Ja, aber –«

»Es ist unmöglich zu sagen, wer der Verletzte ist.«

»Bis es ihm wieder besser geht und die Schwellungen zurückgegangen sind.«

Vater Daniel zog eine Braue in Höhe. »*Falls* es ihm jemals wieder besser geht. Wie gesagt, sein Schicksal liegt jetzt in Gottes Hand.« Wieder bekreuzigte er sich und fügte noch hinzu: »Natürlich gebietet es die Vorsicht, meinen Bruder umgehend davon in Kenntnis zu setzen, dass sein Feind, unser Cousin, möglicherweise festgenommen worden ist.«

»Das werde ich tun, wenn ich mir sicher bin, dass dieser Mann tatsächlich Carrick ist.« Sie verfolgte, wie die Trage ihrem Blick entschwand. »Die Gerüchte breiten sich bestimmt noch heute bis zu ihm nach Wybren aus, aber solange wir nicht sicher wissen, wer der Verletzte ist, sind Gerüchte auch das Einzige, was ich ihm bieten kann.«

Wer hatte diesen Fremden so heftig attackiert und dann einfach in der Kälte liegen lassen, damit er einsam starb? Und aus welchem Grund? War es ein Raubüberfall gewesen – das Werk grausamer Diebe? Weshalb hatte er dann noch seine

Waffen und den Ring gehabt? Hatte jemand seine Angreifer gestört? Hatte jemand sie vertrieben, bevor sie alles, was sie haben wollten, hatten stehlen und ihn hatten töten können? Oder war dieser brutale Überfall ein Racheakt gewesen? Für welche Tat? Welche Sünde hatte dieser Mann begangen, dass er derart misshandelt worden war?

Und weshalb trägt er den Siegelring von Wybren?

Morwenna hatte keine Antworten auf alle diese Fragen und stapfte unruhig hin und her, bis Alexander, dicht gefolgt von ihrer kleinen Schwester, die wie ein verwaistes kleines Hündchen an seinen Fersen klebte, zurück in die Halle kam.

»Der Mann bleibt in der Burg?«, wisperte Bryanna und sah mit leuchtenden Augen über ihre Schulter, als tauche der Verletzte jeden Augenblick direkt hinter ihr auf.

»Ja.«

»Ist das denn nicht gefährlich?« Es war nicht zu überhören, wie aufregend Bryanna den Gedanken fand.

»Ich glaube nicht, denn schließlich atmet er ja kaum und hat auch das Bewusstsein noch nicht wiedererlangt.« Ohne weiter auf ihre kleine Schwester einzugehen, wandte sich Morwenna an Sir Alexander. »Lassen Sie uns zu der Stelle reiten, an der der Jäger unseren Gast gefunden hat. Vielleicht können wir ja rekonstruieren, was vorgefallen ist.«

»Gast«, murmelte der Hauptmann und stieß ein leises Schnauben aus.

»Ich komme mit«, verkündete Bryanna und stieß in ihrer Eile, einen Umhang zu holen, beinahe mit dem Gottesmann zusammen, der an der Treppe stand. »Verzeihung, Vater«, murmelte sie eilig und rief ihrer Schwester über die Schulter zu: »Ich hole nur schnell meine Sachen. Wartet bloß auf mich.«

Als Morwenna Vater Daniels Blick begegnete, entdeckte

sie in seinen Augen einen unausgesprochenen Vorwurf und noch etwas anderes – etwas Düsteres, Verschwommenes, ja gar Verbotenes –, das aber ebenso schnell wieder verschwand. Als hätte er es ebenfalls bemerkt, wandte sich der Priester eilig ab und hastete in Richtung des östlichen Korridors, an dessen Ende die Kapelle lag.

»Ich verstehe wirklich nicht, wozu das gut sein soll«, knurrte Alexander, Morwenna aber blickte nachdenklich dem Priester hinterher.

Was hatte Vater Daniel für Geheimnisse? Und was dachten alle anderen hier auf dieser Burg? Ein Schauder rann ihr über den Rücken. Nicht zum ersten Mal fühlte sie sich hier wie eine Fremde, eine Schäferin, die ihre Herde nicht kannte. Sie war vor weniger als einem Jahr hierher gekommen und eine Außenseiterin.

»M'lady«, sagte Alexander und räusperte sich leise.

»Was? Oh?« Dann fiel ihr seine Bemerkung wieder ein. »Ich weiß auch nicht, was wir dort draußen finden werden, Sir Alexander, aber sehen wir uns die Stelle trotzdem einmal an.« Sie nickte dem Hauptmann der Wache zu und wartete darauf, dass er die schwere Tür nach draußen aufschob. Mort, der schnarchend vor dem Feuer gelegen hatte, stand auf und streckte sich.

Als Morwenna den inneren Hof betrat, fegte ein bitterkalter Wind über das winterharte Gras, pfiff durch ihren Umhang und schlug ihr ins Gesicht. Sie neigte ihren Kopf und lief, ohne auf die Eiseskälte zu achten, Mort auf den Fersen, über den ausgetretenen Pfad in Richtung Stall. Das gelbe, platt gedrückte Gras war starr vor Frost, und die Pfützen links und rechts des Weges waren mit Eis bedeckt.

Zwei rotnasige Jungen schleppten mit tief über die Ohren gezogenen Wollmützen Feuerholz zur großen Halle, und ein

Dritter rackerte sich mit Kübeln voll kaltem Wasser ab. Ein Mädchen, sicherlich noch keine zehn, streute Körner und Austernschalen für die Hühner aus. Gackernd hieben die Tiere mit ihren Schnäbeln aufeinander ein, und Federn stoben durch die Gegend, als die Hennen voreinander flohen. In den Pferchen grunzten laut die Schweine, blökten die Ziegen, die gemolken wurden, und der Geruch von Dung, Rauch, gärendem Bier und ranzigem Fett erfüllte die winterkalte Luft.

Die momentane Ablenkung durch den Verwundeten schien schon wieder vergessen. Es herrschte wieder Alltag auf der Burg, und sämtliche Bewohner gingen ihrer Arbeit nach.

Morwenna hob den Blick in Richtung Wehrgang und sah wie immer mehrere Wachtposten dort stehen. Händler und Bauern trieben ihre Tiere mit Stöcken oder Peitschen an, die riesengroße Wagen durch die tiefen Furchen der Hauptstraße in Richtung Burg zogen.

Als Morwenna an der Hütte der Schankwirtinnen vorbeikam, unterhielten sich die Frauen gerade über die Entdeckung des verletzten Fremden.

»… so übel zugerichtet, dass seine eigene Mutter ihn nicht mehr erkennen würde«, wisperte Anne, die größte Klatschbase von allen.

»Zweifellos ein Räuber, der sein Schicksal verdient hat«, gab eine andere zurück.

»Oder irgendein Ehemann hat ihn dabei erwischt, wie er seiner Frau an die Röcke gegangen ist«, mutmaßte Anne.

Die anderen fingen an zu kichern, Alexander murmelte verächtlich »Weiber«, und Morwenna ging absichtlich etwas schneller, um den Tratschtanten zu entkommen.

Schnellen Schrittes ging sie an der Hütte des Waffenschmieds vorbei. Das gleichmäßige Klirren seines Hammers, mit dem er die Ringe für ein Kettenhemd platt klopfte, übertönte beinah das bösartige Zischen einer Gans, die einen kleinen, allzu kessen Hahn direkt vor Morwennas Füßen über den Fußweg trieb.

Als sie durch das letzte Tor trat, hob Morwenna ihren Blick zum Himmel. Es würde sicher weiterregnen, denn bedrohlich graue, dicke Wolken hingen in der Luft.

»Ich weiß wirklich nicht, was Ihr Euch von diesem Ausflug versprecht«, knurrte Alexander, als sie den Stall erreichten, wo Mort sofort sein Bein an seinen Lieblingspfosten hob.

»Ich auch nicht, aber vielleicht befriedigt es zumindest meine Neugierde, wenn ich mit eigenen Augen sehe, wo der Mann gefunden worden ist.«

Als sie den Stall betrat, wo ihr der Geruch von Heu, von Pferden, Mist und Leder in die Nase stieg und der Wind nicht mehr an ihrem Haar und ihrem Umhang zerrte, sah er ihr zweifelnd nach. Zielstrebig marschierte sie zu einer Box, in der fertig gesattelt ihr kleines Lieblingsreitpferd stand.

Alabasters dunkle Augen leuchteten vor Freude, und mit einem leisen Schnauben warf sie ihren weißen Kopf hoch.

»Sie ist bereit«, erklärte John, der Stallmeister, bückte sich nach Mort und tätschelte ihm liebevoll den Kopf. »Heute Morgen scheint was in der Luft zu liegen, das die Pferde unruhig macht.« Er richtete sich wieder auf, runzelte die Stirn und rieb sich nachdenklich den Nacken. »Irgendwas, was ihnen nicht gefällt.«

»Wie zum Beispiel?«

Als sie nach Alabasters Zügeln griff, strich er auch dem Pferd kopfschüttelnd über den Hals. »Keine Ahnung, aber ich spüre es auch.«

Wieder rann ein kalter Schauder über Morwennas Rücken. John erschien ihr grundsolide. Anders als die laut gackernden Wirtinnen oder der beunruhigend schweigsame Vater Daniel hatte er immer einen bodenständigen, vernünftigen Eindruck auf sie gemacht.

»Es liegt sicher nur an der Kälte, daran, dass Winter ist«, tat sie seine Bemerkung ab, obwohl sie sich sicher war, dass er ihr nicht glaubte, und sie selbst ebenfalls etwas beunruhigt war.

Seit dem verdammten Traum von Carrick.
Wirklich nur ein Traum?
Oder war es nicht doch eine Vorahnung gewesen?

Sie schob diese Gedanken beiseite und folgte John, der Alabaster führte, Richtung Hof. Ungeduldig hielt die Stute ihre Nase in den Wind, schlug mit ihrem Schweif und zerrte an den Zügeln, als ihr die morgendliche Kälte durch die Tür entgegenschlug. »Immer mit der Ruhe«, besänftigte sie der große Mann und tätschelte ihr begütigend den Kopf. Mit ihrem, abgesehen von den grauen Fesseln und dem grauen Maul, blütenweißen Fell war das Pferd, das Morwenna seit vier Jahren ritt, ein wunderschönes Tier. »Gebt gut acht, M'lady«, empfahl John. »Es ist heute Morgen ziemlich rutschig, denn der Boden ist gefroren. Passt also gut auf.«

»Das werde ich«, erklärte sie und fügte, als sie ihn skeptisch eine buschige, blonde Braue in die Höhe ziehen sah, treuherzig hinzu: »Versprochen.«

»Oh, ich hätte auch nichts anderes gedacht«, erwiderte er eilig, obwohl er leicht errötete und seine Knollennase anfing noch stärker zu leuchten als bisher.

Als sie sich auf den Rücken ihrer Stute schwang, hörte sie plötzlich schnelle Schritte, und Bryanna kam mit vom Wind gerötetem Gesicht und wild fliegenden dunklen Locken um die Ecke des Stalls gerannt. »Wartet auf mich«, bat sie mit atemloser Stimme. »Ich komme mit. John, ich brauche ein Pferd.«

Morwenna seufzte innerlich auf, nickte jedoch, als der Stallmeister sie fragend ansah, schicksalsergeben mit dem Kopf, und er winkte den Jungen, der die Boxen ausmistete, zu sich heran.

»Kyrth, sattle bitte Mercury für die junge Dame. Und zwar möglichst schnell.«

Der Junge warf die Forke weg und wischte sich die Hände an seiner Hose ab. »Wird nur eine Minute dauern.« Damit duckte er sich unter dem tief hängenden Dach hindurch, und als er im Stall verschwand, bestieg Sir Alexander seinen braunen Hengst, der so dicht bei Alabaster stand, dass sie ihm gehässig in die Flanke biss.

»Ruhig, Mädchen«, warnte Morwenna sie. »Du legst dich besser nicht mit jemandem an, der so viel stärker ist als du.« Doch während sie dies sagte, sah sie mit einem Mal sich selbst, wie sie mit einem Schwert auf den über einen Meter achtzig großen, muskulösen Carrick losgegangen war. Obwohl sie äußerst flink war und gut mit einem Schwert umgehen konnte, hatte er sie schnell entwaffnet und ihr die Spitze seiner eigenen Waffe aufs Herz gedrückt. Sie hatten allein in einem Hof gestanden, der süße Duft von Geißblatt und von Rosen hatte die warme Abendluft erfüllt, und sie hatte mit dem Rücken an einer harten Wand gestanden und ihn mit wild klopfendem Herzen aus großen Augen angesehen.

»Ihr habt verloren, M'lady«, hatte Carrick ihr erklärt, und seine Augen hatten in der anbrechenden Dämmerung gefunkelt.

»Dieses eine Mal.« Sie hatte sich die Haare aus der Stirn

gestrichen und ihm ins Gesicht gesehen. Sie hatte gekeucht, vor Anstrengung geschwitzt, und ihr Herz hatte gerast. Auch Carricks Gesicht war gerötet gewesen, und ein dünner Schweißfilm hatte auf seiner Stirn geglänzt.

»Jedes Mal.«

»Ihr schmeichelt Euch.«

Er hatte verführerisch gelächelt. »Vielleicht bleibt mir ja nichts anderes übrig, wenn niemand anderes es tut.«

»Und jetzt bettelt Ihr auch noch um ein Kompliment.«

Sein Grinsen hatte beinahe boshaft ausgesehen. »Aber Ihr werdet mir keins machen, stimmt's?«

Sie hatte den Kopf zurückgeworfen und schallend gelacht. »Da irrt Ihr Euch. Ich glaube nämlich von ganzem Herzen, dass Ihr, Carrick von Wybren, die attraktivste, arroganteste und stolzeste Schlange seid, der ich je begegnet bin.«

»Schlange?« Er hatte getan, als wäre er schockiert. »Ich bin tief getroffen!«

»Dann vielleicht lieber eine Natter?«

»Das ist ja wohl das Gleiche.«

»Beide sprechen mit gespaltener Zunge, nicht wahr?«, hatte sie gestichelt, und mit aufblitzenden Augen hatte er seine Waffe laut krachend auf die Steine fallen lassen und sie mit seinem Körper gegen die Wand gedrückt. Knie an Knie, Schenkel an Schenkel, Brust an Brust hatten sie da gestanden, und sie hatte kaum noch Luft bekommen, so fest hatte er seine straff gespannten Muskeln an ihren Leib gepresst.

»Ach, Morwenna, manchmal seid Ihr die reinste Plage«, hatte er an ihrem Ohr gewispert und ihre Arme über ihren Kopf gehoben, ehe er mit seinen Händen an ihr herabgeglitten war. Ihr Herz hatte wie wild gepocht, und dann hatte er sie mit einem Mal geküsst. Hatte seine heißen, festen Lippen auf ihren Mund gepresst, und die Zunge, die Morwenna eben noch herabgewürdigt hatte, hatte einen derartigen Zauber auf sie ausgeübt, dass sie, wenn auch mit einem unwilligen Stöhnen, dahingeschmolzen war ...

»Los geht's!«, drang Bryannas Stimme wie eine Axt in Morwennas Tagtraum ein. Sie atmete aus, merkte, dass Sir Alexander sie mit großen Augen ansah, und bekam trotz der Kälte einen heißen, puterroten Kopf. Sie räusperte sich leise, schüttelte den Kopf und verdrängte die Erinnerung, während Alabaster, dicht gefolgt von Mercury, den Stall verließ.

Mit Hilfe des Stalljungen schwang sich auch Bryanna auf ihr Pferd, nahm mit vor Aufregung leuchtenden Augen die Zügel in die behandschuhten Hände und sagte noch einmal mit atemloser Stimme: »Auf!«

»Ja.« Alexander nickte.

Eilig ritten sie durch ein offenes Tor in den äußeren Hof, an den Pferchen der Schafe, der Kühe und weiterer Pferde sowie am Obstgarten vorbei, in dem der kalte Winterwind durch die skelettartigen Bäume pfiff. Nur ein paar frostharte Winteräpfel und eine laut schimpfende schwarze Krähe waren in dem nackten Geäst zu sehen.

Auf dem Weg durch das offene, hintere Tor der äußeren Mauer murmelte Alexander leise etwas von einem »völlig blödsinnigen Ausflug«, hob, als er den Wachmann sah, zum Gruß die Hand und trieb dann seinen Hengst den gefrorenen Weg hinab in Richtung Fluss.

Außerhalb der dicken Mauern tobte der Wind noch stärker, peitschte Morwenna ins Gesicht und riss an ihrem Haar. Ohne jedoch darauf zu achten, rammte sie ihrer Stute die Fersen in die Flanken, damit sie nicht hinter Alexanders Hengst zurückfiel, und spürte, wie die gute Alabaster ihre Beine streckte und in einen lockeren Galopp verfiel. Inzwischen schossen sie nicht mehr über die Straße, sondern über ein brachliegendes Feld in Richtung des nördlich der Burg liegenden Waldes.

Fröhlich juchzend klammerte Bryanna sich an Mercurys Hals und folgte den beiden anderen. Für sie war dieser morgendliche Ausritt eine willkommene Abwechslung von der Langeweile auf der Burg. Und auch wenn Morwenna wusste, wie ernst und problematisch die Lage für sie selber war, fand sie es ebenfalls ungemein erfrischend, als Klumpen feuchter Erde unter den Hufen ihres Pferdes durch die Gegend flogen und ihr der kalte Wind entgegenblies. Es war einfach herrlich, der Enge der Burgmauern für eine Weile zu entkommen. Sie hatte das Gefühl, als fiele eine Last von ihren Schultern, denn so sehr sie Calon liebte, gab es dort etwas Dunkles und Bedrohliches, das sie nicht verstand, eine Finsternis, der sie an diesem Morgen allzu gern einmal entkam.

Du hast dir einfach zu oft Isas Geschichten angehört.

Du hast einfach einen beunruhigenden Traum zu viel gehabt.

Am Rand des Waldes verlangsamte Sir Alexander das Tempo seines Pferdes, und während die Rösser hörbar schnaubten und ihr heißer Atem dampfend aus ihren Nüstern quoll, fand er die Spur eines Hirsches, die von unzähligen frischen Abdrücken von Pferdehufen zertrampelt worden war.

»Hier entlang«, erklärte er, und die Erleichterung, die Morwenna empfunden hatte, löste sich im Dunkel der umstehenden Bäume auf. Während sie Alexander folgte, drangen aus der Ferne Stimmen an ihr Ohr, die immer lauter wurden, je tiefer sie unter einer Reihe kahler Bäume und an ein paar Büschen vorbei in das Wäldchen kamen. Auf einer kleinen Lichtung trafen sie den Sheriff, zwei seiner Männer und den Jäger Jason, die alle von ihren Pferden abgestiegen waren, um sich in der Nähe eines kleinen, beinahe zugefrorenen Bachlaufs gründlich umzusehen. Als sie die ankommenden Pferde hörten, sahen sie eilig auf, zerrten sich die Kappen von den Köpfen und nickten ihrer Herrin ehrerbietig zu.

»M'lady«, begrüßte sie der Sheriff, als sie sich von ihrer Stute schwang.

»Hier wurde der Mann gefunden?«, fragte Alexander, während er ebenfalls von seinem Pferd sprang. Auch Bryanna glitt geschmeidig aus dem Sattel und machte einen Schritt nach vorn.

»Ja, hinter dem dicken Baumstamm, bei dem großen Felsen.« Jason wies auf einen großen, flachen, scharfkantigen Stein und ein paar dunkle Flecken, aus deren Richtung eine rote Flüssigkeit in kleinen Rinnsalen zu kleinen Pfützen auf dem Boden zusammengelaufen war.

Blut.

Morwenna schauderte.

Alexander fragte: »Habt Ihr irgendwas entdeckt?«

Payne, der Sheriff, schüttelte seinen ergrauten Kopf. Er hatte zerzauste, silberfarbene Brauen, eine hohe Stirn und schwere, dicke Lider, die ihn schläfrig aussehen ließen. Trotzdem war sich Morwenna sicher, dass ihm kaum etwas entging. »Es gibt nicht viel zu sehen. Da drüben sind die Überreste eines Lagerfeuers« – er wies auf eine kleine Grube mit verkohltem Holz und zeigte dann auf eine Eibe – »dort liegen ein paar Pferdeäpfel, und natürlich das Blut und ein paar dunkle Haare an dem Stein. Wahrscheinlich ist ein Kopf – sein Kopf – hart auf den Felsen aufgeschlagen.«

Obwohl Bryanna leise aufschrie, fuhr der Sheriff fort.

»Natürlich haben wir auch jede Menge Huf- und Stiefelabdrücke entdeckt. Auch wenn die meisten Abdrücke nicht gerade deutlich sind ...« Er ging in die Hocke und starrte auf den Boden. »... sieht es aus, als hätten wir es mit mindestens zwei verschiedenen Schuhgrößen zu tun und als hätten die Personen in der Nähe dieses Steins miteinander gekämpft.« Stirnrunzelnd blickte er auf die Bäume am Rand der kleinen Lichtung. »An einigen der Bäume sind ein paar Zweige abgebrochen, und auch wenn wir nicht sicher wissen, ob das bei dem Kampf passiert ist, gehe ich vorläufig davon aus.« Er rieb sich nachdenklich den Bart und blickte mit zusammengekniffenen Augen in die Ferne, als versuche er sich vorzustellen, was genau geschehen war. »Ich würde sagen, der Mann, den Jason gefunden hat, ist hier überfallen worden, hat sich gegen den oder die Angreifer gewehrt, den Kampf aber verloren und ist, weil man ihn für tot hielt, einfach hier zurückgelassen worden.«

»Vielleicht hat auch der Angegriffene gesiegt und der Mann auf unserer Burg ist der Verbrecher. Nach allem, was wir bisher wissen, können wir nicht sicher sagen, wer den Kampf angefangen hat.« Alexander lief hinüber zu dem Felsen und sah ihn sich genauer an. »Schließlich könnte auch der Mann, den Jason gefunden hat, der Angreifer gewesen sein, und sein Opfer ist entkommen.«

»Oder seine Leiche liegt noch irgendwo im Wald«, sagte Payne wie zu sich selbst, woraufhin Morwenna abermals ein kalter Schauder über den Rücken rann. »Aber es war kein Blut an der Waffe des Mannes, den wir gefunden haben, und vor allem steckte sie noch in der Scheide.« Payne richtete sich mühsam wieder auf. »Das alles ist äußerst mysteriös. Die besten Antworten werden wir wahrscheinlich von dem Gefangenen bekommen, wenn er wieder sprechen kann.«

»Er ist kein Gefangener«, stellte Morwenna fest.

»Ist er etwa ein Gast?« Payne schnaubte, als fände er diesen Gedanken vollkommen absurd. »Etwas ist hier vorgefallen, Lady Morwenna, ein brutales Verbrechen.« Während er dies sagte, fingen die Äste einer alten Eiche an zu knarren, als stimmten sie ihm zu, und er bedachte seine Herrin mit einem durchdringenden Blick. »Ich habe gehört, dass der Verletzte einen Ring mit dem Wappen von Wybren trägt, und ich stelle mir die Frage, woher er den wohl hat.«

Morwenna nickte steif und fragte sich zum x-ten Mal, wer der verletzte Fremde auf ihrer Burg wohl war.

»Wurde der Ring vielleicht gestohlen?«, fuhr der Sheriff unerbittlich fort. »War er ein Geschenk? Gibt es eine Verbindung zwischen dem Träger und der Burg? Seit Baron Dafydds Familie in dem Feuer umgekommen und sein Neffe Graydynn der neue Herr geworden ist, gehen dort merkwürdige Dinge vor.« Payne runzelte die Stirn, und seine Nasenflügel bebten, als schlüge ihm plötzlich irgendein Gestank entgegen. »Ich schlage vor, dass Ihr den Fremden in sichere Verwahrung nehmt, bis wir sicher wissen, wer er ist.«

»Wir haben eine Wache vor seiner Tür postiert.«

Der Sheriff blickte auf den blutbefleckten Stein. »Wollen wir hoffen, dass das reicht.«

»Er ist beinahe tot, und ich kann mir nicht vorstellen, dass er uns in seinem Zustand schaden kann.«

»Aber was ist mit dem Menschen, der ihn angegriffen hat? Was, wenn er nochmal zurückkommt?«, fragte der Sheriff mit nachdenklicher Stimme, und Alexander meinte: »Falls er überhaupt angegriffen worden ist.«

»Es gibt in dieser Sache jede Menge offener Fragen.« Payne schnalzte mit der Zunge, während der Wind mit einem

Seufzer durch die Bäume strich. »Und es gefällt mir ganz und gar nicht, dass es bisher keine Antworten auf diese Fragen gibt.«

3

Jeder Knochen tat ihm unendlich weh. Muskeln, von denen er bisher gar nicht gewusst hatte, dass es sie gab, pochten, und er hatte das Gefühl, als würde sein Gesicht verbrennen, als hätte jemand mit einem stumpfen Messer die Haut von seinen Wangen abgelöst. Er hörte Geräusche …, körperlose Stimmen, die sich in seiner Nähe unterhielten, als wäre er wirklich schon nicht mehr am Leben, und die Worte, die sie leise sprachen, brannten sich wie Mottenflügel in sein Fleisch. Trotzdem konnte er sich kaum rühren, nicht einmal zucken.

Er versuchte zu sprechen, doch über seine Lippen kam nicht das leiseste Geräusch.

Wo war er?

In seinem Hirn herrschten Verschwommenheit und Düsternis, als läge er in einem nebelverhangenen Wald.

Wie lange war er schon hier?

Er versuchte ein Auge aufzumachen, doch es fühlte sich an, als ramme ihm jemand einen Dolch in seinen Schädel, und es gelang ihm nicht mehr, als mit einem leisen Stöhnen gegen die Finsternis anzukämpfen, die von allen Seiten an seinem Bewusstsein zerrte und drohte, ihn wieder mit sich in den seligen Abgrund hinabzuziehen, in dem es weder Schmerzen noch Erinnerungen gab. Er hatte einen fauligen Geschmack im Mund, eine geschwollene Zunge, und als er versuchte, eine seiner Hände zu bewegen, zuckte ein grauenhafter Schmerz durch seinen Leib.

Er strengte sich noch einmal an, um einen Ton herauszubringen, doch seine Lippen wollten sich beim besten Willen nicht bewegen, und abgesehen von einem leisen Murmeln oder Stöhnen versagte seine Stimme ihren Dienst. Wie aus weiter Ferne drangen abermals verschiedene, gesichtslose Stimmen an sein Ohr.

»Er bewegt sich«, sagte eine alte Frau.

»Nein, das ist nur das Seufzen eines Sterbenden. Ich habe gehört, wie er den Namen von Alena von Heath gewispert hat, als er hier hereingetragen wurde.«

Alena ... tief in seinem Innern rührte sich etwas. *Alena.*

»Aber da war er genauso wenig bei Bewusstsein wie auch jetzt.«

»Aber –«

»Ich sage euch, er ist noch immer nicht erwacht. Seht nur.« Er spürte eine Hand auf seiner Schulter, und sämtliche Feuer der Hölle fegten in einem schmerzlichen Sturm durch ihn hindurch. Trotzdem konnte er sich nicht bewegen. »Seht ihr ..., er ist dem Tod so nahe wie ein Mensch nur sein kann, und es wäre ein Segen, wenn er endlich stürbe.« Endlich zog sich die schwere Hand zurück.

»Glaubt Ihr, dass er ein Räuber oder vielleicht gar ein Vogelfreier ist?«, fragte eine nervöse Frauenstimme.

»Vielleicht«, antwortete eine ruhigere, sicherere Stimme. Die der älteren Frau. »Ich glaube, dass er mal gut ausgesehen hat. Wenn er mir an die Wäsche gegangen wäre, hätte ich ganz sicher keine Angst gehabt.«

»Oh, Ihr seid manchmal wirklich schrecklich«, schalt die andere Stimme. »Woher wollt ihr bei all den Schürfwunden und Schwellungen denn überhaupt wissen, dass er mal hübsch gewesen ist? Im Moment sieht er aus wie das Gerippe eines Igels, nachdem der Koch das Fleisch zu Würstchen verarbeitet hat.«

Beide Frauen fingen an zu gackern, während er wieder in seliger Bewusstlosigkeit versank.

Später ... wie viel später, konnte er nicht sagen, aber die Schmerzen hatten deutlich nachgelassen, und in seinem halb ohnmächtigen Zustand hörte er die tonlosen Gebete eines Mannes, der vielleicht ein Priester war und anscheinend dachte, seine Seele sei auf dem Weg, seinen Körper zu verlassen, um geradewegs hinabzufahren in die tiefste Hölle. Zumindest hörten seine Worte sich so an.

Es mussten also Tage vergangen sein ..., mehrere Tage, dachte er.

Er versuchte, einen Arm zu heben, um dem Priester zu verstehen zu geben, dass er ihn hören konnte, doch seine Knochen waren viel zu schwer, und so blieb er reglos liegen, während der andere ohne große Überzeugung um Vergebung seiner Sünden bat.

Seiner Sünden.

Hatte er viele Sünden begangen? Oder vielleicht nur ein paar?

Und was für Sünden waren das gewesen? Gegenüber Männern? Frauen? Gott?

Er hatte keine Ahnung, konnte sich beim besten Willen nicht erinnern, doch im Grunde war es ihm auch vollkommen egal. Während er im Dunkeln lag, wünschte er sich einzig, dass die letzten Schmerzen weichen würden, und als der Priester ging, fragte er sich, ob es vielleicht besser wäre, sich dem Tode zu ergeben, als dieses Elend weiter zu ertragen.

Gnädigerweise war er immer nur ein paar Minuten wach, und auch dieses Mal begann er bereits wieder zu ermatten, als er hörte, wie vorsichtig eine Tür geöffnet wurde und jemand auf leisen Sohlen an sein Krankenlager trat.

»Wie geht es ihm?« Dies war die Stimme einer Frau. Sie sprach leise, um ihn nicht zu stören, war aber trotzdem klar und verriet Autorität. Eine Stimme, die ihn in irgendeiner dunklen Ecke seines Verstandes berührte, und von der er instinktiv wusste, dass er sie erkennen müsste, weil sie schon früher einmal an sein Ohr gedrungen war.

»Relativ unverändert, M'lady«, antwortete eine Männerstimme knurrig.

M'lady? Vielleicht die Frau des Burgherrn? Oder seine Tochter? Er musste alle Kraft aufbieten, um nicht sofort wieder in der Finsternis der Bewusstlosigkeit zu versinken.

Sie stieß einen lauten Seufzer aus, und der süße Duft von Veilchen stieg ihm in die Nase. »Ich frage mich, wer er ist und weshalb man ihn halb tot in der Nähe der Burg gefunden hat.« Weshalb nur war ihm ihre Stimme so vertraut? Hatte er sie irgendwann einmal gekannt?

Denk nach, verdammt noch mal! Sieh zu, dass du dich erinnerst!

»Das fragen wir uns alle«, erwiderte der Mann.

Wieder drangen Schritte an sein Ohr. Kurz. Schnell. Beinahe übereilt. »Ist er wach geworden?« Eine andere Frau, älter, dachte er, und ihre Stimme hatte einen sorgenvollen Klang.

»Nein. Noch nicht.« Das war wieder der Priester.

»Bei der Großen Mutter, ich traue diesem Kerl nicht über den Weg.«

»Ja, Isa, das ist uns allen hinlänglich bekannt«, antwortete der Mann.

Die ältere Frau ist Isa. Er versuchte, sich den Namen einzuprägen und auch nicht zu vergessen, dass sie an die alten

Geister glaubte, während er weiter gegen das Dunkel kämpfte, das sich über sein Bewusstsein zu senken begann.

»Das habt Ihr uns inzwischen oft genug gesagt«, mischte sich auch die jüngere der beiden Frauen wieder in das Gespräch.

»Lady Morwenna, er ist auf dem Weg der Besserung. Vielleicht können wir ihn jetzt endlich in den Kerker bringen«, schlug die Ältere ihr vor.

Morwenna?

Woher kannte er diesen Namen?

Versuch nicht zu vergessen, dass die jüngere Frau, die hier offenbar etwas zu sagen hat, eine gewisse Morwenna *ist.*

»Seht ihn Euch doch nur mal an. Sieht er etwa so aus, als wäre er in der Lage, irgendjemandem etwas zu tun?«, wollte Morwenna von der Alten wissen.

»Manchmal sind die Dinge nicht so wie sie scheinen.«

»Ich weiß, aber vorläufig werden wir diesen Mann nicht wie einen Gefangenen behandeln.«

Einen Gefangenen? Was hatte er getan, dass irgendjemand dachte, er gehöre eingesperrt?

Abermals hörte er Schritte. Lauter. Schwerer als zuvor.

Er bemühte sich verzweifelt, noch ein wenig wach zu bleiben, um vielleicht zu erfahren, in was für einer Situation er sich befand.

»M'lady.« Die dunkle Männerstimme brachte den Geruch von Regenwasser, Rauch und Pferden mit herein. Seine Nackenhaare sträubten sich, als wäre dieser unbekannte Mann ein Feind.

»Sir Alexander.« Die Stimme der jüngeren Frau. Die Stimme von *Morwenna*. Bei den Göttern, weshalb war sie ihm so vertraut? Woher kannte er den Namen? Warum zum Teufel konnte er sich nicht daran erinnern, wer sie war?

»Wie geht es ihm?«, wollte der Mann Alexander wissen, obwohl in seiner Stimme nicht das leiseste Interesse lag. *Er ist der Feind. Nimm dich vor ihm in Acht!*

»Nicht viel anders als gestern. Er ist noch nicht wach geworden, obwohl der Arzt sagt, dass die Verletzungen allmählich heilen, und man sehen kann, dass seine Wunden Schorf gebildet haben und die Schwellungen ein bisschen zurückgegangen sind. Nygyll meint, er hätte nichts gebrochen, und die Tatsache, dass sich sein Zustand nicht verschlimmert hat, ließe darauf schließen, dass er keine schweren inneren Verletzungen davongetragen hat.«

Das ist ja hocherfreulich, dachte er sarkastisch, während er zu dem Ergebnis kam, dass Nygyll offenbar der Arzt war, der ihn behandelt hatte, und dass er auch diesen Namen besser nicht wieder vergaß.

»Sollten wir nicht einen Boten nach Wybren zu Lord Graydynn schicken?«

Wybren? Er wusste sofort, dass das eine Burg war. Aber *Lord* Graydynn? Das klang irgendwie verkehrt. Oder vielleicht doch nicht? Graydynn? Ja ..., er kannte einen Graydynn ... oder vielleicht doch nicht? Sein Magen zog sich noch schmerzlicher zusammen, und er spürte deutlich, dass irgendetwas nicht stimmte. Dass irgendetwas nicht in Ordnung war. *Graydynn!* Er versuchte, sich an das Gesicht des Mannes zu erinnern, und hatte plötzlich einen fauligen Geschmack im Mund.

»Und was soll er dem Baron erzählen?«, fragte Morwenna in ungläubigem Ton. »Dass wir einen fast toten Mann im Wald gefunden haben, von dem wir nichts weiter wissen, als dass er einen Ring mit dem Wappen von Wybren trägt?«

»Ja«, sagte Sir Alexander. »Vielleicht könnte ja der Baron oder einer seiner Männer den Verletzten identifizieren, und dann wüssten wir endlich, ob er uns freundlich oder feindlich gesonnen ist.«

»Das ist eine gute Idee«, pflichtete die Alte ihm derart eilig zu, als hätten sie bereits vorher darüber gesprochen. »Dann wüssten wir endlich, ob der Mann Sir Carrick ist.«

Carrick? Sein Herz fing an zu rasen. Er war *Carrick? Carrick von Wybren?* Der Name hallte lauter als alle anderen in seinem Kopf. Er versuchte, sich zu konzentrieren, den Schmerz zu ignorieren, sich endlich zu erinnern. War er Carrick?

»Noch nicht«, antwortete die jüngere Frau. »Früher oder später werden wir Lord Graydynn informieren müssen, aber lasst uns warten, bis wir selber etwas mehr über diesen Fremden herausgefunden haben.«

»Und wie sollen wir das anstellen?«, wollte Isa von ihr wissen.

»Wir werden mit ihm sprechen, wenn er aus der Bewusstlosigkeit erwacht.«

»*Falls* er jemals wieder wach wird«, erwiderte die Ältere mit einem verächtlichen Schnauben. »Schließlich ist es über eine Woche her, dass wir ihn gefunden haben, und bisher hat er noch nicht einmal die Augen aufgemacht.«

Über eine Woche? So lange?

»Vielleicht wird er nie wieder wach«, fügte Isa noch hinzu.

Ihre Worte waren wie eine Prophezeiung, denn so sehr er sich bemühte, weiter wach zu bleiben, verlor er jetzt den Kampf und versank erneut in der Dunkelheit der Ohnmacht, die ihm nicht nur das Bewusstsein, sondern auch die Schmerzen nahm.

»Das ist nicht bloß leeres Gerede«, behauptete der fette Händler. Er saß eingezwängt auf einem Stuhl vor dem Feuer in der Haupthalle von Castle Heath, leckte sich die Finger und nahm sich ein weiteres gesülztes Ei von dem Tablett, dass sich unter Käseecken, Scheiben gesalzenen Aals und Datteln bog. »Ich war vor zwei Tagen selbst auf Calon. Die Wachen haben mich angehalten, minutenlang befragt und sogar meinen Wagen durchsucht, obwohl sie mich gut kennen. Sie haben mir keinen Grund dafür genannt, aber später in der Stadt habe ich gewürfelt und ein paar Becher getrunken und dabei den Apotheker Wilt entdeckt. Obwohl ich ihn etwas bedrängen musste, damit er was erzählt, hat er schließlich zugegeben, dass sie Carrick von Wybren gefunden und mit auf die Burg genommen haben.«

Lord Ryden nippte an seinem eigenen Becher und lauschte der Geschichte des übergewichtigen Mannes von dem brutal zusammengeschlagenen, halb toten Fremden, der in der Nähe der Burg gefunden worden war. Rydens Blut geriet in Wallung, doch er gab sich die größte Mühe, sich nicht anmerken zu lassen, wie wütend er war. Der Gedanke, dass sich ausgerechnet Carrick in die Festung Calon eingeschlichen haben sollte, rief heißen Zorn in seinem Inneren wach. Es war vollkommen egal, dass Carrick offenbar kaum noch am Leben war. Bereits die Tatsache, dass er in der Nähe seiner Verlobten Morwenna war, brachte Ryden dazu, den Becher so fest zu umklammern, dass er garantiert zerbrochen wäre, wäre er aus etwas anderem als Zinn gemacht.

Wenn der Händler nicht gerade aß, gestikulierte er wild mit den Händen, schmückte den Bericht über die Verletzungen des Fremden und das auf Calon ausgebrochene Durcheinander immer weiter aus, und stellte vor allem die Gefahr für Leib und Leben, die er selbst angeblich eingegangen war, um Ryden die Botschaft zu überbringen, äußerst anschaulich dar.

Er war nicht der Erste, der mit dem Bericht von der Ergreifung Carricks nach Heath gekommen war, und deshalb war an der Geschichte sicher etwas dran.

Ryden gab sich keinen Illusionen hin. Er wusste, dass Morwenna, die Burgherrin von Calon, erst eingewilligt hatte, seine Frau zu werden, nachdem sie von Carrick sitzen gelassen worden war. Ryden glaubte nicht, dass sie ihn liebte, und er liebte sie auch nicht. Doch mit Castle Calon brächte sie eine reiche Mitgift in die Ehe, und durch ihre Heirat würden ihrer beider Herrschaftsbereiche miteinander verschmelzen, und er würde Herr über ein noch größeres Gebiet. Ryden konnte es kaum noch erwarten, und nichts und niemand würde ihn an dieser Eheschließung hindern, die derart viele Vorteile für ihn barg.

Vor allem nicht Carrick von Wybren, diese verlogene Ausgeburt der Hölle, der Rydens Schwester Alena erst verführt und dann durch die unverzeihliche Brandstiftung ermordet hatte. Ryden spürte, wie der alte Zorn in ihm aufstieg, als er an die Schwester dachte, die jung genug gewesen war, um als seine Tochter durchzugehen. Sie hatte vor Leben nur so gesprüht und mit ihrem glatten, weizenblonden Haar, ihrem melodiösen, beinahe frechen Lachen und dem teuflischen Blitzen in ihren goldenen Augen so gut wie jedem Mann den Kopf verdreht. Sie war wunderschön gewesen und hatte es gewusst.

Mit siebzehn hatte sie ihrem Bruder rundheraus erklärt, Theron von Wybren sei die Liebe ihres Lebens, doch obwohl sie kaum ein halbes Jahr danach mit ihm den Bund der Ehe eingegangen war, hatte sie Ryden dadurch nicht täuschen können.

Alena war viel zu keck gewesen, um dauerhaft mit einem Mann alleine glücklich sein zu können, und nicht lange nach der Hochzeit hatte es bereits geheißen, sie und Therons Bruder Carrick verbände weitaus mehr, als es zwischen Schwägerin und Schwager üblich war. Ryden hatte sogar einen Spion zur Überwachung seiner Schwester ausgesandt, nur dass dieser Spion – verflucht sei seine Seele – niemals zurückgekommen war. Er hatte kräftig abkassiert und sich dann einfach aus dem Staub gemacht.

Nun, während der Händler immer weiter plapperte und in seiner Eile, sich seinen dicken Hals mit irgendwelchen Köstlichkeiten voll zu stopfen, immer wieder ein Stückchen vom Fisch in seinem schweren Bart verlor, dachte Ryden über seine Möglichkeiten nach. Er hatte schon lange, bevor dieser eitle Fatzke mit seinem Wagen voller Waren durch das Tor von Heath gekommen war, über Carricks Schicksal Bescheid gewusst.

Endlich – zufällig in dem Moment, in dem auch noch der letzte Krümel vom Tablett verschwunden war – kam der widerliche Fettkloß mit seiner Darstellung zum Ende, worauf Lord Ryden sich erhob und ihm dadurch zeigte, dass die Audienz vorüber war. Er dankte dem Mann herzlich, schickte ihn zu seinem Haushofmeister, damit dieser mehr von seinen Waren kaufte, als die Burg im Grunde brauchte, und ließ seinen Besucher in der glücklichen Gewissheit, dass sie Freunde waren, ziehen.

Der Händler, dachte Ryden, war eindeutig ein Narr, der sich irrtümlicherweise für sehr viel schlauer hielt, als er tatsächlich war.

Es gab so viele solcher Menschen, und sie waren, wenn man auch nur einen Funken Hirn besaß, problemlos zu durchschauen. Äußerlich jedoch ging Ryden stets respektvoll mit derartigen Gestalten um. Trotz der kleinen Armee vertrauenswürdiger Spione, die in seinen Diensten standen, und obwohl er für gewöhnlich nicht auf fremde Hilfe angewiesen war, konnte es nicht schaden, noch einen Menschen mehr zu haben, der die Augen für ihn offen hielt. Also setzte er ein schmales Lächeln auf, um dem fetten Kerl seine Dankbarkeit zu zeigen, und ließ die Mundwinkel erst wieder sinken, als der Händler hinter seinem Haushofmeister aus dem Raum gewatschelt war.

Sobald er jedoch wieder allein war, trat er zornbebend vors Feuer, starrte in die Flammen und rief das Bild des Brands auf Wybren und des daraus folgenden Grauens vor seinem inneren Auge auf.

Carrick.
Morwennas Geliebter.

»Verdammt«, murmelte er, spuckte in die Flammen, die funkensprühend aufzischten. Er musste eben noch ein wenig warten, sagte er sich. Er bräuchte bei Morwenna genauso viel, wenn nicht gar noch mehr Geduld als bei seinen beiden bisherigen Frauen. Auch Lylla und Margaret waren dickköpfig gewesen und hatten über eigene ausgedehnte Anwesen geherrscht, Ryden jedoch hatte niemals die Geduld verloren, und auf diesem Weg sein Ziel – die Verdreifachung der eigenen Ländereien – letztendlich erreicht.

Durch die Hochzeit mit Morwenna würde sich sein Reichtum weiter mehren, gewönne er noch eine weitere Burg dazu. Und als wäre das nicht bereits wunderbar genug, war sie auch noch in einem Alter, in dem sie ihm einen Erben schenken konnte. Den lang ersehnten Sohn!

Lylla hatte eine Tochter zur Welt gebracht, genauso zart und schwach wie sie, und schon nach einem Vierteljahr hatte eine Krankheit sie und auch das Mädchen einfach dahingerafft.

Margaret, seine zweite Frau, war fast so alt gewesen wie

er selbst, eine Witwe, unfruchtbar und kalt wie ein Stück Fels. Er hätte auch mit einer Statue schlafen können, denn sämtliche Versuche sie zu schwängern, hatten nicht das Mindeste genützt. Kaum fünf Jahre später war sie ebenfalls gestorben, war einfach immer weniger geworden, bis sie nur noch Haut und Knochen gewesen war. All die Untersuchungen ihres Urins, all die Aderlasse, das Ansetzen von Egeln, die Kräuterpasten und die Trünke hatten nicht das Mindeste genützt, was, wie Ryden dachte, vielleicht nicht Margaret, doch ihm selbst auf jeden Fall zupass gekommen war. Das einzige Vorteilhafte an dem Weib war schließlich immer nur ihr Reichtum gewesen.

Ryden hatte Margaret keine Träne nachgeweint, denn sie war eine nörgelige, anspruchsvolle, selbstsüchtige Frau gewesen, die immer allen anderen die Schuld gegeben hatte an ihrem eigenen Leid.

Morwenna aber war erfrischend jung, temperamentvoll und vor allem sicher fruchtbar. Er lächelte bei dem Gedanken daran, sich in ihr zu verlieren, wenn er mit ihr schlief. Sie zu schwängern, würde ein Vergnügen sein. Sie war sinnlich, ohne sich dessen bewusst zu sein, groß und muskulös, hatte einen runden, straffen Hintern, große, dabei aber nicht mal ansatzweise plumpe Brüste, und er nahm an, dass ihr das Liebesspiel die gleiche Freude machen würde wie ihm selbst. Oh, zu spüren, wie sie ihre starken Beine um ihn schlang, wenn er sich ein ums andere Mal hart in sie hineinschob, bis sie vor Vergnügen und vor Schmerzen schrie. Denn was war Sex ohne das reine, animalische Decken, ohne die Beherrschung des Weibes durch den Mann? Ah, ja, bereits bei dem Gedanken wurde er vor Freude hart.

Beherrschung – danach sehnte er sich mehr als nach allem anderen auf Erden.

Er konnte es kaum noch erwarten, bis er Morwenna endlich zur Braut bekam.

Es war eine fantastische Verbindung, die beste, die er jemals eingefädelt hatte, und selbst wenn Morwenna eine fette, alte, hakennasige, sterile Vettel gewesen wäre, hätte er sie angestrebt. Durch ihre Jugend und Geschmeidigkeit, durch ihre festen Brüste und ihre schmale Taille wurde der auch so bereits verführerische Kuchen nur noch etwas versüßt.

Er leckte sich erwartungsfroh die Lippen.

Ryden von Heath würde nicht zulassen, dass irgendjemand – und schon gar nicht der verdammte Carrick – ihm in die Quere käme. Egal, was auch geschah, er würde Morwenna, Burgherrin von Calon, in ein paar Monaten zur Frau nehmen.

4

Morwenna flüchtete aus der Kapelle und kam sich dabei alles andere als heilig vor. Obwohl sie brav das Kreuz geschlagen, Vater Daniels Gebeten zugehört, den Rosenkranz befingert und Gott dabei ihre eigenen Worte zugeflüstert hatte, hatte sie während des gesamten langweiligen Gottesdienstes unablässig an den Fremden in Tadds Schlafzimmer gedacht. War er Freund oder Feind?

War er vielleicht wirklich Carrick?
Könnte das tatsächlich sein?

Obwohl ihr Atem in der Kälte kleine weiße Wölkchen bildete, machte ihr Herz bei dieser Frage einen Satz, und ein Gefühl von grimmiger Genugtuung wärmte ihr das Blut. War es wirklich möglich? Hatte das Schicksal ihr vielleicht die Macht gegeben, über den Schurken zu entscheiden, der ihre Liebe mit Füßen getreten hatte? Wahrscheinlich aufgrund des erbärmlichen Zustands des Fremden weckte diese Überlegung leichte Schuldgefühle in ihr. Wäre er gesund gewesen, hätte sie ihn ohne Probleme den Wölfen auf Wybren vorwerfen können. Seinem Onkel Graydynn. Oder gar dem Henker, falls er wirklich ein Mörder und Verräter war. Doch er war halb tot gewesen, als sie ihn gefunden hatten, und der Anblick des geschundenen Gesichts hatte ihr hartes Herz ein wenig weich gemacht.

Auf wundersame Weise hatte der Verletzte tatsächlich überlebt. Trotz der Warnungen des Arztes, dass er wahrscheinlich in den ersten vierundzwanzig Stunden sterben würde, war der Tag seiner Entdeckung inzwischen über eine Woche her. Und mit einem derart ausgeprägten Überlebenswillen käme er ganz sicher durch.

Also, Morwenna, was wirst du mit ihm machen? Als Herrin dieser Burg hältst du sein Schicksal in der Hand. Was, wenn er wirklich Carrick ist? Oder... was, wenn nicht?

»Zum Kuckuck nochmal«, murmelte sie, denn sie war noch ebenso verwirrt wie in dem Augenblick, in dem er auf einer Trage in der Burg gelandet war. Sie schlang sich ihren Schal ein wenig fester um den Hals und betrat den Hof. Der Hufschmied schlug mit einem Hammer auf einem glühend roten Hufeisen herum, Mädchen sammelten Eier oder sengten toten Hühnern die Haare und Stoppelfedern ab, und eine der Wäscherinnen blickte in den dunklen Himmel und runzelte die Stirn. Auch wenn Morwenna diese Dinge nicht wirklich registrierte, fing ihr Magen an zu knurren, als sie an der Hütte des Bäckers vorüberging, aus der ihr der Duft von frischem Brot, Äpfeln, Zimt und Nelken in die Nase stieg.

»Morwenna, warte!«, rief Bryanna, die ihr aus der Kapelle nachgelaufen war. Morwenna warf einen Blick über die Schulter und sah, dass ihre Schwester zwischen halb zugefrorenen Regenpfützen hindurch auf sie zurannte. Gemeinsam betraten sie den Garten, in dem die letzten Blumen welkten und die Bank neben dem Brunnen mit einer dicken Eisschicht überzogen war.

Als könne sie die Gedanken der älteren Schwester lesen, wollte Bryanna von ihr wissen: »Was, wenn der Mann in Tadds Zimmer wirklich Carrick ist?«

»Das ist vollkommen unmöglich. Wir müssen davon ausgehen, dass Carrick zusammen mit dem Rest seiner Familie bei dem Brand umgekommen ist.« Morwenna hüllte sich etwas enger in ihren Umhang ein und lief an einem Spalier, an dem sich ein paar letzte Rosen an die dunklen, blätterlosen Ranken klammerten, vorbei. Sie wollte nicht mit ihrer Schwester über Carrick sprechen oder wer zum Teufel sonst der Fremde war. Sie und Bryanna hatten diese Unterhaltung, seit sie den verdammten Ring von Wybren am Finger des Verwundeten gesehen hatten, bereits ein Dutzend Mal geführt. »Er ist ... tot.« Sie blickte ihrer Schwester ins Gesicht. »Genau wie diese Diskussion.«

»Du hast ihn mal geliebt«, hielt ihr Bryanna vor, und um ein Haar wäre Morwenna über einen Stein gestolpert, der vor ihren Füßen lag. »Nur, dass du inzwischen Lord Ryden von Heath versprochen bist.«

Morwenna presste die Lippen aufeinander. Sie konnte nicht an Ryden denken. Nicht in diesem Augenblick. »Ich habe Carrick *nie* geliebt«, versuchte sie, nicht nur die Schwester, sondern auch sich selbst zu überzeugen. »Ja, es stimmt, dass ich mir eingebildet habe, ihn zu lieben, aber damals war ich noch jung und fürchterlich naiv.« Hatte er nicht schließlich bereits vor und auch noch nach dem Flirt mit ihr ein Verhältnis mit seiner eigenen Schwägerin gehabt?

»Er hat dir das Herz gebrochen.«

Morwenna zuckte innerlich zusammen. Am liebsten hätte sie es rundheraus geleugnet, stattdessen aber blieb sie vor der Hütte des Fuhrmanns stehen und wünschte sich mit aller Macht, sie bräuchte diese Unterhaltung nicht zu führen.

»Das ist alles lange her. Über drei Jahre.«

»Ich weiß, aber wenn sich rausstellt, dass der Mann tatsächlich Carrick ist, was wirst du dann tun? Entweder er hat das Feuer auf Wybren gelegt und ist also ein Verbrecher, oder er ist dem Feuer entkommen, und wer auch immer es gelegt hat, ist hinter ihm her. So oder so wird Lord Ryden sicher nicht begeistert davon sein, dass du deiner alten Liebe, die vielleicht mehrere Menschen ermordet hat, hier Unterschlupf gewährst.«

»Vielleicht ist er ja auch das Opfer.«

»Auch wenn ich ihn nie kennen gelernt habe, hege ich große Zweifel daran, dass Carrick von Wybren jemals ein Opfer war«, widersprach Bryanna in herausforderndem Ton. »Ein Halunke und ein Schurke vielleicht, ein Opfer aber sicher nicht.« Ohne eine Antwort abzuwarten lief sie leichtfüßig davon und ließ die große Schwester allein mit ihren Sorgen in der Kälte stehen.

Das Feuer könnte auch ein Unfall gewesen sein, versuchte sie sich einzureden, denn dass Carrick vorsätzlich seine gesamte Familie ermordet haben sollte, konnte sie einfach nicht glauben. Was hätte er dadurch gewonnen? Nach dem Tod des Vaters und des Bruders hätte er die Burg schließlich nur geerbt, wenn niemand ihm die Todesfälle hätte anlasten können, was aber sofort geschehen war. Und vor allem hätte er sich melden müssen, um das Erbe seines Vaters Dafydd beanspruchen zu können, das nach dem Inferno seinem Vetter Graydynn zugefallen war. Das aber hatte er bis heute nicht getan.

Weil er ein Verräter war. Ein Mörder!

»Oh, um der Liebe des Heiligen Peter willen«, murmelte sie leise und der Fuhrmann, der an einem Rad mit gebrochenen Speichen lehnte, sah sie fragend an.

»M'lady?« Mit vor Kälte roter Nase und strohblondem, wirr unter einer Wollmütze hervorstehenden Haar richtete er sich auf. »Kann ich etwas für Euch tun?« Er wischte sich die Nase mit dem zerrissenen Ärmel seiner Jacke ab.

»Nein, Barnum, schon gut.« Morwenna zwang sich zu einem Lächeln, ging wieder in den Garten, setzte sich dort auf die Bank und blickte zum Himmel, wo eine Wand aus drohend dunklen Wolken eine frühe Abenddämmerung verhieß. Die Düsternis des Tages passte genau zu ihrer Stimmung.

Morwenna hob den Blick zum Fensterchen des Zimmers, in dem der Verletzte lag, und überlegte, wie es war, wenn auf einer Burg ein Feuer ausbrach. Allerorten bräche Panik aus, Menschen würden lange Schlangen bilden und eilig Eimer voller Wasser aus den Brunnen und den Teichen weiterreichen, während die Flammen prasselten und zischten. Freie, Diener, Soldaten und auch die Familie des Burgherrn würden sich bemühen, das Feuer mit nassen Lumpen oder Eimern voller Sand zu löschen und die Ausbreitung der Flammen zu verhindern. Verzweifelt würden reetgedeckte Dächer mit Wasser besprengt und die kleinen Kinder und die Tiere auf das freie Feld hinausgeführt. Schweine würden quietschen, Leute schreien, Hunde bellen, Pferde kreischen, während die Flammen immer näher kamen und alles, was ihnen in den Weg kam, gnadenlos zerstörten. Dichter, schwarzer Rauch stiege in den gnadenlosen Himmel auf, die

Hölle bräche los, und wenn der Wind noch aus der falschen Richtung käme …

Erschaudernd schlang sie sich die Arme um die Brust. Hatte vielleicht tatsächlich jemand das Feuer auf Wybren absichtlich gelegt?

Aber warum?

Weil er sich einen persönlichen Vorteil von der Tat versprach?

Aus Rache?

Abgrundtiefem Hass?

Sie biss sich auf die Lippe und starrte reglos auf das kleine Fenster. Bot sie wirklich einem Mörder Unterschlupf? Und falls ja, war er der Mann, der ihr Herz gestohlen hatte, nur um es zu brechen? Sie atmete tief durch, straffte ihre Schultern und stand entschieden wieder auf. Wenn der Mann im Zimmer ihres Bruders wirklich Carrick war, sollte sie ihn so behandeln wie jeden anderen, der einer schweren Straftat verdächtig war. Sie sollte ihn Lord Graydynn übergeben. Vielleicht war ja sogar ein Preis auf seinen Kopf, eine Belohnung für seine Ergreifung ausgesetzt?

Statt sie jedoch mit freudiger Erwartung oder mit Befriedigung über die gelungene Rache zu erfüllen, rief dieser Gedanke eine noch größere Verzweiflung in ihr wach.

»Du benimmst dich vollkommen idiotisch«, knurrte sie sich an. *Der Mann in dem Zimmer kann* unmöglich *Carrick sein.*

»Wir wissen immer noch nicht mehr als vor ein paar Tagen«, gab der Sheriff ein paar Stunden später unumwunden zu. Er wärmte sich die Beine vor dem Feuer in der großen Halle, drehte seine Mütze in den Händen und schüttelte den Kopf. »Meine Männer haben alle Dörfer der Umgebung abgesucht, sich den Tratsch der Leute angehört und Schankwirte, Bauern, Händler – einfach jeden, der irgendetwas mitbekommen haben könnte von dem Kampf – ausführlich befragt. Offenbar hat niemand irgendwas gehört oder gesehen.«

»Dann sind scheinbar die Einzigen, die wissen, was passiert sind, der Mann, der oben liegt und wer auch immer ihn überfallen hat«, antwortete Morwenna.

»Aber es sieht aus, als ob der Kampf recht heftig gewesen ist. Ich hatte gehofft, jemanden zu finden, der irgendwelche blauen Flecken oder Narben hat, die er uns nicht erklären kann, aber außer einem Bauern, der von seinem Pferd beinahe zu Tode getrampelt worden ist, einem Jäger, der bei der Verfolgung eines verwundeten Hirschen von einer Felskante gestürzt ist und zwei Jungen, die sich einen Faustkampf geliefert hatten, wies niemand auch nur die geringsten Verletzungen auf. Wer auch immer diesen Mann verprügelt hat, den wir gefunden haben, hat entweder seine eigenen Blessuren gut versteckt, keine abbekommen oder ist spurlos verschwunden. Außerdem haben wir, da wir davon ausgehen, dass unser *Gast* nicht bis hierher gelaufen ist, nach jemandem gesucht, der plötzlich mit einem zusätzlichen Pferd gesehen worden ist. Aber Ihr wisst selbst, wie schwer die Suche nach gestohlenen Pferden ist, denn schließlich werden diese Tiere ständig getauscht oder verkauft.«

»Vielleicht messen wir der ganzen Sache viel zu viel Bedeutung bei«, erwiderte Morwenna, die vor dem Feuer saß und an den Beinen der Sheriffs vorbei reglos in die Flammen sah. »Wir haben einen Mann gefunden, der überfallen und dann einfach schwer verletzt liegen gelassen worden ist. Natürlich ist das ein Verbrechen, aber wir können es nicht aufklären, solange uns das Opfer nichts erzählt. Wir tun so, als sei unsere eigene Burg bedroht, aber kann es nicht ein ganz normaler Überfall gewesen sein?«

»Und warum hat der Täter dann nicht auch den Ring genommen? Schließlich ist das Gold, wenn man es einschmilzt, eine ganze Menge wert.«

»Vielleicht hat jemand oder etwas den Angreifer erschreckt, bevor er dazu kam, den Ring zu stehlen.«

»Oder, falls der Mann, den wir hier aufgenommen haben, der Angreifer gewesen ist, hat vielleicht sein Opfer es irgendwie geschafft, sich gegen ihn zu wehren und ihm auf dem Rücken seines eigenen Pferdes zu entkommen.« Der Sheriff schnalzte mit der Zunge und rieb sich nachdenklich die Nase. »Was sagt überhaupt der Arzt?«

»Inzwischen geht er davon aus, dass er es schaffen wird.«

»Gut.« Payne setzte seine Mütze wieder auf, und in seine Augen trat ein kaltes Glitzern, wie es Morwenna niemals vorher aufgefallen war. »Dann werden wir ja sehen, was er uns erzählt, wenn er wieder zu sich kommt.«

»Wollen wir hoffen, dass er uns die Wahrheit sagt.«

Payne verzog verächtlich das Gesicht. »Und wie groß ist die Wahrscheinlichkeit, dass er das tut?«

Im abendlichen Dämmerlicht glitt der Rächer lautlos durch Gänge und huschte dann verstohlen über eine Treppe hinab in das einstige Archiv. Nach einem besonders schweren Diebstahl hatte man das Zimmer vor vielleicht dreißig Jahren in einen Lagerraum verwandelt, in dem man all die Gegenstände, die man auf der Burg nur selten brauchte, unter einer dicken Staubschicht den Ratten und dem Ungeziefer sowie dem Vergessen überließ. Nur wenige Bewohner wussten inzwischen noch, dass es dieses Zimmer überhaupt gab.

Er lauschte angestrengt, und als er keine fremden Schritte hörte, schob er einen rostigen Schlüssel in das Schloss, drehte ihn herum, und sofort schwang die Tür mit einem leisen Knirschen auf. Abgestandene Luft schlug ihm entgegen, als er seine Fackel über seinen Kopf hob und eilig die Tür hinter sich schloss. Lautlos trat er vor ein kleines, in den Boden eingelassenes Gitter, griff zwischen die rostigen Stäbe und zog an einem kleinen Riegel, der dort verborgen war. Er richtete sich wieder auf, trat zur Hinterwand des Raumes und drückte auf einen mit einer Kerbe versehenen Stein. Sofort glitt die Wand lautlos zur Seite und gab den Weg in Richtung eines dunklen Treppenhauses und eines Netzes schmaler Gänge frei, die bereits beim Bau der Burg entworfen worden waren.

Seine Schultern berührten Wände, als er sich in den Gang schob, wo die Luft staubtrocken und wo außer dem leisen Scharren unzähliger Rattenklauen und anderer unsichtbarer Tiere, die eilig vor ihm flohen, nichts zu hören war.

Trotzdem nickte er lächelnd mit dem Kopf. Niemand außer ihm wusste von diesen alten, gut versteckten Gängen, und die wenigen, die irgendwann einmal etwas davon vernommen hatten, hielten ihre Existenz für ein Gerücht. Er war der Einzige, der wusste, wie man hier hereinkam und wie sich dieses Labyrinth für seine Zwecke nutzen ließ.

Er kam an eine kleine Gabelung, bog zielstrebig nach rechts, erklomm hastig ein paar Stufen. Die Ledersohlen seiner Schuhe machten keinen Laut, doch sein eigenes Keuchen und das wilde Rauschen seines Blutes dröhnten in seinen Ohren. Denn in ein paar Minuten hätte er den Raum ganz oben in der Burg erreicht, in dem er sich so gern versteckte, um sie heimlich zu beobachten.

Morwenna.

Herrin dieser Burg.

Inbegriff sinnlicher Unschuld.

Als er daran dachte, dass er sie gleich sähe, zuckte es in seinem Glied, und er musste schlucken, weil sein Mund plötzlich vollkommen ausgetrocknet war. Aus seinem Versteck heraus hatte er ihr in den letzten Wochen ein ums andere Mal beim Ablegen der Tunika und auch des Hemdes zugesehen. Er hatte sie betrachtet, wenn sie in einer Wanne voll heißen, duftenden Wassers gesessen hatte und sich beim Anblick der feucht schimmernden, rosig runden Brustwarzen vorgestellt, in welch süßen Rausch es ihn versetzen würde, sanft daran zu saugen, sie zu kosten, zu berühren und zu dominieren, bis sie schrie. Bereits der Anblick dieses vollkommenen Wesens hatte einen wunderbaren Schmerz in ihm geweckt. Eilig hatte er die Finger in die Hose gleiten lassen, sich gestreichelt, seinen Drang sich zu ergießen, jedoch ein ums andere Mal bezwungen und so die Qual, sie noch nicht zu besitzen, so lang wie möglich ausgedehnt. Er hatte sorgfältig darauf geachtet, kein Geräusch zu machen, weil ihn selbst ein unterdrücktes Stöhnen verraten konnte. Auch hatte er sich nie erleichtert. Nein, egal, wie lange er auch hart gewesen war, egal, wie dicht der Schweiß ihm über die Haut geronnen war, egal, wie sehr die Muskeln sich gestrafft hatten und dass das Pochen seines Schwanzes beinahe mehr gewesen war, als er ertragen konnte – er hatte sich stets gezwungen zu warten.

Auf Morwenna.

Darauf, dass er sie endlich ganz bekam.

Wie wunderbar es sein würde, wenn seine Lippen endlich über ihre Ohren strichen, seine Zunge über ihren Hals ... Er schüttelte den Kopf, knirschte mit den Zähnen, als sein Glied anfing, sich zwischen den Falten seiner Tunika zu regen, erklomm die schmale, längst vergessene Treppe in die oberste Etage, bog, als der Gang sich teilte, ab in Richtung ihres Zimmers und stieg ein paar letzte flache Steinstufen hinauf.

Gleich hätte er's geschafft!

Er steckte seine Fackel in einen leeren Halter und tastete sich mit den Händen an den rauen, doch vertrauten Wänden entlang zu dem Versteck, aus dem er durch ein paar schmale Schlitze in dem alten Mauerwerk einen Großteil ihres Zimmers überblickte. Er leckte sich die Lippen, hoffte, dass der Schein des Feuers reichen würde, um bis zu ihrem Bett zu sehen, und drückte sich in dem Bemühen, durch einen Spalt hindurchzublicken, die Nase an den kalten Steinen platt. Sein Herz schlug einen wilden Trommelwirbel, vor freudiger Erwartung bekam er feuchte Finger, und während er sich in dem dunklen Zimmer umsah, schwoll sein Glied noch weiter an.

Es war unmöglich sie zu sehen, doch er hielt den Atem an und spitzte in der Hoffnung, ihren leisen Atem, das Rascheln ihrer Bettdecke, einen leisen Seufzer, der ihr im Traum entfuhr, zu hören, angestrengt die Ohren.

Nichts.

Obgleich er weiter lauschte und sich suchend umsah, war außer dem Zischen des Feuers nichts zu hören und war sie nirgendwo zu sehen.

Ängstlich lenkte er den Blick durch das tief unter ihm liegende Zimmer, an dem Bett und dem Hocker mit der Waschschüssel vorbei über den strohbedeckten Boden bis hin zu dem Alkoven, in den sie ihre Kleider hängte, und den Stühlen vor dem Kamin ...

Verdammt!

Ein Gefühl der Panik wogte in ihm auf, und seine Hände fingen an zu zittern.

Guck noch einmal! Lass dich nicht von den Schatten täuschen!

Lag sie nicht vielleicht doch im Bett?

Er kniff die Augen zusammen.

War nicht die Bettdecke zerwühlt?

Verflucht! Dort lag der elendige Hund, zusammengerollt zu einem zotteligen Ball. Aber der Köter war allein und schnarchte, da er niemanden zum Bewachen hatte, flach atmend vor sich hin. Diese nutzlose, vermaledeite Kreatur!

Tief aus seinem Inneren stieg Enttäuschung in ihm auf, und glühend heißer Zorn versengte die Ecken seines Geistes.

Wo zum Teufel war sie?

Wo? Als er sich diese Frage stellte, begann sein Glied zu schrumpfen. All seine Pläne für den Abend waren ruiniert! Er lehnte seine Stirn gegen die rauen Steine und atmete möglichst langsam aus und ein. Während er dies tat, kam ihm plötzlich eine grässliche Erkenntnis.

Plötzlich wusste er mit tödlicher Gewissheit, wo er sie finden würde. Kalter Schweiß strömte ihm über Hals und Schultern, und seine Nasenflügel bebten, als wittere er einen fauligen Geruch.

Carrick! Der Rächer bleckte in stummem Zorn die Zähne. Hass so dunkel wie das Herz des Satans breitete sich in seinen Adern aus.

Sie war bei ihrem Geliebten. Bei Carrick von Wybren. Er zog sie eindeutig noch immer magisch an!

Hilflos ballte der Rächer seine Fäuste.

Geduld, mahnte er sich lautlos. *Geduld ist nicht nur eine Tugend, sondern eine Notwendigkeit.*

Er machte derart eilig kehrt, dass er beinahe gestolpert wäre, und riss sich dabei die Finger an den Wänden auf.

Während er sich im Geiste einen Narren schalt, rannte er

durch den Gang, riss auf dem Weg die Fackel aus dem Halter und verlangsamte sein Tempo erst, als er wieder an die Treppe kam. Er saugte sich den Speichel von den Lippen, schlich so schnell wie möglich durch ein paar weniger vertraute Gänge und ließ dann seine Fackel abermals in einem Eisenring zurück. Mit vor Zorn pochenden Schläfen schob er sich an einen anderen Aussichtspunkt, von dem aus er auf den Gefangenen hinunterblicken konnte, der reglos auf seinem Strohsack lag.

Allein.

Ja!

Der Rächer atmete erleichtert auf. Vielleicht war das übertriebene Interesse, das Morwenna, wie er angenommen hatte, an dem Gefangenen hegte, nur eine Ausgeburt seiner eigenen Ängste, seiner eigenen Fantasie.

Aber wo war sie dann?

Das war eine gute Frage, dachte er. Eine wirklich gute Frage.

Eine Frage, die ihn quälte.

Er könnte natürlich die gesamte Burg absuchen, doch dazu fehlte ihm die Zeit. Es bestünde die Gefahr, dass irgendjemand merkte, dass er verschwunden war.

Und es wäre allzu tollkühn, dieses Risiko einzugehen.

5

»Wer seid Ihr?«, wisperte Morwenna, als sie in den Raum glitt und auf den Verwundeten hinuntersah. Sie biss sich auf die Lippen und strich mit einer Fingerspitze über seine Stirn. Nur der Schein des Feuers in dem ansonsten dunklen

Zimmer gestattete ihr einen Blick auf sein zerschundenes Gesicht. Die Augen waren dick verquollen, die Haut war kreidebleich, und ein dunkler Bart bedeckte seine Wangen, den Kiefer und das Kinn. War das wirklich Carrick?

Der Gedanke schnürte ihr die Kehle zu.

Glaub es besser nicht. Dieser Mann hier könnte irgendjemand sein. Ein Dieb, der den Ring mit dem Wappen von Wybren gestohlen hat. Ein Mann, dessen Haar rein zufällig genauso schwarz wie das von Carrick ist. Ein Hochstapler, der zufällig dieselbe Größe hat.

Aber weshalb sollte irgendwer so tun, als wäre er Carrick von Wybren, ein Mann, der entweder für tot gehalten wurde oder aber als Verräter und sogar als Mörder der eigenen Familie galt?

Mörder. Vor diesem Gedanken schreckte sie zurück. Das war vollkommen unmöglich. Ja, er war ein Schurke. Zugegeben, er hatte ihr die Unschuld und auch das Herz geraubt, aber würde er tatsächlich andere Menschen umbringen? Niemals. Das konnte und das würde sie nicht glauben. Sie starrte auf den Fremden und versuchte unter all den Schwellungen und blauen Flecken Carricks Gesicht zu erkennen, das Gesicht des Mannes, den sie vor Jahren so geliebt hatte. Doch er lag einfach mit geschlossen Augen da, und seine Brust hob und senkte sich unter seinen flachen Atemzügen so unmerklich, dass es nur mit Mühe zu erkennen war.

In den vergangenen zehn Tagen hatte sich sein Zustand deutlich stabilisiert, die Schürfwunden und Schwellungen jedoch verzerrten nach wie vor die natürliche Form seines Gesichts.

Denk nach, Morwenna, du musst nachdenken. Du hast ihn nackt gesehen. Hatte er nicht vielleicht irgendwelche

Muttermale oder alten Narben, die dir beweisen würden, dass er Carrick ist? Sie schloss kurz die Augen und stellte sich den Draufgänger von damals vor.

Groß, mit einem fein gemeißelten Gesicht und einer nicht ganz geraden Nase, Zähnen, die weiß aufblitzten, wenn er sarkastisch grinste, Augen, mit denen er problemlos in die tiefsten Tiefen ihrer Seele hatten blicken können. Rabenschwarzes, leicht gewelltes Haar, straffe, dicht unter der Haut liegende Muskeln und nirgends eine Unze Fett. Narben? Hatte er irgendwo am Körper den Hinweis auf alte Verwundungen gehabt? Ein Feuer- oder Muttermal?

Während der letzten drei Jahre hatte sie versucht ihn zu vergessen, die allzu lebendigen Bilder des Mannes, dem sie, obwohl er allgemein als oberflächlich und als Schwerenöter verschrien gewesen war, gutgläubig ihr Herz geboten hatte, nur um eiskalt von ihm sitzen gelassen zu werden, nach Kräften aus ihrer Erinnerung verbannt.

Als sie jetzt auf ihn herabschaute und den Blick an den verschwommenen Konturen seines zerschlagenen Gesichts hinuntergleiten ließ, konnte sie beim besten Willen nicht erkennen, wer er war.

Sie hatte sich also vollkommen vergeblich all die Mühe gemacht.

Da sie nicht hatte schlafen können, war sie das Wagnis eingegangen, ihr Zimmer zu verlassen, die Latrinen aufzusuchen und zu warten, bis die Wache vor Tadds Zimmer, ebenfalls einem dringenden Bedürfnis folgend, ihren Posten kurzfristig verließ. Natürlich würde man ihr auf die Schliche kommen, aber zumindest hatte sie sich auf diesem Weg eine Diskussion oder einen Streit vor der Tür erspart. Und im Grunde konnte sich weder der Wachmann noch Isa, Alexander oder selbst der Sheriff über ihr Vorgehen beschweren, da sie schließlich die Herrin über Calon war. Sie konnte tun und lassen, was sie wollte. Ihr Wort war Gesetz.

Wieder warf sie einen nachdenklichen Blick auf das Gesicht des Mannes. War es wirklich möglich? Sie räusperte sich leise und flüsterte beinahe tonlos: »Carrick?«

Keine Antwort. Nicht einmal die leiseste Bewegung eines Lides. Sie biss sich auf die Lippen. Carricks Augen waren blau gewesen, und als sie jetzt auf den Verletzten starrte, überlegte sie, ob die Augen dieses Mannes ebenfalls blau waren, oder aber grün, braun oder schwarz.

Es gab nur einen Weg, um das herauszufinden. Vorsichtig, mit leicht zitternden Fingern hob sie eines seiner Lider an. Die Schwellung war bereits deutlich zurückgegangen, sodass es sich bewegen ließ. Beim Anblick seines Augapfels jedoch fuhr sie zusammen. Das, was normalerweise weiß war, leuchtete ihr blutrot entgegen, die Iris aber war so blau wie der morgendliche Himmel.

Genauso hatten Carricks Augen ausgesehen.

Ihr Herzschlag setzte aus, als die Pupille schrumpfte und er sie anzublicken schien.

Vielleicht nur wegen des Lichts?

Oder weil der verdammte Bastard gar nicht bewusstlos war?

»Könnt Ihr mich sehen – hören?«, fragte sie, ließ das Auge wieder zugehen und kam sich wie eine Närrin vor. Trotzdem holte sie tief Luft, berührte seine nackte Schulter und beugte sich dicht neben sein Ohr. »Carrick!«

Bildete sie es sich vielleicht nur ein, oder hatten seine Muskeln unter ihren Fingerspitzen leicht gezuckt?

Das Herz klopfte ihr bis zum Hals.

Du bildest dir die Reaktion bestimmt nur ein.

Sie ignorierte ihre Zweifel und setzte, während ihr Pulsschlag sich beinahe überschlug, mit leiser Stimme an. »Ich bin es, Morwenna. Erinnert Ihr Euch noch an mich?« *Ich bin die Frau, die Ihr belogen habt. Die Frau, die zu lieben Ihr versprochen und die Ihr dann einfach sitzen gelassen habt.* »Carrick?«

Wieder spürte sie das leichte Zucken unter ihren Fingern. Konnte er sie hören?

Vor der Tür erklangen schnelle Schritte. »Was zum Teufel geht hier vor sich?«, knurrte eine dunkle Stimme. »Verdammt und zugenäht!« Die Holztür wurde aufgeworfen und schlug mit einem lauten Krachen gegen die steinerne Wand.

Spürte sie tatsächlich dort, wo ihre Finger auf der Haut des Mannes lagen, eine Reaktion?

»M'lady?«, fragte der wachhabende Sir Vernon. Er war ein großer, fettleibiger Mann, hatte bereits sein Schwert gezogen und sah sich suchend in dem Zimmer um, als rechne er sekündlich mit einem bösartigen Angriff aus dem Hinterhalt. »Was tut Ihr hier?«

»Ich konnte nicht schlafen«, gab sie wahrheitsgemäß zu.

»Ihr hättet nicht allein in dieses Zimmer kommen sollen, schon gar nicht, während ich nicht auf meinem Posten war.« Nachdem er diese Pflichtverletzung eingestanden hatte, sackte er sichtlich in sich zusammen. »Ich meine, ich war nur kurz am Ende des Ganges, bei den Latrinen, um ... Oh, M'lady, verzeiht. Ich hätte meinen Posten nicht verlassen dürfen.«

»Schon gut«, versicherte sie ihm und trat einen Schritt vom Lager des Verwundeten zurück. »Ich habe mich einfach selbst hereingelassen, und es ist nichts passiert.« Sie setzte ihr schönstes Lächeln für den Wachmann auf. »Macht Euch also keine Sorgen, Sir Vernon.« Und mit einem letzten

Blick in Richtung des Verletzten fügte sie hinzu: »Ich glaube nicht, dass er in den nächsten Tagen oder Wochen für irgendjemanden eine Gefahr darstellen wird.«

»Aber falls er wirklich Carrick von Wybren ist, ist er ein mörderischer Bastard, dem man nicht trauen kann.« Vernon zeigte mit der Spitze seines Schwertes auf den bewegungslosen Mann, steckte seine Waffe jedoch, als er erkannte, wie sinnlos diese Geste war, zurück in die Scheide, die an einem Gürtel um seine dicke Taille hing.

»Ich glaube nicht, dass ich etwas von ihm zu befürchten habe.«

Vernons dichte, buschige Brauen zogen sich zusammen, und er blitzte sie wütend aus seinen dunklen Augen an. »Selbst im Schlaf ist Luzifer gefährlich.«

»Ich nehme an, da habt Ihr Recht, Sir Vernon«, antwortete sie, obwohl sie immer noch nicht davon überzeugt war, dass der vor ihr liegende Mann tatsächlich böse war. Genauso wenig, wie sie sicher sagen konnte, dass es sich bei ihm um Carrick handelte. Nur er allein und vielleicht der, von dem er angegriffen worden war, kannte seine wahre Identität.

Und wenn er Carrick ist? Was wirst du dann tun?

»Gute Nacht, Sir Vernon«, sagte sie.

»Die wünsche ich Euch auch, M'lady.« Fest entschlossen, seine Qualitäten als Wachmann unter Beweis zu stellen, bezog Vernon breitbeinig und kerzengerade seinen Posten vor der Tür.

Morwenna lief die kurze Strecke bis zu ihrem eigenen Zimmer, schob mit einem Fuß die Tür hinter sich zu und warf sich auf ihr Bett. Was hatte sie sich eingebildet? Was hatte sie erwartet, als sie einfach heimlich in das Zimmer dieses Mannes geschlichen war? Als sie ihre Finger über sein Gesicht und seine Schulter hatte gleiten lassen?

Mort stieß ein leises Bellen aus, klopfte mit dem Schwanz auf ihre Decke und versank mit einem lauten Seufzer abermals im Schlaf.

Morwenna strich ihm sanft über das dicke Fell, war jedoch in Gedanken ganz woanders. Sie war Carrick nicht das Geringste schuldig: keine Treue, keine Sorge und ganz sicher keine Liebe. Sie presste die Lippen aufeinander und dachte an den Tag zurück, an dem er heimlich, still und leise davongeritten war. Wie ein Feigling. Vor Anbruch der Morgendämmerung. Während sie allein in ihrem Bett zurückgeblieben war.

Ein leiser Lufthauch hatte sie geweckt, und als sie die Augen aufgeschlagen hatte, war er nicht mehr da gewesen, obwohl das Laken dort, wo er gelegen hatte, noch zerwühlt und warm, und der kleine Raum, in den sie sich geflüchtet hatten, noch vom Geruch des langsam erlöschenden Feuers und dem Moschusgeruch der morgendlichen Liebe, der sie sich hingegeben hatten, erfüllt gewesen war. Ein Hahn hatte gekräht, als sie sich beim Blick durchs Fenster eingebildet hatte, ihn auf seinem Pferd am Horizont zu sehen. Weißer Nebel hatte die Gestalt umwogt, und der Schmerz in ihrem Herzen war so groß gewesen, dass ihre Knie nachgegeben hatten und sie sich hatte auf die Lippe beißen müssen, um nicht laut zu schreien.

In jenem Augenblick war ihr bewusst geworden, dass er nicht mehr zu ihr zurückkehren würde. Nie mehr. Und trotzdem war sie ihm noch hinterhergeritten, hatte ihn zur Rede stellen wollen, ihm sagen, was sie vermutete, nein, was sie sicher wusste ... Oh, sie hatte sich tatsächlich eingebildet, durch ein solches Treffen ihren Stolz und ihre Würde retten zu können. Doch da hatte sie sich eindeutig geirrt.

Das hattest du davon, einem Schuft wie ihm zu vertrauen, dir das Herz von ihm stehlen zu lassen.

Jetzt lag sie auf ihrem Bett, biss die Zähne aufeinander, schluckte die Tränen herunter und zwang ihre Gedanken in die Gegenwart zurück. Sie hatte ihre letzte Träne um diesen Feigling längst geweint.

Und wie steht es mit dir? Warum hast du ihm nicht die Wahrheit gesagt, als du die Gelegenheit dazu gehabt hast? Bist du nicht genauso feige gewesen wie er? Warum hast du ihm die Möglichkeit gegeben, sich einfach aus dem Staub zu machen?

Sie knirschte mit den Zähnen, denn diese Fragen quälten sie bereits seit einer halben Ewigkeit. Hatte sie insgeheim die ganze Zeit gewusst, dass er sie verlassen würde, und hatte sie ihn an dem Tag getestet? Hatte sie ihn nicht zwingen wollen und deshalb ihren Mund gehalten und regelrecht darauf *gewartet*, dass er sie verließ? Damit sie sich auf den breiten Rücken eines Pferdes schwingen und ihm folgen konnte, um ... ja, um ...

Abermals kniff sie die Augen zu. Schamesröte stieg ihr ins Gesicht. Was nützte es ihr jetzt darüber nachzudenken, was geschehen war und was hätte geschehen können? Sie blinzelte ein paarmal und verdrängte dann die Bilder, denn das Selbstmitleid und das Gefühl der Einsamkeit, die sich für sie damit verbanden, nützten ihr ganz sicher nichts. Sie hatte Carricks Verrat nicht nur überlebt, sondern sie war auch daran gewachsen.

Wahrscheinlich hatte dieser Schurke ihr mit seiner Flucht letztendlich sogar einen Gefallen getan!

Was, wenn der halbtote Fremde wirklich Carrick ist? Was wirst du dann tun?

Wahrscheinlich hätte dieser widerliche Lügenbold es verdient, dass sie ihn Lord Graydynn übergab. Bis nach Wybren war es kaum ein Tagesritt, und es ging sogar noch schneller, wenn man die Rabenfurt über den Fluss und dann die alte Straße nahm. Graydynn zahlte für den Verräter sicher gut.

Oder sie könnte ihn, wie Sir Alexander vorgeschlagen hatte, einfach in den Kerker sperren und dort ein wenig leiden lassen. Geschähe ihm ganz recht!

Nein.

Mit einem leisen Seufzer begrub sie diese dummen Fantasien.

Sie wusste, dass es Unrecht wäre, zu versuchen, sich an dem Mann zu rächen, der sie vor drei Jahren betrogen hatte. Es wäre nicht nur kleinlich, sondern närrisch. Und vor allem, da der Fremde bestimmt gar nicht Carrick war, sondern einfach ein kleiner Dieb, der auf der Straße überfallen worden war.

Doch ... irgendetwas hatte dieser Fremde an sich, was ihr bekannt vorkam und was ihr Herz, sobald sie an ihn dachte, deutlich schneller schlagen ließ.

»Idiotin«, schalte sie sich, zog sich die Decke bis zum Hals, zwang dadurch den Hund sich anders hinzulegen, und sah sich, ehe sie die Augen schloss, noch einmal in dem Zimmer um, in das sie vor nicht einem Jahr erst eingezogen war. Manchmal ... ja, auch wenn sie wusste, wie lächerlich das war ... fühlte sie sich irgendwie unwohl in dem Raum. Sie hatte das Gefühl, als hätten die Wände Augen, als sähe ihr irgendjemand heimlich beim Schlafen zu.

Bei den Göttern, so ein Unsinn. Sicher spielte ihr erschöpftes Hirn ihr einfach einen Streich. Und selbst wenn sie diese Ängste hatte, behielte sie sie besser weiterhin für sich, denn wenn Kelan je davon erführe, entzöge er ihr sicher auf der Stelle die Herrschaft über diese Burg. Sie hatte lange betteln müssen, bis sie von ihrem Bruder, der Herr über verschiedene Festungen in der Umgebung war, die Gelegenheit bekommen hatte, sich als Herrin über Calon zu beweisen. Wenn er wüsste, dass sie dachte, es spuke auf der Burg oder irgendjemand lauere im Dunkeln, um sie im Schlaf zu beobachten, und wenn er je erführe, dass ein Mann, der vielleicht Carrick war, in einem Raum direkt gegenüber ihrem eigenen Zimmer schlief, würde er es sich wahrscheinlich noch einmal überlegen, ob er die Herrschaft über Calon weiter in den Händen einer Frau beließ. Vielleicht riefe Kelan dann ja Tadd, der für den König in den Krieg gezogen war, zurück und setzte ihn an ihrer Stelle ein. Und vielleicht würde er obendrein von ihr verlangen, dass sie Bryanna, die er ihr in der Hoffnung, dass sie auf diesem Weg endlich erwachsen würde, zur Gesellschaft mitgegeben hatte, zurückschickte nach Penbrooke zu ihm und seiner Frau Kiera. Er hatte die Macht, solche Dinge zu entscheiden. Schließlich war er seit dem Tod der Eltern das Familienoberhaupt.

Der Mann, der in dem Zimmer gegenüber liegt, ist ganz bestimmt nicht *Carrick. Lass dich ja nicht täuschen!*

Sie fing wütend an zu murmeln, denn es war ihr schrecklich peinlich, sich die entwürdigende Wahrheit zu gestehen. Nämlich, dass sie in der Tiefe ihres Herzens hoffte, der verletzte Fremde wäre Carrick, würde sich erholen und dann endlich erkennen, dass sie nicht mehr das dumme kleine Mädchen von vor drei Jahren, sondern eine Frau, ihm ebenbürtig und vor allem nicht länger bereit war, alles für die vage Hoffnung aufzugeben, dass es eine Zukunft für sie beide gab ...

»Hör auf!« Ihr erbostes Zischen prallte von den dicken

Wänden ihres Zimmers ab. Was war nur in sie gefahren? Glaubte sie etwa mit einem Mal die fürchterlichen Warnungen der alten Isa vor Tod, Zerstörung und Verderben?

Der Verletzte ist nicht Carrick! Krieg das bitte endlich in deinen Schädel!

Der Mond wirkte wie eine matte gelbe Scheibe. Dichter weißer Nebel hing zwischen den kahlen Bäumen, sodass nur wenig fahles Licht auf die am schlammigen Bachufer kniende Isa fiel. »Große Mutter, steh uns bei«, wisperte sie schweren Herzens, während eine leichte Brise an ihrem Umhang zog. Mit einem Stock zeichnete sie ihre Rune, ein Symbol, das aussah wie die Kralle eines Hahns, in die feuchte Erde, und flehte stumm um Sicherheit. Der Wind wurde ein wenig stärker und brachte eine Kälte mit sich, von der sie mit Bestimmtheit wusste, dass sie der Hauch des Bösen war.

»Bleib zurück!«, schrie sie, als würde ihr gehorchen, was auch immer hinter ihrem Rücken auf der Lauer lag. Während sich ihre Nackenhaare sträubten, griff sie in ihren Beutel und warf in der Hoffnung, dass der Wind die Teilchen weitertragen würde, damit sie ihre Herrin und alle anderen auf Calon schützten, ein Gemisch aus Mistel, Rosmarin und Asche in die Luft.

Was zum Teufel hatte sich ihr Bruder Kelan nur dabei gedacht, als er ihrem Drängen nachgegeben und ihr gestattet hatte, die alleinige Herrin über eine Burg zu sein? Auch wenn Morwenna sicher klüger als die meisten Männer war, war dies doch kein Amt für eine Frau. Natürlich gab es außer ihr noch andere Frauen, die Burgherrinnen waren, nur setzten sie normalerweise ihren Willen über ihre Ehemänner durch, die einfach nicht bemerkten, dass hinter all ihren Entscheidungen der Wunsch der Gattin stand. Dass eine

Frau jedoch alleine über eine so große Burg regierte, war einfach nicht natürlich.

Sicher, dachte Isa, Morwenna hatte zugesagt, sich noch vor Ablauf eines Jahres zu vermählen. Und obwohl die Hochzeitsbanner noch nicht hingen, war allgemein bekannt, dass Lord Ryden von Heath Castle bereits bei ihrem Bruder um sie angehalten hatte, und dass Kelan mit dieser Verbindung einverstanden war.

Isa legte die Stirn in sorgenvolle Falten. Die bevorstehende Hochzeit stünde unter keinem guten Stern.

Der Baron sah gut aus und war trotz seiner Jahre noch straff und muskulös. Doch auch wenn er gut zehn Jahre jünger wirkte, hatte er beinahe Isas Alter, war also – um der Liebe der Mutter Göttin Willen – für Morwenna viel zu alt. Vor allem war Lord Ryden es gewohnt, seinen Willen stets durchzusetzen, was kein gutes Zeichen war.

Morwenna war sehr willensstark und jederzeit bereit zu sagen, was sie dachte. Wie auch seine beiden ersten, inzwischen toten Frauen.

Doch Morwenna ist mit dieser Hochzeit einverstanden, brachte Isas innere Stimme vor. *Entgegen deinem Rat, deinen ausdrücklichen Warnungen und der dunklen Vorahnungen, die du hast.*

»Bah.« Isa warf ihren Stock zu Boden und wischte sich die Hände an ihrem alten Umhang ab. Morwenna war nur deshalb damit einverstanden, Rydens Frau zu werden, weil von ihr erwartet wurde, dass sie den Bund der Ehe schloss. Nach dem desaströsen Ende ihrer Tändelei mit Carrick hatte sie sich einen älteren, wie sie anscheinend dachte, beständigeren Mann gesucht, der sich ihr mit denselben Absichten genähert hatte wie ein Wolf dem Lamm.

Nein, diese Beziehung wäre eindeutig verkehrt. Und es

wäre auch niemals dazu gekommen, hätte Morwenna ihr Herz nicht dem Schurken von Wybren geschenkt.

Carrick.

Am Ende lief immer alles auf diese feige Bestie hinaus.

Isa hasste diesen Mann. Es würde sie nicht im Geringsten überraschen, hätte er hinter dem mörderischen Feuer auf der Burg seiner Familie gesteckt. Er war ein fauler Apfel, ein Schuft, seinem Vater, Baron Dafydd, allzu ähnlich, der trotz seiner Ehe mit einer herzensguten, wunderschönen Frau dafür bekannt gewesen war, sämtlichen jungen Dienstmädchen, Witwen und selbst den Frauen seiner Freunde unter die Röcke gegangen zu sein. Gegenüber Frauen war Dafydd vollkommen gewissenlos gewesen, und über all die Jahre hatte seine Gattin, Lady Myrnna, stumm gelitten und, während sie ihre eigenen fünf Kinder großgezogen hatte, die Gerüchte über seine Seitensprünge und seine zahllosen Bastarde ignoriert. Es hatte geheißen, Dafydd hätte außerhalb des Ehebettes Töchter, Söhne, ja selbst einmal Zwillinge gezeugt ... Isa hätte die Berichte gerne als Märchen oder übertriebene Klatschgeschichten abgetan, doch die Gerüchte über Dafydd von Wybrens Exkursionen in die Betten anderer waren derart zahlreich, dass sich darin mit Bestimmtheit ein Körnchen Wahrheit verbarg.

Der Wind pfiff durch die kahlen Bäume, zog am Saum und der Kapuze ihrer Tunika, und die winterliche Kälte breitete sich langsam, aber sicher in ihren Knochen aus.

Stirnrunzelnd suchte Isa die Dunkelheit nach irgendeinem Lebenszeichen, irgendeinem sichtbaren Beweis für die Nähe irgendeines Wesens, die sie so deutlich spürte, ab. Doch alles blieb vollkommen ruhig.

Sie lenkte ihren Blick in Richtung Burg.

Knack!

Isa hörte überlaut das Brechen eines trockenen Zweiges, wirbelte herum und starrte in die Richtung, aus der das Geräusch gekommen war. Zwischen den verschwommenen Schatten der skelettartigen Bäume konnte sie keinerlei Bewegung ausmachen. Hier im Wald lebten unzählige Geschöpfe, die ihr nichts Böses wollten, sagte sie sich, Tiere, die sich in der Nacht bewegten und die mehr Angst vor ihr hatten als sie vor ihnen, und trotzdem schlug ihr das alte Herz bis zum Hals.

Denn irgendetwas hatte sich verändert. Wieder spürte sie diese subtile, doch gefährliche Veränderung der Atmosphäre. Ihre Nackenhaare sträubten sich, und während ihre Finger nach dem kleinen Dolch in ihrer Tasche tasteten, fragte sie mit rauer Stimme: »Wer ist da?«

Keine Antwort.

Nur das Murmeln des Windes, der an den Zweigen rüttelte, das leise Heulen einer Eule hoch über ihrem Kopf und das Plätschern des eisig kalten Wassers, das, dem Bachlauf folgend, die Anhöhe hinunterlief.

Isa spitzte ihre Ohren, leckte sich die aufgesprungenen Lippen und sagte sich, dass sie sich bestimmt geirrt haben musste. Hier war niemand versteckt, der heimlich jede ihrer Bewegungen verfolgte. Niemand hatte sie bei ihrem heidnischen Ritual beobachtet. Trotzdem hielt sie den Griff des Dolches fest umklammert und achtete darauf, nicht über irgendwelche Steine oder Baumwurzeln zu stolpern, während sie den Weg hinauf fort von der Bedrohung, die sie zwischen den Bäumen spürte, zurück nach Calon ging.

Deine Fantasie geht wieder einmal mit dir durch, Isa, versuchte sie sich zu beruhigen. *Das ist alles. Der Atem, den du hörst, kommt aus deiner eigenen, alten, vor Schreck zusammengezogenen Lunge, die nach Atem ringt. Und sicher ist ein Wildschwein oder Hirsch auf einen trockenen Zweig getreten, und der hat dabei geknackt.* Nur hatte sie weder die Ausdünstungen eines wilden Tiers gerochen noch ein Grunzen oder irgendeinen anderen Laut gehört.

Nein, aus irgendeinem Grund hatte irgendein bösartiges Wesen ihr in der Finsternis aufgelauert und jeden ihrer Schritte genauestens verfolgt.

Sie blickte über ihre Schulter und entdeckte oben auf dem Hügel die Umrisse der Burg mit ihren dicken, bedrohlichen Mauern und den dunklen Türmen, die man trotz der Finsternis in den Himmel ragen sah. Sie hatte nicht gewollt, dass Morwenna ganz allein hierher nach Calon kam, und sehnte sich verzweifelt nach der Sicherheit von Penbrooke, wo das Mädchen aufgewachsen war. Doch niemand hatte etwas auf Isas Einwände gegeben. Morwenna hatte lang und zäh verhandelt, bis Kelan endlich nachgegeben hatte und sie Herrin einer eigenen Burg geworden war.

Einer Burg mit einer eigenen Geschichte, eigenem Blutvergießen, eigenen Gefahren.

Hatte sie die Zeichen nicht gesehen?

Hatte sie nicht oft genug von fürchterlichem Blutvergießen hier auf diesem Anwesen geträumt?

Wusste sie nicht mit Bestimmtheit, dass innerhalb und außerhalb der Mauern dieser Festung Gefahren lauerten?

»Bei allen Heiligen«, wisperte sie, als sie den schlammigen Weg hinauf in Richtung Wachhaus lief, wobei sie halb erwartete, dass irgendeine fürchterliche Bestie aus dem Dunkeln angesprungen käme, bevor sie es erreichte, und sie bei lebendigem Leib verschlang.

Doch nichts und niemand tauchte auf.

Kein dunkler Drache oder Höllenbote griff sie an.

Während sie ohne Zwischenfall das Tor passierte, ließ sie

das kleine Messer los, schickte ein kurzes Dankgebet an die Große Mutter und atmete tief durch. Wahrscheinlich raubten ihre eigenen Ängste ihr inzwischen den Verstand.

Dort draußen in den Wäldern lauerte kein feindseliges Wesen.

Zwischen den kahlen Bäumen trieb sich kein böser Geist herum.

Calon wurde von nichts Unheiligem bedroht.

Oder vielleicht doch?

6

»Ich schwöre Euch, ich hatte meinen Posten höchstens eine Minute verlassen, als sich die Lady einfach in den Raum geschlichen hat.« Vernon hatte ein hochrotes Gesicht, biss die Zähne aufeinander und rieb nervös die dicken Fingerspitzen aneinander, als er vor Alexanders Schreibtisch stand.

Der Hauptmann der Wache hatte Sir Vernon in sein Zimmer im Wachhaus kommen lassen. Da die Tür nicht ganz geschlossen war, drangen Männerstimmen, das Klirren von Kettenhemden und das Knirschen von Stiefeln durch den schmalen Spalt herein.

»Ich war bei den Latrinen, weil ich pinkeln musste«, setzte Vernon an, brach dann aber, weil er merkte, was für eine schwache Entschuldigung das war, verlegen wieder ab. »Lady Morwenna ist die Herrin dieser Burg. Sie kann gehen, wohin sie will.«

Vor allem ist sie unglaublich stur, dachte Alexander, sprach diesen Gedanken aber nicht laut aus. Stattdessen blickte er schweigend in Vernons gerötetes Gesicht, denn er wusste aus Erfahrung, dass er mit Schweigen und Geduld bei einer Befragung am weitesten kam.

Der dicke Wachmann schüttelte den Kopf. »Ich weiß, ich hätte meinen Posten nicht verlassen sollen und …, und wäre ich an meinem Platz gewesen, hätte ich versuchen können, sie von ihrem Vorhaben abzubringen oder sie zumindest zu dem Gefangenen begleitet –«

Alexander brauchte nur eine Braue hochzuziehen, damit Vernon sich eilig korrigierte.

»– ich meine zu dem Gast, aber … ach, verdammt, Sir Alexander, ich habe einen Fehler gemacht. So! Ich gebe es unumwunden zu. Werfen Sie mich dafür in den Kerker, wenn Sie müssen, oder verbannen Sie mich aus der Burg, oder schneiden Sie mir die Eier ab, aber, meine Güte, sogar ein Heiliger muss ab und zu mal pinkeln.«

Alexander zog auch noch die zweite Braue hoch und lehnte sich in seinem Stuhl zurück. Vernon war ein guter Mann. Ein bisschen schlicht vielleicht, aber grundehrlich. Er würde für einen durchs Feuer gehen, nur dass er leider allzu schnell von seiner Arbeit abzulenken war.

Als Hauptmann der Wache hatte Alexander keine andere Möglichkeit, als jede Form von Ungehorsam zu bestrafen. Deshalb beugte er sich vor, stützte seine Ellenbogen auf der verkratzten Tischplatte ab und sah den Soldaten reglos an. »Ihr seid von Eurem Dienst entbunden, Sir Vernon.«

Der Wachmann ließ die Schultern sinken und sah aus, als wollte er etwas dagegen sagen, hielt dann aber klugerweise doch den Mund.

»Ihr könnt die nächsten beiden Wochen auf dem Wehrgang Eure Runden drehen«, erklärte Alexander und sah Vernon dabei weiter ins Gesicht. »Und hütet Euch davor, Euren Posten, egal aus welchem Grund, auch nur für eine

Sekunde zu verlassen. Pinkelt meinetwegen einfach durch die Schießscharten, wenn Ihr Euch noch mal erleichtern müsst.«

Vernons schwerer Kiefer mahlte, doch noch immer widersprach er nicht.

»In vierzehn Tagen werde ich mir überlegen, ob Ihr wieder auf Euren alten Posten zurückdürft.«

»Danke, Sir«, murmelte Vernon, öffnete die Tür, knurrte, als er beinahe über Dwynn, den Narren gestolpert wäre, zornig: »Aus dem Weg«, und lief um den kleineren Mann herum.

Dwynn sah ihm reglos hinterher, bevor er selbst den Raum betrat. Hinter seinem schwachsinnigen Grinsen verbarg sich eine gewisse Verschlagenheit, und in seinen blauen Augen blitzte eine gewisse Grausamkeit, weshalb Alexander ihm nicht traute. Aber im Grunde vertraute Alexander niemandem vorbehaltlos.

»Kann ich etwas für dich tun?«, fragte er den Deppen, während das Klappern der Stiefel seines Wachmanns allmählich verklang.

»Die Lady, sie hat mir gesagt, dass ich …« Er machte eine Pause, kratzte sich am Kinn und rollte mit den Augen. »Dass ich …«

»Dass du was?«, fragte Alexander, dessen Geduldsfaden so dünn wie die vom Koch gestreckte Bratensauce war.

»Dass Ihr zu ihr kommen sollt.«

»Dass ich zu ihr kommen soll?«

»Ja. Sie möchte mit Euch reden.« Dwynn schien stolz auf sich zu sein, denn plötzlich fingen seine Augen an zu leuchten, und ein selbstzufriedenes Lächeln umspielte seinen schmalen Mund.

»In der großen Halle?«

»Ja. Der großen Halle. Ja.« Dwynn wippte eilig mit dem Kopf, machte kehrt und rannte aus dem Zimmer.

Alexander streckte eine Hand nach seinem Umhang aus und warf ihn sich über die Schultern. Bei dem Gedanken, dass er gleich Morwenna sehen würde, schlug sein Herz ein bisschen schneller, auch wenn er sich streng sagte, dass das völlig närrisch war.

Sie zu sehen war nicht nur ein Segen, sondern gleichzeitig ein Fluch, dachte er, während er die Treppe des Wachhauses hinunterlief.

Bereits als er sie zum ersten Mal gesehen hatte, war es um ihn geschehen gewesen.

Er konnte sich noch genau an jenen Tag erinnern.

Nachdem bereits Gerüchte die Runde gemacht hatte, dass eine Frau die neue Herrin von Calon werden würde, hatte Sir Kelan von Penbrooke eine Nachricht an ihn geschickt, dass er seine Schwester schicken würde, damit sie die Leitung über das Anwesen übernahm. Alexander hatte mit dem Kopf geschüttelt. Eine *Frau*? Eine Frau ohne einen Mann, der sie lenkte? Das war vollkommen lächerlich. Regelrecht absurd. Beinahe ein Sakrileg. Alexanders Meinung nach wäre eine Burgherrin Calons sicherer Ruin. Er war sogar so weit gegangen, sie heimlich Lord Morwenna zu nennen, denn sicher war sie eine Frau, die etwas beweisen musste, ein Mannweib, eine alte Schachtel, die in Hosen durch die Gegend lief, krügeweise Bier trank, und grottenhässlich noch dazu.

Und dann hatte er sie gesehen.

Wie der Blitz war sie auf ihrem weißen Reitpferd durch das Tor in den Innenhof geschossen. Ihre langen schwarzen Haare hatten hinter ihr hergeweht, ihre leuchtend roten Röcke hatten sich im Wind gebläht, und sie hatte sich so innig an den Hals des Tieres angeschmiegt, als wären sie und ihre Stute eins. »Lauf, du verdammtes Biest«, hatte sie geschrien, und das kleine Pferd war noch schneller gelaufen, hatte seine grauen Beine ausgestreckt, die Hühner und die Gänse gackernd und zischend auseinander stieben lassen, und alle hatten ihre Arbeit eingestellt, um mit großen Augen zu verfolgen, wie sie vor der großen Halle die Zügel angezogen hatte und das Pferd laut keuchend und mit wild rollenden Augen direkt vor der Treppe stehen geblieben war.

Mit windzerzaustem Haar, gerötetem Gesicht und unglaublichen Augen war die Frau geschmeidig aus dem Sattel geglitten und gleich darauf mit ihren Stiefeln im Schlamm versunken. Trotzdem war sie noch größer gewesen als die meisten anderen Frauen, hatte natürlich stolz und anmutig den Kopf gereckt und sowohl den einsetzenden leichten Nieselregen wie auch die Tatsache, dass der Saum von ihrem Kleid schmutzig geworden war, einfach ignoriert. Ein Lächeln, wie er es noch nie gesehen hatte, hatte ihren vollen Mund mit den perfekten Zähnen noch vorteilhaft betont.

»Wer hat hier das Sagen?«, hatte sie von den Umstehenden wissen wollen und die Leute mit hochgezogenen Brauen fragend angesehen.

Schreiner, Waschfrauen, der Priester und ein Dutzend anderer hatten sich vor der Steintreppe der Burg versammelt, vor lauter Überraschung aber hatte niemand auch nur ein Wort gesagt.

Eilig war er selbst die Stufen des Wachhauses hinuntergelaufen und über das niedergetrampelte Gras entschlossen auf sie zu marschiert. »M'lady?«, hatte er gefragt. »Lady Morwenna?«

Sie hatte sich eilig zu ihm umgedreht, und er hatte zum ersten Mal ihr Gesicht erblickt. Aus zusammengekniffenen, intelligenten, mitternachtsblauen Augen hatte sie ihn eingehend studiert. »Und Ihr seid?«

»Sir Alexander. Hauptmann der Wache. Stets zu Diensten.« Er hatte sich vor ihr in den Schlamm gekniet, und sie hatte gelacht – ein dunkles, kehliges und zugleich fröhliches Geräusch, das ihm direkt ins Herz gedrungen war.

»Oh, bitte, nicht ...« Erst als sie sich umgesehen hatte, hatte sie die gesenkten Köpfe der anderen bemerkt. »Tja, nun ..., auf derartige Ehrbezeugungen kann ich heute gut verzichten. Ich bin müde, hungrig und brauche unbedingt ein Bad. Mein Pferd –«

Alexander hatte einem Pagen, der mit offenem Mund neben einem Heuhaufen gestanden hatte, zugenickt. »George, nimm der Lady das Pferd ab und sorg dafür, dass es gefüttert und gestriegelt wird.« Dann hatte er sich wieder seiner neuen Herrin zugewandt. »Kommt herein. Ich werde Euch die Dienerinnen und Diener vorstellen, und ich kann Euch versichern, dass man sich bestens um Euch kümmern wird.«

Während er die Umstehenden angewiesen hatte: »Und jetzt macht ihr euch besser wieder alle an die Arbeit«, hatte neuerliches Hufgetrappel den Innenhof erfüllt. Zwei Frauen und fünf männliche Wachen waren durch das Tor in den Innenhof geritten, und Alexander hatte einen zweiten Pagen zu sich herangewinkt.

»Edward, sag dem Stallmeister, dass er ein paar zusätzliche Pferde unterbringen muss. Aber erst müssen sie trockengerieben, gestriegelt, getränkt und gefüttert werden. Sag John, dass sich sein Sohn Kyrth und einer der anderen Stalljungen um die Tiere kümmern sollen.«

Mit vom Regen dunklem Haar hatte Edward eilfertig genickt und war in Richtung Stall davongerannt.

»Lady Morwenna!«, hatte eine alte Frau gekreischt, die sich nur mit Mühe auf dem Rücken ihres breiten Pferdes hatte halten können, von dem sie bei dem schnellen Ritt kräftig durchgeschüttelt worden war.

M'lady hatte die Augen zusammengekniffen und ihm leise zugeflüstert: »Das ist Isa, meine alte Amme. Sie ist nie darüber hinweggekommen, dass sie mir auf die Welt verholfen hat. Manchmal ist es am besten, so zu tun, als wäre sie die Herrin, weil dann alles glatter läuft. Was hingegen meine Schwester angeht« – Lady Morwenna hatte mit dem Kopf in Richtung einer jungen Frau gezeigt, die kerzengerade auf dem Rücken eines kastanienbraunen Wallachs gesessen und sich lächelnd umgeschaut hatte – »lässt man sie besser nie vergessen, dass sie *nicht* die Herrin ist.«

Als die kleine Gruppe näher gekommen war, hatte er deutlich sehen können, dass die Wachen, die Lady Morwenna hierher begleitet hatten, mit ihrem willensstarken Schützling nicht besonders glücklich waren. Mit finsteren Gesichtern hatten sie ihre Pferde angehalten und ihre Herrin böse angesehen.

»Sie haben mir gesagt, dass ich bei ihnen bleiben soll«, hatte Morwenna leise zugegeben und sich dann geräuspert. »Jetzt habe ich anscheinend ein Problem.«

Nein, hatte Alexander in jenem Augenblick gedacht, *ich habe ein Problem*. Denn in den wenigen Momenten, seit er sie zum ersten Mal gesehen hatte, hatte er sich hoffnungslos in sie verliebt. Was vollkommen lächerlich gewesen war, weil ihm so etwas nicht passierte. Oh, er hatte durchaus hin und wieder irgendwelche kurzen Affären gehabt, normalerweise aber hatte er dann vorher ein paar Bier getrunken und das hübsche Mädchen, das sich mit ihm eingelassen hatte, bereits am nächsten Tag vergessen. In den gesamten dreißig Jahren seines Lebens hatte er noch nie ein derart blödsinniges, unerwünschtes und vor allem unangebrachtes Herzklopfen verspürt. Es war vollkommen idiotisch, hatte er sich gesagt. Er war immer stolz gewesen auf seinen klaren Verstand und hatte es nicht nur durch das Schmieden irgendwelcher Ränke, sondern vor allem durch Mut und Intelligenz bis zum Hauptmann der Wache gebracht. Er hatte gehofft, er käme nach jenem ersten schicksalhaften Tag wieder zur Besinnung und sein erster Eindruck von der neuen Herrin würde zu lächerlicher Nichtigkeit verblassen, wenn er sie erst regelmäßig sah.

Doch natürlich war das nicht geschehen. Sein Leben hatte sich in dem Augenblick, in dem er ihr zum ersten Mal begegnet war, dauerhaft verändert. Die Würfel waren gefallen, sein Schicksal war besiegelt, es gab kein Zurück für ihn.

Obwohl es vollkommen unmöglich war, weil er weder jetzt noch irgendwann in Zukunft ihr ebenbürtig wäre, liebte er Morwenna so, wie kein Mann eine Frau je lieben sollte, dachte er betrübt.

Es war alles vollkommen vergeblich, sagte er sich, als er aus dem Wachhaus trat und ihm der kalte Winterwind im Hof entgegenschlug.

Lady Morwenna war längst einem anderen versprochen. Einem Baron. Einem Mann von ihrem Stand.

Einem widerlichen Kerl. Bei dem Gedanken an Lord Ryden bekam Alexander einen bitteren Geschmack im Mund. Ein wohlhabender Baron, beinahe dreimal so alt wie Morwenna, der bereits zweimal verwitwet war. Alexanders Nasenflügel bebten, und während er die kleine Anhöhe in Richtung Burg erklomm, ballte er in ohnmächtiger Wut die Faust.

Er konnte nichts dagegen tun. Als einziger Sohn einer kleinen Waschfrau, mit unbekanntem Vater, hatte er seine Position auf Calon allein dank seiner Intelligenz, seines Durchhaltevermögens und seines unbändigen Ehrgeizes erreicht. Mit seinem Kampfesmut verfolgte er seit seiner Kindheit nur ein einziges Ziel – sich zu erheben über seine jämmerliche Herkunft, Ansehen und Macht zu erringen.

Niemals aber würde er ein Mann von Stand werden.

Und deshalb fände sich im Herzen seiner Herrin auch nie ein Platz für ihn.

7

»Bestraft Sir Vernon nicht«, wies Morwenna Alexander an. Sie beide saßen vor dem Feuer in der großen Halle, und es war offensichtlich, dass der Hauptmann wütend nicht nur auf seinen Wachmann, sondern, wie sie annahm, auch auf sich selbst war. »Es war meine Schuld. Ich habe ihn absichtlich hinters Licht geführt«, gab sie unumwunden zu. »Ich war wach und habe gewartet, bis er zur Latrine ging, ehe ich mich in den Raum geschlichen habe.«

Alexander sah sie an, wandte seinen Blick jedoch sofort wieder ab. »Es ist meine Pflicht dafür zu sorgen, dass Ihr sicher seid, M'lady«, erinnerte er sie. »Aber wie soll ich das bitte machen, wenn Ihr die Männer, die Euch bewachen sollen, vorsätzlich täuscht?«

»Es ist nicht Eure Schuld.«

»Wessen dann?«

»Meine eigene.«

Er legte die Stirn in Falten und bedachte sie mit einem

Blick, der so düster war wie eine Nacht bei Neumond. »Das ist noch ein anderes Thema, über das ich mit Euch sprechen wollte. Wenn Ihr meine Wachen so leicht täuschen konntet, können andere das auch. Andere, die Euch oder der Burg möglicherweise nicht wohl gesonnen sind.«

»Das ändert Ihr nicht dadurch, dass Ihr Sir Vernon für diesen Zwischenfall bestraft.«

Er zog streitlustig eine Braue in die Höhe. »Ihr haltet also nichts davon, dass ich an ihm ein Exempel statuiere?«

»Nicht, nachdem ich diejenige gewesen bin, von der er hintergangen worden ist.«

»Ah ... ›hintergangen‹. Genau darum geht es. Man sollte einen Mann in meinen Diensten nicht ›hintergehen‹ können. Sir Vernon hat mich schwer enttäuscht.«

»Und ich?«, wollte sie von ihm wissen und sah seiner Miene die kommende Verneinung an. »Belügt mich nicht, Sir Alexander.«

»Ich will doch hoffen, dass Ihr Euch, falls Ihr irgendetwas unternehmen wolltet, das auch nur ansatzweise gefährlich werden könnte, mir anvertrauen würdet, damit ich dafür sorgen kann, dass man Euch schützt«, erklärte er und sah ihr wieder reglos ins Gesicht.

»Ihr macht Euch zu viele Gedanken, Sir Alexander.«

»Dafür werde ich von Euch bezahlt.«

»Ich bezahle Euch, damit Ihr diese Burg beschützt.«

»Und Euch«, fügte er hinzu, nahm einen großen Schluck von seinem Wein, und als er merkte, dass sein Blick ihn zu verraten drohte, wandte er ihn wie zuvor eilig wieder von ihr ab.

»Ich weiß Eure Bemühungen zu schätzen.«

Er räusperte sich leise und stellte seinen Becher zurück auf den kleinen Tisch. »Sir Vernons Buße, wenn Ihr so wollt, besteht darin, dass er die nächsten vierzehn Tage auf dem östlichen Wehrgang Wache schieben wird. Danach … werden wir weitersehen.«

»Würdet Ihr auch mich auf den Wehrgang schicken wollen?«

Als er grinste, blitzten inmitten seines dichten Bartes zwei Reihen strahlend weißer Zähne auf. »Nein, M'lady, ich fürchte, Euch müsste ich im höchsten Turm einsperren und den Schlüssel Tag und Nacht an einer Kette um den Hals tragen, damit Ihr nicht wieder entwischt.«

»Wenigstens nicht im Kerker.«

Seine dunklen Augen blitzten, und sie dachte, dass er weiter seine Scherze mit ihr treiben und ihr erklären würde, dass er sie liebend gerne in einer der Zellen in den tiefsten Tiefen ihrer Festung in Verwahrung nehmen würde, er aber schüttelte stumm den Kopf, sein Lächeln schwand, und seine Fröhlichkeit verflog, als plötzlich der Physikus aus der oberen Etage in die Halle gelaufen kam.

»Falls ich Euch kurz sprechen dürfte, M'lady?«, bat er höflich.

»Selbstverständlich.«

Eilig erhob Sir Alexander sich von seinem Stuhl und nahm eine steife, autoritäre Haltung ein. Obwohl er den Arzt, der gute zehn Zentimeter kleiner war als er, mit einem strengen Blick bedachte, wirkte er verlegen, weil jemand mitbekommen hatte, wie er lächelnd über einem Becher Wein mit der Burgherrin zusammensaß. »Ich werde mich um die Sache kümmern, M'lady«, meinte er und nickte mit dem Kopf.

»Ich glaube, Hauptmann, dass das, was ich zu sagen habe, auch für Euch von einigem Interesse ist«, erklärte Nygyll ihm.

»Ihr habt Neuigkeiten von dem Mann?«, fragte sie und bedeutete den beiden Männern sich zu setzen. Ein Junge warf Holzscheite in das bereits hell lodernde Feuer, und ein Mädchen füllte auf Morwennas Nicken wortlos einen dritten Becher mit warmem Wein.

»Der Patient ist auf dem Weg der Besserung.«

»Ach ja?« Gegen ihren Willen empfand sie darüber eine gewisse Erleichterung. »Das ging aber schnell.«

»Er ist ein starker Mann.«

»Ja.« Sie hatte seine muskulösen Arme und seinen muskulösen Oberkörper schließlich selbst gesehen und gespürt, dass er trotz seiner ärmlichen Garderobe ein Krieger sein musste. Alexander machte ein grimmiges Gesicht und sah aus, als könne er es kaum erwarten, der Halle endlich zu entfliehen.

»Wir haben alle das Gerücht gehört, dass der Patient Carrick von Wybren sein könnte«, fuhr Nygyll fort und betrachtete dabei eingehend seine Hände.

»Wie Ihr selbst gesagt habt, ist es bloß ein Gerücht, das durch den Ring, den er am Finger trägt, entstanden ist.«

»Der Ring ist weg«, erklärte Nygyll tonlos.

Morwenna erstarrte. »Was?«

»Ich habe gesagt, der Ring ist weg.«

»Aber gestern Abend hat der Mann ihn noch getragen...«

»Gestern Abend?«

»Ja. Am späten Abend. Ich habe es mit eigenen Augen gesehen.« Aber hatte sie das wirklich? Als sie sich den zerschundenen Körper auf der Suche nach Muttermalen oder Narben angesehen hatte ..., hatte er den Ring doch sicher noch getragen. Wenn er weg gewesen wäre, hätte sie das doch bestimmt gemerkt. Oder vielleicht doch nicht?

Nygyll sah ihr ihre Zweifel offensichtlich an.

»Ihr müsst Euch irren«, mischte sich Sir Alexander ein. »Der Gefangene, äh, der Patient, wird, seit er hier ist, Tag und Nacht bewacht.«

»Seid Ihr Euch wirklich sicher, dass der Ring verschwunden ist?«, wollte auch Morwenna wissen.

»Wenn Ihr mir nicht glaubt, seht einfach selber nach.«

Innerhalb von wenigen Sekunden war Morwenna aufgesprungen und hatte den großen Raum durchquert, dicht gefolgt von Sir Alexander und auch Nygyll.

Morwenna flog die Treppe in den ersten Stock hinauf, riss, ohne auf den Wachposten zu achten, die Tür des Zimmers ihres Bruders auf und fand den mit Wunden übersäten Mann genauso vor, wie sie ihn am Vorabend verlassen hatte. Noch immer hatte der Patient sich nicht bewegt. Mit in der Stirn klebenden, dichten, beinahe schwarzen Locken und blutverkrusteter, leichenblasser Haut lag er noch immer völlig reglos auf dem Bett.

Eilig lief sie dorthin, wo seine rechte Hand unter der Decke lag, zerrte, ohne nachzudenken, an dem dünnen Stoff und erblickte seinen Finger, der mit den aufgerissenen, dick geschwollenen Knöcheln und dem abgerissenen Nagel keinen schönen Anblick bot.

Wie Nygyll behauptet hatte, war der Finger nackt.

Übelkeit stieg in ihr auf. »Wie hat überhaupt jemand das Schmuckstück abbekommen?«, fragte sie den Arzt. »Seine Finger sind geschwollen, die Gelenke …, großer Gott.« Erst jetzt entdeckte sie, dass das Fleisch von seinem Finger abgerissen war und dass frisches rotes Blut aus seinem Knöchel floss.

»Der Finger ist gebrochen«, meinte Nygyll, als er hinter Sir Alexander ebenfalls den Raum betrat.

Vor ihrem geistigen Auge sah Morwenna, wie jemand

dem Bewusstlosen den Ring vom Finger riss. »Heilige Mutter Gottes«, entfuhr es ihr erstickt.

Alexander blickte ebenfalls auf die abermals verletzte Hand. »Das ist vollkommen unmöglich«, meinte er beim Anblick des blutigen Beweisstücks, klang jedoch wenig überzeugt.

Kopfschüttelnd erklärte Nygyll: »Der Wachmann hat versagt.« Und fügte, ehe der Hauptmann seinen Mann gegen diesen Vorwurf verteidigen konnte, in nüchternem Ton hinzu: »Wer auch immer den Ring haben wollte, war verzweifelt und musste sich beeilen.« Sein Blick fiel auf das farblose Gesicht des verletzten Mannes. »Er hatte wirklich Glück.«

»Glück?«, fragte Morwenna mit ungläubiger Stimme, denn von dem Anblick des zerfetzten Fingers war ihr noch immer schlecht.

»Dass ihm der Finger nicht einfach abgeschnitten wurde.« Nygyll presste die Lippen fest zusammen und griff nach der blutigen Hand. »Wer auch immer es auf das verdammte Ding abgesehen hatte, hätte ihm problemlos den Finger abschneiden können.«

»Um der Gnade Gottes Willen, wer würde so etwas tun?«, wisperte Morwenna und spürte, wie ihr alle Farbe aus den Wangen wich.

»Ich habe keine Ahnung.« Nygyll bedachte Alexander mit einem vorwurfsvollen Blick.

Alexander mahlte mit dem Kiefer und sah sich mit zusammengekniffenen Augen in dem Zimmer um. »Ich gebe Euch mein Wort, M'lady«, schwor er mit ernster Stimme und blickte sie mit zornblitzenden Augen an. »Wir werden das Schwein finden, das das verbrochen hat.«

»Vielleicht solltet Ihr den Wachmann fragen, ob ihm etwas aufgefallen ist«, schlug ihm Nygyll bissig vor.

Alexander sah ihn böse an. »Macht Ihr Eure Arbeit und lasst mich meine Arbeit machen, Physikus.«

»Vielleicht solltet Ihr Euch mal bemühen, Eure Arbeit richtig zu machen«, entgegnete der Arzt und wandte sich dann wieder der Burgherrin zu. »Offensichtlich ist jemand an der Wache vorbei hier hereingekommen, hat dem Patienten den verdammten Ring vom Finger gerissen und sich dann klammheimlich wieder aus dem Staub gemacht. Niemand, nicht einmal der Wachmann, hat den Schuldigen gesehen, aber der Ring ist nicht mehr da. Wir haben Glück, dass nicht noch mehr passiert ist, denn ebenso leicht hätte, wer auch immer diese Tat begangen hat, dem Mann hier die Kehle durchschneiden können.« Er wies auf den Patienten und wandte dabei Alexander demonstrativ den Rücken zu.

Als er merkte, dass eine junge Dienerin den Kopf durch die offene Tür geschoben hatte, hob er wütend einen Arm und schnipste mit den Fingern. »Du da, Mylla, hör auf, Maulaffen feilzuhalten und mach dich lieber nützlich.« Er presste so fest die Lippen aufeinander, dass das Blut aus ihnen wich, und blähte aufgeregt die Nasenflügel. »Ich brauche heißes Wasser, frische Leintücher und Schafgarbe für die Wunde ... oh, und etwas Schwarzwurz. Schick jemanden zum Apotheker – richtig, Schafgarbe und Schwarzwurz. Hast du mich verstanden?« Als das Mädchen nickte und eilig aus dem Zimmer stob, wandte er sich abermals Morwenna zu. »Nun, M'lady, falls Ihr mich entschuldigt«, bat er, wobei seine Stimme den harten, herrischen Klang verlor. »Ich muss nach meinem Patienten sehen.«

»Selbstverständlich.« Sie warf einen letzten Blick auf den Verletzten, und ihr Unbehagen nahm noch zu. Wer würde so etwas tun? Warum? War das goldene Wappen von Wybren vielleicht auch der Grund gewesen für den ersten Angriff auf den Mann? Wer würde es wollen? Wenn man den Ring nicht einschmolz, war er nur für Mitglieder des Hauses Wybren von irgendeinem Wert. Oder war der Ring vielleicht eine Trophäe, ein kleiner Preis, um den Angreifer daran zu erinnern, wie er den bisherigen Besitzer besiegt hatte? War der Angreifer von letzter Woche noch einmal zurückgekehrt, um den Diebstahl zu vollenden, den er in jener Nacht begonnen hatte?

Warum hatte er dann nicht, wie Nygyll vorgeschlagen hatte, dem Mann einfach den Finger abgeschnitten und sich mit seiner Beute aus dem Staub gemacht?

Leise murmelnd lief Sir Alexander dicht hinter ihr den Korridor hinab.

»Wer würde so etwas tun?«, wollte sie von ihm wissen.

»Ich habe keine Ahnung. Aber ich finde es heraus«, erklärte Alexander ihr entschieden. »Wer auch immer diese Tat begangen hat, wollte damit demonstrieren, dass er sich nach Belieben hier in der Burg bewegen kann. Er will, dass wir von ihm wissen. Er stellt seine Macht öffentlich zur Schau. Wenn es ihm nicht darum ginge, hätte er den Patienten doch besser einfach umgebracht und sein Ziel auf diesem Weg erreicht.«

Etwas in ihr zog sich zusammen, und vor Furcht bekam sie eine Gänsehaut. »Er versucht uns zu beweisen, dass der Mann verletzlich ist.«

»Nicht nur der Patient, sondern alle in der Burg«, meinte Alexander ernst.

»Wie ist er nur an der Wache vorbeigekommen …«, fing sie an, bevor ihr einfiel, wie leicht sich Sir Vernon von ihr hatte übertölpeln lassen.

»Genau das werde ich herausfinden.«

Von unten drangen Stimmen, Gelächter und das Scharren von Tischbeinen zu ihnen herauf.

»Morwenna!« Bryanna kam durch die offene Tür am Fuß der Treppe angeschossen und rannte, als sie ihre Schwester sah, eilig die paar Stufen bis zu ihr herauf. »Ist es wahr? Hat wirklich jemand Sir Carricks Ring gestohlen?«

»Wir wissen nicht, ob der Patient Carrick von Wybren ist«, mischte sich Alexander ein.

»Aber was ist mit dem Ring?«, wollte das Mädchen wissen. »Fehlt er wirklich? Ist tatsächlich jemand an dem Wachmann vorbei in das Zimmer gekommen?«

»So sieht es aus«, erwiderte Morwenna ärgerlich, während sie die Treppe weiter hinunterging und dann durch die große Halle lief, wo Jungen die Tische und Bänke gerade rückten und Haushofmeister Alfrydd ihre Arbeit mit geübtem, wenn auch zweifelndem Blick verfolgte.

Dwynn hockte vor dem Kamin, warf Stücke moosbewachsener Eiche in das Feuer, die die Flammen zischen ließen, und beobachtete, wie eine Unzahl kleiner Funken in Richtung der hohen Decke stob.

Mort, der in einer Ecke gelegen hatte, stand mit einem leisen Bellen auf und kam schwanzwedelnd auf sie zu. Als Dwynn den Hund bemerkte, drehte er den Kopf, rappelte sich eilig auf, rieb sich nervös die Sägespäne und Splitter von der Hose und starrte dann wieder in die Flammen. »M'lady«, grüßte er und ließ den Kopf so traurig hängen, als hätte man ihn beim Diebstahl aus der Speisekammer erwischt. »Ich habe nur …, ich meine …, das Feuer …, es musste –«

»Schon gut, Dwynn«, versicherte sie ihm und sah ihn mit einem breiten Lächeln an.

»Gefällt es Euch?«

»Ja, danke«, antwortete sie, obwohl sie in Gedanken ganz woanders war. Dwynn schnappte sich zufrieden einen leeren Korb und lief damit nach draußen, doch Morwenna achtete nicht weiter auf den jungen Mann, da die Neugier ihrer Schwester offenbar noch immer nicht befriedigt war.

Obwohl sie ihre Stimme senkte, hatte Bryanna ein vor Aufregung gerötetes Gesicht und blickte Morwenna aus blitzenden Augen an. »Nun sag schon«, drängte sie. »Carrick, äh, der Patient, ist er verletzt?« Als würde ihr bewusst, wie lächerlich die Frage klang, fügte sie umgehend hinzu: »Ich meine, noch stärker verletzt, als er schon war.«

»Nicht, dass wir wüssten. Nygyll kümmert sich um ihn.«

»Ich werde den Sheriff informieren, M'lady«, sagte Alexander. »Dann komme ich zurück und erstatte Euch Bericht.«

»Gut.«

Mit einem kurzen Nicken marschierte er hinaus, blieb kurz bei der Wache stehen, sagte etwas zu dem Mann, der eifrig nickte und die Schultern straffe, als sein Vorgesetzter weiterging und die Tür mit einem lauten Knall hinter sich zufallen ließ.

»Was hat das alles zu bedeuten?« Bryanna zupfte ihre Schwester aufgeregt am Ärmel. »Erst wird der Mann halb tot geschlagen und dann, während er bewusstlos unter Bewachung hier in unserer Burg liegt, auch noch ausgeraubt!«

»Ich kann es nicht sagen«, gab Morwenna unumwunden zu.

»Glaubst du, dass der Mann oder die Männer, die ihn zusammengeschlagen haben, vielleicht *hier* leben?« Sie machte eine ausholende Handbewegung und umfasste damit die gesamte Burg.

»Ich weiß noch nicht mal, ob der Ring wirklich sein Eigentum gewesen ist. Vielleicht hatte er ihn ja auch irgendwo gestohlen.«

»Und warum hat, wer auch immer ihn vor ein paar Tagen angegriffen hat, ihm den Ring nicht schon während des Kampfes abgenommen?«

»Vielleicht wurde er ja vorzeitig vertrieben.« Morwenna blickte über die Schulter ihrer Schwester und sah, dass Dwynn zurückgekommen war, im Feuer stocherte und sich, wie sie annahm, die größte Mühe gab, jedes ihrer Worte zu verstehen. Aus dem Augenwinkel nahm sie wahr, wie er den Schürhaken aus schwerem Eisen auf ein besonders dickes Holzstück krachen ließ, wobei das goldene Licht des Feuers auf ihn fiel. Er wirkte so naiv und unschuldig, dass der Verdacht, den sie gegen ihn hegte, ihr auf einmal völlig unbegründet vorkam. Weshalb sollte er sie wohl belauschen? Er konnte doch unmöglich auf irgendeine Art berechnend sein.

Als spüre er Morwennas Blick, drehte er den Kopf, und während des Bruchteils einer Sekunde meinte sie, einen dunklen Schatten in seinen Augen aufblitzen zu sehen, doch dann wandte er sich eilig wieder ab und starrte erneut mit kindlicher Begeisterung in das helle Feuer, das sich gierig durch die Scheite fraß.

»Vielleicht hat ja jemand anderes ihm den Ring gestohlen«, schlug Bryanna flüsternd vor.

»Jemand anderes?« Entschlossen zog Morwenna ihre Schwester mit sich aus der großen Halle, wo es allzu viele Augen und Ohren gab.

»Der Dieb!«, erklärte ihr Bryanna. »Vielleicht ist er ja mitten unter uns. Jeder der Diener oder Händler oder sogar der Soldaten könnte ein Verräter sein.« Wie um ihre Worte zu betonen, zog sie eine Braue in die Höhe, als ein Mädchen mit einem übervollen Wäschekorb an ihr vorüberging.

»Du machst mehr aus dieser ganze Sache, als tatsächlich dran ist«, bemühte sich Morwenna, das Interesse ihrer Schwester an dem Vorfall etwas zu dämpfen, während sie sie in Richtung der Treppe zur Kemenate mit sich zog.

Doch Bryannas Augen leuchteten noch immer, weil sie das Geheimnis um den Diebstahl als herrlich aufregend empfand. Genau das war ihr Problem. Sie erkannte nur selten den tatsächlichen Ernst einer Situation. »Ich glaube, du machst vielleicht nicht genug daraus.«

Ich kann dir gar nicht sagen, wie falsch du damit liegst, dachte Morwenna, sagte aber nur: »Früher oder später werden wir es wissen. Ich bin mir nämlich völlig sicher, dass Sir Alexander diesen Dieb zur Strecke bringen wird.« Auch wenn sie das nicht wirklich glaubte, hoffte sie, dass sie zumindest überzeugend klang. Was wusste sie denn schon von den Bewohnern dieser Burg? Bryanna hatte Recht. Die meisten Leute, die hier lebten, kannten Calon besser als sie selbst. Es ging das Gerücht um, dass es hier Geister gab, die man durch die dicken Wände hindurch hören konnte, doch obwohl sie selbst manchmal den Eindruck hatte, als würden unsichtbare Augen sie verfolgen, glaubte sie es nicht. Wahrscheinlich spielten ihr einfach ihre Sinne irgendwelche Streiche, wenn sie nachts alleine war.

Zumindest versuchte sie, sich das einzureden.

8

Von seinem Versteck hinter den Bienenkörben aus behielt Runt, der Spion, den Haupteingang der Burg im Auge. Zwei Wachmänner flankierten die große Eichentür und suchten mit hellwachen Augen den dunklen Innenhof von Calon ab. Zum Glück für Runt war dichter weißer Nebel aufgezogen und wogte um die Türme und die kleineren Gebäude im Inneren der Festung, weshalb man ihn nicht sah.

Sicher gab es eine Möglichkeit sich Zugang zu der großen Halle zu verschaffen, dachte er und überlegte, wie er sich am besten unbemerkt hineinschleichen könnte. Er sah durchschnittlich aus, und die Leute kannten ihn als Bauern aus einem der Dörfer der Umgebung, weshalb ihm tagsüber niemand Beachtung schenkte, wenn er nach Calon kam. Nachts aber fiele er auf, und die stets aufmerksamen Wachen hatten ihre Wachsamkeit, seit im nahe gelegenen Wald der Überfallene gefunden worden war, leider noch verstärkt.

Runt hätte sich den verletzten Fremden liebend gern einmal mit eigenen Augen angesehen, bisher aber keine Gelegenheit dazu bekommen. Falls etwas an den Gerüchten dran war, dass es sich um Carrick handelte.

Eine Hand legte sich flach auf seinen Mund und erstickte seinen Schrei.

Eine zweite Hand drückte ihm eine Klinge in den Nacken, und der Angreifer flüsterte dicht an seinem Ohr: »Pssst. Wenn dir dein jämmerliches Leben lieb ist, rührst du dich nicht vom Fleck.«

Runts Knie wurden weich, und beinahe hätte er sich vor Angst ins Hemd gemacht.

Die Klinge drückte ihm schmerzhaft in den Nacken, und in der Überzeugung, dass sein letztes Stündlein geschlagen hatte, kniff er furchtsam die Augen zu.

»Ich weiß, warum du hier bist«, krächzte die verstellte Stimme. »Und ich werde dir sagen, was du wissen willst. Ja, der Mann, der gefunden wurde, ist Carrick von Wybren. Ja, er ist so gut wie tot. Und, ja, es ist unerlässlich, dass du dem Mann, der dich geschickt hat, diese Dinge erzählst.«

Runt wollte widersprechen, wollte sagen, er wäre ein unschuldiger Bauer, doch die scharfe Messerspitze hielt ihn davon ab. »Sag deinem Herrn, dass du das von den Dienern weißt. Erzähl nichts von unserer Begegnung, denn wenn du das tust, finde ich es heraus und schneide dir dafür so schnell die Kehle durch, dass du erst verstehen wirst, was passiert ist, wenn du dein eigenes Blut aus der Gurgel spritzen siehst.«

Runts Adamsapfel hüpfte, und dichter Schweiß rann ihm über die Stirn.

»Verstanden?«, fragte ihn die Stimme, und ehe Runt etwas erwidern konnte, spürte er erneut den warmen Atem direkt an seinem Ohr. »Verstanden?« Die Klinge stach ihm schmerzlich in die Haut.

Runt nickte eilig mit dem Kopf.

»Gut. Da du den Weg hierher gefunden hast, will ich darauf vertrauen, dass du auch unbemerkt wieder verschwinden kannst. Enttäusch mich nicht«, warnte ihn der Fremde. »Sonst finde ich dich und schlachte dich ab.«

Eilig zog der Angreifer die Klinge und die Hand zurück, und ehe er noch ganz verschwunden war, sank Runt ermattet gegen einen der Bienenkörbe und atmete erleichtert auf.

Dann hatte man ihn also entdeckt.

Wusste, dass er ein Spion war.

Und hatte ihn trotzdem am Leben gelassen.

Zumindest für heute Nacht.

Er schluckte seine Angst herunter und richtete sich auf. Wer war der Kerl, der ihn entdeckt und sich so leise an ihn angeschlichen hatte, dass kein einziger Laut an Runts Ohr gedrungen war? Ein Mann oder eine Frau? Runt hatte keine

Ahnung, doch im Grunde war ihm das auch vollkommen egal. Für ihn ging es alleine darum, von Calon zu verschwinden, bevor der Mensch, der ihn gerade verlassen hatte, noch einmal zurückkehrte.

Sein Körper schrie vor Schmerzen.
Er hatte das Gefühl zu brennen.
Von innen zu verbrennen.
Er spürte das Salz des Schweißes, der ihm in die Wunden rann, und nahm außer den grauenhaften Qualen kaum etwas anderes wahr.
Ich bin alleine, dachte er, denn er hörte keine Stimmen, kein Knirschen von Sohlen auf den Steinen, keine leisen Atemzüge, weil jemand neben seinem Bett stand und auf ihn heruntersah.
Er biss die Zähne aufeinander und versuchte an etwas anderes zu denken als die alles beherrschende Pein.
Denk nach!, sagte er sich. *Wo bist du? Wer bist du? Weshalb bist du hier?*
Aber, Jesus Christus, diese Schmerzen ...
Nein..., denk an etwas anderes. Verdammt, du musst dich konzentrieren. Musst herausfinden was los ist. Sieh dich um! Jetzt!
Mit aller Willenskraft versuchte er, ein Auge aufzumachen, schaffte es aber nicht. Seinem Lid gelang nicht einmal ein schwaches Zucken.
Ich bin blind, dachte er elend. *Ich kann nichts mehr sehen.*
Nein! Du kriegst nur ... noch ... nicht die Lider auf. Versuch es noch einmal! Die Zeit rinnt dir durch die Finger.
Seine Finger ..., großer Gott, wie sehr sie schmerzten.
Allmächtiger, wie lange lag er jetzt schon hier?
Wo war er überhaupt? Auf irgendeiner Burg, obwohl er

sich auch nicht entsinnen konnte, dass irgendwann einmal ihr Name gefallen war.

Man hatte ihn in den Kerker werfen wollen, aber *sie* – Morwenna – hatte sich dagegen ausgesprochen, und sie war anscheinend die Herrin dieser Burg. *Morwenna.* Bei allen Heiligen, weshalb war ihm dieser Name so vertraut? Er ging ihm unablässig durch den Kopf – *Morwenna, Morwenna, Morwenna* ... Reizte ihn, rief Erinnerungen dicht an die Oberfläche des Bewusstseins, zog sie dann aber immer wieder in die Dunkelheit des Nichtwissens hinab.

Woher kenne ich dich?

Doch weshalb interessierte ihn das überhaupt? Er lag im Sterben. Niemand konnte solche Schmerzen überleben. Seine Augen brannten, sein Kopf fühlte sich an, als wäre er auf mindestens die doppelte Größe angeschwollen, jeder Knochen tat ihm weh und vor allem seine Hand ... Jesus Christus, seine rechte Hand fühlte sich an, als hätte sie jemand mit einer Axt gespalten. Es war, als hätte Satan ihm die Finger abgeschnitten ... Er spannte seine Muskeln an, konzentrierte sich so sehr, dass sein Schädel dröhnte, und versuchte abermals die Hand zu heben und die Augen aufzumachen ..., ohne dass es ihm gelang. Er zitterte am ganzen Leib ..., sein leerer Magen zog sich elendig zusammen und plötzlich lockte abermals die Ohnmacht, die verführerische Ohnmacht und zog ihn mit sich in die Dunkelheit hinab.

Süßes, herrliches Vergessen lockte ihn, versprach Erleichterung von seinen Schmerzen, und – verflucht sei seine Feigheit – bereitwillig versank er wieder in tröstlicher Empfindungslosigkeit.

Es war dunkel.

Alle Bewohner der Burg schliefen.

Der Rächer tappte vorsichtig auf Zehenspitzen einen nur ihm bekannten Korridor hinab und spitzte seine Ohren, um sofort zu hören, falls etwas nicht in Ordnung war. Obwohl er ziemlich sicher war, dass niemand außer ihm die verborgenen Tunnel innerhalb der Festung kannte oder dass zumindest niemand die Geschichten von den geheimen Gängen wirklich glaubte, ließ er lieber Vorsicht walten, blieb immer wieder stehen und lauschte.

Doch er hörte nichts außer dem wilden Schlagen seines eigenen Herzens. Vor Erregung schien sein Blut zu kochen, als er weiter durch die grabähnlichen Gänge schlich. Ein Gefühl gottähnlicher Macht erfüllte ihn, das ihm durchaus gefiel. Er hatte heute Nacht noch viel zu tun.

Erst einen Besuch bei dem Gefangenen.

Geräuschlos bewegte er sich durch einen schmalen Gang und über eine Treppe zu einem kleinen Alkoven, der kaum groß genug für einen ausgewachsenen Menschen war. Dann berührten seine Finger in dieser beinahe luftlosen Kammer die Wand vor ihm und glitten vorsichtig und langsam über die rauen Steine, bis er in einem winzig kleinen Spalt im Mauerwerk einen versteckten Riegel fand. Eilig befingerte er das Schloss und schob einen kleinen Teil der Wand mit dem Fuß nach innen auf.

Behände glitt er in den Raum, in dem das Bett des Mannes stand.

Das Blut brodelte in seinen Adern, und sein Körper kribbelte vor freudiger Erwartung. Es wäre kinderleicht, den Bastard jetzt zu töten, während alle anderen schliefen und selbst der Wachmann draußen vor der Tür auf seinem Posten schnarchte. Leicht. Möglicherweise zu leicht, überlegte er.

Der plötzliche Todesfall auf Calon wäre sicherlich riskant. Es würde Fragen geben. Eine Untersuchung.

Aber wenn der Mann auf Wybren stürbe, stürben mit ihm alle Fragen und Theorien über den Brand. Es wäre auf eine morbide Art gerecht, wenn Carrick nach Wybren ausgeliefert würde, um dort für Sünden zu bezahlen, die er nicht begangen hatte, um dort aufgehängt zu werden, damit alle Welt erkenne, dass er ein Verräter war ...

Ja, das wäre sehr viel besser, und trotzdem fiel dem Rächer das Warten schwer. Solange dieser Mann noch lebte, bestand die Gefahr, dass aus seinen wunderbaren Plänen nichts würde. Es wäre furchtbar leicht, eine Hand über die Nase und den Mund dieses Schufts zu legen und dort zu belassen, während er nach Luft rang, die seine Lungen nicht mehr erreichte. Genauso einfach wäre es, einen Flakon mit Gift in diesen abgesperrten Raum zu bringen, das Siegel aufzubrechen und die todbringende Flüssigkeit zwischen die aufgesprungenen Lippen des Verwundeten fließen zu lassen, bis er lautlos starb.

Der Gedanke war verführerisch.

Wunderbar erregend.

Wie gerne hätte er dem elendigen Leben dieses Mannes sofort ein Ende bereitet.

Im Halbdunkel des Raumes betrachtete der Rächer seinen Gegner. Immer noch klammerte er sich an sein Leben. Immer noch war er eine Bedrohung. Doch gleichzeitig auch nützlich. Irgendwie musste es ihm gelingen, diesem zum Brei geschlagenen Individuum die Feuersbrunst auf Wybren anzulasten. Egal, auf welchem Weg.

Was für ein Segen war es doch gewesen, dass man diesen Mann gefunden und nach Calon gebracht hatte, erinnerte er sich. Ein wahrer Segen. Schon andere hatten ihn töten wollen. Hatten ihn zum Schweigen bringen wollen ... und dabei versagt.

Dem Rächer aber würde es gelingen.

Nur musste er die Tat auf die passende Art begehen.

Deshalb würde dieser elendige Hund diesen Abend überleben.

Nur, um später durch die Hand des Henkers zu sterben.

Lächelnd glitt der Rächer durch das Dunkel zurück in die winzig kleine Kammer, tastete nach einem kleinen, in den Stein gehauenen Griff, zog die Wand hinter sich zu und legte, wenn auch unter Mühen, den alten Riegel wieder vor. Es war wirklich ein Wunder, dass niemand in der Burg von den geheimen Gängen und den falschen Wänden wusste, die es, wahrscheinlich als Fluchtweg im Fall einer Belagerung, bereits seit der Erbauung gab.

Manchmal machte er sich Sorgen, dass der Gefangene es vielleicht schaffen würde, aus der Burg zu fliehen, doch in seinem momentanen Zustand fände er ganz sicher keinen Weg aus seinem gut bewachten Raum. Außerdem wurde er ja gar nicht wie ein Gefangener behandelt und käme deshalb, wenn er erst mal wieder bei Bewusstsein wäre, vielleicht gar nicht auf die Idee, dass es einen Grund zum Fliehen gab.

Zufrieden ging der Rächer weiter. Er hatte heute Nacht noch andere Dinge vor.

Er leckte sich erwartungsvoll die Lippen, denn in Gedanken blickte er bereits von seinem privaten Aussichtspunkt hinunter auf Morwenna. Endlich könnte er sie wieder einmal betrachten, wenn sie schlief.

Ohne dass ihn jemand dabei sähe.

Ganz ungestört.

Ah, ja ... die Vorfreude darauf, sie in ihrem Bett liegen zu sehen, ließ das Blut durch seine Lenden rauschen, und in seliger Erwartung richtete sein Glied sich bereits auf.

Vor lauter Eile wäre er beinahe gestolpert, und er atmete tief durch. Er musste seine Lüsternheit noch ein wenig bezwingen, mahnte er sich in Gedanken zur Geduld, während sein Blut schon anfing zu kochen.

Er bog um eine letzte Ecke, glitt lautlos an seinen Aussichtsposten und spähte durch den schmalen Spalt zwischen den Steinen.

Heute Abend wurde er für seine Bemühungen belohnt.

Der schwache Schein des langsam erlöschenden Feuers bot gerade noch genügend Licht, um sie zu sehen. Sie hatte sich anscheinend auf dem Bett herumgeworfen, denn ihre Decke war zerwühlt, und ihre dunklen Haare breiteten sich wie eine dichte, wirre Masse auf dem Kissen aus.

Sein Mund wurde trocken, seine Schläfen fingen an zu pochen, und sein Schwanz wurde so hart wie Stahl.

Mit einem leisen Stöhnen drehte sie sich von ihm fort, und er nahm unter der Decke die Rundung ihres Rückens und die Konturen ihres Rumpfes wahr.

Er stellte sich vor, wie er zu ihr unter die Decke kroch, sich eng an ihren Körper schmiegte und sein Glied an ihrem straffen Hintern rieb.

Er fing an zu schwitzen, musste schlucken und fing am ganzen Körper an zu zittern, denn das übermächtige, rohe, ursprüngliche Verlangen, das sie in ihm weckte, war beinahe mehr, als er ertrug. Er stellte sich den süßen Geschmack ihrer Lippen vor, während er die Hände mit ihrem vollen Haar verwob und sie sanft nach unten lenkte, während sie ihre raue Zunge herrlich quälend über seinen Körper gleiten ließ.

Morwenna, schrie er stumm und presste sein Gesicht noch fester gegen den schmalen Spalt.

Ich bin hier. Bald werden wir zusammen sein.

Doch er müsste noch ein wenig warten.

Ehe er sie nehmen könnte, war noch viel zu erledigen.

Hatte er ihr, sich selbst und ihnen allen noch etwas zu beweisen.

Wieder wälzte sie sich auf dem Laken, rollte sich herum und wandte ihr Gesicht der Wand zu, hinter der er vor Verlangen pochend stand. Als die Decke auf den Boden glitt und eine ihrer Brüste, die Spitze einer Brustwarze zu erkennen war, holte er hörbar Luft.

Was war sie doch für eine wunderbare Frau. Betörend schön. Lebendig. Sich seiner Zuneigung nicht auch nur annähernd bewusst.

Doch das würde sich ändern.

Bald.

Auf alle Fälle bald.

Denn er hielt die Qual des Wartens nicht mehr länger aus.

9

»Das Biest hat ein Eisen verloren. Sieh zu, dass es neu beschlagen wird!«, befahl Graydynn, dem trotz des dichten Regens, der sein Haar an seinen Schädel klebte, der Schweiß in Strömen in die Augen rann. Er war müde und gereizt, denn die frühmorgendliche Jagd war ebenso fruchtlos gewesen wie die vorangegangene Nacht. Er klatschte einem überraschten, erschrockenen Stalljungen die Zügel seines Hengstes in die Hand.

»Sehr wohl, M'lord«, stieß der Junge zwischen zwei Reihen schiefer Zähne aus.

»Und zwar so schnell wie möglich.«

»Wie Ihr wünscht.« Der Junge neigte seinen Kopf und führte das Tier eilig in den Stall, durch dessen offene Tür Graydynn der Geruch von Staub, Urin und Pferdeäpfeln in die Nase stieg. Er überließ es seinen Wachen, ihre geschundenen Tiere abzutrocknen, zu füttern und zu tränken, und marschierte grimmig quer über den Hof.

Seine Stimmung war so düster wie die Wolken, die in Richtung Berge rollten, und das Kopfweh, das ihn schon den ganzen Morgen quälte, nahm mit jedem Hammerschlag des Hufschmieds zu. Hähne krähten, Enten quakten, die verdammten Schweine grunzten, und sogar die Hunde an ihren langen Ketten bellten wie verrückt.

All diese Geräusche zerrten an seinen Nerven, und allzu gerne hätte er seinen angestauten Ärger an jemandem ausgelassen, nur dass gerade leider niemand in der Nähe war. Bei Gott, so hatte er sich das Leben als Herr von Wybren ganz bestimmt nicht vorgestellt.

Er hatte gedacht, er würde den lieben, langen Tag bequem auf einem weich gepolsterten Stuhl sitzen, den Dienstboten Befehle erteilen, jede Menge Steuern einsammeln und jede Nacht mit einem anderen hübschen, jungen Mädchen zubringen, das alles ausführte, was seine lebhafte Fantasie gebar.

Er war sich sicher gewesen, dass er als großer Lehnsherr die Früchte seines Wohlstandes genießen, in ungeahntem Luxus schwelgen und vor allem weit über die Grenzen seiner Ländereien hinausreichenden Ruhm genießen würde. Er hatte die zerstörte Burg in neuer Pracht erstehen lassen wollen, um sie mit in anderen Burgen erbeuteten Stücken elegant zu schmücken, denn er hatte sich die Zukunft nicht nur als Herr von Wybren, sondern auch als Herr über alle an sein Reich grenzenden Baronien ausgemalt ... In seiner Fantasie war er zum Eroberer geworden und hatte sich auf eine Stufe mit Alexander dem Großen und sogar mit Hannibal gestellt. Er, Graydynn, würde ein legendärer Herrscher, und sein Ruhm wäre ebenso groß wie der von Llywelyn Gruffapudd, der Wales geeint hatte.

Bisher jedoch hatte sich keiner dieser Träume auch nur annähernd erfüllt. Die Kosten für den Wiederaufbau der abgebrannten großen Halle hatten die Steuereinnahmen bei weitem überstiegen, und sowohl die Diener als auch die für ihn tätigen Freien liefen auch ein Jahr, nachdem Lord Dafydd und seine Familie beerdigt worden waren, noch mit Trauermienen herum.

Graydynn schnaubte zornig auf. Dafydd, sein Onkel und der bisherige Herrscher, war ein Lügner, ein Betrüger und ein Weiberheld gewesen, der mehr Rocksäume angehoben hatte als die Näherin der Burg, weshalb die Baronie mit jeder Menge seiner Bastarde bevölkert war. Graydynn wusste mit Bestimmtheit, dass der widerliche Dafydd seinen Vater um sein rechtmäßiges Erbe betrogen hatte und er selbst nur dank des Brandes Wybren bekommen hatte.

Er verzog den Mund zu einem leichten Lächeln, als er an das Feuer dachte, durch das er zum Baron geworden war.

Endlich hatte er eine gewisse Gerechtigkeit erfahren, dachte er und nickte zufrieden mit dem Kopf.

Er hatte seine schlechte Laune beinahe vergessen, als er an der Hütte des Waffenschmieds vorbeikam und einen seiner Spitzel näher kommen sah. Der drahtige kleine Kerl mit der spitzen Nase, den vorstehenden Zähnen und den dunklen Augen, denen kaum jemals etwas verborgen blieb, hieß zwar eigentlich Roger, wurde aber schon, seit er als kleiner Junge herumgewieselt war, von allen Runt genannt. Er hatte etwas an sich, das Graydynn wie die meisten anderen abstieß, ein nervöses Zucken, das selbst den langmütigsten Menschen früher oder später die Geduld verlieren ließ.

»Mylord«, wisperte das Männchen mit vor Aufregung blitzenden Augen und deutete eilig eine Verbeugung an. »Ich habe Neuigkeiten für Euch.«

Graydynn zog sich langsam die Reithandschuhe aus und fragte, da Runt für seine Theatralik allgemein bekannt war, mit gleichmütiger Stimme: »Worum geht's?«

Der Kleine senkte seine Stimme auf ein verschwörerisches Flüstern: »Um Carrick.«

»Schon wieder?« Graydynn nickte den Wachen zu, betrat die große Halle, und sofort schoss ein Page auf der Suche nach der Weinkaraffe los.

»Ja, ja. Aber ich schwöre, dieses Mal ist alles wahr.«

Graydynn schnaubte. Runt war seit dem Feuer mindestens schon zwanzigmal mit dieser Geschichte bei ihm aufgetaucht. »Und das soll ich dir glauben?«

Runt verzog den Mund zu einem schmalen Lächeln und blähte seine großen Nasenflügel auf. »Ich habe es von Gladdys, einem der Mädchen, die in Lady Morwennas Diensten stehen.«

Bei der Erwähnung der Herrscherin von Calon spürte Graydynn ein Zucken im Unterleib. Morwenna. Die Schwester Baron Kelans von Penbrooke. Schön. Stolz. Und furchtbar arrogant. Wenn ein Untergebener närrisch genug war, sich ihr zu widersetzen, genügte bereits eine hochgezogene Braue, damit er sich eines Besseren besann.

Dann aber verdrängte Graydynn den Gedanken an Morwenna, denn der Page kam mit seinem Wein. Mit einem großen Schluck aus seinem Becher machte er es sich auf einem Stuhl vor dem Kamin bequem. »Und was hat dieses Mädchen dir erzählt?«

»Dass sie nicht weit von Calon einen Mann gefunden haben, der zu Brei geschlagen worden und kaum noch am Leben war.« Runt sah sich eilig um und schob sich dann so dicht an den Baron heran, dass Graydynn der Gestank von schalem Bier aus seinem Mund entgegenschlug. »Das Mädchen, es hat den Verwundeten gepflegt, und es hat geschworen, dass er einen Ring mit dem Wappen von Wybren trug.«

Als Graydynn seinem Informanten in die Augen sah, konnte er sein aufkommendes Interesse nicht verbergen. »Carrick?«, fragte er.

»Wie ich bereits sagte.« Runt gab sich keine Mühe zu verbergen, dass er zufrieden mit sich war. Gleichzeitig aber spürte Graydynn neben der Zufriedenheit noch etwas anderes, etwas, was nicht passte.

»Und woher weißt du, dass das Mädchen –«, er schnipste ungeduldig mit den Fingern. »Wie heißt sie noch mal?«

»Gladdys.«

»Richtig, Gladdys. Woher weißt du, dass sie nicht gelogen oder dich nicht einfach aufgezogen hat?«

Als hätte Runt auf diese Frage regelrecht gewartet, sah er seinen Herrn beinahe verächtlich an. »Das würde sie nicht wagen, weil ich nämlich etwas von ihr weiß, von dem sie ganz bestimmt nicht möchte, dass irgendwer davon erfährt.«

»Dann hast du sie also erpresst?«

Runt fing an zu kichern, spielte aber gleichzeitig nervös mit seinen Fingern, als könnte er es nicht erwarten, endlich weiter zu berichten, was ihm zu Ohren gekommen war. »Ich habe nur sicherstellen wollen, dass das, was sie erzählt, auch stimmt, damit ich nur die allerbesten Informationen an Euch weitergeben kann. Ich dachte, Ihr würdet Euch darüber freuen.«

»Das tue ich«, erklärte Graydynn und fügte in dem Wissen, dass er die Informationen nicht kostenlos bekommen würde, großmütig hinzu: »Und wie immer werde ich dich für deinen Dienst bezahlen. Sobald ich mich vergewissert habe, dass das, was du berichtet hast, tatsächlich stimmt.«

»Tut das, M'lord, denn dann werdet Ihr sehen, dass ich die Wahrheit sage. Carrick ist auf Castle Calon und ringt dort mit dem Tod.«

»Sie denken also nicht, dass er durchkommen wird?«

Runt schüttelte den Kopf. »Das ist ja gerade das Schöne an dieser Sache, Lord Graydynn. Gladdys hat zufällig mit angehört, wie der Physikus Nygyll mit Lady Morwenna gesprochen hat. Es sieht aus, als könnte Carrick nur noch durch ein Wunder überleben. Ihn zu töten wäre demnach das reinste Kinderspiel. Ein paar Tropfen Gift, eine Hand auf seinem Mund und seiner Nase … und niemand würde je etwas davon erfahren.« Er zog die Brauen in die Höhe und gleichzeitig die Mundwinkel nach unten, wodurch er einen etwas dümmlichen, gleichzeitig aber unschuldigen Gesichtsausdruck bekam.

Trotzdem spürte Graydynn, dass irgendwas nicht stimmte. Obwohl er seine Dienste oft in Anspruch nahm, hatte er Runt noch nie wirklich vertraut. Spione waren selten immer nur einer Seite treu.

Er müsste möglichst langsam und vorsichtig vorgehen. Er hatte noch andere Spione auf der anderen Burg, und dann war da noch sein kleiner Bruder, der arme, gequälte, pausenlos büßende Daniel, der sich aus irgendeinem Grund als Märtyrer, wenn nicht gar als Heiliger betrachtete, während er in Wahrheit doch ein ganz normaler kleiner Sünder war, der meinte, er käme in den Himmel, wenn er nur genügend Reue zeigte.

Einfach lächerlich!

»Es gibt viele auf Calon, die ... unglücklich sind, weil jetzt eine Frau über sie herrscht«, erklärte der Spion und kratzte sich das Schwarze unter den Fingernägeln hervor, als hätte er gerade an etwas völlig Unwichtiges gedacht. »Und jetzt ist auch noch Carrick auf der Burg.«

»Was willst du damit sagen?«

Runt schnipste etwas Dreck in das auf dem Boden verteilte Stroh. »Nur, dass dies eine gute ... Gelegenheit wäre, altes Unrecht wieder gutzumachen ..., falls jemand dafür sorgen würde, dass die Lady ... aus dem Verkehr gezogen und die Tat Carrick angelastet wird.«

»Sprichst du etwa davon, Morwenna von Calon zu ermorden?« Graydynn blickte seinen Informanten aus zusammengekniffenen Augen an.

»Es gibt genügend Söldner, die für ein entsprechendes Entgelt so ziemlich alles tun.«

»Wenn Morwenna sterben würde, würde ihr Bruder, Lord Kelan von Penbrooke, ihren Tod ganz sicher rächen.«

»Wie wahrscheinlich auch Lord Ryden, ihr Verlobter.« Das Lächeln des Spions schwand, und in seine dunklen Augen trat ein todbringender Glanz. »Ich habe nur gesagt, dass man sicher Carrick als den Schuldigen ansehen würde, falls der ehrenwerten Lady irgendwas zustieße, solange er in ihrer Obhut ist.«

»Sitzt er denn nicht hinter Schloss und Riegel?«

»Genau wie Dienstmädchen und Soldaten kann man auch Wachmänner bestechen. Und Ihr könnt mir glauben, wenn ich sage, dass selbst Hauptmann Alexander käuflich ist.«

»Ach ja?«, fragte Graydynn und versuchte sich nicht anmerken zu lassen, wie aufgeregt er plötzlich war. Doch er traute Runt noch immer nicht über den Weg. Vielleicht war dies ja eine Falle, vielleicht hatte jemand ihn bezahlt und dann hierher geschickt.

»Natürlich«, sagte die kleine Ratte von Spion. »Jedermann hat seinen Preis, M'lord. Selbst Ihr.«

»Denkt Ihr, ich sollte einen Boten mit der Nachricht zu Lord Graydynn schicken, dass Sir Carrick aufgegriffen worden ist?«, wollte der Sheriff von Sir Alexander wissen, als er mit ihm zusammen den Weg zwischen den dicht an dicht gebauten Hütten hinunterlief. Ihre Stiefel knirschten auf dem fast gefrorenen Schlamm, und auf den Pfützen glitzerte bereits das erste Eis. Da gerade die Schreiner und die Dachdecker das durchhängende Strohdach der Hütte des Imkers reparierten, hallte lautes Hämmern und das Kreischen einer Säge, die sich durch das Holz fraß, durch die kalte morgendliche Luft.

Es war beinahe zwei Wochen her, dass der Verletzte auf die Burg gekommen war, und allmählich kehrte wieder der ganz normale Alltag auf Burg Calon ein. Die Aufregung und Sorge um den Fremden hatten allmählich abgenommen, und alle hatten sich wieder ihren gewohnten Aufgaben zugewandt. Händler, Bauern und Hausierer durften die Tore wieder frei passieren, und man hörte wieder das Knirschen der Räder ihrer schweren Karren und das Schnauben der Pferde und der Ochsen, die sich schwer ins Zeug legen mussten, um die Gespanne von der Stelle zu bekommen.

Die Luft war klar und klirrend kalt, der Boden hart gefroren, und der Duft von frisch gebrautem Bier mischte sich mit dem Gestank des Rauchs der Schmiede, des Dungs der Tiere und dem beißenden Geruch ranzigen Fetts.

Jäger, die seit Tagesanbruch unterwegs gewesen waren, kehrten mit einem bereits ausgenommenen Hirsch, mehreren Eichhörnchen und zwei Kaninchen von der frühmorgendlichen Pirsch zurück. Jason, der den geschundenen Fremden gefunden hatte, war unter ihnen. Er hob den Kopf, und als er merkte, dass Payne ihn reglos anstarrte, wandte er sich – beinahe, als fühlte er sich eines unbekannten Verbrechens schuldig – eilig wieder ab. Der Sheriff machte sich in Gedanken Notiz, den Mann noch einmal zu befragen, als er endlich eine Antwort auf seine Frage von Alexander bekam.

»Gerüchte machen immer schnell die Runde, und Wybren ist nur einen Tagesritt von hier entfernt. Lord Graydynn hat also bestimmt schon längst von Carricks Gefangennahme gehört.«

»Und davon, dass er überfallen worden ist.« Payne kratzte sich nachdenklich am Kinn. Irgendetwas war an dieser Sache faul.

»Ja, auch davon, dass er überfallen worden ist.«

Sie traten beiseite, als der Hundeführer mit sechs struppigen Kötern, die an ihren Leinen zerrten, an ihnen vorüberging.

»Immer mit der Ruhe, ihr elendigen Viecher«, knurrte er und nickte dann dem Sheriff zu. »Heute Morgen sind sie furchtbar aufgeregt.«

Sobald der Mann vorüber war, wollte Payne von Alexander wissen: »Habt Ihr schon mit Lady Morwenna darüber gesprochen, ob sie Lord Graydynn eine Nachricht schicken will?«

»Noch nicht.«

»Dann wolltet Ihr Euch also erst mit mir ins Einvernehmen setzen, ist es das?«

»Ich dachte, es wäre vielleicht besser, wenn wir beide zusammen zu ihr gehen.«

Payne war klar, dass sie gemeinsam mehr erreichen würden als jeder von ihnen allein. Er presste nachdenklich die Lippen aufeinander und ging an den Waschfrauen vorbei, die vor riesengroßen Holzbottichen knieten, ihre nackten Arme in das dampfend heiße Seifenwasser tauchten und verschmutzte Kleider darin schwenkten, bis kein Fleck mehr zu sehen war. »Dann nehmen wir sie also sozusagen in die Zange.«

»Wir nehmen sie nicht in die Zange«, widersprach Sir Alexander eilig und machte ein böses Gesicht. »Wir unterbreiten ihr lediglich einen Vorschlag.«

»Und das tun wir zu zweit.«

Der Größere der beiden Männer nickte, und während er mit zusammengekniffenen Augen der Schar wild schnatternder Gänse, die in Formation über seinem Kopf unter den hohen, dunklen Wolken hinweg in Richtung Süden zog, folgte, schaute Payne ihn von der Seite an. »Ihr wollt mir doch wohl nicht erzählen, dass Ihr Angst vor unserer Herrin habt?«

»Angst?« Sir Alexander schnaubte und spuckte verächtlich auf die Erde, als wäre bereits die Vorstellung vollkommen absurd. Trotzdem stieg ihm eine verräterische Röte ins Gesicht, und die Falten um seine Mundwinkel und Augen wurden etwas tiefer, als er empört erklärte: »Natürlich nicht. Ich bin hier, um sie und alle, die auf Calon leben, zu beschützen. Das ist es, worum es mir bei dieser Sache geht. Wenn Lord Graydynn hört, dass die Herrin von Calon Carrick, das heißt einem Verbrecher Unterschlupf gewährt, wird er bestimmt außer sich vor Zorn sein.«

»Ja.«

»Und vor allem wird er wütend sein, weil sie ihn nicht darüber informiert hat. Sir Carrick wird seit über einem Jahr gesucht, und wir haben keine Ahnung, was Graydynn unternehmen wird, wenn er erfährt, dass wir ihn hier verstecken.«

»Dann geht Ihr also davon aus, dass der Verwundete tatsächlich Carrick von Wybren ist.«

»Ja.«

»Und Ihr denkt auch, dass er erst seine Familie massakriert hat und anschließend geflüchtet ist.«

»Ja.« Alexander nickte heftig mit dem Kopf. »Er hat sieben Menschen auf dem Gewissen. Dieser mörderische Bastard hat nicht nur seine Eltern, sondern auch seine Schwester, seine Brüder und seine Schwägerin im Schlaf ermordet. Es ist das reinste Wunder, dass nicht auch noch Dienstboten oder Bauern in dem Feuer umgekommen sind.«

»Und weshalb, glaubt Ihr, ist das nicht geschehen?«

Sie erklommen die Treppe zur Eingangstür der großen Halle, und Alexander holte tief Luft, straffte seine Schultern und ging hoch erhobenen Hauptes an den Wachmännern vorbei.

»Weil die Tat von langer Hand geplant war. Wer auch immer sie begangen hat, wollte nur die Familie des Burgherren vernichten.«

»Weshalb sagt ihr ›wer auch immer‹, wenn Ihr doch sicher davon ausgeht, dass Carrick der Schuldige ist?«

»Er wurde gesehen, als er geflüchtet ist.«

»Von einem Stalljungen«, erinnerte ihn Payne und spürte, als er sich die Handschuhe abstreifte, die Wärme des Kaminfeuers auf seiner nackten Haut. Zwei Jungen legten gerade frisches Holz nach, andere steckten neue Kerzen und Binsenlichter in die Halter an den Wänden, und ein paar junge Mädchen schrubbten plaudernd und kichernd die langen Eichentische blank. Neben dem Feuer streckte sich einer der Hunde, zog, als er gähnte, seine schwarzen Lefzen nach innen und machte es sich, als er merkte, dass er die Neuankömmlinge kannte, wieder bequem.

»Der Mann, der oben liegt, trug den Ring von Wybren«, meinte Alexander, als sie die Steintreppe erreichten, und bedachte den Sheriff mit einem durchdringenden Blick.

»Stimmt«, antwortete Payne in nachdenklichem Ton.

»Wollt Ihr etwa trotzdem behaupten, dass es sich bei dem Gefangenen nicht um Carrick handelt? Oder dass Ihr nicht glaubt, dass er ein Verbrecher ist?«

»Ich weiß nicht, wer er ist oder was er getan hat ..., ich denke einfach, wir sollten möglichst vorsichtig sein.«

»Es wäre sicherlich das Beste, wenn die Nachricht von dem, was hier passiert ist, Graydynn nicht in Form irgendwelcher Gerüchte, sondern über unseren eigenen Boten erreichen würde. Auf diese Weise wäre zumindest garantiert, dass wahr ist, was er erzählt bekommt.«

Payne konnte diesem Argument schwerlich widersprechen, und trotzdem hatte er immer noch das Gefühl, als würden sie, indem sie Graydynn informierten, einen schlafenden Drachen wecken. Der neue Herr von Wybren war bekanntlich ein höchst ungeduldiger Mensch.

Alexander begann die Treppe zu erklimmen. »Lasst uns mit Lady Morwenna sprechen. Sie ist es, die entscheiden muss.«

Das stimmt, pflichtete ihm der Sheriff in Gedanken bei. Normalerweise hatte Payne wenig Mitgefühl mit Narren, doch Alexander tat ihm Leid, denn es war offensichtlich, dass er seine Herrin liebte und dass diese Liebe nicht nur vollkommen aussichtslos, sondern närrisch, wenn nicht gar lächerlich zu nennen war. Selbst wenn Lady Morwenna nicht bereits dem aufgeblasenen Wichtigtuer Lord Ryden von Heath versprochen gewesen wäre, wäre sie für einen kleinen Hauptmann absolut unerreichbar.

Kopfschüttelnd folgte er Alexander. Er konnte nur hoffen, dass die Urteilskraft des Hauptmanns nicht unter seiner hoffnungslosen Liebe zu Morwenna litt.

10

»Aber, M'lady«, sagte Alfrydd. »Ihr müsst Euch auch noch um andere Dinge kümmern als um den Gefangenen, äh, Gast. Abgesehen von der Diebesbande, die die Bauern und Händler auf den Straßen überfällt –«

»Darum kümmern sich der Sheriff und der Hauptmann«, fiel Morwenna ihm ins Wort. Es machte sie wütend, dass der Haushofmeister offensichtlich meinte, sie vernachlässige ihre Pflichten.

»Das ist richtig. Aber das ist nicht das Einzige«, beharrte er auf seiner Meinung. »Wir müssen zum Beispiel an die Steuern denken. Sie müssen eingetrieben werden, damit Calon unterhalten werden kann. Jack Farmer ist nur einer der Männer, die uns inzwischen zwei Jahre Mietzins schulden. Seine Hütte steht wie die von den anderen, deren Namen ich in meine Liste eingetragen habe, auf Eurem Grund und Boden, weshalb dafür ein Mietzins zu entrichten ist –«

»Das ist mir klar«, fiel sie ihm abermals ins Wort.

Doch der Haushofmeister war noch nicht am Ende. »Dann ist da noch die Weidegülde. Wir haben deutlich weniger eingenommen, als wir hätten sollen, denn ein paar der Bauern lassen ihre Tiere im Wald nach Futter suchen, ohne dafür zu bezahlen.«

Alfrydd stand vor Morwennas Schreibtisch in der Kemenate. Mit einem langen, skelettartigen Finger wies er auf die Bücher, in die ein Schreiber sämtliche Steuern, Zehnten und Gebühren eingetragen hatte, die in den vergangenen drei Jahren erhoben worden waren. Familien, die mit Zahlungen im Rückstand waren, standen auf einem anderen Blatt. »Dann sind da noch verschiedene Leute wie Gregory der Blechschmied, die Euch Wegezoll schulden, weil sie, ohne etwas dafür bezahlt zu haben, ihre Waren durch Eure Wälder transportieren. Und …, und … seht hier.« Wieder legte er den Finger auf ein Blatt Papier. »Ihr hättet im vergangenen Jahr von fünf Familien Besthaupt bekommen müssen. Das sind fünf Pferde, die in unsren Ställen fehlen.«

Morwenna runzelte die Stirn. Besthaupt war eine der Steuern, die sie nicht im Geringsten leiden konnte. Diese Steuer hatten sich ganz eindeutig Männer zugunsten von Männern ausgedacht. »Es fällt mir schwer, einer Familie, die um ihren Ehemann und Vater trauert, auch noch ihr bestes Tier zu nehmen, vor allem, wenn die Witwe damit möglicherweise ihren Lebensunterhalt bestreiten kann.«

»Ich weiß, M'lady. Aber trotzdem müsst Ihr sie erheben, damit der Anteil, der dem König zusteht, an ihn weitergeleitet werden kann.« Alfrydd bedachte sie mit einem nachsichtigen Lächeln. »Ich möchte ganz bestimmt nicht hartherzig und oberflächlich klingen, aber die Unterhaltung dieser Burg ist ziemlich teuer, und jeder, der etwas an Euch abführt, erhält dafür Euren Schutz. Es ist also ein Privileg, diese lumpigen Steuern zu entrichten.«

»Erklärt das Mavis, der Witwe des Stellmachers, und ihren fünf Kindern. Erklärt ihnen, warum ich, weil sie kein Pferd besitzen, ihren stärksten Maulesel einziehen muss. Mit Hilfe dieses Maulesels pflügen sie wahrscheinlich ihr kleines Stückchen Land. Und sagt Ihnen, dass ich nicht nur den Maulesel nehmen werde, sondern obendrein auch noch eine Futterabgabe verlange.«

»Es muss eben jeder zum Futter der Pferde unserer Soldaten beitragen.«

»Genau wie zum Futter der Pferde der Soldaten unseres Königs, ich weiß, ich weiß!« Angewidert warf sie die Hände in die Luft und stand entschieden auf. »Aber Mavis muss sechs Mäuler stopfen und hat keinen Mann mehr, der sie versorgen kann. Was soll sie also machen? Sich nach einem anderen Mann umsehen, der sie und ihre Kinder unterstützt?«

»Der älteste Sohn kann ihr helfen –«

»Ein Kerlchen von kaum acht Jahren.« Sie stieß einen abgrundtiefen Seufzer aus.

»Er ist ein starker Bursche, der dem Holzfäller zur Hand gehen könnte, dem Maurer oder dem –«

»Wir werden Mavis ihr Muli lassen«, erklärte sie entschieden und konnte deutlich spüren, wie ihre Wangen sich erwärmten und ein Blitzen in ihre Augen trat. »Und ebenso wenig wird sie dieses oder nächstes Jahr eine Futterabgabe leisten. Danach werden wir weitersehen.«

Falls Alfrydd die Absicht gehabt hatte zu widersprechen, besann er sich eines Besseren und sammelte mit einem säuerlichen »Wie Ihr wünscht« die Bücher wieder ein.

»Ja. Wie *ich* wünsche«, fuhr ihn Morwenna unsanft an, hatte jedoch sofort Gewissensbisse, als sie sah, wie er die Lippen aufeinander presste. Schließlich tat der Mann nichts anderes als seine Arbeit, und er ging sie mit der denkbar größten Umsicht an. Mit einem Mal hatte sie das Gefühl, als laste ein schweres Gewicht auf ihren Schultern. In all den Jahren, in denen sie lautstark danach verlangt hatte, dass man sie nicht anders als ihre Brüder behandelte, in all der Zeit, in der sie sich danach gesehnt hatte, Herrin über eine eigene Burg zu sein, hatte sie nicht einen Gedanken daran verschwendet, welche Mühe und Verantwortung mit dieser Position einherging, und dass sie als Lehnsherrin gezwungen wäre, schwierige Entscheidungen zu treffen, über die sie alles andere als glücklich war.

»Danke, Alfrydd. Ich weiß, Ihr habt immer nur das Beste für die Burg im Sinn«, erklärte sie ihm deshalb sanfter, und mit einem Nicken zog er sich zurück.

Während sie erneut an ihrem Schreibtisch Platz nahm, wurde ihr gemeldet, dass der Sheriff und der Hauptmann sie zu sehen wünschten, und bereits ein paar Sekunden später traten die beiden Männer durch die Tür.

»M'lady«, sagte Alexander. »Falls wir kurz mit Euch sprechen dürften ...«

»Aber sicher.« Sie atmete tief durch.

Die Gesichter der beiden Männer wirkten grimmig, sie bewegten sich steifbeinig, als brächten sie schlechte Nachrichten. *Carrick*, dachte sie, und ihr dummes Herz zog sich zusammen.

»Es geht um den Patienten«, begann Alexander dann auch.

Natürlich. Sie umklammerte die Lehnen ihres Sessels. »Was ist mit ihm?«

»Ich denke, dass es vielleicht an der Zeit ist, Lord Graydynn mitzuteilen, dass er hier auf Calon ist.«

Großer Gott, noch nicht. Nicht, solange ich nicht völlig sicher bin! »Ach ja?«, fragte sie und zwang sich Ruhe zu bewahren. »Warum?«

Nach nur kurzem Zögern nannte ihr Alexander verschiedene Gründe, darunter seine Sorge, wie der neue Herr von Wybren darauf reagieren würde, wenn er von anderen erführe, dass sich der vermeintliche Verräter und Verbrecher hier auf ihrer Burg verbarg.

Morwenna hätte ihm gerne widersprochen, denn bei der Vorstellung, Carrick seinem Onkel auszuliefern, stieg Panik in ihr auf. Doch sie unterdrückte die unbestimmten Ängste, die der Gedanke, den Patienten aufgeben zu müssen, ihr machte und hörte in dem Bemühen, neutral und unvoreingenommen zu erscheinen, weiter schweigend zu.

Waren sich die beiden Männer, die hier vor ihr standen, einig? Sie konnte es nicht sagen. Während der Hauptmann der Wache all die Gründe nannte, die seiner Meinung nach für die Entsendung eines Boten Richtung Wybren sprachen, blieb der Sheriff stumm.

Als Alexander eine Pause machte, wandte sich Morwenna deshalb direkt an Payne. »Darf ich davon ausgehen, dass Ihr derselben Meinung seid – dass ein Bote mit einer Nachricht zu Lord Graydynn reiten sollte?«

Payne zögerte ein wenig. »Ich bin mir nicht sicher. Schließlich ist es möglich, dass der Mann, den wir gefunden haben, gar nicht Carrick ist, und meiner Meinung nach gibt es keinen Grund, Baron Graydynn eine Nachricht zukommen zu lassen, solange wir nicht sicher wissen, wer der Verletzte ist. Trotzdem ist natürlich richtig, wenn Sir Alexander sagt, dass es sicher besser wäre, den Baron zu informieren, bevor er irgendwelche Gerüchte oder Lügengeschichten zu hören bekommt.«

Sie würde also eine Entscheidung über Carricks Schicksal treffen müssen. Ihr blieb keine andere Wahl. »Ich hatte gehofft, wir könnten damit warten, bis wir sicher wissen, wer der Fremde ist.«

»Das wäre natürlich am besten.« Payne rieb sich nachdenklich den Nacken.

»Nur, dass das nach so langer Zeit einfach nicht mehr möglich ist«, stellte Alexander mit ernster Stimme klar. »Möglicherweise würde ja fürs Erste ein sorgfältig formuliertes, kurzes Schreiben an Lord Graydynn reichen. Dann wäre er vielleicht besänftigt und zöge keine voreiligen Schlüsse aus dem, was hier passiert.« Ein Muskel zuckte unter seinem Bart. »Ich fürchte, die Gerüchte über den verletzten Fremden haben ihn inzwischen längst erreicht.«

Morwenna lehnte sich auf ihrem Stuhl zurück, faltete die Hände und stützte ihr Kinn auf ihren Fingerknöcheln ab. Alexander hatte Recht. Das wusste der Sheriff, und das wusste auch sie selbst. Aber trotzdem zögerte sie noch.

»Was, wenn Lord Graydynn seine Soldaten schickt oder sogar persönlich hier erscheint, um Carrick ausgeliefert zu bekommen, damit er ihn wegen seiner angeblichen Taten hängen lassen kann? Was, wenn der Verletzte gar nicht Carrick ist?«

»Wer ist er dann? Ein gemeiner Dieb, der einem toten Mann den Ring gestohlen hat?«

»Ich habe keine Ahnung, wer er ist«, erwiderte Morwenna, obwohl sie in der Tiefe ihres Herzens deutlich spürte, dass der Mann, der im Zimmer ihres Bruders lag, Carrick von Wybren war. »Er könnte den Ring gestohlen haben oder auch einfach nur gefunden. Vielleicht hat er ihn auch beim Würfelspiel gewonnen oder jemand hat ihn ihm geschenkt.«

Alexander entfuhr ein ungläubiges Schnauben, der Sheriff aber nickte langsam mit dem Kopf. »Es gibt viele Gründe, aus denen der Mann den Ring getragen haben könnte, aber bis er wach wird und uns seine Geschichte selbst erzählen kann, werden wir nicht wissen, weshalb das Stück in seinem Besitz gewesen ist.«

»Und selbst dann könnte er uns belügen«, stellte Alexander fest.

Payne zog die Brauen in die Höhe und nickte nochmals mit dem Kopf. »Das wäre durchaus möglich.«

»Dieses Wagnis sollten wir nicht eingehen. M'lady, ich hielte es wirklich für das Beste, Graydynn von Wybren darüber zu informieren, dass Ihr einen verletzten Fremden, vielleicht einen Soldaten, bei Euch aufgenommen habt, der einen Ring mit dem Wappen von Wybren trug, als man ihn fand. Ihr könntet ihm erklären, dass Ihr wartet, bis der Mann das Bewusstsein wiedererlangt, um dann herauszufinden, wer er ist und zu beschließen, was Ihr weiter mit ihm machen wollt. Dadurch würdet Ihr vermeiden, Graydynns Zorn und mögliche Rachegelüste auf Euch zu ziehen.«

Sie wandte sich erneut dem Sheriff zu. »Stimmt Ihr mit Sir Alexander überein?«

»Im Großen und Ganzen, ja.«

»Aber Ihr habt gewisse Vorbehalte.«

Er sah sie lächelnd an. »Natürlich, M'lady. Die habe ich immer.«

Sie vertraute diesen beiden. Alexander ging es stets um die Sicherheit von Calon, und Payne strebte immer nach Gerechtigkeit. Obwohl sie beide Männer seit kaum zwölf Monaten kannte, kamen sie ihr grundehrlich und solide vor.

Aber vielleicht täuschst du dich ja auch? Was weißt du wirklich von den beiden? Nur das, was sie dich sehen lassen wollen. Nur das, was du von den Dienstboten und Bauern erzählt bekommen hast, Leuten, die den beiden wesentlich loyaler gegenüberstehen als dir selbst. Wie hatte Isa doch gesagt?

»*Traut niemandem, Morwenna. Keiner Menschenseele.*«

Beide Männer sahen sie abwartend an, und unweigerlich

ging ihr die Frage durch den Kopf, ob sie sich vielleicht vor dieser Unterredung miteinander abgesprochen hatten und jeder eine festgelegte Rolle spielte, damit sie ihnen möglichst weit entgegenkam.

»M'lady?«, drängte Alexander sie nach einem Augenblick.

Morwenna biss sich auf die Lippe und wog die verschiedenen Möglichkeiten gegeneinander ab. Sie wollte nicht riskieren, Graydynn zu verärgern, wollte aber auch nichts überstürzen, und so erklärte sie: »Ich werde heute Abend darüber nachdenken, und falls ich mich entschließe, Lord Graydynn eine Nachricht zukommen zu lassen, schicke ich noch morgen einen Boten los.«

»Morgen könnte es vielleicht schon zu spät sein«, erklärte Alexander. »Bis dahin hat Lord Graydynn die Gerüchte vielleicht schon erfahren.«

»Wahrscheinlich hat er längst davon gehört«, erwiderte Morwenna. »Schließlich ist Castle Wybren nur einen Tagesritt von hier entfernt.«

»Oder sogar noch weniger.« Payne runzelte die Stirn und kratzte sich nachdenklich am Kinn.

»Dann kommt es auf ein paar Stunden mehr oder weniger nicht an. Ich treffe meine Entscheidung morgen früh«, beendete sie das Gespräch. Sie konnte nur hoffen, dass ihre Entscheidung richtig war.

»Weshalb hasst Ihr Carrick eigentlich so sehr?«, wollte Bryanna wissen. Sie saß über einer Stickarbeit und piekste ungeduldig die Nadel in den Stoff.

Es war Abend, und trotz des hell brennenden Feuers spürte Isa deutlich das Böse, das innerhalb der Burg auf sie zu lauern schien.

Es war, als hätten die Wände Augen, ging es ihr durch den Kopf.

»Er hat Eurer Schwester das Herz gebrochen.« Sie saßen zusammen in Bryannas Zimmer, und während Isa ihren Rücken, der mit jedem Winter stärker schmerzte, vor den Flammen wärmte, rieb sie ihre runzeligen Hände und bemerkte, dass die Wölbung ihrer Knöchel in den letzten Jahren viel größer geworden war.

Bryanna zuckte mit den Schultern, riss stirnrunzelnd an dem Faden, der sich wieder mal verheddert hatte, und stellte, nachdem sie einen undeutlichen Fluch von sich gegeben hatte, etwas lauter fest: »Aber es passiert doch immer wieder, dass jemandem das Herz gebrochen wird, oder etwa nicht?«

»Ja, aber im Fall Eurer Schwester war es besonders schlimm.« Auch wenn sie mit niemandem, nicht einmal mit Morwenna selbst, jemals darüber gesprochen hatte, wusste Isa natürlich von Morwennas ungeborenem Baby, und den Verlust dieses kleinen Wesens würde sie Carrick nie verzeihen. Ebenso wenig, wie sie ihm je verzeihen würde, dass er Morwenna wegen Alena von Heath, der Ehefrau seines Bruders Theron, verlassen hatte, Alena, der Schwester Lord Rydens, dem Morwenna jetzt versprochen war. Oh, das alles war ein fürchterliches Durcheinander. Ebenso verworren wie der Faden, den Bryanna bei ihren jämmerlichen Stickversuchen inzwischen mehrfach verknotet hatte. Und als wäre dieses Chaos nicht bereits genug, gab es noch die grässlichen Gerüchte, dass Carrick seine gesamte Sippe hinterrücks im Schlaf ermordet hatte.

»Ihr wisst mehr, als Ihr mir sagen wollt.«

»Über viele Dinge«, gab die Alte unumwunden zu. »Aber wir alle haben unsere Geheimnisse.«

»Ihr sprecht wieder mal in Rätseln.«

»Und Ihr stellt wieder mal zu viele Fragen.«

Auch wenn Bryanna schnaubte, widersprach sie nicht. »Es heißt, Morwenna wird ihn zurück nach Wybren schicken.«

Isa nickte. Sie hatte die Gerüchte ebenfalls gehört, ihrer Meinung nach jedoch wäre das noch viel zu gnädig für dieses elende Ungeheuer. »Hat Euch Eure Schwester das erzählt?«

»Nein, das weiß ich von Fyrnne. Oh!« Bryanna hob den Kopf und schaute die alte Amme flehend an. »Bitte macht Ihr keine Vorwürfe deshalb. Ich habe zufällig mit angehört, wie sie sich mit Gladdys darüber unterhalten hat, als sie die Wäsche runtergetragen haben. Außerdem haben sie darüber gesprochen, dass Sir Alexander möchte, dass Morwenna einen Boten zu Lord Graydynn schickt«, beeilte sie sich zu erklären, wobei sich ihre Stimme vor Aufregung beinahe überschlug. »Natürlich wird Lord Graydynn daraufhin verlangen, dass der Verräter ihm ausgeliefert wird.«

»Natürlich«, stimmte Isa zu. Ihr war dieser Gedanke bereits ebenfalls gekommen. Gut. Je schneller Carrick diese Burg wieder verließ, umso besser für sie alle. Vor allem für Morwenna, dachte sie. »Trotzdem sollten die Dienstmädchen nicht tratschen.«

Auch wenn Bryanna nickte, grinste sie und zog vielsagend eine dunkle Braue hoch. »Das sollte niemand, Isa. Aber wir tun es alle, denn es macht einfach Spaß. Ich schätze, es liegt einfach in der menschlichen Natur.« Sie sah auf ihren Stickrahmen hinunter und stieß einen abgrundtiefen Seufzer aus, als sie erkennen musste, dass sie einfach nicht vorankam. »Es ist einfach hoffnungslos.« Wütend biss sie den Faden mit den Zähnen ab, warf den Rahmen achtlos auf ihr Bett, beugte sich vor und fragte mit im Schein des Feuers neugierig blitzenden Augen: »Wie hat Carrick seine Familie umgebracht?«

»Ich bin mir nicht sicher. Und vor allem dürft Ihr nicht vergessen, dass man bisher bloß vermutet, dass er die große Halle in Flammen aufgehen lassen hat.«

Bryanna starrte Isa aus großen Augen an. »Aber Ihr glaubt, dass er es war.«

Isa wählte ihre Worte mit Bedacht. »Ich glaube, dass er zu vielen Dingen fähig ist, selbst zur Ermordung seiner eigenen Familie, obwohl ich nicht verstehe, aus welchem Grund er diese Tat hätte begehen sollen. Sie ergibt ganz einfach keinen Sinn.« Sie rieb sich ihre dicken Knöchel. »Aber es heißt, Carrick wäre des Nachts durch die Flure geschlichen und hätte das Feuer gelegt. Manche Leute denken, dass er sogar Öl oder etwas anderes auf dem Boden verschüttet hat, was das Stroh noch schneller hatte brennen lassen, sodass dichter Rauch unter den Türen hindurch in die Kammern eingedrungen ist. Baron Dafydd, Lady Myrnna, ihre Kinder Alyce, Byron und Owen sowie Theron und seine Frau Alena lagen zu dem Zeitpunkt alle schlafend in ihren Betten.« Sie runzelte die Stirn. »Es war eine Tragödie.«

»Und wo waren die Wachen?«

»Ich habe keine Ahnung, aber es heißt, sie hätten auf ihren Posten geschlafen.«

»Und keiner von ihnen wurde durch das Feuer aufgeweckt?«

Seufzend biss sich Isa auf die Lippe. »Man erzählt sich, alle, die bei dem Brand gestorben sind, hätten aus demselben Weinkrug getrunken, und es sei vielleicht vorher etwas in den Krug gegeben worden.«

»Gift?«

»Oder etwas, das die Familienmitglieder trotz der Flammen und des Rauchs weiterschlafen lassen hat.« Isa stand entschieden auf. Sie hatte genug, vielleicht sogar zu viel gesagt. Als ihr ein kalter Luftzug in den Nacken wehte, hob sie erschaudernd ihren Kopf und blickte in Richtung der hohen Zimmerdecke, die allzeit im Dunkeln lag.

»Was glaubt Ihr, wird Morwenna machen?«, wollte Bryanna von ihr wissen.

»Ich weiß nicht«, antwortete Isa, trat vor Bryannas Bett, nahm den Stickrahmen zur Hand, zog mit geschickten Fingern mehrere der schiefen Stiche wieder auf und hielt dem jungen Mädchen den Rahmen wieder hin. »Aber ich bin sicher, dass Eure Schwester die richtige Entscheidung treffen wird.«

Das war eine Lüge.

Als sie sich zum Gehen wandte, wusste Isa in der Tiefe ihres Herzens, dass es keine richtige Entscheidung gab. Sie hatte dem Tod in ihren Träumen ins Gesicht gesehen, hatte seinen Atem auf ihrer Haut gespürt, wusste, dass er in der Nähe darauf lauerte, dass der rechte Zeitpunkt kam.

Es war nur eine Frage der Zeit.

Es war dunkel.

Die Nacht versank in so dichtem Nebel, dass nicht einmal das fahle Licht des Mondes ihn durchdrang.

Der Rächer stand vor einer Schießscharte eines hohen Turms und spürte, wie die Feuchtigkeit durch seinen schweren Umhang und die dunkle Kapuze drang. Die Nässe legte sich kühl und beruhigend auf seine Wangen und die Stirn, und trotzdem nahm er deutlich eine Störung wahr. Obgleich er durch den dichten Nebelschleier nichts erkennen konnte, wusste er mit Sicherheit, dass sie dort unten am

Bachlauf hockte, ihre Zaubersprüche murmelte und mit einem Stock ihre Runen in der Erde zog.

Die Alte.

Isa.

Sie war böse.

Und gefährlich.

Hatten sich die Visionen, die sie hatte, nicht ein ums andere Mal als wahr erwiesen?

Es war das reinste Wunder, dass sie ihn noch nicht enttarnt und alles zunichte gemacht hatte, wonach er seit langem strebte.

Obgleich er insgeheim jeden verachtete, der noch wie die Alten dem heidnischen Aberglauben anhing, konnte er nicht leugnen, dass Teile der Magie, an die sie glaubten, anscheinend wirklich existierten.

Es war vollkommen windstill, und er meinte zu hören, wie ihre raue Stimme wispernd durch die kahlen Bäume nach dem Geist der Großen Mutter rief und sie um Führung und um Schutz vor einer unsichtbaren Bedrohung bat.

Tief unter seiner Kapuze verzog er seinen Mund zu einem leisen Lächeln.

Es ist zu spät, Isa, du alte Hexe ... viel zu spät. All deine Gebete zur Großen Mutter sind vergeblich. Gierig legten seine Finger sich um das kleine Messer, das an seinem Gürtel von seiner Hüfte hing.

11

»Ich habe gesagt, dass es in Ordnung geht, Sir James. Lasst mich also bitte endlich durch.«

Wie in einem Traum drang ihre gedämpfte Stimme an sein Ohr, und vielleicht träumte er ja wirklich, denn er tauchte immer wieder in Bewusstlosigkeit ab. Während er merkte, wie die Zeit verging, lauschte er wie aus weiter Ferne den Stimmen der Menschen, die hin und wieder in sein Zimmer kamen, um nach ihm zu sehen. Aber ihre Stimme, die Stimme von Morwenna, unterschied sich von den anderen. Sie rührte an etwas tief in seinem Innern und zog ihn dichter an die Oberfläche als jedes andere Geräusch, das er vernahm.

Er versuchte einen seiner Arme anzuheben, was ihm zu seiner Überraschung tatsächlich gelang. Er hatte sich wirklich ein klein wenig bewegt. Sein Herz fing an zu pochen, und vor lauter Anstrengung bildeten sich dicke Schweißtropfen auf seiner Stirn. Mit neuer Entschlossenheit versuchte er, das rechte Bein ein wenig zu verschieben, und auch wenn es sich ebenfalls nur unmerklich bewegte, war seine Wade ganz eindeutig ein paar Zentimeter nach links gerutscht.

Jesus Christus, dann war er also nicht gelähmt!

Er versuchte, seine Finger zu bewegen, und sie reagierten. Genau wie seine Zehen.

Vor lauter Anstrengung bekam er kaum noch Luft, doch vor Freude, weil er nicht für alle Zeiten reglos hier auf dieser Pritsche liegen müsste, sprengte ihm sein Herzschlag beinahe die Brust.

»Sir Alexander wird darüber nicht erfreut sein«, widersprach eine gedämpfte Männerstimme, wohl die von Sir James. »Ich werde meinen Posten verlieren, genau wie Vernon.«

»Ich werde die volle Verantwortung für diese Sache übernehmen und morgen früh persönlich mit Sir Alexander reden.«

Der Patient geriet in Panik. Bald käme sie durch die Tür geglitten, und dann müsste er sich entscheiden. Sollte er versuchen zu sprechen, ein paar vernünftige Sätze herauszubringen und ihr auf diesem Weg zu zeigen, dass es ihm allmählich besser ging, oder war es vielleicht geschickter, sich auch weiter nicht zu rühren und so zu tun, als sei er immer noch bewusstlos?

Wenn er deutlich machte, dass er im Begriff stand zu gesunden, würden die Wachen vielleicht aufmerksamer oder, schlimmer noch, würde er vielleicht in eine Zelle gesperrt, damit er nicht versuchte zu entfliehen…

»Aber, M'lady, es ist meine Pflicht, Euch zu beschützen und –«, entgegnete Sir James.

»Der Mann hat sich, seit er vor zwei Wochen gefunden wurde, kein einziges Mal auch nur bewegt. Ich werde also vollkommen sicher sein.«

»Nein.«

»Tretet zur Seite, Sir James, und bleibt auf Eurem Posten direkt vor dieser Tür. Falls ich Hilfe brauche, werde ich Euch rufen«, erklärte sie entschieden, und es war zu hören, wie sie die Tür vorsichtig aufschob und ein paar Sekunden später wieder schloss.

»Wartet. Lady Morwenna!«, erklang die leise Stimme von Sir James, und die Tür ging wieder auf. »Die Tür sollte nicht geschlossen sein. Bitte, M'lady, lasst sie zumindest einen Spalt breit auf.« Offenbar hatte der Wachmann den

Kopf hereingestreckt, denn plötzlich wurde seine Stimme schmerzlich laut.

»Meinetwegen«, gab sie sich seufzend geschlagen.

»Wie Ihr wünscht.«

»Danke, Sir James«, sagte sie laut und schalt sich ein paar Sekunden später mit erboster Flüsterstimme: »Verflixt und zugenäht, Morwenna, wer hat hier eigentlich das Sagen? Warum lässt du dich von ihnen allen derart bevormunden? Würde Kelan sich von einem Soldaten sagen lassen, was er tun und lassen soll? Nein. Sir Alexander und Sir Payne und all die anderen versuchen ständig, dir irgendwelche Vorschriften zu machen, weil du eine Frau bist, obwohl du eigentlich alle Befugnisse eines Schlossherrn hast.«

Ihre Stimme kam ein wenig näher. Wurde deutlich lauter, obwohl sie noch immer mit einem wütenden Flüstern zu sich selbst sprach. »Verdammt. Selbst die ihnen unterstehenden Männer und die Dienstmädchen behandeln dich wie ein unmündiges, kleines Mädchen und nicht wie die Herrin dieser Burg. Das ist eine Beleidigung.« Ihre Schritte kamen näher, doch plötzlich blieb sie stehen. »Bei Gott, lass ihnen das nicht durchgehen!« Ihre zornigen Schritte entfernten sich wieder von seiner Lagerstatt. »Ich habe es mir anders überlegt, Sir James«, rief sie so laut, dass der Patient zusammenfuhr. »Die Tür bleibt zu.«

»Nein, M'lady –«

»Widersprecht mir nicht!« Die Tür fiel mit einem Knall zurück ins Schloss. »Ich sollte obendrein noch absperren«, murmelte sie zornig und kam dann festen Schrittes wieder in Richtung Bett.

Seine Nerven waren zum Zerreißen gespannt, und zum ersten Mal seit vierzehn Tagen spürte er, als er versuchte, seine Augen aufzuschlagen, ein leichtes Flattern seiner Lider, das es ihm erlaubte, gedämpftes Licht und Bewegungen wahrzunehmen. Heißer Schmerz zuckte durch seine Pupillen, dann aber sah er das sanfte Licht des Feuers auf dem Rost.

»Also, Carrick«, stellte die Burgherrin mit kalter Stimme fest. »Es ist an der Zeit, einen Boten nach Wybren zu schicken.«

Carrick, falls er so hieß, spannte schmerzlich jeden Muskel an. Der Name Wybren klang vertraut und rief vage, grässliche Erinnerungen an mit Rauch gefüllte Gänge, brennende Wandteppiche und knisternde, alles verzehrende Flammen in ihm wach. Großer Gott, war er etwa verantwortlich für diesen Brand? War er tatsächlich die Bestie, die ihre eigene Familie im Schlaf ermordet hatte?

Er spürte etwas Dunkles, Böses tief in seiner Seele, als er jemanden vor sich sah, der eine brennende Fackel aus ihrem Halter nahm und über staubtrockenes Stroh und staubige Wandbehänge schwang. Konnte dieser Jemand er selbst gewesen sein? Hatte er wirklich den Tod seiner Familie und diese fürchterliche Feuersbrunst geplant? Übelkeit erregende Bilder von brennendem Haar, vor Entsetzen weit aufgerissenen Augen und schwarzem, verkohltem Fleisch stiegen in ihm auf.

Nein! Nein! Nein!

Niemals hatte er das Undenkbare geplant!

Verzweiflung wogte in ihm auf. Zerrte an seinen Eingeweiden.

Was war er für ein Mensch?

Oder war das alles eine Lüge?

Irgendein gemeiner Plan, um ihn als Schurken dastehen zu lassen, der die Schuld für die Verbrechen eines anderen zugeschoben bekam?

»Wer hat Euch das angetan?«, wollte Morwenna von ihm wissen und beugte sich über das Bett.

Vor seinem geistigen Auge sah er schlammbespritzte Stiefel, mit denen ihm jemand in die Leistengegend trat. Hörte lautes, wütendes Rufen und das panische Wiehern von Pferden. Roch den Rauch eines Lagerfeuers. Spürte das schmerzliche Stechen, als ihn eine Stiefelspitze in die Rippen traf. Männer fluchten, und während er sich hilflos auf der Erde wand, droschen dicke Prügel auf ihn ein. Wer hatte ihm das angetan? *Wer?*

Hatte, wer auch immer diese Tat begangen hatte, gedacht, er wäre tot? Oder hatte der Hundesohn, der ihn derart zugerichtet hatte, ihn absichtlich liegen lassen, damit jemand ihn fand und hierher brachte auf diese Burg?

Aber weshalb sollte jemand so etwas tun?

Und warum war er wehrlos gewesen? Obwohl er sich an kaum etwas von sich erinnern konnte, spürte er, dass er ein starker Mann gewesen war, ein Krieger, jemand, der nicht einfach einem Überfall erlag.

Bei den Göttern, er hatte das Gefühl verrückt zu werden, als er ihrer Stimme lauschte und fühlte, dass sie ganz in seiner Nähe stand.

»Könnt Ihr mich hören?«, fragte sie, und er spürte das Wispern ihrer Stimme auf seiner nackten Haut. »Carrick?«

Wieder der allzu vertraute Name. Er rührte sich nicht.

»Ich muss mit Euch reden.«

Er blieb völlig reglos liegen, als sie ihm sanft mit einem Finger in die Schulter stach. »Könnt Ihr mich nicht hören? Sir Carrick von Wybren, bitte wacht doch endlich auf.«

Es kostete ihn einige Mühe, weiter gleichmäßig zu atmen.

Wieder piekste sie ihn in die Schulter. Dieses Mal ein wenig fester, und ihre Stimme klang beinahe verzweifelt, als sie ihn bedrängte: »Carrick, bei allem, was Euch heilig ist, bitte, bitte, sprecht mit mir.«

Er widerstand. Es käme nichts Gutes für ihn dabei heraus, wenn er sie wissen lassen würde, dass er sie verstand. Dafür war es eindeutig zu früh. Er presste die Lippen aufeinander, ertrug den nächsten Piekser, und endlich gab sie mit einem entnervten Seufzer auf.

»Wenn Ihr mir nicht helft, werde ich diese Entscheidung eben alleine treffen.«

Falls sie ihn mit der Bemerkung dazu bringen wollte, etwas zu erwidern, falls dies abermals ein Test war, ging er nicht darauf ein. Er bewegte nicht mal eine Braue, doch sie sprach einfach weiter. Wenn nicht zu ihm, dann eben zu sich selbst.

»Nun, ich nehme an, ich hätte nichts anderes erwarten sollen! Trotzdem sollt Ihr ruhig erfahren, dass Sir Alexander darauf besteht, dass ich einen Boten nach Wybren schicke, der über Euren … Zustand und, hm, die Lage als solche Bericht erstatten soll. Und ich muss Euch sagen, dass alle anderen hier auf Calon einschließlich Isa, des Arztes, des Priesters und des Sheriffs ebenfalls der Meinung sind, dass Lord Graydynn umgehend erfahren muss, dass Ihr …, nun, ›gefangen genommen‹ ist wohl nicht der rechte Ausdruck, und ›aufgegriffen‹ auch nicht, aber dass Ihr hier seid, als mein Gast, um Euch von Euren Blessuren zu erholen.« Sie ging um das Bett herum, der Klang ihrer Stimme wurde etwas weicher, und durch den Schleier seiner Wimpern sah er Farbflecke, als sie an ihm vorbeizuschweben schien.

Er erhaschte einen Blick auf ihr langes, schwarzes, wild gelocktes Haar. Ihre Züge nahm er nur verschwommen wahr, doch im Licht des Feuers leuchtete ihr weißes Kleid, und ihre Augen – unglaublich blaue Augen – starrten ihn mit mehr als bloßer Neugier an, als wäre er ein großes Rätsel. Seine Kehle schnürte sich bei ihrem Anblick zu, und verschiedene Bilder tanzten wild durch seinen Kopf. Er hatte das Gefühl, sich an sie, an ihre unglaubliche Schönheit, zu erinnern, doch das war nur ein flüchtiger Gedanke, und er hatte keine Ahnung, welche Erinnerungen stimmten und welches Bild vielleicht nur seiner Fantasie entsprungen war.

Sein Schädel dröhnte, und am liebsten hätte er geschrien. Stattdessen presste er erneut die Lippen aufeinander und hoffte, dass sie es nicht sah.

Wieder drang neben dem sanften Prasseln des Feuers im Kamin ihre Stimme an sein Ohr. »Es gibt Leute, die behaupten, Ihr hättet gemeinsame Sache mit Graydynn gemacht und alle anderen Familienmitglieder ermordet, um selbst die Herrschaft zu erlangen, nur hätte sich Graydynn schließlich gegen Euch gewandt und Euch zum Mörder und Verräter erklärt, damit er selbst die Burg bekommt. Ist das möglich?« Plötzlich kam sie ihm noch näher, und ihr warmer Atem fächerte über sein Gesicht. »Das frage ich mich die ganze Zeit.«

Er starrte sie unter seinen Wimpern hindurch an, doch im Halbdunkel des Raumes schien sie nicht zu bemerken, dass er sie sehen konnte. Während eines Augenblickes dachte er, er könnte vielleicht sprechen, krächzend ein paar Worte sagen, doch dann hielt er es für besser, weiterhin zu schweigen, zuzuhören und, falls er das schaffte, gründlich zu überlegen, was er als Nächstes tun sollte..

Sie strich mit kühlen Fingern über seine Wange, und auch wenn er beinahe zusammengefahren wäre, gelang es ihm, weiter so zu tun, als wäre er immer noch nicht wieder bei Bewusstsein. »Oh, Carrick«, wisperte sie verzweifelt. »Was für einen Ärger Ihr mir wieder einmal macht.« Einer ihrer Finger glitt über seine Bartstoppeln am Kiefer zu seinem Kinn hinunter und ließ ein Gefühl von wunderbarer Wärme auf seiner aufgeplatzten Haut zurück. »Aber das habt Ihr ja schon immer.«

Er nahm das leichte Zittern ihres Fingers wahr. »Was soll ich nur mit Euch machen? Euch nach Wybren schicken, damit Graydynn dort über Euch richtet? Euch weiter hier behalten als ... Patient oder Gefangenen?« Ihre Fingerspitze strich über seinen Hals bis zu seiner Schulter, und trotz der grauenhaften Schmerzen, die er noch immer hatte, konzentrierte er sich ganz auf die kleine Stelle, an der ihr Finger lag. Von diesem kleinen Flecken, an dem ihre nackte Haut sich berührte, strahlte eine ungeahnte Hitze über seinen gesamten Körper aus.

»Ich habe dich geliebt, du elendiger Bastard«, gestand sie leise, und dass sie ihre Seele derart vor ihm entblößte, traf ihn bis ins Mark. »Ich wollte dich heiraten, wollte Kinder mit dir haben ...« Ihre Stimme brach, und während eines Augenblickes dachte er, dass ihre Beichte jetzt beendet war. Dann aber sprach sie weiter, mit erboster Stimme, und die Berührung ihres Fingers wurde stärker, als hätte sie ihm am liebsten einen Schlag versetzt. »Aber du hast mich verlassen. Wie man mir erzählt hat, für Alena.«

Alena. Der Name sagte ihm etwas, an ihr Aussehen aber konnte er sich nicht erinnern. Hatte er auch mit ihr ein Verhältnis gehabt?

»Nur ein elender Schurke stiehlt seinem eigenen Bruder die Frau.«

Sein Innerstes zog sich zusammen. Was sagte sie da? Er hatte ein Verhältnis mit seiner Schwägerin gehabt?

»Du siehst also, Carrick, die Entscheidung fällt mir ganz

bestimmt nicht leicht. Wie viel bin ich dir schuldig?« Sie machte eine Pause, als dächte sie über die Antwort nach.

»Nichts!«, stieß sie schließlich wütend aus. »Weniger als nichts. Denn schließlich hast du mich und unser Kind wegen Alena verlassen.«

Unser *Kind*? Er hatte ein Kind gezeugt? Mit ihr?

Nein ..., irgendetwas stimmte da nicht. Irgendetwas stimmte ganz und gar nicht. Ja, er konnte sich an die Namen Morwenna und Alena erinnern, aber ... von einem Kind wusste er überhaupt nichts. Da war er sich ganz sicher. Vielleicht bildete er sich das alles nur ein. Vielleicht hatte sein müdes Hirn einfach irgendwelche Visionen – Träume, hervorgerufen von den Tränken, die ihm der Physikus neben heißem Wasser und kräftigender Brühe löffelweise eingetrichtert hatte.

Das war es. Vielleicht hatte er sich ja nur eingebildet, dass er von einem Arzt behandelt worden war, dass ein Priester mit säuerlicher Stimme Gebete für ihn gesprochen hatte, dass verschiedene Augenpaare ihn betrachtet hatten, während er getan hatte, als schliefe er. Vielleicht war er die ganze Zeit allein gewesen und hatte einfach zahllose Erscheinungen gehabt. Erst in der vergangenen Nacht war er davon überzeugt gewesen, dass irgendein übles Wesen durch die feste Zimmerwand gedrungen, an sein Bett getreten und böswillig auf ihn herabgestarrt hatte ... Auch das könnte ein Traum gewesen sein. Ja, genau das war es. Die Lady war gar nicht hier in diesem Raum.

Doch der Druck auf seine Haut sagte etwas anderes, weshalb er seine Augen wieder vollständig schloss.

Morwennas Finger glitten über seine Schulter zu seiner Brust. Sein Herz fing an zu rasen. Sein Blut fing an zu kochen ...

»Bei den Göttern, Carrick«, zischte sie erbost. »Ich hätte dich sterben lassen sollen!«

Trotz ihres Zorns spürte er eine Schwellung zwischen seinen Beinen, als sie die Spitze eines Fingers direkt neben seiner wild pochenden Halsschlagader verharren ließ.

»Ah, Carrick.« Ihr Finger strich hinab auf seinen Brustkasten, verschob dabei etwas die Decke, und ein kühler Lufthauch wehte über seine nackte Haut. Langsam fuhr sie die Konturen seines Brustbeins nach, doch den Schmerz in seinen Rippen empfand er als verführerische Qual. »Ich habe dich und das Baby verloren«, gab sie traurig zu. »Aber vielleicht war es so das Beste.« Ihre Stimme wurde brüchig und tat ihm in der Seele weh. Was hatte diese Frau nur an sich? Weshalb drangen ihre Worte ihm geradewegs ins Herz?

Sicher lag es nur an den Medikamenten, die ihm der Physikus gegeben hatte, dem widerlichen Zeug, das ihm gewaltsam eingeträufelt worden war. Oder an den Schmerzen – ja genau, das war's! Seine Fantasie schuf erotische, verführerische Bilder, damit er für kurze Zeit den fürchterlichen Schmerz vergaß … Diese Frau war gar nicht wirklich hier in seinem Zimmer. Er hoffte voller Inbrunst, dass sie nur ein Trugbild war, denn er spürte die Straffung seiner Lenden und die Reaktion seines Schwanzes auf die sinnlichen Bewegungen ihrer zarten Hand. Schweiß trat ihm auf die Brauen, und er biss sich heftig auf die Lippen, um nicht laut aufzuschreien, als die Decke noch ein wenig tiefer glitt und die kühle Luft des Raumes über seinen Körper strich. Er öffnete vorsichtig ein Auge und sah, dass ihr Haar ihr ins Gesicht hing, ehe sie es eilig über eine Schulter warf.

»Wenn ich mich recht entsinne, hattest du ein Muttermal an deinem rechten Oberschenkel kurz unterhalb des Schritts.«

Was? Jetzt hätte er wirklich beinahe aufgeschrien.

Schwungvoll hob sie die Decke an, und er spürte einen kalten Lufthauch auf seinem steifen Glied.

Sie rang erstickt nach Luft. »Heilige Mutter«, entfuhr es ihr beim Anblick seines nackten Körpers mit dem steinharten, straff gereckten Schwanz. »Carrick ... oh, bei den Göttern ...« Eilig ließ sie die Decke wieder fallen, worauf sein Glied anfing zu schrumpfen und eine leichte Röte sich in seine Wangen stahl.

Das geschah ihr recht.

Fast hätte er laut gelacht.

»Oh je, oh je, oh ... verdammt!« Sie atmete hörbar aus und sah ihm ins Gesicht. »Kannst du mich hören, du elendiger Schuft? Hast du ... nein ... oh Gott, Carrick, du widerliches, krankes Stück Schweinedung, ich schwöre dir, wenn du auch nur ein Wort von dem gehört hast, was ich gesagt habe, schneide ich dir dein elendes Herz heraus, schicke dich anschließend nach Wybren und zahle den Henker höchstpersönlich dafür, dass er deine Leiche aus einer Schießscharte baumeln lässt!«

Eilig lief sie aus dem Zimmer, er hörte, wie sie stolperte, fluchte, sich gerade noch rechtzeitig fing und dann die Tür aufriss.

»M'lady?«, wollte die Wache von ihr wissen. »Ist mit Euch alles in Ordnung?«

»Alles bestens, Sir James.«

»Aber Ihr seht aus, als hättet Ihr einen Geist gesehen.«

»Ich habe gesagt, dass alles bestens ist«, erklärte sie noch einmal mit atemloser Stimme, warf die Tür hinter sich zu, und er war wieder allein.

12

Sie liebte diesen Schweinehund also noch immer!

Von seinem Versteck aus verfolgte der Rächer die Szene in stummem, glühend heißem Zorn. Ein fauliger Geschmack stieg aus seiner Kehle, und er stand zitternd in dem engen, muffig-feuchten Gang. Er hatte nur Bruchstücke ihres geflüsterten Gespräches mitbekommen, nicht genug, um zu verstehen, worum es dabei gegangen war, doch er hatte den schmerzlichen Ausdruck in ihrem Gesicht gesehen, bemerkt, wie ihre Finger über das Fleisch des Verwundeten gestrichen waren, verfolgt, wie sie die Decke zurückgeworfen, nach Luft gerungen und sie eilig wieder zurückgeworfen hatte. Als hätte der Anblick seines Gliedes sie verletzt.

Da sie direkt vor dem Bett gestanden hatte, hatte der Rächer den Patienten nicht gesehen, ihre Reaktion aber hatte ihm verraten, dass sie etwas gesehen hatte, das sie in ihren Grundfesten erschüttert hatte ...

War der Mann etwa so gut bestückt wie einer der Hengste in den Ställen von Calon? Oder hatte er vielleicht, genau im Gegenteil, einen winzig kleinen, schrumpeligen Schwanz? Fehlte das Teil vielleicht sogar zur Gänze?

Aus welchem Grund auch immer war Morwenna wütend aus dem Raum gestürzt.

Obwohl der Mann auf dem Bett vollkommen reglos da zu liegen schien, hatte Morwenna zischend Beleidigungen ausgestoßen, als sie vor dem Patienten zurückgewichen war, der bisher unter ihrem Schutz gestanden hatte.

Vielleicht wurde jetzt ja endlich alles gut.

Der Rächer wartete ein paar Minuten und glitt dann lautlos durch die vertrauten Gänge zu seiner Lieblingsstelle, die ihm einen Blick auf Morwennas Schlafstatt bot. Er presste seine Nase gegen die glatten Steine und verfolgte schweigend, wie sie ihre lange weiße Tunika über ihren Kopf zog, sich wütend auf ihr Bett warf und derart mit den Fäusten auf die Decke trommelte, dass ihr Köter aus dem Schlaf auffuhr und anfing wild zu bellen.

»Ruhe, Mort!«, wies sie ihn ungehalten an.

Ah, sie war ein wildes Ding. Während der Rächer zusah, wie sie ihre schlechte Laune an der Decke ausließ, überlegte er, wie es wohl wäre, sie endlich unbekleidet unter sich zu haben, ihr die Zähne in den Hals zu schlagen, sich in sie hineinzuschieben, sie möglichst hart zu reiten, darauf zu lauschen, wie sie keuchte, und die Hände entweder in ihren dichten schwarzen Haaren zu vergraben oder ihre Brüste derart kräftig zu umfassen, dass sie vor Schmerzen schrie.

Es fiel ihm wirklich schwer darauf zu warten.

Sich die Zukunft auszumalen.

Diese Nacht zu planen und dabei nicht endgültig vor Verlangen zu vergehen.

Er fuhr sich mit der Zungenspitze über die plötzlich trockenen Lippen und starrte hinunter auf Morwenna, die jetzt mit angezogenen Knien auf dem Bett saß und mit einer Hand über das zottelige Fell des alten Hundes strich. Ihre schwarzen Haare fielen ihr in wild zerzausten Wellen über den Rücken und die Arme. Sie war ohne jeden Zweifel die verführerischste Frau, der der Rächer je begegnet war.

Er legte seine Hand auf die schmerzende Schwellung zwischen seinen Beinen, löste vorsichtig die Lederbänder und schob seine Finger in die Hose.

Sofort wurde er steif.

Er umfasste seinen Schwanz und dachte an die Zukunft und die ungezählten Freuden, die sie für ihn bereithielt.

Wäre es nicht die höchste, wunderbarste Form der Rache, wenn er endlich seinen Anspruch auf diese Frau einlösen könnte?

In dem kleinen Alkoven, in dem sie wohnte, schnitzte Isa eine schützende Rune in eine einzelne weiße Kerze, umwickelte sie eilig mit einer schwarzen Schnur und stellte sie in einen Kreis aus sieben glatten, geölten Steinen, der auf einem großen Teller lag.

Ohne auf das Gefühl zu achten, dass unsichtbare Augen sie bei ihrem Tun verfolgten, streute sie verschiedene Kräuter in den Kreis. Ihr Herz schlug bis zum Hals, und ihre Nerven waren zum Zerreißen gespannt. Falls Vater Daniel erführe, dass sie ihren Zauber hier auf Calon praktizierte, würde er sie bestimmt außer sich vor Zorn von hier verbannen, und sie wäre mit ihren alten Knochen allein der todbringenden Winterkälte ausgesetzt. Doch das musste sie riskieren.

Zu viel stand auf dem Spiel, als dass sie sich darüber Gedanken machen konnte.

Sie spürte die Feindseligkeit, die ihnen hier auf dieser Burg entgegenschlug, spürte etwas Böses, das dunkel und lebendig auf der Lauer lag.

Wie oft war Isa nachts aus so düsteren, bedrohlichen Alpträumen aufgeschreckt, dass sie kaum noch Luft bekommen hatte? Jedes Mal hatte sie ein gesichtsloses Phantom gesehen, das, sein Antlitz unter einer dunklen Kapuze verborgen, durch die Gänge schlich und den von ihr geliebten Menschen Tod und Zerstörung brachte.

Nein, sie konnte nicht darauf vertrauen, dass Vater Daniel diese Burg vor dem Fluch, der Carrick von Wybren war, beschützte. Daniel war ein schwacher Mann, dessen Frömmigkeit nur eine Fassade war, hinter der er sich versteckte. Der widerliche Carrick hingegen war aus demselben Holz geschnitzt wie sein toter Vater: Es war ihm einfach vollkommen unmöglich, an einer jungen Frau vorbeizugehen, ohne sie sich zu nehmen. Hatten nicht jahrelang Gerüchte über Dafydd von Wybrens Hurereien die Runde gemacht? Ein paar von seinen Bastarden hatten überlebt, andere waren tot geboren, wieder andere verkrüppelt und nach kurzem Leiden gestorben, was, wie Isa sicher annahm, eine Folge des Fluchs gewesen war, den eine alte Hexe auf Geheiß von Lady Myrnna verhängt hatte.

Isa fuhr bei der Erinnerung zusammen. Lady Myrnna war ihr eines Nachts erschienen und hatte sie auf Knien angefleht, etwas, *irgend*etwas gegen die Ausschweifungen ihres Mannes zu unternehmen. Obwohl sie so getan hatte, als würden Dafydds Ausschweifungen sie nicht im Geringsten stören, hatte sie sich zutiefst dafür geschämt und sogar gedroht, ihrem eigenen Leben ein Ende zu bereiten, wenn er nicht zur Besinnung kam. Nachdem Isas Schwester Enid sich geweigert hatte, Myrnna gegen ihren Gatten beizustehen, hatte Myrnna extra Isa in Penbrooke aufgesucht.

Jetzt machte es den Eindruck, als hätte sich der alte Fluch in Gestalt von Carrick gegen sie gewandt, denn Isa war sich völlig sicher, dass er der halb tote Fremde war.

Bereits in dem Moment, in dem man den Verwundeten durchs Tor der Burg getragen hatte, hatte Isa deutlich spüren können, wie das Böse innerhalb der Mauern ruhelos geworden war und an Kraft gewonnen hatte, bis es vor Leben regelrecht pulsierte. Das Böse in stets wechselnder Gestalt war kühner und gefährlicher geworden. Es blies ihr seinen heißen Atem ins Genick.

Doch sie musste stark sein.

Um zu kämpfen.
Wie heute Nacht.

Sie hielt die trockene Spitze eines Reisigzweigs an eins der Binsenlichter, bis es brannte, und zündete damit dann vorsichtig die weiße Kerze an. Die hell flackernde Flamme warf geisterhafte Schatten an die Wände und spiegelte sich in der Wasserschale, die neben dem Kerzenhalter stand.

»Große Mutter, steh uns bei«, wisperte sie mit wild pochendem Herzen. »Segne diese Burg und stell sie unter deinen Schutz.«

Während die Flamme leise zischte, begann das Wachs zu schmelzen und lief in dünnen Strömen an der Kerze herab über den schwarzen Faden, erhitzte die zerdrückten Kräuter und erfüllte die stickige Luft im Zimmer mit dem Duft von Lorbeer, Johanniswurz und Raute.

Isa schloss die Augen und fing leise an zu singen. »Morrigu, Große Mutter, hör mein Flehen. Schütze uns. Verbanne das Böse aus den Mauern dieser Burg. Morrigu, Große Mutter, hör mein Flehen ...« Wieder und wieder wisperte sie leise stets die gleichen Worte und hob eine Hand an den abgewetzten Stein mit einem Loch, der an einer geflochtenen Lederkette zwischen ihren Brüsten hing. Immer schneller wurde ihr Gesang, sie wiegte sich im Rhythmus ihrer Worte hin und her, spürte, wie die Geister von Calon in Bewegung kamen, und konzentrierte sich ganz darauf, die Burg von allem Bösen zu befreien. »Morrigu, Große Mutter, hör mein Flehen. Schütze uns. Verbanne –«

Dann nahm sie es plötzlich deutlich war.
Die Veränderung.
Die Neupositionierung der Sterne und des Mondes.
Mit zusammengezogenem Herzen schlug sie die Augen wieder auf, blickte auf die halb abgebrannte Kerze und auf

die Schale mit dem Wasser, auf dessen ruhiger Oberfläche sie ihr eigenes Spiegelbild im Kreise schattiger Gestalten sich immer schneller drehen sah. Ihr Spiegelbild verzerrte sich, und sie öffnete den Mund wie zu einem stummen, entsetzten Schrei.

Panisch rieb sie an dem Stein, der von ihrem Hals hing, ohne dass das grauenhafte Bild dadurch verschwand oder sich veränderte, damit sie es verstand. Ihr Gesicht zerbrach in viele kleine Teile, und die neuen Bilder, die daraus entstanden, ließen sie vor Angst erstarren.

Ein kleiner, herabsausender Dolch.

Die todbringende Klinge blitzte silbern in der Schwärze der mondlosen Nacht.

Blut. Blut, das über die Ränder der flachen Schale quoll.

Und das Wybrensche Wappen, das auf dem dickflüssigen, roten Wasser trieb, direkt unter ihrem eigenen schreckensstarren Gesicht.

Und dann schaute ihr der Gott des Todes über die Schulter, das harte Gesicht so dicht an ihrem eigenen, dass sie eilig herumfuhr, dabei die Kerze umwarf und dadurch das Wasser über den Rand der Schale schwappen ließ.

Ihr Herz klopfte so laut, dass sie geschworen hätte, Arawn aus der Unterwelt sei in ihrem Zimmer.

Doch in dem Raum war nichts.

Außer absoluter Dunkelheit.

Und der sicheren Verheißung, dass in Kürze jemand sterben würde.

13

»Vergib mir, Himmlischer Vater, denn ich habe gesündigt.«
Vater Daniel beugte sich so dicht über den Steinboden der Apsis, dass ihm das dort verteilte Stroh schmerzlich in die Wangen stach. Er schloss die Augen und versuchte sich zu konzentrieren, das in seinen Adern ausgebrochene Feuer aber loderte noch immer glühend heiß. Trotz seines Bemühens, gegen die Versuchung anzukämpfen, und obwohl er voller Inbrunst um Erleichterung gebetet hatte, gingen ihm noch immer sündig-verruchte Bilder durch den Kopf, raubten ihm den Schlaf und schnürten ihm, als er sprechen wollte, die Kehle zu. Sogar seine Gebete wurden von lüsternen Gedanken gestört.

Gedanken an zwei Frauen.

Morwenna und Bryanna. Die hoch gewachsene, ältere der beiden Schwestern mit dem dichten, dunklen Haar, der königlichen Haltung und dem durchdringenden Blick war ebenso verführerisch wie die junge mit den hell blitzenden Augen, den wilden, roten Locken und dem sinnlich-dunklen Lachen, das ihm direkt in die Seele drang.

Er stellte sich vor, mit den beiden zu schlafen, einzeln und zusammen, und die erotischen Bilder, die einfach nicht verschwinden wollten, verbrannten ihm regelrecht das Hirn. Er hatte das Gefühl, als leide er in einer selbst geschaffenen Hölle. Ja, genau das war es. Auf irgendeinem Weg hatte sich Satan in seinen Kopf geschlichen. Unglücklich schloss er die Augen, denn er zitterte am ganzen Körper, und das Verlangen, das er spürte, war so heftig, dass er davor zurückschreckte.

Gott wird dich bestrafen, Daniel. Er kennt deine Gedan-

ken, und wenn du keine Buße leistest, wenn es dir nicht gelingt, diese unheiligen Bilder zu vertreiben, wird er dich und alles, was dir wichtig ist, zerstören. Er wird alle deine Pläne und alles, was du dir vom Leben erträumt hast, gnadenlos zunichte machen. Wisse, dass der Heilige Vater dich bestrafen wird.

Vielleicht hatte er das ja bereits getan, dachte Daniel verzweifelt, ballte ohnmächtig die Fäuste und zerdrückte darin ein paar Halme des auf dem Boden ausgestreuten Strohs.

»Bitte, Vater, vergib mir und steh mir gegen mein Verlangen bei«, flehte er mit vor dem Kruzifix gesenktem Haupt, doch noch immer wanderten seine rastlosen Gedanken zu den beiden wunderschönen, verführerischen jungen Frauen. »Mein ..., mein Leib hat mich verraten. Ich habe unreine Gedanken. Ich sehe die Herrin und ihre Schwester und ich ..., ich falle meiner Sterblichkeit zum Opfer. Ich kämpfe gegen das Verlangen an, aber, Vater, bitte steh mir bei.« In seinen Augen brannten heißen Tränen, denn er wusste, dass Gebete nicht genügen würden, um seine Sünden zu bereuen.

Es bedurfte obendrein einer Bestrafung.

»Hilf mir, alle Lust aus meinen Gedanken und meinem Körper zu verbannen«, betete er heiser, während ihm ein dichter Tränenstrom über die Wangen rann. Oh, er war ein Schwächling. Ein jämmerlicher Schwächling.

Verzweifelt bekreuzigte er sich und wollte gerade aufstehen, als ganz aus seiner Nähe das Knirschen eines Stiefels an seine Ohren drang. Anscheinend war er nicht allein.

Sein Herz zog sich zusammen, als er an seine verzweifelten Gebete dachte. Sie waren allein für Gottes Ohr bestimmt.

Erfüllt von heißem Schamgefühl warf er einen Blick über

die Schulter und sah die offene Tür. Der Riegel war zerbrochen, und vielleicht hatte der Wind sie aufgeweht. Vielleicht war das schon alles. Trotzdem bekam er eine Gänsehaut, als über das Heulen des Windes das Geräusch sich eilig entfernender Schritte an seine Ohren drang.

Er rappelte sich eilig auf. Hatte irgendjemand an der Tür gestanden und gehorcht? Hatte irgendjemand seine reuigen Geständnisse belauscht?

Ohne auch nur eine Sekunde zu verlieren, hastete er Richtung Tür und trat in die Dunkelheit hinaus. Es war ein bitterkalter Abend, der Wind zerrte an seinem Umhang, und der dichte Regen traf ihn eisig ins Gesicht.

Eilig setzte er seine Kapuze auf und folgte in gebückter Haltung dem Hauptweg durch den Garten. Niemand war zu sehen, doch das Tor stand offen und klapperte im Wind, als hätte jemand keine Zeit gehabt, es ordentlich zu schließen. Wer? Hatte irgendjemand ihm nachspioniert?

Er flog über das Kopfsteinpflaster in den Innenhof der Burg, wo wegen des fürchterlichen Wetters nur wenige Männer versammelt waren – ein paar Wachen, die auf ihren Posten standen, der trottelige Dwynn, der mit bis über die Augen gezogener Wollmütze einen Korb mit Feuerholz in Richtung der großen Halle trug.

»Du da«, rief ihm Vater Daniel zu und wäre, als er ihm eilig hinterherlief, beinahe im Schlamm des Hofes ausgerutscht. Dwynn blieb stehen und sah ihn unter seiner Mütze, von der das Regenwasser tropfte, hervor unsicher an.

»Hast du vor ein paar Minuten jemanden aus der Kapelle kommen sehen?«

»Nein, Vater.« Der zurückgebliebene Junge schüttelte den Kopf, stemmte überraschend mühelos den schweren Korb auf seine Hüfte und wandte sich erneut zum Gehen.

»Wirklich niemanden?«

»Nur die Wachen hier im Hof.«

»Hier, lass mich dir helfen«, bot der Priester an, mehr, um weiter mit dem Jungen sprechen zu können, als um ihm das Tragen zu erleichtern. Der Regen trommelte unbarmherzig auf die Erde, und das Wasser spritzte aus den Pfützen auf. »Und du bist dir ganz sicher, dass niemand aus dem Garten gelaufen kam?« Daniel zeigte auf das offene Tor.

»Wer?«, fragte ihn Dwynn.

»Was? Oh, ich weiß nicht, aber ich hatte den Eindruck, jemand war in der Kapelle und ist dann rausgelaufen. Hier entlang.« Mit zusammengekniffenen Augen blickte Daniel durch den dichten Regen, und es war ihm, als sähe er einen Schatten auf dem Weg in Richtung Stall entschwinden. Als er sich jedoch das Regenwasser aus den Augen blinzelte, lösten sich die Konturen auf.

»Wenn er nicht mehr da ist, dann ist er jetzt wohl weg«, erklärte Dwynn.

»Was?«

»Wer auch immer in der Kapelle war. Habt Ihr nicht gesagt, jemand wäre dort gewesen?«, fragte Dwynn und runzelte angestrengt die Stirn. Der arme Irre konnte einen wirklich in den Wahnsinn treiben. »Alfrydd, er will das Holz«, fuhr er mit monotoner Stimme fort.

»Du weißt, dass es eine Sünde ist zu lügen, Dwynn«, sagte der Priester streng.

»Ja, Vater.« Dwynn lief entschlossen weiter.

»Und Gott hört nicht nur unsere Gebete, sondern jedes Wort.«

Keine Antwort.

Es war einfach unmöglich. Entweder verstand der Junge einen nicht oder er zeigte keine Reaktion. Inzwischen hatten sie den Hintereingang der großen Halle beinahe erreicht. »Gott würde es nicht gerne sehen, wenn du lügen würdest, Dwynn. Er würde dich dafür bestrafen.«

Dwynn schob die Tür mit einer Schulter auf und nickte mit dem Kopf. »Er bestraft uns alle, Vater. Jeden Einzelnen von uns.«

Das tut er tatsächlich, dachte Daniel mürrisch, als er in Richtung der im dritten Stock gelegenen Fenster der privaten Räume von Lady Morwenna und Lady Bryanna sah, und nicht einmal der kalte Regen, der ihm ins Gesicht fiel, dämpfte seinen glühend heißen Zorn.

Sir Vernon hüllte sich ein wenig fester in seinen Umhang ein. In einer solchen Nacht sollten nicht einmal die Tiere draußen sein, doch er stand oben auf dem Wehrgang und schützte sich so gut es ging vor dem dichten, eisig kalten Regen, der vom dunklen Himmel fiel. Gesenkten Hauptes ging er langsam hin und her und stampfte dabei laut mit seinen halb erfrorenen Füßen auf. Er hatte sich vorgenommen, nicht im Dienst zu trinken, heute jedoch war es einfach viel zu kalt, um sich nicht ein kleines Schlückchen Honigwein zu gönnen, denn er wärmte einem angenehm den Bauch.

»Ach, was soll's.« Knurrend nahm er einen möglichst großen Schluck, spürte, wie die Flüssigkeit ihm brennend durch die Kehle rann und stellte mit einem leisen Rülpser den kleinen Krug zurück in sein Versteck – eine kleine Spalte in einer der Wände des Ostturms, die ihm vor ein paar Tagen aufgefallen war.

Von seinem Platz aus blickte Vernon hinunter in den Innenhof. In einigen der Hütten, die sich an die Außenmauern schmiegten, brannten kleine Feuer, sonst aber war alles völlig ruhig. Abgesehen von dem verdammten Regen richtiggehend friedlich, dachte er und lenkte seinen Blick weiter auf den Außenhof, ein deutlich größeres, aber immer noch von dicken Mauern umgebenes Stück Land. Auch dort schien alles ruhig zu sein. Keine dunklen Schatten, die verstohlen über das winterwelke Gras schlichen, keine Diebesbande, die sich bei den Brunnen oder im Obstgarten herumtrieb, und das Einzige, was Vernon hörte, war das Grunzen der Schweine in den Ställen, die sich langsam schlafen legten, und das Knirschen der Windmühle, deren große Leinensegel sich flatternd in derselben Brise drehten, die pfeifend durch die kahlen Äste der Bäume strich.

Alles war gut in dieser mondlosen Winternacht. Er überlegte, ob er sich noch einen zweiten Schluck von seinem kleinen Vorrat gönnen sollte, entschied sich dann aber dagegen. Bis zum Morgen waren es noch Stunden, und er teilte sich seinen Honigwein bis dahin besser ein. Er blies auf seine behandschuhten Hände und stapfte auf den Südturm zu.

Etwas bewegte sich neben dem Turm.

»Verdammt.«

Was zum Teufel war das? Eine andere Wache? Wer war dort heute Abend eingeteilt? Geoffrey? Oder Hywell? Oder … mit zusammengekniffenen Augen lief Vernon möglichst eilig an der östlichen Wand entlang. Der Regen schlug ihm ins Gesicht, und seine Nackenhaare sträubten sich, als er die dunkle Gestalt erblickte, die wie aus dem Nichts erschienen war.

Wer auch immer dort durch eine Schießscharte in den Hof hinunterstarrte, hatte ihm den Rücken zugewandt. »He, Ihr da«, rief Vernon die Gestalt an, tastete nach seinem Schwert und marschierte weiter. »Was habt Ihr hier oben zu suchen?«

Die Gestalt drehte sich zu ihm um, ihr Gesicht jedoch war unter der Kapuze unmöglich zu erkennen. »Bruder Thomas?«, fragte Vernon, als er die Priesterkutte sah, und obwohl es hieß, der Einsiedler sei verrückt, freute er sich, nicht mehr alleine zu sein. »Ihr habt Euch aber ziemlich von Eurem Raum entfernt«, tadelte er freundlich. »Nun ja, vielleicht habt Ihr ja einfach etwas frische Luft gebraucht.« Er konnte es dem Mann nicht verdenken. Wer konnte schon tagein, tagaus allein in einem Zimmer betend auf dem Boden liegen und niemals jemand anderen sehen als die jungen Diener, die ihm seine Hafergrütze brachten und die Eimer mit den Exkrementen aus dem Zimmer trugen, damit der Gestank nicht unerträglich wurde? Gott im Himmel, was für ein grauenhaftes Leben.

Vernon ließ seine Waffe los. Der alte Mann stellte keine Bedrohung dar und wollte wahrscheinlich nur ein paar Minuten der Enge seines Raums entfliehen. »He, Thomas«, rief er, immer noch ein paar Meter von der Gestalt entfernt. »Ich weiß nicht, was für Gelübde Ihr abgelegt habt, aber falls Ihr gern ein Schlückchen trinken würdet, habe ich einen Krug in der Mauer des Turms dort drüben stehen …« Er wies mit einem Daumen auf den Ostturm. »Der Honigwein wärmt Euch in einer kalten Nacht wie dieser den Bauch und vielleicht auch die Seele.«

Immer noch sagte der Mann kein Wort, und während eines Augenblicks überlegte Vernon, ob ihm vielleicht vor langer Zeit die Zunge herausgeschnitten worden war. Vielleicht irgendeine Art schwachsinniges Opfer. Kopfschüttelnd tat Vernon diesen grausigen Gedanken ab. Wahrscheinlich hatte Thomas einfach ein Schweigegelübde abgelegt, das er nicht brechen wollte. Nicht einmal für einen Tropfen Met. Ja, genau, das war es.

Inzwischen hatte Vernon den Turm beinahe erreicht und sagte: »Bruder, ich hoffe, dass ich Euch mit meinem Angebot nicht zu nahe getreten bin. Aber es ist heute Abend einfach lausig kalt.«

Der Mann trat auf ihn zu und bot ihm seine Hand.

Froh über die Gesellschaft sah ihn Vernon lächelnd an. »In einer Nacht wie dieser treibt sich sicher nicht mal Luzifer freiwillig draußen herum«, erklärte er und machte einen letzten Schritt auf, wie er dachte, Thomas zu.

Zwei Reihen weißer Zähne blitzten in der Dunkelheit.

Eilig hob der Mönch den Arm.

Im trüben Licht der Sterne sah Vernon den Dolch in seiner Hand.

Klein.

Gebogen.

Tödlich.

»Was zum Teufel …« Vernon tastete nach seinem Schwert.

Mit überraschender Geschwindigkeit wirbelte der Mann um ihn herum.

Vernon wollte sich zu ihm herumdrehen, glitt jedoch auf dem glatten Wehrgang aus.

Schon hatte sich der Fremde über ihn gebeugt.

Während Vernon noch versuchte sein Schwert zu ziehen und sich zu wehren, war es bereits zu spät. Er spürte, wie sein Kopf an den Haaren nach hinten gezogen wurde.

Der Dolch sauste auf ihn herab.

Und der Schrei erstarb in Vernons Kehle, als die bösartige schmale Klinge hastig in einem wilden Zickzackmuster durch seine dicke Kehle schnitt.

Krachend schlug Vernon mit dem Kopf gegen eine Mauerzacke. Dann starrte er hilflos in das Gesicht seines Mörders, doch, obwohl er ihn erkannte, konnte er nicht einmal mehr schreien, da sich sein Blut bereits in dichten Strömen auf die kalten, flachen Steine des Wehrganges ergoss.

14

»Lady Morwenna! Bitte macht die Tür auf. Ich bin es, Isa.«
Stöhnend schlug die Burgherrin die Augen auf. Der Hund neben ihr fing leise an zu knurren.
»Ich komme!«, rief Morwenna und zog sich, während der Hund anfing zu bellen, eilig ihre Tunika über den Kopf. Sie hatte das Gefühl, als hätte sie jede Menge Sand in ihren Augen, und ihr Schädel dröhnte. »Halt die Klappe«, tadelte sie Mort, lief barfuß zur Tür und riss sie ungehalten auf. »Warum klopft Ihr ständig mitten in der Nacht an meiner Tür?«, fragte sie übellaunig, da sie nach dem Besuch in Carricks Zimmer stundenlang nicht hatte einschlafen können.
Bei der Erinnerung an den Besuch stieg ihr die Schamesröte in die Wangen, denn als sie die Decke zurückgeschlagen hatte, hatte sie ...
»Es ist etwas Schreckliches passiert«, antwortete Isa. Ihre Augen waren schreckgeweitet, und sie war leichenblass.
»Was? Was ist passiert?« Obwohl sie vom Schlafmangel noch immer Kopfweh hatte, war Morwenna mit einem Mal hellwach.
Lautlos kam Isa in den Raum geglitten und drückte, während sich der Hund mit einem letzten dumpfen Knurren wieder auf das Bett zurückzog, die Tür hinter sich ins Schloss. In den Stunden, seit Morwenna sich zornig und

verzweifelt auf das Bett geworfen hatte, war das Feuer im Kamin erloschen, und es war eisig kalt in ihrem Zimmer.

Als fürchtete sie, die Wände hätten Ohren, senkte Isa ihre Stimme auf ein verschwörerisches Flüstern. »Es hat einen Todesfall gegeben, M'lady. Hier auf Calon.« Sie wies mit einem Finger auf den Boden. »Innerhalb der Mauern dieser Burg.«

Morwenna bekam eine Gänsehaut. »Einen Todesfall? Nein, Isa, bestimmt nicht.«

»Doch!«, zischte ihre alte Amme. »Und zwar heute Nacht.«

»Und wer ist gestorben?«

»Das weiß ich nicht.«

»Was wollt Ihr damit sagen?« Obwohl Morwenna argwöhnisch die Augen zusammenkniff, konnte sie das Unbehagen nicht verdrängen, das bei Isas Worten in ihr aufgestiegen war. *Carrick! Jemand hatte ihn ermordet.* »Sagt es mir«, forderte sie die Alte auf.

»Ich habe ..., ich habe die Große Mutter um Schutz gebeten –«

»Ihr habt wieder mal gezaubert?«

»Nein! Nur gebetet.«

»Ihr habt also keine Magie ausgeübt? Ihr wisst, was Vater Daniel davon hält, wenn Ihr –«

Isas krallenartige Finger umklammerten Morwennas Handgelenk. »Hör mich bis zum Ende an, mein Kind«, befahl sie, als wäre sie mit einem Mal wieder die Amme und Morwenna das kleine Mädchen, das ihr untergeordnet war. *Ich habe heute Nacht den Tod gesehen.* Hier. Auf Calon. Und zwar keinen natürlichen Tod. Merk dir meine Worte, es ist ein Mord geschehen hier in dieser Burg.«

»Aber Ihr könnt mir nicht sagen, wer ermordet wurde,

warum oder vielleicht sogar von wem. Richtig?«, führte Morwenna mit ungläubiger Stimme aus.

»Vertrau mir«, flehte Isa mit einer derartigen Verzweiflung in der Stimme, dass sie auch die letzten Zweifel ihres einstigen Schützlings vertrieb. Furcht breitete sich in Morwennas Seele aus.

»Das tue ich.« Wie oft hatten sich in der Vergangenheit Isas Prophezeiungen als wahr herausgestellt? So gut wie jedes Mal. Sie warf sich das Haar über die Schultern und sah die Alte fragend an. »Ist es Carrick?«

»Nein ..., ich glaube nicht«, antwortete Isa, und Morwenna war kurzfristig erleichtert, bevor sie erneut ein Gefühl der Panik überkam.

»Bryanna? Oh, mein Gott ...«

»Deine Schwester schläft friedlich in ihrem Bett«, versicherte ihr die Alte. »Was ich gesehen habe, ist neben einem der Türme passiert ... Ich habe den Mond über einer Turmspitze gesehen und dann das Gesicht des Todes, und zwar so deutlich, als hätte Arawn direkt vor mir gestanden.«

Arawn, wusste Morwenna, war der Gott der Rache und des Todes und zugleich der Hüter Annwns, der Unterwelt.

Doch das war noch nicht alles, was Isa zu berichten hatte. »Als sein Bild wieder verschwand, habe ich auch noch die Weiße Dame über den Wehrgang wandeln sehen ... Oh, Morwenna, ich weiß mit Bestimmtheit, dass der Tod heute Nacht hier auf der Burg gewesen ist.«

»Dann lasst uns nachsehen, wer das Opfer ist«, erwiderte Morwenna, fischte einen langen Umhang von einem Haken an der Tür, zog ihn sich eilig über den Kopf, stieg in ihre Stiefel und folgte Isa in den spärlich erleuchteten Flur, in dem ein kühler Windhauch die Flammen der Kerzen in den Haltern an den Wänden gespenstisch flackern ließ. Aus dem

Augenwinkel meinte sie, einen Schatten eilig um die Ecke verschwinden zu sehen, als hätte jemand an der Tür ihres Schlafzimmers gelauscht und mache sich jetzt heimlich aus dem Staub. Obwohl sie eine Gänsehaut bekam, versuchte sie sich damit zu beruhigen, dass der Schatten bestimmt nur ihrer Einbildung entsprungen war; nur blieb auch ihr Hund plötzlich wie angewurzelt stehen, hob, während sich seine Nackenhaare sträubten, die Nase in die Luft und stieß ein dunkles Knurren aus.

»Einen Augenblick«, sagte sie zu Isa und lief mit wild klopfendem Herzen, dicht gefolgt von dem laut bellenden Mort, dem Schatten hinterher. Als sie um die Ecke bog, war nirgends eine Menschenseele zu entdecken, doch die Binsenlichter flackerten, als wäre eben erst jemand daran vorbeigestürzt. Oder flackerten sie vielleicht einfach deshalb, weil auch hier ein kühler Windhauch durch die Gänge strich?

Mit einem letzten kurzen, aufgeregten Bellen blieb Mort neben ihr stehen.

»Lady Morwenna«, rief die alte Isa. »Kommt zurück.«

Morwenna starrte in den dunklen Flur und hatte wie so häufig in den letzten Tagen das ungute Gefühl, als läge jemand Unsichtbares auf der Lauer, um sie zu belauschen und zu verfolgen, was sie tat. Abermals bekam sie eine Gänsehaut und fragte mit unsicherer Stimme: »Ist da wer?«

Alles blieb vollkommen still.

»Verflixt und zugenäht«, murmelte sie leise.

»Schnell«, hörte sie Isas Stimme und warf einen Blick auf Mort. Der bunt gescheckte Hund hatte die Ohren angelegt, seine Nase zuckte, und er fing leise an zu winseln, lief aber nicht weiter den Korridor hinab.

»Du bist mir vielleicht ein toller Wachhund«, schalt sie

leise, machte auf dem Absatz kehrt und lief eilig zurück dorthin, wo sie Isa stehen gelassen hatte.

»Was sollte das denn?«, wollte die Alte von ihr wissen.

»Ich dachte, ich hätte jemanden gesehen.«

Isas Augen weiteten sich noch ein wenig, dann aber machte sie eine wegwerfende Handbewegung und erklärte: »Als ich zu Euch kam, war niemand hier.«

»Dann glaubt Ihr also, ich bilde mir irgendwelche Dinge ein?«

»Ich weiß nicht«, antwortete Isa und lief eilig auf die Treppe zu.

Ich weiß es auch nicht, gestand sich Morwenna widerwillig ein. Sie hatte schon immer einen eigenen Kopf gehabt, war bereits als Kind oft als starrsinnig bezeichnet worden, und jetzt war sie hin und her gerissen zwischen dem, was ihr Gefühl ihr deutlich sagte, und ihrem Verstand, der wusste, dass das, was sie zu spüren meinte, blanker Unsinn war. Niemand konnte sie heimlich beobachten auf dieser Burg. Zumindest kein irdisches Wesen. Während sie einen letzten, verstohlenen Blick über die Schulter warf, spürte sie, wie ein Gefühl der Kälte ihre Seele ergriff.

Nachdem sie mit Sir James gesprochen und persönlich nachgesehen hatte, ob Carrick nach wie vor auf seinem Bett lag, öffnete sie kurz die Tür des Zimmers ihrer Schwester, um zu sehen, ob sie schlief, und lief dann eilig hinter Isa hinunter in die große Halle. Die Kerzen waren längst gelöscht, und im blutroten Licht der Glut des Feuers sah sie nur die Hunde, die ob der unerwünschten Störung kurz die Köpfe hoben, sich dann aber nach einem kurzen Bellen wieder gähnend zusammenrollten, als wäre nichts geschehen.

An der Tür wisperte Isa: »Bitte, M'lady, beeilt Euch!«

und bat den Wachmann sie hinauszulassen, worauf das dünne Kerlchen protestierte: »Aber –«

»Schon gut, Sir Cowan«, beruhigte ihn Morwenna. »Isa muss mir etwas zeigen.«

»Mitten in der Nacht?«

»Ja. Macht Euch keine Sorgen. Ich muss zum Hauptmann der Wache.«

»Vielleicht sollte ich Euch begleiten.«

»Nein. Bleibt hier und lasst niemanden außer uns beiden wieder herein!«, wies ihn Morwenna an.

Isa trat in den Innenhof und die eisige Finsternis hinaus. Es regnete in Strömen, die Kälte aber, die die Luft erfüllte, rührte nicht nur von den Tropfen, die vom sternlosen Himmel fielen, her.

»Am besten suchen wir tatsächlich erst einmal Sir Alexander auf«, erklärte die noch immer leichenblasse Isa und lief eilig über die gefrorene Erde auf die Tore des Innenhofes zu.

Sie eilten am Brunnen, wo an einem dicken, knirschenden Seil krachend ein Eimer hin und her schwang, und an den dunklen Hütten der Bauern vorbei und einen mit Eis überzogenen Weg hinunter bis zum Wachhaus, in dem der Großteil der Soldaten schlief.

Ein Posten oben auf dem Wachturm nahm die Bewegung wahr und rief drohend zu ihnen herunter: »Wer da?«

Morwenna wandte ihr Gesicht der Stimme und den eisigen Regentropfen zu. »Ich bin es, Lady Morwenna. Ich bin zusammen mit Isa hier, Sir Forrest. Weckt Sir Alexander und öffnet uns die Tür.«

»Lady Morwenna?«, wiederholte der Posten mit ungläubiger Stimme, denn er war offenbar der Meinung, er hätte sich verhört.

»Ja. Und jetzt beeilt Euch, Forrest. Hier draußen ist es eisig kalt!«, wies sie ihn rüde an, fuhr sich mit einem Ärmel über das tropfnasse Gesicht und hüllte sich noch fester in ihren Umhang ein. In der Hoffnung, das erste Licht der Morgendämmerung am winterlichen Himmel zu entdecken, blickte sie nach Osten. Die Nacht jedoch war immer noch vollkommen undurchdringlich, und sicher würde es noch Stunden dauern, bis der erste Fetzen morgendlichen Lichts die Dunkelheit durchschnitt.

»Sofort, M'lady«, rief Sir Forrest ihr von oben zu.

»Endlich«, murmelte sie leise, als sie schwere Schritte die Treppe des Wachhauses herunterpoltern hörte und der Klang von Stimmen durch die dicken Mauern drang. Nach nur wenigen Sekunden wurde ihr die Tür geöffnet, und der schlaksige Sir Forrest, dessen Kopf immer etwas zu groß für seinen Körper wirkte, bat sie höflich herein. »Ich habe Sir Alexander Bescheid gegeben. Er müsste –«

»Ich bin wach, obwohl es mitten in der Nacht ist«, erklärte der Hauptmann der Wache knurrig, und band, während er die Steintreppe herunterkam, schnell noch den Gürtel seiner Tunika zu. Seine Haare standen wirr in alle Richtungen, und er bedachte seine Herrin mit einem säuerlichen Blick. »Was ist los, M'lady?«, wollte er von ihr wissen, und seine dichten Brauen bildeten einen geraden, durchgehenden Strich. »Wenn Ihr um diese Uhrzeit persönlich hier erscheint, muss es etwas Ernstes sein.«

»Allerdings, das ist es«, erwiderte Morwenna, während sie über die Schwelle des von einem hellen Feuer erwärmten Hauptraums des Gebäudes trat. Mehrere Männer wärmten sich die Rücken vor dem Rost, drei andere saßen würfelnd um einen verkratzten Tisch, und aus den angrenzenden Kammern drang wildes Schnarchen an ihr Ohr. Soldaten,

Wärter, Wachmänner und Dienstboten hatten sich in ihre Umhänge gehüllt und zum Schlafen auf dem strohbedeckten Fußboden verteilt.

Nie zuvor hatte Morwenna das Wachhaus zu dieser Stunde aufgesucht, und obwohl sie die Herrin über Calon und alle diese Männer war, fühlte sie sich unwohl, als befände sie sich hier, an einem Ort, den kaum je eine Frau besuchte, auf verbotenem Terrain.

Wie um ihr Unbehagen zu verstärken, blickte Alexander sie aus seinen dunklen Augen reglos und zugleich durchdringend an. Als erwarte er eine Erklärung dafür, dass sie zu nachtschlafener Zeit hier erschienen war.

Sie rieb sich die kalten Arme und überlegte, ob ihr Glaube an die Furcht der alten Amme vielleicht doch etwas voreilig gewesen war. »Es hat einen Mord hier in der Burg gegeben«, stellte sie schließlich fest.

»*Was?* Einen Mord?« Mit einem Mal war er hellwach. Er presste seine Lippen zu einem schmalen Strich zusammen und starrte sie mit großen Augen an. »Wer wurde ermordet? Wann und wo?« Er griff bereits nach seinem an der Wand neben dem Feuer in der Scheide hängenden Schwert. »Weshalb werde ich jetzt erst darüber informiert?«

»Weil das Opfer bisher noch nicht gefunden worden ist.«

»Was? Ihr habt ...« Er ließ die Waffe hängen und warf resigniert die großen Hände in die Luft. »M'lady«. Abermals durchbohrte er sie regelrecht mit seinem Blick. »Ich verstehe nicht. Woher wollt Ihr wissen, dass jemand ermordet worden ist, wenn es bisher noch keine Leiche gibt? Hat irgendjemand einen Mord gestanden? Nein?« Er schüttelte den Kopf. »Hat dann vielleicht jemand diesen Mord gesehen? Wer?«

Morwenna räusperte sich leise. Allmählich kam sie sich wie eine Idiotin vor. »Isa hatte eine Vision.«

»Wie bitte?«, fragte Alexander mit ungläubiger Stimme.

»Vom Tod«, mischte Isa sich entschlossen ein. Ihre leuchtend blauen Augen blickten völlig ernst. »Ich habe vor meinem geistigen Auge einen brutalen Mord gesehen.«

»Ihr hattet eine Vision?«, wiederholte Alexander und wandte sich mit hochgezogener Braue an Sir Forrest, der das Ganze ebenfalls für einen dummen Scherz zu halten schien. »Vor Eurem geistigen Auge?«

»Macht Euch nicht über mich lustig«, warnte ihn die Alte und bedachte ihn mit einem bösen Blick. »Ich habe es gesehen. Und zwar auf dem Wehrgang.« Sie wies in Richtung Osten. »Ich spüre Euren Unglauben, Sir Alexander, und ich weiß, dass meine Aussage Euch amüsiert. Aber glaubt mir, das Ganze ist kein Scherz. Jemand wurde heute Nacht hier auf dieser Burg ermordet.«

»Aber Ihr wisst nicht, wer?«

»Noch nicht. Lasst uns deshalb jetzt zum Ostturm gehen«, drängte Isa ihn.

»Zum Ostturm.«

»Muss ich alles zweimal sagen? Ja, zum Ostturm«, fauchte sie, und es war ihr überdeutlich anzuhören, dass sie mit ihrer Geduld langsam am Ende war. »Bitte, kommt. Wir müssen uns beeilen.«

Alexander wandte sich fragend an Morwenna. »Ist das auch Euer Wunsch, M'lady?«

»Allerdings, Sir Alexander.« Sie unterdrückte ihre Zweifel und erklärte: »Ich vertraue Isa.«

»Dann werde ich das auch tun.« Sofort nahm er seine Waffe von der Wand, hängte sie sich um und winkte Sir Forrest, sie auf ihrer Suche zu begleiten und ging, ohne auch nur noch ein Wort zu sagen, vor den anderen zu einer Tür, durch die man auf den Wehrgang, den breiten, hoch über dem Hof gelegenen Rundweg über die Burgmauer, kam. Hier blies ihnen der kalte Wind entgegen, pfiff kreischend durch die Schießscharten und strich um die hohen Türme, während aus der Ferne das Heulen einer Eule an ihre Ohren drang. Neben dem Knirschen ihrer Stiefel und den geflüsterten Gesprächen der Männer hörte Morwenna nur das wilde Klopfen ihres eigenen Herzens.

Was, wenn die Vision der alten Amme falsch gewesen war?

Dann wäre sie erleichtert, denn dann gäbe es keinen Todesfall auf ihrer Burg. Natürlich wäre es eine Blamage, dass sie Isa geglaubt hatte. Aber das war keine Sünde und nicht einmal ein Zeichen dafür, dass sie nicht ganz bei Sinnen war. Und trotzdem, wenn Isa sich geirrt hatte, würde Morwenna sicher von vielen zweifelnd, wenn nicht gar spöttisch von der Seite angesehen werden, weil sie den Hirngespinsten ihres alten Kindermädchens gefolgt war. Die Mägde würden sich bemühen, sich ein Lächeln zu verkneifen, wenn sie sie in den Gängen träfen, die Pagen würden hinter ihrem Rücken laut über sie lachen, und die Frauen würden vielsagende Blicke wechseln, die besagten, sie hätten es bereits die ganze Zeit gewusst, dass eine Frau mit der Leitung einer Burg wie Calon einfach überfordert war.

Wenn aber Isas Vision tatsächlich der Wahrheit entsprach, wäre jetzt einer der Menschen hier auf Calon tot. Hinterrücks ermordet.

Obwohl Morwenna einen Eid geleistet hatte, alle, die in ihren Diensten standen, zu beschützen.

Das wäre viel, viel schlimmer.

Eine Blamage könnte sie ertragen.

Die Ermordung eines unschuldigen Menschen jedoch ganz sicher nicht.

Eilig liefen sie über den Wehrgang, und Sir Alexander fragte: »Wo steckt nur Sir Vernon?«

Morwennas Herzschlag setzte aus.

»Er ist heute Nacht für die Ostmauer eingeteilt.« Mit zusammengekniffenen Augen starrte Sir Forrest über die Zinnen in die Nacht. »Ich habe ihn vorhin noch seine Runde drehen sehen.«

»Oh, Große Mutter, bitte, nicht ...« Stöhnend verfiel Isa in einen leisen Singsang. Morwenna hatte das Gefühl, dass das Blut in ihren Adern plötzlich zu Eis gefroren war, und vor ihrem inneren Auge rief sie Sir Vernons fleischiges Gesicht mit den fröhlich blitzenden Augen unter dichten, buschigen Brauen auf. Bestimmt gab es eine völlig natürliche Erklärung dafür, dass er nicht auf seinem Posten war ...

»Er ist dafür bekannt, dass er hin und wieder während seines Dienstes einnickt«, stellte Sir Forrest denn auch fest, während sie weiter in Richtung Osten liefen. »Vielleicht ist er einfach eingeschlafen, während er ... was ist denn das?« Die Stimme des Wachmanns bekam einen besorgten Klang.

»Was?« Alexander starrte angestrengt in Richtung des Turms. »Gott verdammt!«, fluchte er plötzlich leise und stürzte mit laut polternden Stiefeln eilig los.

Abermals setzte Morwennas Herzschlag aus. Vor ihr auf dem Wehrgang lag eine dunkle, in sich zusammengesunkene menschliche Gestalt. »Nein!« Sie stürzte Alexander hinterher. Nicht Sir Vernon. Nicht der schwergewichtige Mann mit dem dunklen Lachen, der zur Strafe dafür, dass er sich hatte von ihr austricksen lassen, hier oben auf dem Wehrgang Wache schob. Obwohl sie kaum noch Luft bekam und ihr das Herz bis zum Hals schlug, rannte sie noch schneller und blieb dann vor dem Wesen stehen.

Sie erkannte das im Tode kreidige Gesicht des Mannes,

das in einer großen Lache dunklen Bluts auf den kalten Steinen lag. Seine Augen starrten blind zum Himmel hinauf, und sein Schwert lag nutzlos neben ihm.

»Was in Gottes Namen hat das zu bedeuten?«, wollte Alexander wissen, während er neben dem gefällten Hünen auf die Knie sank.

»Ist er …?«

Alexander schüttelte den Kopf und drückte, als Isa und Sir Forrest die Fundstelle erreichten, die Augen des gemeuchelten Soldaten zu. Isa, genauso bleich wie Vernon, ließ sich müde gegen die Brüstung sinken und griff keuchend nach dem Stein, der an einer Lederkette zwischen ihren Brüsten hing. »Genau, wie ich es gesehen habe«, stellte sie ohne auch nur einen Hauch von Zufriedenheit in ihrer Stimme fest.

Alexander richtete sich wieder auf. »Wenn Ihr das gesehen habt, habt Ihr sicher auch gesehen, wer das getan hat, oder?«, fragte er in einem Ton, der seinen ohnmächtigen Zorn verriet.

»Nein.«

»Aber den Mord habt Ihr gesehen?« Seine dunklen Augen blitzten.

»Ich habe gesehen, wie jemand gefallen ist, nachdem mir erst Arawn und dann die Weiße Dame erschienen sind.«

»Bilder des Todes«, erläuterte Morwenna.

Alexander wandte sich in seiner Wut an Forrest. »Gebt Alarm! Weckt alle Wachen auf! Lasst alle Tore überprüfen, damit niemand unbemerkt entkommt und stellt an allen Eingängen der Burg doppelte Posten auf. Stellt auf der Suche nach dem Mörder ganz Calon auf den Kopf.«

»Und wie sollen wir ihn erkennen?«, wollte Forrest von ihm wissen. »Wer ist der Schweinehund?«

»Ja, wie sollen wir den Kerl erkennen?« Drohend baute Alexander sich vor der zitternden Isa auf. Ihre hellen Augen waren glasig, und sie rieb noch immer so verzweifelt an dem Stein, als würde dadurch das Rad der Zeit zurückgedreht und die grässliche Vision gelöscht.

»Sie weiß es nicht, das hat sie doch eben schon gesagt«, mischte sich Morwenna ein.

»Aber sie könnte doch versuchen, die Vision noch einmal heraufzubeschwören, oder nicht?«

»Ich habe keine Ahnung.« Morwenna schüttelte den Kopf. »Sir Forrest, schickt jemandem nach dem Physikus ... und nach dem Priester.« Sie starrte auf den Leichnam von Sir Vernon und blinzelte verzweifelt gegen die aufsteigenden Tränen an. »Er war nicht verheiratet?«

»Nein.«

»Gut. Dann hat er wenigstens keine Witwe und keine Kinder hinterlassen«, meinte sie, doch war ihr das in dieser Nacht, so schwarz und kalt wie Satans Leichentuch, nur ein schwacher Trost.

15

»Ich habe Euch gesagt, Carrick von Wybren ist verflucht«, wisperte Isa, als sie mit Morwenna wieder im Wachhaus stand. Sie rieb sich die kalten Oberarme und schaute sich suchend im Zimmer um, als laure der Mörder in einer dunklen Ecke.

Während die Kerzen in den Haltern flackerten, vollzog Vater Daniel die letzten Riten über Sir Vernons Leichnam und machte dabei wie immer ein finsteres Gesicht.

Draußen erwachte die Burg allmählich zu neuem Leben. Hähne krähten, Männer riefen, Schafe blökten, Kuhglocken läuteten. Nur das Pfeifen des Windes, der in der Nacht gewütet hatte, war mit Anbruch der Dämmerung verstummt. Über den Hügeln im Osten ging die Sonne auf, und durch die Fenster fielen Strahlen bleichen Lichts. Die meisten Soldaten durchsuchten die Burg nach dem Verbrecher, und die wenigen, die noch im Wachhaus waren, standen in eisigem Schweigen da. Schlaf, Würfelspiele, Frauen, Essen und selbst Trinken hatten sie beim Anblick von Sir Vernons blutverschmierter Leiche umgehend vergessen.

Vater Daniel wisperte Gebete, während der Arzt daneben stand und geduldig wartete, bis das religiöse Ritual vorüber war, um sich den Toten genauer ansehen zu können. Die Gesichter beider Männer waren grimmig, denn, wenn auch auf verschiedenen Ebenen – der eine auf der Spirituellen, der andere auf der Leiblichen – hatten sie beide allzu häufig mit dem Tod zu tun.

Der Sheriff und der Hauptmann standen in der Nähe, und Sir Forrest hatte sich direkt neben dem Eingang des Wachhauses postiert.

»M'lady!«, sagte Isa. Ihre Augen waren vor Angst weit aufgerissen, und ihre runzeligen Lippen bildeten einen schmalen Strich. »Solange Carrick von Wybren hier auf dieser Burg ist, sind wir alle verdammt!«

Der Priester hob den Kopf und bedachte Isa mit einem kalten Blick. »Falls hier irgendwer verdammt ist«, erklärte er ihr langsam, und in seine Augen trat ein Blitzen, das beinahe wahnsinnig zu nennen war, »dann sind es diejenigen, die zu heidnischen Göttern und Göttinnen beten, obwohl das eine Sünde ist.«

Isa schaute ihm reglos ins Gesicht und trat entschlossen

auf ihn zu. »Seit Sir Carrick hierher gekommen ist, gab es auf Calon nichts als Aufregung und Tod.«

»Vielleicht will Gott auf diese Weise unseren Glauben auf die Probe stellen«, erwiderte der Priester mit einem starren Lächeln und wandte sich Morwenna zu. »Mylady, sicher wäre es das Beste, wenn Ihr endlich alle Magie, das Zeichnen von Runen und die Anbetung unheiliger Geschöpfe hier auf Calon untersagt.«

»Wollt Ihr damit etwa sagen, dass Sir Vernon wegen Isas Gebeten ermordet worden ist?«

»Der Heilige Vater ist über ihr Treiben sicher nicht erfreut.«

»Und Ihr, Isa, Ihr denkt, dass Sir Vernon wegen eines Fluchs, der auf Carrick von Wybren lastet, getötet worden ist?«

»Ganz Wybren ist verflucht«, erklärte ihre alte Amme, worauf der Priester angewidert aufschnaubte.

Sir Alexander trat ein wenig dichter an den Tisch, auf dem Sir Vernon lag. »Egal, aus welchem Grund, es bleibt die Tatsache, dass Vernon nicht mehr lebt und ein eiskalter Mörder hier auf Calon eingedrungen ist.«

»Oder vielleicht sogar hier lebt«, verbesserte der Sheriff und zupfte sich nachdenklich am Bart. »Nygyll, könnt Ihr uns vielleicht sagen, mit was für einem Messer dem Mann die Kehle durchgeschnitten worden ist?«

Nygyll sah sich den Leichnam bereits genauer an. Er hob Sir Vernons Kinn, sodass man die hässlich klaffende Wunde in Höhe seiner Kehle deutlich sah. »Lasst mich gucken … Ihr da, Sir Forrest, geht bitte und seht nach, wo das heiße Wasser und die frischen Tücher bleiben, die man mir aus der Halle bringen soll.«

Morwennas Magen zog sich zusammen. Dies war nicht

der erste Tote, den sie sah, doch Sir Vernons Tod war anders. Er traf sie persönlich. Nicht nur, weil er ihretwegen auf dem Wehrgang hatte Wache schieben müssen, sondern weil es ihre Pflicht war, diejenigen vor Unbill zu bewahren, die hier auf Calon lebten. Und dabei hatte sie versagt. Ja, Vernon war Soldat gewesen. Er hatte geschworen, sie und Calon zu beschützen und war sich der Gefahren seiner Position bestimmt bewusst gewesen, aber trotzdem fühlte sie sich schuldig, weil aus irgendeinem Grund Tod und Zerstörung auf Calon Einzug gehalten hatten, als sie hierher gekommen war. Ohne sie wäre Sir Vernon sicher noch am Leben, oder etwa nicht?

Sie hob den Kopf und merkte, dass Dwynn sie reglos anstarrte. Aus irgendeinem Grund war der arme Tropf frühzeitig wach geworden und mitten im größten Durcheinander hier im Wachhaus aufgetaucht. Was sie nicht weiter überraschte. Egal um welche Zeit, selbst mitten in der Nacht, war er anscheinend stets in ihrer Nähe, vor allem, wenn es irgendwelche Schwierigkeiten gab.

Die Tür des Wachhauses ging auf. Gladdys kam, dicht gefolgt von George, dem Pagen, der einen schweren Kessel mit dampfend heißem Wasser schleppte, mit einem Korb voll frischer Tücher herein.

»Stellt den Korb da drüben ab«, befahl der Arzt und wies auf eine Bank. »Und stellt den Kessel auf den Herd, damit das Wasser warm bleibt«, herrschte er den armen Pagen ungeduldig an. »Du da, Dwynn, hilf dem Jungen, ja?«

Dwynn bückte sich nach dem Griff des Kessels, und etwas von dem heißen Wasser schwappte auf den Boden, lief zum Kamin und traf zischend auf die heißen Kohlen.

»Meine Güte, kannst du eigentlich nie mal irgendetwas richtig machen?«, murmelte Nygyll zornig und sah den zurückgebliebenen Jungen böse an, während er ein Handtuch in das heiße Wasser tauchte.

Dwynn zeigte anklagend mit einem Finger auf den Pagen, Nygyll aber hatte sich schon wieder abgewandt und wusch das dunkle, verkrustete Blut von Vernons Wunde ab.

»Es ist kein glatter Schnitt«, stellte Payne bei genauerer Betrachtung der Verletzung fest.

»Hmpf«, knurrte Nygyll.

»Ihr solltet ihn vielleicht rasieren«, schlug der Sheriff vor.

Nygyll griff nach einem scharfen Messer und kratzte so vorsichtig wie möglich an dem dunklen Bart des toten Wachmannes herum. Langsam trat die grauenhafte Wunde deutlicher zutage, und wie Payne bereits verkündet hatte, lief sie in einem fürchterlichen Zickzackmuster erst von Vernons linkem Ohr nach unten, dann wieder hinauf zum Kinn, auf der anderen Seite noch einmal hinunter und schließlich abermals hinauf bis unter das rechte Ohr.

»Jesus Christus«, entfuhr es Alexander.

Der Sheriff starrte reglos auf den Schnitt.

»Das ist ein W«, erklärte Isa, und ein paar der im Raum versammelten Soldaten, die nicht lesen konnten, starrten sie verwundert an. »Für Wybren.«

»Oder wunderliches altes Weib«, sagte Vater Daniel eilig, bleckte seine Zähne und sah Isa aus zusammengekniffenen Augen an.

»Bei den Göttern, dieses W soll uns sicher etwas sagen«, stellte schließlich Payne fest, und Morwenna starrte auf die Wunde, wobei ihr ein Schauder über den Rücken rann.

»Eine Warnung?«, fragte sie den Sheriff.

»Oder irgendwer versucht, es so aussehen zu lassen, als hätte Carrick von Wybren etwas mit diesem Mord zu tun.« Alexander sah Morwenna fragend an.

»Carrick ist immer noch nicht aus seiner Bewusstlosigkeit erwacht«, antwortete an ihrer Stelle Nygyll und trocknete sich seine Hände an einem Handtuch ab. »Als ich zum letzten Mal nach ihm gesehen habe, hat er immer noch nicht reagiert.« Er hob den Kopf und wandte sich Sir Alexander zu. »Und selbst wenn der Patient inzwischen wach geworden wäre und seine Gliedmaßen benutzen könnte – was ich bezweifle –, hätte er unmöglich unbemerkt sein Zimmer verlassen können. Schließlich wird er Tag und Nacht bewacht. Das hier hätte er niemals geschafft«, erklärte er und zeigte auf Sir Vernon. »Hier, nimm das«, wies er Gladdys, das rehäugige Mädchen, rüde an und warf ihr das beschmutzte Handtuch zu. Sie zuckte kurz zusammen, fing dann aber gehorsam den blutgetränkten Lappen auf.

»Offensichtlich ist er daran gestorben, dass ihm jemand die Kehle durchgeschnitten hat«, stellte der Sheriff fest.

Nygyll wandte sich erneut der Leiche zu, faltete Sir Vernons blutbefleckte Hände über dessen Brust und nickte mit dem Kopf. »Abgesehen von einer Schwellung dort, wo er mit dem Schädel auf der Brüstung oder auf dem Boden aufgeschlagen ist, habe ich keine anderen Verletzungen gefunden, also, ja, ihm wurde die Kehle durchgeschnitten, worauf er elendig verblutet ist.« Er blickte auf den toten Mann. »Abgesehen davon bleibt noch anzumerken, dass er fett und, wie ich vermute, mit Läusen, Flöhen oder Schlimmerem übersät gewesen ist. Nicht unbedingt das beste Beispiel eines Soldaten unserer Armee.«

Plötzlich erklangen draußen schnelle Schritte. »Was geht hier vor sich? Wo ist meine Schwester?«, drang Bryannas Stimme durch die halb offene Tür.

»Oh!«, entfuhr es ihr, als Morwenna ihr eilig entgegenkam. »Was ist passiert?«

»Sir Vernon ist vor ein paar Stunden ermordet worden«, erklärte ihr Morwenna.

»Ermordet? Wie denn das?« Bryanna rang nach Luft und riss erschreckt die Augen auf, als sie hinter ihrer Schwester den blutigen Leichnam liegen sah. »Oh Gott!« Eine ihrer Hände flog an ihren Hals. »Nein!«

»Schafft sie hier raus, bevor ihr schlecht wird«, meinte Nygyll kalt.

Auch Morwenna hatte längst genug gesehen. »Komm«, sagte sie zu Bryanna, trat eilig in den Flur und dann in die frische Morgenluft hinaus. Sie bemerkte kaum den Gerber, der an einem Hirschfell kratzte, ebensowenig wie den Waffenschmied, der ein Kettenhemd mit Sand abrieb, um es zu reinigen, denn noch immer war sie in Gedanken bei dem toten Mann. Wer hatte ihm das angetan? Und aus welchem Grund? Auch wenn Vernon ein Soldat gewesen war, hatte er doch stets freundlich und sanftmütig auf sie gewirkt.

»Wa-was ist passiert?«, wollte Bryanna wissen, die ihr zusammen mit der alten Isa eilig nachgelaufen war. »Wer …, wer … würde Sir Vernon so was antun, ich meine, wer hätte einen Grund, ihn zu ermorden?«

»Das wissen wir noch nicht.« Sie gingen am Färber, der gerade einen Stoff in einen großen Zuber mit einer grünen Flüssigkeit getaucht hatte, vorbei, und Morwenna erzählte ihrer Schwester von der Vision der alten Amme und dem, was danach geschehen war.

Gerade, als sie geendet hatte, erreichten sie die große Halle.

»Dann willst du damit also sagen, dass sich ein Mörder unter uns befindet«, wisperte Bryanna, als sie in die Wärme glitten.

»Zumindest sieht alles danach aus.«

»Und was wirst du jetzt machen?«, wollte Bryanna von ihr wissen.

»Die Wachen durchsuchen die gesamte Burg, und der Sheriff und ein paar Soldaten befragen die Leute in der Stadt und den Dörfern der Umgebung.«

»Aber vielleicht ist er längst entkommen«, stellte Bryanna, als sie die Treppe zur Kemenate erklommen, fest. »Solltest du nicht einen Boten mit einer Nachricht nach Penbrooke schicken?«

»Nein.« Trotz des Mordes würde sie ihren Bruder Kelan nicht um Hilfe bitten. Zumindest nicht sofort. »Das ist mein Problem, nicht Kelans.«

»Er würde davon erfahren wollen.«

Morwenna nickte und dachte, während sie Handschuhe und Umhang auszog, dass der große, stolze Kelan ohne Zweifel eine von ihm selbst oder von ihrem Bruder Tadd geführte Armee nach Calon schicken würde, wenn er wüsste, was hier vor sich ging.

Sie warf ihren Umhang über einen Stuhl und runzelte, als sie an den jüngeren ihrer beiden Brüder dachte, sorgenvoll die Stirn. Tadd war genauso attraktiv wie Kelan, nur war auf ihn, anders als auf ihren großen Bruder, keinerlei Verlass. Sie wollte keinen dieser beiden dominanten Männer hier auf ihrer Burg. »Wenn du die Herrin über Calon wärst, Bryanna«, wollte sie von ihrer Schwester wissen und verschränkte die Arme vor der Brust, »würdest du etwa sofort zu einem unserer Brüder rennen, damit er dir erklärt, was du machen sollst?«

Schnaubend warf sich Bryanna auf eine Bank neben dem Feuer und blickte sinnierend in die Flammen. »Nein«, gab sie ohne zu zögern zu und schüttelte so vehement den Kopf, dass ihre langen, roten Locken nur so flogen.

»Kelan könnte Euch vielleicht helfen«, mischte sich Isa ein.

»Ich glaube nicht.« Morwenna trat ans Fenster und blickte auf den Innenhof hinunter, in dem ganz normales Treiben herrschte, als wäre letzte Nacht kein brutaler Mord auf ihrer Burg geschehen.

Der Hufschmied hielt bereits ein Stück Metall ins Feuer und drosch, während ein kleiner Junge eifrig den Blasebalg bediente, damit die Kohlen weiterglühten, mit einem großen Hammer auf das leuchtend rote Eisen ein.

Nicht weit von ihm entfernt suchte ein sommersprossiges, vielleicht fünfjähriges Mädchen frisch gelegte Eier, während seine schlaksige, rothaarige Schwester Körner für die wild gackernden Hühner, die zu ihren Füßen scharrten, auf die Erde warf. Zwei weizenblonde Jungen, die Söhne des Müllers, holten Wasser aus dem Brunnen, wobei sie mehr verschütteten, als dem Koch gefallen würde, und drei berittene Jäger hielten bei den Posten an, die das Tor bewachten, durch das man den Innenhof verließ.

Und die ganze Zeit lag Sir Vernon tot im Wachhaus. Irgendjemand hatte ihn brutal ermordet.

Morwenna rieb sich die kalten Arme, und als hätte sie ihre Gedanken gelesen, stieß Bryanna einen lauten Seufzer aus.

Jemand klopfte leise an der Tür.

»Wer ist da?«, rief Morwenna über ihre Schulter.

»Alexander, M'lady.«

»Kommt herein.«

Als er den Raum betrat, war seine Miene noch genauso grimmig wie sie bereits im Wachhaus gewesen war. »Falls ich kurz mit Euch sprechen dürfte«, bat er höflich und warf einen Blick auf die beiden anderen Frauen.

»Natürlich.« Morwenna hoffte, dass er Neuigkeiten hatte. Das Herumsitzen hielt sie einfach nicht aus. »Ich bin sofort wieder da«, sagte sie zu ihrer Schwester und zu Isa, folgte Alexander in den Flur, in dem eine Reihe hell brennender Binsenlichter dunkle Schatten an die Wände warf, und zog die Tür hinter sich zu. »Worum geht es?«

»Eben ist ein Bote am Wachhaus angekommen. Natürlich haben wir ihn erstmal festgehalten, aber er hat uns geschworen, dass er von Heath Castle kommt, und das stimmt anscheinend. Er hat das hier mitgebracht.« Alexander drückte ihr ein zusammengerolltes Schreiben in die Hand.

Als sie das noch intakte Siegel des Hauses Heath entdeckte, rutschte ihr das Herz in die Knie. Lord Rydens Siegel. Kurz erwog sie, das verdammte Schreiben gar nicht erst zu öffnen. Das Letzte, was sie augenblicklich brauchte, war, sich mit dem Mann beschäftigen zu müssen, der ihr Verlobter war. Doch Sir Alexander sah sie abwartend an, und da sie den Brief ja früher oder später würde lesen müssen, zerbrach sie entschlossen das Stück Wachs und rollte das Schreiben auf. Es war kurz und prägnant. Lord Ryden hatte von einem fahrenden Händler gehört, dass sie Probleme hatte, weil Carrick von Wybren halb tot vor den Toren ihrer Burg gefunden worden war.

Großer Gott. Hatte diese Neuigkeit dann vielleicht auch inzwischen Castle Wybren erreicht?

Natürlich hat sie das ..., es wäre vollkommen idiotisch sich einzubilden, Lord Graydynn wüsste nichts von dieser Sache!

Sie ließ die Schultern sinken. Was hatte sie getan? Hatte sie versucht, Carrick zu schützen?

Oder hielt sie ihn vielleicht doch eher als Gefangenen, bis er endlich erwachte und ihr erklären konnte, wer ihn über-

fallen hatte, und vor allem, weshalb er sie vor drei Jahren einfach seiner Schwägerin zuliebe verlassen hatte.

Sie schloss unglücklich die Augen. Sie musste sich den Dingen, die im Augenblick geschahen, stellen, ob sie wollte oder nicht. Sie musste umgehend mit Graydynn Kontakt aufnehmen. Und was ihren Zukünftigen betraf..., was sollte sie nur mit ihm machen?

Lord Ryden bot ihr nicht nur seine Hilfe bei der Überführung des Verräters zurück nach Wybren an, sondern versprach ihr obendrein, sie so bald wie möglich zu besuchen. Wenn alles liefe, wie geplant, käme er in drei Tagen auf Calon an.

Morwenna starrte auf den Brief und zerknüllte ihn erbost in ihrer Hand. Der Gedanke an ein Wiedersehen mit Ryden rief nicht die geringste Freude in ihr wach. Eher ein Gefühl des Ärgers, weil sie seinen Antrag angenommen hatte, und einen stummen Zorn, weil sie, auch wenn sie das nicht einmal sich selbst gegenüber freiwillig eingestünde, immer noch etwas für Carrick, diesen Schuft, empfand. Was war nur mit ihr los? Weshalb empfand sie noch immer etwas für einen Mann, der sie verraten hatte, und welcher Teufel hatte sie geritten, als sie versprochen hatte, sie würde Rydens Frau? Sie musste vollkommen verrückt gewesen sein!

Es war ein schwerer Fehler gewesen.

Das hatte sie bereits gewusst, kurz nachdem ihr das schicksalhafte »Ich will« über die Lippen gekommen war.

Und Ryden hat noch einen anderen Grund dafür, hierher zu kommen, oder etwa nicht? Hatte er nicht feierlich geschworen, sich dafür zu rächen, dass auch seine Schwester in dem Feuer umgekommen war?

Die aufsteigende Panik schnürte ihr die Kehle zu. Ryden

würde doch bestimmt nicht hier auf Calon, wo noch immer sie die Herrin war, die Dinge in seine eigenen Hände nehmen. Oder vielleicht doch?

Sie war derart in ihre Überlegungen vertieft, dass sie beinahe vergessen hätte, dass Sir Alexander vor ihr stand und sie fragend aus seinen dunklen Augen ansah.

»Lord Ryden wird uns hier besuchen«, erklärte sie und zwang eine Fröhlichkeit in ihre Stimme, die sie beim besten Willen nicht empfand. »Und zwar in drei Tagen.«

Ein kleiner Muskel zuckte unter Alexanders dichtem Bart.

»Ich werde es Alfrydd sagen, damit er alles vorbereiten kann.«

»Danke«, antwortete sie, obwohl ihr Herz noch schwerer war als zu Beginn dieses Gesprächs. Was sollte sie Ryden sagen? Sie hatte ihn nie geliebt und würde ihn auch niemals lieben, jetzt aber hatte sie mit ihrer übereilten Antwort ein Abkommen getroffen, bei dem es nie um Liebe oder auch nur Zuneigung gegangen war. Heirat ohne Liebe war – leider – vollkommen normal.

Doch wenn er hier auf Calon sein eigenes Recht durchsetzen wollte, würde sie das rundheraus verbieten. Hier war sie die Herrin, und ihr Wort war Gesetz.

Sie reckte leicht das Kinn und zwang sich zu einem Lächeln. »Es wird schön sein, Lord Ryden wiederzusehen.«

Alexander sah sie reglos an, und sie spürte, wie ihr unter seinem durchdringenden Blick eine leichte Röte in die Wangen stieg.

»Gibt es sonst noch etwas?«, fragte sie.

Der Hauptmann räusperte sich leise, wandte seinen Blick dann aber endlich von ihr ab. »Ja, M'lady. Ihr habt gesagt, Ihr würdet heute entscheiden, ob Ihr einen Boten zu Lord

Graydynn schickt«, erinnerte er sie. »Um ihm zu berichten, dass Ihr Carrick gefangen genommen ... eh, gefunden habt.«

Morwenna nickte. Trotz der grässlichen Ereignisse in den frühen Morgenstunden hatte sie Graydynn nicht vergessen, einen Mann, den sie persönlich kannte und der ihrer Meinung nach ein kalter, hartherziger Herrscher war, der stets entweder gereizt oder gelangweilt dreinschaute. »Ja. Ich habe gründlich darüber nachgedacht«, erklärte sie und faltete, als sie in die große Halle kam, wo die langen Holztische für das Frühstück zusammengeschoben wurden, die Hände hinter ihrem Rücken. »Ich werde heute Nachmittag den Schreiber kommen lassen und ihm einen Brief diktieren, obwohl ich noch nicht sicher bin, wann ich ihn nach Wybren schicken werde, falls überhaupt.«

»Aber, M'lady, was soll Euch dieser Brief hier auf Calon nützen? Ihr könntet einen Boten damit zu Sir Graydynn schicken. Sir Geoffrey wäre dafür hervorragend geeignet. Er war früher Page auf Wybren und kennt Lord Graydynn daher persönlich. Oder vielleicht Vater Daniel, der schließlich Lord Graydynns Bruder ist.«

Morwenna runzelte die Stirn. »Es besteht durchaus die Möglichkeit, dass der Baron noch gar nicht weiß, dass möglicherweise Carrick vor den Toren meiner Burg gefunden worden ist. Deshalb halte ich diese Nachricht lieber noch etwas zurück.«

»Aber warum?«, wollte Alexander von ihr wissen, und die verdammte Frage hallte durch den Raum, prallte von den gekalkten Wänden ab und schallte ein ums andere Mal durch Morwennas Hirn. *Warum? Warum? Warum?*

Nur dass es darauf einfach keine Antwort gab. »Weil ich es so entschieden habe«, erklärte sie deshalb. »Und weil ich die Absicht habe, das zu tun, was *meiner* Meinung nach das Beste ist.«

»Gegen den Rat derer, die geschworen haben Euch zu schützen?«

»Ja, Sir Alexander, wenn ich es als notwendig erachte, auch gegen deren Rat. Ich werde alles, was Ihr gesagt habt, in meine Überlegungen mit einbeziehen, aber am Ende treffe ich meine Entscheidung ganz allein.«

»M'lady –«

»Das ist alles, Sir Alexander.« Sie reckte abermals das Kinn, bedachte ihn mit einem bösen Blick, und nach kurzem Zögern machte er mit einem steifen Nicken wortlos auf dem Absatz kehrt.

Als er endlich gegangen war, atmete sie auf und sah, dass der Brief in ihrer Hand vollkommen zerknittert und dadurch unlesbar geworden war. Umso besser, dachte sie.

Sie würde den Patienten ganz bestimmt nicht Graydynn überlassen, solange sie nicht sicher wusste, was es mit ihm auf sich hatte. Solange sie nicht sicher wusste, ob er wirklich Carrick war.

Und sie konnte nur hoffen, dass die Zeit reichen würde, bis die Nachricht vom Auffinden des Fremden dem neuen Lord von Wybren zu Ohren kam.

16

Der Patient lag völlig reglos auf dem Bett. Er fühlte sich entsetzlich schwach, sein Magen schrie nach Nahrung, und vor lauter Wassermangel hatte er trockene, aufgesprungene Lippen. Obwohl er sich daran erinnern konnte, dass man sich bemüht hatte, ihm heiße Brühe und auch Wasser einzuflößen, fühlte er sich völlig ausgedörrt.

Als er am Morgen wach geworden war und vorsichtig die Augen aufgeschlagen hatte, hatte er bereits viel klarer als am Vorabend gesehen. Auch hatte er sich bewegen können, ohne vor Schmerz beinahe wieder ohnmächtig zu werden, ja, er hatte es sogar geschafft, die Hand an sein Gesicht zu heben, und obwohl es immer noch geschwollen war, nahmen doch die Höllenqualen, die seit Wochen Teil von ihm gewesen waren, langsam aber sicher ab.

Beinahe hätte er erkennen lassen, dass er bei Bewusstsein war, denn er hatte die Wachen miteinander sprechen hören und sich die Bruchstücke ihrer gedämpften Unterhaltung, die er verstanden hatte, mühsam zusammengesetzt. Die Männer hatten darüber gesprochen, dass ein Mord geschehen war und dass Lady Morwenna einen Boten zu Lord Graydynn von Wybren schicken würde, der ihm melden sollte, dass sein Vetter Carrick ihre Geisel oder ihr Gefangener war.

Er versuchte sich an Graydynn zu erinnern …, eigentlich sollte er doch irgendetwas für den neuen Lord empfinden, denn schließlich war er offenkundig sein Cousin. Doch es gelang ihm nicht, ein Bild des Mannes heraufzubeschwören, und so blieb ihm nichts anderes als die Furcht, dass Graydynn ihn zum Tod verurteilen würde, falls der ihn zu fassen bekam. Er konnte sich nur daran erinnern, dass der Baron von Wybren immer furchtbar säuerlich und vor allem neidisch auf sie alle gewesen war … nur, dass vielleicht nicht Graydynn, sondern Graydynns Vater – wie hatte er noch mal geheißen? – ein so unangenehmer Mensch gewesen war. Er versuchte, sich zu konzentrieren, doch das Einzige, was er erreichte, war, dass er fürchterliche Kopfschmerzen bekam.

Immer wieder tauchten bruchstückhafte Bilder vor seinem geistigen Auge auf, die jedoch sofort wieder verschwammen, ehe er sie wirklich zu fassen bekam.

An Wybren Castle konnte er sich – zumindest teilweise – erinnern. An den Geruch des Feuers …, an die Helligkeit der Flammen, die an den Wänden hinaufgezüngelt waren. Oder sah er diese Bilder vielleicht nur in seiner Fantasie, hatte er sie vielleicht infolge der geflüsterten Gespräche, die er in den letzten Tagen mitbekommen hatte, nur geträumt?

Während er reglos auf dem Bett gelegen hatte, hatte er nicht nur die Gerüchte von dem großen Brand gehört, sondern auch, dass Carrick, der Mann, für den ihn alle hielten, angeblich der Täter gewesen war. Carrick der Verräter. Carrick, der Mörder von sieben unschuldigen Menschen. Der fürchterliche Carrick. War es vielleicht möglich? Hatte er tatsächlich ohne Skrupel seine Familie umgebracht?

Und wenn ja – warum?

Es fiel ihm schwer, seine Gefühle für die Menschen, auf die er sich als seine Familie entsinnen konnte, zu sortieren. Seine Erinnerungen waren allzu bruchstückhaft und durcheinander …, ergaben ganz einfach kein klares Bild …, er hatte den Eindruck, mit Geschwistern aufgewachsen zu sein … ja, und er hatte sie nicht alle gleichermaßen gern gehabt. Doch ihre Gesichter sah er nur verschwommen – sie waren eine Reihe undeutlicher Konturen und riefen Unruhe, Schmerz und, zugegebenermaßen, Eifersucht und Hass in seinem Innern wach.

War es vielleicht wirklich wahr?

War er tatsächlich das Monster, für das ihn anscheinend alle Welt hielt?

Er presste die Lippen aufeinander und zwang sich diese Fragen zu verdrängen. Er hatte keine Zeit, sich darauf zu konzentrieren. Er müsste umgehend handeln, denn bald würde die Wache nach ihm sehen.

Wie auch vorher immer wieder, wenn er allein gewesen war, zwang er sich ein Bein zu bewegen, bis es ohne allzu große Schmerzen über den Rand des Bettes schwang.

Er versuchte, auch das andere Bein zu heben und spürte, wie die schlaffen Muskeln protestierten, als auch sein zweiter Fuß mit einem Krachen auf den Boden fiel.

Jetzt kam der große Test.

Möglichst langsam – er fürchtete, er könnte einfach kraftlos in sich zusammensinken – drückte er sich vom Laken ab, bis er aufrecht stand. Zu seiner Überraschung trugen seine Beine sein Gewicht. Zum ersten Mal seit Wochen.

Er atmete tief ein und wagte einen vorsichtigen Schritt.

Schmerz zuckte durch sein Bein.

Doch sein Knie hielt stand.

Wieder holte er tief Luft.

Und tat den zweiten Schritt.

Beinahe wäre er gefallen, konnte sich aber gerade noch rechtzeitig fangen. Schweiß bedeckte seinen Körper. Jede noch so winzige Bewegung kostete ihn Mühe. Doch seine Knie hielten der Belastung tapfer stand.

Wieder versuchte er zu gehen. Seine Beine taten weh, doch nahm der Schmerz mit jedem seiner Schritte und mit jeder Lockerung der steifen Muskeln etwas ab. Offenbar ging es ihm bereits deutlich besser als noch vor ein paar Tagen, als er zum ersten Mal in diesem Zimmer wach geworden war.

Er hatte keinen echten Plan, doch er wusste nur, dass er von Calon fliehen musste, wenn er nicht nach Wybren ausgeliefert werden wollte, um sich Graydynns Urteilsspruch zu stellen. Auch wenn er sich nur undeutlich an ihn erinnerte, hegte er ein instinktives Misstrauen gegenüber seinem Vetter, der ihn ohne jeden Zweifel hängen, strecken und vierteilen lassen würde wegen des angeblich von ihm verübten siebenfachen Mordes und des darin enthaltenen Verrats.

Es sei denn, du bist nicht Carrick.

Graydynn würde doch bestimmt erkennen, dass du nicht der Verräter bist.

Aber möglicherweise bist du es ja doch.

Er musste diesem Carrick zumindest ähnlich sehen, denn die Reaktionen aller waren gleich: Für sie war er ein Mörder, das stand unumstößlich fest. Und selbst wenn er sich an seine wahre Identität erinnern und seine Unschuld beteuern würde, wäre er deshalb noch lange nicht frei. Denn auch wenn es Zweifel daran gäbe, dass er Carrick war, gälte er wegen des verdammten Ringes, den man bei ihm gefunden hatte, zumindest als Dieb.

Aber das war natürlich noch nicht alles.

Der Mensch, der von dem Feuer profitiert hatte, war Graydynn. Stand also nicht deshalb zu vermuten, dass Graydynn oder einer seiner Männer hinter der Tragödie steckte? Oder vielleicht hatte er ja auch den Jungen, der gesehen haben wollte, wie »Carrick« davongeritten war, für diese Aussage bezahlt?

Er alleine konnte dieses Rätsel lösen, und er musste sich beeilen. Kam nicht immer wieder einmal eine Wache, eins der Mädchen und die Herrin höchstpersönlich in sein Zimmer, um nach ihm zu sehen? Und wenn sie erst entdeckten, dass er bei Besinnung war, hätte er keine Chance mehr zu fliehen, seinen Namen reinzuwaschen und die Wahrheit zu enthüllen.

Wenn er nicht dahinterkäme, was wirklich auf Wybren geschehen war, wer dann?

Niemand! Du musst es also selber tun.
Und mit seiner Befreiung würde er gleich heute Abend anfangen. Langsam, mit gespitzten Ohren, um alles zu hören, was sich vor der dicken Holztür seines Zimmers tat, ging er durch den großen Raum, studierte eingehend die Wände und den Boden, alle Ecken und sämtliche Stellen, an denen sich vielleicht ein kleiner Spalt zwischen den Steinen fand. Er wusste, dass es irgendwo noch einen zweiten, verborgenen Zugang zu dem Zimmer geben musste. Es sei denn, er hätte den Mann, der einmal über ihm gestanden hatte, und das leise Scharren von Stein auf Stein beim Öffnen des Portales nur geträumt. Er hatte sich noch nicht bewegen können, als der nächtliche Besucher bei ihm erschienen war, doch er war wach genug gewesen, um zu erkennen, dass, wer auch immer plötzlich neben seinem Bett gestanden hatte, durch einen geheimen Eingang in der Wand gegenüber der Tür zum Flur hineingekommen war.

Vorsichtig nahm er ein Binsenlicht aus einem Halter und hielt es in die Luft. Irrte er sich vielleicht? Hatte er vielleicht ganz einfach so lebendige Alpträume gehabt, dass er sie jetzt glaubte? Zentimeterweise glitt sein Blick über die dicken Steine, doch obwohl er sogar mit den Fingern tastend über den rauen Mörtel strich, fand er nicht den geringsten Hinweis auf eine versteckte Tür.

Es war anscheinend wirklich nur ein Traum gewesen, überlegte er, dann jedoch fiel sein Blick auf das auf dem Fußboden verteilte Stroh. Es war willkürlich verstreut, an einer Stelle aber, in der hintersten Ecke seines Zimmers, war es zusammengeschoben, als hätte jemand es zu einem kleinen Haufen zusammengekehrt.

Mit wild klopfendem Herzen und ohne auf das Stechen in seinem Bein zu achten, kniete er sich hin, strich mit den Fingerspitzen über die glatten Steine auf dem Boden und entdeckte dabei die winzig kleinen Kratzer auf einem der großen Steine. *Hier,* ging es ihm durch den Kopf, *hier hatte sich der Bastard Zugang zu seinem Raum verschafft.* Mit zusammengekniffenen Augen blickte er auf die Wand über dem Kratzer. Sie wirkte vollkommen normal.

»Verdammt«, entfuhr es ihm, doch er würde jetzt ganz bestimmt nicht einfach aufgeben.

Wenn es einen Eingang gab, waren die Steine dort wahrscheinlich glatt geschnitten, damit die Tür sich möglichst leicht bewegen ließ. Und sie schloss bestimmt nicht direkt mit dem Boden ab.

Unter Schmerzen legte er sich direkt vor der Stelle, wo er die Tür vermutete, auf die kalte Erde, schloss die Augen, konzentrierte sich und – ja – spürte tatsächlich einen leichten Zug. Wo also war die Tür? Und wie ließ sie sich öffnen?

»M'lady«, drang die Stimme des Wachmanns an sein Ohr. *Verdammt.*

»Ich würde gerne den Patienten sehen.«

»Schon wieder?«, wollte der Posten von ihr wissen.

Er sprang eilig auf die Füße. Seine Knie protestierten, und er biss sich eilig auf die Lippe, um nicht laut aufzuschreien.

Einen furchtsamen Moment lang herrschte vollkommene Stille.

Er kroch zurück zum Bett.

»Allerdings, Sir James«, verkündete Morwenna. »Und ich möchte keine Widerrede hören.«

Dann wurde ein Schlüssel im Türschloss herumgedreht, und mit vor Schmerz schreiendem Körper hechtete er in sein Bett, glitt unter die Decke und kniff genau in dem Moment, in dem die Tür geöffnet wurde, beide Augen zu.

»Ich wäre gern mit ihm allein«, schickte Morwenna den ihr folgenden Posten wieder hinaus.

Sein Herz schlug so laut und schnell, dass sie es einfach hören musste.

»Damit wäre Sir Alexander bestimmt nicht einverstanden.«

»Überlasst Sir Alexander mir, und im Übrigen weiß ich nicht, warum ich das mit Euch noch einmal diskutieren sollte.«

Er atmete langsam aus.

Während eines angespannten Augenblickes spürte der Patient die Unentschlossenheit der Wache, bevor sie schließlich widerstrebend sagte: »Wie Ihr wünscht, M'lady.«

Morwenna wartete ein paar Minuten, als müsse sie sich sammeln oder als wolle sie ganz sicher gehen, mit ihm allein zu sein, und dann hörte er ihre schnellen Schritte, als sie durch den Raum gelaufen kaum. Seine Nerven waren zum Zerreißen angespannt, als sie langsam eine Runde um seine Bettstatt drehte, und er hoffte voller Inbrunst, dass seine Darbietung des ohnmächtigen Mannes überzeugend war.

»Nun, Sir Carrick«, erklärte sie ihm schließlich, als wäre sie der festen Überzeugung, dass er sie verstand. »Es ist vollbracht.« Ein paar Sekunden verstrichen, während derer er so tat, als läge er im Tiefschlaf, und so fuhr sie mit böser Stimme fort: »Wie versprochen habe ich einen Brief an Lord Graydynn schreiben lassen, der allerdings noch immer in meinem Gewahrsam ist. Falls ich beschließe, diesen Brief an den Baron zu schicken und falls der Baron nicht gerade auf Reisen, sondern tatsächlich auf Wybren ist, erfährt er innerhalb von einem Tag, dass Ihr hier auf Calon seid.« Sie machte eine Pause, als warte sie auf eine Antwort, und als er sich einzig auf seine Atmung konzentrierte, trat sie noch etwas näher an das Bett heran.

Sie senkte ihre Stimme auf ein kaum hörbares Flüstern und schob ihren Mund so dicht neben sein Ohr, dass er von ihrem warmen Atem eine Gänsehaut bekam. »Ich bete zu Gott, dass du mich hören kannst. Ich weiß nicht, was du auf Wybren getan hast, Carrick, doch auch wenn du eindeutig ein Schurke bist – oder eher noch ein Stück Schweinedung –, kann ich ganz einfach nicht glauben, dass du ein Verräter bist und deine eigene Familie brutal ermordet hast. Ich traue dir fast alles zu, aber eine solche Schandtat nicht.«

Wieder zögerte sie kurz, und er kniff die Augen weiter zu und wagte nicht sich zu bewegen, als liege er in tiefem Schlaf.

»Aber, wie es mit dir weitergeht, liegt nicht in meiner Hand. Egal, was ich auch glaube. Es ist meine Pflicht, meinem Verbündeten die Nachricht zukommen zu lassen, dass du gefunden worden bist. Falls du mich also hören kannst, lass es mich bitte wissen. Beweg ein Augenlid, die Finger oder ... oh, verflixt und zugenäht!« Sie atmete zornig aus. »Was mache ich hier überhaupt? Das ist alles falsch.« Sie richtete sich wieder auf, und als er nicht mehr die Hitze ihres Körpers spürte, stellte er sich vor, wie sie sich frustriert das Haar über die Schulter warf. »Also ... oh, bei den Göttern, es ist eindeutig ein Fehler ...«

Er dachte, dass sie vielleicht wieder ginge, spürte, dass sie sich zum Gehen wandte, dann aber fuhr sie abrupt erneut zu ihm herum. »Also, du verdammter Kerl, wenn du wach wirst, solltest du mich sofort rufen lassen ...« Ihre Stimme brach, und sie atmete so tief wie möglich ein. »Ich sollte dich hassen, und ich habe auch geschworen das zu tun ..., aber ... das ist eine Lüge. Ich hasse dich nicht. Ich ... ich wünschte, ich hätte eine andere Wahl. Ich wünschte ... oh, wir beide wissen, dass Wünsche etwas für kleine Kinder sind. Nur ..., bitte glaub mir, wenn ich sage, dass ich schweren Herzens tue, wozu ich gezwungen bin.«

Er brauchte allergrößte Selbstbeherrschung, um sich nicht zu bewegen. Und als sie sich ihm wieder näherte und ihre Lippen über seine Schläfe gleiten ließ, entlockte ihm die süße Qual beinahe ein Stöhnen, und er hatte Angst, er würde es vielleicht nicht schaffen, seine Arme auf dem Bett liegen zu lassen statt sie einfach auszustrecken und diese wunderbare Frau auf sich herabzuziehen.

Es bedurfte seiner ganzen Kraft, doch er schaffte es tatsächlich, sich auch weiterhin nicht zu rühren, gleichmäßig zu atmen und nicht mal eines seiner Lider zu bewegen, während sich sein ganzer Körper auf die kleine Stelle unterhalb des Haaransatzes konzentrierte, an dem ihr warmer, weicher Mund sanft über seine Schläfe strich.

Sein Puls fing an zu rasen, sein Blut begann zu kochen, und sein Herzschlag sprengte ihm beinahe die Brust. Hörte sie denn nicht das wilde Schlagen, sah sie nicht das Pochen seiner Ader, bemerkte sie denn nicht den Schweiß auf seiner Haut?

Unter größten Mühen stellte er sich weiter schlafend, atmete leise ein und aus und lag mit schlaffen Muskeln und geschlossenen Augen da.

»Carrick! Kannst du mich wirklich immer noch nicht hören? Bitte, bitte, wach doch endlich auf!«, wisperte sie verzweifelt dicht an seinem Ohr.

Hör nicht auf sie. Lass sie nicht sehen, dass du sie hören kannst.

»Ich muss mit dir reden ... Bei allem, was dir heilig ist, Carrick, wach endlich auf«, wies sie ihn böse an.

Als er nicht reagierte, stieß sie einen lauten Seufzer aus. »Ich hoffe, dass du in der Hölle schmoren wirst«, erklärte sie ihm zornig, und er dachte, dass sie nun endlich gehen und dieser süßen Qual ein Ende machen würde, stattdessen aber blieb sie weiter dicht über ihn gebeugt und blies ihm ihren warmen Atem auf die nackte Haut. Seine Eingeweide zogen sich schmerzlich zusammen, und beinahe hätte er aufgestöhnt, denn jetzt presste sie die Lippen auf seine bärtige Wange und bahnte sich entschlossen einen Weg daran herab.
Oh, Gott, nein!
Er spannte jeden Muskel an.
Spürte, wie sich ihrer beider Atem mischte.
Nein!
Ihre glatten, weichen Lippen berührten seinen Mund.
Wie sollte er es schaffen, weiter nicht zu reagieren? Auf die Wärme seines Blutes, das wunderbare Prickeln, das heftige Pulsieren, das durch seine Adern rann? Verzweifelt kämpfte er gegen das Verlangen an, sie auf seine Brust zu ziehen, seinen Mund auf ihren Mund zu pressen, zu kosten, ob sie auch so herrlich salzig schmeckte wie sie roch ... Er wurde so hart, dass es ihm weh tat, und eine ungeahnte Hitze breitete sich tief in seinem Inneren aus.
Wie um ihn zu testen, glitt sie mit der Zungenspitze über seine aufgeplatzten Lippen, und beinahe hätte er geseufzt, als sie sich mit einem Mal von ihm zurückzog und ihn erfüllt von dem verzweifelten Verlangen nach Erlösung liegen ließ.
»Bei allen Heiligen, Carrick«, stellte sie mit einem erbosten Seufzer fest. »Ich fürchte, du bist verdammt. Wenn du nicht endlich aufwachst, kann ich nichts mehr für dich tun.«
Wie bereits beim letzten Mal war sein Glied steinhart. Fast hätte er erwartet, dass sie abermals die Decke lüften

würde, stattdessen aber wisperte sie zornig: »Ich schwöre dir beim Grabe meiner Mutter, Lenore von Penbrooke, falls du mich hören kannst, du Sohn eines Wildhunds ..., falls ... falls du wieder mal nur spielst ..., dann bist du ein noch elendigerer Bastard, als ich bisher angenommen hatte. Dann schicke ich dich garantiert zu Graydynn und akzeptiere mit Freuden jede Strafe, die er über dich verhängt. Wenn du nur so tust, als wärst du immer noch bewusstlos, und ich finde es heraus, wirst du den Tag bereuen, an dem du mit diesem Spiel begonnen hast!« Ihr Ärger schien durch das Zimmer zu vibrieren. »Das werde ich dir nie verzeihen!«

Jetzt reagierte er.

Instinktiv schlug er die Augen auf, packte ihre Handgelenke und hielt sie entschlossen fest.

Sie rang erschreckt nach Luft und versuchte, mit wild klopfendem Herzen sich ihm zu entziehen.

Er aber hielt sie weiter fest umklammert, als hinge sein Leben davon ab. »Helft mir!«, stieß er mühsam krächzend aus. »Helft mir!«

»Oh, mein Gott, du kannst mich hören!«, schrie sie auf. »Carrick, oh, mein Gott ...«

Um ihn herum begann sich alles zu drehen und langsam, aber sicher senkte sich eine bedrohliche Dunkelheit auf ihn herab. Immer noch jedoch hielt er ihre Handgelenke fest.

»Ich kann einfach nicht glauben, dass du wirklich wach bist«, drang ihre Stimme wie aus weiter Ferne an sein Ohr, und als wäre die Anstrengung sie festzuhalten, zu groß für ihn gewesen, ließ er die Arme sinken und fiel auf das Bett zurück. Stöhnend versuchte er, die Augen aufzuhalten und ihr alles zu erklären ...

»Carrick!«, schluchzte sie, und als er nicht reagierte, packte sie ihn bei den Schultern und zog ihn zu sich heran.

»Bitte, sprich mit mir ... oh, nein ... tu das nicht. Wag es ja nicht, wieder ohnmächtig zu werden!«

Er hörte die Verzweiflung, mit der sie zu ihm sprach, spürte, dass sie anfing, ihn zu schütteln, doch die Anstrengung des Aufstehens und des Gehens sowie seine Bemühungen, sie weiterhin zu täuschen, hatten ihn erschöpft. Abermals wurde um ihn herum alles schwarz, und auch wenn er sich mit aller Macht darum bemühte, kam er gegen das Dunkel, das sein Hirn umwölkte, einfach nicht länger an.

»Du Bastard ... verlass mich nicht schon wieder ...« Aber er konnte nicht mehr reagieren, das wusste sie bestimmt. »Du ... du elendiger, schwarzherziger Kerl, du hast alles, was das Schicksal für dich bereithält, doppelt und dreifach verdient!«

Er spürte einen kühlen Luftzug, denn sie machte auf dem Absatz kehrt und stürzte aus dem Zimmer. Er hörte, wie sie etwas zu dem Wachmann sagte und dann zornig brüllte: »Meine Güte, Dwynn, du hättest mich fast zu Tode erschreckt! Warum lauerst du mir ständig auf?«

Er erhaschte einen Blick auf einen Mann, der eilig den Gang hinunterlief. Dann wurde die Tür mit einem lauten Knall ins Schloss geschlagen. Als sperre ihn Morwenna für alle Zeit aus ihrem Leben aus. Er empfand kurzes Bedauern, ehe er, gnädigerweise, abermals in tiefer Bewusstlosigkeit versank.

17

Das Pferd stand schnaubend neben dem mondbeschienenen Ufer des Baches, der durch den Wald von Calon lief. Schweiß glänzte auf seinem dunklen Fell, und seine feuchten Flanken hoben und senkten sich vor Anstrengung, als der Rächer aus dem Sattel glitt und in dem tiefen, halb gefrorenen Schlamm versank. Er bedachte den Hengst mit einem kurzen Blick. Es war ein langer, anstrengender Ritt gewesen, und der Atem des Tieres quoll dampfend aus den geblähten Nüstern. Es hätte es verdient gehabt, sich auszuruhen, abgerieben, gefüttert und getränkt zu werden, dafür jedoch hatten sie eindeutig keine Zeit.

Er hielt den Zügel in der behandschuhten Hand und gestattete dem Tier ein paar große Schlucke des eisig kalten Wassers, das über die Steine plätscherte und unter überhängenden Wurzeln hindurch den Berg hinunterschoss. Sekunden später allerdings zog er das Pferd in der Befürchtung, es vertrüge das kalte Wasser vielleicht nicht, entschlossen wieder fort, schwang sich wieder in den Sattel und ritt zu einer kleinen Lichtung, von der aus man die hoch oben auf dem Hügel thronende Burganlage deutlich sah.

Hier auf Calon war er nicht zu Hause. Und würde es auch niemals sein. Es war eine starke Festung, aber nur halb so groß wie Wybren, die viereckigen Türme waren nicht annähernd so schön wie die perfekten, runden Türme, die man hoch oben auf den Mauern Wybrens in den Himmel ragen sah, und die Zinnen waren deutlich weniger steil. Das Einzige, was diese Burg besaß, was Wybren nicht aufzuweisen hatte, waren das Labyrinth aus geheimen Gängen und die hier herrschende Frau. Oh, ja, die Frau. Als er an sie dachte, schlug sein Puls sofort ein wenig schneller. Morwenna. Stolz. Groß und wunderschön. Eine Frau mit intelligenten blauen Augen, die nicht nur auf die äußere Erscheinung eines Menschen, sondern direkt in ihn hineinzublicken schien.

Die Kälte, die durch seinen Umhang und seine Kapuze drang, erreichte allmählich seine Knochen. Er dachte an ein warmes Feuer, einen Becher Wein und eine heiße, geschmeidige Frau, die das Eis in seiner Seele schmelzen lassen würde, doch das müsste noch warten. Vorher war noch viel zu tun.

Seit Sir Vernons Ermordung war es für ihn viel schwerer, die Tore von Calon zu passieren. Er musste Vorsicht walten lassen, musste plausible Gründe nennen, wenn er die Burg verließ. Alle wussten, dass er das Gemäuer des Öfteren verlassen musste, doch seit dem Mord an Vernon, dem fetten alten Furz, hatte sich die allgemeine Wachsamkeit verstärkt.

Lächelnd erinnerte sich der Rächer an die Überraschung im Gesicht des Wachmanns, an sein entsetztes Keuchen, als ihm bewusst geworden war, dass er sterben würde, an die Befriedigung, die er empfunden hatte, als Vernon der letzte blutige Atemzug entstiegen war.

Obwohl er nicht geplant hatte, Vernon zu ermorden, hatte er sich einfach nicht beherrschen können, hatte seinen Blutdurst stillen müssen, egal auf welchem Weg. Als er den einsamen Wachmann in einer Vertiefung der Mauer hatte wühlen sehen, hatte er gewusst, dass der Mann sterben müsste. Ohne es zu wissen, hätte Vernon um ein Haar eine versteckte Tür in der Burgmauer entdeckt, eine, die der Rächer nutzte, wenn er Calon heimlich verließ. Wenn er den einfältigen Soldaten weiter oben auf dem Wehrgang gelassen hätte, um nach weiteren Verstecken für seinen Krug zu suchen, hätte der vielleicht durch Zufall das geheime Labyrinth entdeckt und dadurch alle seine Pläne nicht nur in Gefahr gebracht, sondern vielleicht sogar vereitelt. Kein Wachmann hatte jemals auf die winzigen Vertiefungen in den Burgmauern geachtet, und der Rächer hatte sich in Sicherheit gewähnt, bis Vernon mit seiner Schnüffelei begonnen hatte ...

Woran er ihn hatte hindern müssen.

Was nicht nur das reinste Kinderspiel, sondern ein richtiggehendes Vergnügen für ihn gewesen war.

Bei der Erinnerung an den Moment, in dem ihre Blicke sich begegnet waren, nickte der Rächer zufrieden mit dem Kopf. Der Wachmann hatte ihn erkannt, hatte überrascht und gleichzeitig erschrocken die Augen aufgerissen, blitzschnell aber hatte der Rächer sich über ihn geworfen, ihm das Messer in den dicken Hals gerammt und sich an der jämmerlichen Gegenwehr des Mannes, an seinen wild fuchtelnden Armen, dem sich aufbäumenden Körper und schließlich dem Augenblick, in dem er auf die harten Steine gefallen und das Leben aus ihm herausgeflossen war, ergötzt ...

Der Rächer hatte schnell arbeiten müssen, da jedoch zu seinem Glück der starke Regenguss das Blut von seinem dunklen Umhang abgewaschen hatte, hatte er die Kleider nicht wechseln müssen ...

Am Ende hatte er sie alle wieder mal getäuscht.

Heute Nacht, auf dem Rücken seines Pferdes, rief der Gedanke an den nächsten Mord ein Gefühl von freudiger Erregung in dem Rächer wach.

Es würde schwieriger werden und dadurch noch befriedigender als beim letzten Mal.

Der Wind strich seufzend durch die Bäume, ließ die trockenen Blätter rascheln und die Farne tanzen. Irgendwoher drang der monotone Singsang einer Frau.

Angewidert verzog er das Gesicht.

Schon wieder wisperte die alte Hexe unheiligen Göttern und Göttinnen ihre Blasphemien zu.

Er band die Zügel seines Pferds um einen Baum und schlich sich möglichst lautlos durch die Büsche und blattlosen Bäume dichter an das Murmeln heran.

Bis er sie endlich sah.

Auf einer kleinen Lichtung direkt neben dem Bachlauf kauerte sie in ihrem hinter sich ausgebreiteten, schwarzen Umhang auf dem kalten, nackten Boden, grub eifrig in dem weichen Schlamm und fuhr ohne Unterbrechung mit ihren nutzlosen Gebeten fort.

Dumme Kuh.

Sie hatte nichts anderes als den Tod verdient.

Im Schutz des dunklen Waldes atmete er langsam aus und träumte davon, wie es wäre, sie endlich zu ermorden. In Gedanken legte er bereits die Hände um ihren jämmerlichen, dürren Hals. Hob sie in die Höhe, bis ihre dünnen Beinchen sinnlos anfingen zu strampeln und ihre spindeldürren Arme verzweifelt ruderten, während er ihr langsam, aber sicher die Luft zum Atmen nahm.

Es juckte ihm in den Händen, die Tat jetzt auf der Stelle zu begehen.

Sein Blut geriet in Wallung.

Weshalb sollte er noch warten?

Plötzlich stand sie auf.

Wirbelte herum und starrte mit ihren hellen Augen in den Wald. Als ob sie spürte, dass er in der Nähe war.

Er erstarrte.

Hielt den Atem an.

»Du, Arawn«, spuckte sie den Namen des heidnischen Gottes der Unterwelt verächtlich aus. »Verschwinde!« Ihre raue Stimme hallte durch die stille Nacht. Statt der von ihm erhofften Furcht verriet ihr runzliges Gesicht stählerne Entschlossenheit.

Sie machte einen Schritt nach vorn, reckte das Kinn, und ihre grauen Haare fielen wie ein Schleier über ihr Gesicht. »Ich habe keine Angst vor dir«, schwor sie und warf eine Hand voll Erde oder Kräuter oder trockene Blätter in die Luft. Die winzig kleinen Teile wurden, wie es aussah, von einem Wirbelwind gefangen und flatterten im hellen Licht des Mondes über ihrem Kopf. »Kehr in die Finsternis zurück, in der du ausgebrütet worden bist, und lass uns in Ruhe!« Sie bleckte ihre schiefen Zähne und stieß ein grauenhaftes Knurren aus.

Der Rächer musste schlucken und überlegte während eines schrecklichen Moments, ob sie vielleicht mit ihren eisig blauen Augen die Dunkelheit des Waldes durchdringen und ihn sehen konnte.

»Stirb!«, rief sie mit lauter Stimme. »Kehr zurück zu dem Dämon, der dich gezeugt hat!«

Furcht legte sich um sein Herz, die er jedoch sofort wieder vertrieb. Sie bluffte bestimmt nur. Sie hatte keine Macht.

Trotzdem wusste er, dass er sie töten musste.

Bald.

Bevor sie ihm auf die Schliche käme.

Wenn sie nicht in seine Richtung sah.

Er fand den versteckten Riegel.

Tief in einem der Steine in der Ecke entdeckte er ein winziges Stück Metall. Er blickte zurück auf das Bett, wo sich Morwenna über ihn gebeugt und ihn geküsst hatte, ehe er in einen tiefen, todesähnlichen Schlaf verfallen war.

Als er die Augen wieder aufgeschlagen hatte, hatte er sich

wunderbar erfrischt gefühlt. Er hatte keine Ahnung, wie lange er geschlafen hatte, hegte aber die Befürchtung, dass ihm nur wenig Zeit blieb, bevor jemand sein Verschwinden bemerken würde. Es bestand die Möglichkeit, dass er sie nie wiedersehen würde, sobald er die Tür geöffnet und durch sie hindurch getreten wäre. Er hatte keine Ahnung, was hinter dieser Tür lag, falls sie zu öffnen war, auf alle Fälle aber käme man auf diesem Weg in ein andres Zimmer oder einen Flur, in dem, wie er annahm, keine Wache stand. Diese Tür bot ihm die Chance zu fliehen. Die einzige Chance, die er hatte, und er musste sie ergreifen. Bevor sie ihn nach Wybren schickte, wo Graydynn offenbar nur darauf wartete, ihn in die Hand zu bekommen.

Er drückte mit den Fingerspitzen gegen das winzige Metallstück, zog daran, versuchte, es auf irgendeine Weise zu bewegen, doch nichts geschah.

Dies musste der gesuchte Riegel sein.

Vielleicht aber war die Tür verschlossen?

Hatte, wer auch immer eines Nachts bei ihm erschienen war, möglicherweise einen Schlüssel und damit von außen abgesperrt?

Versuch es noch einmal!

Dicke Schweißperlen standen ihm auf der Stirn, als er seinen Finger auf dem verdammten Stück Metall platzierte und mit aller Kraft nach unten drückte.

Bis ein leises, kaum hörbares Klicken an seine Ohren drang.

Ohne zu zögern drückte er gegen einen der Steine ein Stück über dem Boden, und zusammen mit einer Reihe anderer Steine schwang er lautlos auf. Er verzog den Mund zu einem leisen Lächeln, als ihm klar wurde, dass dieser Durchgang deshalb nicht zu sehen war, weil anders als gewöhnlich beim Bau einer Tür nicht die Steine gerade gehauen waren, sondern in den Mörtel, der sie zusammenhielt, geschnitten worden war.

Da er wusste, dass ihm nicht viel Zeit blieb, schnappte er sich eine Kerze, glitt vorsichtig durch die kleine Öffnung und gelangte so in einen muffigen, schmalen Gang, der gerade breit genug für seine Schultern war. Er führte an der Rückwand seines Zimmers und wahrscheinlich der des Nebenraums entlang. An den Wänden waren Kerzenhalter angebracht, und der mit dem Staub von, wie er annahm, mehreren Jahrzehnten dick bedeckte Boden wies unzählige Fußabdrücke auf.

Wer hatte diesen Korridor benutzt? Wer war der Mensch, oder eher die düstere Gestalt, die heimlich mitten in der Nacht an sein Krankenbett getreten war?

Und wohin führte dieser Gang?

Er dachte, dass vielleicht Morwenna diesen dunklen Flur benutzte, tat die Überlegung dann aber als unwahrscheinlich ab. Weshalb hatte sie den Gang dann nicht benutzt, um ihn zu besuchen und sich stattdessen immer mit den Wachen angelegt? Nein, die Existenz dieses Korridors war ihr ganz sicher nicht bekannt. Und auch sonst niemand anderes hatte in seiner Gegenwart davon gesprochen, obwohl er natürlich in den letzten Wochen nur selten wach gewesen war.

Der abgestandenen Luft nach zu urteilen, wurde dieser Gang nur gelegentlich benutzt.

Aber irgendjemand weiß davon, und dieser Jemand hat dich eines Nachts besucht.

Er biss die Zähne aufeinander, denn es gab nur einen Weg herauszufinden, wer dieser Jemand war. Vielleicht blieb ihm ja doch noch etwas Zeit, um diesen Gang ein wenig näher zu erforschen, denn falls sie merkten, dass er nicht mehr da war, schlügen sie Alarm und auf diesem Weg erführe er, dass man auf der Suche nach ihm war.

Vielleicht fände er ja eine Möglichkeit zur Flucht?

Und was dann, fragte er sich spöttisch.

Ehe er sich selber eine Antwort darauf gab. Er würde die Wahrheit herausfinden, was für eine Wahrheit auch immer das sein mochte. War er wirklich Carrick von Wybren? Falls ja, hatte er tatsächlich seine gesamte Familie gnadenlos abgeschlachtet, während sie friedlich schlief? Bei diesem Gedanken stieg ein fauliger Geschmack aus seiner Kehle auf. Nein, das konnte einfach nicht sein. Und doch hatte er vage Erinnerungen an die große Burg mit den hohen Türmen und den dicken Mauern, die anscheinend Wybren war.

Er fand auch auf dieser Seite einen kleinen Riegel in der Wand und zog die Steine zurück in ihre ursprüngliche Position. Falls jetzt jemand nach ihm suchte, hätte er keine Ahnung, wie er entkommen war.

Er dachte an Morwenna und an ihre Drohung, ihn nach Wybren zu schicken, damit Graydynn sein Urteil über ihn sprach. Würde ihr ganz recht geschehen, wenn sie merkte, dass er verschwunden war. Lächelnd dachte er an ihren Kuss und seine närrische Reaktion.

Er konnte diese Frau unmöglich begehren.

Zumindest nicht, solange er nicht wusste, wer er war.

Er markierte die verschlossene Tür mit etwas Ruß von einem alten Binsenlicht und ging den schmalen Gang ein Stück hinab. Das flackernde Licht seiner Fackel fiel auf die alten, staubbedeckten Steine, und mit leisem Rascheln liefen ein paar Ratten oder Mäuse oder andere Nager eilig vor ihm davon.

Er bahnte sich einen Weg zwischen Spinnweben hindurch und lenkte seine Gedanken auf die Fragen, die ihn beschäftigten, seit er wach geworden war. Wenn er nicht Carrick war, wer war er dann? Weshalb hatte man ihn zusammengeschlagen und halb tot vor den Mauern dieser Burg zurückgelassen? War er auf dem Weg hierher gewesen und in einen Hinterhalt geraten? Oder hatte man ihn woanders überfallen und erst anschließend hierher verschleppt? War derjenige, wer auch immer hinter diesem Anschlag auf ihn steckte, von jemandem vertrieben worden, ehe er ihn hatte töten können, und wer zum Teufel steckte hinter diesem Anschlag? Hatte der Überfall auf ihn etwas mit dem geheimnisvollen Besucher zu tun, der durch diesen Gang in sein Zimmer gekommen war, oder stand vielleicht sogar Morwenna damit in Verbindung?

Wenn er sich doch nur erinnern könnte!

Er hatte das Gefühl, wenn er nur etwas mehr erführe, wenn er nur einen Teil des Puzzles finden würde, das sein Leben war, würden alle anderen Teile sofort an ihren Platz fallen und sämtliche Erinnerungen zurückkehren.

Aber willst du das denn überhaupt?, fragte seine innere Stimme. *Was, wenn du tatsächlich Carrick bist? Was wirst du dann tun? Wirst du dich stellen? Es Morwenna sagen? Nach Wybren zurückkehren, damit Graydynn sein Urteil über dich fällt?*

»Verdammt«, wisperte er krächzend. All diese Fragen nützten ihm nicht das Geringste. Er würde es bestimmt noch früh genug herausfinden.

Barfuß glitt er über die kalten Steine weiter den Gang hinab, bis er eine Gabelung erreichte, wo er abermals mit Ruß die Richtung, aus der er gekommen war, markierte, ehe er über eine kurze Treppe in einen anderen Korridor gelangte. Vielleicht führte er ja zu einem der Türme. Es wäre wunderbar, eine Tür zu öffnen und die kalte, nach Regen duftende Luft auf seiner Haut zu spüren. Er hatte das Gefühl, als wäre er vor Jahren zum letzten Mal an der frischen Luft gewesen, hätte den Duft des Waldes eingesogen und sich die Feuchtigkeit des Nebels aus dem Gesicht gewischt. Langsam ging er weiter, bis der Gang ein wenig breiter wurde, und als er einen leichten Lufthauch spürte, schob er eine Hand in einen Spalt zwischen den Steinen. Er diente sicher der Belüftung, überlegte er, drückte jedoch das Gesicht gegen die Öffnung und sah unter sich ein von einem knisternden Feuer erhelltes, großes Zimmer mit leuchtenden Teppichen an den Wänden, einem großen Bett und einer Frau ...

Sein Herzschlag setzte aus.

Er rang erstickt nach Luft.

Morwenna von Calon.

Die Herrin dieser Burg.

Halbnackt auf dem Laken.

Schlafend und vollkommen ahnungslos ...

Sein Mund wurde trocken, als sie sich seufzend auf die Seite drehte und die Decke so weit an ihr herunterrutschte, dass er einen ihrer dunklen Nippel sah, ehe sie den Stoff wieder ein wenig höher zog.

Carricks Herz fing an zu pochen, doch er biss sich auf die Lippe und betrachtete das Bett.

Das Laken war zerwühlt, als hätte sie sich unruhig darauf hin und her gewälzt. Ein gescheckter Hund lag zusammengerollt auf ihrer Decke und hob, obwohl ein Fremder in der Nähe war, nicht einmal den Kopf.

Dann lenkte er den Blick zurück auf sie. Gott, sie war einfach wunderschön. Sein Blut geriet in Wallung, und er verfluchte sich für das Verlangen, das er nach ihr empfand. Was hatte diese Frau nur an sich, was ihn derart faszinierte, was sie so unwiderstehlich für ihn machte, was ihn in den Wahnsinn trieb? Und weshalb träumte er, obwohl sein Leben von ihr abhing, davon, sich in ihr Schlafzimmer zu stehlen, sich neben sie zu legen und sie an seinen Leib zu ziehen? Er stellte sich vor, wie sich ihr weicher Körper seinem sanften Druck ergab. Beinahe meinte er zu hören, wie sie leise stöhnte, während sie sich ihm hingab, und zu spüren, wie sie sanft mit ihren Fingern über seine gebrochenen Rippen strich ...

Hör auf! Hör sofort auf! Du hast keine Zeit für solche Dinge, keine Zeit!

Eine Sekunde ließ er seinen Blick noch auf ihr ruhen, dann trat er entschlossen einen Schritt zurück. Er atmete tief ein, vertrieb die verbotenen Bilder aus seinen Gedanken und löschte das Feuer, das durch seine Adern rann.

Denk nach, Mann, du musst überlegen! Du musst dich konzentrieren und Informationen sammeln. Es ist unerlässlich, dass du einen Plan entwickelst. Du darfst dich nicht ablenken lassen. Nicht von Morwenna. Und auch von keiner anderen Frau.

Er schalt sich in Gedanken einen Narren, sah sich dann aber die Stelle, an der er gerade gestanden hatte, etwas genauer an. Sie war etwas breiter als der Rest des Korridors und ganz offensichtlich extra für die Beobachtung des Schlafzimmers geschaffen.

Aber aus was für einem Grund?
Und für wen?
Für die Wachen? Für einen eifersüchtigen Ehemann? Für Spione innerhalb der Burg?

Stirnrunzelnd blickte er auf den Boden und nahm dort eine Reihe frischer Fußabdrücke wahr. Dann war er also nicht der Erste, der von hier aus einen Blick ins Schlafzimmer der

Burgherrin geworfen hatte. Seine Nackenhaare sträubten sich. Sicher hatte die Gestalt, die eines Nachts zu ihm ans Bett getreten war, auch an diesem Fleck gestanden und Morwenna beim Schlafen, Anziehen oder Baden beobachtet. Hatte ihre intimsten Unterhaltungen belauscht und sie eingehend betrachtet, während sie angenommen hatte, dass sie ganz alleine war. Und dieses unbekannte Wesen, spürte er überdeutlich, war der Feind. Inzwischen war ihm klar, dass sie keine Ahnung von diesen geheimen Korridoren hatte, und ihm wurde bewusst, dass nicht nur er, sondern auch Morwenna einen Feind hatte in ihrer eigenen Burg.

Irgendjemand plante einen grässlichen Verrat, und aus irgendeinem Grund hatte er selbst damit zu tun.

Sowohl er selbst als auch Morwenna wurden von jemandem beobachtet und vielleicht sogar manipuliert.

Als Morwenna seufzte, blickte er gegen seinen Willen noch einmal auf die friedlich schlafende Gestalt. Ihre dunklen Haare fielen wie ein Fächer über ihr Gesicht und ihren Rücken, ihre dichten Wimpern lagen weich auf ihren Wangen, ihr Mund war leicht geöffnet, und er dachte an den Kuss, den sie ihm gegeben hatte, und an ihr Geständnis, dass sie ihn nicht für einen Mörder hielt.

Aber irgendjemand anderes traute ihm die Morde zu.
Jemand, dem sie wahrscheinlich vertraute.

Er dachte an die Stimmen und Gesichter all der Menschen, die bereits an seinem Krankenbett gestanden hatten. Den Haushofmeister, die Wachen, den Priester und den Arzt. Und was war mit der alten Frau, die ihn offenbar aus tiefstem Herzen hasste?

Er hatte keine Ahnung, wer hinter all dem steckte.

Aber er würde es herausfinden.

Er würde dem Bastard eine Falle stellen – ja, genau.

Eilig dachte er nach. Irgendwie musste er den Feind aus der Reserve locken, und am besten machte er sich dazu erst einmal mit dessen Versteck vertraut ...

Er bückte sich ein wenig und beleuchtete mit seiner Fackel die Abdrücke im Staub ..., sie waren größtenteils verwischt und wiesen keinerlei Besonderheiten auf; genau wie Carricks eigene Füße waren sie weder allzu groß noch klein, und obwohl Schlitze in verschiedenen Höhen in die Wand gemeißelt waren, fanden sich die meisten Fußabdrücke vor dem Spalt, der einem Mann von seiner Größe eine bequeme Durchsicht bot. Weiter fand er nichts, was ihm dabei helfen würde, den Voyeur zu entlarven, weder ein Stück Stoff von einem Umhang noch irgendeinen achtlos fallen gelassenen Gegenstand oder auch nur ein paar Haare, mit denen der große Unbekannte vielleicht an den scharfen Kanten des Leuchters hängen geblieben war ... obwohl die Kerze in dem Leuchter bestimmt auch nur sehr selten angezündet wurde, denn der Lichtschein könnte durch die Schlitze in das Zimmer dringen und Morwenna verraten, dass sie nicht alleine war.

Nur wer hatte sie von hier oben aus betrachtet?

Da es auf diese Frage noch keine Antwort gab, ging er den schmalen Gang weiter hinauf. Es gab noch andere Schlitze zwischen den kalten Steinen, und von einer Stelle aus war eine andere Frau zu sehen, eine, deren dunkelrote Haare wie ein Fächer auf dem Kissen lagen, während sie selig schlummerte – Morwennas Schwester, nahm er an. Als er weiterging, sah er durch einen Spalt die jetzt leere Kemenate und dann das leere Zimmer mit dem zerwühlten, leeren Bett, in dem er als Gast oder eher Gefangener untergebracht worden war. Wahrscheinlich stand er direkt über der verborgenen Tür, durch die er den Raum verlassen hatte. Gab es also vielleicht aus allen Zimmern Durchgänge zu den versteckten Gängen – auch aus dem, in dem Morwenna lag?

Entlang der schmalen Treppe und in der Etage, in der nicht nur sein eigenes, sondern auch die Schlafzimmer der beiden Frauen lagen, suchte er nach weiteren versteckten Türen und blickte, als er nichts entdecken konnte, prüfend auf den staubbedeckten Boden, um zu sehen, ob er vielleicht dort irgendetwas fand. Es gab unzählige Spuren in verschiedene Richtungen, die meisten Abdrücke jedoch meinte er an der Stelle zu sehen, die sich direkt über Morwennas Schlafzimmer befand. Wer auch immer diese geheimen Gänge nutzte, schien sie gut zu kennen und vor allem dazu zu benutzen, heimlich die Burgherrin zu beobachten, wenn sie alleine war.

Diese Überlegung rief denselben heißen Zorn in seinem Innern wach wie der Gedanke daran, dass Morwenna, wie ihm der Tratsch der Dienstmägde verraten hatte, Lord Ryden von Heath versprochen war.

War er etwa eifersüchtig?

Er biss die Zähne aufeinander. Er hatte kein Recht so zu empfinden, als hätte er irgendeinen Anspruch auf die Frau. Sie behauptete, er hätte ihre Liebe fortgeworfen und sie im Stich gelassen, als sie in anderen Umständen gewesen war.

Er schlug eine Spinnwebe entzwei und runzelte die Stirn. Was für eine Art von Mann war er gewesen? Hatte er tatsächlich ohne jeden Skrupel seine eigene Familie umgebracht? Hatte er tatsächlich Frau und Kind im Stich gelassen und sich stattdessen der Frau seines Bruders zugewandt?

Kein Wunder, dass jemand beschlossen hatte, ihm die Seele aus dem Leib zu prügeln, überlegte er.

Lautlos schlich er weiter, bis er zu einem kleinen Zimmer,

nicht größer als ein Wandschrank, kam. Als das Licht der Fackel in die winzig kleine Kammer fiel, wurde ihm bewusst, wie der Mensch, der diese Gänge nutzte, unbemerkt ins Innere der Burg und wieder herausgekommen war. Er hatte sich anscheinend immer gut getarnt: entweder als Mönch mit einer dunklen Kutte, mit der Uniform eines Soldaten, mit der bescheidenen Tunika des Bauern oder mit irgendeinem anderen hier herumliegenden Gewand. Auch hatte er eine ganze Reihe Waffen hier gelagert: Es fanden sich ein Schwert und eine Axt, zwei Messer und das Werkzeug eines Schreiners. Wer auch immer diese Flure nutzte, hatte alles sorgfältig vorbereitet.

Und das würde er auch tun. Er zog sich die Soldatentunika über den Kopf, klemmte sich die Hose, den Gürtel, die Gürteltasche und die Stiefel, die dazu gehörten, unter einen Arm und – er konnte sein Glück kaum fassen – steckte das kleinere der beiden Messer, das er sicher würde brauchen können, ein.

Dann setzte er seine Erforschung der geheimen Gänge fort und fand dabei zwei Tunnel, einen, durch den man in die Kapelle kam, sowie einen anderen, der in den leeren Kerker führte, dessen verrostetes Tor noch nicht einmal abgeschlossen war. Es gab noch andere Abzweigungen von den schmalen Gängen, doch er hatte keine Zeit, sie sich genauer anzusehen. Die Zeit verging, und obwohl er liebend gerne jeden Winkel dieses Labyrinths genauestens beleuchtet hätte, verließen ihn allmählich seine Kräfte, und seine Muskeln schmerzten, nachdem er zum ersten Mal seit Wochen so lange herumgelaufen war.

Außerdem hatte er Angst, dass man seine Abwesenheit vielleicht entdecken würde und bei der ausbrechenden Suche vielleicht die geheimen Gänge gefunden würden, die er für seine Flucht so dringend brauchte, und so trat er langsam den Rückzug an.

Auf dem Weg zurück zu seinem Zimmer gab er sich die größte Mühe, keine Spuren zu hinterlassen und spitzte angestrengt die Ohren, damit er nicht urplötzlich, mit nichts als einem kleinen Messer in der Hand, auf den Menschen träfe, der in diesem Labyrinth offenbar zu Hause war.

Er rieb sogar die Rußzeichen wieder von den Wänden, damit, wer auch immer diese Gänge nutzte, keinerlei Veränderung bemerkte, und ritzte stattdessen kleine Zeichen direkt über dem Boden in die Steine ein. Als zusätzliche Sicherheit machte er sich gedankliche Notizen zu sämtlichen von dem Hauptgang abzweigenden Gängen und kehrte schließlich in den Raum zurück, der seit so vielen Tagen und Nächten sein Gefängnis war. Sobald er die Gelegenheit dazu bekäme, würde er die Flure noch gründlicher erforschen. Sicher gab es außer seinem noch andere Räume, die man aus dem Labyrinth heraus unbemerkt betreten konnte, vielleicht sogar noch Tunnel, durch die man in andere Gebäude innerhalb der Festungsmauern kam.

Ihm standen viele Möglichkeiten offen.

Erst aber musste er ruhen. Er fühlte sich erschöpft, und seine Muskeln protestierten, also zog er sich kurz vor der Tür zu seinem Zimmer eilig aus und schob die gefundene Garderobe in einen schmalen, dunklen – wie die unzähligen Spinnweben und die unberührte, dicke Staubschicht auf dem Boden zeigten, offenkundig unbenutzten – Gang. Das kleine Messer, das er unter seinem Leib verbergen würde, sicher in der Hand, zog er die Tür des Zimmers auf.

Er würde fliehen müssen, dachte er, als er unbekleidet abermals den Raum betrat, in dem er seit über vierzehn Tagen schlief.

Und zwar möglichst bald.

Bevor Morwenna ihre Drohung in die Tat umsetzte und er auf dem Weg nach Wybren war.

18

»Helft mir!«

Immer wieder gingen ihr die beiden Worte durch den Kopf.

Sie konnte die Erinnerung an den Besuch bei Carrick nicht verdrängen. Wie verzweifelt er geklungen hatte. Sein Flehen klang ihr auch jetzt noch in den Ohren, als sie über das nasse Kopfsteinpflaster durch den Garten in Richtung der Kapelle ging.

Carrick hatte sie an den Armen festgehalten, ihr direkt in die Augen gesehen und sie um Hilfe angefleht, bevor sein Kopf wieder zurück auf das Kissen gefallen war. Hatte er sie erkannt, oder hatte er im Delirium gesprochen? Seine Worte hatten sie die ganze Nacht und während des gesamten Tages unaufhörlich begleitet, und obwohl sie seit ihrem abendlichen Besuch noch zweimal nach ihm gesehen hatte, war er nicht noch einmal aufgewacht. Sie hatte dem Physikus gegenüber erwähnt, dass sie den Eindruck hatte, er wäre aufgewacht, doch Nygyll hatte Carrick untersucht und ihr kopfschüttelnd zu verstehen gegeben, dass der Zustand des Patienten offenkundig unverändert war.

Niemand hatte gesehen, dass er die Augen aufgeschlagen hatte.

Niemand außer ihr.

»Zum Kuckuck noch einmal«, murmelte sie, als sie die

Kapellentür erreichte, und ihr Atem bildete ein kleines weißes Wölckchen, denn es war noch immer bitterkalt.

Wahrscheinlich war Carricks Hilferuf zu spät gekommen, überlegte sie. Allzu viele Menschen wussten, dass er auf der Burg war, und so konnte sie ihn weder einfach hier verstecken noch ihn davor bewahren, nach Wybren ausgeliefert zu werden, damit sein Vetter Recht über ihn sprach.

Lautlos betrat sie die Kapelle und schlug ihre Kapuze zurück. Sie hatte kaum geschlafen, war deshalb hundemüde, und der Gedanke an das, was sie tun müsste, trug noch zu ihrer Erschöpfung bei.

Du musst überhaupt nichts tun. Du bist die Herrin dieser Burg, Morwenna. Vergiss das nicht. Fühl dich zu nichts verpflichtet.

Sie schaute sich in der Kapelle mit der gewölbten Decke um, den gekalkten Wänden und den langen Kerzen, die rund um den geschnitzten Holzaltar in Eisenhaltern steckten.

Außer ihr war niemand da, doch als sie den vertrauten Raum durchquerte, fühlte sie sich Gott nicht näher, sondern hatte das Empfinden, als beträte sie ein aus irgendeinem Grund verbotenes Zimmer, einen Ort, an dem sie nicht erbeten war.

Das war vollkommen idiotisch.

Dies war Gottes Haus, und es gehörte zu der Burg, in der Morwenna herrschte und in der ihr Wort Gesetz war. Was war nur mit ihr los? Sie bekam eine Gänsehaut und schalt sich in Gedanken dafür, dass sie sich anscheinend von Isas Gerede von bösen Omen, Flüchen und Dämonen beeinflussen ließ.

Mit gespitzten Ohren trat sie vor den Abendmahlstisch und überlegte, ob sie Vater Daniel rufen sollte. Irgendetwas aber in dem menschenleeren Raum hielt sie davon ab. Sie machte einen Knicks vor dem Altar, starrte auf die Gestalt des am Kreuz hängenden Christus, und flüchtig gingen ihr all ihre Sünden durch den Kopf. Sie hatte sich in ihrem Leben vieles zu Schulden kommen lassen, das meiste im Zusammenhang mit Carrick, ihrem einstmaligen Geliebten, der jetzt anscheinend ihr Verderben sein sollte. Oh, sie hatte sich ihm hingegeben, hatte ihm vertrauensvoll ihre Jungfräulichkeit geopfert, hatte überglücklich in seinem Arm gelegen und sich unbändig gefreut, als ihr bewusst geworden war, dass sie ein Kind – sein Kind – unter dem Herzen trug.

Und währenddessen hatte er die ganze Zeit auch noch mit einer anderen geschlafen, der Frau seines Bruders Theron, seiner eigenen Schwägerin. Bei diesem Gedanken durchzuckte sie der altbekannte Schmerz, und sie stellte sich die Frage, ob sie wohl je noch einmal schwanger werden und vielleicht irgendwann tatsächlich ein eigenes Baby in den Armen halten könnte.

Ja, sie hatte schon sehr häufig gesündigt, und sie war sich vollkommen sicher, dass sie noch nicht fertig damit war. Sie würde wieder sündigen. Ihre Finger berührten den Saum ihrer Tasche, und sie runzelte die Stirn. Auch wenn sie ihre Entscheidung inzwischen getroffen hatte, lastete sie schwer auf ihrer Seele.

Sie hatte am Vortag den Schreiber kommen lassen, ihm den Brief, der Carricks Schicksal besiegeln würde, in die Feder diktiert und das Schreiben anschließend versiegelt. Jetzt hatte sie es in der Tasche und kam sich wie eine Verräterin vor, während sie ihren Plan entwickelte. Sie würde Lord Graydynn offiziell darüber informieren, dass sich sein Vetter, der Verräter, auf ihrer Burg befand.

Sie würde Carricks Schicksal ein für alle Mal besiegeln.

Das ist deine Pflicht, erinnerte sie sich und hatte trotzdem das Gefühl, als hätte man sie übertölpelt, als säße sie in einer Falle und träfe eine Entscheidung, die ihrem Gefühl nach irgendwie nicht richtig war. Seit der verletzte Fremde vor beinahe vierzehn Tagen hierher gekommen war, fand sie keine Ruhe mehr und hatte kaum ein Auge zugemacht.

Trotzdem würde dadurch, dass sie Carrick nach Wybren schickte, alles nur noch schlimmer. Tja, und dennoch würde sie es tun. Sie fiel auf die Knie, bekreuzigte sich und flehte stumm um Führung.

Neben den gedämpften Männerstimmen, dem Knirschen des Mühlrads und dem Krachen einer Axt, die durch die Fenster der Kapelle drangen, vernahm sie plötzlich noch ein anderes Geräusch, ein leises, monotones Summen ... nein, eher einen gleichförmigen Singsang, der wispernd durch die Kapelle zog.

Sie rappelte sich eilig wieder auf, ging auf eine Seite der Apsis und spähte durch einen Spalt des Vorhangs, der vor der Tür des Privatzimmers des Priesters hing. Beinahe hätte sie nach Luft gerungen, als sie durch die schmale Öffnung blickte und Vater Daniel mit dem Gesicht nach unten vor einem kleinen Abendmahlstisch, einer bescheidenen Version des reich verzierten Hauptaltars in der Kapelle, liegen sah.

Vor Ekel zog sich ihr Magen zusammen.

Der Priester war vollkommen nackt, seine Haut so bleich, dass sie beinahe durchschimmernd zu nennen war, und dort, wo er sich anscheinend selbst geschlagen hatte, wies sein Rücken dicke rote Striemen auf. In einer Hand hielt er ein kleines Gebetbuch und in der anderen eine Lederpeitsche, die er so fest umklammerte, dass man das Weiß seiner Knöchel sehen konnte. Er hatte sich offenbar gegeißelt, um ... ja, was? Um irgendwelche Dämonen aus seiner Seele zu vertreiben?

»Vergib mir, Vater«, flehte er mit rauer, von Schluchzern unterbrochener Stimme. »Denn ich habe gesündigt. Oh, ich habe gesündigt. Ich bin deiner Liebe nicht würdig.«

Die roten Striemen, die er auf dem Rücken hatte, fingen an zu bluten, und Morwenna merkte, dass er jede Menge Narben von anderen Geißelungen auf seinem Körper trug. Beinahe hätte sie gewürgt. Was trieb einen Mann dazu, mit einer Peitsche auf sich einzudreschen, bis die Haut in rohen Fetzen von seinem Rücken hing?

Damit er ja nicht merkte, dass sie ihn gesehen hatte, trat sie lautlos einen Schritt zurück und schlich in der Absicht, sich aus dem Raum zu stehlen, zur Kapellentür zurück.

Knacks!

Sie war mit der Ferse gegen den Türrahmen gestoßen und hatte das Gefühl, als halle die Kapelle wieder von dem leisen Knall.

Sofort brach der leise Singsang ab.

Verdammt.

Sie hörte das Rascheln von Kleidern und Füßen, als Vater Daniel sich eilig wieder anzog, und wusste, für eine Flucht war es zu spät. Auch gab es kein Versteck in der Kapelle, und so riss sie eilig die Eingangstür so weit wie möglich auf und warf sie krachend gegen die getünchte Wand.

»Vater Daniel«, sagte sie mit lauter Flüsterstimme, als wäre sie gerade erst gekommen und wage nicht zu schreien, weil sie in einem Gotteshaus war. »Vater Daniel, seid Ihr hier?«, flüsterte sie noch einmal, marschierte hörbar in Richtung des Altars und sank dort auf die Knie.

Kaum hatte sie sich bekreuzigt, als der Priester auch schon, vollständig bekleidet, angelaufen kam. Er hielt noch immer das Gebetbuch in den Händen, die Peitsche allerdings war nirgendwo zu sehen.

»Oh«, sagte sie in, wie sie hoffte, überraschtem Ton. »Ich – ich hatte bereits nach Euch gesucht.«

»Ich war in meinem Zimmer. Habe gebetet«, erklärte er ein wenig atemlos, räusperte sich leise und bekam, als er auf sie herabsah, ein puterrotes Gesicht. Sie war noch immer auf den Knien, und er stand so dicht vor ihr, dass sie das Blut aus seinen Wunden roch. Er verzog den Mund zu einem schmalen, geduldigen Lächeln, sein Blick jedoch blieb kalt, und er schaute sie so durchdringend an, dass sie innerlich erschrak. Unter seiner Kutte sah sie nur seine Füße, und in ihrer Position, mit den Knien auf dem kalten Boden, kam sie sich unterworfen und verletzbar vor.

Als er mit ruhiger Stimme fragte: »Gibt es etwas, was ich für dich tun kann, meine Tochter?«, bekam sie eine Gänsehaut, und als er dann noch eine Hand auf ihre Schulter legte, riss sie entsetzt die Augen auf. »Ja, Vater«, erwiderte sie trotzdem mit möglichst ruhiger Stimme und nickte mit dem Kopf. »Bitte.« Sie beendete hastig ihr Gebet und stand dann eilig wieder auf. »Ich – ich brauche Euren Rat.« So war es schon besser. Sie war eine große Frau und konnte ihm, wenn sie ihm gegenüberstand, beinahe problemlos in die Augen sehen.

»Natürlich.« Er schien sich ein wenig zu entspannen, als sie aus der Kapelle in den Garten gingen, wo das Regenwasser der vergangenen Nacht von den kahlen Bäumen tropfte und in den Fußabdrücken auf der nassen Erde zu Pfützen zusammenlief. Da noch nichts blühte, wirkte dieser Ort genauso so trostlos, wie Morwenna sich fühlte.

»Was bedrückt Euch?«, wollte der Priester von ihr wissen.

»Gleich mehrere Dinge, darunter Sir Vernons Tod.«

»Eine Tragödie.«

Sie stimmte ihm zu. »Außerdem muss ich mich mit dem Fremden befassen, den man zu uns gebracht hat, mit dem verwundeten Mann.«

»Ah.« Vater Daniel nickte, als sie das Gartentor passierten und blickte auf die dunkle Wolkenwand, die über den Himmel zog. Auf der Jagd nach einem laut quiekenden Ferkel rannten zwei rotznasige Jungen lachend an ihnen vorbei. Ein Hund lief ihnen hinterher und hätte beinahe einen dritten Jungen umgeworfen, der gerade einen Eimer Wasser aus dem Brunnen zog. Das Wasser schwappte über den Rand des Eimers, und der Junge stieß einen lauten Fluch aus, ehe er den Priester sah und eilig Richtung Küchentür entschwand.

Vater Daniel starrte dem Jungen hinterher, als Morwenna sagte: »Man hat mir vorgeschlagen, Lord Graydynn, Euren Bruder, darüber zu informieren, dass wir möglicherweise Carrick hier bei uns haben.«

»Vielleicht weiß er es bereits.« Vater Daniel lenkte seine Aufmerksamkeit wieder auf die Burgherrin zurück. »So weit ist es bis Wybren schließlich nicht.«

»Umso wichtiger ist es wahrscheinlich, dass er endlich offiziell Bescheid bekommt.« Sie zog den versiegelten Brief aus der Tasche ihres Umhangs und sah dem Priester ins Gesicht. »Ich hatte gehofft, dass Ihr das Schreiben vielleicht nach Wybren bringen würdet. Da Baron Graydynn Euer Bruder ist, dachte ich, wäre es am besten, wenn er die Nachricht von Euch bekommt.«

Sie reichte ihm den Brief.

»Und was soll ich ihm sagen? Abgesehen von dem, was Ihr geschrieben habt?«, wollte er von ihr wissen und blieb neben der Hütte des Kerzenmachers stehen.

»Nur, dass wir natürlich nicht sicher wissen können, ob

es sich wirklich um Carrick handelt, weil aufgrund seiner zahlreichen Verletzungen kaum etwas von seinem Gesicht zu sehen ist. Und obwohl es ihm schon besser geht, kann man seine Züge immer noch nicht gut genug erkennen, um sicher zu sein, dass er Carrick ist.«

»Habt Ihr Zweifel daran?«

Morwenna musste schlucken. Zweifelte sie wirklich? Statt etwas auf die Frage zu erwidern, sagte sie: »Wenn Ihr Graydynn seht, vergesst bitte nicht zu erwähnen, dass der Verletzte, als er zu uns kam, einen Ring mit dem Wappen von Wybren trug, aber dass dieser Ring inzwischen gestohlen worden ist.«

»Und soll ich ihm auch sagen, dass ein anderer Mann ermordet wurde, und zwar vielleicht von Carrick?«

»Nein!«, antwortete sie eilig, von der Frage überrascht. Sie musste sich anscheinend deutlicher ausdrücken, damit Vater Daniel sie verstand. »Wie gesagt, wir wissen noch nicht sicher, wer der Fremde ist, und es ist äußerst unwahrscheinlich, dass er Sir Vernon abgeschlachtet hat, denn zu dem Zeitpunkt, zu dem die Tat begangen wurde, lag unser Gast unter Bewachung bewusstlos im Bett.«

Vater Daniel sah sie durchdringend an. »Dann nehmt Ihr ihn also immer noch in Schutz?«

»Wir wissen nicht, was mit Sir Vernon passiert ist.«

Der Priester schüttelte den Kopf, als wäre sie ein naives kleines Kind, und als er abermals die Hand auf ihre Schulter legte, spürte sie durch den dicken Stoff des Umhangs die Kälte seiner Finger auf ihrer Haut. »Oh, wir wissen, dass er brutal ermordet worden ist, wir wissen nur nicht, wer diese grauenhafte Tat begangen hat.« Als hätte seine Kutte an den neuen Wunden auf seinem Rücken gerieben, zuckte er zusammen und zog seine Hand zurück. »Wer auch immer Sir

Vernon das Leben genommen hat, wird sich davor vor unserem himmlischen Vater zu verantworten haben.«

»Und vor mir.«

»Oh, Mylady, Ihr solltet auf Gott vertrauen. Nur er kann dieses Unrecht sühnen«, erklärte er mit überzeugter Stimme, seine Miene jedoch verriet noch etwas anderes, etwas, was ihr einen Schauder über den Rücken rinnen ließ. »Denkt an die Passage aus dem Brief des Paulus an die Römer, Morwenna: ›Die Rache ist mein; ich will vergelten, spricht der Herr‹.«

Sie ließ ihn neben der Hütte des Kerzenmachers stehen und marschierte die Treppe zum Eingang der großen Halle hinauf, vor der zwei Wachen standen. Geoffrey hielt ihr die Tür auf, und sie spürte, wie die Wärme des Raums ihr in die Knochen drang.

Sie ließ sich von den Ereignissen der letzten beiden Wochen zu sehr aus der Balance bringen, überlegte sie. Inzwischen fing sie beinahe an, Isas dummen Vorstellungen von Flüchen und Omen und Pech zu glauben. Sie war mittlerweile sogar dermaßen durcheinander, dass sie anfing an Vater Daniel zu zweifeln, einem Mann, der sein Leben Gott gewidmet hatte.

Einem Mann, der sich in schmerzlicher, selbst auferlegter Buße mit einer Peitsche blutig schlug.

Was lastete Vater Daniel derart auf der Seele?

Welche Sünde hatte er begangen, dass er glaubte, sein eigenes Fleisch geißeln zu müssen?

Sie riss sich die Handschuhe herunter, stieg die Treppe zu ihrem Schlafzimmer hinauf und kam dabei an Gladdys und Fyrnne vorbei. Sie spürte ihre Blicke und sagte sich streng, dass sie anfing, sich etwas einzubilden. Einfach lächerlich zu glauben, dass niemand hier in dieser Burg der war, der er zu sein schien.

»Du bist schon genauso schlimm wie Isa«, sagte sie zu sich selbst, als sie in ihr Zimmer kam, in dem ein helles Feuer brannte und in dessen Mitte eine große Wanne sie zum Bad einlud. Mort lag gemütlich auf dem Bett und bellte, als sie den Raum betrat, einmal fröhlich auf.

»Und, hast du mich vermisst?«

Er wedelte so eifrig mit dem Schwanz, dass sie zu ihm hinüberging und ihn hinter den Ohren kraulte, bis er sich eifrig auf den Rücken warf, damit sie ihm auch den Bauch streicheln konnte. »Sieht ganz so aus.«

Sie streifte sich die Schuhe von den Füßen, tätschelte ein letztes Mal den Hund und sagte sich, dass es ihr gut tun würde, all ihre Sorgen für einen Augenblick zu vergessen. Auf den Kohlen stand ein Eimer heißen Wassers, und sie überlegte, ob sie sich von einem Mädchen beim Baden helfen lassen sollte, ehe sie sich eines Besseres besann. Am liebsten war sie jetzt vollkommen allein.

Sie drehte ihre Haare auf dem Kopf zusammen, stieg aus ihren Kleidern, schüttete das heiße Wasser in die mit einem Handtuch ausgelegte Wanne und glitt eilig hinein.

»Aaah«, wisperte sie selig, wusch sich mit einem nach Lavendel duftenden Stück Seife, löste ihre Haare, sank noch ein wenig tiefer in das warme Wasser und schrubbte an ihrem Haar und ihrer Haut, bis die Spannung aus ihren Muskeln wich.

Es war einfach himmlisch. Alle Schmerzen, alle Sorgen, alle Warnungen der alten Amme vor Flüchen, Omen und drohendem Tod lösten sich in Wohlgefallen auf.

Doch dann fingen ihre Gedanken an zu wandern und wandten sich nach ein paar Minuten wieder Carrick zu. Es ging ihm allmählich besser, und immer wenn sie ihn in den letzten Tagen angesehen hatte, war sie davon überzeugt gewesen, dass es wirklich Carrick war, der direkt gegenüber in einem Zimmer lag, plötzlich wach geworden war und sie inständig gebeten hatte, ihm zu helfen. Carrick, der Mann, den sie früher grenzenlos, wahnsinnig – und leider unerwidert – geliebt hatte.

Es fiel ihr allzu leicht, sich daran zu erinnern, wie es mit ihm gewesen war. Sie hatte ihre Tage damit zugebracht, von seinem Gewicht auf ihrem Leib zu träumen, von der Berührung seiner Lippen und seiner nackten Haut. Sie hatten sich jede Nacht stundenlang geliebt, aneinander gerieben, gemeinsam ihre Muskeln angespannt, heiße, keuchende Atemstöße ausgestoßen und sich bis zur Besinnungslosigkeit, erfüllt von wütendem Verlangen nacheinander, körperlich und seelisch miteinander vereint.

Ihr Herz zog sich zusammen, und abermals verspürte sie die dunkle Leere, die seit dem Morgen, an dem sie ihr Kind verloren und ein Teil ihres Lebens abrupt geendet hatte, ihr ständiger Begleiter war.

Sie tauchte einen Lappen in das warme Wasser, drückte ihn über ihrem Gesicht aus und ließ die Tropfen über ihre Wangen rinnen.

Ob sie wohl je wieder so empfinden würde wie vor gut drei Jahren, oder hatte sie die Fähigkeit, derart zu lieben, ein für alle Mal verloren, hatte Carrick sie durch seinen Verrat abgetötet? Dann dachte sie plötzlich an Lord Ryden und wusste mit Bestimmtheit, dass sie mit ihm niemals die atemlose, Schwindel erregende, alles umfassende Glückseligkeit erleben würde wie damals mit Carrick. Und dabei wurde ihr bewusst, dass sie ihn nicht nur niemals lieben würde, sondern dass auch eine Heirat mit ihm völlig ausgeschlossen war.

Es wäre eine kalte, lieblose Verbindung. Ein grauenhafter Fehler, den sie allzeit bedauern würde. Da er auf dem Weg hierher nach Calon war, war es zu spät, um ihm noch zu schreiben, also würde sie am besten warten, bis er hier erschien, um es ihm persönlich mitzuteilen, egal, was ihr Bruder davon halten mochte. Sie wusste, es würde ihr gelingen, Kelan davon zu überzeugen, dass diese Eheschließung vollkommen unmöglich war.

Sie lehnte sich entspannt zurück und blickte in Richtung der Decke und des dunklen Teils der Wand, der sich oberhalb der Querbalken befand. Bildete sie es sich vielleicht nur ein oder war dort oben wirklich etwas zu sehen? ... Ein winzig kleiner Lichtschein, dort wo der Mörtel zwischen den Steinen war. Das war völlig ausgeschlossen.

Aber ...

Sie bedeckte ihre Brüste mit einem nassen Tuch und hob abermals den Kopf. Doch das, was sie gemeint hatte zu sehen, war eindeutig nicht mehr da. Wahrscheinlich hatte sie sich wirklich wieder etwas eingebildet.

Es war alles in Ordnung.

Alles bestens.

Alles wunderbar.

Nirgends auf der Burg lag etwas Böses auf der Lauer.

Sie lauschte auf das Knistern des Feuers, die gedämpften Stimmen aus den anderen Zimmern, streckte sich im warmen Wasser aus und ignorierte das Gefühl, dass unsichtbare Augen jeden ihrer Schritt verfolgten.

19

Die Richtung, die seine Gedanken nahmen, gefiel dem Sheriff ganz und gar nicht. Er saß daheim auf einem Stuhl, starrte in das Feuer und verspürte dieselbe Ruhelosigkeit wie immer, wenn er kurz davor stand, einen Straftäter zu finden, ohne jedoch zu wissen, wer es war.

Seine Stiefel wurden neben dem Feuer aufgewärmt, und er streckte seine Beine aus, damit die Hitze der glühenden Holzscheite auf seine bestrumpften Füße traf. Noch immer hing der Duft von Sarahs Hammeleintopf in der Luft, und sowohl sein Bauch als auch der neben ihm stehende Becher waren bis zum Rand gefüllt.

Er und Sarah lebten in einem Steinhaus mit drei Räumen und einem eigenen Eingang nur ein kurzes Stück von der großen Halle im Inneren der Burg entfernt. Einen Raum nutzte er für seine Arbeit; Bürger der Stadt konnten ihn dort aufsuchen, falls es irgendwelche Beschwerden gab. In letzter Zeit hatte er den Eindruck, als wollte sich jeder über irgendwas beschweren. Es gab Streit zwischen Nachbarn, Tom Farmer behauptete, einer der Söhne des Schreiners hätte seine Ziege gestohlen, mehrere Händler und Bauern klagten über eine Diebesbande, die unweit der Rabenfurt ihr Unwesen zu treiben schien, ein wild gewordener Eber hatte einen Zaun und zwei Säcke Saatgut für die Frühjahrspflanzungen zerstört, und so weiter und so fort.

Da er sich außer um die gewöhnlichen Beschwerden auch noch um Carrick von Wybren, oder wer auch immer der Verletzte war, und um den brutalen Mord an Sir Vernon kümmern musste, dröhnte Payne der Schädel.

Er rieb sich nachdenklich das Kinn, starrte in die Flammen und überlegte, was mit dem Wachmann geschehen war. Sicher war er nicht ohne Grund ermordet worden. Die ungewöhnliche Verletzung, das in seinen Hals geritzte W, hatte ganz bestimmt etwas zu bedeuten. Vielleicht wollte der Bastard ihnen allen etwas zeigen oder war die Form der Wunde möglicherweise nur ein makabrer Scherz?

Auf alle Fälle war dem armen Kerl diese Verletzung absichtlich zugefügt worden.

War sie vielleicht ein Hinweis auf die Identität des Mörders?

Oder wollte ihn der Täter damit auf eine falsche Fährte locken, sollte er die Verwundung also nicht als Signatur, sondern eher als Ablenkungsmanöver sehen?

Weshalb hätte jemand Sir Vernon ermorden sollen?

Payne tauchte die Nase tief in seinen Becher, genehmigte sich einen großen Schluck von seinem warmen Bier und dachte weiter über den Tod des dicken Mannes nach.

Ohne jeden Zweifel hatte Carrick etwas mit dem Mord zu tun. Allerdings war völlig ausgeschlossen, dass er heimlich aus dem Bett gestiegen, an dem vor seiner Tür postierten Mann vorbeigehuscht und auf den Wehrgang hinaufgestiegen war, um Sir Vernon die Kehle durchzuschneiden, bevor er wieder unbemerkt in sein Krankenzimmer zurückgeschlichen war. Nein, Sir James, der Wachtposten vor Carricks Tür, hatte sich die ganze Nacht nicht vom Fleck bewegt.

Unglücklicherweise gab es keine Zeugen für die Tat. Niemand, mit dem sie bisher gesprochen hatten, auch keine der auf Calon verteilten Wachen, hatte irgendetwas Ungewöhnliches gehört oder gesehen. Auch war niemandem ein Fremder aufgefallen, der in der Burg herumgelaufen wäre.

Die Menschen, die trotz des schlechten Wetters draußen gesehen worden waren, hatten alle gute Gründe dafür gehabt: Vater Daniel und der Physikus hatten die kranke Tochter des Müllers in dessen Haus besucht, und Haushofmeister Alfrydd hatte die Schlösser an den Türen der Gewürzlager geprüft. Isa, die alte Hexe, war allein in ihrem Schlafzimmer gewesen, als ihr angeblich der Tod »erschienen« war. Der Gerber, der nicht hatte schlafen können, hatte nichts Ungewöhnliches bemerkt. Der Apotheker, Samuel, hatte bei seiner Rückkehr aus der Stadt Dwynn frisches Feuerholz in die Küche schleppen sehen, obwohl es bereits später Abend gewesen war. Der Hundeführer und der Stallmeister behaupteten, keins von ihren Tieren hätte Laut gegeben, und der Hauptmann der Wache, Alexander, hatte genau wie seine Männer, die gerade nicht im Dienst gewesen waren, geschlafen und nicht das Geringste bemerkt.

Sie alle waren offiziell vernommen worden, und im Anschluss hatten die wildesten Gerüchte in den Gängen, in den Türmen, draußen auf den Wegen, auf den Feldern und auch in den Hütten die Runde gemacht, hatten sich die Leute beim Bier oder beim Würfelspiel über das Verbrechen unterhalten und ihre eigenen Vermutungen über den Tathergang und den Täter angestellt.

Payne hatte sich alles angehört. Er hatte gehofft, dass irgendwer versehentlich etwas verraten würde, was bisher noch nicht bekannt gewesen war, doch das war nicht geschehen. Es war, als wäre der Mörder aus dem Nichts oben auf dem Wehrgang aufgetaucht, hätte Vernon das klaffende, blutige W in den dicken Hals geritzt und wäre dann wieder verschwunden. Wahrscheinlich war der Täter stark, clever und vertrauenswürdig, denn Vernon war nicht nur ein großer Mann gewesen, sondern obendrein ein gut ausgebildeter Soldat, der sich einem Angreifer sicher nicht einfach kampflos ergab.

Es war alles ein großes Rätsel. Payne trommelte nachdenklich mit dem Finger auf der Lehne seines Stuhls. Vielleicht ging er die ganze Sache aus der falschen Richtung an. Vielleicht sollte er sich nicht auf den Tod des Wachmanns konzentrieren. Der Täter wollte, dass er nach Wybren blickte. Weshalb wäre wohl sonst Carricks Ring gestohlen worden, weshalb hätte er sonst Vernon diese besondere Wunde zugefügt? Auf alle Fälle standen diese beiden Taten miteinander in Verbindung und hatten obendrein etwas mit dem brutalen Überfall auf Carrick zu tun.

Versuchte der Mörder Payne zu zwingen, sich genauer mit den Morden an der Familie Dafydds von Wybren zu befassen? Sieben Menschen waren in jener Nacht getötet worden. *Sieben!* Und jetzt befand sich der Mann, von dem es hieß, er hätte diese Tat begangen, hier auf ihrer Burg und war nicht einmal eingesperrt.

Weshalb hatte man diesen Fremden nicht getötet? Weshalb hatte man ihn halbtot in der Nähe Calons liegen lassen, wo er gefunden und gerettet worden war? War demjenigen, der ihn überfallen hatte, ein Fehler unterlaufen? In dem jämmerlichen Zustand, in dem sich der zusammengeschlagene Mann befunden hatte, hätte man ihm vollkommen problemlos ein Messer zwischen die Rippen stoßen können, damit er sicher starb. Er wäre auf jeden Fall verblutet. Aber nein ..., entweder es hatte jemand den Angreifer vertrieben, oder aber er hatte nicht gewollt, dass Carrick starb.

Doch aus welchem Grund?

Hatte er einfach möglichst lange leiden sollen? Vielleicht hatte der Mörder ja die Absicht noch einmal hierher zurückzukehren und die Tat zu vollenden, die mit dem Überfall auf Carrick begonnen worden war.

Und weshalb war der Ring gestohlen worden? Ohne dass das Opfer ermordet worden war? Wollte der Täter Carrick vielleicht gar nicht töten? Wollte er, dass Carrick nach Wybren ausgeliefert wurde und dort für den Mord an seiner eigenen Familie bestraft wurde? Weshalb hatte er ihn dann nicht einfach gefesselt, über den Rücken eines Maulesels geworfen und direkt dorthin geschafft?

Stirnrunzelnd nahm Payne noch einen Schluck aus seinem Becher und kam zu dem Ergebnis, dass der Angriff auf den Fremden eindeutig mit Calon und Lady Morwenna in Verbindung stand. Erst seit sie vor einem knappen Jahr hierher gekommen war, hatten sie Probleme auf der Burg.

Aber was hatte dann der Mord an Vernon zu bedeuten?

»Bah«, murmelte er wütend. Vielleicht war seine Theorie ja völlig falsch. Vielleicht sollte er sich auf die Menschen konzentrieren, die davon profitierten, wenn Carrick von Wybren starb. War es möglich, dass Sir Vernon zufällig etwas herausgefunden hatte, von dem der Mörder nicht wollte, dass jemand es erfuhr? Hatte er vielleicht zufällig ein Gespräch mit angehört, bei dem ein Name gefallen war?

Er raufte sich die Haare.

»Komm endlich«, rief seine Frau Sarah aus dem Schlafzimmer herüber. Sie war eine kräftige Gestalt mit Brüsten wie zwei große Kissen, rosigen Apfelwangen, silbrig blondem Haar und der einzige Mensch auf Erden, dem er uneingeschränkt vertraute. Eine ehrlichere Haut als sie gab es ganz sicher nicht. »Du wirst das Rätsel um Sir Vernons Tod bestimmt nicht dadurch lösen, dass du Bier trinkst und ins Feuer starrst.«

»Auf diese Weise habe ich schon so manches Verbrechen aufgeklärt«, antwortete er, und sie lachte dieses dunkle, kehlige Lachen, das er seit beinahe zwanzig Jahren so liebte.

»Und mindestens genauso viele wurden hier im Bett gelöst.«

Lächelnd trank er noch einen Schluck von seinem Bier und spürte, wie es ihm wohlig durch die Kehle rann. Er wurde ihrer niemals überdrüssig. Nie. Sie war in anderen Umständen gewesen, als er sie zur Frau genommen hatte, und vor all den Jahren war er davon überzeugt gewesen, dass sie nicht die Frau war, mit der er sein gesamtes Leben würde verbringen wollen. Doch da hatte er sich eindeutig geirrt.

Und sie hatte es gewusst.

Wie sie so viele Dinge wusste.

Sie klopfte auf das Bett. »Ein paar Stunden Schlaf werden dir sicher gut tun«, sagte sie, und er drehte sich um, blickte über seine Schulter und starrte mit hochgezogener Braue durch die offene Tür. Sie lag halb auf ihrer Seite der Matratze, ließ die Decke von ihren verführerischen Brüsten gleiten und sah ihn mit ihrem verlockenden Lächeln an.

»Du denkst also, ich bräuchte Schlaf.« Er leerte seinen Becher, stellte ihn krachend auf den Boden, stand auf und streckte sich. Vielleicht hatte sie Recht.

»Schlaf? Tja, nun ... wahrscheinlich auch.«

»Was bist du doch für ein verruchtes Weibsbild, Sarah.« Auf Socken marschierte er ins Schlafzimmer hinüber, trat neben das Bett und blickte auf sie herab. Der Raum lag beinahe im Dunkeln, aber trotzdem konnte er sie sehen. Wie sehr sie in den Jahren seit der Hochzeit doch gealtert war. Ihre Haut war schon lange nicht mehr straff, und um die Augen und die Mundwinkel herum hatte sie tiefe Falten. Auch ihr Haar hatte nicht mehr den strahlenden, jugendlichen Glanz, doch noch immer war sie für ihn wunderschön.

Er hatte sie niemals betrogen. War nicht einmal versucht

gewesen, es irgendwann einmal zu tun. »Ein verruchtes Weib, jawohl.«

»Nur, wenn es um dich geht, mein Lieber.« Wieder stieß sie das tiefe, kehlige Lachen aus, das ihm direkt ins Herz ging und ihn dazu brachte, sie lächelnd anzusehen. »Alle anderen Männer hier auf dieser Burg denken wahrscheinlich, ich hätte Eis in meinen Adern. Du bist der Einzige, der weiß, dass das nicht stimmt.«

»Narren. Das sind doch alles Narren.« Damit zog er sich die Tunika über den Kopf und griff nach den Bändern seiner Hose.

»Lass mich das machen«, bot sie an, und die Decke glitt vollständig von ihr herunter, als sie sich nach vorne beugte und mit geschickten Fingern an den Lederschnüren zog.

Als sie ihm ins Gesicht schaute und ihre warmen Hände wissend in seine Hose gleiten ließ, umspielte ein winzig kleines Lächeln ihren Mund. »Ich glaube, dass wir heute Nacht nicht allzu viel Schlaf bekommen werden, Sheriff«, erklärte sie mit amüsierter Stimme, während sie die Finger ihrer anderen Hand über die aus seiner Brust sprießenden, inzwischen grauen Haare wandern ließ.

Und obwohl er hundemüde war, war ihm das vollkommen egal.

Er musste fort von Calon.

Nun, da Morwenna wusste, dass er nicht mehr bewusstlos war, und bestimmt vermutete, dass er ihr verzweifeltes Geständnis und ihre zornbebenden Reden mitbekommen hatte, nun, da sie entschlossen war, Lord Graydynn eine Nachricht zukommen zu lassen, musste Carrick einen Fluchtweg finden.

Gerade, als er abermals das geheime Labyrinth erforschen

wollte, hörte er die Wäscherinnen kommen. Er erkannte ihre Stimmen, als sie sich neckisch mit dem Wachmann unterhielten, der vor der Tür von seinem Zimmer stand.

»Dann weiß also noch immer niemand, wer Sir Vernon ermordet hat«, sagte eine der Frauen und beugte sich über das Bett, in dem er lag.

Sir Vernon war ermordet worden? Der Wachmann, der noch bis vor ein paar Tagen vor seiner Tür gestanden hatte? Der Mann mit der tiefen Stimme, der Morwenna unbemerkt hatte ins Zimmer kommen lassen und deshalb seines Postens enthoben worden war? Vernon war der Mann, der von einem Unbekannten niedergemetzelt worden war?

Er hatte die Gespräche zweier Wachmänner mit angehört, die genauen Worte aber nicht verstanden, und obwohl ihm eine Veränderung der Atmosphäre aufgefallen war, hatte er den Grund dafür bisher noch nicht gekannt.

Ungeduldig spitzte er die Ohren und hoffte, die beiden Mädchen verrieten ihm noch mehr.

»Und genauso wenig hat der Sheriff eine Ahnung, wer den Ring gestohlen hat«, stimmte die andere Frau mit schriller, pfeifender Stimme zu.

Geschickt rollten die beiden ihn auf dem Bett herum. Er wagte es, ein Auge aufzumachen und entdeckte eine Frau mit einem fest um den großen Kopf gebundenen Schal, einem fleischigen Gesicht und eingezogenen Lippen, die mit brüsken, geübten Bewegungen ihre Arbeit tat. Die zweite Wäscherin war ein kleines, vogelähnliches Geschöpf mit wild gelocktem braunem Haar, beinahe schwarzen Augen und überraschend heller Haut. Sie warf die schmutzige Bettwäsche in einen Korb und schlug ein frisches Laken aus.

»Wenn du mich fragst, haben wir nichts als Ärger auf der Burg seit der hier« – die größere der beiden Frauen tippte auf das Bett – »angeschleppt worden ist. Langsam fange ich an zu glauben, dass die alte Isa Recht hat. Sie behauptet, er wäre verflucht.«

Verflucht?

»Ich verstehe nur nicht, weshalb M'lady ihn noch länger hier behält. Schließlich soll er ein Mörder und was nicht noch alles sein.«

»Dann glaubst du also, dass er wirklich Carrick von Wybren ist?«

»Wer sonst? Sieh ihn dir doch nur mal an. Jetzt wo seine Wunden langsam anfangen zu heilen, ist es nicht mehr zu übersehen. Und auch Lady Morwenna ist sich offenbar darüber klar. Warum würde sie wohl sonst eine Nachricht an Lord Graydynn schicken?« Sie schnalzte mit der Zunge. »Was für eine Vergeudung. Ein attraktiver Mann und dann noch Sohn eines Barons. Was ihn wohl dazu gebracht hat, so etwas zu tun?«

»Geld oder eine Frau«, erwiderte das vogelgleiche Mädchen. »Wenn er nicht einfach verrückt ist, gibt es keinen anderen Grund. Und ich habe noch niemanden sagen hören, Carrick von Wybren wäre nicht ganz bei Verstand. Ein Betrüger, ja. Ein Schurke, der es schon immer auf die Frauen abgesehen hatte. Vielleicht sogar ein Söldner. Aber verrückt? Niemals.«

»Und trotzdem wurden sieben Menschen umgebracht – wenn man Sir Vernon noch dazu nimmt, sogar acht. Dieser Mann hier – der verfluchte Carrick von Wybren – ist ein mörderischer Bastard, und je eher M'lady ihn Lord Graydynn überlässt, umso besser, finde ich. Vielleicht können wir dann endlich wieder ruhig schlafen, vielleicht endet dann ja endlich der Fluch, der seit dem Erscheinen dieses Kerls auf Calon liegt.«

Als hätten ihre eigenen Worte ihnen Angst gemacht, beendeten sie eilig ihre Arbeit und ließen ihn alleine in dem frisch gemachten Bett zurück.

Bis zu diesem Augenblick hatte er hingenommen, dass er anscheinend Carrick war. Der Name war ihm eindeutig vertraut, und die Erwähnung Wybrens rief, wenn auch nur vage, Erinnerungen in ihm wach. Er war ganz sicher nicht nur irgendwann mal dort gewesen. Nein, er hatte dort gelebt. War er also wirklich der Verbrecher, für den alle Welt ihn hielt? Vor seinem geistigen Auge sah er eine große Burg mit runden Türmen, einem breiten Innenhof, ausgedehnten Feldern und einem vom Fluss gespeisten Burggraben, der um beinahe die gesamte Festung herum verlief. Er erinnerte sich an die Pagen, die ihn beim Quintanrennen lautstark angefeuert hatten, an einen alten Hufschmied, der die Pferde der Familie beschlug, an einen Trupp von Jägern, der, beladen mit Hirschen, Wildschweinen und Fasanen durch das offene Tor geritten kam ... oder hatte er das alles vielleicht nur geträumt?

Nein ... seine Familie hatte dort gelebt ... Er sah zwei Gesichter; das seines hünenhaften, großspurigen Vaters und das etwas mildere der schmallippigen Frau, die dessen Gattin ... und seine eigene Mutter? ... gewesen war. Mit zusammengebissenen Zähnen versuchte er, sich auch noch andere Bilder in Erinnerung zu rufen, doch sie blieben undeutlich und schwirrten, wie sein eigener Name, immer nur flüchtig durch sein Hirn.

Was ist mit Morwenna? Hast du sie gekannt?

Sein Mund wurde trocken, als er an sie dachte. Wenn er sie früher gekannt hatte, wie hatte er sie dann je vergessen können mit ihren rabenschwarzen Locken, der seidig weichen, makellosen Haut und dem herzförmigen Gesicht? In den wenigen Momenten, in denen er sie hier gesehen hatte, hatte er sofort bemerkt, welche Intelligenz in ihren leuchtend blauen Augen lag, mit den dichten schwarzen Wimpern und den wohlgeformten Brauen, die sie interessiert, aber auch zweifelnd in die Höhe ziehen konnte. In den flüchtigen Augenblicken, in denen sie bei ihm gewesen war, hatte sie heftige Stimmungsschwankungen gezeigt. Entweder war sie von wilder Leidenschaft erfüllt gewesen, hatte vor Zorn geglüht oder kalte Entschlossenheit an den Tag gelegt. Sie hatte ihn verflucht, ihn aller möglichen Schandtaten bezichtigt und ihn trotzdem voll Verlangen und Zärtlichkeit geküsst.

Bei ihren seltenen, kurzen Zusammentreffen war ihm eins bewusst geworden. Morwenna von Calon liebte Carrick immer noch.

Himmel, wenn er doch nur mit ihr sprechen, sich verteidigen und sie um Verzeihung bitten könnte.

Nur wofür?

Welche Sünden hast du überhaupt begangen?

Glaubst du, du bist wirklich dieses fürchterliche Monster, das seine gesamte Familie ermorden konnte?

Nein!, tobte er stumm. *Das ist vollkommen unmöglich!*

Er ballte ohnmächtig die Fäuste und hörte ihre Stimme, die den Wachmann leise anwies, ihr die Tür zu öffnen.

Das Herz sank ihm in die Kniekehlen.

Niemals würde er es schaffen so zu tun, als schliefe er. Sie wusste, dass er sie nicht nur hören, sondern inzwischen sogar wieder sprechen konnte.

Ein Schlüssel wurde im Schloss herumgedreht, und er atmete tief durch.

Er erkannte sie bereits an ihrem Duft: Morwenna von Calon, die wunderbarste aller Frauen.

Diese verdammte Hure!

Der Rächer hatte beobachtet, wie Morwenna aus ihrem Schlafzimmer geglitten war. Sie hatte gebadet, sich das Haar gewaschen, und als sie danach beinahe in der Wanne eingeschlafen wäre, hatten ihre Brüste aus der Seifenlauge herausgeragt, und ihre dunklen Brustwarzen waren hart geworden, als das Wasser langsam kalt wurde.

Oh, wie wunderbar es würde, hart an ihr zu saugen. Sie mit seinen Händen zu berühren. Seine Zunge über jede ihrer kleinen Knospen gleiten zu lassen, sie vorsichtig zu beißen … er hatte leise aufgestöhnt, und ihr verdammter Hund hatte den Kopf gehoben und geknurrt.

Plötzlich war Morwenna aufgestanden, hatte sich ein Handtuch um den Leib geschlungen, den Kopf zurückgelegt und genau dort hingeschaut, wo er immer stand. Sie hatte die Stirn gerunzelt, die Lippen zusammengepresst und so angestrengt geguckt, als könnte sie die schmalen Schlitze wirklich sehen.

Dann aber hatte sie sich wieder ihrem blöden Köter zugewandt und von ihm wissen wollen: »Hast du etwas gehört?«, sich eilig eine scharlachrote Tunika über den Kopf gezogen und einen Silbergürtel umgeschnallt.

Während sie begonnen hatte, sich vor dem Kamin zu kämmen, hatte sie weiterhin argwöhnisch die Wand betrachtet, und als auf ein lautes Klopfen hin der Hund – was für ein nutzloses Geschöpf – mit lautem Bellen und zugleich vor Freude wild wedelndem Schwanz zur Tür gelaufen war, war sie sichtlich zusammengezuckt.

Gladdys, die dumme kleine Gans, hatte vorsichtig die Tür geöffnet, das Vieh mit einem Blick bedacht, der deutlich verraten hatte, dass sie es mit Vergnügen mit einem kurzen Fußtritt über die Burgmauer befördern würde, falls sie jemals die Gelegenheit dazu bekäme, und Morwenna angeboten, ihr beim Trocknen ihrer wilden Lockenpracht zur Hand zu gehen.

Knurrend hatte sich das gescheckte Biest wieder auf der Bettdecke zusammengerollt.

Beinahe zwei Stunden später, nachdem sie ihre Magd längst wieder entlassen und den Versuch zu schlafen aufgegeben hatte, war Morwenna wieder aus dem Bett gestiegen, hatte einen langen schwarzen Umhang umgelegt, ihn mit einem Gürtel um ihre schlanke Taille geschlossen und sich auf den Weg zum Zimmer des Gefangenen gemacht. Natürlich war der Mann ein Gefangener. Auch wenn Lady Morwenna ihn als Gast, Besucher oder Patient bezeichnete, blieb er eine Geisel, eingesperrt in einem Raum, bis jemand ein Urteil über ihn sprach.

Wirklich passend, dachte der Rächer lächelnd. Lautlos hatte er Morwennas Weg über den Flur verfolgt, hatte instinktiv gewusst, wohin sie gehen würde, war eilig durch den schmalen Gang gelaufen und hatte sie bereits erwartet, als sie durch die Tür getreten war.

Mit zusammengebissenen Zähnen blickte er auf sie hinab.

Unschuldig verführerisch.

Reizvoll intelligent.

Sie schaute auf den reglos auf dem Bett liegenden Mann herab.

Fasziniert verfolgte er jede ihrer Bewegungen, hörte ihr leises Wispern und ... verspürte einen abgrundtiefen Hass.

Er hätte den Kerl töten sollen, als sich ihm die Gelegenheit dazu geboten hatte, hätte seinen niederen Instinkten folgen sollen, statt das Warten zu genießen und die süße Seelenqual hinauszuziehen, um am Ende seine Befriedigung aus einem noch ausstehenden Urteilsspruch zu ziehen.

Er leckte sich die Lippen und griff nach seinem Dolch. Einen Augenblick alleine mit dem Bastard, und er würde ihn zur Hölle schicken.

Geduld!, warnte ihn sein Verstand. *Du hast zu hart gearbeitet und zu viel Zeit in deine Pläne investiert, um jetzt etwas zu überstürzen.*

Er hatte sowieso schon viel zu lange hier verweilt. Er durfte das Risiko nicht eingehen, dass man ihn vermisste.

Du musst gehen. Sofort!

Wenn jemand merkt, dass du nicht da bist, war alles umsonst.

Jeder Muskel seines Körpers spannte sich an. Das Blut rauschte in seinen Ohren. In stummem Zorn reckte er die geballte Faust, umklammerte das Messer, bis seine Knöchel weiß hervortraten, und stieß, während er reglos durch den Schlitz zwischen den Steinen starrte, stumme Flüche gegen die Götter aus. Er beobachtete, wie sie ohne auch nur einen Augenblick zu zögern ans Bett des Schweinehundes trat.

Was für eine Qual, sie im Zimmer eines anderen zu sehen und ihren interessierten Blick zu bemerken, mit dem sie an die Lagerstatt trat.

Deine Seele sei verflucht, Carrick von Wybren. Mögest du auf ewig in den Feuern der Hölle schmoren.

Aus dem Korridor drangen Geräusche – wahrscheinlich der Wachwechsel, ging es dem Rächer durch den Kopf. Er hatte bereits viel zu lange hier herumgetrödelt, und obwohl die Szene unten in der Kammer ihn unendlich faszinierte, zwang er sich zu gehen.

Vielleicht hatte er bereits zu lange gewartet.

Vielleicht sollte er den Schurken einfach töten, und alles wäre vorbei.

Sein Herz machte einen erwartungsvollen Satz. Am liebsten hätte er dem Bastard sofort sein Messer in das schwarze Herz gerammt.

Niemand würde wissen, wer die Tat begangen hatte. Er könnte sich in das Zimmer stehlen, dem Kerl im Handumdrehen den Dolch zwischen die Rippen stechen, lautlos wieder verschwinden, und niemand fände jemals die versteckte Tür.

Oder vielleicht doch?

Beherrsch dich, du musst dich beherrschen. Du hast einen Weg gewählt – jetzt musst du ihn auch gehen!

Wie lange aber könnte er das Elend noch ertragen? Die grauenhafte, in der Seele schmerzende Gewissheit, dass es sie nach einem anderen Mann verlangte, der obendrein noch ein Verräter war?

Mit der Zeit wird sie erkennen, dass sie im Irrtum war. Wird ihr bewusst werden, dass das Schicksal euch beide füreinander bestimmt hat und dass du der bist, den sie in Wahrheit liebt. Du darfst nicht von deinem Pfad abweichen. Folge weiter deinem Plan und verschwinde von hier, ehe es zu spät ist!

Mit knirschenden Zähnen steckte er den Dolch zurück in seine Tasche, warf einen letzten Blick durch den Spalt zwischen den Steinen und schlich sich lautlos aus seinem Versteck.

Aber er würde zurückkommen.

Und zwar noch heute Abend.

Nachdem er sich vergewissert hatte, dass niemand ihn vermisste.

Und falls sie sich dem Bastard hingab, würde er ihr bis zum Ende dabei zusehen, selbst wenn es ihm das Herz zerriss.

20

»Also, Carrick.« Morwenna starrte auf den Verletzten hinunter und versuchte sich vorzustellen, wie er ohne all die blauen Flecken aussah. Die Schwellungen hatten allmählich abgenommen, und unter seinem Bart nahm sie fein gemeißelte Wangenknochen und einen kantigen Kiefer wahr. Unter seinen schwarzen Haaren, die ihm in die Augen fielen, war nur ein kleiner Teil seiner Stirn zu sehen. »Es ist vollbracht. Morgen bei Anbruch der Dämmerung wird Vater Daniel nach Wybren reiten und seinem Bruder Graydynn die Nachricht deiner Entdeckung überbringen.«

Sie wartete auf ein Zeichen, dass er sie verstanden hatte, doch er lag völlig reglos auf dem Bett. Wahrscheinlich war er immer nur kurzfristig bei Bewusstsein und nahm deshalb nur manchmal die Dinge um ihn herum wahr. Er reagierte nur sehr selten, wenn der Arzt oder die Mädchen, die ihn versorgten, ihn berührten, doch sie hatte gesehen, wie er die Augen aufgeschlagen hatte, sein steifes Glied erblickt und gehört, wie der Name einer anderen Frau über seine Lippen gekommen war. Seit seiner Ankunft auf der Burg hatte er merklich abgenommen, denn das bisschen Haferschleim und Brühe, das sie ihm hatten einflößen können, reichte als Nahrung ganz bestimmt nicht aus. Trotzdem hielt er, auch wenn er unter ihrer Pflege nicht unbedingt erblühte, tapfer durch.

»Ich weiß, dass du mich hören kannst«, erklärte sie mit überzeugter Stimme, auch wenn das eindeutig gelogen war. »Und ich kann es auch beweisen.« Sie blickte auf die rot glühenden Kohlen im Kamin. »Ein Stückchen Kohle auf der Brust dürfte genügen. Oder ein kleiner Piekser mit dem

Schürhaken, nachdem ich ihn eine Zeit lang in die Flammen gehalten habe.« Sie lief um sein Bett herum und überlegte, was sie machen müsste, damit er reagierte. »Du hast mich gebeten dir zu helfen, und dies ist deine letzte Chance.«

Sie berührte ihn vorsichtig an der Schulter, doch als er mit einem Mal die Augen aufschlug und sie reglos ansah, rang sie erschreckt nach Luft. »Habe ich es doch gewusst, dass du mich hören kannst, du schleimiges Ungeheuer!« Ihr Puls fing an zu rasen, und ihre Nerven waren zum Zerreißen angespannt.

»Manchmal«, gab er krächzend zu.

»Und trotzdem hast du mich gestern Abend einfach toben lassen.« Die Erinnerung an das, was sie gestanden hatte, rief ein Gefühl der Scham in ihrem Innern wach. »Hast du nicht einen Hauch von Anstand?«

»Anscheinend nicht.«

»Was?«

»Es sieht so aus, als wären alle hier auf dieser Burg, auch Ihr, davon überzeugt, dass ich ein Verräter, ein Mörder, ein Dieb und weiß Gott was sonst noch alles bin.«

Sie trat einen Schritt näher an sein Bett, räusperte sich leise, beschloss dann, wieder ein wenig Distanz zwischen sie beide zu bringen, indem sie ihn nicht länger einfach vertraulich dutzte, platzte dann aber mit der Frage heraus, die sie die ganze Nacht nicht hatte einschlafen lassen. »Also gut, seid Ihr Carrick von Wybren oder nicht?«

»Ich weiß es nicht.«

»Beantwortet mir meine Frage.«

»Ich wünschte, das könnte ich.« Etwas in seiner Stimme weckte in ihr das Bedürfnis, ihm zu glauben.

»Was wollt Ihr damit sagen?«

»Dass ich mich nicht erinnern kann.«

»Oh, verflixt und zugenäht! Erwartet Ihr etwa allen Ernstes, dass ich glaube, dass Ihr hier auf dem Bett liegt und vernünftig mit mir reden könnt, aber trotzdem keine Ahnung habt, wer Ihr seid?«

»Ja.«

»Tut mir Leid.« Sie schüttelte den Kopf. »Das ist einfach zu praktisch, um wirklich wahr zu sein.«

Er kniff die Augen zusammen, und sie rang erneut nach Luft, denn plötzlich richtete er sich sogar ein wenig auf. »Was glaubt Ihr denn?«, fragte er und sah sie durchdringend an.

Sie musste schlucken. »Ich – ich glaube ... Ihr seid ... ja, Ihr müsst ganz einfach Carrick sein.«

»Und warum?«

»Erstens, weil Ihr genauso ausseht. Oh, ja, Ihr habt noch immer jede Menge blauer Flecken, seht noch etwas verquollen aus, und es ist Jahre her, dass ich Euch zum letzten Mal gesehen habe, aber ... trotzdem ... Außerdem habt Ihr den Ring von Wybren getragen, als man Euch gefunden hat.« Plötzlich kam ihr ein Gedanke, und sie wies auf seine Hand. »Habt Ihr ihn vielleicht versteckt?«

»Was?« Er schnaubte leise auf. »Natürlich nicht.«

»Habt Ihr dann wenigstens gesehen, wer ihn gestohlen hat?«

»Nein.«

»Aber Ihr wart bei Besinnung. Ihr habt mir selbst erzählt, dass Ihr zwar nicht sprechen, aber schon länger hören konntet.«

»Nicht immer. Anfangs war ich nur sehr selten und immer nur ein paar Minuten wach. Erst in den letzten Tagen habe ich wirklich mitbekommen, was um mich herum passiert.«

Sie rollte mit den Augen. »Das ist schon wieder unglaublich passend, findet Ihr nicht auch?«

»Es ist die Wahrheit«, beharrte er auf seiner Antwort, verzog dann aber das Gesicht. »Aber ganz egal, was ich erzähle, Ihr würdet mir sowieso nicht glauben. Weil Ihr mir nämlich nicht traut.«

»Weil Ihr auch nicht vertrauenswürdig seid.« Sie warf die Hände in die Luft. »Wobei Verlogenheit noch einer Eurer geringsten Fehler ist.«

Er presste die Lippen aufeinander. »Ich habe meine Familie nicht umgebracht.«

»Wenn nicht Ihr, wer dann?«

»Ich habe keine Ahnung, aber wahrscheinlich derselbe Mensch, der mich überfallen hat.«

»Und wer war das?«, wollte sie von ihm wissen und verschränkte, als er ihr keine Antwort gab, die Arme vor der Brust. »Nein, Ihr braucht gar nichts zu sagen. Natürlich erinnert Ihr Euch nicht.«

»Es war dunkel. Ich kann mich nur daran erinnern, dass ich irgendwohin geritten bin und dass plötzlich mir jemand von einem Felsen, einem Stein oder einem Baum herunter auf den Rücken gesprungen ist.« Er sah angestrengt aus, als fiele es ihm schwer, sich in Erinnerung zu rufen, was an jenem Tag geschehen war.

»Und was wolltet Ihr auf Calon?«

Er schüttelte den Kopf. »Ich glaube nicht ... ich kann mich nicht daran erinnern, dass Calon mein Ziel gewesen ist.«

»Wo wolltet Ihr denn dann hin?«

»Ich habe keine Ahnung«, antwortete er, und seine Verwirrung wirkte nicht gespielt. Aber war Carrick nicht ein hervorragender Schauspieler gewesen, hatte er nicht die Kunst der Lügen und Halbwahrheiten bis zur Perfektion beherrscht? Dieser Mann sah aus wie Carrick, auch wenn seine raue Stimme nicht wie damals klang.

Lass dich nicht noch mal von ihm zum Narren halten.

Du darfst ihm nicht vertrauen.

Und um aller Dinge willen, die dir heilig sind, verlieb dich nicht in ihn!

Bei diesem Gedanken wurden ihre Knie weich. *Sich in ihn verlieben?* Wie war sie nur darauf gekommen, dass das vielleicht möglich wäre? Zwar hatte sie Carrick einmal geradezu abgöttisch geliebt, damals jedoch war sie noch jung und naiv gewesen, es war furchtbar lange her, und inzwischen war sie eine erwachsene, vernünftige Frau. Sie konnte und sie würde seinem verführerischen Charme nicht noch einmal erliegen. Trotzdem hob sie unwillkürlich die Hand an ihren Mund und erinnerte sich überdeutlich an die Wärme seiner Lippen, an das Rauschen des Bluts in ihren Adern, an das Gefühl des Schwindels und der übergroßen Freude, wenn sie mit ihm zusammen gewesen war.

Wie närrisch, dachte sie erbost, straffte entschlossen ihre Schultern und trat ein wenig dichter an sein Bett.

»Beweist mir, dass Ihr nicht Carrick seid«, herrschte sie ihn böse an und wies, als sie seinen fragenden Blick bemerkte, auf die Decke, unter der er lag. »Carrick von Wybren hatte ein Muttermal an der Innenseite seines Oberschenkels. »Ich, hm, ich habe schon einmal versucht, danach zu sehen, aber ... es war dunkel, und es war mir nicht angenehm, die Decke selber anzuheben. Aber da Ihr Euch inzwischen ja wieder bewegen könnt, werft die Decke selbst zurück, und wir sehen gemeinsam nach.«

Er verzog den Mund zu einem schiefen Grinsen. »Falls Ihr noch einmal meinen Schwanz betrachten möchtet, M'lady, braucht Ihr es nur zu sagen.« Seine weißen Zähne blitzten, und in seine leuchtend blauen Augen trat ein verruchtes Glitzern.

Sie wurde puterrot, und vor lauter Verlegenheit bekam sie nur mit Mühe einen Ton heraus. Trotzdem erklärte sie mit überraschend ruhiger Stimme: »Ich kann Euch versichern, dass mich Euer ... gutes Stück ... nicht im Geringsten interessiert. Das Muttermal hingegen würde ich wirklich gerne sehen.«

»Wie Ihr wünscht, M'lady«, erwiderte er spöttisch, zuckte mit einer Schulter, stützte sich, wenn auch noch ein wenig mühsam, auf einem Ellenbogen ab, warf die Decke fort und lag plötzlich so vor ihr, wie er von Gott geschaffen worden war.

Seine bleiche Haut spannte sich über sehnigen Oberschenkeln und festen, muskulösen Waden, und die dunkle Behaarung seiner Beine nahm zwischen seinen Lenden, wo – zu ihrer Enttäuschung – ein kleines, schlaffes Würmchen lag, noch zu. So etwas hatte sie noch nie gesehen ... ein so kleines, schrumpeliges Etwas ... in einem dunklen Nest. Obwohl sie Carrick unzählige Male nackt gesehen hatte, hatte sie ihn immer nur erregt zu Gesicht bekommen, und jetzt verzog sie schmerzlich das Gesicht.

Carrick schien ihr Unbehagen regelrecht zu amüsieren, denn er stellte lachend fest: »Anscheinend gefalle ich Euch nicht.«

»Ihr ... Ihr ... habt mir nie gefallen, Carrick.«

Wieder trat ein teuflisches Glitzern in seine Augen, und er zog spöttisch eine seiner dunklen Brauen hoch. »Wirklich nie? Dann sollte ich mir vielleicht etwas mehr Mühe geben.«

Der böse Blick, mit dem sie ihn bedachte, hätte wahrscheinlich jeden anderen Verehrer für alle Zeit verschreckt, diesen Mann jedoch eindeutig nicht. Im Gegenteil schien Carrick ihren heißen Zorn sogar zu genießen.

»Guckt schnell noch einmal«, schlug er mit einem Kopfnicken in Richtung seines schlaffen Gliedes vor. »Ich weiß nicht, wie lange ... oh, verdammt.«

Vor ihren Augen richtete sein Schwanz sich langsam, aber sicher auf.

»Gütige Morrigu«, wisperte sie leise, gab sich die größte Mühe, das Zeichen seiner Männlichkeit zu ignorieren und suchte weiter nach dem verdammten Muttermal. Wo zum Teufel war das Ding geblieben? Sie kniff die Augen zusammen, doch das Licht im Raum war schwach und ausgerechnet dort, wo sie das Mal vermutete, war seine Haut noch immer violett verfärbt. Oder hatte er das Muttermal vielleicht am anderen Schenkel, dort, wo jetzt eine Narbe war? War es vielleicht darunter versteckt? Sie wagte nicht genauer hinzusehen, denn direkt vor ihren Augen schwoll sein Glied noch weiter an.

»Könnt Ihr nicht dafür sorgen, dass das aufhört?«, fragte sie entnervt.

»Ja, aber nur, wenn Ihr nicht länger hinseht.«

»Ich sehe gar nicht ... oh, um der Liebe Gottes willen!«

»Es passiert manchmal in den ungünstigsten Momenten.«

Abermals bedachte sie ihn mit einem bitterbösen Blick.

»Wirklich. Als hätte er ein Eigenleben.«

»Ach, tatsächlich?«, höhnte sie, denn einschüchtern ließe sie sich von dem Kerl ganz sicher nicht. Sie schob sich noch ein wenig näher, hörte sein leises, dunkles Lachen und spürte, wie das Blut ein wenig heißer durch ihre Adern rann. Vollkommen idiotisch! Plötzlich wurde ihr bewusst, wie dämlich ihr Bemühen, das Muttermal zu finden, war. »Oh! Deckt Euch wieder zu!«, wies sie ihn rüde an.

Er besaß die Dreistigkeit, einfach laut zu lachen. Doch schließlich hatte sie schon immer gewusst, was für ein Schuft er war. »Zufrieden?«, fragte er.

»Nein, aber ... was?« Sie hob ruckartig den Kopf, und als sie ihm ins Gesicht sah, bemerkte sie die Glut in seinen blauen Augen, sein unverschämtes Grinsen und das herausfordernd gereckte Kinn. Der Bastard machte sich lustig über sie!

»Ich habe Euch gefragt, ob Ihr –«

»Ja, ja, ich habe es gehört!« Sie trat einen Schritt zurück, und der Schweiß auf ihrer Stirn kühlte sich ein wenig ab. »Und jetzt deckt Euch, bitte, wieder zu.«

»Wie Ihr wollt!« Er warf sich die Decke wieder über den Bauch, und sie atmete erleichtert auf. »Stets zu Diensten.«

»Verdammt, Carrick«, knurrte sie erbost und verfiel vor lauter Ärger wieder in das Du zurück. »Mach dich nicht über mich lustig.«

»Gefällt Euch das etwa nicht?«

»Nein!«

Sein Lächeln war allzu verführerisch. Es versetzte ihrem Herzen einen Stich, als sie sich erinnerte, wie es mit ihm gewesen war. An die Magie seiner Berührung, die Wärme seiner Hände, den erotischen Druck seiner Lippen auf ihrem heißen Mund. Wieder stieg ihr eine verlegene Röte ins Gesicht. Sie richtete sich kerzengerade auf, verschränkte abermals die Arme vor der Brust und zwang ihre Gedanken aus der Vergangenheit, die eine einzige große Lüge gewesen war, in die Gegenwart zurück. »Ich verstehe wirklich nicht, wie du noch Witze machen kannst. Dein Schicksal liegt in meinen Händen.«

»Tut es das?«

»Natürlich! Meine Güte, Carrick, ist dir denn nicht klar,

dass Vater Daniel morgen auf meinen Befehl hin zu Graydynn reiten wird, um ihm zu berichten, dass du ..., dass du ...«

»Dass ich von Euch gefangen worden bin.«

Sie wandte sich eilig von ihm ab. »Hätte man dich nicht hierher gebracht, wärst du gestorben. Ich habe dich als Gast hier aufgenommen.«

»Dann kann ich also gehen, wenn ich will?«

Sie zögerte. »Ich stehe Graydynn gegenüber in der Pflicht.«

Er schnaubte verächtlich auf. »Warum denn das? Ihr seid Graydynn nicht das Geringste schuldig.« Mit ungeahnter Kraft setzte er sich auf. Die Muskeln seiner Arme glänzten in der Glut des Feuers, und sie nahm etwas Rauchiges und Dunkles, etwas Gefährliches und gleichzeitig Betörendes in seinen Augen wahr. »Aus irgendeinem Grund glaubt Ihr, ich wäre ein Mörder und dass ich nicht nur Euch selbst, sondern auch alle Menschen auf Wybren verraten hätte.«

»Ich kann nicht beurteilen, ob es so gewesen ist.«

»Also bitte«, antwortete er. »Das habt Ihr doch bereits getan. Was glaubt Ihr, wird Graydynn mit mir machen, sobald er mich in seine Gewalt bekommt?«

»Ich habe keine Ahnung.«

»Meint Ihr etwa allen Ernstes, dass er mich mit offenen Armen auf Wybren empfangen, dass er mir Essen, Wein und vielleicht sogar eine Frau anbieten wird?«, fragte er, und glühend heißer Zorn ging in Wellen von ihm aus. »Oder, M'lady, glaubt Ihr vielleicht eher, dass er mich direkt dem Henker übergibt?«

Alles in ihr zog sich zusammen, doch sie schüttelte den Kopf.

»Nein?«, fuhr er sie an. »Dann sollte ich es Euch vielleicht erklären. Graydynn sucht nach einem Sündenbock für all das Elend, das sich auf Wybren ereignet hat. Und dieser Sündenbock werde ganz eindeutig ich sein, sobald er mich zu fassen bekommt.«

»Woher willst du das wissen?«

»Das ist jawohl normal. Ich an seiner Stelle würde es bestimmt genauso machen.«

»Ebenso problemlos, wie du deine eigene Familie ermordet hast? Ebenso schnell, wie du mich verlassen hast?«, wollte sie von ihm wissen, und plötzlich sprang er auf, marschierte über den strohbedeckten Boden auf sie zu, legte seine starken Finger um ihre Unterarme und blieb splitternackt und mit blauen Flecken übersät direkt vor ihr stehen.

»Ich habe nichts davon getan.«

»Dann bist du also nicht Carrick?«, fragte sie ihn mit erstickter Stimme und versuchte, sich ihm zu entziehen.

»Nein.«

»Nein?«

Er schüttelte den Kopf, und unter seinem Zorn, unter dem harten, maskulinen Ärger nahm sie einen Hauch von Verwirrung wahr. »Nicht mehr.«

»Oh ... dann willst du also so tun, als hätte es die Vergangenheit niemals gegeben; dann willst du also ab heute so unschuldig wie ein neugeborenes Baby sein!« Sie riss einen ihrer Arme los. »Aber so geht das leider nicht. Es reicht nicht, sich zu wünschen, man hätte die Fehler der Vergangenheit niemals gemacht. Wenn das möglich wäre, schwöre ich, hätte ich sämtliche Erinnerungen, die ich an dich habe, längst ausgelöscht. Dann wärst du für mich nicht nur tot, sondern hättest auch niemals existiert.«

»Ich kann mich an Euch erinnern.«

Sie erstarrte. »Was?«

»Bruchstückhaft«, gestand er und mahlte mit den Kiefern. »Ich kann mich daran erinnern, dass ich Euch schon mal gesehen habe. An Euer Lachen. Daran, dass Ihr immer geritten seid, als wäre der Teufel hinter Euch her.«

Ihr Herz zog sich zusammen. Ein Dutzend Erinnerungen an die lange zurückliegenden, wunderbaren Tage stiegen in ihr auf. Oh, wie hatte sie ihn damals geliebt!

»Wie ... wie praktisch, dass du dich ausgerechnet jetzt, da ich im Begriff stehe, dich fortzuschicken, an mich erinnern kannst. Und gleichzeitig behauptest du, du könntest dich nicht an die Menschen erinnern, die dir vertraut haben und die du auf dem Gewissen hast.«

»Nein.« Seine Stimme brach, und er fing an zu blinzeln. »Ich schwöre Euch, Morwenna, ich habe kein Mitglied meiner Familie umgebracht. Ich weiß nicht, ob ich jemals jemanden getötet habe, die Narben an meinem Körper lassen darauf schließen, dass ich schon häufig in Kämpfe verwickelt war, und ich kann mich bruchstückhaft an Soldaten, an Waffen und heißen Zorn, der durch meine Adern rinnt, erinnern, aber ich schwöre Euch bei allem, was mir heilig ist, dass ich meine Familie nicht abgeschlachtet habe. Und ich ...« Er hob die Hand und wickelte sich eine dicke Strähne ihrer Haare um den Finger. »... ich glaube auch nicht, dass ich Euch je verlassen hätte. Mit oder ohne Kind.«

In ihren Augen brannten heiße Tränen. Oh, wie gerne würde sie ihm glauben – seine Worte waren Balsam für ihr gebrochenes Herz –, doch sie war nicht so dumm, ihm noch einmal zu vertrauen.

»Aber du hast es getan. Das weiß ich ganz genau.« Sie schluckte die Tränen herunter und rief sich in Erinnerung, dass er ein verlogenes Stück Abschaum war und dass er alles sagen würde, wenn er dächte, dass es ihm helfen könnte. »Ich habe es erlebt. Du hast mich verlassen.«

»Dann war ich ein unglaublich großer Narr«, wisperte er leise, und bevor sie reagieren konnte, zog er sie eng an seinen harten, nackten Leib, presste seinen Mund auf ihre Lippen und küsste sie mit einer Inbrunst, die ihr Blut auflodern ließ.

Nein!, schrie ihr Verstand. *Morwenna, du musst diesem Wahnsinn sofort ein Ende machen!*

Doch obgleich ihr Hirn ihr etwas anderes befahl, ergab sie sich dem Kuss, spürte den süßen, harten Druck seiner Lippen, öffnete sich dem Drängen seiner Zunge und fühlte seine Fingerspitzen sanft auf ihrem Rücken, als er sie noch fester an sich zog.

Nein, nein, nein!

Doch sie konnte nichts dagegen tun. Konnte einfach nichts dagegen tun. Sie ließ sich von ihrem Leib beherrschen, und als er leise stöhnte, war es vollends um sie geschehen.

Er schob die Tunika von ihrer Schulter und küsste die sensible, weiche Stelle oberhalb ihres Schlüsselbeins.

Wärme entfaltete sich in ihrem Körper, tief in ihrem Innern pochte sie vor Verlangen, und als er ihre Tunika noch weiter auseinander schob und seine warmen Lippen über ihre Haut in Richtung ihrer Brüste gleiten ließ, hielt sie den Atem an. In diesem Augenblick erkannte sie, dass sie verloren war. Sein herber, maskuliner Duft, der sich mit dem Geruch des Feuers mischte, erweckte alle ihre Sinne zu neuem Leben. Die Erinnerung an allzu lange unterdrückte Leidenschaft wogte in ihr auf: an Carrick, wie er nackt auf einem Feld oder im Gras gelegen und sie lächelnd zu sich heran gewunken hatte; an Carrick, wie er sich in ihr Schlafzimmer geschlichen und sie ausgezogen hatte, um sie an den verborgensten Stellen ihres Leibes zu liebkosen; an Carrick, wie er sie auf den Bauch gerollt, ihre Brüste umfasst und von hinten seinen Schwanz in ihre feuchte, heiße Weiblichkeit geschoben hatte, bis sie keuchend und nach Luft ringend vor lauter Seligkeit beinahe vergangen war.

Oh, mit ihm ins Bett zu gehen war gewesen wie mit dem Teufel höchstpersönlich zu schlafen! Sie wusste, sie sollte sich von ihm lösen und dem Wahnsinn, ihn zu küssen und am Ende abermals zu lieben, sofort ein Ende bereiten, doch konnte sie es einfach nicht. Drei Jahre hatte sie genau diesen Moment herbeigesehnt, in beinahe tausend Nächten hatte sie von ihm geträumt, und an genauso vielen Tagen hatte sie ihn verflucht.

Heute Nacht jedoch ..., nur in dieser einen Nacht ... würde sie vergessen, dass er sie verraten hatte. Während das Feuer leise knisterte und alle anderen schliefen, küsste sie ihn mit einer aus der Verzweiflung geborenen Fiebrigkeit zurück.

Als er sie zum Bett trug, ließ sie es geschehen, und als er sie auf die Matratze legte, schlang sie ihm die Arme um den Nacken und bedachte ihn mit einem zärtlichen, erwartungsvollen Blick. Als er begann, die Bänder ihrer Tunika zu lösen, wartete sie in atemloser Freude, und als er endlich das unerwünschte Kleidungsstück zur Seite schob und sie nur noch in einem dünnen, spitzenbesetzten Hemdchen direkt neben ihm lag, hatte sie das Gefühl, als schwebe sie zwischen Himmel und Hölle, und so reckte sie sich ihm entgegen und legte all die Leidenschaft und Sehnsucht, die sie über Jahre hinweg hatte unterdrücken müssen, in den Kuss, den sie ihm gab.

»Bei den Göttern, du bist wunderschön, Morwenna«, stieß er heiser aus, und ihr Herz fing an zu flattern.

Glaub ihm nicht; du darfst diesem verlogenen Hundesohn nicht trauen.
»Du auch.«
»Trotz all der blauen Flecken?«
Statt etwas zu erwidern, glitt sie mit ihren Lippen über die Verfärbung in Höhe seiner Rippen, und als er leise stöhnte und hörbar die Luft zwischen den Zähnen einsog, kostete sie gierig den salzigen Schweiß auf seiner Haut.
»Du bist eine wahre Hexe«, erklärte er, setzte sich rittlings auf sie und strich mit seinem steifen, harten Glied über ihren Bauch. »Aber das habe ich bereits die ganze Zeit gewusst.« Er stützte sich auf einem Ellenbogen ab, schob sein Gesicht so dicht an ihr Gesicht, dass sie seinen Atem auf ihren Wangen spürte, vergrub die Hand in ihrem Haar und presste unzählige heiße Küsse auf ihre Stirn, ihre Wangen und ihr Kinn.
Ihr Herz schlug so wild und laut, dass er es bestimmt hören musste. Sie schaute ihm in die mitternachtsblauen Augen und entdeckte daran nicht den Schurken, dem sie einst verfallen war, sondern einen neuen Menschen, einen Mann, den sie nicht kannte, einen völlig Fremden, der ihr Geliebter werden würde, wenn sie nichts dagegen unternahm.
Schwarze Haare fielen über seine Augen, schweißbedeckte, braune Haut schimmerte im Licht des Feuers, sinnlich maskuline Muskeln zuckten bei jeder Bewegung, die er machte, und er sah dem Carrick, an den sie sich erinnerte, so entsetzlich ähnlich, dass sich ihr dummes Herz erneut zusammenzog.
Während eines idiotischen Moments stellte sie sich vor, sie würde ihn noch immer lieben, doch dann sagte sie sich eilig, *dass es hier nicht um Liebe, sondern ausschließlich um Leidenschaft und Rache ging.*

Oder vielleicht doch nicht?

Obgleich sie schlucken musste, streckte sie erneut die Arme nach ihm aus. Es war sehr lange her, seit sie zum letzten Mal mit einem Mann geschlafen, seit sie sich Carrick hingegeben hatte und schändlich von ihm im Stich gelassen worden war. Heute Nacht jedoch war sie bereit, dasselbe Herzleid zu riskieren, denselben nicht endenden Schmerz. Obwohl sie eine Frau war und deshalb von ihr erwartet wurde, ihrem verruchten sexuellen Verlangen nicht einfach nachzugeben, würde sie sich diese eine Nacht der Freude in seinen Armen nicht versagen.

Schließlich hatte sie ihn einmal von ganzem Herzen geliebt.

Und deshalb würde sie sich *das hier* auch erlauben.

Sie legte ihm die Finger in den Nacken, zog ihn zu sich herab, blies in seinen offenen Mund und gab ihm, als er wieder leise stöhnte, einen fiebrig heißen Kuss. Sie genoss den Druck seiner Lippen und die Feuchtigkeit seiner Zunge, als diese sich, um sie zu kosten, zwischen ihre Zähne schob.

Selig schloss sie ihre Augen, und er legte seine freie Hand auf ihre Brust. Durch den dünnen Seidenstoff spürte sie seinen Daumen direkt auf ihrer Brustwarze, und erfüllt von einem süßen Schmerz wisperte sie leise: »Ooh.«

Sie begann sich unter ihm zu winden, ihre Knospen wurden hart wie zwei kleine Diamanten, und zwischen ihren Beinen entbrannte eine Hitze, die sie innerlich verglühen ließ. »Carrick«, weinte sie mit einer Flüsterstimme, die laut durch den Raum zu hallen schien. »Oh, bitte ...«

Er sah ihr lächelnd in die Augen, und sein teuflisch-verführerisches Grinsen fachte ihre Begierde tatsächlich noch an. »Schweinedung?«, fragte er und küsste sie erneut. »Hast du mich nicht erst vor kurzem noch so genannt?«

»Schlimmer! Du bist noch viel schlimmer als Schweinedung.«

Er fing leise an zu lachen. »Ist das denn überhaupt möglich?« Seine Zunge streifte ihre Lippen und weckte in ihr das Verlangen nach einem echten Kuss.

»J-ja.«

Langsam und verführerisch rieb er seine heiße, harte Männlichkeit an ihr und schob den dünnen Stoff, der sie noch voneinander trennte, auf diese Weise hin und her.

Sie wollte, nein, sie brauchte diesen Mann.

»Was ist denn noch schlimmer als Schweinedung?«

»Du«, murmelte sie leise, obwohl sie in Gedanken nicht bei der Unterhaltung, sondern tief in ihrem Innern war. Gott, wie schmerzlich sie sich danach sehnte, dass er endlich in sie eindrang.

Als könnte er ihre Gedanken lesen, glitt er an ihr herab, zog dabei ihr Hemdchen straff und legte seinen Mund auf ihre immer noch verhüllte Brust. Eifrig leckte er an ihrem Nippel, befeuchtete dadurch den Stoff, und wieder wandte sie sich vor Verlangen hin und her.

Dann presste er ein Knie zwischen ihre Beine, und keuchend packte sie sein rabenschwarzes Haar. Ihr Innerstes begann zu pochen, ihre Weiblichkeit verlangte schmerzlich danach, von ihm berührt zu werden, und als er den Druck seines Knies verstärkte, stöhnte sie heiser auf.

Die rote Glut des Feuers im Kamin spiegelte die Hitze, die Morwenna in diesem Augenblick empfand. Sie vergrub die Finger in seinen Oberarmen, und als seine Zähne sanft an ihrem Nippel kratzten, reckte sie sich ihm entgegen, schmiegte sich eng an seinen Leib, schob ihre Brust in seinen Mund, bis er begierig daran saugte und die Welt um sie herum versank.

Als er seinen Kopf zurückzog, entfuhr ihr ein leiser Schrei.

»Geduld, M'lady«, wisperte er rau, zog ihr das Hemd über den Kopf, und endlich lag sie völlig nackt im Schein des Feuers auf dem Bett.

Er liebkoste sie mit seinen rauen Händen und glitt mit seiner Zunge und seinen Lippen an ihrem Bauch herab. Sie schlang ihm die Arme um die Taille, glitt mit einem Finger über seinen Rücken, und er fuhr zusammen, als hätte ihn ein Blitz durchzuckt.

Knurrend schob er ihre Beine mit den Knien auseinander und blies ihr seinen heißen Atem auf den Leib. »Spielt nicht mit mir, M'lady«, flüsterte er heiser, blies einen warmen Lufthauch erst auf ihren Nabel und dann auf ihre Schenkel, öffnete sie sanft mit seinen Fingern, suchte dann mit seinen Lippen ihre heiße, feuchte Mitte und ließ seine Zunge derart süß und quälend mit ihr spielen, dass sie ihre eigenen Finger in die Matratze grub.

Er blies in sie hinein, und sie zuckte zusammen und hatte das Gefühl, als ob ihr Hirn in tausend Teile zersprang. Als er sich ein Stück an ihr heraufschob und mit seinem Glied die Stelle berührte, an der zuvor sein Mund gelegen hatte, schrie sie vor Ekstase auf.

»Jetzt, M'lady«, sagte er, blickte auf sie herab und rammte seinen Schwanz deutlich tiefer, als sein Atem hatte reichen können, in ihre Weiblichkeit. Sie rang nach Luft und hatte das Gefühl, von innen her zu verbrennen. Langsam zog er sich aus ihr zurück, und sie streckte die Arme aus, packte seine Schultern und schlang ihm, als er sich erneut in sie hineinschob, mit wild klopfendem Herzen die Arme um den Leib. Alle Gedanken an die Vergangenheit und Zukunft waren wie weggeblasen. Das Einzige, was zählte, war diese eine

Nacht, und während sich Morwenna im selben Takt wie er bewegte und ihrer beider kurzen Atemstöße hörte, klammerte sie sich in verzweifeltem Verlangen noch stärker an ihm fest. Schneller und immer schneller gingen ihre Stöße, als feuerten sich beide gegenseitig an, und ihre besinnungslose Paarung wurde von lautem Keuchen untermalt.

Sie hatte das Gefühl, von innen zu verbrennen, nein, nicht einfach zu verbrennen, sondern regelrecht zu explodieren, bis sie ihn am ganzen Leibe zitternd auf sich herunterzog und voller Verzückung seinen Namen schrie.

Er warf den Kopf zurück und spannte jeden Muskel an, bevor er sich in sie ergoss. »Morwenna«, flüsterte er dicht an ihrem Ohr, umfasste ihren Kopf und brach auf ihr zusammen.

Sie begrüßte sein Gewicht, und schweißnass und vollkommen erschöpft hielten sie sich aneinander fest, bis ihrer beider Atem halbwegs zur Ruhe kam.

Schließlich stützte er sich lächelnd auf einen Ellenbogen und sah auf sie herunter. »Du bist wirklich ein zänkisches Weibsbild««, erklärte er und strich ihr eine feuchte Locke aus dem Gesicht.

»Und eine Hexe?« Sie zog eine Braue in die Höhe und verzog den Mund zu einem Lächeln.

»Ja genau.«

»Eine Hexe.« Grinsend schüttelte sie den Kopf.

»Besser als die Namen, die du mir gegeben hast. Lass mich überlegen – ich glaube, ich war schon ein Bastard, der Sohn eines wilden Hundes, ein Stück Schweinedung, ein Schuft –«

»Pst.« Sie legte einen Finger an seine Lippen. »Genug.«

»Aber ›elendes Stück Schweinedung‹ war wahrscheinlich die erinnerungswürdigste Bezeichnung, die du mir an den

Kopf geworfen hast«, fügte er, bevor er ihren Finger küsste und ihn dann sanft in seinen Mund zog, gut gelaunt hinzu.

»Was? Oh!«, hauchte sie, als sie zwischen ihren Beinen eine Veränderung wahrnahm. Sein Glied, das er noch nicht aus ihr herausgezogen hatte, begann erneut größer zu werden.

Er zog eine Braue in die Höhe und fragte mit einem verruchten Grinsen: »Oh, M'lady, Ihr habt Euch doch wohl nicht eingebildet, wir wären schon fertig?«

Ehe sie etwas erwidern konnte, ließ er von ihrem Finger ab und sah sie mit verheißungsvoll glitzernden Augen an.

»Wir haben sehr viel nachzuholen«, sagte er, spielte erneut mit ihren Nippeln, und plötzlich schwoll sein Glied in ihr zu seiner vollen Größe an. Dann machte er sein Versprechen wahr, presste sich wieder gegen sie und bewegte sich, während er ihre Brüste knetete und seinen heißen Mund gierig auf ihren Lippen drückte, rhythmisch auf und ab.

Sie schloss verzückt die Augen und verdrängte jeglichen Gedanken an die Folgen ihres Tuns.

Zur Hölle mit dem, was folgen würde. In dieser einen Nacht gäbe sie sich dem einstigen Geliebten immer wieder hin, zur Hölle mit dem nächsten Tag.

21

Nein!
Der Rächer blickte durch den Schlitz zwischen den Steinen und biss sich in die Wange, um nicht laut zu fluchen. Angewidert blähte er die Nasenflügel, während er Zeuge ei-

nes so grässlichen Aktes wurde, dass das Blut in seinen Adern vor Abscheu regelrecht gefror.

Dort, hinter der Wand, beinahe fünf Meter unterhalb der Stelle, an der er Position bezogen hatte, schlief der Bastard mit Morwenna. Trotz seiner Verletzungen hatte Carrick einen harten, dicken Schwanz und spannte im warmen Licht des Feuers die immer noch verfärbten Muskeln deutlich sichtbar an. Seine Haut lag straff über seinem festen Hintern, als das Untier seinen Unterleib nach vorne drückte und sein Glied so tief es ging in ihr vergrub.

Verflucht sei er!

Verflucht sei sie!

Verflucht seien ihrer beider lüsternen, geilen Seelen, von denen er nur hoffen konnte, dass sie in den Feuern der Hölle schmoren würden für diesen furchtbaren Verrat!

Widerlich!

Unmoralisch!

Übelkeit erregend!

Da er aber trotzdem seinen Blick nicht davon lösen konnte, beobachtete er das Treiben weiter voll kranker Faszination. Und als wäre seine Verletztheit nicht genug, reagierten seine eigenen Nerven auf die sinnliche Vereinigung, und während sein steinharter Schwanz sich schmerzlich nach Erleichterung sehnte, dachte sich sein verräterisches Hirn fleischliche Vergnügungen aus, an denen er beteiligt war.

Er sah ihre vollen Lippen, die sie über jeden Zentimeter der Haut ihres Geliebten gleiten ließ.

Oh, dass ihr Mund doch endlich *ihn* auf diese Art berührte!

Dass sie ihn mit ihren Händen knetete.

Dass sie zärtlich mit ihren Lippen über jede nackte Stelle seines Leibes fuhr.

Er musste schlucken. Und schmeckte sein eigenes Blut.

Wie gern hätte er Hand an sich gelegt, um die Dämonen, die in seinem Inneren tobten, zu befreien und endlich das Vergnügen zu erfahren, nach dem es ihn seit Monaten verlangte. Wie lange träumte er bereits davon, auf dieser Frau zu liegen, sich in ihre feuchte, willige Wärme hineinzurammen, sie ein ums andere Mal zu nehmen, sie zu zwingen, sich vor ihm auf den Boden zu knien, um ihn mit ihren Lippen und der Zunge zu liebkosen, oder sie nackt vor sich stehen und ihre eigenen Brüste festhalten zu lassen, während er genüsslich daran sog.

Während er von diesen Dingen träumte, biss er die Zähne aufeinander und hätte vor Schmerz beinahe aufgeschrien. Jetzt war sie besudelt. Trug den Samen eines anderen Mannes in sich, der vielleicht genau in diesem Augenblick Wurzeln in ihr schlug.

Übelkeit und heißer Zorn stiegen in ihm auf. Er zwang sich, der Wand den Rücken zuzudrehen und schwor lautlos Rache. Sie würde nicht ungestraft davonkommen, oh nein. Er würde dafür sorgen, dass sie büßte für ihr frevelhaftes Tun.

Eilig lief er den vertrauten, dunklen Korridor hinunter, und erst, als er die kleinen Löcher in der Wand weit hinter sich gelassen hatte, atmete er hörbar auf. Im Laufen riss er ein Binsenlicht aus dem Eisenhalter an der Wand. Er würde seine Pläne nicht aus den Augen verlieren. Egal, wie erbost er augenblicklich war. Egal, wie krank ihn ihr Gebaren machte. Wie schmerzlich es hinter seinen Augen pochte. Nichts und niemand würde ihn von seinem Vorhaben abbringen!

Er hielt die Fackel über seinen Kopf und eilte in die kleine Kammer, die er als Lager verwendete. Er bräuchte heute

Nacht eine Verkleidung, um im grauen Licht der Dämmerung unerkannt durch das Tor der Festung zu kommen.

Er dachte an Carrick von Wybren. Wenn nicht durch den Strang, so stürbe er bald durch die Hand des Rächers einen qualvollen, wohlverdienten Tod.

Er dachte daran, wie es sein würde, ihn zu töten, und sein Blut geriet in Wallung. Am besten schnitt er dem Gefangenen einfach die Kehle durch. Ach, hätte er ihn doch bereits ermordet, als es noch ein Kinderspiel gewesen wäre. Er hatte so viele Gelegenheiten gehabt, sich aber gesagt, er müsse sich gedulden, weil der Bastard eine ganz bestimmte Form der Gerechtigkeit verdient hätte.

Schließlich gab es keinen besseren Weg, die eigene Haut zu retten, als den Gefangenen für das verurteilen zu lassen, was er selbst vor über einem Jahr verbrochen hatte. Hatte er das nicht die ganze Zeit geplant?

Was aber, wenn der Mann, mit dem Morwenna gerade schlief, gar nicht Carrick war?

Eilig verdrängte er diese Überlegung. Wer sollte dieser Kerl schon anderes sein? Und sein Aussehen ... ja, er sah wie alle Männer von Wybren aus. Der Rächer verzog den Mund zu einem kalten Lächeln.

Als er den kleinen Raum erreichte, blickte er auf die Garderobe, die in ordentlichen Stapeln auf dem Boden lag. Er würde sich mit einer schmutzigen, geflickten Hose, einer verblichenen Tunika und einer Mütze verkleiden wie ein Bauer. Plötzlich aber riss er die Augen auf ...

Schwenkte seine Fackel hin und her und sah sich suchend um. Wie die Bauernkleider war auch noch die Mönchskutte an ihrem Platz, die Soldatenuniform hingegen fehlte ... *Das war vollkommen unmöglich!* Er hatte sie direkt neben die Bauerntracht gelegt.

Das Blut rauschte ihm in den Ohren.

Angst brannte sich ihm ins Hirn.

Jemand hatte seine Geheimgänge entdeckt! In der festen Überzeugung sich zu irren, durchwühlte er die Stapel. Aber nein. Nicht nur die Soldatenuniform, sondern auch ein kleines Messer, ein Dolch mit einer besonders scharfen Klinge, war eindeutig nicht mehr da.

Da er vor lauter Panik kaum noch Luft bekam, holte er so tief wie möglich Luft. *Denk nach. Denk nach!*

Hatte er die Uniform vielleicht benutzt und in seinem eigenen Zimmer liegen lassen? Hatte er sie vielleicht, da sie ihm nichts nützte, irgendwo entsorgt? Sie aus Angst, dass jemand ihn entdeckte, irgendwo versteckt?

Nein, nein und nochmals nein! Sie war hier gewesen, in seinem Versteck.

Dann hat jemand dein Versteck gefunden!

Dann weiß jemand, was du tust!

Jemand, der dich heimlich beobachtet und nur darauf wartet, dass sich eine Gelegenheit ergibt, dein Geheimnis zu enthüllen und alles zu zerstören, wofür du dich abgerackert hast.

Seine Knie wurden weich, und mit angehaltenem Atem lauschte er auf mögliche Geräusche in dem von ihm erschlossenen, versteckten Labyrinth. Etwas bewegte sich in einer Ecke, und beinahe hätte er sich nass gemacht, ehe er entdeckte, dass nur eine Ratte eilig in einem Loch in einer Wand verschwand.

»Hör auf!«, zischte er sich wütend an. Er war vollkommen allein. Wer auch immer die Uniform gefunden hatte, hatte nichts davon gesagt. Also hatte offenbar auch der Dieb private Gründe dafür, durch diese Korridore zu schleichen.

Er atmete langsam wieder aus und tauschte die Garderobe, die er bisher getragen hatte und in der ihn viele erkennen würden, gegen andere Kleider.

Was ist mit dem Gefangenen? Hat er vielleicht die versteckte Tür zu seinem Raum entdeckt?

Bis zum heutigen Abend hatte sich der Rächer eingebildet, der Mann wäre immer noch bewusstlos, oder leide, selbst wenn er inzwischen hin und wieder zu Besinnung kam, an einer Art Delirium und hätte deshalb keine Ahnung, wer er war und wo er sich befand. Selbst, wenn er inzwischen wach geworden war, war er immer noch verletzt und schwach ...

Aber nicht zu schwach, um voller Leidenschaft mit Morwenna zu schlafen.

Wieder verbrannte ihm der Zorn regelrecht die Seele.

Vielleicht hat der Kerl ja wirklich die Tür und die Geheimgänge gefunden, bisher aber noch keinen Weg aus der Burg heraus entdeckt. Vielleicht wartet er nur auf eine Gelegenheit zur Flucht und lockt die Herrin nur zum Zeitvertreib zu sich ins Bett.

»Genug!«, fauchte der Rächer, denn er war die steten Zweifel leid. Wütend zog er sich die Tunika über den Kopf, riss sie vor lauter Zorn in Fetzen und band dann mit zitternden Händen die Lederschnüre der alten, übelriechenden Arbeitshose zu.

Er schob sich ein Messer in den Stiefel, band sich ein zweites an den abgewetzten Gürtel und versuchte, jeden Gedanken an Morwenna auf dem Lager des Gefangenen zu verdrängen. Trotzdem sah er immer wieder ihre vollen Brüste vor sich, ihre wunderbaren Brüste mit den herrlich feuchten Brustwarzen, den harten, dunklen Knospen, die der Gefangene geleckt, geküsst, gekostet hatte, während er sie ein ums andere Mal gevögelt hatte. Sie hatte ihn angefleht, noch härter zuzustoßen, hatte ihn schluchzend angebettelt, ihm die Beine um den Leib geschlungen und ihn so dicht auf sich herabgezogen, dass sie kaum noch zu sehen gewesen war.

Hure!

Sein Blut fing an zu kochen und dröhnte laut in seinen Ohren, während er, nur von seinem Instinkt geleitet und ohne etwas zu sehen, durch die Korridore lief.

Als er endlich die gesuchte Tür erreichte – ein winziges Portal, durch das man in den Kräutergarten gelangte –, öffnete er sie und spürte die kalte Nachtluft im Gesicht.

Weder auf der Steintreppe noch zwischen den Kisten mit dem Feuerholz war irgendwas zu sehen. Im trüben Licht des Mondes blickte er auf die Flecken dunkler Erde, wo außer den gelben Blättern welker Pflanzen ebenfalls nichts zu entdecken war. Ein Schatten huschte vor ihm über den Weg, und beinahe wäre ihm vor Schreck das Herz stehen geblieben, ehe er erkannte, dass nur eine Katze auf einen Holzkarren gesprungen war. Er atmete tief durch und sah sich weiter suchend in diesem Teil des Innenhofes um. Alles wirkte vollkommen normal.

Gerade wollte er sich zur Kapelle aufmachen, als er plötzlich doch etwas bemerkte. Seine Nackenhaare sträubten sich, und er wurde schreckensstarr. Es war eindeutig niemand in der Nähe, und seine Furcht war bestimmt nur das Ergebnis des verruchten Schauspiels, das er im Zimmer des Gefangenen hatte miterleben müssen – und der Entdeckung, dass eine seiner Verkleidungen verschwunden war.

Trotzdem ginge er am besten kein Risiko ein.

Immer noch vollkommen reglos spitzte er die Ohren und sah sich vorsichtig noch einmal um. Die Nacht war bitterkalt, und dünne, hohe Wolken hingen vor dem Mond. Über seinem Kopf schrie eine Eule und schlug mit ihren Flügeln.

Ein paar trockene Blätter raschelten im Wind. Doch das war noch nicht alles. Da war noch etwas *anderes*, etwas, das ihm den Mund trocken werden ließ.

Langsam, mit angespannten Muskeln, das Messer in der Hand, schob er sich zentimeterweise vorwärts und versuchte zu ergründen, weshalb er so erschrocken war. Was war das für ein seltsames Geräusch? Ein Geräusch, das neben dem sanften Flattern der Windmühlensegel in der winterlichen Brise kaum zu hören war.

Er schloss kurz die Augen und lenkte all seine Gedanken auf die fremdartigen Laute.

Die Stimme einer Frau.

Die der alten Hexe.

Sie vollzog schon wieder ihr grässliches Ritual.

Doch dies wäre das letzte Mal. Niemals wieder würde sie heidnische Götter und Göttinnen anbeten. Denn heute Nacht würde der Blutdurst des Rächers abermals gestillt.

Er wusste, dass sie vor Anbruch der Morgendämmerung zurück in ihre Kammer gehen würde. Alles, was er zu tun hatte, war zu warten.

Als Morwenna sich im Schlaf bewegte, zog er sie ein letztes Mal an seine Seite und stand dann lautlos auf. Ihr Duft, ihre Wärme und ihr leiser Atem hätten beinahe gereicht, damit er es sich noch einmal überlegte. Aber nur beinahe. Denn so wunderbar es auch gewesen war, mit ihr zu schlafen, wusste er mit Bestimmtheit, dass es mehr als diese eine Nacht der Leidenschaft für sie beide nicht geben würde. Wenn erst die Dämmerung anbräche, sähen sie beide das, was zwischen ihnen vorgefallen war, mit ganz anderen Augen.

Sie hatte ihm bereits gedroht, ihn nach Wybren ausliefern zu lassen, und er hegte kaum Zweifel daran, dass sie auch weiterhin die Absicht hatte, das zu tun. Trotz allem, was sie heute Nacht miteinander hatten erleben dürfen, spürte er, dass ein Teil von ihr erleichtert sein würde, ihn endlich los zu sein.

Er blickte kurz auf sie hinab, sah ihren leicht geöffneten Mund und die dichten, dunklen Wimpern, die weich auf ihren Wangen lagen, und als sie sich mit einem leisen Seufzer tiefer unter die Decke schmiegte, hätte er sich liebend gerne wieder neben sie gelegt.

Doch das war vollkommen unmöglich.

Er musste so schnell wie möglich fliehen.

Um endlich herauszufinden, wer er war.

Seine Züge wurden hart. Er würde nach Wybren reiten, ja, aber nicht unter Bewachung und nicht mit gefesselten Händen, nicht, um am Galgen zu enden oder in einem düsteren Verlies. Er würde sich alleine und freiwillig dorthin begeben.

Geräuschlos trat er vor die versteckte Tür, fand den Riegel, zog ihn auf, schnappte sich eins der Binsenlichter und stahl sich aus dem Raum. Dann zog er die Tür wieder sorgfältig hinter sich zu und suchte sich mit Hilfe der Zeichen, die er ins Mauerwerk geritzt hatte, den Weg zu der von ihm gestohlenen Uniform. Eilig stieg er in die fremde Kleidung, und auch wenn sie an den Schultern etwas eng war, könnte ihm die Flucht damit gelingen, solange es noch ein wenig dunkel blieb.

Und falls Morwenna noch ein wenig länger schliefe.

Während er weiter an sie dachte, nahm er die Stiefel in die Hand und lief, um kein Geräusch zu machen, barfuß weiter durch das Labyrinth bis zu dem Ausgang, der neben der Kapelle lag. Von dort aus würde er beim Wachwechsel hinüber zu den Ställen eilen und sich dort verstecken, bis sich die

Gelegenheit zum Diebstahl eines Reitpferdes ergab. Er würde den Stallmeister niederschlagen oder einem, wie er hoffte, dummen Stalljungen vorgaukeln müssen, er sei ein neuer Söldner von Sir Alexander, doch egal, auf welchem Weg, er bekäme sein Pferd.

Und wenn er es erst hätte, würde er wie der Teufel Richtung Wybren reiten.

Und Lord Graydynn dort ohne Fesseln gegenübertreten.

Und endlich die Wahrheit über den Brand und über sich selbst herausfinden.

Es würde heute Nacht geschehen, wusste Isa, während sie Gebete an die Muttergöttin schickte und eine Rune in den Schlamm neben dem Aalteich zog. Das schwache Licht des Mondes tauchte die Umgebung in ein unheimliches, silbrig weißes Licht, und sie spürte, dass sich das Böse innerhalb der Burgmauern bewegte, dass es durch das Dunkel schlich.

»Große Mutter, schütze sie«, sang Isa, bohrte ihren Stock so tief wie möglich in die weiche Erde und verstreute über ihrer Zeichnung ein Gemisch aus Asche, Rinde, Vogelbeere und Johanniswurz. »Ich bitte dich um deinen Beistand, Morrigu«, betete sie weiter. »Schütze sie. Falls mein Leben enden soll, bitte, bitte, steh der Herrin weiter bei. Schütze sie und ihre Familie.« Ein ums andere Mal hatte sie dieselben Bitten vorgetragen, denn sie wusste, sie bekäme niemals wieder die Gelegenheit dazu.

Langsam stand sie auf. Ihre alten Knie knirschten, und die Furcht lastete schwer auf ihrem Herzen.

Sie hatte gehofft, sie würde dem Tod mutiger ins Auge sehen, würde es als Erleichterung empfinden, endlich in die nächste Welt überzuwechseln, doch jetzt hatte sie Angst. Es war einfach zu früh. Sie hatte noch so viel zu tun.

Sie blickte auf ihre runzeligen Hände. Früher waren sie weich und flink gewesen, jetzt aber waren die Knöchel dick geschwollen, und ständig taten ihr die Finger weh.

Sie sollte akzeptieren, dass sie sterben würde, sollte mehr Vertrauen in das Schicksal haben, doch es gelang ihr einfach nicht. Als irgendwo ein Rabe krächzte, trat sie etwas näher an den Teich und starrte in das dunkle Wasser. Es war vollkommen ruhig. Undurchdringlich schwarz. Das fahle Licht des Mondes verlieh ihm einen schwachen Glanz.

Sieh nicht hin!

Doch die ruhige Wasseroberfläche zog ihre Blicke magisch an.

Sie erkannte ihr eigenes Spiegelbild und die Furcht in ihren Augen. Das Wissen, dass sie nicht allein war. Obwohl es völlig windstill war, schien sich das Wasser zu bewegen, bevor sie hinter ihrem eigenen Bild einen schimmernd roten Drachen und auf seinem Rücken Arawn, den Gott der Unterwelt, mit einem grauenhaften Lächeln auf den Lippen auftauchen sah.

Ihr altes Herz zog sich schmerzlich zusammen, und sie wirbelte herum. Natürlich stand niemand hinter ihr, der rote Drache und der Herr des Todes waren schließlich unsichtbar.

Sie fing an zu zittern, sah sich suchend um und wandte sich wispernd an Morgan le Fay. »Bitte, Göttin des Todes, komm aus Glamorgan, höre meine Bitte und verfluche den Bösen, der es auf uns abgesehen hat.«

Doch es war zu spät. Die Würfel waren längst gefallen. Ihre Visionen würden sich jetzt nicht mehr ändern. Das wusste sie genau.

Ängstige dich nicht, versuchte sie sich Mut zu machen. *Der Tod kommt zu uns allen.* Dennoch wallte, während sie sich fester in ihren Umhang hüllte, eisige Verzweiflung in ihr auf.

Der Tod ließ sich nicht überlisten. Wenn er käme, hatte sie sich stets gesagt, würde sie sich ihm friedlich ergeben und freudig durch die Tür hinüber auf die andere Seite gehen. Nun aber, da ihr der Tod gewiss war, wäre sie am liebsten fortgelaufen und hätte sich, um das irdische Leben noch weiter miterleben zu dürfen, gerne irgendwo versteckt.

Mit schmerzenden Gliedern machte sie sich auf den Rückweg Richtung Burg. Wenn sie erst wieder in ihrer Kammer wäre, würde sie Kerzen anzünden, Kräuter und Rinde verbrennen, schützende Bänder flechten und sich vielleicht sogar bewaffnen. Auch wenn Arawn selbst unsterblich war, würde derjenige, wen auch immer er als Boten zu ihr schickte, ohne jeden Zweifel sterblich sein. Und böse. Das spürte sie genau. Das sagte ihr die reglose, eiskalte Luft.

Sie eilte durch den Garten und dachte an das Messer, das ihre Mutter ihr hinterlassen hatte. Es verfügte über eine so scharfe Klinge, dass man damit einen Aal vom Kopf bis zu seinem zappeligen Ende aufschlitzen konnte, ohne auch nur einmal abzusetzen. Trotzdem würde sie das Messer heute Abend vorsichtshalber wetzen, denn es mochte für ihren Gegner noch nicht scharf genug sein.

Eine Wolke schob sich vor den Mond.

Das Dunkel wurde undurchdringlich.

Isa nahm erschaudernd eine Veränderung der Atmosphäre wahr.

Arawn!

Sie rannte noch ein wenig schneller, und ihre alten Füße wären auf den glatten Steinen beinahe ausgerutscht. Inzwischen war sie in der Nähe der Kapelle, und von dort waren es nur noch wenige kurze Meter bis zur Tür. Nur noch ein paar Schritte! *Lauf, Isa. Bring deine alten Beine dazu, sich schneller zu bewegen!*

Ihre Lunge brannte, doch gleich hätte sie es geschafft. Nur noch durch das Gartentor auf den Weg zur großen Halle. Der Wachmann würde sie doch sicher sehen ... Doch es stand kein Wachmann vor der Tür!

Etwas stimmte nicht! Für den Wachwechsel war es zu früh, und Sir Cowan würde seinen Posten niemals einfach so verlassen.

Sie sah jemanden von der Seite näher kommen und atmete erleichtert auf. Der Wachmann hatte sich nur ein paar Schritte von der Tür entfernt, wahrscheinlich, um sich die Beine zu vertreten.

»Oh, Sir Cowan, Ihr habt mich vielleicht erschreckt.« Keuchend holte sie Luft.

Als die Wolke weiter zog und wieder etwas Mondlicht auf die Erde fiel, war es bereits zu spät.

Jetzt erst erkannte sie, dass der Mann, den sie gesehen hatte, nicht Sir Cowan war. Er musste ein Bauer sein, denn er trug die Kleider eines Landmanns ... oder etwa nicht? Nein ...

Ehe sie auch nur einen Schrei ausstoßen konnte, hatte er sich bereits auf sie gestürzt, ihr eine Hand über den Mund gepresst und einen Arm um ihren Bauch geschlungen.

Sie war nicht entkommen.

Arawn war in der Gestalt eines Menschen, den sie kannte, über sie gekommen.

Die Furcht fraß sich ihr in die Seele.

Sie fuchtelte verzweifelt mit den Armen und den Beinen, kam jedoch vollkommen unmöglich gegen diesen Gegner an. Während sie vergeblich kratzte und sich wand, zerrten Muskeln wie aus Stahl sie rückwärts durch das Tor.

Zurück im Schatten der Kapelle warf er sie auf den Boden, und der Gestank seines Schweißes und seines faulen Atems wehten ihr direkt ins Gesicht.

Wumm! Ihr Kinn krachte auf die Steine, und hinter ihren Augen blitzten tausend Sterne auf.

Hilf mir, Morrigu. Vielleicht könnte sie ja schreien und sich der Bestie auf irgendeine Art entwinden. Sie versuchte verzweifelt, ihm in die Hand zu beißen, schmeckte jedoch statt seiner Haut und seines Blutes nur trockenes altes Leder.

Während sein Gewicht sie weiter auf den Boden drückte, schob er eine Hand in eine Hosentasche, wo wahrscheinlich seine Waffe steckte.

Er hielt ihr etwas vor die Augen, und sie sah das Glitzern von Metall. Ihr Herzschlag setzte aus. Carrick von Wybrens Ring. Dann hatte dieses Monster sicher auch Sir Vernon abgeschlachtet. Sie kämpfte noch verzweifelter, vergaß ihre Arthritis, spannte alle Muskeln an. Tapfer bemühte sie sich, diese Bestie abzuwerfen, doch es nützte nichts. Er war einfach deutlich stärker. Und noch entschlossener als sie.

Große Mutter, gib mir Kraft.

Aus dem Augenwinkel sah sie abermals Metall aufblitzen.

Das Messer dieses Schurken.

Bald wäre es vorbei.

Blitzschnell sauste die Waffe auf sie herab.

Es gab kein Entkommen.

Kein Entrinnen vor dem Tod.

Heute Nacht, wusste sie mit Bestimmtheit, forderte der grauenhafte Arawn den ihm gebührenden Tribut.

22

Carrick?

Weshalb störte ihn dieser Name immer noch? Weshalb zog sich sein Magen bei diesen beiden Silben leicht zusammen? Er versteckte sich hinter dem stinkenden Güllekarren und wartete auf den passenden Moment. Mit zum Zerreißen gespannten Nerven und Muskeln kauerte er in der Dunkelheit.

Alle hier auf Calon vom Sheriff bis zur kleinsten Küchenmagd hielten ihn für einen mörderischen Bastard. Leute, die Carrick lange vor dem Feuer zum letzten Mal gesehen hatten, waren der festen Überzeugung, dass er dieser Halunke war. Morwenna sah in ihm Carrick von Wybren, und er hatte einen Ring getragen, auf dem das Wappen jener Burg gewesen war.

Sogar er selbst hatte den Namen Carrick inzwischen als seinen eigenen akzeptiert.

Nur fühlte er sich irgendwie nicht richtig an. Er ärgerte und reizte ihn, und jedes Mal, wenn er ihn hörte, fuhr er innerlich zusammen, als hege er dieselbe Abscheu wie alle anderen vor dem Mann, der er angeblich sein sollte.

Vielleicht liegt es daran, dass du um ein Haar gestorben wärst. Vielleicht hast du ja im Angesicht des Todes eine grundlegende Wandlung durchgemacht.

Fast hätte er dieser idiotischen Gedanken wegen laut aufgeschnaubt, presste jedoch gerade noch rechtzeitig die Lippen aufeinander, als er die Schritte der Soldaten kurz vor dem Wachwechsel vernahm.

Vielleicht hat sich ja deine Persönlichkeit während des todesähnlichen Schlafs verändert. Vielleicht bist du jetzt frei von all deinen alten Sünden.

Er verzog den Mund zu einem trüben Lächeln. Eines wusste er genau – er war weder besonders religiös noch allzu gut oder gerecht gewesen, bevor er überfallen worden war. Er war bestimmt kein Heiliger, aber auch wenn er bestimmt gesündigt hatte, konnte er unmöglich glauben, dass seine eigene Familie durch seine Hand gestorben war.

Was auch immer wirklich in jener Nacht geschehen war, er würde es herausfinden. Er wollte verdammt sein, wenn er weiter einen Namen trüge, der vielleicht nicht der seine war.

Doch Morwenna liebt Carrick ohne Zweifel, und das Zusammensein mit ihr in der vergangenen Nacht hat sich so richtig angefühlt. Als hätte ich sie schon mein Leben lang geliebt.

Tja, bald fände er heraus, in welcher Beziehung sie zueinander standen. Nicht mehr lange, und er würde nach Wybren aufbrechen.

Zusammen mit dem ersten Licht senkte sich frühmorgendlicher Nebel über den Innenhof der Burg, umhüllte die Hütten und die Mauern, legte sich über die Teiche und die Pfützen und streckte seine dünnen Finger Richtung Himmel aus.

Für ihn war dieser Nebel ein Geschenk der Götter, der sich wie ein spinnwebzarter Umhang um ihn legen würde, wenn er sich aus dem Tor der Festung stahl.

Er hörte, wie die Wachen wechselten, und nahm die Soldaten, die sich noch kurz miteinander unterhielten, wie undeutliche Schatten wahr.

Knirschend wurde das Fallgitter hochgezogen, knarrend schoben sie die Tore auf, und die Jäger, die bereits auf ihren Rössern saßen, wurden von dem weißen Dunst verschluckt.

Jetzt.

Er zog sich die Kapuze seines Umhangs ins Gesicht,

nahm das Messer in die Hand und glitt lautlos durch das Dunkel in den offenen Stall. Dort war nur ein Junge, der, während die Pferde in den umliegenden Boxen schnaubten, pfeifend ausmistete und derart in seine Arbeit vertieft war, dass er gar nicht merkte, dass er nicht mehr alleine war.

Er nahm das Messer fester in die Hand. Er könnte sich ohne Probleme über die Trennwand schwingen, dem Jungen das Messer in den Nacken rammen, und schon wäre er den unliebsamen Zeugen los.

Doch das wäre eine entsetzliche Vergeudung. Eilig blickte er sich um, entdeckte mehrere zusammengerollte Seile, die an einer der Wände hingen, und schnappte sich eines davon. Dann erst sprang er über die Boxentür und fiel den ahnungslosen Jungen unsanft von hinten an.

Eins der Pferde wieherte nervös.

Der Junge wollte schreien und versuchte, um sich zu treten, als er plötzlich die Spitze eines Messers im Genick spürte: »Sei still, wenn dir dein Leben lieb ist.« Die Pferde in den umliegenden Boxen scharrten schnaubend mit den Hufen und warfen die Köpfe hoch. »Wenn du schreist oder auch nur eine Hand gegen mich erhebst, dann schneide ich dir die Kehle durch, das schwör ich dir.«

Der Junge gehorchte. Sank schlaff in sich zusammen. Machte sich vor Angst noch in die Hosen.

Carrick fesselte die Handgelenke und die Knöchel des Jungen mit dem Seil, riss einen Ärmel seiner Tunika entzwei, stopfte seinem Opfer den Stoff als Knebel in den Mund, zerrte ihn in eine entlegene Ecke des Gebäudes und band ihn hinter ein paar Säcken mit Getreide an einem Pfosten fest.

»Wag ja nicht, dich zu rühren, solange ich noch hier bin«, warnte er den Burschen, obwohl es ihm bestimmt sowieso nicht möglich wäre, auf sich aufmerksam zu machen oder sich ohne fremde Hilfe zu befreien. Er würde erst gefunden werden, wenn jemand nach ihm suchte, weil sein Verschwinden aufgefallen war.

Sobald ihm der Stallbursche nicht mehr im Weg war, sah er sich die Pferde nacheinander an, bis er einen Hengst mit breiter Brust, muskulösen Beinen und wildem Blick entdeckte, der nicht nur stark und schnell aussah, sondern wegen seiner braunen Farbe deutlich besser als die grauen oder weißen Tiere mit dem Wald verschmolz. Während er auf Schritte oder vielleicht ein leises Husten lauschte, das ihn davor warnen würde, dass jemand in der Nähe war, nahm er Zaumzeug und einen Sattel von der Wand.

Aus der dunklen Ecke, in der er den Jungen angebunden hatte, drang nicht der kleinste Laut.

Gut.

Er hörte das Bellen eines Hundes und die Schritte der Soldaten, die auf dem Wehrgang ihre Runden drehten, sonst aber war alles völlig ruhig.

Innerhalb von wenigen Minuten hatte er dem Braunen Sattel und Zaumzeug angelegt und führte ihn eilig aus dem Stall.

Wie erwartet, war der Wachwechsel noch nicht beendet, gleichzeitig aber rollten bereits die ersten von Mauleseln und Ochsen gezogenen Bauernkarren langsam in den Hof. Drei weitere Jäger ritten gemächlich durch das offene Tor und winkten den Wachen zum Abschied fröhlich zu.

Los.

Hoch erhobenen Hauptes, als hätte er das Recht zu kommen und zu gehen, wie er wollte, ritt er Richtung Tor und hob dort wie zuvor die Jäger grüßend einen Arm.

Die beiden Wachen, die sich miteinander unterhielten,

nickten achtlos mit den Köpfen, und er ritt im Schritt unter dem Fallgitter hindurch und behielt, solange man ihn von der Burg aus sehen konnte, das langsame Tempo bei. Erst als er eine Weggabelung erreichte, stieß er dem Hengst die Fersen in die Flanken, und sofort verfiel das muskulöse Tier in einen frischen Galopp.

Carrick beugte sich vor, und der eisig kalte Winterwind blies ihm die Kapuze in den Nacken, während er dem Hengst instinktiv die Richtung wies. Ross und Reiter galoppierten durch den Nebel dorthin, wo in der Ferne der Wald zu sehen war.

Während seiner Zeit auf Calon hatte er mit angehört, wie sich seine Bewacher leise darüber unterhalten hatten, dass es an der Rabenfurt eine Abkürzung nach Wybren gab.

Trotz der Kälte umspielte ein Lächeln seinen Mund.

Kurz nach Sonnenuntergang würde er die Burg erreichen.

Und er war sich sicher, wenn er erst mal dort war, brächen alle Dämonen der Hölle los.

Dieses Schwein!

Dieser verlogene, betrügerische, mörderische Sohn eines verlausten Köters hatte sie erneut verlassen!

Stumm vor Zorn starrte Morwenna auf das Bett, das *leere* Bett, in dem außer ihr niemand anderer mehr lag. Carrick, dieses elende Stück Schlangendreck, war fort. *Fort!*

»Jesus Christus.« Die Müdigkeit, die sie beim Aufwachen empfunden hatte, wurde von ihrem heißen Zorn verdrängt.

Sie trommelte mit einer Faust auf dem Kopfkissen herum. »Verdammt, verdammt, verdammt, verdammt!« Sie war erfüllt von Wut und gleichzeitiger Scham. Wie hatte sie – *erneut* – so dumm sein können? So vertrauensvoll? So unglaublich naiv? Ihre beiden Fäuste schlugen krachend auf das Bett. Wenn sie ihn jemals wiedersähe, wenn sie ihn noch einmal in die Finger bekäme, würde sie ihn eigenhändig erwürgen!

Sie richtete sich auf und dachte an die vergangene Nacht. An die grenzenlose Leidenschaft. Die unendliche Lust. Die reine, unverfälschte Freude, die sie erfüllt hatte.

Langsam löste sich ihr Ärger auf. Tränen brannten in ihren Augen, und sie zog sich das Kissen vor die Brust.

Oh, Gott, was hatte sie getan?

Es war alles ihre Schuld. Ihre Schuld allein.

Er war wieder mal verschwunden. Wie ein leiser Windhauch. Wie schon beim letzten Mal.

Sie warf das Kissen zur Seite, sprang eilig aus dem Bett und schob sich das zerzauste Haar aus dem Gesicht, als könnte sie auf diese Weise leugnen, was geschehen war. Sie würde nicht mehr daran denken, was sie und der verdammte Hundesohn getan hatten, und auch die verführerischen Bilder, die der Duft von Sex, den das Laken noch verströmte, vor ihren Augen heraufbeschwor, löschte sie am besten auf der Stelle aus.

Bei den Göttern, was war sie doch für eine Närrin?, fragte sie sich schlecht gelaunt. Dann geriet ihr Blut in Wallung, als sie daran dachte, wie leicht sie abermals dem Charme seiner hochgezogenen Braue, seines leisen Lächelns und dem Blitzen seiner ach-so-blauen Augen verfallen war.

Verdammtes Stück Schweinedung!

»Verflixt und zugenäht!«, murmelte sie böse, denn ihre Gedanken drehten sich im Kreis.

Wie war er entkommen?

Und wohin war er geflohen?

Sie stieg in ihre Kleider und versuchte, den stechenden Herzschmerz zu ignorieren, den das Wissen ihr bereitete, dass er sie vorsätzlich betrogen hatte ... Mit süßen, sinnlichen Küssen und einem Hauch reiner Magie hatte er sie um den Verstand gebracht und wieder einmal arglistig getäuscht.

Aber du warst diejenige, die zu ihm gegangen ist. Ohne dein ach-so-williges Zutun hätte er nichts erreicht, erinnerte sie sich.

»Zum Kuckuck noch einmal!« Wütend blickte sie in alle Ecken, unter das Bett und sogar in den Schrank, wusste aber mit erschreckender Gewissheit, dass er verschwunden war.

Er hatte sie verlassen.

Wie damals.

»Fahr zur Hölle, Carrick!«, stieß sie zwischen zusammengebissenen Zähnen hervor und trat gegen ein Kissen, das auf den Boden gefallen war. Federn flogen durch die Gegend, als das Kissen erst gegen die Wand schlug und dann auf den Boden fiel. Was für eine Idiotin sie gewesen war! Was für eine Närrin! Wahrscheinlich hatte sie noch weniger Verstand als Dwynn!

Während sie sich derart mit Selbstvorwürfen quälte, blickte sie noch einmal in den Schrank, unter das Bett, ja selbst in den Kamin. Doch die ganze Zeit war ihr bewusst, dass er nicht mehr im Zimmer war.

Inzwischen war er sicher auf dem Weg ... wohin?

Wohin würde er gehen?

Trotz der bohrenden Kopfschmerzen, die sie inzwischen bekommen hatte, dachte sie eilig nach. Wo zum Teufel würde er versuchen, Schutz zu finden? Ein Dach über dem Kopf? Wer nähme einen Kerl wie Carrick auf?

Plötzlich hörte sie das Krähen eines Hahns, und als sie den Kopf hob, wurde ihr bewusst, dass es hinter dem Fenster hell war. Obwohl das Feuer und die Kerzen in den Haltern längst erloschen waren, war es im Zimmer nicht mehr dunkel. Sie spitzte angestrengt die Ohren und hörte trotz des lauten Klopfens ihres Herzens, dass die Dienstboten bereits mit ihrer Arbeit angefangen hatten. Männer und Frauen riefen sich Morgengrüße zu, in den Pferchen fingen die Schweine an zu grunzen, und die Hühner liefen gackernd durch den Hof. Als der rauchige Geruch der Kochfeuer, des gebratenen Specks und der süße Duft von frischem Brot ihr in die Nase stiegen, fing ihr Magen an zu knurren, obwohl sie nicht den geringsten Appetit verspürte.

Mit dem Wissen, dass der Morgen angebrochen war, kam die bittere Erkenntnis, dass sie sich jetzt nicht mehr einfach heimlich durch das Dunkel wieder in ihr eigenes Zimmer schleichen konnte, ohne dass es auffiel. Inzwischen waren alle Dienstboten und Freien auf den Beinen, und wahrscheinlich wussten neben dem Soldaten, der vor Carricks Zimmer Wache gestanden hatte, längst auch die Burschen und die Mädchen, die die Feuer in den Kaminen schürten, sauberes Stroh auf den Fußböden verteilten, neue Kerzen in die Halter steckten und die Betten frisch bezogen, dass sie die ganze Nacht in diesem Raum gewesen war. Sobald sie also durch die Tür des Zimmers träte, musste sie sich auf neugierige Blicke, leises Lächeln oder wissendes Kopfnicken gefasst machen.

Und bald schon würden sie erfahren, dass sie mit ihm geschlafen hatte und dass er, als ihr die Augen vor Erschöpfung zugefallen waren, sich heimlich davongemacht hatte. Bereits bei dem Gedanken daran bekam sie einen puterroten Kopf.

Es war eine Sache, wenn es Gerüchte über einen gab, aber eine völlig andere, aus dem Zimmer ihres Liebhabers in den Flur hinauszutreten, wenn die Schar der Diener und der Dienerinnen bereits wach und bei der Arbeit war.

Auch wenn sie diesen Raum vor lauter Scham am liebsten nie wieder verlassen hätte, würde sie es früher oder später tun müssen. Am besten träte sie den Leuten hoch erhobenen Hauptes gegenüber, überlegte sie, straffte ihre Schultern, warf sich das Haar aus dem Gesicht, reckte stolz das Kinn und riss die Tür des Zimmers auf.

Der wachhabende Sir James lehnte mit einer Schulter an der glatten Wand, hatte die Augen definitiv geschlossen und atmete mit leicht offenem Mund gleichmäßig ein und aus. Die Kerzen und die Binsenlichter in den Haltern an den Wänden waren heruntergebrannt, doch bisher hatte niemand sie ersetzt. Bisher wusste also anscheinend nur der Wachmann, dass sie über Nacht in Carricks Raum gewesen war.

Als sie von unten Stimmen hörte, atmete sie hörbar aus. Es war eine Frage von Minuten, bis der erste Diener hier oben im Korridor erschien.

»Sir James!« Morwenna berührte den Soldaten vorsichtig am Ärmel seiner Tunika.

Er zuckte zusammen. »Wa-? Oh!« Blinzelnd straffte er die Schultern und erklärte eilig: »Oh, tut mir Leid. Ich ... eh ... ich bin offenbar kurz eingenickt.«

»War das, bevor oder nachdem Carrick entkommen ist?«

»Was?« Sir James' Adamsapfel wippte heftig auf und ab. »Entkommen?« Als der Wachmann Morwenna fragend ansah, stieg ihr die Schamesröte ins Gesicht.

»Aber ich dachte, Ihr wärt ...«

»Ja, ja, ich weiß. Ich war auch in dem Zimmer, aber ich bin eingeschlafen, und irgendwie ist es Carrick gelungen, sich durch die Tür zu schleichen, ohne dass einer von uns beiden davon wach geworden ist.«

»An mir ist er nicht vorbeigekommen«, erklärte ihr Sir James entschieden, wurde dabei aber genauso rot wie sie, und ihr wurde klar, dass er keine Ahnung hatte, wann genau er eingeschlafen war. »Er muss also noch drin sein.« Eilig lief Sir James durch die Tür des Zimmers, in dem Carrick seit beinahe vierzehn Tagen reglos im Bett gelegen hatte, und blickte wie zuvor schon seine Herrin suchend nicht nur in sämtliche Ecken, sondern auch auf den Boden, die Wände und sogar unter die Decke, als könne Carrick jeden Augenblick irgendwo auftauchen.

Natürlich fand er nichts.

Nicht mal, als er unter dem Bett und in dem Schrank nachsah, in dem die frische Wäsche lag.

»Ruft den Hauptmann der Wache«, wies ihn Morwenna an. »Richtet Sir Alexander von mir aus, dass er die Wachen an den Toren verdoppeln und jeden Zentimeter dieser Burg von seinen Leuten durchforsten lassen soll. Jeden Zentimeter! Dann sagt ihm, dass ich in der großen Halle auf ihn warte.«

Eilig lief sie in ihr eigenes Zimmer und warf die Tür hinter sich zu.

»Wie blöd, wie blöd, wie blöd!«, tobte sie und trat vor die Waschschüssel, die auf einem Ständer vor dem Fenster stand. Was hatte sie sich nur dabei gedacht? *Was?* Weshalb nur war sie immer, wenn es um Carrick von Wybren ging, so entsetzlich schwach?

Wütend spülte sie sich ihren Mund aus und klatschte sich kaltes Wasser ins Gesicht. Mort, der auf dem Bett gelegen hatte, richtete sich langsam auf, streckte, während sie weiter fluchte, gähnend seine Glieder aus, bleckte die gelben Zähne und interessierte sich nicht im Geringsten dafür, wohin Carrick verschwunden war.

»Das ist eine ernste Krise«, schalt sie den gleichmütigen

Hund und fügte, als er anfing mit dem Schwanz zu wackeln, neiderfüllt hinzu: »Ach, wie einfach ist doch das Leben eines Hundes!« Wieder wedelte er mit dem Schwanz, stieß jedoch gleichzeitig ein vorwurfsvolles Bellen aus. »Schon gut, schon gut. Ich wünsche dir ebenfalls einen guten Morgen«, murmelte Morwenna. »Obwohl er, das kannst du mir glauben, alles andere als gut ist.«

Da er gestreichelt werden wollte, fing er an zu winseln, bis sie endlich durch das Zimmer ging und sich neben ihm auf die Matratze sinken ließ. »Hast du mich wenigstens vermisst?«, wollte sie von ihm wissen und kraulte ihn hinter den Ohren und unter dem struppigen Kinn. Als er ihr dafür das Gesicht ableckte, hätte sie beinahe gelacht. Aber eben nur beinahe. Sie tätschelte das zottelige Fell auf seinem Kopf. »Ich schätze, dass ich gestern Abend besser hier geblieben wäre.« Mit einem lauten Seufzer stand sie wieder auf, stieg in ihre Schuhe und griff nach dem dicken Wollumhang, der neben der Tür an einem Haken hing. »Das wäre eindeutig vernünftiger gewesen.«

Mit immer noch wild wedelndem Schwanz sprang auch der Hund vom Bett und stand, während sie sich den rotbraunen Umhang über den Kopf zog, abwartend neben der Tür.

Sobald sie sie geöffnet hatte, schoss er in den Flur und stieß dort fast mit Gladdys und mit Fyrnne zusammen, die mit großen Körben voll frischer Wäsche, neuen Kerzen und duftenden Kräutern, die sie unter das Stroh auf dem Boden mischen würden, die Treppe heraufgekommen waren. »Guten Morgen, M'lady«, grüßten die beiden höflich.

»Guten Morgen«, antwortete sie und merkte, dass die beiden bisher noch keine Ahnung davon hatten, was geschehen war. Bisher. Es würde sicher nicht mehr lange dauern, bis der Tratsch an ihre Ohren drang.

Sie fuhr sich mit den Fingern durch die Haare und lief eilig die Treppe hinunter in die große Halle. Sicher wartete Sir Alexander dort bereits auf sie und nähme sie mit vorwurfsvollen Blicken in Empfang. Wie oft hatte er sie darum gebeten, mit ihrem ›Gast‹ wie mit einem Gefangenen umzugehen? Wie oft hatte er ihr vorgeschlagen, Carrick einsperren zu lassen, und sie davor gewarnt allein zu ihm zu gehen?

Oh, es war einfach unglaublich peinlich, dem Hauptmann der Wache gegenüber eingestehen zu müssen, dass Carrick entkommen war. Es war regelrecht erniedrigend. Sie spürte deutlich, dass Sir Alexander etwas für sie empfand. Obwohl er sich die größte Mühe gab, seine Gefühle vor ihr zu verbergen, hatte sie bereits des Öfteren bemerkt, wie er sie angesehen hatte, wenn er dachte, sie bekäme es nicht mit.

Sie hatte diese Warnsignale bisher immer ignoriert, hatte sich nicht eingestehen wollen, dass er sich zu ihr hingezogen fühlte, konnte jedoch nicht verhehlen, dass sie sich ihm gegenüber deshalb immer etwas unbehaglich fühlte, vor allem, seit der schwer verletzte Carrick in ihrer Obhut war.

Als sie jedoch in die große Halle kam, war Sir Alexander nirgendwo zu sehen.

Stattdessen stand Sir Lylle, sein Stellvertreter, mit Sir James vor dem Kamin.

Lylle war ein großer, breitschultriger Mann mit schütterem, braunem Haar, einem ungepflegten Bart und einer für gewöhnlich äußerst durchdringenden Stimme.

Heute Morgen jedoch unterhielt er sich so leise mit dem Wachmann, dass alles, was er zu ihm sagte, unter dem Geschrei des Kochs, dem Schlurfen unzähliger Füße, dem Knistern der Flammen und dem allgemeinen Durcheinander der erwachenden Burg nicht zu verstehen war.

Gerade wurde das Frühstück vorbereitet. In der Mitte des Saales waren bereits eine Reihe langer Tische und Bänke aufgestellt, und der Duft von gebratenem Speck, frisch gebackenem Brot, Zimt und Ingwer wehte durch die Luft. Während Mort im Stroh nach irgendwelchen Essensresten suchte, die noch nicht von anderen Hunden gefressen worden waren, liefen Diener und Mägde eilig zwischen Halle und Küche hin und her.

Morwenna blickte auf den unberührten Stapel Feuerholz neben dem Kamin. Obwohl die Hunde an ihren angestammten Plätzen in der Wärme lagen und sich die Flammen knisternd durch die trockenen Scheite fraßen, kümmerte sich niemand um das Feuer. Dwynn, der seinen Platz vor dem Kamin kaum je verließ, war heute Morgen nirgendwo zu sehen. Wahrscheinlich schleppte er die nächste Ladung Holz heran. Oder lauschte wieder mal an irgendeiner fremden Tür.

Lylle, der sich gerade den Rücken wärmte, hatte den Anstand zu erröten, als er Morwenna erblickte. Leise sagte er etwas zu Sir James, und Morwenna erstarrte. Sie brauchte keine Hellseherin zu sein, um zu wissen, dass es bei dem Gespräch der beiden Männer um Carricks Flucht ging.

Am besten gewöhnst du dich gleich daran. Dies ist schließlich erst der Anfang.

»Wo ist Sir Alexander?«, fragte sie in möglichst strengem Ton.

»Es gab letzte Nacht einen Zwischenfall, M'lady«, erläuterte Sir Lylle. Er hatte sich die Handschuhe ausgezogen und unter einen Arm geklemmt und rieb sich unglücklich die Hände. »Die Frau eines Bauern hat behauptet, ihr Mann sei mitten in der Nacht von einer Gruppe von Männern überfallen worden. Sie konnten die Angreifer nicht sehen, aber wir nehmen an, dass es dieselben Schurken sind, die in der letzten Zeit in der Nähe der Rabenfurt ihr Unwesen getrieben haben. Sir Alexander und der Sheriff sind noch vor Anbruch der Dämmerung aufgebrochen, um mit dem Mann zu sprechen, und sind noch nicht zurück.«

Irgendwie lief heute Morgen nichts so, wie es laufen sollte, dachte sie erbost. »Ich nehme an, Sir James hat Euch berichtet, dass Carrick von Wybren verschwunden ist.«

»Ja.« Lylle nickte mit dem Kopf. »Ich habe bereits fünf Gruppen zu je drei Soldaten losgeschickt, die die Burg durchsuchen. Sie fangen mit den Toren, den Türmen und den Wehrgängen, also am Rand der Festung an und arbeiten sich langsam in Richtung Burgmitte vor.«

»Gut.«

»Außerdem habe ich einen weiteren Suchtrupp in die Stadt geschickt für den Fall, dass er auf irgendeinem Weg von hier entkommen ist.«

Das klang durchaus vernünftig. »Gebt mir Bescheid, sobald Ihr irgendetwas findet.«

»Sofort, M'lady«, antwortete er.

Morwenna fühlte sich hundeelend. Carrick war letzte Nacht verschwunden. Aus irgendeinem Grund hatte er ihren Besuch bei ihm genutzt, um von der Burg zu fliehen.

Aber weshalb ausgerechnet letzte Nacht? Weshalb war er in einer Nacht von hier verschwunden, in der sie in seinem Raum gewesen war? Wäre es nicht einfacher gewesen, sich heimlich davonzuschleichen, als er allein war?

Und der überfallene Bauer ..., war es tatsächlich ein Zufall, dass er in der Nacht von Carricks Flucht angegriffen worden war?

Oder hatte vielleicht Carrick diese Tat begangen?

War vielleicht die Diebesbande, die seit ein paar Wochen

Reisende bedrohte, auch die Gruppe, die Carrick überfallen und halb tot liegen gelassen hatte?

All diese Fragen wirbelten ihr durch den Kopf, ohne dass sie auch nur eine Antwort fand.

Stirnrunzelnd trat sie vor die Tür, wo der stahlgraue Himmel mit Regen drohte und ein kalter Wind die letzten dünnen Nebelschwaden aus dem Innenhof vertrieb. Sie musste mit jemandem reden, musste jemandem ihr Herz ausschütten, doch bei dem Gedanken, was Isa ihr erzählen würde, zuckte sie zusammen. Die alte Frau würde in Rätseln, Omen und Flüchen zu ihr sprechen, obwohl Morwenna nach klaren Antworten verlangte.

Sie zog eine Grimasse und warf sich die Kapuze ihres Umhangs über den Kopf.

Auch Bryanna könnte sie sich unmöglich anvertrauen. Ihre Schwester würde in der Verführung und in Carricks anschließender Flucht wahrscheinlich ein romantisches, herzerweichendes Drama sehen.

Doch auch wenn sie ihre Sünden unmöglich Vater Daniel beichten könnte, so bliebe ihr doch die Möglichkeit, in die Kapelle zu gehen und zu beten.

Und was ist, wenn du den Priester wie beim letzten Mal nackt auf dem Boden liegen und sich mit einer Peitsche schlagen siehst?

Dann würde sie einfach wieder gehen, um irgendwo anders ungestört zum lieben Gott zu sprechen, damit der ihr vielleicht half. Vielleicht könnte sie ja mit Gebeten und Gottes Beistand dafür sorgen, dass der elendige Carrick ein für alle Mal aus ihrem Leben verschwand.

Die ersten Regentropfen fielen, und ihre Schuhe quatschten, als sie über einen schmalen Pfad durch den Schlamm in Richtung der Kapelle lief.

Was für ein närrisches Weibsbild du doch bist. Wirst du jemals auch nur ansatzweise klug aus deinen Fehlern werden?

Ein Blitz zuckte am Himmel, irgendwo weinte ein Kind, und ein Pferd wieherte furchtsam auf.

In der Hütte des Kerzenmachers prasselte ein Feuer, und der Hufschmied stand vor seinem Amboss und drosch mit seinem Hammer auf ein paar glühend rote Eisenstücke ein. Zwei Jungen öffneten die Abflüsse der Teiche, und ein paar Fischer zogen die Aalreusen heraus. Die Tochter des Töpfers sammelte frische Eier, und ihre kleine Schwester streute Körner für die stets hungrigen, lärmenden Hühner, Enten und die schlecht gelaunten Gänse aus. Kreischend schlug ein Pfau ein Rad und fächelte mit seinen leuchtend bunten Federn. Die in seiner Nähe herumlaufenden Hennen jedoch scharrten, ohne ihn auch nur eines Blickes zu würdigen, eifrig weiter in der Erde neben dem Kälberstall.

Lautes Donnergrollen hallte über die Hügel, und die kleinen Mädchen warfen besorgte Blicke Richtung Himmel. »Komm, Mave«, sagte die ältere der beiden und nahm ihre Schwester bei der Hand. »Wir machen später weiter, wenn das Unwetter vorbei ist.«

Sie hoben ihre Körbe von der Erde auf und liefen auf die Küche zu.

Morwenna spürte den kalten Regen und sah den beiden nach. Es war sehr lange her, seit sie selbst so jung gewesen war. Dann aber verdrängte sie diesen trübsinnigen Gedanken und marschierte weiter. Inzwischen klatschten ihr dicke Tropfen ins Gesicht. Fast hatte sie die Kapellentür erreicht, als sie Isa an einen Baum gelehnt im Garten sitzen sah.

»Was macht Ihr denn da?«, rief Morwenna ihrer alten Amme zu. Sie konnte es sich denken. Wahrscheinlich war die alte Hexe die ganze Nacht lang auf gewesen, hatte Runen in den Schlamm gezeichnet und Gebete an Morrigu, Rhiannon, Morgan le Fay und all die anderen gesandt.

Sicher würde sie zornig werden, wenn sie hörte, dass all ihre Mühe vergebens gewesen war, weil Morwenna sich Carrick nicht nur hingegeben hatte, sondern weil sie – wie nicht anders zu erwarten – abermals von diesem Schurken sitzengelassen worden war.

»Kommt rein, Isa. Es ist eiskalt, und Ihr werdet, wenn ihr dort sitzen bleibt, bis auf die Knochen durchnässt.« Als Isa keine Antwort gab, trat Morwenna vorsichtig ein wenig näher. »Isa?«, fragte sie, wobei ein erster Hauch von Furcht in ihrer Stimme lag. »Was ist los?«

Dann sah sie das Blut.

Dunkelrote Flecken bedeckten den Hals der alten Frau.

»Nein, oh Gott, nein!«, schrie sie entgeistert. »Hilfe! Wachen!«, brüllte sie, betete, dass es noch nicht zu spät war, dass Isa noch am Leben war, dass …, dass …

Als sie ihre alte Amme erreichte, gaben ihre Knie nach.

»Isa!«, weinte sie, packte Isa bei den Schultern und schüttelte sie in der Hoffnung auf ein, wenn auch noch so kleines, Lebenszeichen in ihrem starren Blick. »Isa, bitte. Sag etwas. Oh, bitte, bitte, mach die Augen auf!« sie schrie, weinte und betete, wusste aber mit Sicherheit, dass sie zu spät gekommen war. »Hilfe! Um Gottes Willen, hilf uns jemand!«, brüllte sie und schlang beide Arme um die reglose Gestalt. »Nein, nein, nein! Isa!« Sie klammerte sich an die Frau, die sie großgezogen hatte, zog sie in ihren Schoß und wiegte sie in dem Verlangen, ihr Leben einzuhauchen, zärtlich hin und her.

Während sie schnelle Schritte, das Platschen des Wassers in den Pfützen und laute Männerstimmen hörte, suchte sie verzweifelt nach irgendeinem Lebenszeichen, einem leisen

Atem, einem schwachen Puls, einem winzig kleinen Herzschlag, doch es war zu spät. Isas Leichnam war bereits eiskalt.

Tränen rannen aus Morwennas Augen.

»Lady!«, rief jemand wie aus weiter Ferne. »Lady Morwenna! Bitte, lasst sie los! Ihr müsst sie loslassen! Vielleicht können wir ihr helfen.«

Es war die Stimme von Sir James, und endlich hob Morwenna ihren Kopf und wandte sich ihm zu. Durch den dichten Regen hindurch sah sie seine sorgenvolle Miene und das unendliche Bedauern in seinem Blick.

Noch immer wiegte sie die alte Isa sanft in ihrem Schoß, und während der Regen sie bis auf die Haut durchnässte, drangen die Stimmen der Soldaten und der Bauern, die eilig angelaufen kamen, an ihr Ohr.

»Ruft den Arzt.«

»Und den Priester!«

»Gütiger Himmel, was ist denn hier passiert?«

Als die Leute näher kamen, machten sie erst betroffene Gesichter und rissen dann entsetzt die Augen auf.

Die Frau des Steinmetzes, die einen kleinen, vor Kälte zitternden Jungen in den Armen hielt, hielt ihrem Sohn die Augen zu, und ein ehemaliger Färber, der jetzt verkrüppelt war, schlug das Zeichen des Kreuzes vor seiner schmalen Brust.

»Bitte, M'lady.« Sir James beugte sich zu ihr herab, wobei ihm der Regen von der Nase troff. »Ihr Schicksal liegt jetzt in Gottes Hand. Lasst mich sie ins Haus tragen, wo es wärmer ist.«

Noch immer hielt Morwenna ihre alte Amme fest. Sie biss sich auf die Lippe und bemühte sich, den heißen Zorn zu unterdrücken, der sie von innen heraus zu verbrennen schien.

Ich werde denjenigen finden, der dir das angetan hat, Isa, schwor sie der Alten stumm. Ihre Kehle brannte von unzähligen stummen Schluchzern, und mit zitternden Fingern drückte sie Isas Augen zu. *Wer auch immer das getan hat, wird teuer dafür bezahlen. Und wenn es bis an mein Lebensende dauert, werde ich ihn zur Strecke bringen.*

Das verspreche ich.

Langsam ließ sie den Menschen los, der sie ihr Leben lang begleitet hatte, und dabei fiel ihr auf, dass Isa etwas in der Faust zu halten schien. Vorsichtig bog sie die Finger der Toten auseinander, und dort – glitzernd im grauen Licht des Morgens – lag Carrick von Wybrens Ring.

Eine der Frauen rang erstickt nach Luft. Morwenna hob den Kopf und folgte ihrem schreckensstarren Blick in Richtung von Isas Hals.

Die tiefe Schnittwunde quer über ihrer Kehle hatte eindeutig die Form eines W.

23

»Nein! Nicht Isa!« Bryannas Gesicht war eine Maske des Entsetzens. Sie saß auf einem Hocker vor dem Kamin in ihrem Zimmer, während ihr Fyrnne die widerspenstigen Haare flocht.

»Es ist wahr, Bry. Ich habe sie selbst gefunden. Direkt neben der Kapelle.«

»Jemand hat sie ermordet?« Bryanna stieß die arme Fyrnne zur Seite, sprang auf, lief mit Tränen in den Augen durchs Zimmer und fragte mit unsicherer Stimme: »Aber warum nur?«

»Ich habe keine Ahnung.«

Eilig blinzelte Bryanna die Tränen wieder fort und atmete so tief wie möglich ein. »Das hat doch sicher etwas mit Carrick von Wybren zu tun, oder?«

»Wahrscheinlich.« Morwenna bedeutete der Schwester, wieder Platz zu nehmen, bat Fyrnne, sie allein zu lassen, und erzählte Bryanna alles über Carricks Flucht, Isas Tod und den in ihrer Faust entdeckten Ring.

»Dann hat Carrick sie getötet«, stellte Bryanna zornig fest, während frische Tränen über ihre Wangen rollten. »Dann hat also diese Ausgeburt einer Made ihr und wahrscheinlich auch Sir Vernon die Kehle aufgeschlitzt.«

»Wir können noch nicht sagen, ob er es gewesen ist.« Weshalb verteidigte sie diesen Menschen noch?

»Wer soll es denn sonst gewesen sein?«

»Ich – ich habe keine Ahnung. Aber als Sir Vernon ermordet wurde, konnte sich Carrick noch gar nicht wieder bewegen.«

»Wir glauben, dass er sich nicht bewegen konnte. Aber vielleicht hat er ja auch nur so getan.«

»Du hast ihn doch selbst gesehen, Bryanna. Er war grün und blau geschlagen und konnte nicht einmal richtig sprechen.«

»Er war wach genug, um den Namen einer Frau zu flüstern oder etwa nicht? Hat er nicht immer wieder den Namen Alena gesagt?«

Morwenna hatte das Gefühl, als schnitten tausend kleine Messer in ihr Herz. »Aber er wusste nicht, was er sagte. Er war überhaupt nicht bei sich.«

»Vielleicht hast du das auch nur gedacht.«

»Und als Vernon ermordet wurde, war Carrick nicht nur bewusstlos, sondern lag unter Bewachung in einem Zimmer, aus dem es nur einen Ausgang gibt.«

»Genau wie letzte Nacht! Aber es ist ihm gelungen, sich an dir vorbeizuschleichen oder etwa nicht?«

Morwenna seufzte leise auf. »Ja.«

»Und auch an Sir James.«

»Aber –«

»Und danach ist er allen anderen verdammten Wachen ebenfalls entkommen, und kein Mensch hat ihn gesehen!« Bryanna machte eine ausholende Armbewegung, die ganz Calon zu umfassen schien. »Wie erklärst du das?«

»Ich kann es nicht erklären.« Morwenna schüttelte den Kopf. Sie hatte noch immer keine Antworten auf die Fragen gefunden, die sie seit Stunden quälten. Carricks Flucht war ihr ein Rätsel. Sie trat vor den Kamin und wärmte sich die Hände, tief in ihrer Seele jedoch blieb alles eiskalt. Sie hatte das Gefühl, als lasteten alle Steine, aus denen die soliden Wände ihrer Burg gemauert waren, auf ihren schmalen Schultern.

»Lass mich sie sehen.«

Morwenna hob ruckartig dem Kopf. »Ich glaube nicht, dass du –«

»Lass mich sie sehen«, wiederholte ihre Schwester und blickte sie aus tränennassen Augen an. »Und zwar jetzt sofort.«

»Aber der Arzt muss sie noch untersuchen.«

»Das ist mir egal.« Das Blitzen in Bryannas Augen machte deutlich, dass sie von ihrer Entscheidung nicht mehr abzubringen war. Da sie etwas kleiner als Morwenna war, reckte sie den Kopf und sah ihrer großen Schwester reglos ins Gesicht. »Du würdest mir doch wohl nicht untersagen, einen letzten Augenblick mit Isa zu verbringen, oder?«

»Nein, aber ich glaube nicht, dass dies der rechte Zeitpunkt ist.«

»Wo ist sie?«

Nach kurzem Zögern kam Morwenna zu dem Schluss, dass sich ihre Schwester sowieso nicht am Besuch der toten Isa hindern ließ. »Im Haus des Physikus.«

»Ich dachte, du hättest gesagt, er hätte sie sich bisher noch nicht angesehen.«

»Hat er auch nicht. Wir warten noch auf seine Rückkehr. Er wurde in die Stadt gerufen. Der Sohn des Schmieds hat in den frühen Morgenstunden einen heftigen Krampfanfall erlitten. Aber Nygyll ist bestimmt bald zurück.«

Bryanna fuhr sich mit den Fingern durch die Haare und löste, während sie hinter ihrer Schwester durch die Burg lief, ihren halb fertigen Zopf. Die Menschen sprachen von nichts anderem als von Carrick von Wybrens Flucht und dem Mord an Isa. Es wurden die wildesten Spekulationen angestellt, und alle waren furchtbar aufgeregt. Die Tore waren geschlossen worden, und jetzt suchten die Wachen nach dem geflohenen Patienten, was Morwenna nicht nur für vollkommen sinnlos hielt, sondern was auch von der viel wichtigeren Suche und Verhaftung des Mörders ihrer Amme ablenkte.

Draußen war es kalt und windig, und nur wenig Sonnenlicht drang durch die dichte Wolkenwand bis in den Hof. Die Arbeiter gingen wie gewohnt ihren Beschäftigungen nach, der Schreiner trieb mit seinem Hammer Nägel in ein Brett, die Brauerinnen rührten in ihren Kesseln mit frisch gebrautem Bier, der Weber klapperte mit seinem Webstuhl, und Gruppen von Frauen und Kindern tauschten die neuesten Neuigkeiten aus, während sie Wäsche wuschen, Essensreste für die Armen sammelten oder Hühner, Gänse und Enten rupften.

Als Morwenna an den Leuten vorbeiging, schnappte sie

Fetzen der Gespräche auf. Zwei Jungen in dicken Wollumhängen führten kichernd ein paar Hunde an ihnen vorbei, und der Gerber unterhielt sich leise mit einem der zurückgekehrten Jäger, schloss jedoch, als er die Burgherrin erblickte, errötend seinen Mund.

Dies wird ein langer Tag.

Zusammen mit Bryanna bog sie um eine Ecke in der Nähe der Kerzenmacherhütte, wo sie zwei Frauen auf dreibeinigen Schemeln vor einem Feuer sitzen sah. Da die beiden nicht von ihrer Arbeit aufblickten, konnten sie nicht sehen, das Morwenna neben der Hütte der Näherin stehen geblieben war.

»Das mit der alten Isa ist wirklich eine Schande«, sagte Leah, die zahnlose Frau des Bienenzüchters, während sie mit ihren fleischigen Händen einen gerupften Vogel über den Flammen drehte und ihm auf diese Art die Federstoppeln absengte.

Die kleinere der beiden, Dylis, Witwe eines gefallenen Soldaten, rupfte mit geschickten Fingern eine Gans, ehe sie die Federn nach Gewicht und Größe sortiert in verschiedene Säcke warf. »Man könnte beinahe meinen, Gott hätte sie dafür bestraft, dass sie die große Göttin angebetet hat«, antwortete sie und schlug, wie um zu verhindern, dass sie wie Isa in Ungnade fiel, eilig ein Kreuz vor ihrer schmalen Brust.

»Ich frage mich, was dieser Carrick von Wybren mit der Sache zu tun hat«, überlegte Leah. »Es heißt, Isa hätte seinen Ring gefunden und so fest in der Hand gehabt, dass das W des Wappens einen Abdruck auf ihrem Handballen hinterlassen hat.«

»Und ich habe gehört, genau wie bei Sir Vernon hätte die Schnittwunde an ihrem Hals ebenfalls die Form von einem W gehabt.«

Leah senkte ihre Stimme auf ein verschwörerisches Flüstern. »Weißt du, Carrick war ein Gefangener, und trotzdem hat er sich einfach in Luft aufgelöst wie ein verdammter Geist.« Sie schnipste mit den Fingern. »Einfach so!«

Dylis zog wissend eine Braue in die Höhe und griff nach den Bändern ihres Huts, die ihr ein kalter Windstoß um die Wangen blies. »Ach ja?« Eilig band sie die Bänder unter ihrem knochigen Kinn zusammen.

»Ach ja. Und nach allem, was ich gehört habe, soll M'lady die ganze Nacht bei ihm gewesen sein.« Leah stieß die Freundin mit ihrem dicken Ellenbogen an.

Morwenna fuhr zusammen. Sie wusste, sie sollte sich bemerkbar machen, konnte jedoch einfach nicht aufhören zu lauschen. Manchmal erfuhr man durch die Unterhaltungen der Leute mehr als bei einem offiziellen Verhör. Sie hörte, wie Bryanna neben ihr nach Luft rang und legte eine Hand auf ihren Arm.

Leah tauchte die angesengte Gans in einen großen Eimer kalten Wassers, und Dylis schnaubte leise auf.

»Wenn du mich fragst, liebt sie diesen Schurken immer noch. Ich habe gehört, dass sie vor dem Feuer mit ihm zusammen war und dass er sie einfach sitzen gelassen hat.«

»Wegen Alena, der Schwester von Lord Ryden von Heath.« Leahs kleine Äuglein fingen an zu blitzen, und sie brach in vergnügtes Kichern aus. »Die konnte einfach nie genug bekommen, das kann ich dir sagen. Beinahe wie ein Mann. Hat angeblich jede Menge Liebhaber gehabt, darunter sogar einen unter ihrem Stand.«

»Aber sie war doch mit einem der Brüder von Wybren verheiratet, nicht wahr?«

»Ja, aber nicht mit Carrick. Ich kann mich nicht daran erinnern, wie er hieß …, warte einen Augenblick, lass mich überlegen. Außer Carrick gab es Owen und Byron und ... noch einen vierten Bruder, glaube ich.«

»Ja, und der hieß Theron.« Dylis nickte, legte die großen Federn, aus denen Bögen und Schreibwerkzeuge gefertigt werden würden, beiseite und stopfte die kleineren als Füllung für Bettdecken in einen Sack. Als sie den Sack zuband, hob sie zufällig den Kopf, entdeckte Morwenna und klappte ihren Mund entschlossen zu.

»Ja, genau, der war es. Theron«, ließ die zahnlose Leah den Namen genüsslich über ihre Lippen rollen. Trotz der Eiseskälte glänzte ihre Stirn vor Schweiß. »Dem hat sie ganz schön Hörner aufgesetzt.« Sie fing prustend an zu lachen und warf die fertig gerupfte Gans vor sich in einen Korb, bevor sie endlich merkte, dass anscheinend irgendetwas nicht in Ordnung war. Wie zuvor bereits die arme Dylis hob sie ebenfalls den Kopf, lief – das musste man ihr lassen – vor Scham beinahe lila an und murmelte verlegen: »Oh, M'lady, ich hatte Euch gar nicht gesehen.«

»Das ist unübersehbar«, stellte Bryanna zornig fest.

»Nun, guten Morgen.« Leah wischte sich eilig die Hände an ihrer Schürze ab.

»Euch auch, Leah.« Morwenna biss sich auf die Lippe. Sie hatte kurz daran gedacht, die Frau für ihr Geschwätz zu tadeln, kam dann aber zu dem Schluss, dass es besser war, sich mit Kritik zurückzuhalten.

Bryanna jedoch hatte keine solchen Hemmungen: »Vielleicht wäre es besser, Ihr würdet Euch mehr auf Eure Arbeit konzentrieren, als Euch über die Frau zu unterhalten, die hier die Herrin ist!« Mit diesen Worten machte sie auf dem Absatz kehrt und marschierte steifbeinig weiter den Weg hinab.

»Tut mir Leid«, erklärte Leah eilig. »Falls ich etwas gesagt habe, was Euch beleidigt hat, M'lady, bitte ... verzeiht mir.« Sie blickte vor sich auf den schlammigen, mit Federn übersäten Boden und schaute so unglücklich und zerknirscht aus, dass es, falls sie nur spielte, eine Meisterleistung war.

»Seht Euch in Zukunft vielleicht besser etwas vor«, erklärte ihr Morwenna. Sie hatte durch Belauschen des Gesprächs der beiden Frauen nichts anderes erfahren, als dass die Menschen eben einfach gerne tratschten und sich darüber freuten, wenn das Schicksal sie verschonte und statt ihrer jemand anderen traf.

Während sie sich ebenfalls wieder zum Gehen wandte, sagte sich Morwenna, dass sie Ruhe bewahren und ihren Zorn unter Kontrolle halten müsste, auch wenn ihr das möglicherweise nicht im Geringsten half. Wer auch immer Isa auf dem Gewissen hatte, war offenbar entkommen, und auch der elendige Carrick entfernte sich wahrscheinlich mit jeder Stunde weiter von der Burg.

Sobald sie mit dem Sheriff und dem Hauptmann gesprochen hätte, würde sie persönlich einen Suchtrupp zusammenstellen und leiten, auch wenn wahrscheinlich keiner dieser beiden Männer damit einverstanden war. Doch dies war noch immer ihre Burg, und sie trug noch immer die Verantwortung für alles, was geschah. Zwei unschuldige Menschen waren direkt vor ihrer Nase abgeschlachtet worden, ein Dritter, der vielleicht ein Mörder war, war ihr einfach entwischt, und es war ihre Pflicht, alles in ihrer Macht stehende zu unternehmen, damit man diese beiden Kriminellen fand.

Vielleicht ja auch nur einen. Auch wenn du es für unwahrscheinlich hältst, ist nicht vollkommen ausgeschlossen, dass Isas und Sir Vernons Tod Carricks Werk gewesen sind.

Sie lief weiter zur Hütte des Arztes, die zwei Zimmer hatte und direkt an der Mauer unweit des Südturms lag. Erst ein paar Meter vor der Tür, neben der ein Wachmann Posten bezogen hatte, holte sie Bryanna ein.

Nachdem der Soldat die beiden Frauen wortlos an sich vorbeigelassen hatte, fanden sie sich in einem dunklen Zimmer wieder, in dem es nach getrockneten, von der Decke hängenden Heilpflanzen und Kräutern roch. Die Kerzen waren abgebrannt, doch das bisschen Licht, das durch das Fenster fiel, reichte vollkommen aus.

Morwennas Magen machte einen Satz, als sie Isa wiedersah. In ihrem blutgetränkten Umhang, die Haut so fahl wie der Novembermond, mit weit aufklaffender Kehle, lag sie auf einem mit einem langen, weißen Tuch bedeckten schweren Tisch.

Als Bryanna ihre alte Amme auf dem Laken liegen sah, entfuhr ihr ein erstickter Schrei. »Nein, nein ... oh, Gott, nein!«, wimmerte sie leise und stieß dann einen langgezogenen Heulton aus, der an Morwennas Seele riss. »Oh, Isa ... nein, nein, nein«, wisperte Bryanna heiser, und frische Tränen stiegen ihr in die Augen. Sie ergriff eine der Hände ihrer Kinderfrau und fiel auf die Knie. »Wer hat dir das angetan?«, wollte sie von der Toten wissen, als könnte die sie nicht nur hören, sondern ihr auch eine Antwort geben, wenn sie direkt mit ihr sprach.

Kopfschüttelnd sprach Bryanna die Worte ihrer Schwester nach. »Ich schwöre dir, du wirst gerächt. Dein Tod war nicht umsonst. Ich werde nicht eher Ruhe geben, Isa, ich werde nicht eine Sekunde ruhen, bis dieser gemeine Mörder gefasst ist, seine verdiente Strafe bekommen hat und seine ausgeweidete Leiche für alle sichtbar irgendwo am Galgen hängt.« Sie fing an zu schluchzen und brachte, während sie die starren Finger der alten Frau massierte, nur noch mit größter Mühe einen Ton heraus. »Ich schwöre dir bei Mutter Morrigu und all den Göttinnen und Göttern, denen du vertraut hast, die Gerechtigkeit wird siegen.«

Morwennas Eingeweide zogen sich zusammen. Auch sie fühlte Trauer und Verzweiflung über den Tod der Frau, die sie gestillt, geleitet und aufgezogen hatte, einer Frau, die, seit sie denken konnte, fester Bestandteil ihres Lebens und der Leben ihrer Geschwister gewesen war. Sie blickte auf die Hülle dieses ihr einst so vertrauten Menschen und kämpfte mühsam gegen ihre eigenen Tränen an.

»Ich – ich würde gern mit ihr allein sein«, wisperte Bryanna und starrte ihre Schwester aus roten Augen an.

»Natürlich.« Morwenna nickte mit dem Kopf. Sie mussten beide über vieles nachdenken und hatten beide viel zu tun. »Ich werde in der großen Halle sein.« Damit hüllte sie sich fester in ihren dicken Umhang, trat wieder vor die Tür und wusste mit Bestimmtheit, dass ihr Leben nie wieder so sein würde wie zuvor.

Er trieb den schweißbedeckten Braunen unbarmherzig immer weiter. Bald müssten sie eine kurze Pause machen, sobald er sicher sein konnte, dass ihm niemand auf den Fersen war. Inzwischen hatten sie sein Fehlen sicherlich bemerkt, doch er verdrängte den Gedanken daran, was Morwenna wohl empfunden hatte, als sie hatte erkennen müssen, dass er sie hintergangen hatte. Er blickte über seine Schulter, sah, dass ihm niemand folgte, und wurde trotzdem das Gefühl einfach nicht los, dass, seit er Calon verlassen hatte, jemand ganz in seiner Nähe war.

Es ist niemand da! Aus Furcht bildete er sich irgendwelche Dinge ein ... und dennoch ...

Er nahm die Zügel fester in die Hand und blickte stirnrunzelnd gen Himmel, wo sich eine dunkle, drohende Wolkenwand zusammenzog. Der Hengst galoppierte weiter, und an jeder Gabelung wusste der Reiter instinktiv, wie er nach Wybren käme, wo er die Antwort auf die Frage finden würde, wer er war. Irgendwo hinter den dicken Mauern würde er der Wahrheit auf den Grund gehen, egal, wie grausig seine Vergangenheit möglicherweise war.

Und wenn du Carrick bist?
Ein Mörder?

»Dann sei es so«, erklärte er dem Wind und trieb sein Pferd durch Druck der Fersen weiter an. Er beugte sich vor und spürte, wie ihm die Mähne des Hengstes ins Gesicht schlug, während es auf direktem Weg nach Wybren ging.

Er ritt durch einen Wald aus trockenen, dürren, im Wind raschelnden Eichen, bis er den Fluss erreichte und dort an eine Stelle kam, an der es zwar keinen Steg und keine Brücke, aber eine Verengung gab. Entlang des Ufers, tief im Schlamm, bewiesen Hufabdrücke ihm, dass er die Rabenfurt gefunden hatte, wo diejenigen, die sich trauten, auf dem Pferderücken das Gewässer überquerten.

Der Hengst scheute, als er das tiefe Wasser sah.

»Los«, drängte ihn der Reiter, als das Pferd den großen Kopf hochwarf und die Augen so weit aufriss, dass man das Weiße darin sah. »Es wird alles gut«, erklärte er mit besänftigender Stimme, obwohl er keine Ahnung hatte, wie tief oder wie reißend der Fluss an dieser Stelle war. »Immer mit der Ruhe ...« Langsam lenkte er das Pferd in den eiskalten, wild schäumenden Strom.

Tiefer und tiefer ging es, bis das Wasser dem Tier bis an die Brust ging und dem Reiter in die Stiefel drang. Er biss die Zähne aufeinander, ließ die Zügel locker, damit das Pferd den Weg alleine fand. Er spürte, als das Ross anfing zu schwimmen, hatte das gespenstische Gefühl zu schweben, der Braune jedoch spannte alle Muskeln an, hielt die Nüstern aus dem Wasser und kämpfte gegen die unbändige Strömung, die sie beide unweigerlich flussabwärts trug. Carricks Hose und der Saum seines dicken Umhangs wurden nass, und fast hätte das Wasser auch den Sattel überspült, bis er endlich spürte, dass der erste Huf den Grund des Flusses traf. »So ist's gut. Komm schon, Junge«, lobte er das Tier.

Ein paar Sekunden später machte der Braune einen Satz, und das Wasser lief in Strömen an seinem Leib herab.

Als er jedoch galoppieren wollte, glitten seine Hufe nochmals aus, und um nicht abzustürzen, musste sich Carrick mit beiden Händen am Horn des Sattels festklammern.

Mühsam kletterte das Tier ans Ufer, bis es zwanzig Meter unterhalb der Rabenfurt wieder auf festem Boden stand. Es machte eine kurze Pause, um das Wasser abzuschütteln und lief dann eilig in Richtung der Straße, über die man über bewaldete Hügel auf direktem Weg nach Wybren kam.

Plötzlich sah der Reiter die Straße so, wie sie im Frühling ausgesehen hatte, auch wenn er keine Ahnung hatte, in welchem Jahr das gewesen war. Obgleich er sich nicht an Gesichter erinnern konnte, war er sich sicher, dass er mit seinen Brüdern ausgeritten war. Allerdings war die Atmosphäre zwischen ihnen nicht kameradschaftlich und brüderlich, sondern düster und feindselig gewesen.

Die Kälte und die Nässe, die ihm in die Knochen gedrungen waren, ließen seine Hände zittern, während er versuchte sich zu konzentrieren und sich genauer zu erinnern, was damals vorgefallen war.

Verdammt, denk nach!

Nur ließ sich keins der Bilder, die, wie um ihn zu verspotten, vor seinem geistigen Auge vorüberzogen, packen, und so gab er mit einem Seufzer auf.

Außer einer Gruppe Bänkelsänger, einem schwer mit Steinen beladenen Ochsenkarren, einem von einem kleinen Jungen gelenkten Heuwagen und zwei einsamen Reitern traf er niemanden auf der Straße.

Der Tag verging, ohne dass auch nur einmal die Sonne durch den dichten Wolkenschleier drang. Seine Zähne klapperten, und seine Finger waren steif, doch das nahm er nur am Rande wahr. Er passierte eine alte, verlassene Kathedrale und eine halb verrottete Brücke, die ihm irgendwie bekannt vorkamen, und kam dann an einem Bauernhof vorbei, wo er ein paar Schweine unter spindeldürren Bäumen nach Eicheln wühlen sah.

Immer wieder begannen irgendwelche Bilder sich in seinen Kopf zu formen, lösten sich aber genauso rasch wieder auf. Trotzdem spürte er, es würde nicht mehr lange dauern, bis er irgendetwas genau erkennen würde. Und dann würde ihm wahrscheinlich auch alles andere wieder einfallen.

Er begegnete zwei Jungen, die, ohne auf die Kälte, das aufziehende Unwetter oder irgendetwas anderes zu achten, lachend miteinander um die Wette ritten, sodass die von den Hufen ihrer Pferde aufgewirbelte nasse Erde nur so durch die Gegend flog.

Als sie an ihm vorüberschossen, tauchte plötzlich abermals ein Bild vor seinem inneren Auge auf. In diesem Bild war *er* einer dieser jungen Teufelskerle und dachte an nichts anderes als an sein Verlangen, schneller als alle anderen zu sein. Während sein Lachen vom Wind davongetragen wurde, ritten sie zu viert ... richtig, *vier Brüder* ... über die frühlingsgrünen Felder, ohne auf irgendetwas oder irgendjemanden zu achten als sich selbst.

»Ich kriege dich!«, rief einer der anderen mit herausfordernder Stimme. Er sah sich selbst, tief über die Schulter seines schwarzen Pferdes gebeugt, das Gesicht in der Mähne des Hengstes vergraben, mit Tränen in den Augen vom kalten Wind. Er hatte die Führung und würde ganz bestimmt nicht zulassen, dass einer seiner Brüder ihn noch überholte.

Aus dem Augenwinkel sah er das Maul eines zweiten Pferdes. Schwer atmend stampfte das Tier im weichen Lehm und war ihm so nahe, dass ihn sein warmer Atem traf.

»Los!«, trieb er seinen Schwarzen an und ließ die Zügel schießen. Er würde nicht verlieren. Nicht noch einmal! »Los, los, los!« Sein Hengst holte weit aus, doch das andere Tier blieb dicht an seiner Seite, und während vor ihnen die Bäume des Waldes in den Himmel ragten, hörte er das Lachen seines Bruders, ein grässliches Geräusch, das ihm einen kalten Schauder über den Rücken laufen ließ. Dann sah er eine Bewegung, das kurze Aufblitzen einer Hand, als der Bastard sich zu ihm herüberbeugte und dem Schwarzen mit einer kurzen Peitsche auf die Flanke schlug.

Sein Pferd schrie auf. Fuhr zusammen, versuchte, ihn abzuwerfen und ging dann einfach durch.

Er verlor den Halt. Tastete verzweifelt nach dem Zügel, der auf dem Boden schleifte und gegen die Vorderbeine seines Tieres schlug. Furcht durchzuckte ihn. Er würde stürzen und zu Tode getrampelt werden.

Er hörte laute Rufe.

Seine beiden anderen Brüder!

Die beiden, die auf langsameren Pferden ein Stück hinter ihnen zurückgefallen waren. Sicher würden sie es schaffen, ihm auf irgendeine Weise auszuweichen. Sein Pferd scheute, stolperte und wandte sich nach rechts. Genau dorthin, woher die beiden anderen Reiter kamen.

Jesus, Gott, nein!

Er umklammerte in Todesangst den Sattelknauf, versuchte sich wieder aufrecht hinzusetzen und das durchgehende Tier mit seinem Gewicht zu bremsen, doch er kam nicht gegen die Schwerkraft an, die an ihm und dem Sattel zog.

»Verdammt, bleib stehen!«, rief er in ohnmächtiger Panik. »Stopp!«

Das von den wild fliegenden Hufen losgetretene Gras flog ihm um die Ohren. Seine Arme taten weh, und sein Rücken war schmerzlich verkrümmt, während der Sattel unaufhaltsam immer tiefer glitt und dem Pferd die Steigbügel gegen die Flanken klatschen ließ.

Er konnte sich nicht länger halten!

Und dann ... und dann ...

Nichts!

Genauso plötzlich, wie sie aufgekommen war, brach die Erinnerung an jenen Morgen wieder ab. Wie eine Schlange, die einem mit ihrem Schwanz einen kurzen, schnellen Schlag versetzt und sich dann wieder zusammenrollt, als wäre nichts geschehen. Wieder wurde seine Vergangenheit zu einem leeren, weißen Fleck.

Er fing an zu blinzeln, denn die ersten dicken Regentropfen schlugen ihm wie kalte Perlen in das bereits eiskalte Gesicht. Die vier Jungen, an die er sich erinnert hatte – das waren sicher er und seine Brüder gewesen, oder etwa nicht? Und er würde sich auch noch an anderes erinnern. Davon war er überzeugt. Der Damm, der die Wahrheit bisher zurückgehalten hatte, fing langsam, aber sicher an zu brechen, und bald würde ihm alles wieder einfallen.

Erfüllt von neuer Energie trieb er seinen Brauen weiter den schlammigen Weg hinauf. Er wusste, dass er Wybren näher kam, er spürte eine Veränderung der Atmosphäre.

Immer wieder drängten Erinnerungen an die Oberfläche, zogen sich dann aber genauso schnell wieder zurück. Er entdeckte einen zugewachsenen Pfad, der durch ein Dickicht führte, und wusste, dass er dort einmal während der Jagd einen Hirsch gesehen hatte.

Er holte tief Luft und bahnte sich dann langsam einen Weg durch die Trümmer der Erinnerung.

Er war gar nicht auf der Jagd gewesen, fiel ihm nach ein paar Sekunden ein. Es war Spätsommer gewesen, die Bäume hatten bereits die ersten Blätter abgeworfen, die Luft war frisch gewesen, die Ernte eingefahren ... Wieder war er über ein Feld geritten, dieses Mal aber allein, und ein goldener Mond hatte tief am Himmel gehangen und die Umgebung in ein sanftes Licht getaucht.

Er war wie ein Besessener galoppiert, angetrieben von dem glühenden Verlangen sich zu rächen und zu töten, erfüllt von heißem Zorn und noch glühenderem Hass.

Er hatte die Welt von einem Feind befreien wollen.

Während er jetzt an den Zügeln seines Braunen zog, versuchte er, sich daran zu erinnern, auf wen er es an jenem Herbsttag abgesehen hatte, wen er hatte töten wollen. Doch das Gesicht des Feindes war undeutlich und verzerrt.

Wer hatte einen solchen Zorn in ihr geweckt? Seine Nackenhaare sträubten sich, denn er wusste mit Bestimmtheit, dass er von jemandem, der ihm nahe gestanden und dem er vertraut hatte, verraten worden war.

Der Name lag ihm auf der Zunge.

Wer hatte ihn verraten?

Er spannte seinen ganzen Körper an, und hinter seinen Augen fing es an zu pochen. Wer?

»Verflucht«, knurrte er wütend. Während der Regen immer dichter wurde, stieg eine weitere Erinnerung aus seinem

Unterbewusstsein auf. Nicht verschwommen, sondern völlig klar sah er vor sich einen großen, muskulösen Mann mit einem schwarzen Bart, einem berechnenden Grinsen und Augen, die so blau waren wie seine eigenen.

Sein Herz fing an zu rasen, als er seinen Vetter vor sich sah, den Mann, der sich immer aus irgendwelchen Gründen um die Dinge, die ihm zustanden, betrogen gesehen hatte, und der, wie er inzwischen wusste, alles dafür tun würde, sie zu bekommen.

Graydynn!

Der neue Herr von Wybren.

Vor Zorn geriet sein Blut in Wallung.

Ein bitterer Geschmack stieg aus seiner Kehle auf, der schlechte, bittere Geschmack tödlichen Verrats.

Er lehnte sich zur Seite und spuckte auf die Erde.

Es war an der Zeit, seinem Feind gegenüberzutreten, dachte er und nahm die Zügel seines Hengstes fester in die Hand.

24

Ohne auch nur den geringsten Appetit saß Morwenna auf ihrem erhöhten Platz in der großen Halle, wo sie gemeinsam mit den Bauern und den Soldaten ihre Mahlzeit einnahm. Normalerweise war der Saal während des Essens von fröhlichem Geplauder, prustendem Gelächter und allgemeiner Fröhlichkeit erfüllt, heute aber saßen alle still an ihren Plätzen, und selbst die Hunde schienen zu bemerken, dass irgendetwas anders war als sonst, denn sie bettelten viel weniger als sonst, spitzten ihre Ohren und blickten immer wieder Richtung Tür, als erwarteten auch sie, dass endlich eine Neuigkeit, irgendeine Neuigkeit von dem geflohenen Gefangenen eintraf.

Morwenna rührte ihre Lachspastete, die in Sauce schwimmenden gekochten Eier und das Brot auf ihrem Brett kaum an. Selbst die Happen gerösteten Aals mit Zwiebeln, die normalerweise ihre Lieblingsspeise waren, interessierten sie nicht im Geringsten.

Sie war nicht die Einzige, der es den Appetit verschlagen hatte. Bryanna saß während der gesamten Mahlzeit stumm an ihrem Platz. Sie hatte nicht einen Bissen zu sich genommen und wollte nicht einmal den Mandelpudding mit den in Honig eingelegten Datteln kosten, obgleich er der ganze Stolz des Koches war. Sie saß mit bleicher Miene da, starrte vor sich auf den Tisch, sprang, bevor das Mahl beendet war, mit tränenfeuchten Augen auf, lief durch die große Halle und zog sich in ihr Schlafzimmer zurück.

Morwenna schob sich etwas von dem Pudding in den Mund, hatte jedoch das Gefühl, dass ihr alles, was sie aß, schwer wie ein Stein im Magen lag. Sie dachte abwechselnd an Isa und die fürchterlichen letzten Augenblicke ihres Lebens und an Carrick, wie er heimlich aus dem Bett geglitten war, das sie geteilt hatten, und an dem Wachmann vorbei durch die Tür geschlichen war. Hatte er auf den Moment gewartet, in dem Sir James die Augen zugefallen waren? Oder hatte er vielleicht nur Glück gehabt und die Tür im rechten Augenblick geöffnet, weshalb er weder von dem Posten direkt vor seiner Tür noch von der Wache vor dem Haupteingang gesehen worden war?

War die Burg so schlecht bewacht, dass selbst Menschen wie Carrick und Isas Mörder kommen und gehen konnten, wie sie wollten? Oder arbeiteten sie vielleicht alle zusammen – waren sie eine Bande von Halsabschneidern und Verrätern, die ihre Autorität nicht nur untergruben, sondern offen gegen sie rebellierten? Hatte sie nicht ein ums andere Mal gespürt, dass unsichtbare Augen jeden ihrer Schritte beobachteten? Dass es innerhalb der Festung irgendein ihr feindselig gesonnenes Wesen gab? Hatte nicht Isa selbst sie genau vor dieser Art von Verrat gewarnt – hatte sie nicht ständig Omen des Todes und der Zerstörung gesehen?

Und jetzt hatte Isa für ihre Visionen selbst mit dem Tod bezahlt.

Hatte die alte Frau also tatsächlich Recht gehabt?

Lastete ein Fluch auf dieser Burg?

War es möglich, dass jeder, dem sie traute, ein Verräter war?

Morwennas Magen zog sich zusammen, und sie blickte sich hastig in der großen Halle um. Bildete sie es sich vielleicht nur ein, oder wich der Gerber ihrem Blick tatsächlich aus? Und der Armbrustmacher, bedachte er sie nicht mit feindseligen Blicken, sobald sie mit ihm sprach? Bisher hatte sie angenommen, es läge einfach daran, dass sie eine Frau war ... und wo zum Teufel steckte Alexander, der Hauptmann der Wache, dessen Aufgabe es war, diese Burg vor Unheil zu bewahren? Er war bereits den ganzen Morgen fort, angeblich, weil er zu einem Überfallenen gerufen worden war, doch konnte sie ihm wirklich trauen? Hatte sie nicht gehört, wie die Menschen, die ihr Treue geschworen hatten, hinter ihrem Rücken über sie tratschten und heimlich über sie lachten, weil sie abermals von ihrem Geliebten verlassen worden war?

Sie hielt es keine Sekunde mehr in der Halle aus. Obwohl sie bisher kaum etwas gegessen hatte, wischte sie sich die

Hände an einer Serviette ab, knüllte sie zusammen und warf sie in die wie ein Boot geschnitzte Schale vor ihr auf dem Tisch. Ehe der Mundschenk ihr noch Wein nachschenken konnte, stand sie entschieden auf, um sich wie zuvor schon ihre Schwester in ihr Schlafzimmer zurückzuziehen. Sie brauchte Ruhe. Um darüber nachzudenken, was sie tun sollte.

Sie konnte unmöglich darauf warten, bis alle anderen Ideen oder Pläne entwickelten. Sie war die Herrin dieser Burg, und als solche würde sie entscheiden, was unternommen werden sollte. Sie ging in Richtung ihres Zimmers, blieb dann aber stehen und trat durch die Tür des Zimmers ihres Bruders, des Raumes, in dem sie mit Carrick zusammen gewesen war.

Es brannten weder Kerzen noch Binsenlichter in den Haltern, und es hatte auch niemand ein frisches Feuer im Kamin entfacht. Errötend ging sie um das frisch gemachte Bett herum und erinnerte sich daran, wie sie gestern Abend hier hereingekommen war und ihn hatte hier liegen sehen. Dann hatte er ihr seine heißen Lippen auf den Mund gepresst, und sie hatte sich dem Zauber seiner Berührung willentlich ergeben.

Sie hatte sich tatsächlich eingebildet, sich erneut in ihn verlieben zu können.

Doch da hatte sie sich eindeutig geirrt.

Seufzend ging sie wieder aus dem Zimmer, lief hinüber in die Kemenate, blickte durch das Fenster hinunter in den Hof und überlegte, wie in aller Welt Carrick so leicht hatte entkommen können. Gab es hier vielleicht Verschwörer, die ihm geholfen hatten? Hatte Isa einen dieser Kerle überrascht, und er hatte sie getötet und ihr als grausige Erinnerung den Ring von Wybren in die Hand gedrückt?

Aber warum, warum, warum?
Und wie, zum Teufel, wie?

»Große Mutter, vergib mir«, murmelte Bryanna, während die Trauer um die geliebte Isa an ihrer Seele zerrte. Sie schloss die Augen, um die alte Amme nicht mehr mit kalter, gespenstisch bleicher Haut und von ihrem eigenen Blut verkrusteter Kehle auf dem Tisch des Arztes liegen zu sehen, doch das Bild hatte sich unauslöschlich in ihr Hirn gebrannt.

Sie kniete neben der Frau, die sie aufgezogen hatte, der Amme, an deren Brust sie hatte saugen dürfen, nachdem die Brust ihrer eigenen Mutter ausgetrocknet war, berührte ihre steifen Finger und spürte zwar kein Leben, aber irgendeine Schwingung, als nähme Isas Seele die Liebkosung wahr.

»Verlass mich nicht«, wisperte Bryanna, und ihre Tränen tropften auf die Hand der toten Frau.

Ich werde immer bei dir sein.

Weniger erschrocken als vielmehr überrascht starrte Bryanna auf Isas bleiche Lippen. Sie hatte zu ihr gesprochen! Obwohl sie völlig reglos vor ihr lag.

Mit wild klopfendem Herzen fragte Bryanna furchtsam: »Aber wie?«

Sie hörte Isas Stimme, als spräche sie aus ihr selbst. *In deiner Erinnerung, mein Kind, und in all den Dingen, die du von mir gelernt hast. Nicht unbedingt beim Sticken oder Nähen oder Spinnen, aber in deinem Wissen um die Dinge des Herzens, die alten Traditionen, die geistige Welt.*

»Ich glaube nicht an diese Dinge.«

Ah, Bryanna, da irrst du dich... Von allen Kindern Lenores kennst du als Einzige die großen Schätze dieser Welt. Du hast von meiner Brust getrunken und kennst die Wahrheit. Du alleine hast die Fähigkeit zu sehen.

Bryanna wagte kaum zu atmen. »Die Fähigkeit zu sehen? Nein, nein, ich sehe nur die Dinge, die direkt vor meiner Nase sind.«

Nur, weil du bisher geguckt, aber nicht gesehen, gehört, aber nicht zugehört, berührt, aber nicht ertastet hast. Aber jetzt wirst du dich ändern, Tochter, und wirst all die Dinge wissen, von denen andere nicht einmal etwas ahnen. Suche immer nach der Wahrheit, Bryanna.

»Du schätzt mich völlig falsch ein.«

Tue ich das wirklich?

»Ja!«

Warum hörst du dann meine Stimme?

Bryanna ließ Isas leblose Hand sinken. »Das ist doch ganz bestimmt ein Trick«, stieß sie schluchzend aus. »Nur eine Stimme in meinem Kopf. Ich, ich – wahrscheinlich werde ich verrückt.« Sie rappelte sich eilig auf, wollte sich wie tausendmal zuvor bekreuzigen, hielt dann aber mitten in der Bewegung inne und blickte auf die Frau hinab, die von allen als Hexe bezeichnet worden war.

Mit wild klopfendem Herzen spitzte sie die Ohren, doch obwohl die alte Isa nicht mehr zu ihr sprach, hörte sie das Rauschen des Windes vor dem Fenster, das Prasseln des Regens auf dem Dach und noch etwas anderes ... etwas, das ihr den Atem stocken ließ. Ein dunkles, bösartiges Flüstern.

Sie blickte auf den Leichnam. »Wer hat dich getötet?«, fragte sie und griff, obgleich sie innerlich erschauderte, erneut nach der Hand der toten Frau. »Wer, Isa?«

Es ist deine Aufgabe, das herausfinden, Kind. Den Täter zu entlarven und dafür zu sorgen, dass er für diese Tat bezahlt.

»Das werde ich«, versprach Bryanna und küsste Isa auf die Stirn.

Carrick von Wybren war in der Nacht, in der Isa ermordet worden war, verschwunden. Am besten finge sie also bei diesem Menschen mit der Suche nach dem Mörder an.

Sie wandte sich zum Gehen und trat durch die Tür in das Unwetter hinaus. Die Düsternis des Tages bot für das, was sie zu tun gedachte, den perfekten Hintergrund. Eilig lief sie durch die Küche zur Treppe, und der beißende Geruch von Rauch und altem Fett folgten ihr bis in den dritten Stock hinauf. Sie ging an ihrem eigenen Schlafzimmer vorbei zum Zimmer ihres Bruders, dem Zimmer, in dem Carrick so lange gelegen hatte, während er angeblich sterbenskrank gewesen war.

Eilig trat sie durch die Tür und schaute sich in dem Raum mit der hohen Decke, dem großen Kamin und der auf einem Podest stehenden Bettstatt um. Dann schloss sie die Augen, versuchte sich zu konzentrieren und hoffte auf ein Zeichen, irgendeinen Hinweis darauf, dass sie tatsächlich, wie Isa behauptet hatte, die Gabe zu sehen besaß.

Du musst dich stärker konzentrieren, sagte sie sich, als nichts geschah.

Wie Isa es gemacht hätte, kniete sie sich auf den Boden und legte ihre Hände auf die kalten Steine, als könnte ihr der Raum auf diese Weise etwas über den Flüchtigen verraten … nur, dass leider nichts geschah. Mit vor Aufregung pochendem Herzen trat sie an das Bett, ließ sich auf die Kante sinken und dachte an Carrick und Morwenna, die letzte Nacht zusammen hier gelegen hatten, zwei Liebende, nach allzu langer Zeit endlich wieder glücklich vereint. Zauberhaft, romantisch.

Nur, dass Isa gestorben und Carrick verschwunden ist.

Sie strich mit der Hand über die Matratze und dachte, sie bekäme vielleicht auf diese Art eine Vision. Allerdings hatten die Mädchen bereits sämtliche Spuren der nächtlichen Vereinung getilgt, und alles, was sie sah, war das jungfräuliche, frisch gemachte Bett.

Sie wartete und nichts geschah.

»Du irrst dich, Isa«, knurrte sie. »Ich verfüge nicht über die Fähigkeit zu sehen. Ich sehe überhaupt nichts. Nicht die kleinste Kleinigkeit!« Sie warf sich rücklings auf das Kissen und blickte suchend unter die Decke, als hoffte sie dort oben an den dunklen Deckenbalken die Antworten auf ihre Fragen zu finden.

Und tatsächlich fielen ihr hoch über ihrem Kopf einige Spalten im Mörtel auf. Dieselben schmalen Schlitze wie auch in einer der Wände ihres eigenen Zimmers. Sie hatte bisher immer angenommen, dass sie der Belüftung dienten, aber, seltsam, dies war keine Außen-, sondern eine Innenwand.

Sie kehrte zurück in ihr eigenes Zimmer, sah sich dort die Schlitze an, und ging dann weiter in die Kemenate und das Schlafzimmer ihrer Schwester. Überall wies eine Wand direkt unter der Decke dasselbe seltsame Muster auf.

Und wenn schon. Das half ihr auch nicht weiter. Lieber hätte sie in blutigen Lettern den Namen von Isas Mörder an einer Wand gelesen oder eine Vision von Carrick gehabt, wie er heimlich durch den Hof schlich, nachdem er Isa an die Kehle gegangen war. Bei diesem Gedanken zuckte sie zusammen.

Sie erinnerte sich daran, dass Isa immer Kerzen angezündet, mit Bändern umwickelt und sie mit Kräutern bestreut hatte, um etwas zu sehen. Tja, vielleicht war das der Schlüssel zum Erfolg. Und auch die richtigen Gebete könnte sie problemlos sprechen, denn sie hatte sie schließlich oft genug gehört.

Sie lief in Isas Zimmer, füllte einen Beutel mit Kerzen,

Steinen, getrockneten Kräutern, bunten Bändern und brachte dann die nächste halbe Stunde mit dem Errichten eines winzigen Altars in Tadds Zimmer zu.

Wenn jemand sie bei ihrem Treiben überraschen würde, nähme er wahrscheinlich an, sie wäre wahnsinnig vor Trauer oder einfach eine dumme Gans, doch das hatten sie ja immer schon von ihr gedacht. Also zündete sie hinter der verschlossenen Tür des Zimmers ihres Bruders Binsenlichter, Kerzen und ein Feuer an, schickte, sobald die Flammen prasselten und den Raum mit einem warmen Licht erfüllten, Gebete an die Große Mutter, streute kleine Mengen getrockneter Kräuter über die Kerzen auf ihrem Altar und wartete auf ein Zeichen, das einfach nicht kam.

Lass dich nicht entmutigen, sagte sie sich und versuchte ein ums andere Mal, die Worte der Geister zu hören oder irgendein Signal von Isa zu empfangen, das ihr zeigen würde, wo sie ihre Suche am besten begann.

Doch es geschah einfach nichts.

Eine Stunde verging, doch außer einem wehen Rücken und vom langen Knien steifen Beinen brachten die Gebete ihr nichts ein.

»Das Ganze war eindeutig ein Fehler«, knurrte sie erbost.

Angewidert von ihren idiotischen Versuchen als Seherin löschte Bryanna die Kerzen auf dem kleinen Altar und ging, um auch die Kerzen in den Wandhaltern zu löschen, durch den Raum.

Und plötzlich fiel ihr Blick auf einen Kratzer auf dem Boden – nein, eine ganze Reihe Kratzer, die in einem Bogen von der Wand fortführten, als hätte hier jemand wiederholt etwas von der einen an die andere Wand gerückt. Nur, dass sich die Spur der Kratzer ein paar Zentimeter vor der einen Wand verlor, während sie durch die andere Wand ... hindurchzuführen schien. Bryanna nahm eine der Kerzen aus dem Halter, kniete sich auf den Boden und sah ihn sich genauer an. Bildete sie es sich vielleicht nur ein, oder spürte sie tatsächlich einen leichten Luftzug?

Mit angehaltenem Atem hob sie einen Strohhalm auf und schob ihn dort, wo die Wand den Fußboden erreichte, gegen den Stein. Eine Zeitlang bog der Strohhalm sich bei jedem Stoß zurück, dann aber kam sie an die Stelle, wo die Kratzer waren, und von dort an glitt der Strohhalm auf einer Breite von fast dreißig Zentimetern unter den Steinen hindurch, als ob hinter der Mauer noch ein anderes Zimmer lag.

Ihr Herz begann zu flattern wie die Flügel eines Kolibris. Sie biss sich auf die Lippe, setzte sich auf ihre Fersen und starrte auf die Wand. War das tatsächlich möglich? War dies vielleicht die Vision? Oder bildete sie sich nur etwas ein?

Sie sah keine Tür, keine gerade geschnittenen Steine ... und ihre Finger fanden keinen Spalt, den sie mit den Augen sah ..., doch irgendwie ...

Bryanna betastete die Steine, versuchte, ihre Finger in den winzig kleinen Schlitz unter der Wand zu zwängen, fand aber weder einen versteckten Schlüssel noch irgendeinen Riegel, mit dem sie sich öffnen ließ. All ihre Bemühungen trugen ihr nur abgebrochene Fingernägel und blutige Fingerkuppen ein.

Es muss irgendwo hier sein, sagte sie sich trotz der leisen Zweifel, die sie allmählich bekam. Vorsichtig glitt sie mit den Händen an der Wand herauf und dann wieder herunter und arbeitete sich so von einer Ecke bis zur anderen vor.

Nichts.

Also wieder zurück zum Anfang.

Wieder ertastete sie vorsichtig die Mauer, konzentrierte sich auf die raue Textur des Steins, schloss die Augen, lauschte, fühlte, lenkte all ihre Gedanken auf die Arbeit, nahm nichts anderes mehr wahr ...

Langsam schob sie ihre Finger weiter, und nach einer Viertelstunde hatte sie ihn tatsächlich entdeckt – einen kleinen Riegel, der in einem der Steine in der Nähe der Zimmerecke verborgen war.

Endlich!

Sie hielt den Atem an.

Was nun?

Eifrig drückte, zog und zerrte sie an dem winzigen Metallstück ..., aber nichts geschah. »Oh, beim Heiligen Judas«, wisperte sie, dachte dann an den Rat der alten Isa und fügte ein »Hilf mir, Mutter Morrigu« hinzu. »Führe mich und hilf mir bitte, das Monster zu finden, das Isa das Leben genommen hat.« Sie atmete tief durch, drückte noch einmal kräftig gegen den Metallstift und vernahm ein leises Klicken.

Ihr Herz schlug einen Purzelbaum, doch entschlossen drückte sie gegen einen Stein oberhalb der Kratzer auf dem Boden, und langsam, aber sicher öffnete sich eine Tür, eine Tür mit ungleichmäßigen Rändern, da kein Stein gerade geschnitten worden war, um diesen Durchgang zu schaffen.

Auf diesem Weg also ist der Schweinehund entkommen!

Bryanna steckte sich zwei Kerzen in die Tasche, nahm eins der Binsenlichter aus dem Halter an der Wand und betrat, entschlossen zu ergründen, wie Carrick von Wybren nach dem Mord an Isa hatte entkommen können, den muffigen, dunklen Gang.

25

Morwenna starrte aus dem Fenster und kam sich völlig nutzlos vor, da sie noch immer keine Antworten auf ihre Fragen hatte. Sie rieb sich die Arme, hob den Kopf und hatte wieder das Gefühl, als beobachteten unsichtbare Augen jeden der Schritte, die sie tat.

Es klopfte leise an der Tür, und als Alfrydd mit seinen verdammten Büchern vor sie trat, schaute sie ihn böse an. »Also, wo sind alle hin? Und sprecht heute bitte nicht mit mir über irgendwelche Steuern.« Unbezahlte Steuern waren augenblicklich ihre geringste Sorge. »Ich habe wichtigere Dinge zu bedenken.«

Alfrydd wirkte tatsächlich noch trübsinniger als sonst. Trotzdem fand er noch die Energie, um ihr zu widersprechen. »Aber, M'lady, es gibt einfach Dinge, über die wir sprechen müssen, und ich glaube, es wäre das Beste, es trotz unser aller Trauer jetzt zu tun, bevor Sir Ryden kommt.«

Ryden!

Sie hatte vollkommen vergessen, dass er bald vor den Toren Calons stehen würde. Er erwartete bestimmt einen herzlichen Empfang. Ein Festmahl ihm zu Ehren und ... oh, nein ... »Gütiger Himmel«, entfuhr es ihr. Bevor sich die letzte Tragödie ereignet hatte, hatte sie vorgehabt, Ryden zu erklären, dass sie ihn nicht heiraten könne, dass ein Zusammenschluss ihrer beiden Baronien nicht in Frage kam. Das würde er bestimmt verstehen, denn sicher wollte er doch eine Braut, die sich zu ihm hingezogen fühlte, hatte sie gedacht. »Ich kann jetzt nicht an Ryden denken«, meinte sie und ignorierte Alfrydds vorwurfsvollen Blick. Abermals trat sie ans Fenster und blickte in den Hof, wo sie noch immer Soldaten auf der Suche nach dem entflohenen Carrick umherlaufen sah. »Wo zum Teufel steckt überhaupt Sir Alexander?«

»Ich habe gehört, dass er und der Sheriff bei Anbruch der Dämmerung aufgebrochen sind, um die Diebesbande ausfindig zu machen, die im Wald unweit der Rabenfurt Reisende überfällt. Letzte Nacht haben sie schon wieder jemanden, ich glaube, einen Bauern, ausgeraubt«, bestätigte er das, was ihr bereits vor Stunden zu Ohren gekommen war.

»Und was ist mit dem Physikus?«

»Nygyll ist in der Stadt und sieht nach einer Frau, die Probleme mit den Wehen hat. Es heißt, sie erwartet Zwillinge und die Hebamme, die sich normalerweise um sie kümmert, ist zu einer anderen Geburt gerufen worden.«

»Und Isa kann ihr nicht mehr helfen«, stellte Morwenna mit erstickter Stimme fest.

»Nein. Diese armen Babys haben eine unglückliche Nacht gewählt, um auf die Welt zu kommen.«

Er legte seine Bücher auf den Tisch, und widerstrebend gab Morwenna ihren Platz am Fenster auf.

»Weshalb ist Vater Daniel noch nicht zurück?«, wollte sie von Alfrydd wissen. »Weiß irgendjemand, wo er ist?«

»Er ist ebenfalls in die Stadt gegangen«, versicherte der Haushofmeister ihr. »Er hilft dem Kaplan beim Abnehmen der Beichten und teilt Almosen an die Armen aus.«

»Er ist schon seit Stunden fort.«

Alfrydd verzog eine Seite seines skelettartigen Mundes zu einem trübsinnigen Lächeln. »Es gibt so viele Sünder«, meinte er und schlug das erste seiner Bücher auf. »Und zwar zu jeder Zeit.«

»Ich nehme an ...« Morwenna überlegte kurz, ob vielleicht auch Alfrydd zu ihren Gegnern zählte. Er wirkte so freundlich und geduldig, niemals wurde er laut, und nie erwähnte er die Tatsache, dass sie eine Frau war, doch manchmal waren die, die einem am unschuldigsten erschienen, am gefährlichsten. Nur mit profunden Kenntnissen und wenn man genau hinsah, konnte man eine giftige Spinne von einer völlig harmlosen unterscheiden.

Sie klopfte mit einem Finger auf das offene Buch. »Wenn wir hier fertig sind, schickt mir bitte den Schreiber. Ich möchte, dass er einen Brief an Lord Ryden und einen an meinen Bruder schreibt.«

»Wie Ihr wünscht«, antwortete er, als er jedoch den Kopf hob und sie fragend ansah, erklärte sie ihm reglos: »Es geht um eine private Angelegenheit.«

Sie hatte bereits einen Plan, da sie jedoch niemandem auf dieser Burg vertrauen konnte, behielt sie ihn lieber erst einmal für sich. Einzig ihre Schwester stand eindeutig auf ihrer Seite, doch wenn sie mit ihr über ihr Vorhaben spräche, brächte sie sie dadurch vielleicht in Gefahr.

Während der nächsten Stunde hörte sie sich Alfrydds Sorgen über Diebstähle auf Calon an. Er war offenbar der festen Überzeugung, dass sich jemand heimlich an allem vergriff, von Kräutern über Zucker, Reis, Honig und Datteln bis hin zu den Weinvorräten, denn seinen Berechnungen zufolge hatte der Koch bei weitem nicht so viel von diesen Dingen verbraucht, wie aus dem Lagerraum verschwunden war.

Dann fing er wieder von den nicht bezahlten Steuern an, doch sie fiel ihm ins Wort.

»Ein andermal«, erklärte sie. »Heute ist ein Tag der Trauer.«

»Selbstverständlich.« Er setzte ein wenn auch etwas angespanntes, so doch nachsichtiges Lächeln auf, rief umgehend nach dem Schreiber, und nachdem er den Raum verlassen hatte, diktierte sie dem Mann einen Brief an Ryden, in dem sie ihm erklärte, dass die geplante Hochzeit nicht stattfinden könnte, und einen Brief an Kelan, um ihm zu berichten, dass Isa ermordet worden war, und ihn darum zu bitten, ihr einen Trupp Soldaten zu schicken, der ihm und damit auch ihr möglichst treu ergeben war. Am besten schickte sie Sir Fletcher, einen der Soldaten, der mit ihr von Penbrooke hierher gekommen war, nachdem er jahrelang in Kelans Dienst gestanden hatte, noch heute mit dem Schreiben los. Ihm konnte sie vertrauen, anders als die meisten hier auf Calon würde er sein Leben für sie geben, das wusste sie genau.

Sobald die Briefe fertig waren, lief sie eilig in ihr Schlafzimmer hinüber, band sich einen Gürtel mit einer schwarzen Ledertasche um und zog einen warmen Wollumhang mit einer mit schwarzem Pelz besetzten Kapuze über den Kopf. Das Herumsitzen und Warten hielt sie nicht länger aus. Es war inzwischen Stunden her, seit sie Isa gefunden hatte, und noch länger, seit Carrick von der Burg geflohen war. Wenn sie auch nur eine Minute länger hier verweilen müsste, würde sie verrückt. Sie stieg in ihre Stiefel, lief die Treppe hinunter in die große Halle und stellte dort zu ihrer Überraschung fest, dass Dwynn immer noch nicht wieder an seinem angestammten Platz vor dem Feuer saß. Auch er war offenbar verschwunden, falls er nicht wie so oft mit gespitzten Ohren vor irgendwelchen fremden Türen saß.

Im Grunde jedoch war Dwynn ihr im Augenblick vollkommen egal, und so machte sie sich, ohne einen weiteren Gedanken auf den Jungen zu verschwenden, auf die Suche nach Sir Lylle.

In der kalten Luft bildete ihr Atem kleine weiße Wölkchen, als sie im Laufschritt an einer Gruppe Bauern und

Diener vorüberhastete, deren verlegene Grüße ihr verrieten, dass anscheinend wieder einmal sie Gegenstand des Gesprächs gewesen war. Sollten sie ruhig tratschen, inzwischen war ihr vollkommen egal, was die Bewohner Calons von ihr hielten.

Sie folgte dem ausgetretenen Weg in Richtung Wachhaus, trat dabei in tiefe Pfützen und versank im zentimetertiefen Schlamm.

Ohne auf die Frage des Wachmannes nach ihrem Anliegen zu reagieren, stürmte sie ins Haus und flog die Treppe hinauf in das Zimmer des Hauptmanns, wo sie, wie nicht anders erwartet, Sir Lylle hinter Sir Alexanders Schreibtisch sitzen sah. Es war nicht zu übersehen, dass er sich in der Rolle des Hauptmanns gefiel.

Als sie den Raum betrat, straffte er die Schultern und sprang eilig auf. »M'lady, was führt Euch –«

»Haben Eure Soldaten inzwischen irgendetwas gefunden, was uns darauf schließen lassen könnte, wer Isa ermordet hat?«

»Nein.« Er schüttelte den Kopf, runzelte die Stirn, und sein langes Gesicht wurde noch länger, als er betrübt den Mund verzog. »Nur ein paar Fußabdrücke und Runen in der Nähe des Aalteichs, wo Isa offenbar gebetet hat.«

Morwennas Herz zog sich zusammen, als sie daran dachte, dass die arme Isa die Große Mutter angebetet, Kräuter verstreut und Runen in den Schlamm gezogen hatte, damit ihrem Schützling Morwenna nichts zustieß, während ihr zweifellos ihr eigener, unmittelbar bevorstehender Tod bewusst gewesen war. Morwenna schlang sich die Arme um den Bauch, ballte unglücklich die Fäuste und erneuerte in Gedanken ihren Schwur, denjenigen zu finden, der Isa ermordet hatte.

»Die Wachen haben sie in der Nähe des Aalteichs singen hören, sich aber nichts weiter dabei gedacht.« Der stellvertretende Hauptmann sah sie beinahe flehend an. »Das hat sie schließlich öfter getan. Nichts und niemand konnte sie davon abbringen.«

»Ich weiß. Ich habe es ihr selbst erlaubt«, gab Morwenna voller Reue zu. Sie hatte der alten Frau gestattet, ihre eigene Religion weiter auszuüben, obwohl vom Priester bis zum Physikus jeder gegen diese heidnischen Bräuche gewesen war. Vater Daniel hatte es als Gotteslästerung bezeichnet und Nygyll das ›hühnergleiche Scharren in der Erde‹ und das ›Anheulen des Mondes‹ für blanken Unsinn gehalten. Selbst Sir Alexander hatte sich bemüht, Isa von ihrem Treiben abzubringen, doch es war ihm nicht gelungen, und Morwenna selber hatte angenommen, dass es niemandem schaden würde, wenn sie ihrer alten Amme ihren Glauben ließ.

Dass er Isa jetzt das Leben gekostet hatte, war ein Schock für sie.

»Aber Ihr habt niemanden gefunden, der irgendwas gesehen hat?« Dies war nicht der rechte Augenblick, um über ihre Fehler nachzudenken, sagte sie sich streng. Jetzt musste sie etwas tun. »Haben sogar die Wachen außer Isa niemanden bemerkt? Hat keiner von ihnen gehört, dass sie geschrien hat, oder gespürt, dass etwas nicht in Ordnung war?«

»Nein, M'lady, nichts von alledem.«

»Was ist mit dem Bäcker? Vielleicht war er ja schon wach? Oder mit dem Priester? Manchmal steht Vater Daniel lange vor Tagesanbruch auf.« Das Kopfschütteln des Wachmanns stürzte sie in immer tiefere Verzweiflung. Sie musste etwas tun, musste *irgend*etwas tun. »Was ist mit dem Mönch im Südturm? Bruder Thomas? Hat irgendjemand ihn befragt?«

»Er verlässt sein Zimmer nur sehr selten.«

»Das glauben wir«, stellte Morwenna richtig. »Aber wer von uns weiß wirklich, was er treibt, vor allem nachts?«

»Ihr glaubt doch sicher nicht, dass er Isa umgebracht haben könnte.« Sir Lylle starrte sie an, als wäre sie jetzt vollends übergeschnappt.

»Nein, nein! Aber ich denke, dass er vielleicht etwas gehört oder gesehen haben könnte. Hat vielleicht plötzlich irgendwo ein Hund gebellt? Ein Pferd gewiehert? Oder Dwynn ... hat er möglicherweise irgendwas gesehen? Er schleicht doch ständig durch die Gegend! Oder ... oder ... was ist mit einer Mutter, die vielleicht mit ihrem Baby auf gewesen ist? Hat nicht der Säugling der Frau des Steinmetzes immer Koliken? Vielleicht war sie ja gerade wach und hat etwas gesehen, gehört oder vielleicht auch nur gerochen?« Ihre Ohnmacht weckte plötzlich heißen Zorn in ihr. »Und wo zum Teufel sind überhaupt alle hin? Weshalb sind sie alle gerade heute unterwegs? Der Priester, der Arzt, der Hauptmann, der Sheriff – alle weg. Selbst Dwynn, über den man für gewöhnlich alle fünf Minuten stolpert, hat sich anscheinend einfach in Luft aufgelöst!«

Plötzlich kam ihr ein neuer, grässlicher Gedanke. »Oh, Gott«, entfuhr es ihr erstickt. »Ihr ... Ihr glaubt doch nicht, dass ihnen was passiert ist, dass sie vielleicht dasselbe grauenhafte Schicksal erlitten haben wie die arme Isa?«

»Nein, M'lady, Ihr macht zu viel Aufhebens um diese Sache.«

»Ach ja? Das glaube ich nicht. Isa wurde letzte Nacht grausam ermordet, ihr wurde der Hals von einem Ohr bis zum anderen aufgeschlitzt, Carrick ist geflohen, und inzwischen sind fast alle, denen ich vertraue, ebenfalls verschwunden. Irgendetwas geht hier vor sich, irgendjemand schleicht durch diese Burg, Sir Lylle, irgendjemand Abscheuliches und Böses, der es eindeutig auf mehr als einen von uns abgesehen hat.« Auch wenn sie selbst bei dem Gedanken schlucken musste, hatte sie doch endlich Sir Lylles Interesse geweckt. Deshalb beugte sie sich entschlossen zu ihm vor, piekste mit einem Finger in das verkratzte Holz des Tisches und erklärte ihm entschieden: »Jemand in dieser Burg weiß etwas über die Dinge, die sich letzte Nacht ereignet haben. Wir müssen herausfinden wer. Ich schlage vor, wir fangen mit Bruder Thomas, den Wachen, der Frau des Steinmetzes und dem Bäcker an. Wer steht sonst noch früh auf – die Jäger? Der Haushofmeister … ja, Alfrydd ist so gut wie immer wach. Es macht den Eindruck, als ruhe er sich niemals aus.« Sie ging vor dem Schreibtisch auf und ab, klopfte mit dem Zeigefinger gegen ihr Kinn und dachte weiter nach. »Und wer geht spät zu Bett – vielleicht der Kerkermeister?« Sie kniff die Augen zusammen und wandte sich wieder an Sir Lylle. »Lasst uns sie alle noch einmal befragen.«

Er presste die Lippen aufeinander und blähte seine Nasenflügel, denn er war ein stolzer Mann, der sich nicht gern von einer Frau Vorschriften machen ließ. Trotzdem meinte er mit einem knappen Nicken: »Wie Ihr wünscht«, und kam hinter dem Tisch hervor.

Im selben Augenblick hörte man eilige Schritte, eine Stimme rief: »Sir Lylle«, und wenige Sekunden später trat Sir Hywell durch die Tür. Er zerrte einen mürrisch aussehenden Stallburschen, den jungen Kyrth, hinter sich her. Der Junge stand gesenkten Hauptes da, und in seinen Kleidern und in seiner Mütze steckten Halme frischen Strohs.

»Kyrth weiß, was letzte Nacht passiert ist«, verkündete Hywell triumphierend und nickte, als er Morwenna erblickte, eilig mit dem Kopf. »M'lady.«

»Was hast du gesehen?«, wollte Morwenna von dem Jungen wissen, der eilig seine Mütze abnahm und immer noch nicht wagte, ihr ins Gesicht zu sehen.

»Ich wurde überfallen.«

»Wer hat dich überfallen?«

Er schüttelte den Kopf. »Ich weiß nicht. Es war dunkel, und ich hab' die Ställe ausgemistet. Ich hab' niemanden gesehen, aber dann hat mir plötzlich wer ein Messer an den Hals gehalten, genau hier«, er zeigte mit einem vor Schmutz starrenden Finger auf eine Stelle neben seinem Adamsapfel. »Und ... und er hat geschworen, mir die Kehle durchzuschneiden, wenn ich auch nur einen Pieps sage.«

»Erzähl mir alles ganz genau«, bat Morwenna ihn.

Zögernd berichtete Kyrth, dass er gefesselt und geknebelt im Stall zurückgelassen worden war. Er hatte sich weder bewegen noch um Hilfe rufen können, und deshalb hatte man ihn erst nach einer halben Ewigkeit entdeckt. Wer auch immer ihn überwältigt hatte, hatte auch ein Pferd gestohlen, einen kräftigen, braunen Hengst namens Rex.

»Tut mir furchtbar Leid«, erklärte er gerade, als wieder draußen schnelle Schritte laut wurden und der Stallmeister mit zornrotem Gesicht den Raum betrat. Als er Kyrth entdeckte, fing er leise an zu fluchen.

»Es ist deine Schuld, dass wir einen guten Hengst verloren haben«. Er wies mit einem knorrigen Finger auf den armen Jungen. »Meine Güte, was hast du dir nur dabei gedacht, falls du überhaupt gedacht hast.« Ohne Morwenna auch nur eines Blickes zu würdigen, fuhr er zornig fort. »Aber dir war noch nie zu trauen. Wie konnte das passieren? Bei Gott, Rex ist ein wunderbares Tier, und jetzt wurde er gestohlen!« Endlich wandte er sich an Morwenna, denn, nachdem er seinen Ärger an dem Jungen ausgelassen hatte, war ein Großteil seines Zorns verraucht. »Tut mir Leid, M'lady.« Plötzlich erinnerte er sich an sein Benehmen und nahm höflich seine Mütze ab. »Dieser ..., dieser schändliche Vorfall hätte nie passieren dürfen.« Er schüttelte langsam seinen dicken Kopf. »Erst ist dieser Mann geflohen. Dann wird die arme Isa abgeschlachtet ... und jetzt auch noch das.«

Morwenna sah den Mann aus zusammengekniffenen Augen an. Seine Trauer war gespielt. John hatte Isa nie getraut, hatte sich oft lustig über sie gemacht, und jetzt heuchelte er Trauer um eine Frau, von der er nach ein paar Bechern Bier oft gemurmelt hatte, sie wäre eine ›verdammte Hexe, eine Ketzerin‹. Er versuchte lediglich, seine Position als Stallmeister zu retten, indem er dem armen Jungen die Schuld an allem gab und so tat, als trauere er um eine Frau, die er, als sie noch am Leben war, offen verachtet hatte.

»Wir werden das Pferd ganz sicher wiederfinden«, versicherte ihr Sir Lylle und biss die Zähne aufeinander. »Zusammen mit dem Reiter.«

»Gut«, antwortete sie, obwohl sie nicht eine Minute wirklich glaubte, was er ihr versprach. Es schien, als sei sie hier auf Calon von lauter Vollidioten umgeben.

Sie war bereits zu dem Schluss gekommen, dass sie keiner Menschenseele trauen konnte. Auch wenn sie es nicht offen zugab, wusste sie inzwischen mit Bestimmtheit, dass sie die Warnungen der alten Isa hätte beherzigen und ihr zugleich hätte verbieten sollen, ihren Glauben und die Hexerei offen zu praktizieren. Dann wäre sie jetzt vielleicht noch am Leben. Ebenso war ihr bewusst, dass sie allein Carrick die

Chance zur Flucht geboten hatte, denn es war ihr Entschluss gewesen, ihn weder einsperren noch gefesselt nach Wybren ausliefern zu lassen, sobald er wieder zu sich gekommen war.

Also war es jetzt auch an ihr, den Flüchtigen zu finden.

»Angenommen, Carrick hat das Pferd gestohlen«, sagte sie, und alle anderen nickten. »Wohin könnte er geritten sein?«

Kyrth zuckte mit den Schultern, John hielt ebenfalls den Mund, und Sir Hywell schnaubte: »Wer weiß schon, wohin es solche Kerle zieht?«

Sir Lylle dachte kurz nach und erklärte dann mit einem selbstzufriedenen, beinahe herablassenden Lächeln: »Möglichst weit weg von hier und Wybren. Er hat das stärkste Pferd gewählt. Ich nehme an, er ist unterwegs in Richtung Meer, vielleicht in irgendeine Stadt, von der aus er Wales mit einem Schiff verlassen kann.« Er nickte mit dem Kopf, sein Grinsen wurde noch breiter, und Morwenna wurde klar, dass Sir Lylle ein hoffnungsloser Trottel war. Carrick war ein Lügner, ein Frauenheld und ein Betrüger, aber sie konnte ganz einfach nicht glauben, dass er obendrein ein Mörder war.

Mehr als alles andere würde er seinen Namen reinwaschen wollen, überlegte sie. Und um das zu tun, müsste er zurück nach Wybren. Also genau dorthin, wo er nach Meinung von Sir Lylle nie und nimmer zu finden wäre.

Und sie selbst würde ihm genau dorthin folgen.

Hoch auf einem Hügel ragte die von einem breiten Burggraben umgebene Festung mit ihren runden Türmen und ihren massiven Mauern drohend in den Himmel auf. Rot-goldene Standarten flatterten im Wind, und da es bald dunkel werden würde, tauchten unzählige Fackeln das Gemäuer in ein geisterhaftes Licht.

Wybren.

Er saß auf dem Rücken seines erschöpften Pferdes und starrte auf die Burg.

Zing! Wie ein Pfeil surrte eine Erinnerung durch seinen Kopf. Er lag mit einer flachsblonden Frau im Bett. Sie blickte lächelnd zu ihm auf, als hätte sie Geheimnisse, die er niemals entdecken würde, und zog ihn dann auf sich herab.

Alena.

Er hatte sie einmal geliebt ... oder dies zumindest gedacht.

Zing!

Eine andere Erinnerung, das Bild eines seiner Brüder ... von welchem, konnte er nicht sagen ..., der ein Pferd, das vor einem Hindernis gescheut hatte, mit einer Peitsche schlug. Mit von der Kandare aufgerissenem Maul und schweißglänzendem Fell hatte sich das Tier aus lauter Panik auf die Hinterbeine gestellt.

Immer mehr Dinge fielen ihm ein und bestärkten ihn in seiner Überzeugung, dass dies hier sein Zuhause war.

Er erinnerte sich an den Apfelbaum im Obstgarten, von dem er als Kind gefallen war, an ein kleines, zotteliges Pony, das ihn einmal, bevor er richtig hatte reiten können, abgeworfen hatte, an Schwertspiele mit Stöcken, ehe ihm zum ersten Mal ein echtes Schwert aus Stahl überlassen worden war.

Zing!

Ein flüchtiges Bild seines Vaters – einem hünenhaften Kerl –, der nach Bier und Sex gerochen hatte, als er die Treppe hinauf in Richtung des Zimmers, in dem auch seine Frau schlief, gestolpert war.

An seine Mutter konnte er sich immer noch nur undeutlich erinnern. Sie war anscheinend ziemlich schwach gewesen, hatte immer einen traurigen Blick und einen leblosen Händedruck gehabt.

Die Ehe seiner Eltern war unglücklich gewesen. Sie waren äußerst förmlich miteinander umgegangen und hatten ihre Kinder Ammen, Kindermädchen und Lehrern überlassen, jedem, der sie ihnen abnahm. Es hatte große Bälle und dunkle Geheimnisse auf der Burg gegeben, und er hatte seine Kindheit mit Träumen, Spaß, doch häufig auch in tiefer Verzweiflung zugebracht.

Ja, dies war der Ort, an dem er aufgewachsen war. Weitere bruchstückhafte Erinnerungen stiegen vor seinen Augen auf. Sie hatten sich mit Äpfeln beworfen, Frösche gefangen, und nachdem er wegen einer Wette den Abendmahlskelch des Priesters hatte verschwinden lassen, hatte irgendjemand ihm eine schallende Ohrfeige verpasst ...

Seine Eingeweide zogen sich schuldbewusst zusammen, als er in Richtung der hohen Türme sah. Wie hatte er das Feuer überlebt? Weshalb konnte er sich nicht daran erinnern, wer genau er war oder was genau sich in jener grauenhaften Nacht zugetragen hatte, in der die meisten Menschen, an die er sich erinnerte, in den Flammen ums Leben gekommen waren, aus denen es kein Entrinnen gegeben hatte?

Weil du daran beteiligt warst.

Wenn du nicht selbst das Feuer gelegt hast, hast du jemandem dabei geholfen, der dich anschließend betrogen hat. Andernfalls wärst du ganz sicher nicht entkommen. Der Einzige, der dieses Feuer überlebt hat, der Einzige, der in jener Nacht den Ring mit dem Wappen von Wybren trug und der, statt in den Flammen umzukommen, heimlich davongeritten ist. Derjenige, der Schuld an diesem Unglück ist.

Carrick von Wybren.
Du.
Seine Kehle war wie zugeschnürt. Es gab anscheinend keinen Zweifel. Er musste Carrick sein ..., und falls er wirklich Carrick war, trug er zumindest eine Mitschuld an dem, was hier geschehen war.

Während die ersten Regentropfen auf seinen Umhang fielen, kniff er die Augen zusammen und starrte auf die Burg.

Ein Mensch kannte die Wahrheit.

Die Antworten auf alle seine Fragen kannte alleine Graydynn, der inzwischen Lord von Wybren war.

»Ich komme, du elendiger Hundesohn«, murmelte er mit zusammengebissenen Zähnen und lenkte seinen Hengst in Richtung Tor. »Sei gewarnt.«

Lautlos glitt der Rächer durch den Innenhof von Wybren.

Hier war er zu Hause.

Hier gehörte er hin.

Die Feuer des Töpfers, des Gerbers und des Schmieds wärmten die kalte Abendluft und tauchten ihre Hütten in einladendes Licht. Aus der großen Halle hörte er gut gelaunte Stimmen, denn bald würde das Abendessen serviert.

Regen fiel vom beinahe dunklen Himmel, die winterliche Kälte aber nahm er nur am Rande wahr. Die freudige Erwartung der Erfüllung seines Traumes wärmte ihm das Blut. Bald wäre es soweit.

Er blickte in den zweiten Stock, in dem das Schlafzimmer des Burgherrn lag. Nach dem Feuer hatte er die Burg stärker und größer wieder aufbauen lassen, doch mit geschlossenen Augen erinnerte sich der Rächer wieder an jede Einzelheit jener Nacht, in der Gott zu ihm gesprochen hatte, roch erneut das heiße Öl, hörte abermals das Knistern der hell lodernden Flammen, die sich hungrig unter den Türen der Kammern hindurchgefressen hatten, in denen die Familie schlief.

Immer noch rief die Erinnerung an das durch das Stroh kriechende Feuer, das die Betten umzingelt hatte und schließlich an den Schlafstätten der Sünder hinaufgeschlichen war, ein Gefühl heißer Erregung in ihm wach. Dass sie in ihren eigenen kleinen Höllen verendet waren, empfand er nicht nur als passend, sondern auch als gerecht.

Er hatte es als süße, süße Form der Rache angesehen.

Er lächelte zufrieden, denn er hatte seine Sache damals wirklich gut gemacht ... und endlich, endlich würde ihm der Lohn dafür zuteil.

Bald würden all seine Träume sich erfüllen.

Der Fehler, der ihm damals unterlaufen war, indem er eines seiner Opfer hatte entkommen lassen, würde bald behoben.

Heute Nacht.

Alles, wofür er sich abgerackert hatte, würde sein werden.

Einschließlich Morwenna.

Er unterdrückte das Verlangen, das in seinem Innern aufstieg, dämpfte die Hitze aufkommender Lust.

Er musste noch ein wenig warten.

Musste erst zu Ende bringen, was er begonnen hatte.

Musste noch etwas länger die Höllenqual erdulden, sie nicht anrühren zu können. Denn bald würde er sie haben, vielleicht schon morgen früh. Er wischte sich die Hände an der Hose trocken und rieb sich dadurch gleichzeitig die Oberschenkel heiß.

Morgen.

Wäre sein Werk vollendet.

Und Gott würde sich freuen.

26

»Halt! Wer da?«, dröhnte die Stimme des Wachmanns durch das Dunkel und hallte von den dicken Mauern Wybrens wider.

Während einer Sekunde wurde er schreckensstarr. Doch er hatte sich die Lüge längst zurechtgelegt, und so sagte er einfach: »Mein Name ist Odell. Ich komme von Castle Calon. Lady Morwenna schickt mich mit einer Nachricht für Lord Graydynn.« Er sprach ein wenig krächzend, was nicht nur eine Folge seiner Krankheit, sondern auch seines Bemühens war, seine Stimme zu verstellen, damit ihn der Wachmann nicht als einen Sohn Dafydds erkannte.

Da er das kleine Messer in den Ärmel seines Umhangs geschoben hatte, sah er unbewaffnet aus. Am liebsten hätte er noch mehr gesagt, um den Mann zu überzeugen, doch er hielt den Mund. Wenn nötig, könnte er blitzschnell das Messer zücken und den Posten zwingen, ihn durch das Tor zu lassen, doch er wollte keinen Ärger, wollte nicht, dass es jetzt schon einen Aufruhr um ihn gab. Nein, am allerbesten schliche er sich unbemerkt und leise wie eine milde Brise hier auf Wybren ein.

Der Wachmann hielt seine Fackel in die Höhe, aufgrund des dichten Regens jedoch war der Neuankömmling nur undeutlich zu sehen. »Odell?«, wiederholte er, als wäre ihm der Name völlig fremd.

»Ja. Ich bin mit M'lady von Penbrooke gekommen, wo ich vorher in den Diensten von Lord Kelan stand.«

»Ihr kommt mir irgendwie bekannt vor.«

»Wart Ihr schon mal auf Penbrooke?«

»Nein, noch nie.« Der Wachmann schüttelte den Kopf.

»Dann haben wir ja vielleicht schon mal in Abergwynn oder im Cock and Bull in der Nähe von Twyll zusammen einen getrunken?«

»Nein, ich glaube nicht, aber –«

Zwei Reiter tauchten hinter ihm auf, und da die beiden lautstark von dem Posten verlangten, sie durch das Tor zu lassen, war er für einen Augenblick abgelenkt. »He, wieso dauert das so lange? Los, Kumpel, wir brauchen ein Feuer, eine Frau und einen Becher Bier, um unsere Knochen aufzuwärmen. Bist du es, Belfar?«

Der Wachmann runzelte die Stirn, murmelte etwas Unverständliches und bedachte den einsamen Fremden mit einem letzten Blick. »Ihr könnt passieren«, meinte er. »Sir Henry wird Euch zu unserem Herrn begleiten.« Er winkte in Richtung des Wachhauses. »Henry, bring diesen Reiter aus Calon zum Baron.«

Flink kam der Angesprochene aus dem Haus geflitzt.

Der Mann auf dem erschöpften Pferd spürte das wilde Klopfen seines Herzens. Er konnte nur hoffen, dass der neue Mann ihn nicht erkennen würde. Früher oder später würde er ganz sicher jemandem begegnen, der wusste, wer er war. Schließlich war er unter diesen Leuten aufgewachsen, und bestimmt hatten sie gehört, dass Carrick in der Nähe von Calon aufgefunden worden war, weshalb er sein Glück nicht überstrapazieren wollte, indem er viele Menschen traf.

Zum Glück schienen die meisten Wachmänner Söldner zu sein, die sich ihre Treue in Gold bezahlen ließen. Da sie sich immer wieder neue, großzügigere Herren suchten, waren die meisten noch nicht allzu lange da.

Während der Soldat mit einer kleinen Laterne neben ihm hermarschierte, ritt er langsam durch das Tor.

Dichter Regen prasselte auf seinen Umhang, und im trüben Licht der Fackeln brach in seinem Geist ein wahrer Sturzbach aus Erinnerungen los. Er wusste instinktiv, wie er von hier zum Schafpferch kam. Obwohl er nicht mehr wusste, wie der Schafscherer geheißen hatte, sah er ihn überdeutlich vor sich. Ein drahtiger, kleiner Kerl mit einem kahlen Kopf und einem dicken Bauch ... Richard, ja, genau, so hatte er geheißen, und er hatte einen Sohn gehabt, einen rothaarigen Burschen mit einer breiten Zahnlücke, der ein Meister im Umgang mit der Steinschleuder gewesen war.

Auch die Hütte des Hufschmieds erkannte er sofort. Ein muskulöser Kerl hockte vor dem Feuer ... er hieß Timothy, und seine Gattin Mary, eine Frau mit großen, weichen Brüsten, die die Jungen auf der Burg mit ihrem Charme becirct hatte, wenn er nicht in der Nähe gewesen war.

Der Ansturm der Erinnerungen raubte ihm den Atem, doch er versuchte, sich weiter auf seinen Plan zu konzentrieren und zu tun, als wäre er nicht über Jahre täglich mit den Geräuschen und Gerüchen dieser Burg erwacht. Er und der Wachmann machten neben den Ställen Halt, wo ein junger Bursche, ein Page, den er nicht erkannte, nach den Zügeln seines Pferdes griff. »Ich sag dem Stallburschen Bescheid, dass er sich um ihn kümmern soll. Er wird ihn ordentlich füttern, tränken und striegeln«, versprach der Junge ihm.

Während der Page seinen Hengst durch die Tür des Stalles führte, kam ihm plötzlich eine weitere Erinnerung. An den Stallmeister York, einen robusten, krummbeinigen Mann, der die Pferde stets mit ihren Namen angesprochen hatte und der immer in aller Frühe aufgestanden war, um nach den Tieren und den Futtervorräten zu sehen.

Yorks Tochter hieß Rebecca, ein Mädchen mit braunen Rehaugen, einem unschuldigen Lächeln und einem ansteckenden Lachen. Rebecca war das erste Mädchen gewesen, das er je geküsst hatte, fiel ihm plötzlich ein, direkt hinter der Tür des Stalls.

»Meine Güte«, wisperte er leise.

Weshalb nur konnte er sich an das Feuer nicht erinnern?

Falls er wirklich Carrick war, weshalb konnte er sich nicht darauf besinnen, das Stroh in Brand gesteckt zu haben oder in aller Windeseile davongeritten zu sein, während die Burg in Flammen aufgegangen war ..., warum, warum, warum nur erinnerte er sich nicht?

Heute Nacht würde er es herausfinden.

Er biss die Zähne aufeinander, um nicht einfach loszustürzen, weil sein Begleiter viel zu langsam ging. Zum Glück nahmen sie einen Weg, der ihm bekannt vorkam. Obwohl er tat, als achte er nicht auf seinen Führer, zog er, als sich der Pfad verengte und sie an die Stelle zwischen dem Haus des Müllers und der Windmühle gelangten, die von keiner Seite einzusehen war, eilig das Messer aus dem Ärmel und legte seine Finger fest um den kurzen Griff.

Der Wachmann ging kaum einen halben Meter vor ihm.

Er machte einen Satz, hielt dem Mann das Messer an die Kehle, und während dieser vor Schreck die Augen aufriss, drückte er ihn unsanft gegen die Wand. »Lass die Waffe fallen«, wies er ihn zwischen zusammengebissenen Zähnen hindurch an.

Der Posten fing an zu zappeln, und seine Laterne flog in hohem Bogen krachend gegen die Wand, wo die kleine Flamme leise zischend erlosch.

»Wie du willst.« Er trat dem Mann zwischen die Beine, nahm ihm, als er in die Knie ging, die Waffe ab und hielt ihm abermals das Messer an den Hals.

»Bringt mich nicht um«, wimmerte der Posten, hielt sich

den Unterleib und sah aus, als müsste er sich übergeben oder würde sich gleich vor Angst in die Hosen machen.

»Das liegt ganz bei dir.« Er musste um jeden Preis verhindern, dass der Wachmann seine Uniform beschmutzte. »Vertrau mir. Wenn du tust, was ich dir sage, lasse ich dich am Leben. Wenn nicht, schwöre ich dir, durchbohre ich dich mit deinem eigenen Schwert.«

»Nein, ich –«

Er drückte dem Ärmsten die Spitze des Schwerts gegen die Brust. »Wie gesagt, es liegt allein bei dir!« Ohne seinen Gefangenen aus den Augen oder das Schwert sinken zu lassen, löste er eilig seinen eigenen Gürtel und legte ihn dem Mann wie einen Knebel um den Mund. Sobald er sicher war, dass sein Opfer nicht um Hilfe rufen konnte, stieß er ihn vor sich durch die Tür der Mühle und zog ihm seine Kleider aus. Die Luft war schwer vom Staub und dem Geruch gemahlenen Getreides, und es war so finster in dem Raum, dass man nicht einmal die Hand vor Augen sah.

Eilig schnitt er die Ärmel seines eigenen Gewandes ab, fesselte damit die Hände und Füße des Soldaten, riss dann auch noch den Saum von seiner Tunika und band den nackten Burschen damit an einen Pfahl. Ohne Zweifel würde er sich früher oder später selbst befreien können oder von jemandem gefunden werden, doch mit ein bisschen Glück würde es bis dahin ein paar Stunden dauern.

Im Dunkeln zog er sich selbst die Kleider aus und stieg in die Uniform von Wybren. Er machte ein paar Fehler, verlor kostbare Zeit, indem er sich die Tunika zweimal verkehrt herum über den Kopf zog, und mühte sich minutenlang mit den Bändern seiner Hose ab. Die Kleider passten nicht besonders gut. Die Tunika spannte ein wenig an den Schultern, und auch die Hose lag sehr eng an seinen Oberschenkeln an.

Außerdem roch beides nach dem fremden Wachmann. Da er aber nun mal nichts anderes hatte, würde es eben so gehen müssen.

Er schob sich das Messer wieder in den Ärmel und griff nach dem gestohlenen Schwert. Er war bereit.

Lautlos glitt er in die Nacht hinaus, schlich im Schutz des Regens auf vertrauten Pfaden über den großen Hof bis zur großen Halle, stahl sich durch die Küchentür und stieg lautlos über eine Hintertreppe in den zweiten Stock hinauf. Zum Quartier des Burgherrn.

Das Graydynn nach dem Brand bezogen hatte.

Mit zusammengebissenen Zähnen, die Waffe in der Hand, lief er zum oberen Korridor hinauf, den er zwar leicht verändert fand, aber wiedererkannte. Binsenlichter brannten in neuen Eisenhaltern, irgendwie erschien der Flur ihm etwas breiter, und die Wände waren frisch gekalkt.

Sein Herz fing an zu pochen. *Hier war es also geschehen. Hier waren sie gestorben.* Sein Blut geriet in Wallung, und widerstreitende Gefühle wogten in ihm auf. Er hatte sie geliebt. Und gehasst. Hatte ihr vertraut. Und sie hatte ihn betrogen.

Mit einem Mal erinnerte er sich an eine Frau. »Alena.«

Er kam an der Stelle vorbei, an der die Tür zu seinem Schlafzimmer gewesen war, strich mit einer Hand über die Wand und sah sie in dem Zimmer, wie sie leise Worte wisperte, die er nicht verstand. Sie winkte ihn zu sich heran, lud ihn zu sich ein, und obwohl er wusste, dass er einen Fehler beginge, wenn er über die Schwelle träte, konnte er wie immer einfach nicht widerstehen.

Seine Kehle war wie zugeschnürt, und er bekam nur noch mit größter Mühe Luft. So erging es ihm immer, wenn er an sie dachte, daran, wie sie gestorben war, denn das Wissen, dass er selbst noch lebte, rief schmerzliche Schuldgefühle in ihm wach. Er hatte sie geliebt. Aber vielleicht nicht genug.

Alena! Er schloss kurz die Augen und sah sie wieder vor sich: mit ihrem goldblonden, bis auf die Hüfte fallenden Haar, ihren schelmisch blitzenden Augen, ihren perfekten Brüsten und der schmalen Taille. »Komm zu mir«, hatte sie gewispert, und obwohl er gewusst hatte, dass er ihr nicht noch einmal trauen sollte, war er ihrer Einladung bereitwillig gefolgt ...

»Dann stimmt es also!«, brach eine laute Stimme durch seine Gedanken, und mit gezückter Waffe wirbelte er herum. Zu spät wurde ihm klar, dass er nicht alleine war. Es schlich noch jemand anderes lautlos durch diesen Gang.

Dort, nur ein paar Schritte vor ihm, stand sein Vetter.

Graydynn von Wybren lächelte, und unter seinem Bart blitzten zwei Reihen weißer Zähne auf. »Dann stimmt es also«, wiederholte er und schüttelte den Kopf. »Carrick ist tatsächlich noch am Leben.«

»Ich störe Euch nur ungern, M'lady. Ich weiß, Euch geht sehr vieles durch den Kopf«, erklärte Sarah ängstlich. »Aber es ist wirklich ungewöhnlich, dass mein Mann bisher noch nicht zurückgekommen ist.« Die Frau des Sheriffs rang nervös die Hände und schaute Morwenna flehend an.

»Er ist der Sheriff, Sarah«, erwiderte Morwenna. »Er war doch bestimmt schon öfter mehr als ein paar Stunden fort.« Sie bedeutete Sarah sich zu setzen, und diese nahm gehorsam Platz. Allerdings setzte sie sich ganz vorne auf die Kante ihres Stuhls, als wäre sie am liebsten sofort wieder aufgesprungen und hätte sich persönlich auf die Suche nach ihrem Mann gemacht.

»Ja, aber dann hat er mir immer gesagt, wie lange es seiner

Meinung nach dauern würde, bis er wieder nach Hause kommt. ›Sarah, ich werde ungefähr drei Tage unterwegs sein, und wenn es länger dauert, schicke ich dir einen Boten, damit du dir keine Sorgen machen musst‹, hat er dann gesagt, oder ›ich bin spätestens heute Abend wieder da. Mach also ruhig schon mal die Hafergrütze warm‹. Aber in all den Jahren unserer Ehe hat er nie gesagt, ›ich bin nur ein paar Stunden unterwegs‹ und war dann Stunden nach Sonnenuntergang noch nicht wieder zurück. Ja, ich habe vorher schon ein-, zweimal auf ihn gewartet, wenn er aus irgendwelchen Gründen später als geplant zurückgekommen ist, aber höchstens ein paar Stunden. So lange noch nie.«

»Bis heute«, fügte Morwenna nachdenklich hinzu.

»Ja.« Sarah nickte ein paarmal entschieden mit dem Kopf. »Er hat mir gesagt, er müsste zusammen mit Sir Alexander zu einem Bauern reiten, der überfallen worden ist, und sie sind bereits vor Sonnenaufgang los.« Sie biss sich auf die Unterlippe, bemerkte es und hörte schnell wieder damit auf. »Er hat gesagt, das Frühstück würde er verpassen, dass ich aber zum Mittagessen mit ihm rechnen soll.«

»Und jetzt ist es schon Abend.«

»Ja, ich bin mir sicher, dass er mir eine Nachricht hätte zukommen lassen, wenn er gekonnt hätte ..., schließlich weiß er ganz genau, wie schnell ich in Sorge um ihn bin.« Sie faltete die Hände. »Ich fürchte, ihm ist etwas zugestoßen, M'lady«, stellte sie mit einer Stimme, die kaum mehr war als ein Quieken, fest. »Und nach allem, was hier vorgefallen ist ... nach dem, was mit der armen, armen Isa und, oh, und mit Sir Vernon geschehen ist ...« sie hob eine Hand an ihre Brust, schluckte und wandte sich eilig ab. »Ich mache mir ernste Sorgen, M'lady. Ich mache mir unglaubliche Sorgen.«

Wie gern hätte Morwenna die Befürchtungen der Frau

mit ein paar Worten abgetan, hätte sie getröstet und ihr begütigend erklärt, dass bestimmt alles in Ordnung war. Doch das war ihr unmöglich. »Wir müssen warten, bis es hell wird, Sarah«, sagte sie deshalb. »Aber gleich morgen früh reitet ein Suchtrupp los.«

»Müssen wir wirklich so lange warten?« Sarah fing an zu blinzeln. »Bis dahin ist es vielleicht schon zu spät.«

Innerlich gab ihr Morwenna Recht. Auch sie fürchtete inzwischen, dass etwas Schreckliches geschehen war. »Ich fürchte, bei dem Unwetter werden wir nichts finden, solange uns nicht wenigstens das Tageslicht bei unserer Suche hilft.« Sie zwang sich zu einem Lächeln und tätschelte der anderen Frau die Hand. »Ihr dürft die Hoffnung nicht aufgeben«, meinte sie, obwohl ihr selbst die Lage vollkommen hoffnungslos erschien. »Ich weiß, dass Euer Mann und Sir Alexander zwei intelligente, starke Männer sind, die sich nicht so einfach täuschen lassen und die, da sie beide gut mit dem Schwert umgehen können, auch nicht so leicht zu überrumpeln sind.«

»Ja, aber manchmal reicht ein Schwert nicht aus.« Damit stand Sarah wieder auf und wandte sich zum Gehen.

Während eines langen Augenblicks blieb Morwenna sitzen, trommelte mit den Fingern auf die Lehne ihres Stuhls und versuchte, sich damit zu trösten, dass sie nicht untätig gewesen war. Mort erhob sich von seinem Platz auf der anderen Seite des Kamins, kam zu ihr herüber, und sie kraulte ihn hinter dem Ohr.

Sie hatte Sir Lylle bereits am frühen Nachmittag gebeten, Boten in die Stadt zu schicken, um den Priester und den Arzt ausfindig zu machen, bisher jedoch war keiner der beiden und auch keiner von den Boten auf die Burg zurückgekehrt. »Wirklich seltsam«, murmelte sie leise und spürte einen Hauch von Angst. Anscheinend drohte Calon irgendein Verrat. Weshalb war wohl sonst jeder, der die Burg heute verlassen hatte, spurlos verschwunden, als hätte die Erde ihn verschluckt?

Mit zusammengekniffenen Augen blickte sie ins Feuer.

In all den Jahren, in denen sie gehofft und sich dafür abgerackert hatte, eines Tages über eine eigene Burg zu herrschen, hatte sie niemals bedacht, wie schwierig diese Arbeit werden konnte. Natürlich hatten die Bewohner Calons sie direkt nach ihrer Ankunft erst einmal argwöhnisch beäugt, und ihr war klar gewesen, dass es sicher eine Zeit dauern würde, bis sie als Frau in ihren Augen Gnade fand. Sie hatte gehofft, wenn sie die Regentschaft mit kühlem Kopf, fester Hand und einem warmen Herzen übernähme, fingen die Menschen früher oder später an, sie nicht nur zu respektieren, sondern ihr auch zu vertrauen. Doch das war nicht eingetreten, und sie hatte oft Spannungen gespürt zwischen denen, die sie als die Herrin akzeptierten, und denen, nach deren Meinung eine unverheiratete Frau an der Spitze einer Festung einfach ein Unding war.

Bevor man Carrick in der Nähe Calons aufgefunden hatte, hatte sie sich ganz auf ihr Bemühen, eine möglichst gute Herrscherin zu werden, konzentriert, der Anblick ihres einstigen Geliebten jedoch, geschlagen und halb tot in der großen Halle aufgebahrt, hatte alles zerstört. Dadurch, dass sie mit ihm geschlafen hatte, hatte sie all das, wofür sie geschuftet hatte, alle ihre Hoffnungen, mit einem Schlag zunichte gemacht. Ihr Schicksal war besiegelt. Niemals wieder würden ihr die Menschen hier auf ihrer eigenen Burg auch nur annähernd vertrauen.

Und was willst du jetzt tun? Willst du weiter hier herumsitzen, dich mit allen erdenklichen Schimpfworten belegen, und dich in Selbstmitleid ergehen? Oder wirst du etwas unternehmen, um dir und allen anderen zu beweisen, dass du eine würdige Herrin bist? Bist du eine Anführerin oder vielleicht wirklich nur ein verwöhntes kleines Dämchen, das davon geträumt hat, einmal Burgherrin zu sein?

»Verflixt und zugenäht!«, knurrte sie so böse, dass der Hund anfing zu winseln. »Schon gut«, besänftigte sie ihn, obwohl ihr bei dem Gedanken an einen drohenden Verrat das Blut regelrecht in den Adern gefror. Ging es vielleicht wirklich darum? Wollte jemand die Herrschaft über Calon übernehmen?

Sie sah sich in der großen Halle um. Ein paar Diener rückten nach Beendigung der abendlichen Mahlzeit die Tische an die Wände, während eine Katze, ohne dass die Hunde auch nur die Köpfe hoben, durch die Tür geschlichen kam. Nicht einmal dem treuen Mort fiel der schwarze Eindringling auf. War sie vielleicht wie die Hunde, wiegte sie sich ebenfalls in einem falschen Gefühl von Sicherheit?

Wem auf Calon konnte sie vertrauen?

Diese Frage ließ sie einfach nicht mehr los.

Die Menschen, denen du vertraut hast, sind ausnahmslos verschwunden. Sie mahlte mit dem Kiefer und überlegte, ob sie vielleicht auf irgendeinem Weg ins Zentrum einer Verschwörung geraten war. Hatte sie nicht schon seit ihrer Ankunft hier auf Calon das Gefühl, als spioniere man ihr hinterher? Hatte sie nicht Gespräche mitbekommen, bei denen, vor allem aufgrund ihres Geschlechts, an ihren Fähigkeiten gezweifelt worden war? Hatte sie nicht die Spannung innerhalb der Burgmauern gespürt, das verkniffene, missbilligende Lächeln und das Misstrauen in den Blicken einiger Bewohner überdeutlich gesehen? Einige ihrer Feinde waren vollkommen problemlos zu benennen: der Alchimist, der Gerber und zwei oder drei der Jäger waren ihr die ganze Zeit aus dem Weg gegangen, soweit es ihnen möglich war. Wann immer sie gezwungen waren, direkt mit ihr umzugehen, sprachen sie in möglichst kurzen, knappen Sätzen und brachten das Zusammentreffen auf diese Weise eilig hinter sich. Und der Töpfer war ein unehrlicher Kerl. Sie glaubte nicht, dass sie ihm jemals trauen konnte, weil er, wie sie meinte, mit doppelter Zunge sprach. Die Frau des Müllers war ein kaltherziges Weibsbild, das ständig fürchtete, andere Frauen hätten es auf ihren zahnlosen, lüsternen Gatten abgesehen. Und dann waren da der Priester und der Arzt – sie hatte einfach keine Ahnung, woran sie bei den beiden war. Und jetzt waren sie verschwunden, obwohl ein Trupp von Boten auf der Suche nach ihnen in die Stadt geritten war. Ja, irgendetwas stimmte ganz und gar nicht auf dieser Burg.

Und begonnen hatte alles damit, dass Carrick in der Nähe von Calon aufgefunden worden war. Er war der Schlüssel zu dem Ganzen. Seit seinem Erscheinen waren zwei Menschen ermordet worden und zwei weitere verschwunden.

Nach Aussage Sir Lylles hatten seine Männer inzwischen sämtliche Bewohner zu den Vorfällen befragt.

Nicht sämtliche Bewohner, dachte sie. Aus irgendeinem Grund hatte Sir Lylle davor zurückgescheut, auch Bruder Thomas zu vernehmen, was nicht sein erster Fehler war.

Wieder überlegte sie, dass sie keinem Menschen trauen konnte und sich deshalb am besten nur auf sich selbst verließ. Wie sie Sarah versprochen hatte, würde sie gleich bei Tagesanbruch losreiten, um herauszufinden, was mit Sir Alexander und Payne geschehen war. Und bis dahin würde sie bestimmt nicht tatenlos herumsitzen. Sie würde persönlich zu dem alten Mönch in den Südturm gehen, um mit ihm zu sprechen. Fyrnne zufolge lebte Bruder Thomas schon seit einer halben Ewigkeit auf Calon, und vielleicht hatte er von seinem Fenster hoch über dem Hof irgendetwas gesehen.

Hoffentlich hatte der Mann kein Schweigegelübde abgelegt!

»Steig endlich auf das verdammte Pferd!«, wies ihn eine laute Stimme an. Sie klang herrisch. War es offenbar gewohnt, Befehle zu erteilen.

Wie gerne hätte Alexander sich zur Wehr gesetzt. Nach seinem Schwert gegriffen und es diesem Schurken in den Leib gestoßen, dafür jedoch war es leider viel zu spät. Mit verbundenen Augen stieg er auf das Pferd – sein eigenes Tier, erkannte er, denn der Sattel fühlte sich vertraut an und auch die ruhigen, gleichmäßigen Schritte war er eindeutig gewohnt. Das war wenigstens ein kleiner Vorteil – dass man ihm sein Pferd gelassen hatte.

Doch dieser Vorteil würde nicht genügen, fürchtete er, denn seine Hände waren gefesselt, und von dem brutalen Tritt tat ihm der gesamte Kiefer einfach höllisch weh.

Er und Payne hatten sich einfach in eine Falle locken lassen. Sie hatten kurz nach Tagesanbruch das Bauernhaus des angeblichen Opfers eines brutalen Überfalls erreicht und an die Eingangstür geklopft.

Als ihnen niemand geöffnet hatte, hatten sie die Tür entschlossen aufgebrochen und den Bauern inmitten von frei laufenden Hühnern, Schweinen, Ziegen auf dem gestampften Lehmboden liegen sehen. Es hatte kein Feuer mehr im Kamin gebrannt, das zerschlagene, verquollene Gesicht des Mannes, die gefesselten Glieder und den geknebelten, blutverkrusteten Mund aber hatten sie trotz des trüben Dämmerlichts erkennen können. Der Bauer hatte etwas rufen wollen, als sie hereingekommen waren, und hatte sie aus großen Augen panisch angesehen.

Dem Hauptmann war zu spät klar geworden, dass sie in einen Hinterhalt geraten waren. Denn da hatten sich schon irgendwelche Kerle von hinten mit einer solchen Wucht auf sie beide gestürzt, dass sie zu Boden gegangen waren. Die Hühner waren wild gackernd auseinander gestoben, eine Ziege war blökend vor Entsetzen über sein linkes Bein gestolpert, und er selbst hatte verzweifelt gegen eine heraufziehende Ohnmacht angekämpft.

Er hatte versucht, sich wieder aufzurappeln und mit seinem Schwert um sich zu schlagen, doch die Männer – und es waren jede Menge Männer in dem Raum gewesen – hatten ihn sogleich noch einmal umgeworfen, worauf er mit dem Gesicht auf den harten Fußboden geschlagen war. Ehe er noch einmal hatte reagieren können, hatten sie ihm bereits seine Waffe abgenommen und ihm einen groben Sack über den Kopf gezerrt. Brüllend war er nochmals aufgesprungen, hatte ausgetreten und einen der Angreifer erwischt. Er hatte das Aufheulen des Kerls gehört, dann aber hatte ein anderer gezischt. »Verdammter, stinkender Bastard!« und …

Wumm! War der Absatz eines Stiefels schmerzlich unter sein Kinn gekracht.

Es hatte sich angefühlt, als ob sein Schädel explodierte. Seine Zähne hatten geklappert und seine Beine ihren Dienst versagt, worauf er wie ein tödlich verwundeter Hirsch abermals in die Knie gegangen war. Ehe er auch nur wieder Luft bekommen hatte, waren seine Arme brutal herumgerissen und mit einem Lederband gefesselt worden, das tief in sein Fleisch geschnitten hatte, und man hatte ihm durch den Sack hindurch einen dicken Knebel in den Mund gesteckt.

»So, jetzt bist du gestopft wie eine verdammte Weihnachtsgans«, hatte derselbe Mann wie vorher zusammen mit seinem stinkenden Atem ausgestoßen und dann meckernd über seinen eigenen jämmerlichen Witz gelacht.

Was für eine Schmach.

Jetzt saß er mit auf dem Rücken gefesselten Händen und schmerzendem Kiefer auf dem Rücken seines Pferdes und lauschte angestrengt. Die Männer sprachen miteinander, ihre Stimmen aber waren ihm vollkommen fremd. Er war sich nicht mal sicher, ob sie auch den Sheriff mitgenommen hatten, wahrscheinlich aber war er noch mit von der Partie. Er hoffte voller Inbrunst, dass Payne in seiner Nähe war und es ihnen irgendwie gelänge, ihre Angreifer zu überwältigen oder wenigstens zu fliehen.

Und wie willst du das anstellen, Hauptmann der verdammten Wache?

Er ließ die breiten Schultern sinken. Bei allen Heiligen, er hatte auf ganzer Linie versagt.

Hatte nicht nur sich selbst und Calon, sondern auch Lady Morwenna schändlich im Stich gelassen, die Frau, die ihn so dringend brauchte und der er in Treue und Liebe ergeben war.

Ja, er gab ein trauriges Beispiel eines Hauptmanns ab. Der Traum vom edlen Stand, es eines Tages wagen zu dürfen, die Burgherrin um ihre Hand zu bitten, hatte sich ebenso schnell in Nichts aufgelöst wie die Herrschaft über sein eigenes Schwert. Dieser Traum lag jetzt in so weiter Ferne, als hätte nicht er selbst, sondern irgendein ein anderer ihn irgendwann einmal geträumt.

Gib nicht auf!
Kämpfe, verdammt nochmal!
Das bist du dir schuldig!

Und vor allem ihr!
Vielleicht findest du ja doch noch einen Ausweg aus dieser Situation!
Du musst einfach einen Ausweg finden.

Trotz der Schmerzen musste er sich konzentrieren, sich bemühen zu verstehen. Wohin brachten diese Halsabschneider ihn und aus welchem Grund? Er hatte keine Ahnung, welche Richtung diese Gauner eingeschlagen hatten, nahm aber neben dem Geruch des Regens den Geruch von feuchter Rinde und von Blättern wahr. Wieder spitzte er die Ohren und lauschte angestrengt, bis er ein paar der Worte, die die Männer leise miteinander wechselten, verstand. Es ging um ›Carrick‹, um ›Calon‹ und um ›Rache‹, so viel war ihm nach einer Weile klar.

Aber was hatte das alles zu bedeuten?

Großer Gott, was hatten diese Kerle vor?

Hatte diese Diebesbande sie vielleicht nur deshalb in das Bauernhaus gelockt, weil sie sich ein Lösegeld erhoffte? Nein, das war nicht wahrscheinlich. Es wäre zu riskant, und Carrick oder irgendeine Rache hätten damit nichts zu tun.

Er versuchte, die Gedanken der Halunken zu erraten, die ihn überfallen hatten.

Wollten sie ihn und Payne töten? Vielleicht einfach zum Vergnügen oder um der Welt zu zeigen, dass sie die Herren waren über diesen Wald? Gab es einen besseren Weg, ihre Macht zu demonstrieren und allen zu beweisen, dass sie schlau und unbesiegbar waren, als die Ermordung des Sheriffs und des Hauptmanns einer Armee?

Nur, dass ihm der Gedanke ziemlich weit hergeholt erschien.

Er lauschte auf das gleichmäßige Ploppen, mit dem die Pferde ihre Hufe aus dem Schlamm des Pfades zogen, spürte die kalten Regentropfen wie unzählige kleine Nadeln im Gesicht, und plötzlich traf ihn die Erkenntnis wie ein Fausthieb in den Magen.

Mit einem Mal war alles sonnenklar.

Er und der Sheriff würden weder gegen Geld noch gegen Gefangene getauscht noch würden sie ermordet. Zumindest nicht sofort.

Nein.

Er wusste mit Bestimmtheit, dass es nur einen Grund gab, aus dem sie nach Calon zurückgebracht wurden.

Die Kerle brauchten sie als Köder.

27

Dicht gefolgt von ihrem Hund rannte Morwenna die Treppe in ihr Schlafzimmer hinauf. Ihr war gewesen, als würde die große Halle um sie herum schrumpfen, und sie hatte es ganz einfach nicht eine Sekunde länger ertragen, ruhig auf ihrem Stuhl vor dem Kamin zu sitzen, ohne etwas zu tun.

Sie hatte nicht gelogen, als sie Sarah versichert hatte, sie bräche gleich bei Tagesanbruch mit einem Suchtrupp auf. Sie hatte die Absicht, fünf der besten Männer mitzunehmen, die sie unter den Soldaten fände. Obwohl – sie hoffte immer noch, die vermissten Männer spätestens am Morgen durch die Tore reiten zu sehen. Vielleicht hätten sie ja sogar Carrick, diesen verdammten Schweinehund, dabei. Oh, wie würde sie sich freuen, ihn noch einmal zu sehen. Ihm ins Gesicht zu sagen, was sie von ihm hielt.

Und was würdest du ihm sagen?
Was hältst du denn von ihm?

Bildest du dir etwa allen Ernstes ein, du würdest nicht sofort wieder seinem Charme erliegen, wenn er noch mal vor dich träte?

»Verdammt!« Sie würde nicht an Carrick, diese räudige Ratte denken, zumindest nicht in diesem Augenblick. Jetzt musste sie sich darauf konzentrieren, den Hauptmann und den Sheriff wiederzufinden. Was sie Sarah gesagt hatte, stimmte: Stärkere und Klügere als diese beiden Männer gab es hier auf Calon nicht. Falls Payne und Alexander etwas geschehen war, könnten ihr die Männer, die sie mit auf die Suche nehmen würde, ganz bestimmt nicht helfen, wenn sie in Gefahr gerieten.

Aber sie würde es versuchen.

Und dann würde sie nach Wybren weiterreiten, nicht nur, um Graydynn zu gestehen, dass der Mann, nach dem er suchte, aus ihrer Burg entkommen war, sondern vor allem um zu sehen, ob Carrick, wie sie vermutete, selbst dorthin geritten war, wo er als gesuchter Mann, als Verräter und als Mörder galt.

Erst aber würde sie zu Bruder Thomas gehen.

Oben an der Treppe angekommen, machte sie eine kurze Pause, trat dann vor die Tür des Zimmers ihrer Schwester und klopfte leise an. Als niemand reagierte, rief sie leise »Bryanna«, und fügte, als sie immer noch nichts hörte, in besorgtem Ton hinzu: »Ist bei dir alles in Ordnung?«

Noch immer gab es keine Antwort. Bryanna hatte fast den ganzen Tag, seit sie von der toten Isa zurückgekommen war, in ihrem Schlafzimmer verbracht, und Morwenna hatte es für besser gehalten, sie gewähren zu lassen.

Sie griff nach dem Türknauf, zog dann aber die Hand wieder zurück. Wahrscheinlich brauchte ihre Schwester nach dem Tod der alten Amme einfach noch etwas Zeit für sich. Morwenna würde sie ihr geben, denn sie wusste, dass Bryanna sich der Leere stellen müsste, die Isas Tod in ihrem Leben hinterlassen hatte. Sie würde einfach später zu ihr gehen, um ihr zu erklären, dass sie einen Suchtrupp anführen würde, und hoffte voller Inbrunst, dass Bryanna nicht darauf bestehen würde, an der Suche teilzunehmen.

In ihrem eigenen Zimmer nahm Morwenna einen mit Eichhörnchenfell besetzten Umhang aus dem Schrank und zog, da ihre Stiefel noch nicht wieder trocken waren, ihre Holzpantinen an. Dann schnappte sie sich eine Laterne und polterte, dicht gefolgt von Mort, die Treppe hinunter und weiter durch die große Halle in den Hof. Wachmann Peter sagte mit besorgter Stimme: »Ihr solltet Euch von jemandem begleiten lassen, M'lady. Denkt daran, was letzte Nacht mit Isa geschehen ist.«

»Mir wird schon nichts passieren«, versicherte sie ihm, ohne jedoch zu erwähnen, dass sie in dem Lederbeutel, der an ihrem Gürtel hing, einen kleinen Dolch verborgen hatte und obendrein noch ein Messer in einem ihrer Schuhe trug.

Draußen war der Mond hinter einer dichten, dunklen Wolkenwand versteckt. Dichter Regen fiel prasselnd auf die Erde und lief in breiten Rinnsalen über den Hof. Mort blinzelte erschrocken, fing am ganzen Leibe an zu zittern, machte wieder kehrt und trottete mit eingezogenem Schwanz zurück in Richtung des Kamins.

»Du bist mir ein wirklich toller Wachhund, wenn dich schon ein bisschen Regen so erschreckt«, murmelte Morwenna, während sie, geleitet vom schwachen Licht ihrer Laterne, den steinigen Pfad hinunterging.

Mit zum Zerreißen angespannten Nerven blickte sie auf die Hütten, hinter deren Fenstern warme Feuer flackerten, und sah im Haus des Sheriffs Sarah sitzen, die traurig eine Nadel in eine zu stopfende Hose stach.

Morwenna bekreuzigte sich eilig und schickte ein Stoßgebet zum Himmel, dass Payne und Alexander nichts zugestoßen war. Dann ging sie durch den Obstgarten, dachte an die anderen, die ebenfalls verschwunden waren, und bezog Nygyll, Vater Daniel und den armen Dwynn in ihre Gebete ein.

Der Südturm, der vom Wehrgang aus hoch in den Himmel ragte, war der zweithöchste Turm der Burg. Höher war nur noch ein schmaler Wachturm, der direkt auf den Zinnen stand und den Himmel zu durchbohren schien.

Bis Morwenna die Tür des Turms erreichte, war die Laterne, die sie in der Hand hielt, längst erloschen, und so zündete sie sie an einem Binsenlicht im Turmaufgang wieder an.

Während noch der Regen von ihrem Umhang tropfte, begann sie mit dem Aufstieg über die Wendeltreppe, die kein Ende zu nehmen schien. Ihr eigener Schatten zuckte über die dicken Mauern, und abgesehen von dem leisen Scharren der Krallen irgendwelcher Nager und dem Trommeln des Regens war es totenstill.

Wann hatte sie Bruder Thomas zum letzten Mal gesehen? War er an Weihnachten heruntergekommen, um mit ihnen zu essen? Nein, wahrscheinlich nicht, der Gedanke an das Weihnachtsessen aber erinnerte sie an das todbringende Feuer, das ein Jahr zuvor am Weihnachtsabend auf Wybren ausgebrochen war.

Die Menschen, die in jener Nacht gestorben waren, hatten am Abend vorher wahrscheinlich gesungen und getanzt und die Schale mit dem Festpunsch herumgereicht. Vielleicht hatte ein vorbeireisender Schauspieltrupp sie unterhalten, und sie hatten sich dabei vor einem großen Holzfeuer gewärmt ... nur, um kurz darauf alle zu sterben – hoffentlich vom Einatmen des Rauchs, noch bevor das Flammenmeer über sie hereingebrochen war.

Erschaudernd stieg sie weiter und erinnerte sich daran, dass Carrick erst der Feuersbrunst auf Wybren und dann ihnen hier auf Calon entkommen war.

Um nicht weiter an den Schuft denken zu müssen, lief sie noch ein wenig schneller und kam auf ihrem Weg nach oben an mehreren leeren Einsiedlerzellen vorbei, bevor sie an der ganz oben gelegenen kleinen Kammer direkt unterhalb der schmalen Treppe zum Wachturm stehen blieb.

Sie hatte es geschafft. Sie atmete tief durch und klopfte dann entschlossen bei Bruder Thomas an.

Keine Antwort.

»Bruder Thomas?«, rief sie laut und klopfte ein zweites Mal. Bisher hatte sie erst einmal mit dem Mann gesprochen, kurz nach ihrer Ankunft hier auf Calon, als sie extra heraufgekommen war, weil sie hatte jeden kennen lernen wollen, der sich in ihrer Obhut befand. Was sie über ihn wusste, hatten andere ihr erzählt – schließlich kannten Alfrydd, Fyrnne und Alexander ihn schon jahrelang. »Bruder Thomas, ich bin es, Lady Morwenna. Darf ich hereinkommen?«

Keine Reaktion.

Sie weigerte sich einfach aufzugeben, und so drehte sie vorsichtig den Knauf, rief noch einmal »Bruder Thomas?« und schob die Tür mit einem leisen Knarren auf.

Der Mönch kniete gesenkten Hauptes auf dem Boden und betete mit geschickten Fingern einen Rosenkranz. Eine einzige Kerze stand in einem Halter auf einem dreibeinigen Schemel, und ihre kleine Flamme tauchte die beengte Zelle in ein trübes, flackerndes Licht. Abgesehen von dem Schemel und einer schmalen Pritsche gab es kein Mobiliar. Außer einem Holzkreuz direkt über der Pritsche und zwei leeren Haken hing auch nichts an der Wand. Morwenna blieb abwartend stehen, und erst als der Mönch sein Gebet beendet hatte, wandte er sich ihr mit einem kurzen Nicken zu.

»M'lady«, grüßte er und richtete sich mühsam auf. Er war einmal groß gewesen, die Jahre allerdings hatten ihn leicht gebeugt und seine Haut runzelig werden lassen. Zu seiner Tonsur, seinem schneeweißen Bart, einer gebogenen Adlernase und rabenschwarzen Augen trug er eine braune, von einem Seil gehaltene Kutte und sah aus, als wäre er nicht weniger als hundert Jahre alt. »Was kann ich für Euch tun?«, fragte er mit einer Stimme, die raschelte wie trockenes Stroh.

»Ich versuche herauszufinden, was mit meiner alten Amme, Isa, geschehen ist«, erklärte ihm Morwenna. »Sie wurde letzte Nacht getötet. Von einem unbekannten Mörder umgebracht. Ich dachte, Ihr hättet vielleicht etwas gehört oder gesehen, das mir bei meiner Suche hilft. Ich weiß – ich meine, Sir Alexander hat erwähnt, dass Ihr, um etwas frische Luft zu schnappen, manchmal mitten in der Nacht auf den Wachturm steigt.«

»Das stimmt.« Er nickte, und sein runzliges Gesicht wirkte wie eine Maske der Geduld. »Und, ja, ich war auch letzte Nacht dort oben, um mir die Sterne anzusehen.« Er seufzte traurig auf. »Dabei hat der Wind ihre heidnischen Gebete zu mir heraufgetragen.« Er hängte den Rosenkranz an einen Haken über seinem Bett, und sie bemerkte die straff gespannte, bleiche, beinahe durchschimmernde Haut auf seinem Handrücken. »Manchmal glaube ich, dass Gott seine eigene Art und Weise hat, mit Ketzern umzugehen.«

»Ihr glaubt, Gott hätte sie getötet?«, fragte sie entsetzt.

»Nein ... Ihr habt mich falsch verstanden ...« Er hob eine Hand.

»Das will ich hoffen, Bruder Thomas, denn jemand hat Isa letzte Nacht die Kehle aufgeschlitzt, und zwar in Form von einem W, hat Carrick von Wybrens Ring bei ihr zurückgelassen und sich dann aus dem Staub gemacht. Wer auch immer das getan hat, hat sie elendig verbluten lassen, wie ein Opferlamm.« Wieder wogte heißer Zorn in ihrem Innern auf. »Ich will, dass dieser Mensch gefunden und dass über ihn gerichtet wird.«

»Nach Eurem Recht.«

»Und nach dem Recht Gottes. Wer auch immer sie ermordet hat, hat eine Todsünde begangen.« Sie trat auf den gebeugten Alten zu. »Bitte, Bruder Thomas, erzähl mir, was Ihr letzte Nacht gesehen habt.«

Er schüttelte den Kopf. »Ich habe nicht viel gesehen. Wisst Ihr, es war sehr dunkel. Ich habe ihren Gesang gehört und in die Richtung geblickt, aus der er kam. Ich höre nicht mehr ganz so gut wie früher, aber ich glaube, dass sie bei den Teichen war. Dann hörte sie auf, nicht plötzlich, als wäre sie überfallen worden, sondern als hätte sie ihr Gespräch beendet. Es war schon ziemlich spät. Ich war müde. Und ich wollte nicht noch mehr von ihren Blasphemien hören, falls sie noch mal anfing, weshalb ich wieder hinunter in meine Zelle gegangen bin.«

»Das war alles. Sonst habt Ihr niemanden gehört oder gesehen?«

»Ich habe Euch alles gesagt, was ich weiß.«

Sie ließ die Schultern sinken und schalt sich in Gedanken eine Närrin. Was hatte sie erwartet? Dass dieser Mann den Mord gesehen hatte und nicht zu ihr gekommen war?

»Außerdem ist letzte Nacht ein Mann von hier geflohen«, erklärte sie dem Mönch.

»Carrick von Wybren«, antwortete er und fügte, als sie

ruckartig den Kopf hob, sanft lächelnd hinzu: »Ich kann es hören, wenn sich die Wachen unterhalten. Wisst Ihr, sie stehen direkt über mir, und ihre Gespräche dringen häufig durch mein Fenster. Außerdem tratschen auch die Jungen, die mir Essen und Wasser in die Zelle bringen. Sie scheinen sich einzubilden, er hätte sich in Luft aufgelöst, so.« Er schnipste mit den Fingern und sah sie mit einem mitfühlenden Lächeln an. »Tut mir Leid, M'lady, aber ich habe weder Carrick von hier verschwinden sehen noch mitbekommen, wer Eure alte Amme getötet hat.«

Da sie spürte, dass er noch etwas sagen wollte, wartete sie schweigend. Als er jedoch stumm blieb, drängte sie: »Aber dennoch zögert Ihr. Als wüsstet Ihr doch noch etwas, was vielleicht von Bedeutung ist.«

Er zog die Brauen in die Höhe und blickte reglos auf den Boden.

»Ihr wisst noch etwas«, wiederholte sie, erfüllt von neuer Energie. »Was ist es, Bruder Thomas?«

Als er immer noch nichts sagte, trat sie direkt vor ihn und hätte ihn am liebsten so lange geschüttelt, bis er endlich preisgab, was ihm auf den Herzen lag. »Bitte, Ihr müsst es mir erzählen. Schließlich geht es um die Sicherheit aller Menschen hier auf dieser Burg.«

»Ich lebe schon sehr lange hier«, setzte er zögernd an. »Ich lebe bereits länger hier als die meisten anderen. Vielleicht sogar am längsten. Schon als kleiner Junge, lange, bevor ich meine Berufung fand, war ich hier zu Hause.«

»Ja«, drängte sie ihn, als er abermals verstummte.

»Mein Großvater war Steinmetz. Er hat diese Burg gebaut.« Er presste kurz die Lippen aufeinander und rollte seine Augen Richtung Decke, als erwarte er von dort ein Zeichen, ehe er weitersprach.

Es fiel Morwenna schwer zu warten, da sie von Natur aus alles andere als geduldig war. Doch sie spürte, dass der Mönch seine Worte mit Bedacht wählte, und deshalb musste sie sich gedulden, auch wenn es sie die allergrößte Mühe kostete.

»Mein Großvater hat diese Burg entworfen«, fuhr Bruder Thomas endlich fort. »Lord Spencer, der damalige Herr, wollte ... eine Reihe von zusätzlichen Fluren parallel zu denen, durch die man in die große Halle kam.«

»Zusätzliche Flure?«

»Ja, Geheimgänge und Kammern, von denen außer ihm niemand etwas wissen sollte. Ursprünglich behauptete der Herr, sie sollten im Falle eines Angriffs als Versteck vor Feinden oder vielleicht als Fluchtwege dienen, durch die er unbemerkt entkommen könnte, falls das einmal nötig sein sollte. Aber das war eine Lüge. Schließlich wurde meinem Großvater klar, dass der Lord die meisten dieser Gänge nutzen wollte, um ungesehen seine Gäste oder seine Gattin beobachten zu können.«

»Was? Um ihnen nachzuspionieren?«

»Ja.«

»Aber wo sind diese geheimen Gänge?«

»Ich habe keine Ahnung. Ich ... ich weiß nur, was man sich innerhalb meiner Familie erzählt hat, als ich noch ein kleiner Junge war. Ich habe diese Gänge nie gesehen, habe nie versucht, einen davon zu finden, und ich glaube, auch mein Vater und die Brüder meines Vaters hatten nur davon gehört.«

»Aber jemand weiß von diesen Gängen«, wisperte sie leise, und ihre Nackenhaare sträubten sich, als sie daran dachte, wie oft sie das Gefühl gehabt hatte, beobachtet zu werden, wenn sie in ihrem Bett gelegen, sich angezogen oder auch ein Bad genommen hatte. Bei diesem Gedanken wogte heißer Ärger in ihr auf.

»Jahrelang, Zeit meines Lebens, hat kein Mensch, von dem ich etwas wüsste, diese Gänge je benutzt, und selbst die Gerüchte darüber sind irgendwann verstummt. Wenn heute jemand davon spricht, dann so, als wäre das alles nur ein Scherz oder eine Legende, die im Verlauf der Jahre immer weiter ausgesponnen worden ist.« Er lehnte sich mit dem Rücken an die Wand. »Doch ich fürchte, irgendwer hat diese Gänge jetzt gefunden und macht von ihnen Gebrauch.« Er suchte ihren Blick. »Das würde sehr vieles erklären.«

»Ja«, stimmte ihm Morwenna zu und versuchte zu ergründen, wer vielleicht der Nutzer dieser geheimen Räume war.

»Der Gedanke kam mir, nachdem Sir Vernon ermordet worden war. Mir kamen Gerüchte zu Ohren, dass niemand begreifen konnte, wie es dem Mörder gelungen war, so schnell und spurlos zu verschwinden. Ich habe nichts dazu gesagt, weil ich dachte, dass der Mörder vielleicht einfach schlau war. Aber als dann das mit Isa ...«

Und mit Carrick, fügte Morwenna stumm hinzu, sagte aber laut: »Dann müssen wir diese Gänge eben finden.«

Der Gedanke, das Versteck des Mörders sowie seinen Fluchtweg zu entdecken und ihn endlich zu enttarnen, erfüllte sie mit neuem Schwung.

Bruder Thomas bekreuzigte sich eilig und seufzte leise auf. »Die Befürchtung meines Großvaters, dass jemand sein architektonisches Meisterwerk für böse Zwecke nutzen könnte, war offenbar begründet.«

»Ihr müsst mir helfen, diese Gänge, Kammern und was noch? – versteckte Türen? – ausfindig zu machen.«

»Wie gesagt, M'lady, ich habe keine Ahnung, wo diese

Gänge sind oder wie man Zutritt zu ihnen bekommt. Ich weiß nur, dass es sie gibt.«

War das wirklich möglich? Es klang alles absurd, aber ... ein Schauder rann ihr über den Rücken, als sie daran dachte, dass vielleicht jemand in den dunklen Korridoren lauerte, ihr nachspionierte und nach Belieben kam und ging.

Carrick?
War er auf diesem Weg entkommen?
Kannte er die Geheimnisse von Calon?
Hatte er tatsächlich zweimal heimlich seinen Raum verlassen und sowohl Vernon als auch Isa kaltblütig ermordet?

Auch wenn ihr Magen sich zusammenzog, würde sie das niemals glauben. Nie, nie, nie! Der Täter war ein anderer. Musste jemand anderes sein.

»Kommt mit«, bat sie den alten Mönch.

»Nein, ich muss in meiner Kammer bleiben.«

»Heute Abend nicht.«

»Ich stehe Gott gegenüber in der Pflicht. Ich muss das ihm gegebene Versprechen halten.«

Sie legte eine Hand auf seinen Arm. »Ihr werdet es bestimmt nicht brechen, aber heute Abend, Bruder Thomas, kommt Ihr bitte mit und sucht mit mir zusammen die vergessenen geheimen Gänge, Kammern oder was auch immer. Ich spüre, dass das Gottes Wille ist.« Angesichts dieser Blasphemie riss er entsetzt die Augen auf, doch sie hatte ein für alle Mal genug davon, einen strengen Verhaltenskodex zu befolgen – was ihr auch schon früher nicht besonders leicht gefallen war. Immer wieder brach sie irgendwelche Regeln, was also machte es schon aus, wenn sie es heute Abend wieder tat?

Sie zog den alten Mann am Arm und half ihm im flackernden Licht ihrer Laterne die Stufen hinunter zum Hof. »Zum

Henker noch einmal«, wisperte sie leise, als der Weg kein Ende nahm.

»Was habt Ihr gesagt?«

»Nichts, Bruder Thomas«, antwortete sie. »Kommt weiter.«

»M'lady, wirklich, ich habe keine Ahnung, wo wir mit der Suche beginnen sollen.«

»Ich schon«, erklärte sie und dachte an das Zimmer, in dem sie noch vor weniger als vierundzwanzig Stunden mit dem vermaledeiten Carrick glücklich gewesen war.

»Ich habe sie nicht umgebracht«, erklärte der, als er im Flur vor dem Gemach des Herrn von Wybren stand, und bedachte seinen Vetter und die Hand voll Männer, die sich hinter ihm versammelt hatten – hünenhafte Leibwächter, deren Schwerter gefährlich im trüben Licht der Kerzen in den Haltern an den Wänden blitzten – mit einem abschätzigen Blick. »Ich habe sie nicht umgebracht«, wiederholte er und machte einen Schritt nach vorn. »Sondern du.«

»Ich?« Graydynn, der ebenfalls sein Schwert gezogen hatte, schüttelte den Kopf und antwortete lachend: »Oh, nein, Carrick, du wirst mir nicht deine Verbrechen in die Schuhe schieben.«

»Wer hat denn vom Tod all dieser Menschen profitiert?«, fragte Carrick. »Ich ganz sicher nicht.« Plötzlich hatte er alle Angst vor Graydynns Schwert verloren und trat deshalb noch dichter an ihn heran. Graydynn sah ihn forschend an, und ein Ausdruck des Verblüffens huschte dabei über sein Gesicht.

»Nicht ich habe den Brand gelegt, sondern ganz eindeutig du. Jetzt bist du Lord von Wybren, aber vor dem Feuer, was warst du davor?«

»Das ist vollkommener Irrsinn!« Doch Graydynns Stimme klang nicht mehr völlig überzeugt.

»Ich glaube, kaum.« Er bohrte seinen Blick in den Baron. Hatte er ein leichtes Flackern in seinen Augen wahrgenommen, einen Hauch von Schuld? Troff dem Kerl nicht etwas Speichel von den Lippen? Zuckte nicht sein eines Lid?

»Versuch nicht, den Spieß herumzudrehen. Erspar uns deine Tricks. Es wird nicht funktionieren, Carrick.« Graydynn sprach den Namen etwas zögernd aus, kniff die Augen leicht zusammen und sah sich seinen Vetter abermals genauer an. »Du bist nicht nur unerlaubt hier eingedrungen, sondern bist obendrein ein Mörder und Verräter.« Mit diesen Worten kehrte sein Gefühl der Macht zurück. »Hast du etwa gedacht, ich hätte dich nicht längst erwartet? Wenn nicht heute Abend, dann in allernächster Zeit? Ich wusste, dass du überfallen worden bist. Meine Spione haben mir gemeldet, dass die idiotische Lady von Calon dir Unterschlupf gewährt und dich von einem Arzt behandeln lassen hat. Aber ich wusste, dass du, sobald du wieder bei Kräften wärst, hierher zurückkommen würdest.« Ein schmales Lächeln umspielte seine Lippen. »Warum denkst du, hat man dich einfach durchs Tor gelassen? Hmm? Warum hat man dir nur einen schwachköpfigen Wachmann als Begleiter mitgeschickt? Hast du dir ernsthaft eingebildet, ich würde tatenlos herumsitzen und darauf warten, dass du mit gezücktem Schwert hereinplatzt und genau die unsinnigen Behauptungen aufstellst, mit denen von Anfang an zu rechnen war? Hast du nicht gewusst, dass ich nichts anderes erwartet habe, als dass du den Wachmann überrumpelst? Wo ist er? In der Hütte des Töpfers?« Er schnipste mit den Fingern und legte seinen Kopf ein wenig schräg. »Nein, ich schätze, dass er in der Mühle gefunden werden wird.«

Graydynn hatte ihn in eine Falle laufen lassen! Er biss die Zähne aufeinander und wappnete sich für den unvermeidbar bevorstehenden Kampf. Vielleicht würde Graydynn ja kurz zögern und er hätte eine letzte Chance.

Als ob er die Gedanken seines Feindes lesen könnte, fing Graydynn an zu grinsen.

»Und erwarte ja nicht, dass irgendwer hier glaubt, dass du und ich … was? Gemeinsame Sache gemacht haben? Ich sehe es dir an, dass du ihnen diese Lüge auftischen willst.« Er tippte sich flüchtig an die Schläfe, als wäre ihm dieser Gedanke eben erst gekommen, doch es steckte mehr hinter seinen Worten, eine versteckte Drohung, und noch etwas anderes: Graydynn hatte Angst. Als er fortfuhr, machte es den Eindruck, als spielte er nicht seinem Vetter, sondern seinen Wachen etwas vor. »Ich nehme an, du wolltest sagen, ich hätte die Idee gehabt, deine Familie zu ermorden, und du wärst nur mein Handlanger gewesen und hättest nur getan, wozu ich dich gezwungen habe.«

Interessant. »Was erzählst du da?«

»Diese Geschichte wird dir niemand glauben, Carrick!«

Äußerst interessant. Einen Punkt in Graydynns Rede hatte er bisher nicht bedacht. »Willst du damit etwa sagen, du und Carrick, ihr hättet diesen mörderischen Plan gemeinsam ausgeheckt –«

»Ich habe doch gesagt, dass dieser Trick nicht funktionieren wird«, fiel ihm Graydynn laut ins Wort, während er zugleich mit seinem freien Arm auf seine Wachen zeigte. »Wir alle wissen schließlich, dass du ein Lügner bist.«

Irgendetwas stimmte nicht.

Zwar wusste er nicht, was, doch spürte er ganz deutlich, dass es äußerst wichtig war. »Du gibst Carrick die Schuld an deinen eigenen Taten«, stellte er langsam fest.

Von unten drangen laute Rufe und schnelle Schritte zu ihnen herauf. »Lord Graydynn«, brüllte eine tiefe Stimme. »Lord Graydynn! Wir haben ihn erwischt! Wir haben den Spion gefasst!«

»Na und?« Graydynn runzelte die Stirn und streckte einen Finger in Richtung seines Vetters aus. »Packt ihn und schafft ihn nach unten!«

Dies war seine Chance! Er wirbelte herum, fing an zu rennen, schwang sein Schwert in weitem Bogen, und bevor die Wachen sich ihm an die Fersen heften konnten, wichen sie geschickt seiner Klinge aus.

Dann aber nahmen sie umgehend die Verfolgung auf. »Halt!«, rief einer der Männer.

»Fahr in die verdammte Hölle!«

Ehe er die Tür erreichte, fiel einer von Graydynns Leuten ihn von hinten an, sie gingen zu Boden, und das Schwert flog ihm in hohem Bogen aus der Hand. Er versuchte, wieder aufzuspringen, doch der Wachmann trat ihm so kräftig in den Rücken, dass ihm beinahe das Rückgrat brach. Trotzdem kämpfte er mit aller Kraft und hätte sich auch fast befreit, wenn sich nicht ein zweiter Posten auf die beiden Kämpfer geworfen hätte.

Klatsch!

Sein Gesicht traf krachend auf den Boden.

Er schmeckte Blut, und innerhalb von wenigen Sekunden hatte man ihm die Arme auf den Rücken gerissen, die Hände mit einem dicken Strick gefesselt und ihm einen Knebel in den Mund gesteckt. Dann zerrte man ihn wieder auf die Füße, ehe man ihn über eine steile, gewundene Treppe hinunter in die große Halle stieß.

Blut rann aus einer Platzwunde am Kopf in sein linkes Auge, weshalb er die reich verzierten Wandbehänge an den weiß gekalkten Wänden, deren goldene Fäden seidig glänzten, nur verschwommen wahrnahm. Im Kamin prasselte ein warmes Feuer, und von der Decke hingen an dicken Ketten riesengroße Räder mit Hunderten von Kerzen, in deren Licht der Raum zu glitzern und zu funkeln schien.

Wie früher.

Sein Herz zog sich zusammen.

Als er das Podium sah.

Dort hatte er gesessen.

Mit seiner Mutter, seinem Vater und seinen Geschwistern.

Sein Herz fing an zu rasen, und mit einem Mal flogen die Läden vor seinem Gedächtnis auf.

Ruckartig wurde der Vorhang aufgezogen.

Plötzlich fiel ihm alles wieder ein. Er sah sich an dem großen Tisch, zwischen seiner Schwester und der ihm angetrauten Frau.

Trotz des Knebels fing er an zu keuchen, denn jetzt fiel jedes Puzzleteil seines bisherigen Lebens zurück an seinen Platz.

Innerhalb eines Augenblicks kehrte die Erinnerung zurück und er wusste wieder, wer er war.

28

»M'lady!«

Morwenna, die mit Bruder Thomas gerade durch die Tür der großen Halle hatte treten wollen, blickte über ihre Schulter und sah, dass Sir Hywell über den Hof auf sie zugelaufen kam.

»Bitte, wartet.«

»Was ist los?« Sie versuchte, ihn nicht anzuschnauzen, aber sie war müde und hatte es eilig, mit der Suche nach den versteckten Türen und geheimen Gängen zu beginnen – falls es diese wirklich geben sollte. Auf dem Weg vom Südturm hatte sie sich wiederholt gefragt, ob der alte Mönch vielleicht etwas verrückt und ob die Vorstellung von den versteckten Fluren vielleicht im Verlauf der jahrelangen Einsamkeit zu einer fixen Idee geworden war. Trotzdem gab sie ihr etwas zu tun.

»Draußen vor dem Haupttor steht eine Gruppe Männer, die mit Euch sprechen wollen.«

»Jetzt?«, fragte sie und blickte in den dunklen Himmel. Obwohl der Regen nachgelassen hatte, blies der Wind so kalt wie der Atem Satans, die Nacht war rabenschwarz, und die über ihrem Kopf zusammengezogenen Wolken kündigten neuerlichen Regen oder vielleicht sogar Schneefall an.

»Ja, sie haben angeblich Gefangene dabei.«

»Gefangene? Wer sind diese Männer?«

»Ich weiß nicht, aber Sir Lylle hat zwei von ihnen festgenommen, die bis ans Tor gekommen sind. Sie behaupten, dass draußen in den Wäldern noch mehr von ihnen mit ihren Gefangenen warten.«

»Was soll ich mit ihren Gefangenen?«, schnauzte sie den Wachmann an, bevor sie plötzlich fragte: »Haben sie Carrick gefunden? Oder vielleicht den Mörder?«

Sir Hywell schüttelte den Kopf. »Nein, M'lady, sie behaupten, sie hätten Sir Alexander und den Sheriff.«

»Was?«

»Das haben sie gesagt.«

»Als Gefangene?«, wollte sie von dem Posten wissen.

»Aber weshalb sollte irgendjemand den Hauptmann der Wache und Sir Payne gefangen nehmen?«

»Ich habe keine Ahnung«, gab er unumwunden zu, und trotz der Dunkelheit konnte Morwenna die Verwirrung in seiner Miene sehen.

»Ich bin sofort da.« Damit wandte sie sich an den Mönch. »Bruder Thomas, bitte wartet drinnen. Wärmt Euch vor dem Feuer, ich komme so schnell wie möglich wieder, und dann fangen wir mit der Suche an.«

»Vielleicht sollte ich doch besser wieder in meine Kammer gehen.«

»Nein! Bitte ... gebt mir nur ein paar Minuten. Es wird nicht lange dauern«, versprach sie dem Alten und rief dem an der Tür stehenden Wachmann zu: »Sir Cowan, würdet Ihr wohl bitte dafür sorgen, dass Bruder Thomas einen Becher Wein und ein paar eingelegte Eier, etwas Käse oder ein Stückchen Räucheraal bekommt?«

»Bitte, macht Euch meinetwegen keine Mühe.« Doch die Augen des Mönches fingen an zu glitzern, und Morwenna hätte schwören können, dass aus Richtung seines alten Magens ein leises Knurren an ihre Ohren drang.

»Es ist nicht die geringste Mühe«, versicherte sie ihm schnell. Sie hatte es eilig, und sie hatte keine Lust, noch einmal in den Turm zu steigen und ihn dazu zu bewegen, mit ihr zu kommen. »Also, geht schon.« Sie scheuchte den Alten durch die Tür. »Sir Cowan wird sich um Euch kümmern.« Über die gebeugte Schulter des Alten hinweg blickte sie Sir Cowan ins Gesicht und bat ihn stumm, dafür zu sorgen, dass der Mönch auch in der Halle blieb. »Wie gesagt, ich bin sofort wieder da.«

Damit wandte sie sich ab und folgte Hywell den düsteren Pfad hinunter. Feuchter Schlamm klebte an ihren Pantinen, und der Wind drang durch die dicke Wolle ihres Umhangs, während sie durch das Dunkel lief und sich fragte, wer die Dreistigkeit besaß, Payne und Sir Alexander zu entführen.

Du weißt es ganz genau.
Niemand anderer als Carrick wäre so kühn.

»Bei Gott, ich schwöre, ich bringe diesen Kerl mit meinen eigenen Händen um«, stieß sie zwischen zusammengebissenen Zähnen aus.

»Wie bitte, M'lady?«, fragte Hywell

Sie schüttelte den Kopf und log: »Schon gut.«

Als sie sich dem Wachhaus näherten, sah sie durch die Fenster den hellen Schein des Feuers und merkte, dass anscheinend die ganze Garnison auf den Beinen war. Diejenigen, die geschlafen hatten, hatte man geweckt, und es saß auch niemand mehr beim Schachspiel oder Würfeln an dem großen Tisch. Einige der Männer hatten sich im größten Raum des Wachhauses versammelt, andere waren auf den Wehrgängen postiert.

Sir Hywell eskortierte sie zum Raum des Hauptmanns, vor dessen Eingang einer der Soldaten Wache stand. Drinnen hatten Sir Lylle und fünf von seinen Leuten zwei ihr fremde Männer eingekreist. Der größere der beiden hatte ein Brandzeichen auf seiner Wange, eine breite Zahnlücke und einen gleichgültigen, seelenlosen Blick. Abgesehen von seinen kalten Echsenaugen zeigte ihr das Mal auf seiner Wange, dass er ein verurteilter Verbrecher war. Der zweite Fremde war beinahe zehn Zentimeter kleiner und vor allem deutlich jünger, beinahe noch ein Kind. Seine Haut war makellos, er hatte dichtes, wirres, rötlich braunes Haar und drehte nervös wie eine Maus in einem Zimmer voller Katzen seine Wollmütze in den Händen.

»Diese Männer haben darauf bestanden, Euch zu sehen,

Lady Morwenna«, erklärte ihr Sir Lylle. »Wir haben ihnen ihre Waffen abgenommen.«

Ohne darauf zu warten, dass jemand ihr erklärte, wer die beiden waren, trat Morwenna auf das Echsenauge zu. »Ich habe gehört, dass Ihr zwei von meinen Männern als Geiseln genommen habt. Ich verlange, dass sie auf der Stelle freigelassen werden.«

»Deshalb sind wir hier«, antwortete er. »Wir wollen über ihre Freilassung verhandeln.«

»Verhandeln? Weshalb sollte ich mit euch verhandeln? Sagt mir auf der Stelle, wo die beiden sind.«

Der Kerl verzog den Mund zu einem breiten Lächeln, das die Lücke zwischen seinen Zähnen noch größer wirken ließ. »Sie sind in Carricks Gewalt.«

Hatte sie es doch gewusst! Diese verlogene Ausgeburt einer Schlange! Fast hätte sie vor lauter Zorn gezittert, und so grub sie sich die Fingernägel in die Ballen ihrer Hände und wollte von dem Schurken wissen: »Warum führt dann nicht er die ›Verhandlungen‹ mit mir? Was ist er für ein Feigling, und weshalb arbeitet Ihr für ihn? Weshalb hat er Euch geschickt?«

»Er wollte sichergehen, dass er nicht unter einer falschen Anklage von Euren Männern festgenommen wird.«

»Unter einer *falschen* Anklage? Erst entführt er zwei von meinen Männern, und dann macht er sich Gedanken, weil man vielleicht eine *falsche* Anklage gegen ihn erhebt?« Sie schüttelte den Kopf und klappte ihre Finger langsam wieder auseinander. »Ich verhandele mit keinem von euch. Falls Carrick über sein Leben oder seine Freiheit verhandeln will, dann soll er das persönlich tun.« Immer noch schaute sie dem Echsenauge ins Gesicht, nahm dabei aber aus dem Augenwinkel wahr, wie der kleinere der beiden sich unbehaglich wand. »Wisst Ihr, ich sollte euch beide in den Kerker werfen oder besser noch in die Oubliette. Wir haben eine hier auf Calon.« Der jüngere der beiden fing merklich an zu schwitzen und biss sich auf die Lippe. »Und dann sollte ich euch einfach da vergessen.«

»Eure Männer sind so gut wie tot, falls einem von uns beiden was passiert«, antwortete Echsenauge ihr.

»Also kehrt zu Carrick zurück und sagt ihm, dass er schon persönlich zu mir kommen muss und dass ich ihn wie einen räudigen Köter jagen werde, wenn Sir Alexander oder meinem Sheriff auch nur das geringste Leid geschieht.« An Sir Lylle gewandt erklärte sie: »Behaltet die Waffen dieser beiden Kerle, aber geleitet sie zum Tor.« Und wandte sich dann wieder dem größeren der beiden Fremden zu. »Spätestens bei Tagesanbruch erwarte ich Sir Alexander, Sir Payne und jeden anderen freien Mann, den ihr möglicherweise in eurer … ›Obhut‹ habt, hier auf meiner Burg. Mit oder ohne Carrick.«

Der Halunke mit dem Brandmal kniff die Augen noch enger zusammen und verzog die Lippen unter seinem wild zerzausten Bart zu einem schmalen Grinsen. »Ihr werdet ihn bestimmt bald sehen und auch von ihm hören, M'lady«, erklärte er ihr spöttisch, machte auf dem Absatz kehrt, nickte seinem Spießgesellen zu und ging, als die Wachen auseinander traten, hoch erhobenen Hauptes aus dem Raum.

Zwei Soldaten geleiteten die Männer aus der Burg, und erst als Morwenna hörte, wie das Tor knirschend hinter ihnen zugezogen wurde, atmete sie auf.

»Die Sache gefällt mir nicht«, meinte Sir Lylle, als seine Männer zurück auf ihre Posten gingen, faltete die Hände hinter seinem Rücken und lief vor dem Schreibtisch auf und ab. »Irgendetwas ist da faul. Als ob sie uns eine Falle stellen wollten.«

»Mir gefällt das alles auch nicht. Ich nehme an, dass Ihr die zwei beschatten lasst.«

»Ja, aber das werden sich die Schurken denken, und wahrscheinlich werden sie meine Leute überall hinführen, nur nicht zu den Gefangenen oder zu ihrem Chef.«

»Trotzdem müssen wir sie finden«, erwiderte Morwenna. »Egal, wohin die beiden gehen, selbst wenn sie sich trennen, müssen wir ihnen folgen. Und unsere Männer sollen nicht nur nach Payne und Alexander Ausschau halten, sondern auch nach dem Arzt, nach Vater Daniel und allen anderen, die inzwischen fehlen – einschließlich der beiden Männer, die bereits vor Stunden in die Stadt geritten sind.«

Der Stellvertreter ihres Hauptmanns nickte mit dem Kopf.

»Wahrscheinlich hat Carrick sein Lager ganz in unserer Nähe aufgeschlagen, denn schließlich wartet er auf seine Männer, damit sie ihm sagen, was bei dem Gespräch herausgekommen ist.«

»Vielleicht hat er auch gar kein festes Lager, sondern zieht die ganze Zeit herum.«

Bei dem Gedanken an Sir Alexander, der sie heimlich liebte, und an die unglückliche Sarah, die durchaus zu Recht in Sorge um Payne gewesen war, zog sich ihr Herz zusammen.

»Sprecht mit niemandem über diese Sache und befehlt auch Euren Männern, Stillschweigen darüber zu bewahren. Ich möchte nicht, dass die übrigen Bewohner Calons unnötig beunruhigt werden, was uns nicht im Geringsten nützt.«

Wieder nickte er, und sie stieß einen lauten Seufzer aus. Von dem ganzen Durcheinander bekam sie langsam Kopfweh, und so wandte sie sich unglücklich zum Gehen. »Gebt mir sofort Bescheid, wenn Ihr irgendetwas hört.« Sie griff nach dem Türknauf und blickte über ihre Schulter auf den

Mann, der den Aufgaben eines Hauptmanns einfach nicht gewachsen war. Er war nicht nur viel kleiner als Sir Alexander, sondern auch viel schwächer, überlegte sie. »Findet die beiden, Sir Lylle«, wies sie ihn trotzdem nochmals an. »Und erstattet mir dann umgehend Bericht.«

»Ich bin nicht Carrick.«

Er hatte es geschafft, seinen Knebel auszuspucken, und seine Stimme hallte in dem hohen Raum.

Die Soldaten, die um ihn versammelt waren, bedachten ihn mit argwöhnischen Blicken.

Das Lachen, mit dem Graydynn auf diese Behauptung reagierte, enthielt nicht eine Spur von Heiterkeit. »Natürlich bist du –«

»Nein, Graydynn, ich bin es nicht, und das weißt du ganz genau«, stieß er zornbebend aus. »Du hast mich erkannt.« Er schüttelte die Hände der Soldaten ab. »Ich bin Theron. Dafydds Sohn. Zwar sehe ich aus wie Carrick, aber das liegt einfach daran, dass ich sein *Bruder* bin.«

»Theron ist in dem Feuer umgekommen«, antwortete Graydynn, doch seine Stimme klang nicht allzu überzeugt, als versuche er zu ergründen, was für ein Gesicht sich unter den blauen Flecken und dem dichten Bart des Gefangenen verbarg.

»Ich war an jenem Abend nicht auf Wybren.« Inzwischen konnte er sich wieder ganz genau erinnern, und so trat er entschlossen vor seinen Cousin. »Ich habe diese Burg verlassen, als ich dahinterkam, dass meine Frau mit einem anderen Mann, ihrem Geliebten, zusammen war. Und nein, auch dieser Bastard war nicht Carrick.« Er bewegte kaum die Lippen, als er sprach, aber mehr war auch nicht nötig, denn inzwischen lag eine gespannte Stille über dem großen

Saal. »Es war jemand von Heath, ein Mann, den ihr Bruder Ryden hierher beordert hatte, damit er auf sie aufpasst.« Angesichts dieses letzten Verrats durch seine damalige Gattin verzog Theron selbstironisch das Gesicht. »Ich kannte nicht mal seinen Namen, aber er ist derjenige gewesen, der in der Nacht des Feuers in ihrem Bett gestorben ist. Nicht ich habe an jenem Abend dort gelegen, sondern er.«

»Du lügst!«

»Tue ich das, Graydynn? Sieh mich an. Sieh mich so genau wie möglich an. Wir vier Brüder, Myrnnas und Dafydds Söhne – Byron, Carrick, Owen und, ja, sogar ich – sahen uns so ähnlich, dass sich jeder, der uns nicht näher kannte, problemlos von uns täuschen ließ. Nur unsere Schwester Alyce schlug nach unserer Mutter, wir anderen aber haben ganz genau wie unser Vater ausgesehen. Aber du, Graydynn, du solltest mich erkennen. Schließlich stehe ich dir direkt gegenüber, und du hast mich gut genug gekannt.«

»Das ist vollkommen unmöglich«, zischte Graydynn über das Murmeln seiner Männer und das Knistern des Feuers im Kamin hinweg.

»Ach ja? Woher weiß ich dann, dass du den Kellerer bestochen und meinem Vater Wein gestohlen hast?«, wollte er von seinem Vetter wissen und schob sich dicht genug an ihn heran, dass ihm neben dem Gestank von Schweiß der Geruch von Angst entgegenschlug. »Weil ich mit von der Partie gewesen bin. Ich war dabei. Wynn lebt wahrscheinlich immer noch auf Wybren. Vielleicht fragen wir ihn einfach, ob es so gewesen ist.«

»Theron könnte dir davon erzählt haben, Carrick«, verteidigte sich Graydynn und leckte sich nervös die Lippen.

»Aber hätte ich wohl Carrick auch in unser anderes Geheimnis eingeweiht?«

»Ich weiß nicht, wovon du sprichst.« Aber Graydynns Nasenflügel fingen an zu beben, und seine Miene drückte einen ersten leichten Zweifel aus.

»Natürlich weißt du das. Du erinnerst dich bestimmt.« Theron sah ihn reglos an. »Ich habe dich erwischt, wie du Carricks Messer gestohlen hast, das mit dem juwelenbesetzten Griff. Das war im Sommer vor sechs Jahren, und Carrick hat geschworen, dass er dem Schuldigen die Eier abschneiden und sie ihm in den Rachen stopfen würde, wenn er je dahinterkäme, wer es gewesen war.«

Graydynn wurde bleich.

»Wie ich sehe, fällt dir die Geschichte wieder ein. Ich nehme an, das Messer hast du immer noch.«

»Ihr seid wirklich Theron«, stellte einer der Soldaten fest, nachdem er ein wenig näher an den Gefangenen herangetreten war. »Jetzt kann ich es sehen.«

»Ich erinnere mich ebenfalls an Euch, Sir Benjamin«, antwortete Theron dem dickleibigen Mann mit dem dichten roten Bart.

»Ja, und ich kenne Euch auch«, stellte ein zweiter, kleinerer Wachmann fest. »Ich stand über zwanzig Jahre im Dienste Eures Vaters.«

»Genau wie ich.«

Andere Stimmen fielen ein, und eine Wäscherin wischte sich die Hände an ihrer Schürze ab und blickte Theron unter Tränen lächelnd an. »Dem Himmel sei Dank, dass Ihr gerettet worden seid, Sir Theron. Dem Himmel sei Dank!«

Ein Mann mit schütteren braunen Haaren und von unzähligen kleinen Fältchen gerahmten, dunkelbraunen Augen trat entschlossen vor ihn und sah ihm forschend ins Gesicht. Dann stellte er mit ernster Stimme fest: »Ihr habt mir das Leben gerettet oder mich auf jeden Fall davor bewahrt, in den Kerker geworfen zu werden. Jemand hatte mich beschuldigt, den Herrn bestohlen zu haben, und Ihr habt mich verteidigt. Eine Woche später wurde der wahre Dieb gefasst.«

»Ihr seid Liam.« Theron nickte mit dem Kopf. »Eure Frau Katherine – nein, Ihr nennt sie Katie – hat vor einem guten Jahr Zwillinge geboren.«

»Die beiden sind inzwischen schon fast zwei«, antwortete der Mann, und ein fröhliches Grinsen breitete sich auf seinen Zügen aus.

»Bei allen Heiligen, ich dachte, Ihr wärt tot!«, brüllte ein anderer Soldat.

»Mein Herr«, rief ein anderer und sank umgehend auf ein Knie. Mehrere andere taten es ihm nach und schworen ihm ebenfalls die Treue, denn als Sohn Dafydds war er ihr rechtmäßiger Herr.

»Aufstehen! Sofort aufstehen!«, befahl Graydynn wütend und schwang die Arme Richtung Decke, als ob der Trupp abtrünniger Soldaten sich auf diese Weise wieder auf die Füße zwingen ließ. Da er sein Schwert noch immer in der Hand hielt, zog er mit der Klinge einen breiten Bogen durch die Luft.

»Das ist …, das ist einfach unglaublich! Dieser Mann ist Carrick! Er ist nicht nur ein Verräter, sondern hat auch seine gesamte Familie umgebracht!«

»Ihr lügt!«, widersprach ihm Benjamin und entriss ihm sein Schwert.

Theron blickte seinen Vetter aus zusammengekniffenen Augen an. »Sag ihnen, sie sollen mich losbinden«, herrschte er ihn an, ehe Graydynn jedoch auch nur reagieren konnte, hatte Benjamin bereits mit seinem Schwert das Seil durchtrennt.

Liam rappelte sich wieder auf. »Tut mir Leid, dass ich an Eurer Gefangennahme beteiligt war, M'lord. Ich hätte Euch erkennen sollen.«

»Ich bin Herr von Wybren und nicht er!« Graydynns Gesicht war verzerrt vor Zorn und Furcht. »Lasst ihn nicht frei! Lasst ihn nicht frei! Wir haben keine Ahnung, weshalb er hierher gekommen ist.«

»Er ist hierher gekommen, weil er hierher gehört!«, rief einer der Soldaten, und die anderen schwangen ihre Waffen über den Köpfen und stimmten ihm lautstark zu.

»Ich bin zurückgekommen, um die Wahrheit herauszufinden. Um dich zur Rede zu stellen. Und um meine Familie zu rächen.« Theron bemühte sich vergeblich, seinen eigenen heißen Zorn zu unterdrücken. Am liebsten hätte er dem Bastard auf der Stelle eigenhändig die Gurgel umgedreht. »Du hast sie alle umgebracht!«

»Nein.«

»Du dachtest, ich wäre bei Alena. Du dachtest, du hättest jeden Einzelnen von uns erwischt und könntest deshalb als erstgeborener Sohn des Bruders meines Vaters einen rechtmäßigen Anspruch auf Wybren geltend machen. Du glaubtest, nur Carrick hätte überlebt, und nachdem er möglicherweise die Drecksarbeit für dich erledigt hatte und geflohen war, hast du überall herumerzählt, er hätte den Brand gelegt.«

»Nein, Theron ...« Graydynn wurde bleich, als er erkennen musste, dass er sich selbst dadurch verraten hatte, indem er ihn bei seinem wahren Namen genannt hatte. »Ich ..., ich hatte mit dem Tod deiner Familie nichts zu tun.«

»Lügner!«, schrie ihn Theron an. »Ich habe keine Ahnung, wie es zwischen dir und Carrick abgelaufen ist. Vielleicht wart ihr beide Partner. Es ist kein Geheimnis, dass

Carrick unseren Vater geradezu gehasst hat, aber was ich nicht verstehe, ist, weshalb er einer Schlange wie dir hätte trauen sollen.«

»Ich schwöre dir, ich hatte mit dem Feuer nichts zu tun!«

»Beweise es.«

»Das habe ich nicht nötig. Schließlich bin ich hier der Herr!«

»Aber das solltet Ihr nicht sein. Nicht, solange einer der Söhne von Baron Dafydd lebt«, erklärte Benjamin, und plötzlich sahen zwei Dutzend Augen Graydynn zornig an.

Totenstille senkte sich über den Saal. Nur das Prasseln und Zischen des Feuers blieb.

Dicke Schweißperlen bildeten sich auf Graydynns Stirn. »Hört zu.« Er straffte seine Schultern und reckte stolz den Kopf. »Ihr habt *mir* die Treue geschworen und versprochen, Euer Leben für König und Vaterland zu geben. Ich bin Euer Herr, also werft den Mann da in den Kerker, sonst wird jeder Einzelne von Euch wegen Befehlsverweigerung unter Anklage gestellt.«

»Wir haben dem rechtmäßigen Erben Wybrens die Treue geschworen«, verbesserte ein Mann mit zusammengepressten Lippen.

»Der König hat mich als solchen anerkannt.«

»Aber der König wusste nicht, was Ihr verbrochen habt.«

»Ich habe nichts verbrochen!«, stieß Graydynn, bevor er sich zusammenreißen konnte, panisch aus. Dann aber gewann sein Zorn die Oberhand, was man an der geschwollenen Ader in Höhe seiner Schläfe deutlich sehen konnte. »Wenn ihr tut, was ich euch sage, werde ich diesen Aufstand großmütig vergessen. Wenn nicht, sperre ich euch alle ein. Ihr solltet es euch also noch mal überlegen. Und jetzt schafft mir den Gefangenen aus den Augen. Werft ihn in den Kerker. Ich werde morgen früh entscheiden, was weiter aus ihm wird.«

»Wartet!«, hallte plötzlich eine schrille Stimme durch den Saal, als ein Wachmann ein wild zappelndes, kleines, drahtiges Kerlchen aus einem der Seitengänge in die Halle zog. Nur mit Hilfe eines zweiten Wachmanns bekam er den Gefangenen schließlich in seine Gewalt.

Therons Herz fing an zu rasen, als er den Mann erkannte, den er schon auf Calon häufig vor der Tür seines Zimmers hatte lungern sehen, und von dem er aus den Unterhaltungen der anderen wusste, dass er Dwynn, der Schwachkopf, war.

»Tut mir Leid, M'lord«, entschuldigte sich der Soldat, der nicht mitbekommen hatte, was in der Halle vorgefallen war, keuchend bei seinem bisherigen Herrn. »Nachdem ich Euch gemeldet hatte, dass wir den Spion ergriffen haben, ist er uns noch mal entwischt und hat versucht, zu den Stallungen zu kommen. Wir« – er wies auf den zweiten Wachmann – »mussten ihn also noch einmal fangen.« Er bedachte den Gefangenen mit einem bösen Blick. »Er hatte sich in der Nähe des Brunnens rumgedrückt. Ich nehme an, er war dem anderen hier gefolgt.« Er zeigte auf Theron und zog, als ihm auffiel, dass dieser nicht mehr gefesselt und geknebelt war, ein beinahe komisches Gesicht. »Was geht hier vor sich?«

Graydynn blickte seinen Vetter aus zusammengekniffenen Augen an. »Dann hast du also Verstärkung mitgebracht?«

»Nein.«

»Ich komme von Calon«, bestätigte hingegen Dwynn und nickte heftig mit dem Kopf.

»Dann scheint ihr beide unterschiedlicher Meinung zu sein«, stellte Graydynn fest.

»Vielleicht ist er mir gefolgt, ohne dass ich etwas davon gewusst habe.«

»Ich bin allein gekommen. Es – es gibt Probleme auf der Burg!«, erklärte Dwynn, blickte kurz zu Theron, wandte sich dann aber eilig wieder ab. »Sie braucht Hilfe.«

»Wer?«, fragte Theron, doch er wusste es bereits. Morwennas Bild stieg vor ihm auf, und sein Blut gefror zu Eis. »Was für Probleme?«, wandte er sich abermals an Dwynn, und bei dem Gedanken, dass ihr etwas geschehen sein könnte, schlug ihm das Herz bis zum Hals.

»Sie –«

»Die Herrin? Morwenna?«

Wieder nickte Dwynn. »Sie ist in Gefahr.«

»Wodurch?«

»Der Bruder«, sagte Dwynn und wagte immer noch nicht, Theron ins Gesicht zu sehen. Er biss sich auf die Lippen, als enthülle er ein gut gehütetes Geheimnis und hätte deshalb Angst, er würde bestraft.

»Carrick?«, fragte Theron knapp. »Ist Carrick wieder da?«

Statt etwas zu erwidern, presste Dwynn plötzlich die Lippen aufeinander und schüttelte den Kopf.

»Sag es mir«, verlangte Theron und packte den Jungen bei den Schultern. »Verdammt, Dwynn.«

»Der Bruder.«

Es war einfach sinnlos. Eilig wandte Theron sich an Benjamin. »Ich brauche fünf Männer und frische Pferde. Wir müssen nach Calon.«

Zehn Soldaten traten vor.

»Gut.« Während er sein Vorgehen bereits plante, fiel ihm auf, dass Graydynn fragend auf die Männer blickte, die nicht vorgetreten waren, und so sagte er zu seinem Vetter:

»Ich werde mich um meinen Bruder kümmern, Graydynn, keine Angst. Aber bis ich wieder hier bin, glaube ich, dass deine Idee mit dem Kerker gar nicht so schlecht gewesen ist. Ich denke, dass du die Nacht am besten dort verbringst und in aller Ruhe überdenkst, was du getan hast.«

»Ich habe nichts getan«, protestierte Graydynn. »Du kannst ja wohl unmöglich ...« Er sah sich suchend um, und der Rest von seinem Satz erstarb in seiner Kehle, als er die Männer zählte, die sich offenbar schon darauf freuten, auszuführen, was Theron ihnen befahl.

»Ach nein?« Therons Lächeln war eiskalt. »Dann, *Lord* Graydynn, braucht Ihr Euch ja auch nicht davor zu fürchten, dass sich jemand an Euch rächt oder Euch bestraft.« Damit wandte er sich an Sir Benjamin und wies ihn mit ruhiger Stimme an: »Sperrt ihn bitte ein.«

29

Der Rächer tastete nach seinem Messer.

Er war bereit.

Konnte es kaum noch erwarten.

Seine Nerven waren zum Zerreißen angespannt.

Aus seinem Versteck hinter dem Vorhang des Balkons hatte er beobachtet, wie man Carrick gefangen genommen und in die große Halle verfrachtet hatte, nur um zu erfahren, dass der Schuft in Wahrheit *Theron* war.

Seine Eingeweide zogen sich zusammen. Er hatte immer geglaubt, Theron sei in dem Feuer umgekommen, und es vermittelte ihm ein Gefühl der Unzulänglichkeit, dass anscheinend nicht nur Carrick, sondern auch sein Bruder Theron der Feuersbrunst, die das gesamte Hause Wybren hatte auslöschen sollen, entkommen war.

Aber jetzt wusste er die Wahrheit, und dieses Wissen verlieh ihm neue Macht.

Schlimmer war gewesen, mit ansehen zu müssen, wie Dwynn, dieser Idiot, sich hatte in die Halle zerren lassen und dort Dinge ausgeplaudert hatte, die er hätte für sich behalten sollen. Dass dieser jämmerliche Trottel all seine sorgfältigen Pläne zunichte machen könnte, erfüllte ihn mit Zorn. Auch Dwynn würde deshalb den höchsten Preis bezahlen.

Jetzt waren Theron und eine Gruppe von Soldaten auf dem Weg nach Calon. Das war ebenfalls ein Ärgernis. Eines, um das er sich würde kümmern müssen. Als Erstes aber käme Graydynn an die Reihe.

Der Rächer hatte es geschafft, über eine Reihe Treppen von seinem Versteck auf dem Balkon in das Verließ zu schleichen – einen grauenhaften, dunklen Ort, an dem außer Krankheit und Verzweiflung nichts gedieh. Abgesehen von den Nagern, den Insekten und den Schlangen, die sich zwischen den rostigen Gitterstäben wanden, waren die Zellen leer. Irgendwo tropfte Wasser von der Decke, und Schimmel, Urin, Schmutz und gammeliges Stroh verströmten einen beißenden Gestank.

Aber er müsste ja nicht lange hier verweilen. Sobald Graydynn hinter Gittern säße, schliche er sich rücklings an den arglosen Wachtposten heran, rammte ihm sein Messer in das Herz und schlösse dann die Tür der Zelle auf. Graydynn würde denken, er wollte ihn befreien, und erst wenn er vor ihn träte, würde er verstehen. Dann würde er das Messer an seiner Kehle spüren, und innerhalb von wenigen Sekunden wäre ein ordentliches W in seinen verlogenen Hals geritzt.

Der Rächer hockte mit gespitzten Ohren in seinem Versteck, und sein Puls fing an zu rasen, als er in freudiger Erwartung die Spitze seines Daumens über die scharfe Klinge seiner Waffe gleiten ließ.

Bereits nach wenigen Minuten hörte er das Poltern schwerer Stiefel sowie Graydynns weinerliche Stimme, die ein ums andere Mal beteuerte, er hätte nichts verbrochen, und die dem Wachmann Geld, Frauen und anderes versprach, wenn er ihn gehen ließ.

Oh, wie herrlich es doch war mit anhören zu dürfen, wie er um sein Leben kämpfte. Wie er flehte und Versprechen machte, die zu halten ihm unmöglich war. Wie es ihn mit Angst und Zorn erfüllte alles zu verlieren, von dem er angenommen hatte, er hätte es verdient.

Dann hörte der Rächer lautes Kettenrasseln, das Quietschen eines Schlosses und sah im trüben Licht zweier kleiner Binsenlichter, wie Graydynn endgültig erniedrigt wurde, indem man ihn in eine feuchte, stinkende Gefängniszelle warf.

Erst wimmerte Graydynn leise, dann aber stieß er brüllend eine Reihe wüster Flüche aus.

Er ahnte nicht, dass es besser wäre, wenn er ein paar Gebete für die Rettung seiner Seele spräche.

Verwundert beobachtete der Rächer, dass der Wachtposten die Tür der Zelle wieder abschloss, den Schlüsselring an einen Haken an der Wand neben der Treppe hängte und dann einfach wieder ging.

»Ihr könnt mich doch nicht allein hier unten lassen! Das könnt Ihr doch nicht tun!«

Der Posten drehte sich noch einmal um, blickte Graydynn ins Gesicht, spuckte auf den Boden, und eine Sekunde später stieg er mit schweren Schritten die Treppe wieder hinauf.

»Verdammt! Ihr könnt mich doch nicht hier unten lassen!« Verzweifelt umklammerte Graydynn die Gitterstäbe seiner Zelle und rüttelte daran. »Ich befehle Euch, mich auf der Stelle wieder freizulassen!«, rief er dem Wachmann hinterher. »Sir Michael! Kommt sofort zurück. Sir Michael!« Graydynn atmete tief ein und trat gegen ein Stück Knochen, einen Klumpen Erde oder einen Stein, der quer durch die Zelle segelte und dann mit einem lauten Krachen gegen eine der Wände flog. »Fahrt doch alle zur Hölle!«, brüllte er erbost.

Beinahe hätte der Rächer gelächelt. Nachdem oben eine Tür ins Schloss gefallen und nur noch Graydynns zorniges Gebrüll zu hören war, trat er aus dem Schatten in den trüben Schein des Binsenlichts.

Graydynn war derart in seiner Wut gefangen, dass er ihn erst bemerkte, als er direkt vor der Zelle stand.

»Wer seid Ihr denn?«, fragte er verblüfft.

»Ich bin hier, um Euch zu helfen.«

»Tja, dann fangt Ihr am besten damit an, dass Ihr die verdammte Tür aufschließt.« Graydynn strich sich mit beiden Händen die Haare aus der Stirn. »Es ist einfach nicht zu glauben! Sperren mich hier wie einen gewöhnlichen Verbrecher ein! Könnt Ihr Euch nicht ein bisschen beeilen?«

Der Rächer nickte und marschierte Richtung Treppe, wo er den Schlüsselbund vom Haken nahm. Gleichzeitig zog er mit seiner anderen Hand das Messer aus der Scheide.

Ohne dass Graydynn etwas davon mitbekam.

Der Rächer überlegte, ob er sich nicht etwas Zeit lassen und noch ein paar Scherze mit dem bisherigen Burgherrn treiben sollte, da es aber bis zum Tagesanbruch nur noch ein paar Stunden waren, träte er wohl besser möglichst schnell den Rückweg nach Calon an.

Er schob den ersten Schlüssel ins Schloss und versuchte, ihn zu drehen.

Nichts.

»Meine Güte, müsst Ihr so langsam sein?«, fuhr ihn Graydynn knurrend an.

Auch als er den zweiten Schlüssel ausprobierte, hörte man kein Klick.

»Du Idiot, gib mir den Schlüsselring!«, fauchte Graydynn und riss ihm den schweren Metallring aus der Hand. Einen nach dem anderen schob er die Schlüssel in das Schloss, und als die Tür sich endlich öffnen ließ, spannte sich der Rächer an.

Als Graydynn auf ihn zutrat, packte er ihn bei den Haaren, riss seinen Kopf zurück und ritzte, ehe Graydynn auch nur hätte schreien können, ein ordentliches W in seinen dicken Hals.

»Tut mir Leid, M'lady«, sagte Bruder Thomas, nachdem sie sich ein letztes Mal in der Kemenate umgesehen hatten. »Vielleicht sollten wir warten, bis es richtig hell wird. Solange es so dunkel ist, finden wir ganz sicher nichts.«

Morwenna war noch nicht bereit, die Suche aufzugeben, doch sie konnte deutlich sehen, wie erschöpft ihr Helfer war. Die dunklen Ringe unter seinen Augen waren noch größer als gewöhnlich, und er setzte nur noch mühsam die Füße voreinander, als koste jeder Schritt ihn ungeahnte Kraft. Was nicht weiter überraschend war, denn schließlich suchten sie bereits seit Stunden und hatten bisher nicht das Mindeste entdeckt.

»Ihr habt alles in Eurer Macht Stehende getan, Bruder Thomas«, antwortete sie und merkte, dass sich langsam das erste Licht der morgendlichen Dämmerung über die Hügel im Osten schob. Der neue Tag war angebrochen, die Hähne fingen bereits an zu krähen, und zum Zeichen, dass die Wachen wechselten, blies der Posten auf dem Wachtturm kräftig in sein Horn. »Lasst Euch vom Koch ein wenig Hafergrütze, Blutpudding oder Finkenpastete geben, bevor Ihr zurück in Eure Kammer geht.«

»Vielleicht«, erwiderte er leise, obwohl bei dem Gedanken an die wunderbaren Speisen wie auch schon am Abend ein leichtes Glitzern in seine Augen trat.

Als er sich zum Gehen wandte, berührte ihn Morwenna leicht am Arm. »Ihr braucht nicht Eure ganze Zeit dort oben zu verbringen. Wenn Ihr möchtet, suche ich Euch gern ein warmes Zimmer mit einem Kamin und einer Matratze für Euer hartes Bett.«

»Nein, mein Kind«, lehnte er mit einem schwachen Lächeln ab. »Aber vielen Dank. Und jetzt ruht Euch ein wenig aus.«

Ausruhen! Das wäre das Letzte, was sie jetzt tun könnte. Calon erwachte bereits zu neuem Leben, und sie hatte noch so viel zu tun.

Sie begleitete den alten Mönch noch bis zur Küche, wo einer der Pagen ihr versprach, ihm erst eine Schale Hammeleintopf zu servieren und dann dafür zu sorgen, dass er wohlbehalten wieder in seine Zelle kam. Dann kehrte sie in ihr Schlafzimmer zurück, spritzte sich etwas kaltes Wasser ins Gesicht und schwor sich abermals, nicht aufzugeben, bis sie die geheimen Gänge gefunden hatte.

Vielleicht jedoch existierten sie nur in der Fantasie eines halb verrückten alten Mannes, erinnerte sie sich. Sie trocknete sich das Gesicht ab und schüttelte den Kopf. Sie glaubte Bruder Thomas immer noch. In den Stunden ihres Zusammenseins hatte er völlig klar auf sie gewirkt. Er hatte darauf bestanden, dass sein Großvater der Architekt und auch Erbauer einer ganzen Reihe verborgener Korridore hier auf dieser Burg gewesen war.

In einem Zimmer hatten sie bisher noch nicht gesucht, und nun, da es wieder hell war, wäre es an der Zeit, sich auch dort noch umzusehen. Außerdem wollte sie sowieso mit ihrer Schwester sprechen. Mort, der zusammengerollt auf ihrem Bett lag, hob, als sie an ihm vorbeiging, schläfrig seinen Kopf und wedelte fröhlich mit dem Schwanz, als sie ihn tätschelte. Dann aber schlief er sofort wieder ein, denn er war fast die ganze Nacht hinter ihr hergetrottet.

»Ich kann verstehen, dass du müde bist«, meinte sie, blickte auf das Bett und dachte, wie himmlisch es doch wäre, selbst die Augen zumachen zu können und für ein paar Stunden alles zu vergessen, was geschehen war. Doch das war unmöglich. Sie hatte versprochen, sich bei Tagesanbruch mit ein paar Männern auf die Suche nach dem Hauptmann und dem Sheriff zu machen, und sie musste Sarah von den beiden Kerlen erzählen, die gestern Abend in Carricks Auftrag hier gewesen waren.

Carrick!
Der Verräter.

Weshalb wollte er mit ihr über die Freilassung ihrer beiden Männer verhandeln? Ging es ihm vielleicht um Geld? Davon hatten die beiden verlogenen Hunde, die in seinem Auftrag zu ihr gekommen waren, nichts gesagt. Vielleicht hätte sie die beiden doch in den Kerker werfen lassen sollen, doch hatte sie Angst gehabt, dass Carrick Payne und Alexander dann die Hälse durchschneiden würde.

Das Herz sank ihr in die Kniekehlen.

Vielleicht sind sie längst tot. Wenn die beiden Kerle nochmal wiederkommen, musst du einen Beweis von ihnen verlangen, dass deine Männer noch am Leben sind.

So durfte sie nicht denken, sie durfte nicht glauben, dass den beiden Männern oder einem der anderen Leute, die verschwunden waren, ein Leid geschehen war. Obwohl, falls der Arzt, der Priester und auch Dwynn nicht heute irgendwann wieder auf der Burg erschienen, wäre es wohl am besten, sie würde persönlich in die Stadt reiten, um herauszufinden, was geschehen war.

Sie klopfte an Bryannas Tür und blieb abwartend stehen. Keine Reaktion.

»Bryanna?«, rief sie und klopfte etwas lauter, weil das Mädchen manchmal schlief wie tot. »Bryanna, ich muss mit dir reden.«

Wieder wartete sie kurz, trommelte dann mit einer Faust gegen die Tür, und als sie immer noch nichts hörte, trat sie einfach ein. »Zum Kuckuck noch einmal, Bryanna, jetzt wach endlich auf. Ich weiß, dass du um die arme Isa trauerst, aber –«

Das Zimmer war eiskalt. Das Bett unbenutzt. Und es war keine Menschenseele zu sehen.

Morwennas Herz fing an zu klopfen. Ihre Schwester musste hier sein, hier in diesem Raum! Sie sah sich suchend um. Das Zimmer war ein wenig kleiner als ihr eigenes Zimmer, neben dem Kamin stand statt eines großen Schranks nur ein winziges Regal, und das einzig mögliche Versteck unter dem Bett war leer. Nein, Bryanna war eindeutig nicht da. Aber wo war sie?

Morwenna lief eilig ans Fenster. Obwohl es ziemlich hoch war, musste man sich nur ein wenig strecken, um es zu erreichen, und es war groß genug, um einem Menschen von Bryannas Größe einen Fluchtweg zu bieten. Der Sims war breit und fest, das Zimmer aber lag im dritten Stock, und nirgends hing ein Seil. Ein Mensch, der dumm genug war, einfach ohne Hilfsmittel zu springen, riskierte ernsthafte Verletzungen, wenn nicht gar den Tod, und Bryanna war ganz sicher nicht gesprungen, denn sie war durchaus nicht dumm.

Morwenna sah sich hilflos in dem Zimmer um. Bryanna musste durch die Tür gegangen sein. Hatte sie sich fortgeschlichen, weil sie die Tragödien, die sich auf der Burg ereignet hatten, und den damit verbundenen Schmerz nicht mehr ertrug? Aber wohin sollte sie gehen? Vielleicht zurück nach Penbrooke?

Oder hatte man sie vielleicht auch entführt?

Morwennas Magen zog sich zusammen, und sie bekam vor lauter Furcht eine Gänsehaut. War es ihrer süßen, kleinen Schwester etwa ebenso ergangen wie Sir Vernon und ihrer alten Kinderfrau? Hatte das Monster jetzt auch sie erwischt und ihr die junge Kehle aufgeschlitzt?

»Oh Gott«, wisperte Morwenna, und ihre Knie wurden weich. Hatte der Mörder, der schon zweimal zugeschlagen hatte, die Kleine vielleicht beobachtet, wenn sie hier in diesem Raum gewesen war? Fragend hob sie ihren Blick zur Decke, wollte sich zum Gehen wenden und stieß plötzlich mit einem Mann zusammen, der lautlos hinter sie getreten war.

Sie wollte schreien und um Hilfe rufen, brachte aber keinen Ton heraus, als sie in die Augen ihres einstigen Geliebten sah.

Sie schlug eine Hand vor den Mund und hatte das Gefühl, als wäre sie in eine andere Zeit und an einen anderen Ort versetzt.

Der Mann, dem sie hier gegenüberstand, war eindeutig Carrick. Es gab nicht den geringsten Zweifel. Nirgends sah sie eine Narbe oder Schwellung in seinem Gesicht, die Nase wirkte völlig unversehrt, und er hatte noch genau dieselben leuchtend blauen Augen, deren Blitzen sie im Sommer vor drei Jahren hilflos erlegen war.

»Sag nichts«, wies er sie an und warf die Tür mit einem lauten Knall hinter sich ins Schloss.

Morwenna rang nach Luft. Sie war vollkommen verwirrt. »Aber ..., du bist nicht der Mann, den ... wir gefunden haben. Du ..., du bist nicht überfallen worden?«

»Pst ...«, sagte er, und trotz seines gezückten Schwerts verspürte sie nicht die geringste Angst.

»Wer war dann der andere?«, flüsterte sie mit erstickter Stimme, und ihre Welt geriet vollkommen aus dem Gleichgewicht, als sie an den verwundeten, vernarbten Krieger dachte, dem sie sich vertrauensselig hingegeben hatte, weil sie angenommen hatte, er wäre derselbe Mann wie der, der plötzlich unverwundet vor ihr in diesem Zimmer stand. »Wer?«

»Mein Bruder.«

»Alle deine Brüder sind in dem Feuer umgekommen«, protestierte sie, obwohl die Ähnlichkeit der beiden Männer unübersehbar war.

»Theron nicht.«

Es fiel Morwenna schwer, das alles zu begreifen. »Theron? Alenas Mann?«, fragte sie und erinnerte sich daran, dass dem Verletzten im Delirium der Name dieser Frau über die Lippen gekommen war. Sie hatte das Gefühl, als müsste sie jeden Augenblick zusammenbrechen. *Theron?* Hatte er es gewusst? Hatte er sie belogen? Hatte er nur so getan, als wäre er Carrick?

Was hatte er gesagt? Plötzlich fiel ihr sein Geständnis wieder ein.

Ich weiß nicht, ob ich jemals jemanden getötet habe ...,

aber ich kann mich bruchstückhaft erinnern, an Soldaten, an Waffen und heißen Zorn, der durch meine Adern rinnt, aber ich schwöre Euch bei allem, was mir heilig ist, dass ich meine Familie nicht abgeschlachtet habe. Und ich glaube auch nicht, dass ich Euch je verlassen hätte. Mit oder ohne Kind.«

Sie musste schlucken, denn urplötzlich wurde das Gefühl des Schocks durch Zorn abgelöst. »Wo ist er? Theron ..., ich will wissen, wo er steckt.«

»Ich habe keine Ahnung. Ich dachte, er wäre hier bei dir.«

»Du hast ihn zusammengeschlagen und halb tot dort draußen liegen lassen!«

»Nein!« Carricks Augen fingen an zu blitzen. »Ich habe einen Fehler gemacht. Er hatte sich einen anderen Namen zugelegt und weit weg von hier im Dienst des Königs gekämpft. Dann aber kam mir zu Ohren, dass er wieder hier und auf dem Weg nach Wybren war. Genau wie alle anderen dachte auch mein Bruder, ich hätte unsere Familie umgebracht. Ich wusste, dass er der Geschichte würde auf den Grund gehen wollen und dass man mich dann abermals so jagen würde wie unmittelbar nach dem Brand.«

»Du hast das Feuer gelegt.«

»Nein!« Bei der Erkenntnis, dass sie so etwas von ihm dachte, verzog er angewidert das Gesicht. »Ich habe meinen Männern gesagt, dass sie ihn aufhalten sollen, und sie ..., sie sind zu weit gegangen. Als ich dazu kam, war er schon halb tot.«

»Und du hast ihn einfach liegen lassen?«

Er nickte wortlos mit dem Kopf.

»Das war fast dasselbe, wie ihn zu ermorden.«

Er atmete tief ein. »Ich habe vieles in meinem Leben getan, auf das ich nicht besonders stolz bin, Morwenna. Aber was Theron anging, hatte ich gehört, dass Jäger in der Nähe waren, und war mir deshalb sicher, dass er gefunden werden würde. Ich lebe selbst im Wald, bei mir wäre er unweigerlich gestorben, aber ich dachte, wenn sie ihn hierher nach Calon bringen würden, hätte er noch eine, wenn auch nur geringe, Chance. Ich habe ihm meinen Ring an den Finger gesteckt, denn ich wusste, du würdest ihn erkennen und … versuchen, ihm zu helfen.«

»Und wenn er gestorben wäre, hätten alle angenommen, dass du gestorben bist und endlich die verdiente Strafe für den Mord an deiner Familie bekommen hast. Das hättest du zugelassen? Und dann? Hast du nicht Angst gehabt, dass dich die Leute trotzdem noch erkennen würden, wenn du dich irgendwo blicken lässt?«

»Ich hatte gehofft, dass Theron überleben würde.«

»Damit er anschließend als Mörder verurteilt und hingerichtet wird? Damit er für deine Verbrechen büßt?«

»Ich habe meine Familie nicht getötet!«, schwor er ihr erneut. »Und ich konnte auch nicht wissen, dass Theron, als er wieder zu sich kam, anscheinend nicht mehr wusste, wer er war!«

»Dann war es also einfach ein glücklicher Zufall. Aber woher weißt du überhaupt, dass er sich nicht erinnern konnte? Oh!« Sie atmete zischend ein. »Du hast Spione hier in meiner Burg.« Sie erinnerte sich an die unzähligen Male, als sie mitbekommen hatte, wie die Leute miteinander flüsterten oder sich verstohlen ansahen, wenn sie in ihre Nähe kam – und die ganze Zeit hatte Carrick dahintergesteckt!

»Es gibt Leute, die einem gegen Bezahlung Informationen zukommen lassen«, gab er unumwunden zu, und sie dachte als Erstes an den Töpfer – einen verschlagenen, neugierigen Kerl. Sie hatte ihm noch nie über den Weg getraut, doch er war nur einer von vielen, wurde ihr in diesem Augenblick bewusst.

»Dann sind also deine Spione durch die Geheimgänge der Burg geschlichen?«, wollte sie von ihm wissen.

»*Geheimgänge?*«

»Tu nicht so, als hättest du keine Ahnung davon, dass es geheime Gänge und versteckte Türen hier auf Calon gibt.« Vielleicht würde auf diese Weise ja endlich ihre Vermutung bestätigt, dass es diese Korridore und Portale wirklich gab.

»Wovon redest du?«

»Von den Wegen, auf denen deine Spione sich in meiner Burg bewegen.«

Zum ersten Mal schien Carrick nicht zu wissen, was er sagen sollte, denn er schaute sie mit großen Augen an.

»Du leugnest also, dass du etwas von diesen Gängen weißt?«

»Ich leugne, dass es diese Gänge gibt«, erklärte er verblüfft. »Ich habe seit fast einem Jahr Spione hier auf Calon, und nie habe ich von diesen … diesen Gängen auch nur ein Wort gehört.«

Sie sah ihm ins Gesicht und hatte keine Ahnung, ob sie ihm glauben sollte oder nicht. Er wirkte ehrlich überrascht, doch sie wusste, was für ein guter Schauspieler er war. Hatte er nicht so getan, als würde er sie lieben? Hatte sie ihm seine Lügen in jenem weit zurückliegenden Sommer nicht geglaubt?

Ihr wurde richtiggehend schwindelig von all den Märchen, die er ihr erzählte. Unwahrheit um Unwahrheit kam ihm so leicht wie Spucke aus dem Mund. Niemals wieder würde sie ihm trauen! Niemals wieder! Sie wusste, wie oberflächlich und herzlos er mitunter sein konnte. »Du hast mich verlassen«, hielt sie ihm jetzt zornig vor. »Als ich schwanger war.«

Obwohl er leicht erbleichte und seine Augen anfingen zu flackern, leugnete er es nicht, und wieder brach ihr Herz in tausend kleine Stücke.

Trotzdem fuhr sie wütend und gleichzeitig verächtlich fort. »Du hast mich verlassen, als ich schwanger war, weil du zurück zu Alena wolltest, der Frau deines Bruders – der Frau deines Bruders *Theron* –, die in dem Feuer umgekommen ist.«

Noch immer widersprach ihr Carrick nicht.

»Und jetzt erwartest du, dass ich dir glaube, obwohl du deinen eigenen Bruder von deinen Männern fast hast totschlagen lassen?«

»Das war ein Versehen!«

»Und obwohl du zwei von meinen Männern als Geiseln genommen hast, um mit mir zu verhandeln, auch wenn mir immer noch nicht klar ist, worüber du mit mir verhandeln willst, soll ich einfach glauben, dass du noch ein Fünkchen Ehre in dir hast hast. Darum geht es doch, nicht wahr? Dass du nicht der mörderische Bastard bist, für den alle Welt dich hält.«

Während er mühselig um eine Antwort rang, schaute sie ihn mit hochgezogener Braue abwartend an.

»Ja.«

»Du verlangst zu viel von mir! Du bist schlimmer als jede Schmeißfliege, Carrick von Wybren«, beschuldigte sie ihn. »Nach allem, was ich weiß, hast du nicht nur deine Familie, sondern auch eine meiner Wachen und die Hebamme, die früher meine Amme war, getötet.«

»Ich schwöre dir, Morwenna, all das habe ich nicht getan.«

»Du schwörst? Vielleicht sogar beim Leben unseres Kindes, das nie geboren worden ist? Bei den Gräbern deiner

Schwester, deiner Eltern, deiner Brüder? Oder bei der Freiheit der Männer, die du als Geiseln genommen hast, damit du dich heimlich hier auf meiner Burg einschleichen kannst?«

Einer seiner Wangenmuskeln zuckte, doch er blickte ihr in, wenn auch unverdientem, Stolz weiter direkt in die Augen.

»Eines kann ich dir versichern, Carrick, und zwar, dass ich dir nicht glaube und dir auch nicht vertraue. Eher würde ich mit Luzifer und allen Dämonen der Hölle verhandeln, als dir jemals zu helfen.« Sie trat entschlossen auf ihn zu und begegnete seinem verführerischen und ach-so-verräterischen Blick. »Was zum Teufel hast du mit meiner Schwester angestellt?«, wollte sie von ihm wissen.

»Mit deiner Schwester? Nichts.«

»Lügner!« Sie ballte die Fäuste und hätte vor ohnmächtigem Zorn beinahe aufgeschrien. »Sag mir, wohin du sie gebracht hast, und bete darum, dass Gott sich deiner Seele annimmt, falls du ihr auch nur ein Haar gekrümmt hast!« Erst, als die Spitzen ihrer Schuhe gegen die Spitzen seiner Stiefel stießen, blieb Morwenna stehen. Sie musste ihren Kopf in den Nacken legen, um ihm weiter ins Gesicht sehen zu können, doch obwohl sie zitterte und einen Kloß im Magen hatte, starrte sie ihn voller Verachtung an und stieß zwischen zusammengebissenen Zähnen drohend aus: »Du elendes Stück Dreck, falls Bryanna irgendwas passiert ist, werde ich persönlich dafür sorgen, dass man dich bei lebendigem Leib an den Füßen aufhängt und von einem Ende bis zum anderen aufschlitzt, damit deine Gedärme aus dir herausquellen!«

Er sah sie völlig reglos an.

»Ich schwöre dir, Carrick, du elendiger Hundesohn, dann

bringe ich dich eigenhändig um!« Damit stürzte sie sich auf ihn, trommelte mit ihren Fäusten gegen seine breite Brust, und während sie verzweifelt auf ihn eindrosch, besaß er die verdammte Dreistigkeit, sich nicht gegen sie zu wehren, sondern schlang ihr sanft die Arme um die Taille und hielt sie, während sie ihn bespuckte und verfluchte, einfach fest. Vor lauter Furcht und Zorn begann sie laut zu schluchzen und schlug wie eine Wilde um sich, bis ihre Wut verebbte und sie erschöpft, verschwitzt und keuchend in sich zusammensank.

Sie blickte in sein gutaussehendes Gesicht, sah darin aber nicht mehr den Mann, den sie einst geliebt hatte, sondern einen Lügner, einen Betrüger und Verräter. Das Klopfen ihres Herzens rührte nicht von Liebe, Lust oder Verlangen her, sondern alleine von der Angst um die Menschen, die sie liebte und von der Verzweiflung, die sie darüber empfand, dass sie nicht in der Lage war, auch nur einem von ihnen zu helfen.

Zweifel wallten in ihr auf. Hatten ihre Hoffnungen, ihre Träume, ihre Pläne, sich als Herrin von Calon zu beweisen, all den Schmerz, den Betrug und den Tod innerhalb der dicken Burgmauern erst heraufbeschworen?

Schließlich wurde ihr bewusst, dass sie immer noch in seinen Armen lag, das Gesicht an seiner Brust, und dass sein herber, maskuliner Duft ihr direkt in die Nase stieg.

Ekel wogte in ihr auf. »Lass mich sofort los!«

»Wenn es das ist, was du willst.«

»Allerdings!«

Sie verspürte das Bedürfnis, ihm die Seele aus dem Leib zu prügeln, als er zweifelnd eine dunkle Braue in die Höhe zog.

»Ich habe auf dich gewartet«, erklärte er ihr mit derselben

dunklen Stimme, die sie vor so langer Zeit betört hatte. »Hier in diesem Zimmer. Ich habe es erst in dem Augenblick verlassen, als du mit dem Mönch aus dem Turm herübergekommen bist.«

»Woher weißt du, was ich gemacht habe, und wo, verdammt nochmal, ist meine Schwester?«

»Ich weiß, was du gemacht hast, denn ich habe seit meiner Ankunft jeden deiner Schritte genauestens verfolgt, in der Hoffnung, dich irgendwann alleine zu erwischen. Die meiste Zeit hatte ich mich hier drinnen versteckt, weil hier niemand hereingekommen ist. Und was deine Schwester angeht – ich habe keine Ahnung, wo sie steckt. Als ich hier ankam, war die Tür geschlossen, das Feuer erloschen, das Bett gemacht.«

»Wann hast du dich hier hereingeschlichen?«

»Als ihr alle mit meinen Männern beschäftigt wart.«

Sie dachte an die beiden Kerle im Wachhaus, zu denen sie gerufen worden war.

»Es war das reinste Kinderspiel«, fuhr Carrick beinahe fröhlich fort. »Ich wusste, dass du genau, wie du Männer losgeschickt hast, die nach Theron suchen sollten, auch die beiden beschatten lassen würdest, und habe Will und Hack deshalb gesagt, dass sie sich trennen und verschiedene Richtungen einschlagen sollen, wenn ihr sie wieder laufen lasst. Und während die beiden mit dir gesprochen haben und die Soldaten statt auf ihren Posten bei euch im Wachhaus waren, bin ich durch das Tor geschlichen, und schon war ich in deiner Burg.«

»Einfach so?«, fragte sie verbittert.

Er nickte, blickte kurz zu Boden, wandte sich ihr dann aber wieder zu. »Leider muss ich sagen, dass die Sicherheit auf Calon zu wünschen übrig lässt.«

Das war der erste Satz, den sie ihm glaubte. Zwei Menschen waren ermordet worden und vier andere unauffindbar, ohne dass bisher einer der Soldaten, Spione, Fährtensucher oder Jäger auch nur den geringsten Hinweis auf den Mörder oder die Verschwundenen gefunden hatte.

Sie atmete hörbar aus. »Ihr habt meine Männer in eurer Gewalt?«

»Ja. Sie sind gut versteckt.«

»Alle? Auch der Arzt, der Priester und ... und ein anderer Mann, der geistig nicht ganz auf der Höhe ist?«

»Nein, nur der Sheriff und der Hauptmann.«

»Aber die anderen sind auch verschwunden.«

»Damit habe ich nichts zu tun«, erklärte er und runzelte die Stirn. »Bist du ganz sicher, dass sie nicht freiwillig von hier fortgegangen sind?«

»Das kann ich nicht sagen«, gab sie zögernd zu. »Aber es erscheint mir einfach seltsam, dass sie alle in der Nacht, in der Isa ermordet wurde und in der Car – Theron geflüchtet ist, von hier verschwunden sind.«

»Du dachtest, mein Bruder wäre ich. Dass alle anderen ihn mit mir verwechseln würden, damit hatte ich gerechnet, aber dass auch du ... ich hätte angenommen, dass du den Unterschied bemerkst.«

Sie errötete und biss sich auf die Lippe. »Ich dachte, du wärst tot«, stieß sie kaum hörbar aus. »Und dann tauchte plötzlich dieser Mann auf und trug deinen Ring. Ich musste, nein, ich *wollte* glauben, du hättest das Feuer damals überlebt.«

Als Carrick einfach nickte, weckte er damit neuen Zorn in seiner einstigen Geliebten.

»Du hast meine Männer in eine Falle gelockt, damit du sie als Pfand verwenden kannst«, erklärte sie gepresst. »Sag mir, was du für ihre Freilassung von mir verlangst.«

»Ich brauche deine Hilfe«, sagte er, und sofort sah sie ihn argwöhnisch an.

»*Du* brauchst *meine* Hilfe?« Fast hätte sie laut gelacht. Die Situation war einfach vollkommen absurd, und kopfschüttelnd erklärte sie: »Das ist einfach lächerlich. Du hast in deinem ganzen elendigen Leben noch nie die Hilfe von jemand anderem gebraucht.«

»Bis jetzt. Ich möchte, dass du mir beweisen hilfst, dass ich den Brand nicht gelegt habe, bei dem meine Familie umgekommen ist. Damit uns das gelingt, müssen wir als Erstes Theron davon überzeugen, dass ich unschuldig bin.«

»Den Mann, den du beinahe zu Tode hast prügeln lassen? Das wird bestimmt nicht leicht.«

»Außerdem müssen wir den oder die wahren Täter finden.«

»Das Ganze ist inzwischen über ein Jahr her. Und während der gesamten Zeit haben sie auf Wybren nichts anderes versucht.«

»Haben sie das wirklich?« Er schüttelte den Kopf. »Der neue Herr ganz sicher nicht. Graydynn ist mehr als zufrieden mit der jetzigen Situation.« Er rieb sich nachdenklich das Kinn. »Hör zu Morwenna, ich weiß, dass du keinen Grund hast, mir zu trauen. Es ist durchaus verständlich, dass du mich hasst und als deinen schlimmsten Feind betrachtest, aber wenn du mir hilfst, helfe ich dir auch.«

»Als Dank für deine Hilfe lasse ich nicht nur deine Männer frei«, fuhr er eilig fort, »sondern werde dir auch dabei helfen, deine Schwester und all die anderen zu finden, die verschwunden sind. Ich werde alles unternehmen, um herauszufinden, wer den Wachmann und die alte Frau ermordet hat, und ... vor allem anderen, Morwenna«, erklärte er ihr ernst, »werde ich dir dabei helfen herauszufinden, wo mein Bruder ist.« Er sah sie aus seinen leuchtend blauen Augen an. »Mehr kann ich dir nicht bieten, aber ich verspreche dir, dieses Angebot meine ich ernst.«

»Ich traue weder dir noch deinem Wort.«

»Mein Wort ist genauso gut wie die Worte all der Leute, die hier auf Calon leben, denn die Hälfte von ihnen würde sich die Hände reiben, wenn du versagen oder gar von deinem Bruder zurück nach Penbrooke beordert werden würdest, weil es ihnen nicht gefällt, dass eine Frau über sie herrscht.«

Damit hatte er eindeutig Recht.

Er zog sein Schwert, warf es auf Bryannas Bett, bückte sich nach seinem Stiefel, zog ein kleines Messer aus dem Schaft und warf es ebenfalls beinahe achtlos fort.

»Wie sieht es aus, Morwenna?«, fragte er. »Wirst du dir von mir helfen lassen, oder schlägst du dich lieber weiter ganz alleine durch?«

Sie trat vor das Bett, griff nach den beiden Waffen, sah ihm reglos in die Augen und rief mit lauter Stimme: »Wachen! Sir James, Sir Cowan, kommt bitte beide sofort her!«

Schwere Stiefel polterten den Korridor herauf.

»Dann ist das also deine Antwort?«, wollte Carrick verächtlich von ihr wissen.

»Gott ist mein Zeuge, Carrick. Ich werde dir niemals wieder trauen«, erklärte sie ihm ruhig. »Aber ich werde dir deine Freiheit lassen. Du wirst mit meinen vertrauenswürdigsten Soldaten zusammenarbeiten. Sie werden bewaffnet und du wirst unbewaffnet sein.«

»Lady Morwenna?«, drang Sir Cowans Stimme durch die Tür.

»Hier, in Bryannas Zimmer!« Noch einmal sah sie ihren einstigen Geliebten an. »Mach keinen Fehler, Carrick. Solange ich lebe, werde ich dir niemals wieder trauen, aber ich gebe dir diese eine, letzte Chance. Und falls du es wagen solltest, mich auf irgendeine Weise zu verärgern, mir irgendwelche Lügen aufzutischen oder die Leben derer, die ich liebe, zu gefährden, mache ich dir dein eigenes Leben zur Hölle. Das schwöre ich dir!«

30

»Erzähl mir noch einmal, was für Probleme es auf Calon gibt«, bat Theron, als er am Ufer eines Baches vom Rücken seines Pferdes stieg. Die Tiere brauchten dringend eine kurze Pause, denn sie hatten in hohem Tempo bereits eine weite Strecke zurückgelegt.

Einschließlich der beiden ausgezeichneten Soldaten Benjamin und Liam und des Schwachkopfs Dwynn waren sie zu zehnt. Während die Pferde tranken, kauten die Männer an ein paar Stücken Dörrfleisch, das ihnen der Koch von Wybren mitgegeben hatte, oder erleichterten sich in einem kleinen Eichenhain.

Theron hatte keine Ahnung, was auf Calon geschehen war oder vielleicht gerade geschah. Abgesehen von den Worten ›Probleme‹, ›Bruder‹ und ›Gott‹ brachte der Trottel keinen Ton heraus.

»Hast du Carrick gesehen?«, fragte er zum x-ten Mal, doch auch jetzt schüttelte Dwynn lediglich den Kopf.

»Bruder.«

Theron seufzte. »Mein Bruder. Ich weiß.«

Oder vielleicht doch nicht?

»Meinst du einen Mönch?« Er erinnerte sich an die Verkleidungen, die er in dem geheimen Raum gefunden hatte, und von denen eine die Kutte eines Mönchs gewesen war. »Der ›Bruder‹, den du meinst, lebt er vielleicht auf Calon?«

Etwas blitzte in den Augen des zurückgebliebenen jungen Mannes auf, das jedoch genauso schnell wieder erlosch.

Theron runzelte die Stirn. Vielleicht hatte er den Mann ja falsch verstanden. Möglicherweise war Carrick gar nicht mehr am Leben, obwohl er der Feuersbrunst entkommen war. Er wusste mit Bestimmtheit, dass der Mann, der mit Alena im Bett gelegen hatte, nicht sein Bruder gewesen war.

Wo aber steckte Carrick jetzt?

Die Männer sammelten sich wieder, und die Pferde waren von der kurzen Rast einigermaßen erfrischt. Da es bis nach Calon noch beinahe zwei Stunden waren, rief Theron: »Lasst uns weiterreiten!« und schwang sich auf den Rücken seines muskulösen, roten Hengstes.

»Auf nach Calon«, meinte Liam mit leuchtenden Augen.

»Ja, auf nach Calon«, stimmte Theron in der Hoffnung ein, dass Morwenna bis zu seiner Ankunft sicher wäre. »Gott schütze sie«, wisperte er leise, bevor er seinem Ross die Fersen in die Flanken stieß. Sofort verfiel das Tier in einen raschen Galopp, und die anderen Pferde donnerten ihm hinterher.

Ryden hockte vor dem Lagerfeuer und stocherte mit seinem Messer zwischen seinen Zähnen. Ein Fasan und zwei Kaninchen brieten an einem Spieß über den Flammen, das Fett tropfte auf die glühend heißen Kohlen, und eine dichte Rauchsäule stieg in den Himmel auf. Die anderen Männer kümmerten sich um die Pferde oder stapften – allzeit auf der Hut vor der Verbrecherbande, die in diesen Wäldern hauste – am Rand des Lagers auf und ab.

Ryden nippte vorsichtig an einem Becher Bier und lehnte sich erschöpft an einen Baum. Er hoffte, Calon noch an diesem Tag zu erreichen und dort ein weiches Bett vorzufinden, denn von dem stundenlangen Ritt taten ihm inzwischen alle Knochen weh.

»Ich sage Euch, M'lord, das ist Carricks Bande«, wiederholte Quinn. Der Spion war ein kleiner, rattengesichtiger Mann. Seine lange Nase und die gewölbten Brauen waren viel zu groß für seine eng zusammenstehenden, kleinen Äuglein und den mit schiefen, gelben Zähnen bestückten schmalen Mund. Er wies mit seinem schmutzstarrenden Messer Richtung Westen, wo eine kleine Hügelkette lag. »Sie verstecken sich beim alten Steinbruch.« Er fuchtelte mit seinem Messer und nickte selbstzufrieden mit dem Kopf. »Und sie haben Geiseln.«

»Morwenna?«, fragte Ryden etwas zu schnell, denn während der Spion ein Stückchen alten Fleischs von seinen Zähnen kratzte, blitzten seine Augen auf.

»Ich glaube nicht.«

»Aber es heißt, Carrick von Wybren wäre noch am Leben? Auch wenn er nicht der Mann war, den man halbtot geprügelt vor den Toren Calons aufgefunden hat?«

»Genau.«

Ryden versuchte, den Zorn zu unterdrücken, der bei dem Gedanken an den einstigen Geliebten seiner künftigen Gattin und den Mörder seiner Schwester kochend heiß durch seine Adern zog.

Der Spion verzog den Mund zu einem leichten Grinsen und schnitt sich ein Stück von einem der inzwischen halb verkohlten Kaninchen ab.

»Ich dachte, es ist Carrick, der halbtot auf Calon liegt.«

Quinn nagte an dem verbrannten Fleisch und schüttelte

den Kopf. »Carrick scheint der Anführer dieser Bande Gesetzloser zu sein. Er wurde weder überfallen noch verletzt.«
Quinn kaute und sah seinem Herrn dabei von unten ins Gesicht. »Nein. Der Kerl, der überfallen worden ist, war einer seiner Brüder.«

»Einer seiner Brüder? Die sind doch alle in dem Feuer umgekommen.«

»So hat es immer geheißen. Nur, dass eben einer von ihnen entkommen ist.«

»Noch ein anderer als Carrick?«

Das Rattengesicht nickte. »Sein Name ist Theron.«

Fast hätte sich Ryden an seinem Bier verschluckt. »Alenas Mann hat überlebt?«, flüsterte er mit ungläubiger Stimme. »Während *sie* gestorben ist?« Vor seinem geistigen Auge sah er das Feuer, die Flammen, das brennende Bett ... »Aber sie war doch mit Theron zusammen.«

Der Spion war klug genug, nicht auszusprechen, was ihnen wahrscheinlich beiden durch die Köpfe ging.

»Nein, das ist eine Lüge. Es wurden zwei Leichen entdeckt.«

»Aber ist nicht seitdem ein Mann verschwunden, der von Euch nach Wybren beordert worden war? Ein Mann, der Eure Schwester kannte?«

Rydens schloss die Augen und rang mühsam nach Luft.

Alena. Die wunderschöne, starrsinnige Alena. War es tatsächlich möglich, dass sie außer mit Carrick auch noch mit einem anderen ins Bett gegangen war? Der Mann, den er beauftragt hatte, sie zu überwachen, war als Kind Stallbursche auf Heath gewesen und hatte Alena das Reiten beigebracht. Er hatte bisher immer angenommen, der Spion sei, statt seinen Auftrag auszuführen, einfach mit dem Lohn verschwunden. Doch das war offensichtlich nicht geschehen.

Er biss so fest die Zähne aufeinander, dass es schmerzte. Wenn tatsächlich zutraf, was ihm der Spion erzählte, war der in seinem Dienst stehende Mann auf Wybren eingetroffen und hatte die Frau, die er hatte überwachen sollen, kurzerhand verführt.

Rydens Muskeln spannten sich an, und ein bitterer Geschmack stieg ihm in den Mund.

Quinn, der ihm gegenüberhockte, sah ihn forschend an, und als sein Herr ihn endlich wieder wahrnahm, erklärte er mit vollem Mund: »Und auch dass Carrick noch am Leben ist, ist ganz eindeutig mehr als ein Gerücht.«

»Woher willst du das wissen?«

»Einer von Carricks Männern, ein Kerl mit Namen Hack, hat es mir selbst erzählt. Sieht ziemlich seltsam aus. Hat ein Brandmal auf der Wange und einen ziemlich starren Blick.« Quinn schluckte das Kaninchenfleisch herunter und strich sich mit der Zunge über die Zähne. »Tja, und dieser Hack hat eines Abends im Wirtshaus ziemlich damit angegeben, dass er einer von Carricks Leuten ist.«

»Und weshalb hat er das gerade dir erzählt?«

»Weil ich derjenige gewesen bin, der das Bier bezahlt hat«, erklärte Quinn und fügte stolz hinzu: »Ich habe an dem Abend ziemlich viel aus ihm herausgekriegt.«

Am liebsten hätte Ryden seinen Informanten vor lauter Ungeduld geschüttelt, doch begnügte er sich damit, einen nassen, moosbewachsenen Ast ins Feuer zu werfen, worauf die Flammen zischten und eine neuerliche Rauchwolke gen Himmel stieg.

Aus Angst, der Herr könnte vielleicht langsam das Interesse an seinem Bericht verlieren, fuhr der Spitzel eilig fort. »Also, dieser Hack hat zusammen mit zwei anderen Männern den Bruder beinahe totgeprügelt, und als Carrick das gemerkt hat, hätte er die drei am liebsten eigenhändig umgebracht. Er hatte nämlich seinen Bruder nicht ermorden lassen, sondern lediglich verhindern wollen, dass er versucht herauszufinden, wer für den Brand auf Wybren verantwortlich gewesen war. Carrick war vollkommen außer sich vor Zorn und hat seine Männer angebrüllt, sie hätten seinem Bruder nur einen Denkzettel verpassen sollen, weiter nichts. Tja, und trotzdem hat er ihn dann einfach halbtot im Wald liegen gelassen.«

»Wo er von Morwennas Jägern gefunden worden ist.« Ryden wippte auf den Fersen. Es beruhigte ihn ein wenig, dass Morwenna in den letzten Wochen nicht ihren einstigen Geliebten auf ihrer Burg beherbergt hatte. Vielleicht war die bevorstehende Hochzeit gar nicht in Gefahr.

Was aber sollte er jetzt tun?

Wenn er Carrick und seinen Männern das Handwerk legen würde, sähe sie ihn doch bestimmt als Held. Lächelnd winkte er nach einem frischen Becher Bier. Er würde ihre Baronie nicht nur von einer elenden Diebesbande befreien, sondern obendrein Carrick von Wybren wegen des Mordes an seiner Familie vor den Richter bringen *und* seine Geiseln befreien.

Zufrieden malte er sich seine Zukunft als Baron von Calon, Heath, Wynndym und Bentwood – Letztere die Hinterlassenschaften seiner beiden ersten Frauen – aus. Ah, ja, dann genösse er beinahe unbegrenzte Macht ...

Er nahm einen Schluck aus seinem Becher und gratulierte sich zu seiner Weitsicht. Bevor er Heath verlassen hatte, hatte er drei Spione vorgeschickt, die nach der Verbrecherbande Ausschau halten sollten, die angeblich ihr Unwesen in den Wäldern Calons trieb. Er hatte beschlossen, diese Kerle auszuräuchern, bevor sie vielleicht ihn und seine Leute überfielen. Und es sah ganz so aus, als hätte es tatsächlich funktioniert.

»Trink noch einen Schluck Bier«, bat er seinen Spion. »Sobald es dunkel ist, führst du mich zu Carricks Lager, damit wir den Schurken überraschen und seine Gefangenen befreien.«

Carricks Gefangennahme wäre eine süße Form der Rache.

Damit würde Alenas Tod gesühnt.

Und das letzte Hindernis vor der Vermählung mit Morwenna aus dem Weg geräumt.

Sie hielt das Messer fest umklammert.

Schlich alleine durch das Dunkel.

Und wartete darauf, dass er endlich käme.

Der Unhold, der die alte Isa ermordet hatte.

Er würde ganz bestimmt zurückkehren, sagte sich Bryanna und nahm auf einem Stapel Kleidungsstücke Platz, die er offensichtlich zurückgelassen hatte. Er hatte verschiedene Verkleidungen in dieser kleinen Kammer deponiert. Damit ihn niemand erkannte, wenn er sein Versteck verließ.

Sie hatte Stunden damit zugebracht, die geheimen Gänge zu erforschen, und vor lauter Angst, dass sie unvermutet auf das Monster träfe und es ihr wie schon den anderen die Kehle durchschneiden würde, hatte ihr Herz wie wild geschlagen. Trotzdem hatte sie nicht aufgegeben, so viele dunkle Flure und Kammern wie möglich untersucht und dabei eine Fackel nach der anderen abgebrannt. Hin und wieder hatte sie ein frisches Binsenlicht aus einem der Halter an den Wänden dieser schmalen Gänge mitgehen lassen, und jedes Mal, wenn sie an eine Tür gekommen war und von der anderen Seite keinen Laut vernommen hatte, war sie eilig in den

Flur hinausgetreten und hatte in der Nähe ihres eigenes Zimmers sowie oberhalb der Küche ebenfalls ein neues Licht stibitzt. Zweimal wäre sie beinahe von den Wachen gesehen worden, die die Burg durchsuchten, war aber beide Male gerade noch zur rechten Zeit durch eine verborgene Tür in einen der Geheimgänge zurückgeflitzt.

Inzwischen wusste sie sehr viel über dieses unbekannte Labyrinth.

Immer wieder zweigten die gewundenen Flure voneinander ab. Einige von ihnen führten in verborgene Kammern ohne einen weiteren Ausgang, während man durch andere direkt nach draußen kam. Im Verlauf der stundenlangen Suche hatte sie diverse Aussichtspunkte ausfindig gemacht, von denen aus man unbemerkt durch Reihen schmaler Schlitze in den Wänden in fremde Schlafzimmer hinunterblicken konnte.

Bei dem Gedanken an den Unhold, der aus der Dunkelheit heraus genau hatte verfolgen können, was sie und ihre Schwester getan hatten, und dabei vielleicht gelächelt, sich die Lippen geleckt oder eine Hand in seine Hose gleiten lassen hatte, bekam sie eine Gänsehaut.

Bald wäre es damit vorbei.

Er würde noch einmal zurückkehren. Davon war sie überzeugt.

Und wenn er hier erschiene, wäre sie bereit.

Eilig griff sie nach dem glatten Stein, der an einem Lederband zwischen ihren Brüsten hing. Sie verspürte keinerlei Schuldgefühle, weil sie noch einmal zurück ins Haus des Physikus geschlichen war, um Isa ihre Kette abzunehmen. Und auch der heimliche Besuch im Zimmer ihrer alten Amme, um dort alle ihre Schätze – ihre Kräuter, Kerzen, Bänder, Steine, Würfel, das Buch über Runen und ihren winzig kleinen Dolch mit der scharfen, gebogenen Klinge – einzusammeln, war bestimmt in Isas Sinn gewesen. Sie hatte alle diese Dinge in eine Schürze eingewickelt, die in dem Zimmer an der Wand gehangen hatte, und mit an diesen Ort geschleppt, denn der Verbrecher käme ganz bestimmt hierher zurück.

»Keine Sorge, Isa«, wisperte sie leise. »Ich werde seinem jämmerlichen Leben noch heute Nacht ein Ende machen.«

Sei vorsichtig, mein Kind. Er ist wie der Wind, unsichtbar, doch immer in der Nähe. Bleib also allzeit wachsam.

Halte stets Augen und Ohren offen.

»Dann gibt es also angeblich eine Reihe von geheimen Gängen, und du denkst, dass Theron auf diesem Weg von hier entkommen ist«, stellte Carrick nach nochmaliger Durchsuchung sowohl der Kemenate als auch von Morwennas Zimmer fest.

»Ja. Anders wäre er niemals an den Wachen vorbeigekommen.«

Carrick sah sie zweifelnd an. »Dann lass uns nochmal den Raum durchsuchen, in dem er gelegen hat.«

»Dort habe ich mich inzwischen drei-, nein sogar viermal umgesehen.«

»Aber es ist der einzige Ort, von dem bisher eindeutig jemand verschwunden ist. Ob sich deine Schwester vor ihrem Verschwinden überhaupt in ihrem Zimmer aufgehalten hat, können wir schließlich nicht mit Sicherheit sagen.«

Bryanna!

Großer Gott, wo war sie? Weshalb war sie noch nicht wieder zurück?

Nachdem Morwenna einen Pakt mit Carrick geschlossen hatte, hatte sie Sir Lylle herbeigerufen und ihn darüber informiert. Der Wachmann hatte sie entgeistert angestarrt, hatte ihre Entscheidung aber schließlich akzeptiert. Außer ihm wussten nur noch Sir Cowan und Sir James, dass Carrick sich hier auf Calon aufhielt, und während der zusammen mit Morwenna den oberen Stock durchsuchte, hatte man andere Soldaten ins Erdgeschoss sowie in die Werkstätten, Hütten und Stallungen rund um den Innenhof geschickt. Eine zweite kleine Gruppe war in die Stadt geritten, und so war die große Halle abgesehen von ein paar Dienstboten, die dort ihre Arbeit taten, vollkommen menschenleer.

Wieder einmal trat Morwenna durch die Tür des Zimmers ihres Bruders und wünschte sich, Tadd wäre im Moment zu Besuch. Er ging ihr ziemlich häufig auf die Nerven, war ein fürchterlicher Weiberheld und Säufer, aber er war grundehrlich und ... oh, verflixt und zugenäht, was dachte sie sich da bloß? Tadd wäre ihr ganz sicher keine Hilfe. Er würde ihr ein ums andere Mal erklären, was sie alles hätte anders machen müssen, und deshalb wäre es das Beste, wenn er die nächsten Tage nicht mal in die Nähe ihrer Burg käme. Nicht bis hier wieder ein Minimum an Ordnung herrschte und ihre Schwester gefunden war.

Sie musste Bryanna einfach finden, sagte sich Morwenna, stellte sich mitten in Tadds Zimmer und starrte nacheinander die vier Wände an.

Carrick schritt den Boden ab. »Falls es hier einen Geheimgang gibt, wissen wir mit Sicherheit, dass er nicht parallel zum Flur verlaufen kann. Die Wand, in der die Tür ist, wäre für einen solchen Gang einfach nicht breit genug.«

»Ja.«

»Und auch in der Außenwand kann sich kein Gang verstecken – wie man am Fensterbrett erkennt, ist auch diese Mauer dafür viel zu schmal. Also bleibt uns nur die Wand zwischen diesem und dem Nachbarzimmer, und zwar links der Feuerstelle, denn auf der anderen Seite würde man durch einen solchen Gang direkt nach draußen in den Flur kommen.« Als Morwenna nickte, fuhr Carrick eilig fort. »Die einzige Stelle für eine Geheimtür wäre demnach in der Nähe des Kamins oder in der langen Wand daneben, in der es weder Tür noch Fenster noch eine Feuerstelle gibt.«

»Vielleicht gibt es auch eine Tür im Boden«, meinte sie, und er nickte lächelnd mit dem Kopf.

»Oder in der Decke, aber ohne eine Leiter oder irgendwelche übereinander liegende Steine käme man dort nicht hinauf.«

Sie blickte prüfend auf den Boden, während er die Zimmerdecke inspizierte. »Ist dir schon mal aufgefallen, dass die Zimmer hier in diesem Stock anders als die in den anderen Etagen nicht weiß gestrichen sind?«, wollte Carrick plötzlich wissen. »Die Steine haben ihre natürliche Farbe behalten, und auch der Mörtel ist nicht weiß gekalkt, sondern dunkelgrau.«

Sie nickte. »Als ich hier ankam, fand ich das ein bisschen seltsam, aber dann habe ich mir gesagt, dass das vielleicht einfach dem Stil des Erbauers dieser Burg entspricht.«

»Vielleicht hat man aber auch die Wände deshalb so belassen, weil man so die geheimen Türen besser verstecken kann.« Mit zusammengekniffenen Augen blickte er prüfend auf die Wand.

Morwenna schob das Stroh mit einem Fuß zusammen, starrte auf den Boden und verrückte, als sie immer noch nichts fand, schließlich sogar das Bett. »Nichts«, murmelte sie.

Während sie mit ihrer bisher ergebnislosen Suche fortgefahren waren, hatte sich die abendliche Dämmerung über die Burg gesenkt. Deshalb machte Carrick mit einem Strohhalm, den er an ein Binsenlicht im Flur gehalten hatte, Feuer im Kamin, und sie zündete die Kerzen in den Haltern an den Wänden an.

»Es ist einfach unmöglich.«

»Nur, wenn du das glaubst. Wenn du hingegen denkst, dass es eine zweite Tür in diesem Zimmer gibt, werden wir sie ganz bestimmt auch finden.«

Während sie ein stummes Stoßgebet zum Himmel sandte, dass Carricks Optimismus nicht unbegründet war, fielen ihr mit einem Mal ein paar lange, schmale Kratzer in der Ecke ins Auge. »Was ist denn das?«

Sofort stand Carrick neben ihr, kniete nieder, betastete die Steine, spürte einen Spalt zwischen Wand und Boden und schaute sie grinsend an. »Du hast die Tür gefunden! Hier ist eine Öffnung.« Er glitt mit den Fingern über den schmalen Schlitz. »Jetzt müssen wir nur noch einen Haken, eine Öse, ein Schlüsselloch oder etwas in der Richtung finden ...«

Noch während er dies sagte, fiel Morwennas Blick auf eine seltsame Vertiefung in dem Stein. Sie schob einen Finger in die Öffnung, ertastete ein Stück Metall und atmete hörbar ein. »Ich glaube, ich habe ihn gefunden«, wisperte sie leise, drückte auf den Hebel ...

... und langsam, aber sicher schwang die Tür nach hinten.

Bevor sie allerdings den versteckten Gang betreten konnte, drang aus dem Flur die laute Stimme eines ihrer Männer an ihr Ohr. »Lady Morwenna!«, brüllte er.

»Verflixt!«, murmelte sie und drückte Carrick eilig eins der Binsenlichter in die Hand. »Geh!«

»Du willst ihnen nichts davon erzählen?« Während laute Schritte immer näher kamen, wies er mit seinem Kinn in Richtung Tür.

»Noch nicht. Und jetzt geh! Beeil dich!«

Carrick schob sich durch das neu gefundene Portal, und Morwenna stürzte aus dem Raum.

Kaum hatte sie die Tür zum Zimmers ihres Bruders hinter sich zugezogen, erschien auch schon Sir Lylle, und sie fragte ihn mit barscher Stimme: »Was ist los?«

»Soeben ist Lord Ryden angekommen«, erklärte er ihr atemlos. »Und er ist nicht allein. Er und seine Soldaten haben Carrick von Wybrens Räuberbande festgenommen.« Er verzog den Mund zu einem Lächeln. »Jetzt können sie Euch keinen Ärger mehr bereiten, M'lady«, sagte er stolz.

Morwenna sank das Herz in die Kniekehlen. Was für ein ungeheures Glück, dass Carrick bereits tief in den geheimen Gängen ihrer Burg verschwunden war. »Gut. Ihr haltet hier Wache, und ich gehe hinunter und begrüße den Baron. Lasst niemanden herein oder heraus. Und auch Ihr selbst rührt Euch nicht eher vom Fleck, als bis Ihr von mir den Befehl dazu bekommt.«

Er wirkte leicht verwirrt, doch sie fügte in strengem Ton hinzu: »Das ist ein Test, Sir Lylle.« Sie wusste, er würde denken, dass sie vielleicht seine Loyalität auf die Probe stellen wollte, um zu sehen, ob er für die Position des Hauptmannes geeignet war.

Bevor sie sich zum Gehen wandte, fragte sie ihn noch: »Haben sie sonst noch jemanden dabei?«

»Nur die Halunken, den Sheriff und Sir Alexander«, antwortete er, und sie fragte sich, was wohl mit all den anderen sein mochte. Zum Beispiel mit Theron. Großer Gott, versteckte der sich etwa immer noch in dem dunklen Labyrinth, in dem sie selbst noch nie gewesen war? Und Bryanna? War sie ihm vielleicht dorthin gefolgt? Und wo zum Teufel steckten Nygyll, Vater Daniel und Dwynn?

Je länger sie alle verschwunden blieben, umso größer wurde ihre Angst um sie.

»Bringt mich jetzt bitte zu Lord Ryden, schickt jemanden zur Frau des Sheriffs, der ihr mitteilt, dass ihr Gatte wieder da ist und der sie mit in die große Halle bringt, und dann kehrt umgehend wieder hierher zurück.«

»Aber Carrick könnte fliehen.«

»Postiert einfach am Ende eines jeden Ganges und an jeder Treppe Wachen.« Da sie vorhatte, die Auseinandersetzung mit ihrem Verlobten so schnell wie möglich hinter sich zu bringen, marschierte sie mit schnellen Schritten auf die Treppe zu.

Noch bevor sie unten ankam, drangen aus der großen Halle laute Männerstimmen an ihr Ohr. Während noch das Lachen von Lord Ryden sie zusammenfahren ließ, blies draußen jemand in ein Horn, und Sir Hywell kam im Laufschritt durch die Tür.

Was denn jetzt noch?, fragte sich Morwenna irritiert.

In der kalten Winterluft, die durch die offene Tür ins Innere der Halle wehte, flackerten die Binsenlichter merklich heller als zuvor. »Eine Reitergruppe aus Wybren«, verkündete der Soldat.

Graydynn. Nein!

Morwenna biss die Zähne zusammen, straffte die Schultern und betrat genau in dem Moment den großen Saal, in dem Theron in einer halb zerfetzten, schlammbespritzten Uniform aus der anderen Richtung kam. Ihr Herz schlug einen Purzelbaum, und sie hielt den Atem an, als sie in seine leuchtend blauen Augen sah.

»Morwenna«, sagte er, während eine Gruppe fremder Männer hinter ihm dem Saal betrat. »Ich bin nicht –«

»Ich weiß!« Ohne nachzudenken warf sie sich ihm lachend an die Brust. »Gott sei Dank, du bist am Leben … Theron.«

Sie schlang ihm die Hände um den Hals, spürte, dass er ihr die Arme um die Taille legte, und erst als sie ein leises Hüsteln hörte, wurde ihr bewusst, dass Sir Ryden von Heath, der Mann, den sie heiraten sollte, mit zornrotem Gesicht neben sie getreten war. Seine Nasenflügel bebten, und er schaffte es, sie beide gleichzeitig verächtlich anzusehen, als wäre er angewidert von dem Schauspiel, das Morwenna bot.

»Ryden«, sagte Theron, als sich Morwenna aus seinen Armen löste.

»Theron.« Ryden schien den Jüngeren mit seinen Blicken durchbohren zu wollen. »Vielleicht könnt Ihr mir erklären, wie Ihr der Tragödie auf Wybren entkommen seid? Während alle anderen, einschließlich Eurer Gattin, die zufällig auch meine Schwester war, in den Flammen umgekommen sind?« Der Klang seiner Stimme war ebenso gemessen und gleichzeitig bedrohlich wie die Schritte, die er währenddessen auf Theron zu machte.

»Als das Feuer ausbrach, hatte ich Wybren schon verlassen.«

»Und Eure Frau sich selbst überlassen?«

»Sie war mit jemand anderem zusammen.«

»Und Ihr konntet nicht für Ihre Ehre kämpfen?«

Theron bewegte beim Sprechen kaum den Mund. »Ich sehe, dass Ihr nicht in Frage stellt, dass sie mir untreu war. Alena hatte keine Ehre im Leib, Ryden, das wisst Ihr genauso gut wie ich. Sie hatte sich freiwillig für den Mann entschieden, den Ihr geschickt hattet, damit er ein Auge auf sie hat.« Er blickte auf Morwenna. »Aber über dieses Thema sprechen wir besser ein andermal«, erklärte er, »denn auf dem Weg hierher haben wir Vater Daniel gefunden.«

»Endlich. Wo hat er gesteckt?«, fragte sie, böse, weil der Priester einfach aus der Burg verschwunden war. Doch als sie Therons zusammengebissene Zähne und die Trauer in seinen Augen sah, war ihr Ärger sofort wieder verraucht.

»Er wurde ebenfalls ermordet. Wie den anderen beiden Opfern ist auch ihm die Kehle aufgeschlitzt worden.«

»Oh Gott«, wisperte sie und wurde kreidebleich. »Nicht schon wieder.« Sie dachte an den Tag zurück, an dem sie ihn, die Peitsche in der Hand, mit vernarbtem, blutverschmiertem Rücken in seiner Kammer auf dem Boden hatte liegen sehen. Eine gequälte Seele.

»Bring mich zu ihm«, bat sie Theron.

»Noch nicht«, mischte sich ihr Verlobter mit gebieterischer Stimme ein. »Schließlich sind wir gerade erst angekommen.«

»Jetzt.« Morwenna reckte herausfordernd das Kinn. Ryden schien vor Wut zu kochen, doch das war ihr egal. Er war nicht Herr auf Calon, und wenn es nach ihr ginge, würde er das mit Sicherheit auch niemals werden.

Als Theron sich zum Gehen wandte, folgte sie ihm entschlossen.

31

Unbemerkt schlich der Rächer durch den Innenhof der Burg. Er war wie der Teufel von Wybren bis hierher geritten, hatte sein keuchendes Pferd gnadenlos mit wilden Peitschenhieben angetrieben, damit er ja noch rechtzeitig zurück nach Calon kam.

Wie erwartet hatte die Entdeckung des toten Vater Daniel

ein wildes Durcheinander ausgelöst. Lächelnd dachte er an ihre letzte Begegnung zurück. Der Priester war erschöpft gewesen, denn er hatte erst stundenlang Almosen verteilt und dann bei einem Sterbenden gesessen, bis dieser schließlich hustend und nach Luft ringend ins Königreich des Himmels eingegangen war.

Weder die Aderlasse noch Gebete hatten den alten Händler retten können, und bis der Priester die Familie getröstet hatte und zurück nach Calon aufgebrochen war, hatte sich bereits die abendliche Dunkelheit über die Stadt gesenkt. Er war ganz alleine unterwegs gewesen und hatte beim Klang einer bekannten Stimme überrascht den Kopf gedreht.

»Ich dachte, Ihr wärt längst wieder auf der Burg«, hatte er gesagt, während er weiter durch den Regen gegangen war.

»Ich dachte, ich könnte auf Euch warten und mit Euch zusammen gehen.«

Der Gottesmann hatte genickt, und sobald sie die Stadt verlassen hatten und schweigend den Weg hinaufgetrottet waren, hatte der Rächer seinen Dolch gezückt. Das Verlangen, abermals zu töten, hatte ihm das Blut gewärmt, und der Gedanke, dass man ihn erwischen könnte, hatte seine Nerven zum Zerreißen gespannt.

»Da vorne scheint irgendwer zu gehen. Seht Ihr?«, hatte er gefragt.

»Wo?«, hatte der Priester von ihm wissen wollen und blinzelnd in die Dunkelheit gestarrt.

In diesem Augenblick hatte er zugeschlagen. Hatte Vater Daniel seinen Dolch direkt unter dem Brustbein mitten in das Herz gerammt.

»Wa- oh, gnädiger Vater!«, hatte Vater Daniel entsetzt aufgeschrien. Der Rächer hatte seine Waffe wieder herausgezogen, und als der Priester in den Schlamm gesunken war, hatte er ihn am Schopf gepackt.

Während Vater Daniel Gott um Gnade angewinselt hatte, hatte ihm der Rächer reglos ins Gesicht gesehen und ihm mit einem schnellen Schnitt ein tiefes W für Wybren in den Hals geritzt. Schließlich war es Teil seines Plans, alle Menschen, die einen Anspruch auf das Lehen geltend machten, ebenso wie alle, die ihm vielleicht misstrauten, mit einer Art Brandzeichen zu versehen. Obwohl der schwachköpfige Vernon und die ketzerische Amme nur kleine Stolpersteine auf dem Weg zu seinem Ziel gewesen waren, hatte der Rächter ihrer beider Leben mit dem größtem Vergnügen ausgelöscht. Das galt auch für Vater Daniel. Ständig hatte ihm der Priester hinterhergeschnüffelt oder ihn argwöhnisch angesehen.

Tja, *damit war es jetzt vorbei,* dachte er zufrieden.

Ein passendes Ende für eine derart gequälte Seele. Jetzt brauchte er sich nicht mehr die Haut in Fetzen abzureißen. Jetzt war sein Verlangen nach der Burgherrin erloschen. Jetzt brauchte er nicht mehr stundenlang zu büßen.

Von all diesen Dingen hatte der Rächer ihn erlöst.

Inzwischen lag die Tat ein paar Stunden zurück, und jetzt hörte er den Lärm aus der großen Halle und bemerkte das rege Treiben, das dort zu herrschen schien. Was machten all die Menschen dort? Eilig lief er den Pfad vom Brunnen Richtung Haupthaus und fragte sich, ob etwas geschehen war, von dem er noch nichts ahnte. Natürlich hatte die Entdeckung des toten Vater Daniel für Aufregung gesorgt, doch die lauten Rufe, harschen Worte und erhobenen Stimmen, die er durch die Tür der Halle hörte, drückten mehr als Panik und Entsetzen aus …

Seine Eingeweide zogen sich zusammen, als ihm klar

wurde, dass Theron offensichtlich vor ihm hier auf Calon angekommen war. Zusammen mit Dwynn, dem verräterischen Ochsen.

Nach allem, was der Rächer unternommen hatte, um ihn zu beschützen und für ihn zu sorgen, hatte ausgerechnet Dwynn die anderen gewarnt. Dafür hatte er nichts anderes als den Tod verdient.

Aber du kannst ihn nicht ermorden.

Hast du nicht geschworen allzeit für ihn zu sorgen? Ihn bis an sein Lebensende vor allem Unglück zu bewahren?

Und wie hat er dir deine Bemühungen gedankt?

Mit Täuschung und Verrat. Indem er sich auf die Seite der Söhne Wybrens geschlagen hatte. Der Rächer war ihm nichts mehr schuldig. Und was die Frau betraf, der er versprochen hatte, sich um Dwynn zu kümmern, so hätte sie ihn sicher nicht gebeten, wenn ihr bewusst gewesen wäre, welch falsches Spiel der verlogene kleine Trottel mit seinem Beschützer trieb. Dafür hatte er nichts anderes als den Tod verdient.

Wütend marschierte der Rächer an der Hütte des Bienenzüchters vorbei, stapfte durch den Garten und glitt durch eine Tür neben der Küche in einen Gang hinter dem großen Herd, in dem nur ein paar Kohlen glühten, bis am nächsten Morgen der Koch das Feuer wieder schüren würde, um das Fleisch fürs Frühstück zu braten.

Er wagte kaum zu atmen, als er erst durch einen Flur und dann über die Hintertreppe in Richtung eines kurzen Tunnels schlich, der in den Kerker führte, der unter Morwennas Herrschaft noch nie benutzt worden war. Abgesehen von den Schritten und den Stimmen, die von oben aus der Halle an seine Ohren drangen, war es hier unten vollkommen still.

Er schlich durch eine Tür und kroch dann in die tief unter

der Burg gelegene Oubliette. Obwohl sich der Rächer nicht entsinnen konnte, dass in den beinahe zwanzig Jahren, seit er auf Calon weilte, jemals jemand in der winzig kleinen Zelle eingesperrt gewesen wäre, war sie erfüllt von einem ekelhaften, fauligen Gestank.

Er trat vor eine Wand der Zelle, zog an einem dort versteckten Riegel, drückte gegen die kalten, feuchten Steine, und während alle anderen das Schicksal Vater Daniels beweinten und sich gleichzeitig darüber freuten, dass der elendige Theron noch am Leben war, glitt er in das dunkle, mit Spinnweben geschmückte Labyrinth, das sein Zuhause war.

»Dieser Mann ist Theron? Nicht der verdammte Carrick?« Argwöhnisch blickte Alexander auf den Mann, der wochenlang hier auf der Burg gelegen und von dem er bisher angenommen hatte, dass er Carrick war. Zusammen mit Morwenna und dem Sheriff liefen die beiden Männer Richtung Wachhaus, um sich den toten Priester anzusehen. Die anderen, einschließlich des tobenden Lord Ryden und der vor Erleichterung in Tränen aufgelösten Sarah, hatten sie im großen Saal zurückgelassen, wo es zur Beruhigung der Gemüter erst einmal etwas zu essen gab. »Aber Theron ist in dem Feuer umgekommen«, meinte Alexander in Höhe des Brunnens, wo gerade zwei Jungen Wasser holten und so eilig zurück zur Halle liefen, dass ein großer Teil der Flüssigkeit über den Rand des Eimers schwappte und verloren ging.

»Offensichtlich nicht«, antwortete Theron ihm gepresst.

Die beiden freigelassenen Geiseln hatten Morwenna wiederholt versichert, unter der Gefangenschaft nicht sonderlich gelitten zu haben, doch es war offenkundig, dass sie dies nur sagten, um auf der Stelle ihren Dienst wieder antreten zu können.

»Wenn Carrick der Anführer der Truppe war, die Euch in die Falle gelockt hat, hättet Ihr Euch doch sofort denken müssen, dass ich nicht mein Bruder bin.«

»Er war ja nie dabei«, protestierte Alexander.

»Das stimmt«, pflichtete Payne ihm eilig bei. »Wir haben den Anführer der Bande nie gesehen. Was habt Ihr gesagt? Wo ist er jetzt?«

»Er ist hier auf Calon und wird streng bewacht.« Morwenna wandte sich an Theron. »In dem Zimmer, in dem du gelegen hast. Er hat Payne und Sir Alexander nur deshalb entführen lassen, um uns abzulenken, damit er unbemerkt in die Burg gelangen konnte.«

»Du hast dich anscheinend länger mit ihm unterhalten«, stellte Theron fest.

»Ja.«

»Es reicht nicht, wenn Ihr ihn in dem Zimmer bewachen lasst«, fauchte Alexander wütend. »Wenn der hier«, er zeigte auf Theron, »von dort entkommen konnte, kann es der verdammte Carrick bestimmt auch!«

»Das glaube ich nicht«, widersprach Morwenna, gleichzeitig aber kamen ihr ernste Zweifel. Als sie Carrick zum letzten Mal gesehen hatte, war er durch die versteckte Tür geglitten und hatte sie sorgfältig hinter sich geschlossen. Wer konnte schon sagen, was er wirklich vorhatte? Dafür, dass er ihr helfen würde, hatte sie ihm ihrerseits Unterstützung zugesagt. Jetzt aber war sie sich mit einem Mal nicht mehr so sicher, ob er seinen Teil der Abmachung tatsächlich halten würde, und bei dem Gedanken, dass sie ihm vielleicht ihre Schwester ausgeliefert hatte, bekam sie eine Gänsehaut. Bryanna war nämlich ganz sicher irgendwo in dem versteckten Labyrinth.

Er wird ihr nichts antun. Nein, das wird er nicht. Schließ-

lich hat er auch dem Hauptmann und dem Sheriff nichts getan ...

Sie warf einen Blick auf Sir Alexander und sah sein violett verfärbtes, geschwollenes Gesicht. Auch Payne wies Spuren schwerer Schläge auf. Und selbst wenn Carrick die beiden nicht selbst geschlagen hatte, so hatte er jedenfalls seine Männer angewiesen, es zu tun. Und er hatte eindeutig die Entführung geplant.

Dann blickte sie auf Theron ... und war von den Gefühlen, die sie für ihn hegte, ehrlich überrascht. Es gab keinen Zweifel, dass sie Theron liebte. Sein Anblick brach ihr regelrecht das Herz. Wenn sie daran dachte, dass sie sich vor Jahren eingebildet hatte, Carrick zu lieben, diesen Schuft ...

Er ist und bleibt eine gemeine Schlange. Ist nicht er verantwortlich für alles, was geschehen war? Zwar hat er behauptet, er hätte das Feuer nicht gelegt und auch Isa und Vernon nicht ermordet ..., aber woher willst du wissen, dass das stimmt? Vielleicht hat er dir ja auch einfach eine Reihe dreister Lügen aufgetischt. Vielleicht hat er die Morde zwar nicht selbst begangen, sie aber befohlen ... vielleicht dem Echsenauge mit dem Brandmal im Gesicht. Traust du diesem Halunken nicht einfach alles zu? Auch wenn er Carrick die Treue geschworen hat ...

Sie versuchte, diese grässlichen Gedanken zu verdrängen und sich damit zu trösten, dass Carrick ihr sein Wort gegeben hatte.

Das Wort eines Lügners. Eines Diebes, eines Mannes, der seinen eigenen Bruder hat brutal zusammenschlagen lassen, vielleicht sogar eines Mörders! Oh, er hatte nicht gewollt, dass Theron stirbt, hat er dir erzählt, aber im Nachhinein kann man gut reden. Schließlich musste er doch wissen, wozu seine Bande in der Lage war ...

Das Blut gefror ihr in den Adern, und eilig ergriff sie Therons Hand.

Was sollte Carrick schon groß anstellen in dem geheimen Labyrinth?

Bist du wirklich so naiv? Von dort aus kann er die schlimmsten Untaten begehen. Kann sich frei in deiner Burg bewegen, ohne dass ihn jemand sieht.

Ihr wurde schlecht.

Was, wenn er auf Bryanna trifft?

Ihr Magen zog sich schmerzlich zusammen.

Du darfst nicht vergessen, selbst wenn du Carrick für unschuldig hältst, sitzt er hier in der Falle, und sogar ein gezähmtes Tier fällt seinen Herren an, wenn es sich bedroht fühlt.

Endlich erreichten sie das Wachhaus. Obwohl sämtliche Binsenlichter brannten und im Kamin ein helles Feuer flackerte, war Morwenna kalt, und sie rieb sich die Arme, als sie den Priester erblickte.

Vater Daniels Leichnam lag auf einem Tisch. Seine Soutane klebte von dem Blut, das aus einer Wunde in Höhe seines Herzens und aus dem grauenhaften Schnitt in seinem Hals gelaufen war. Er war so bleich, als wäre alles Blut aus ihm herausgeflossen und starrte aus weit aufgerissenen Augen reglos an die Decke, bis der Sheriff einen Arm ausstreckte und sie schloss.

»Wenn doch nur Nygyll hier wäre.« Noch während sie dies sagte, rann ihr ein neuerlicher kalter Schauder über den Rücken, und sie wollte von den anderen wissen: »Weiß inzwischen jemand, wo er ist?«

Der Sheriff untersuchte Vater Daniels Wunden. »Ist er schon lange fort?«

»Seit der Nacht, in der Isa ermordet wurde, waren außer

Euch und Sir Alexander auch Dwynn, Vater Daniel und der Arzt verschwunden. Und jetzt fehlt auch noch meine Schwester.«

»Bryanna?« Der Hauptmann hob ruckartig den Kopf. »Was ist mit ihr geschehen?«

Morwenna warf einen Blick auf Theron und seufzte leise auf. »Vielleicht hat sie die versteckte Tür gefunden. Die, die du benutzt hast.«

»Was für eine versteckte Tür?«, wollte Alexander wissen und schaute Theron argwöhnisch an.

»Die Tür, von der ich denke, dass auch der Mörder sie benutzt hat. Sie führt zu einer Reihe versteckter Gänge und Kammern und sogar nach draußen in den Hof. Ich glaube, dass er auf diesem Weg unbemerkt gekommen und gegangen ist.«

»Und Carrick ist in dem Raum, aus dem man in diese Geheimgänge gelangt?«, brüllte Alexander.

»Ja«, flüsterte Morwenna, und Theron packte sie am Arm.

»Jetzt erzähl mir bloß nicht, dass er etwas von der Tür und von den Gängen weiß.«

»Doch«, gestand sie leise und kam sich vor wie eine Närrin. Wie hatte sie Carrick nur noch einmal vertrauen können? Wie? »Er ist durch die Tür verschwunden, kurz bevor du angekommen bist.«

»Verdammt!« Alexander wandte sich an Theron. »Kennt Ihr die anderen Eingänge zu diesem Labyrinth?«

»Ein paar.«

»Dann los!« Der Hauptmann warf Morwenna einen bösen Blick zu. »Hoffentlich ist es nicht schon zu spät.«

Er spürte es.
Spürte die Nähe eines anderen Wesens.

Spürte, dass noch jemand hier in seinem Refugium war.

Der Rächer spitzte angestrengt die Ohren. Eine Frauenstimme. Kaum hörbarer Gesang.

Sein Innerstes zog sich zusammen. Wer hatte es gewagt, hier einzudringen? Wer auch immer diese Dreistigkeit besessen hatte, schwor er, würde mit dem Leben dafür bezahlen ...

Dann aber erkannte er die Stimme. Sie war nicht dunkel und verführerisch wie die von Morwenna, sondern hell und atemlos. Die Stimme ihrer Schwester. Er erinnerte sich daran, wie er sie in ihrem Schlafzimmer betrachtet hatte: die seidig weichen, rötlich-braunen wild gelockten Haare, die kleinen, aber straffen Brüste mit den rosig-runden Brustwarzen, das haarige Dreieck zwischen ihren Schenkeln, das denselben hoch erotischen rötlichen Schimmer hatte wie das Haar auf ihrem Kopf.

Sein Glied begann zu zucken, als er daran dachte, wie sie sich im Schlaf auf dem Laken hin und her geworfen hatte, weil es sie offenbar danach verlangte, dass ihr endlich jemand seinen Prügel zwischen die Beine schob.

Bei dem Gedanken an die Dinge, die er mit ihr machen würde, leckte er sich die Lippen.

Letztendlich würde sie sterben.

Weil sie nicht die Erwählte war.

Doch hatte er inzwischen so viel erreicht, dass er sich ein bisschen Spaß sicherlich erlauben könnte.

Es wäre eine Sünde. Sie ist nicht die Richtige.

Aber sie war noch Jungfrau. Kein Mann hatte sich ihr bisher genähert, und, oh, ihre Enge zu spüren und ihre Schreie zu vernehmen, wenn unter seinen rauen Stößen das Jungfernhäutchen riss. Sich ein ums andere Mal in sie hineinzurammen, ihre Tiefe zu erforschen, sie sich zu unterwerfen ...

Er schloss die Augen, als er merkte, dass er hörbar keuchte, dass sein Schwanz steinhart geworden war und sein wild schlagendes Herz das Blut so schnell durch seine Adern pumpte, dass in seinem Hirn alles verschwamm.

Hör auf! Du darfst dein Ziel nicht aus den Augen verlieren. Das mit ihr hätte nichts weiter zu bedeuten, es wäre nur ein Spaß ...

Und dennoch wusste er, es wäre ihm unmöglich, sich diese Freude zu versagen.

Es war schon viel zu lange her ...

Erst würde er die Jungfrau nehmen, und nachdem er sie getötet hätte, käme endlich ..., endlich Morwenna an die Reihe, dachte er und seufzte wohlig auf.

Der Gesang verstummte, als ob sie spürte, dass er in der Nähe war.

Aber das war egal.

Er wusste, wo sie war.

Die Geräusche waren aus dem Raum gekommen, in dem er seine Kleider lagerte. Er verzog den Mund zu einem bösen Lächeln und schlich weiter lautlos durch den Gang.

Morwenna und Theron betraten den Geheimgang durch die Tür im Zimmer ihres Bruders, während Alexander seine Männer zu den anderen Portalen im Garten und der Kemenate schickte, die Theron ihnen genannt hatte, damit niemand unbemerkt entkam. Selbst Lord Ryden hatte, obwohl er immer noch erbost war, seine Männer ausgesandt, und auch Dwynn, der weiter ein ums andere Mal etwas von einem ›Bruder‹ murmelte, hatte darauf bestanden mitzugehen.

Morwenna hetzte durch die unbekannten Flure. Sie war der festen Überzeugung, dass irgendwo hier ihre kleine Schwester wartete. Und dass sie in Gefahr schwebte.

Vielleicht ist sie ja schon tot oder liegt im Sterben, und irgendwo in diesen leblosen, düsteren Gängen strömt das Blut aus ihr heraus.

Theron hielt eine Fackel über seinen Kopf und marschierte vor ihr durch das unglaubliche Labyrinth. Er hatte sie davor gewarnt, Carrick oder jemand anderen, der vielleicht durch die Korridore schlich, durch lautes Rufen zu verraten, dass sie in der Nähe waren, und, wenn auch schweren Herzens, hatte Morwenna ihm zugestimmt. *Bryanna, oh, Bryanna, wo bist du? Wo?* Mit jedem Schritt nahm ihre Sorge um die kleine Schwester zu. Sie lauschte auf gedämpfte Schritte, ein unterdrücktes Schluchzen, einen erschreckten Schrei, aber alles, was sie hörte, war das wilde Pochen ihres eigenen Herzens und das leise Keuchen, das über ihre eigenen Lippen kam.

Sie ging vom Schlimmsten aus. Was würden sie in diesen dunklen Gängen und geheimen Kammern finden? Weitere verstümmelte, blutüberströmte Leichen? Die ihrer Schwester? *Oh Gott, bitte, nicht. Bitte sorg dafür, dass Bryanna nichts passiert!*

Theron zeigte ihr die Stellen, von denen aus man durch schmale Schlitze in ihr eigenes Zimmer, das ihrer Schwester, die Kemenate und das Zimmer ihres Bruders, in dem sie mit ihm geschlafen hatte, hinuntersehen konnte.

Sie überlegte, ob das grässliche Geschöpf, das durch diese feuchten Korridore schlich, mit angesehen hatte, wie sie sich Theron in wilder Freude hingegeben hatte, doch obwohl ihr Magen sich bei dieser Überlegung schmerzlich zusammenzog, durfte sie jetzt nicht daran denken. Jetzt kam es vor allem darauf an, dass sie ihre Schwester fand.

Sie war bereits zu dem Schluss gekommen, dass Carrick seiner opportunistischen Natur folgend die Suche nach Bryanna als Ausrede für seine eigene Flucht verwendet hatte.

Meinetwegen, dachte sie. *Solange meiner Schwester nichts zustößt, ist mir vollkommen egal, was er mit dem Rest seines elendigen Lebens macht. Genau wie es egal ist, dass er mich erneut zum Narren gehalten hat. Das Einzige, worum es geht, ist Bryannas Sicherheit.*

Sie hörte leise Schritte.
Morrigu, Große Mutter, steh mir heute Abend bei.
Ein leises, kaum wahrnehmbares Geräusch.
Isa, wenn du mich hören kannst, ich bin deine Todesbotin. Ich werde dich rächen.
Durch die offene Tür roch sie den Rauch einer Kerze, sah das Flackern eines Lichts.
Er war ganz in der Nähe.
Morgan le Fay, verleih mir Kraft. Hilf mir, die Welt von diesem Schurken zu befreien.
Sie dachte an all die unschuldigen Menschen, die er niedergemetzelt, die Zerstörung, die er angerichtet, den Schmerz, den er verursacht hatte und atmete lautlos ein. Dann beschwor sie in ihren Gedanken Isas Gesicht und ihre Stimme, spürte ihre Kraft in den Amuletten, Glücksbringern und Kerzen, zwischen denen sie in diesem Zimmer saß. Sie hatte auch Runen in den Staub gezeichnet, gelauscht …, gewartet …
Und endlich war er da.
Ihre Nerven erbebten. Sie biss sich auf die Lippe.
Ein Schatten erschien in der Tür.
Beinahe hätte ihr Herzschlag ausgesetzt, doch sie starrte weiter reglos auf die kleine Öffnung, durch die man in die kleine, luftlose Kammer gelangte.
Bitte, bitte, gib mir Kraft.
Eine düstere Gestalt ragte vor ihr auf.

Als er seine Fackel über seinen Kopf hob, um etwas im Dunkeln zu erkennen, sprang sie, Isas Messer in der Rechten, auf ihn zu. »Stirb, du Hundesohn!«, brüllte sie und rammte ihm die Klinge in den Bauch. »Und falls es eine Hölle gibt, fahr in sie hinab und kehre niemals mehr von dort zurück!«

Theron erstarrte, als Bryannas Stimme durch die Korridore hallte.

»Hier entlang!«, rief er und zog Morwenna eine kurze Treppe hinunter.

»Bryanna!« Sie konnte sich einfach nicht mehr beherrschen. »Bryanna!« Blind vor Angst rannte sie hinter Theron durch einen schmalen Gang. Vor lauter Furcht bekam sie kaum noch Luft. Ihrer Schwester durfte nichts geschehen! *Gott im Himmel, lass sie nicht sterben. Bitte, bitte, lass sie nicht sterben!*

Theron stürzte durch eine Tür in eine kleine Kammer und tauchte sie mit seinem Binsenlicht in ein gespenstisch goldenes Licht. Dort auf dem Boden saß Bryanna, umgeben von Stapeln alter Kleider. Sie hatte Runen in den Staub gemalt, und überall im Raum waren Kieselsteine, Kerzen und andere Habseligkeiten ihrer verstorbenen Kinderfrau verteilt. Direkt vor ihr lag Carrick in seinem eigenen Blut.

»Er ist noch nicht tot!« Noch immer hielt Bryanna den kleinen Dolch mit der gebogenen Klinge in der Hand. Genau wie ihre Finger war die Klinge blutverschmiert. Mit vor Entsetzen und gleichzeitig triumphierend weit aufgerissenen Augen starrte sie die beiden an. »Ich habe es getan«, wisperte sie leise, stand auf und ließ das Messer fallen. Sie war kreidebleich. »Ich habe Isa gerächt.«

Stöhnend schlug Carrick die Augen auf, und als er The-

ron und Morwenna sah, verzog er schmerzlich das Gesicht.
»Bruder«, flüsterte er mit kaum hörbarer Stimme.

»Dass du mich nach allem, was du getan hast, noch so nennen kannst«, fuhr ihn Theron an.

Carrick schloss seine Augen wieder. »Ich ..., ich ... habe nicht ...«

»Lügner!«, tobte Theron. »Ich hätte dir mein Leben anvertraut, und was hast du getan? Mir die Frau geraubt, unsere Geschwister umgebracht, Morwenna sitzen lassen, als sie von dir schwanger war. Jesus Christus, du hättest noch etwas viel Schlimmeres verdient, als alleine hier zu sterben.«

Carrick gab ihm keine Antwort, und Morwenna starrte auf den Mann, der einmal ihr Geliebter gewesen war. Wie hatte sie ihm noch einmal vertrauen können? Wie? Hatte sie ihn vielleicht immer noch ein klein wenig geliebt? ... Nein, das wusste sie mit Bestimmtheit und legte eine Hand auf Therons Schulter. Er war es, den sie von Herzen liebte. Niemals hatte sie für Carrick etwas Ähnliches empfunden wie für diesen guten Mann.

Trotzdem sagte sie: »Wir können ihn nicht einfach hier liegen lassen.«

Theron schnaubte auf.

»Er darf nicht ganz allein hier sterben«, wiederholte sie.

»Er hat Isa und Sir Vernon umgebracht«, widersprach Bryanna.

»Hat er Euch das gesagt?«, wollte Theron von ihr wissen.

»Ich ... habe ... nicht ...«, stieß Carrick mühsam hervor, und Theron beugte sich zu ihm herab.

»Ob du es getan hast, musst du mit dem lieben Gott ausmachen. Für ein weltliches Gericht ist es zu spät.« Dann hielt er Morwenna seine Fackel hin. »Hier, nimm die und halt sie hoch über deinen Kopf. Ich werde ihn tragen.«

Sie tat wie ihr geheißen. »Komm, Bryanna«, sagte sie, ihre Schwester aber blieb wie angewurzelt stehen.

»Warte«, flüsterte Bryanna leise, und Morwennas Nackenhaare sträubten sich. »Wir sind nicht allein.«

»Ich weiß, Bryanna. Es durchsuchen noch andere diese geheimen Gänge. Zum Beispiel der Sheriff, Sir Alexander und Sir Lylle ... und jetzt komm.«

Immer noch rührte sich Bryanna nicht vom Fleck, und Morwenna wurde klar, dass ihr Verhalten mehr als nur ein Zeichen ihrer Trauer war. Dass sie tatsächlich jemanden erstochen hatte, hatte sie anscheinend um den Verstand gebracht. »Bitte, Bryanna«, bat sie leise. »Zeig mir, wie man hier herauskommt.«

»Es ist zu spät«, antwortete ihre Schwester und riss entsetzt die Augen auf. »Er ist schon hier.«

»Wer?«, wollte Theron von ihr wissen, während er sich den ohnmächtigen Carrick über die Schulter warf.

Aus dem Augenwinkel nahm Morwenna eine Bewegung wahr. Sie hielt die Fackel hoch und sah Nygyll mit gezücktem Schwert, in den blutgetränkten Kleidern eines Bauern, in der Tür zur Kammer stehen. Seine Augen glänzten fiebrig, als sein Blick auf Theron fiel. »Du aufgeblasener Gockel!«, wisperte er hasserfüllt, machte einen Satz nach vorn und zielte dabei mit dem Schwert direkt auf Therons Hals.

»Nein!« Morwenna warf sich auf den Arzt.

Theron duckte sich und ließ Carrick dabei unsanft zu Boden fallen.

»Stirb, Arawn!«, schrie Bryanna und stieß dem Physikus die Fackel ins Gesicht.

Er schrie vor Schmerzen auf und ließ die todbringende Waffe fallen.

Morwenna wollte sie sich schnappen, doch Theron packte den Griff mit beiden Händen und rammte sie dem Physikus kraftvoll in den Bauch. Der riss entsetzt die Augen auf und sank heulend auf die Knie, als ihm die Klinge seines eigenen Schwerts aus dem Rücken trat.

»Ich verfluche dich!«, krächzte er heiser. »Du und alle Söhne Dafydds von Wybren, seid verflucht.«

Im Flur erklang ein Schrei, und schnelle Schritte wurden laut. Dwynn kam durch die Tür geschossen und schluchzte elend auf, als er Nygyll auf dem Boden liegen sah. »Nein! Nicht der Bruder! Nicht der Bruder!«

Nygyll spuckte Blut. »Weshalb nur bist du nicht schon bei deiner Geburt gestorben? Du bist nicht mein Bruder, nicht mein Zwilling ... Du ... warst ... mir ... immer ... eine ... Last ... Mein ... mein ... Fluch.« Damit fiel er vornüber und schlug mit einem ohrenbetäubenden Krachen auf den Steinen auf.

Geschüttelt von grauenhaften Schluchzern und tränenüberströmt warf sich Dwynn über den Leichnam, als eine Gruppe Männer durch die Tür gepoltert kam.

Abrupt blieb Alexander stehen und hielt seine Fackel hoch über seinen Kopf. »Heilige Mutter Gottes«, wisperte er erschüttert. »Was ist denn hier passiert?«

Plötzlich konnte sich Morwenna kaum noch auf den Beinen halten und lehnte sich zitternd gegen die Wand, bis Theron einen starken Arm um ihre Schultern legte.

»Es ist vorbei«, erklärte sie und sah sich auf dem Schlachtfeld um. »Endlich ist es vorbei.«

Epilog

Calon
20. Februar 1289

»Ich will nicht, dass du gehst.«

»Ich weiß.« Bryanna schwang sich auf den Rücken der kleinen weißen Stute, die Morwenna ihr geschenkt hatte. »Aber ich muss.« Sie blickte auf Morwenna und auf Theron, die an der Stalltür standen. Der Winter war noch nicht vorüber, doch Bryanna wusste, es war an der Zeit.

Letzte Nacht war Isa ihr im Traum erschienen.

Du musst jetzt deinen eigenen Weg gehen, mein Kind. Lebe ab jetzt dein eigenes Leben. Finde dein eigenes Glück.

Sie hatte keine Ahnung, wohin der Traum sie führen würde, doch hatte sie alle Sachen der alten Isa, ein paar von ihren Kleidern und einen Ledersack mit Lebensmitteln eingepackt, die ihr der Koch gegeben hatte.

»Es ist nicht sicher, wenn eine Frau alleine reist«, warnte ihre Schwester, und zur Bestätigung nickte auch Theron mit dem Kopf. »Du kannst gerne bleiben.«

»Und sogar selbst Herrin von Calon werden, wenn wir nach Wybren ziehen. Ich habe bereits mit Kelan darüber gesprochen.«

»Vielleicht irgendwann einmal«, erwiderte Bryanna. Erst musste sie den Ort verlassen, an dem so viele gestorben waren. Sie starrte auf die Burg und dachte an Dwynn, den unglücklichen Zwillingsbruder Nygylls, Sohn von Dafydd von Wybren und der Ehefrau eines anderen Mannes. Natürlich hatte es Gerüchte über die Geburt gegeben, doch man hatte immer angenommen, dass sich bei der Niederkunft die Nabelschnur um den Hals eines der Kinder gewickelt hatte, sodass es gestorben war. In Wahrheit aber hatte der Kleine überlebt, und seine Mutter und der zweitgeborene Nygyll hatten ihn liebevoll versorgt. Irgendwann jedoch hatte Nygyll es nicht mehr ertragen, dass sein Vater Dafydd ihn behandelte wie einen Niemand und hatte einen Hass auf ihn entwickelt, der nicht nur in Besessenheit, sondern in einen regelrechten Wahn ausgeartet war.

Ryden war nach der Lektüre von Morwennas Brief und nachdem er hatte erkennen müssen, dass sie sich ihm niemals unterordnen würde, nach Heath zurückgekehrt. Auch hatte er nicht übersehen, welch bedingungslose Liebe Morwenna mit Theron von Wybren verband, und so hatte er sich knapp von ihr verabschiedet und sich ohne jede Zweifel sofort auf die Suche nach einer neuen, vielleicht noch reicheren Frau gemacht.

Dwynn war auf Calon geblieben, Carrick aber hatte trotz seiner Verletzung die Burg aus eigener Kraft verlassen. Wieder einmal war er einfach mitten in der Nacht ohne ein Abschiedswort verschwunden und war inzwischen seit über einer Woche fort.

Theron hatte sich geweigert, einen Suchtrupp loszuschicken, obwohl Carrick, wenn auch nicht für den Brand auf Wybren, so doch für die Diebstähle und Überfälle seiner Männer, einschließlich dem auf den eigenen Bruder, verantwortlich war.

Bryanna fühlte sich ein wenig schuldig, weil sie auf Carrick losgegangen war. Das Messer war so tief in seine Schulter eingedrungen, dass Sehnen oder sogar Nerven getroffen worden waren. Obgleich er selber diesen vielleicht dauerhaften Schaden als perverse Strafe für die von ihm begangenen Verbrechen anzusehen schien, betrachtete sie ihr übereiltes Vorgehen als ihren bisher größten Fehler.

»Bitte überleg es dir noch mal«, sagte Morwenna und hob eine Hand an Alabasters Zaumzeug.

»Ich kann nicht.« Sie bedachte ihre Schwester mit einem letzten Lächeln und nahm die Zügel in die Hand. »Ich habe viel zu tun.«

»Ich habe Angst um dich«, wisperte Morwenna, und Theron nahm sie tröstend in den Arm.

»Das ist bestimmt nicht nötig!« Als in diesem Augenblick ein Sonnenstrahl die dichte Wolkenwand durchbohrte, nahm sie dies als Zeichen der Großen Mutter dafür, dass ihre Entscheidung richtig war. Auch wenn ihre eigene Zukunft undeutlich und verschwommen vor ihr lag, wusste sie mit Bestimmtheit, dass Morwenna mit dem treuen Theron glücklich werden und ihm viele, viele schwarzhaarige, blauäugige Kinder schenken würde. Das Schicksal hatte diese beiden Menschen füreinander bestimmt.

Sie warf ihrer Schwester eine Kusshand zu und lenkte, ehe sie es sich noch einmal anders überlegen konnte, ihr Pferd durch das offene Tor der Burg.

Eine kühle Brise wehte ihr entgegen und zauste ihr das Haar.

Die Bäume seufzten leise.

Die Götter und Göttinnen schauten ihrem Auszug zu.

Und irgendwo zwischen den Wolken versteckte sich die alte Isa, um sie auf der Suche zu begleiten, zu der sie aufgebrochen war.

Bryanna beugte sich über den Hals der Stute. Sie spürte,

dass dies ein Wendepunkt in ihrem Leben war. Obgleich sie keine Ahnung hatte, welche Abenteuer vor ihr lagen, stieß sie ihrem Pferd die Fersen in die schmalen Flanken, und sofort fiel das Tier in einen geschmeidigen Galopp. Sie ließ die Zügel locker, und während ihr der kalte Wind die Tränen in die Augen trieb, ließ sie Calon hinter sich zurück und rief mit lauter Stimme: »Lauf, Alabaster! Lauf schneller als der Wind!«

Liebe Leserin,

Ich hoffe, dass Ihnen die Lektüre von *Die Lady und der Schuft* Vergnügen bereitet hat.

Ich kann Ihnen versichern, mir hat das Schreiben großen Spaß gemacht. Ich liebe es, in eine andere Zeit zurückzukehren, an einen anderen Ort, die Dinge aus einem anderen Blickwinkel zu sehen. Dass ich in diesem Roman meine Begeisterung für knisternde Spannung mit der für Romantik vor dem Hintergrund des faszinierenden, geheimnisvollen mittelalterlichen Wales verbinden konnte, war etwas ganz Besonderes für mich.

Nachdem ich *Der Lord und die Betrügerin* geschrieben hatte, in dem Morwenna bereits vorkam, wusste ich, sie brauchte ihre eigene Geschichte. Sie war eine so sympathische, zupackende, selbstbewusste Frau, die nur einen Fehler hatte: Ihre Liebe zu Carrick von Wybren, die bereits in *Der Lord und die Betrügerin* Erwähnung fand. Ich wusste, dass auch Carrick in *Die Lady und der Schuft* nochmals in Erscheinung treten müsste, damit Morwenna die Gelegenheit bekäme, sich ihrer Vergangenheit – ihren Träumen, ihren Fehlern, ihren Enttäuschungen – zu stellen. Und natürlich brauchte ich auch einen Schurken, dessen quälende Besessenheit von Morwenna nur von seinem Blutdurst und seinem Verlangen nach Rache übertroffen würde. Deshalb hat sich der Rächer in das Buch geschlichen, und mit ihm nahm das Drama seinen Lauf.

Nun zu mir. Während ich dieses Buch geschrieben habe, bin ich tief in dieser düster-romantischen Welt versunken. Auch wenn es nicht geplant war, habe ich mich in mehrere der neuen Charaktere unweigerlich verliebt. Vor allem in Bryanna, Morwennas kleine Schwester, die im Verlauf des Buches nicht nur erwachsen wird, sondern auch entdeckt, dass sie über eine besondere Gabe, nämlich die des Weissagens verfügt. Auch wenn sie noch nicht sicher weiß, ob sie sich über diese Fähigkeit freuen soll, die wir heute als ASW, außersinnliche Wahrnehmung, bezeichnen, wagt sie es am Ende des Romans, auf der Suche nach dem Sinn des Lebens und ihrer besonderen Gabe in die Welt hinauszuziehen. Wäre es nicht wunderbar, Bryanna als Hauptperson in einem neuen Buch zu sehen? Und vielleicht auch Carrick noch einmal zu begegnen? Schreiben Sie mir eine E-Mail, um mir zu sagen, ob Sie damit einverstanden sind.

Zur Feier der Veröffentlichung von *Die Lady und der Schuft* habe ich ein paar besondere Seiten auf meiner Web-Site eingerichtet. Gehen Sie einfach auf *www.lisajackson.com* oder *www.thedarkfortress.com*, eine Seite, die extra diesem Buch und meinen anderen mittelalterlichen Romanen gewidmet ist. Und während Sie dort stöbern, bekommen Sie ja vielleicht Lust, sich an einem kleinen Spiel oder einer Umfrage zu beteiligen oder mir einfach zu schreiben, ob Ihnen meine mittelalterliche Romanreihe gefällt. Lassen Sie mich bitte vor allem wissen, wie Ihnen die Mischung aus Romantik, Spannung und historischer Fiktion in *Die Lady und der Schuft* gefallen hat.

Lesen Sie weiter!
Lisa Jackson

Danksagungen

Ich möchte allen danken, die mir beim Verfassen dieses Romans geholfen haben. Vor allem meiner Schwester Nancy Bush, die ebenfalls Autorin ist und mir nicht nur bei der Redaktion und Korrektur zur Seite gestanden, sondern mich die ganze Zeit mit scharfen Tamales (ja, den Kaubonbons mit Zimtgeschmack) und Diät-Pepsi versorgt und mir versichert hat, dass »wir es ganz sicher schaffen«. Zweitens, meiner Lektorin Claire Zion für ihre Geduld mit diesem Projekt, und drittens meiner Agentin Robin Rue, dafür, dass sie stets die ruhige Stimme der Vernunft geblieben ist.

Natürlich haben sich auch unzählige andere Zeit für mich genommen, mich bei der Arbeit unterstützt und, wenn ich es brauchte, mit mir gelacht. Allen meinen Freunden und Verwandten, vielen Dank!

blanvalet

Große Leidenschaft bei Blanvalet

Lassen Sie sich von aufregend sinnlichen Romanen verführen!

36355

36381

36279

36123

www.blanvalet-verlag.de